엠퍼러

1
로마의 문

EMPEROR : THE GATES OF ROME

엠퍼러 1 로마의 문

펴낸날 | 2010년 7월 15일 초판 1쇄
        2011년 1월 12일 초판 3쇄

지은이 | 콘 이굴던
옮긴이 | 변경옥
펴낸이 | 이태권
펴낸곳 | (주)태일소담
        서울시 성북구 성북동 178-2 (우)136-020
        전화 | 745-8566~7 팩스 | 747-3238
        e-mail | sodam@dreamsodam.co.kr
        등록번호 | 제2-42호(1979년 11월 14일)
        홈페이지 | www.dreamsodam.co.kr

ISBN 978-89-7381-579-1 04840
ISBN 978-89-7381-578-4 04840(세트)

● 책 가격은 뒤표지에 있습니다.
● 잘못된 책은 구입하신 곳에서 교환해드립니다.

EMPEROR

엠퍼러

1
로마의 문

콘 이굴던
장편소설
변경옥 옮김

소담출판사

감사의 글

수많은 사람들의 도움과 성원이 없었다면, 이 책을 시작할 수도 마칠 수도 없었을 것이다. 끊임없는 격려를 아끼지 않았던 빅토리아에게 감사를 표한다. 또한 전 과정을 이끌어준 하퍼콜린스의 편집자들에게도 감사의 말을 선넨다. 혹시라도 실수가 있다면, 유감스럽지만 전적으로 나의 잘못임을 밝힌다.

갈까마귀 요리를 도와주고 마르쿠스라는 인물의 탄생을 가능하게 해준 리처드에게도 감사한다. 마지막으로, 나보다 나를 더 믿어주며 앞길이 순탄하게 보이도록 만들어준 아내 엘라에게 고마움을 표한다.

ぺ

아들 카메론과 형 할, 그리고
'검은 고양이 클럽'의 나머지 회원들에게 이 책을 바친다.

.

1장

두 소년이 숲 속 오솔길을 어슬렁어슬렁 걷고 있었다. 숲 속 오솔길이라고는 하지만 둘에게는 큰길이나 다름없었다. 둘은 사람이라고 알아볼 수 없을 만큼 온통 시커먼 진흙을 뒤집어쓰고 있었다. 키가 큰 소년의 푸른색 눈동자는 몸에 덕지덕지 들러붙어 쩍쩍 갈라지는 진흙과 대조를 이루어 부자연스러울 정도로 밝게 빛났다.

"우린 이제 죽었다, 마르쿠스."

키가 큰 소년이 싱긋 웃으며 말했다. 소년의 손에서 느릿느릿 맴돌고 있는 새총은 매끈한 강돌의 무게를 지탱하느라 잔뜩 켕겨 있었다.

"네 탓이야, 가이우스. 네가 억지로 나를 끌어들였잖아. 강바닥이 늘 말라 있는 건 아니라고 내가 경고했는데 말이야."

키가 작은 소년이 투덜거렸다. 그리고는 히히힛 웃으며 오솔길 옆에 늘어선 덤불 속으로 친구를 밀쳤다. 가이우스도 뒤질세라 덤불 속에서 기어나와 새총을 휘휘 돌리며 반격에 나섰다. 그러자 키가 작은 소년이 환성을 지르며 냅다 내달렸다.

"전투다!"

키가 작은 소년이 카랑카랑하고 또렷한 목소리로 소리쳤다.

튜닉(고대 그리스, 로마 시대에 입던 가운 같은 겉옷—옮긴이)을 엉망으로 만들었으니 집에 돌아가면 매질을 당할 터였다. 하지만 소년들에게는 중요하지 않았다. 게다가 곤경에서 벗어나는 방법이라면 둘 다 모르는 게 없으므로 별 문제가 되지 않았다. 지금 중요한 것이라고는 새들을 놀래주며 숲속 오솔길을 전속력으로 달리는 것뿐이었다. 두 소년 모두 맨발이었는데, 겨우 여덟 번의 여름을 보냈을 뿐인데도 여기저기 굳은살이 박여 있었다.

"이번에는 붙잡고 말 테야."

가이우스가 헐떡이며 혼잣말을 했다. 팔과 다리의 개수가 똑같은데도 마르쿠스는 어떻게 더 빨리 달릴 수 있을까? 불가사의가 아닐 수 없었다. 사실 마르쿠스의 키가 더 작았으므로 보폭도 더 짧아야 했다.

가이우스가 나무 곁을 스치고 지나갈 때마다 나뭇잎들이 이리저리 나부끼며 맨팔을 콕콕 찔러댔다. 앞쪽 그리 멀지 않은 곳에서 마르쿠스의 비아냥거리는 소리가 들려왔다. 가슴에 통증이 느껴졌다. 가이우스는 이를 드러내고 씩씩거렸다.

전속력으로 개간지로 뛰어들던 가이우스가 갑자기 화들짝 놀라 미끄러지듯 멈춰 섰다. 마르쿠스가 땅바닥에 널브러진 채 오른손으로 머리를 감싸며 일어나 앉으려 애를 쓰고 있었던 것이다. 그곳에는 사내 셋, 아니 나이 많은 소년 셋이 지팡이를 들고 서 있었다.

가이우스는 주변을 살펴보고 끙 소리를 냈다. 마르쿠스를 쫓아가는 데만 정신이 팔려 아버지의 작은 소유지를 벗어나 이웃 소유의 숲에 들어선 것도 몰랐던 것이다. 경계가 되는 오솔길을 알아봤어야 했건만, 마르쿠스를 붙잡겠다는 일념에 사로잡혀 전혀 알아채지 못했다.

"얼씨구, 이게 뭐야? 강에서 기어 나온 쪼맨한 미꾸라지 한 쌍 아냐!"

이기죽거리는 소년은 이웃 소유지의 장자 수에토니우스였다. 열네 살인 수에토니우스는 입대하기 전이라 그냥그냥 허송세월을 보내고 있었다. 어린 소년에게서는 볼 수 없는, 일종의 훈련을 통해 만들어진 근육 덕분에 몸이 다부져 보였다. 더부룩한 금발이 흘러내린 얼굴에는 하얀 여드름이 점점이 뒤덮여 있고, 벌겋게 성이 난 여드름도 흩뿌려 놓은 듯 사방에 퍼져 프라이텍스타(폭이 넓은 자줏빛 옷깃을 단 흰 웃옷—옮긴이) 튜닉 밑으로 사라지고 있었다. 쪽 곧은 긴 막대도 갖고 있겠다, 감명을 줄 친구들도 곁에 있겠다, 빈둥거릴 시간도 있겠다, 수에토니우스에게는 이처럼 좋은 기회가 없었다.

가이우스는 두려움에 휩싸였다. 헤어나올 수 없는 수렁에 빠졌음을 알았기 때문이다. 마르쿠스와 그는 이웃의 소유지를 침입했다. 운이 아주 좋으면 주먹 몇 대 맞는 것으로 끝나겠지만, 최악의 경우에는 뼈가 부러지도록 두들겨 맞을 수도 있었다. 마르쿠스를 흘끗 보니, 비틀거리며 일어서려고 애쓰고 있었다. 나이 많은 소년들한테 돌진하다 무언가로 세게 얻어맞은 게 분명했다.

"우릴 그냥 가게 해줘, 토니우스. 집에서 우릴 기다리고 있어."

"어라, 말하는 미꾸라지잖아! 우리 떼돈 벌게 생겼다, 얘들아! 저놈들 꽉 붙잡아. 나한테 돼지 묶는 끈이 있거든. 미꾸라지 묶는 데도 그만일 거야."

가이우스는 달아날 생각 같은 건 하지 않았다. 마르쿠스가 도망칠 수 있는 상황이 아니었기 때문이다. 지금은 게임을 하고 있는 것이 아니었다. 그러나 언제 쏘아댈지 모르는 전갈을 다루듯 조심스럽게 말만 잘한다면, 소년들의 잔인성을 제어할 수 있으리라.

다른 두 소년이 지팡이를 휘두를 태세로 다가왔다. 둘 다 가이우스가 모르는 소년들이었다. 한 소년은 서 있는 마르쿠스를 질질 끌어댔고, 멍청하게 생긴 육중한 체구의 소년은 지팡이로 가이우스의 복부를 세게 후려쳤다. 가이우스는 고통스러워 몸을 구부린 채 아무 말도 하지 못했다. 그저 몸을 동글게 말아 아픈 곳을 감싸안은 채 끙끙거렸다. 경련이 일었다. 그때 깔깔대는 소년의 웃음소리가 들렸다.

"저 나뭇가지면 되겠다. 이 녀석들 다리를 한데 묶어 매달아서 흔들자. 창이랑 돌을 던져 누가 제일 잘 맞히는지 보자구."

"네 아버지하고 우리 아버지는 서로 아는 사이야."

복통이 조금 잦아들자 가이우스가 내뱉듯이 말했다.

"그래. 하지만 네 아버지를 좋아하지는 않으시지. 우리 아버지는 훌륭한 애국자시거든. 네 아버지랑은 다르시다 이 말씀이야. 우리 아버지가 마음만 내키면, 네놈 가족들을 모조리 우리 하인이 되게 할 수도 있어. 그럼 정신 나간 네 엄마는 타일이나 닦아야겠지."

말총끈을 든 폭력배가 마르쿠스를 허공으로 들어 올리려고 마르쿠스의 발을 열심히 묶고 있었다. 이 상황에 무슨 말을 해야 협상을 끌어낼 수 있을까? 사실 가이우스의 아버지는 이 도시에서 실권을 잡지 못했다. 어머니의 가문도 집정관 두서너 명을 배출했을 뿐이었다. 그게 다였다. 그러나 어머니 말에 따르면, 마리우스 삼촌은 유력 인사였다.

"우린 노빌리타스(로마공화정 때 형성된 신귀족으로, 원로원 신분 중에서도 최상층에 속함—옮긴이)야. 우리 마리우스 삼촌은 배반 따위를 하는 사람이 아니야……."

돌연 새된 비명 소리와 함께 가지에 걸쳐놓은 끈이 팽팽해지는가 싶더니, 마르쿠스가 거꾸로 뒤집힌 채 허공으로 휙 딸려 올라갔다.

"끄트머리를 저 그루터기에다 묶어. 이번에는 이 물고기."

수에토니우스가 희희낙락 웃으며 말했다.

가이우스가 보니, 두 친구는 군말 없이 수에토니우스의 명령을 따르고 있었다. 따라서 그들에게는 호소를 해봐야 소용없는 일일 터였다.

"우릴 내려줘, 이 비열한 점박이 녀석아!"

피가 몰려 얼굴이 잿빛으로 변한 마르쿠스가 소리쳤다.

가이우스는 신음을 토했다. 이제 둘 다 꼼짝없이 죽을 것이다.

"마르쿠스, 이 바보 천치야, 점 얘기는 꺼내지 마. 저 녀석 분명 그 얘기에 민감할 거야."

수에토니우스가 깜짝 놀라 한쪽 눈썹을 추켜올리며 입을 쩍 벌렸다. 몸집이 큰 소년도 마르쿠스가 매달린 가지에 끈을 던지다 말고 멈추었다.

"너 실수했어, 이 꼬마 물고기 녀석아. 저 녀석 어서 매달아, 데키우스. 내가 피 맛 좀 보여줘야겠다."

갑자기 속이 미식거릴 정도로 세상이 기울어 피가 온통 머리로 쏠린 가이우스의 귀에 말총끈 삐걱거리는 소리와 낮은 휘파람 소리가 들렸다. 가이우스는 줄에 매달린 채 천천히 빙그르르 돌다가, 비슷한 처지에 있는 마르쿠스를 보게 되었다. 처음에 맞아 넘어졌을 때 다쳤는지 마르쿠스의 코에는 피가 약간 묻어 있었다.

"네 덕분에 코피가 멈췄어, 토니우스. 고마워."

마르쿠스의 목소리가 살짝 떨렸다. 가이우스는 그의 용기에 미소를 지었다.

처음에 마르쿠스가 가이우스의 집에 살러 왔을 때, 이 작은 소년은 상황이 상황인 만큼 불안해했고 나이에 비해 키도 약간 작았다. 가이우스는 소유지 이곳저곳을 구경시켜 준 뒤 마지막으로 건초 창고에 데리고 갔다. 둘은 수북이 쌓아놓은 건초다발 꼭대기에 올라가 멀리 아래쪽에 흐트러진 건초더미를 내려다보았다. 그때 마르쿠스의 손이 살짝 떨리는 걸 본 가이우스가 쾌활하게 말했다.

"내가 먼저 뛰어내릴 테니까 잘 봐."

그러고는 와 하고 소리를 지르며 먼저 발을 날렸다.

그런 다음 마르쿠스가 나타나길 기다리며 꼭대기를 올려다보았다. 잠시 시간이 흘렀다. 가이우스가 체념하려는 바로 그 순간, 작은 형체가 공중으로 떠오르는 게 보였다. 가이우스는 건초더미에 처박히는 마르쿠스를 가까스로 피해 옆으로 뒹굴었다. 그러고는 먼지 속에서 눈을 깜박이며 납작 엎드린 형체에게 말했다.

"겁이 나서 못하는 줄 알았어."

"그랬어. 그렇지만 두려워하지 않을 거야. 정말 그럴 거야."

마르쿠스가 조용히 대답했다.

수에토니우스의 딱딱한 목소리가 가이우스의 소용돌이치는 생각 속으로 파고들었다.

"여러분, 고기는 나무망치로 두들겨서 연하게 해야 하는 법이라오. 각자 부위를 맡아서 기술 좀 써보시오, 이렇게."

수에토니우스가 가이우스의 귀를 붙잡고 지팡이로 머리를 후려쳤다. 세상이 온통 하얘졌다가 깜깜해졌다. 다시 눈을 떴을 때는 꼬이는 끈과 함께 모든 것이 빙빙 돌고 있었다. 얼마나 지났을까. 가이우스는 수에토니우스의 '하나 둘 셋, 하나 둘 셋……' 소리에 맞춰 지팡이가 날아오는 것을 느꼈다. 울부짖는 마르쿠스의 소리가 들린다고 생각했다. 그러다 조소와 웃음소리를 들으며 정신을 잃었다.

가이우스는 환한 대낮에 깨어났다가는 의식을 잃고 다시 깨어났다가 의식을 잃기를 두어 차례 반복했다. 그러던 그가 마침내 완전히 의식을 회복한 것은 해질 무렵이 되어서였다. 오른쪽 눈은 묵직한 핏덩어리로 뒤덮였고, 얼굴은 퉁퉁 부어오른 데다 끈적거리는 것들이 잔뜩 들러붙어 있었다. 가이우스도 마르쿠스도 여전히 거꾸로 매달린 채 언덕에서 불어오는 산들바람에 부드럽게 흔들리고 있었다.

"정신 차려, 마르쿠스. 마르쿠스!"

마르쿠스는 꼼짝도 하지 않았다. 몰골이 어쩌나 끔찍한지 마치 악마 같았다. 바짝 마른 진흙 덩어리가 부스스 떨어져 나가고, 이제 잿빛 먼지만 남은 곳에는 붉은색과 자주색 줄무늬가 생겨났다. 턱은 부풀어 있었고, 관자놀이에는 혹이 하나 불쑥 튀어나왔다. 그리고 희미해지는 빛에 비친 왼팔은 퉁퉁 부은 데다 푸르스름했다. 가이우스는 끈에 묶인 두 손을 움직이려고 안간힘을 썼다. 고통스러우리만치 뻐근했지만 다행히 두 손 다 움직일 수 있었다. 그는 몸을 꿈틀꿈틀 비틀며 끈에서 손을 빼내기 시작했다. 아직 어려서 뼈가 유연했다. 새롭게 밀려드는 고통도 친구에 대한 걱정 때문에 무시했다. 마르쿠스는 괜찮아야만 했다. 정말로 괜찮아야만 했다. 그러기 위해서는 자신이 먼저 줄에서 풀려나야 했다.

한 손을 빼낸 가이우스가 손가락 끝으로 흙과 낙엽을 헤집어보았다. 아무것도 없었다. 나머지 손도 자유로워지자 몸을 흔들어 천천히 원을 그리면서 수색 범위를 넓혔다. 다행히 모서리가 날카로운 조그만 돌 하나가 손에 잡혔다. 지금부터가 가장 어려운 부분이었다.

"마르쿠스! 내 말 들려? 내가 구해 줄 테니까, 걱정하지 마. 바닥에 내려서기만 하면, 수에토니우스와 피둥피둥한 그놈들을 다 죽여버리겠어."

마르쿠스는 입을 헤 벌린 채 부드럽게 흔들릴 뿐이었다. 가이우스는 심호흡을 한 번 하며 고통을 감수할 채비를 했다. 정상적인 상황이라도 팔을 위로 뻗어 날카로운 돌 하나만으로 묵직한 끈을 잘라내기란 어려운 일터였다. 설상가상으로 배 여기저기에 잔뜩 멍이 들어 있으니, 왠지 불가능한 일처럼 느껴졌다.

행동 개시.

가이우스는 배의 통증을 참지 못하고 비명을 지르며 몸을 들어올렸다. 나뭇가지 쪽으로 몸을 접은 그는 두 손으로 가지를 붙잡았다. 용을 쓰느라 가슴이 들썩였다. 힘도 딸리고 눈앞도 흐려졌다. 토할 것만 같아 그저 나뭇가지를 붙들고만 있었다. 잠시 그러고 있던 그는 돌을 쥔 손을 서서히 놓으며 몸을 뒤로 젖혔다. 끈 쪽으로 팔을 뻗을 공간이 충분히 확보되었다. 그는 끈이 파고든 부위의 살갗을 베지 않으려 조심조심 톱질하듯 돌을 앞뒤로 움직였다.

돌은 무뎠다. 더욱이 오랫동안 버틸 힘도 없었다. 뒤로 떨어지지 않도록, 두 손이 미끄러지기 전에 끈을 잘라내려 했으나 너무 힘들었다.

"아직 돌을 갖고 있으니 수에토니우스가 돌아오기 전에 다시 시도해 보는 거야."

가이우스가 혼잣말로 중얼거렸다.

또 다른 생각이 퍼뜩 떠올랐다. 아버지가 로마에서 돌아왔을 수도 있었다. 일정대로라면 돌아오는 날이 정해져 있지 않았다. 만일 돌아와 계시다면, 날이 어두워지고 있으니 아버지는 분명 걱정하고 계실 것이다. 어쩌면 그들을 찾아 이곳 가까이까지 오고 있을지도 모른다. 아버지한테 이런 꼴을 들켜서는 안 된다. 이런 굴욕적인 모습을.

"마르쿠스? 우리가 습격당한 걸 누구한테든 말해도 되지만, 아버지한테만은 절대로 안 돼."

마르쿠스는 삐걱거리며 원을 그렸다. 여전히 아무런 의식도 없었다.

가이우스가 다섯 차례나 더 경련을 일으키며 돌을 열심히 문지르고 나서야 비로소 끈이 끊어졌다. 땅바닥에 쿵 떨어진 가이우스는 흐느껴 울었다. 찢어지고 뒤틀린 근육들이 욱신욱신 아파왔다.

가이우스는 마르쿠스를 조심스레 바닥에 내려놓으려고 애썼다. 그러나 혼자 힘으로는 마르쿠스의 몸무게를 감당할 수 없었다. 결국 쿵 소리를 내며 마르쿠스가 바닥에 떨어졌다.

그와 동시에 마르쿠스가 눈을 떴다.

"내 손."

마르쿠스가 속삭이듯 말했다. 목소리가 갈라져 나왔다.

"부러진 것 같아. 움직이지 마. 수에토니우스가 돌아올지도 모르고, 아버지가 우릴 찾으러 올지도 모르니까 우선 여길 벗어나야 해. 날이 어둑어둑해졌어. 일어설 수 있겠어?"

"응. 다리에 힘은 없지만. 수에토니우스, 그놈 개자식이야."

마르쿠스가 중얼거렸다. 퉁퉁 부은 턱을 움직이지 않은 채 부풀고 찢어진 입술로만 말했다.

가이우스가 험악한 얼굴로 고개를 끄덕였다.

"맞아. 우린 원수를 갚아야 돼."

마르쿠스는 미소를 짓다 찢어진 상처가 쿡 쑤시자 움찔했다.

"그래도 우리 상처가 좀 나은 뒤라야 할 거야. 그때 그놈 상대하는 건 내 몫 아니다."

두 소년은 서로를 부축해 주며 비틀비틀 집으로 향했다. 밀밭을 1마일(약 1.6킬로미터—옮긴이) 정도 걷고 밭일꾼들을 위한 노예 숙소를 지나 마침내 본관 건물에 다다랐다. 예상했던 대로 본채의 벽을 따라 늘어선 등잔마다 불이 밝혀져 있었다.

"투브루크 아저씨가 우릴 기다리고 있을 거야. 아저씬 잠을 자는 법이 없으니까."

대문의 기둥 밑을 지나면서 가이우스가 중얼거렸다.

그때 그늘 속에서 목소리가 흘러나와 두 소년은 소스라치게 놀랐다.

"역시 운이 좋군. 이 장관을 놓쳤으면 두고두고 섭섭했을 텐데. 아버지한테 들키지 않은 걸 다행으로 알아라. 이 꼴로 돌아온 걸 아버지가 보셨다면 너희 등가죽을 벗겨버리셨을 테니까. 그래, 이번엔 또 무슨 일이냐?"

투브루크는 노란 등잔 불빛 속으로 나와 몸을 앞으로 구부렸다. 그는 강인한 체구의 전직 검투사 출신으로 로마 외곽에 있는 작은 소유지의 감독관이었다. 그는 매사에 주저하는 법이 없었다. 가이우스의 아버지는 투브루크처럼 조직 관리에 재능을 타고난 사람은 1,000명에 하나 있을까 말까 하다고 말했다.

"강에 빠졌어요, 그렇지? 보세요, 강물 냄새가 나잖아요."

두 소년은 이렇게 설명하며 행복한 얼굴로 고개를 끄덕였다.

"잘 들어. 그 매 자국들은 강바닥에서 얻은 게 아냐. 안 그러냐? 수에토니우스, 그 녀석 짓이냐? 몇 년 전에 녀석 엉덩이를 걸어차 줬어야 하는 건데. 그때라면 어려서 정신을 차렸을 테니 말이다. 자, 어떻게 된 거지?"

"아니에요, 아저씨. 우리가 말다툼을 하다 서로 싸웠어요. 다른 사람하고는 아무 상관없어요. 거기엔 아무도 없었는걸요. 우리끼리 알아서 해결하고 싶어요. 아시겠죠?"

작디작은 소년이 이렇게 말하자 투브루크가 씩 웃었다. 올해 나이 마흔다섯의 투브루크는 머리가 희끗희끗했다. 머리가 희어진 건 이미 30대부터였다. 한때는 아프리카에서 키레나이카(북아프리카 리비아의 동부 지방—옮긴이) 제3군단 소속 군단병으로 복무하기도 한 투브루크는 검투사로도 거의 100번가량을 싸웠다. 온몸에 나 있는 흉터들은 그때 생긴 것이었다. 투브루크가 커다란 삽처럼 생긴 손을 내밀더니 각진 손가락으로 가이우스의 머리를 문질렀다.

"잘 알겠다, 꼬마 늑대야. 그 아버지에 그 아들이구나. 허나 네가 모든 일을 처리할 수 있는 건 아니란다. 너는 아직 어린 소년에 불과하니까. 수에토니우스는, 아니 누구든지 간에, 훌륭한 젊은 전사의 모습을 갖추어가고 있다고 들었다. 조심하거라, 수에토니우스의 아버지는 원로원에서 적으로 삼기엔 그 권세가 정말 대단하단다."

가이우스가 몸을 최대한 쭉 편 뒤 한껏 격식을 차린 말투로 말했다.

"다행이네요. 수에토니우스가 우리한테 조금의 애착도 갖고 있지 않아서요."

투브루크는 입가에 번지는 미소를 애써 감추며 마치 요점을 알아들었다는 듯 고개를 주억거렸다.

가이우스는 더욱 자신감에 찬 표정으로 말을 이었다.

"루키우스에게 와서 우리 상처를 봐 달라고 해주세요. 제 코가 부러졌어요. 아마 마르쿠스의 손도 마찬가지일 거예요."

투브루크는 소년들이 비틀거리며 본채로 들어가는 모습을 지켜보았다. 그러고는 어둠 속 자신의 자리로 돌아가 매일 밤 그러듯이 대문을 지켰다. 곧 한여름이 되면 견디기 힘들 정도로 뜨거운 낮 시간을 보내게 될 것이다. 하늘은 맑디맑고 정직한 일거리도 있으니 살아 있다는 게 행복했다.

이튿날 아침이 되자 근육이며 상처며 관절들이 한꺼번에 쑤시는 바람에 매우 고통스러웠다. 이틀 후에는 상태가 더 심해졌다. 마르쿠스는 열로 쓰러졌다. 의사 말로는 열이 부러진 손뼈를 통해 머리로 들어갔다고 했다. 부러진 손은 부목을 대어 가죽끈으로 동여매었다. 그래서 끈과 끈 사이가 놀라울 만큼 불룩불룩 부어올랐다. 며칠 동안은 몸이 불덩어리처럼 뜨거워 어둠 속에 누워 있었다. 그동안 가이우스는 밖에서 애를 태우며 왔다갔다했다.

숲에서 공격을 받은 지 정확히 일주일이 지나자 마르쿠스는 미약하기는 해도 조금씩 회복되었다. 가이우스도 근육을 쭉 늘일 때면 여전히 통증을 느꼈지만 조금씩 아물었다. 얼굴은 온통 노란색과 자주색 반창고투성이였다. 상처가 아물면서 제자리에 단단히 들러붙은 반창고들이 빤질빤질해져 있었다. 이제야 때가 되었다. 수에토니우스를 찾아 나설 때가.

가족 소유지의 숲을 거닐고 있는 가이우스의 마음속은 두려움과 고통으로 가득 찼다. 수에토니우스가 나타나지 않는다면 어떡할 것인가? 수에토니우스가 정기적으로 숲에 들른다고 단정할 만한 근거는 어디에도 없었다. 또 가이우스보다 나이도 많은데, 친구들과 함께 있다면 어떡할 것인가? 그들은 분명 가이우스를 죽이려 할 것이다. 가이우스는 활을 들고 걸으면서 활시위 당기는 연습을 했다. 어른용 활이라 크긴 했지만, 끝부분을 땅에 대고 화살을 잡아당기면 수에토니우스를 겁주기에는 충분했다. 만일 수에토니우스가 뒤로 물러서지 않으면 겁을 줄 작정이었다.

"수에토니우스, 넌 고름투성이 똥자루야. 우리 아버지 땅에서 붙잡기만 해봐라, 네 머리통에 화살을 박아줄 테다."

가이우스가 걸어가면서 큰 소리로 말했다. 숲 속을 거닐기에 딱 좋은 화창한 날이었다. 이러한 목적이 아니라면, 가이우스는 아마 산책을 즐겼을 것이다. 갈색 머리칼은 기름을 발라 단정하게 머리에 찰싹 붙였다. 옷은 몸을 움직이기 쉽고 시위를 당길 때도 거치적거리지 않는 간편한 차림이었다.

가이우스는 여전히 소유지 경계선의 이쪽 편에 있었다. 그런데 앞쪽에서 빌자국 소리와 함께 수에토니우스가 낑낑거리는 소녀와 함께 불쑥 한 길에 나타났다. 가이우스는 흠칫 놀랐다. 나이 많은 그 소년은 소녀와 몸싸움을 벌이는 데 너무 열중한 나머지 가이우스가 있는 것을 알아채지 못했다.

"너, 경계선 넘었어."

가이우스가 갑자기 고함을 질렀다. 비록 목소리가 높기는 해도 떨림이 없어 기분이 좋았다.

"너, 지금 우리 아버지 소유지에 있다구."

그 말에 소스라치게 놀란 수에토니우스는 욕설을 내뱉었다. 그러다가 활 한쪽 끝을 길바닥에 대고 있는 가이우스의 모습을 보고 웃음을 터뜨렸다.

"이제는 꼬마 늑대라! 종류가 아주 다양한 동물이지, 아마. 지난번에 맞은 걸로는 부족하냐, 꼬마 늑대야?"

소녀는 대단히 예뻤다. 그러나 가이우스는 소녀가 그냥 가버렸으면, 그래서 보이지 않았으면 하고 바랐다. 이런 식의 조우에 여자가 함께하리라고는 꿈에도 생각지 못했다. 가이우스는 수에토니우스에게서 새로운 수준의 위험을 느꼈다.

수에토니우스가 짐짓 과장된 몸짓으로 소녀의 몸에 팔을 둘렀다.

"조심해, 자기. 저 녀석 위험한 전사야. 거꾸로 매달려 있을 땐 특히 더 위험하지. 그땐 도저히 막을 수가 없어!"

수에토니우스는 농담을 하며 깔깔 웃었고, 소녀도 덩달아 깔깔대며 말했다.

"자기가 말한 애가 쟤야, 토니우스? 저 쪼그만 성난 얼굴 좀 봐!"

"여기서 다시 보면 화살을 박아 넣어줄 줄 알아."

가이우스가 혀가 꼬일 정도로 빠르게 말했다. 그리고는 화살대를 조금 뒤로 잡아당겼다.

"지금 여길 떠나. 안 그러면 활로 쏴 죽일 테니까."

그 말에 수에토니우스가 미소를 거두고 승산을 가늠해 보았다.

"그럼 좋아, 파르부스 루푸스('꼬마 늑대'라는 뜻의 라틴어―옮긴이). 네가 원하는 걸 주지."

그리고는 느닷없이 돌진해 왔다. 가이우스는 급한 마음에 완전히 당기지 못한 활시위를 놓고 말았다. 화살은 나이 든 소년의 튜닉에 맞았지만 꿰뚫지 못하고 그냥 떨어져버렸다. 수에토니우스는 승리감에 도취돼 크게 소리를 지르며 잔인한 눈빛으로 다가왔다. 공포에 질린 가이우스는 활을 홱 들어 나이 든 소년의 코를 후려쳤다. 피가 뿜어져 나왔다. 수에토니우스는 분노와 고통을 참지 못해 눈물이 그렁그렁한 눈으로 으르렁거렸다. 가이우스가 다시 활을 치켜드는 순간, 수에토니우스가 한 손으로는 활을, 다른 손으로는 가이우스의 멱살을 붙잡더니 격분해서 예닐곱 발짝을 밀어댔다.

"위협할 게 또 있냐?"

수에토니우스가 손아귀에 힘을 주며 딱딱거렸다. 그의 프라이텍스타 튜닉은 코에서 쏟아져 나온 피로 얼룩덜룩했다. 수에토니우스는 활을 비틀어서 가이우스의 손에서 빼앗고는 그것으로 가이우스를 정신없이 때려 댔다. 그러나 그 와중에도 멱살은 놓지 않았다.

'이 녀석, 날 죽이고 사고로 가장하겠지. 녀석 눈빛이 그래. 숨을 못 쉬 겠어.'

가이우스는 자포자기하는 심정으로 생각했다.

덩치 큰 소년에게 연신 주먹을 날렸으나, 상처를 입히기에는 팔이 너무 짧았다. 눈앞의 사물은 꿈에서처럼 흑백으로 보였고, 아무 소리도 들리지 않았다. 수에토니우스가 축축한 나뭇잎 위로 던져버릴 때, 가이우스는 의 식을 잃고 말았다.

한 시간쯤 지나서였다. 오솔길에서 가이우스를 찾아낸 투브루크는 멍 이 들고 얻어터진 가이우스의 머리에 물을 부워 깨웠다. 가이우스의 얼굴 엔 또다시 곳곳에 피딱지가 엉겨붙어 있었다. 겨우 딱지가 앉은 한쪽 눈은 핏물이 잔뜩 고여 아무것도 보이지 않았다. 코도 다시 깨졌고, 다른 곳도 모두 멍투성이였다.

"투브루크 아저씨? 저, 나무에서 떨어졌어요."

가이우스가 멍한 표정으로 중얼거렸다.

덩치 큰 사내의 웃음소리가 답답하리만큼 빽빽한 숲 속에 메아리쳤다.

"애야, 네 용기를 의심하는 사람은 아무도 없단다. 허나 네 싸움 실력은 그리 믿을 수가 없구나. 네가 네 자신을 죽음으로 내몰기 전에 제대로 훈련받을 때가 된 것 같다. 아버님이 로마에서 돌아오시면 상의드리마."

"말씀드리지 않으실 거죠? 제가 나무에서 떨어진 거요. 떨어지면서 이 나뭇가지 저 나뭇가지를 많이 쳤어요."

가이우스는 입에서 피 맛을 느꼈다. 부러진 코에서 흘러나온 피였다.

"나무를 치기는 친 거냐? 단 한 번이라도?"

투브루크는 그렇게 묻기는 했지만 짓이겨진 나뭇잎들을 보고 스스로 답을 읽어냈다.

"저 나무 코도 제 꼴이 됐어요."

가이우스는 미소를 지으려 했으나 덤불 속에다 토하고 말았다.

"흐음, 네 생각은 어떠하냐? 이걸로 끝이냐? 네가 이런 식으로 계속하면 절름발이가 되거나 죽을 수도 있다. 나는 그 꼴을 볼 수는 없다. 로마에 계신 네 아버님은 네가 자신의 후계자이자 귀족으로서 책임감을 배우고 있으리라 기대하실 게다. 쓸데없는 싸움질에나 휘말리는 개구쟁이 모습이 아니고 말이다."

잠시 말을 멈춘 투브루크가 풀숲에서 박살 난 활을 집어 들었다. 그런데 줄이 툭 끊어지자 쯧 하고 혀를 찼다.

"활을 훔쳤으니 볼기짝을 때려줘야겠구나."

가이우스는 애처롭게 고개를 끄덕였다.

"더 이상 싸움은 안 된다, 알아들었느냐?"

투브루크가 가이우스를 잡아 일으키고는 길바닥에서 묻은 진흙을 떨어냈다.

"더는 안 싸울게요. 찾으러 와주셔서 고마워요."

말을 하며 휘청대던 가이우스가 급기야 쓰러지려고 하자 나이 든 검투사는 한숨을 내쉬었다. 검투사는 소년을 번쩍 들어 올려 어깨에 걸쳐 멨다. 그러고는 가지가 낮게 드리운 곳에서는 머리를 숙이라고 외치면서 본채로 향했다.

일주일이 지났다. 마르쿠스는 손에 부목을 댄 것 말고는 평소의 모습으로 돌아와 있었다. 가이우스보다 키가 5센티미터가량 작은 마르쿠스는 갈색 머리에 팔다리가 튼튼했다. 팔은 유난히 길었다. 그는 나이 들면 이 긴 팔 덕에 위대한 검객이 될 거라고 주장했다. 마르쿠스는 사과 네 개로 저글링을 할 수 있었다. 만일 부엌에서 일하는 노예들이 가이우스의 어머니 아우렐리아에게 일러바치지만 않았다면 나이프로도 시도해 보았을 것이다. 그때 아우렐리아는 마르쿠스가 절대로 시도하지 않겠다고 약속할 때까지 큰 소리로 야단을 쳤다. 마르쿠스는 식사를 하려고 나이프를 집어 들 때면 지금도 그 기억이 떠올라 잠시 멈칫했다.

투브루크가 간신히 의식을 유지하고 있는 가이우스를 저택으로 데리고 돌아왔다. 그때 마르쿠스는 침대에서 나와 커다란 부엌으로 기다시피 하여 내려가 기름 자국이 얼룩덜룩 나 있는 냄비 속에 손가락을 담그고 있었다. 두 사람의 목소리를 들은 마르쿠스는 종종걸음으로 줄지어 늘어선 육중한 벽돌 화로를 지나 루키우스의 치료실로 향했다.

아픈 사람이 생길 때면 늘 그렇듯이 노예 의사인 루키우스가 상처를 보살폈다. 루키우스는 가이우스 가족뿐 아니라 소유지 노예들도 돌보았다. 종기는 붕대로 감아주고, 감염 부위에는 습포를 대주었으며, 집게로 이도 뽑아주고, 찢어진 상처도 꿰매주었다. 집중할 때는 늘 코로 숨을 쉬는 그는 조용하고 참을성이 많은 사람이었다. 언제부턴가 두 소년에게는 나이지긋한 의사의 폐에서 부드러운 휘파람 소리를 내며 나오는 공기가 평화와 안전을 뜻하게 되었다. 가이우스는 아버지가 돌아가시면 조용히 아우렐리아를 돌봐온 것에 대한 보답 차원에서 루키우스가 해방될 거라는 걸 알고 있었다.

루키우스가 부러진 코를 다시 한 번 맞출 때, 마르쿠스는 빵과 시커먼 비계를 우적우적 씹어 먹으며 물었다.

"수에토니우스가 또 때린 거야?"

말을 할 수도, 눈물이 그렁그렁 맺혀 앞을 볼 수도 없는 가이우스는 고개만 주억거렸다.

"나를 기다렸어야지. 우리 둘이 힘을 합쳤다면 녀석을 골로 보낼 수 있었을 거 아냐."

가이우스는 고개를 끄덕이지도 못했다. 코의 연골을 다 살펴본 루키우스가 코를 홱 잡아당겨 탈골된 부분을 맞춘 것이다. 그 바람에 덩어리진 피 위로 새로운 피가 쏟아졌다.

"거기 관자놀이는 피투성이가 된 곳이란 말이야, 루키우스. 조심해! 게다가 내 코를 완전히 뽑아버릴 뻔했잖아."

루키우스는 미소를 짓고는 아마포를 길게 잘라 머리에 동여매기 시작했다.

고통이 잠시 수그러든 사이 가이우스가 친구에게로 몸을 돌렸다.

"넌 손이 부러져 부목을 대고 있잖아. 게다가 멍투성이에 갈비뼈에 금까지 가서 넌 못 싸워."

마르쿠스는 생각에 잠긴 표정으로 가이우스를 바라보았다.

"아마 그렇겠지. 너, 또 덤빌 거야? 그랬다간 녀석이 널 죽일 거야."

루키우스가 도구들을 챙겨 자리에서 일어났다. 가이우스는 태연한 표정으로 붕대 너머의 마르쿠스를 뚫어지게 쳐다보며 말했다.

"고마워, 루키우스. 녀석은 날 못 죽여, 내가 이길 테니까. 전략을 손 볼 필요가 있을 뿐이야. 그게 다야."

"녀석이 널 죽일 거야."

마르쿠스는 같은 말을 되풀이한 뒤 겨울 창고에서 훔친 시든 사과를 한 입 베어 물었다.

그로부터 일주일 후, 마르쿠스는 새벽에 일어나 운동을 하기 시작했다. 그는 운동이 위대한 검객이 되는 데 필요한 반사신경을 키워줄 것으로 믿었다. 그의 방은 하얀 돌로 된 수수하고 작은 방으로, 침대와 개인 소지품이 든 짐가방만 덩그러니 놓여 있었다. 가이우스의 방은 바로 옆방이었다. 마르쿠스는 화장실로 가는 길에 가이우스를 깨우려고 방문을 걷어찼다. 작은 방에 들어선 그는 테두리가 돌로 된 구멍 네 개 중 하나를 골랐다. 그 구멍들은 물이 끊임없이 흐르는 하수구로 이어져 있어, 분뇨가 골짜기 사이에 흐르는 강으로 씻겨 내려가도록 설계되어 있었다. 그래서 냄새가 거의 나지 않았다. 그야말로 공학 기술의 기적이 아닐 수 없었다. 마르쿠스는 돌뚜껑을 치우고 볼일을 보았다.

방으로 돌아왔는데, 가이우스가 일어난 기척이 들리지 않았다. 마르쿠스는 왜 이렇게 게으르냐고 잔소리를 해댈 심산으로 방문을 확 열었다. 그러나 방은 텅 비어 있었다. 이만저만 실망한 게 아니었다.

"나를 데리고 갔어야지, 친구. 내가 필요 없다는 걸 이렇게 노골적으로 드러낼 것까지는 없잖아."

마르쿠스는 서둘러 옷을 입은 후 가이우스를 찾아 나섰다. 어느덧 해가 골짜기 언저리를 환하게 밝히더니, 들판의 노예들이 허리를 굽혀 하루 일을 시작할 때에 맞춰 소유지를 비추었다.

안개는 시원한 숲에서조차 햇살을 받아 순식간에 사라졌다. 마르쿠스가 가이우스를 발견한 곳은 두 소유지의 경계선이었다. 가이우스는 무장을 하고 있지 않았다.

마르쿠스가 다가가자 가이우스가 돌아섰다. 얼굴에는 공포가 가득했다. 친구임을 확인한 가이우스는 긴장을 풀고 빙그레 웃었다.

"네가 와서 기뻐, 마르쿠스. 녀석이 언제 올지 몰라서 여기서 잠시 기다리고 있었어. 잠깐이지만 네가 그 녀석인 줄 알았어."

"나도 너랑 같이 기다리고 있었어야 하잖아. 난 네 친구라는 거 기억해 둬. 게다가 나 역시 녀석한테 매를 되갚아줘야지."

"넌 손이 부러졌잖아, 마르쿠스. 어쨌든 넌 한 번이지만 난 녀석한테 두 번 갚아줘야 해."

"맞는 말이야. 하지만 난 나무 위에 있다가 녀석을 덮칠 수도 있고, 녀석이 달려들 때 딴죽을 걸 수도 있잖아."

"속임수로 전투를 이기지는 못해. 난 내 힘으로 녀석을 이길 거야."

마르쿠스는 잠시 아무 말도 하지 않았다. 평상시에는 쾌활하기만 하던 소년에게서 싸늘함과 복수심이 엿보였기 때문이다.

해가 서서히 떠오르자 시시각각 그늘의 모양이 변했다. 마르쿠스는 자리에 앉아 처음에는 웅크리고 있다가 나중에는 두 다리를 앞으로 쭉 뻗었다.

먼저 입을 열지는 않을 생각이었다. 가이우스가 누가 더 진지한지 겨루는 시합으로 만들었던 것이다. 마르쿠스는 그 상태로 몇 시간 동안이나 일어나지 않았다. 가이우스가 기꺼이 버틸 듯 보였기 때문이다. 그러는 사이 그늘은 계속 이동했다. 마르쿠스는 변화하는 그늘의 위치를 막대로 표시해 가며 기다린 시간을 어림짐작했다. 그런데 세 시간 정도 흘렀겠다 싶었을 때 드디어 수에토니우스가 오솔길을 걸으며 조용히 나타났다. 수에토니우스는 두 소년을 보고 멈춰 서더니 천천히 미소를 흘리며 다가왔다.

"네가 마음에 들기 시작한다, 꼬마 늑대야. 오늘은 널 황천길로 보내든지 다리를 부러뜨리든지 해야겠다. 어때, 그 정도면 공정할 것 같으냐?"

가이우스는 빙긋이 웃고는 자리에서 일어나 최대한 꼿꼿하고 당당한 자세를 취했다.

"내 목숨은 내가 거둘 거야. 네 녀석이 날 죽이지 않으면, 널 죽일 수 있을 만큼 크고 강해질 때까지 계속 너랑 싸울 거야. 그땐 네 여자를 내가 가진 다음 내 친구한테 줘버릴 테다."

가이우스의 말에 마르쿠스의 얼굴이 공포에 질렸다. 아마도 두 소년은 냅다 줄행랑을 쳐야 옳았을 것이다. 수에토니우스는 눈을 가늘게 뜨고 두 소년을 바라보더니 허리춤에서 사악한 작은 단검을 빼들었다.

"어이, 꼬마 늑대. 미꾸라지, 네놈들은 너무 멍청해서 화도 못 내고 강아지처럼 캥캥거리기만 하는구나. 다시 조용하게 만들어주지."

수에토니우스는 그렇게 말한 뒤 두 소년을 향해 내달렸다. 그러나 그들에게 이르기 바로 직전, 땅이 갈라지면서 돌풍이 일고 먼지와 낙엽이 풀썩 솟구치더니 시야에서 사라졌다.

"네놈을 위해 늑대 잡는 함정을 좀 팠다, 수에토니우스."

가이우스가 신이 나서 소리쳤다.

열네 살 소년은 이쪽저쪽 벽면에서 폴짝폴짝 뛰었고, 가이우스와 마르쿠스는 마른 땅에서 붙잡을 만한 곳을 찾으려고 안간힘을 쓰는 그의 손가락을 짓밟으며 잠시 즐거운 시간을 보냈다. 수에토니우스는 악을 써대며 욕설을 퍼부었고, 가이우스와 마르쿠스는 서로 등을 찰싹 때려가며 수에토니우스를 조롱했다.

"네놈한테 큰 바위를 떨어뜨릴까도 생각했었어. 북쪽에서 늑대를 잡을 때 하듯이 말이야."

발악을 하다하다 지친 수에토니우스가 입을 다물고 부루퉁해 있을 때 가이우스가 조용히 말했다.

"하지만 네 녀석이 나를 죽이지 않았으니까 나도 널 죽이지 않을 거야. 우리가 널 늑대 잡는 함정에 빠뜨린 것도 아무한테도 말하지 않을 거야. 물론 장담할 순 없지만. 부디 빠져나올 수 있기를 빈다."

가이우스가 돌연 우우우우 하고 환성을 내지르자 마르쿠스도 곧바로 가세했다. 두 소년이 날아갈 듯한 기분으로 질주하며 멀어져 감에 따라 그들의 외침과 희열에 찬 고함소리도 사라져 갔다.

오솔길을 쿵쿵 달리며 마르쿠스가 어깨 너머로 소리쳤다.

"녀석을 힘으로 이길 거라고 말했지 않았냐?"

"그렇게 말했어. 하지만 밤새도록 쉬지 않고 저 구덩이를 팠단 말이야."

나무 사이로 해가 밝게 빛났다. 그들은 마치 온종일 달릴 수 있을 듯한 기분이었다.

혼자 남은 수에토니우스는 함정 벽을 쑤석거려 튀어나온 곳을 찾은 뒤 그곳을 붙잡고 몸을 번쩍 들어 올려 밖으로 빠져나왔다. 그러고는 잠시 동

안 그냥 그 자리에 앉아서 진흙투성이가 된 프라이텍스타와 반바지를 물
끄러미 바라보았다. 수에토니우스는 집으로 돌아오는 내내 인상을 썼지
만, 숲을 빠져나와 햇살 속으로 들어서자 웃어대기 시작했다.

2장

가이우스와 마르쿠스는 새로 경작할 들판을 천천히 걷고 있는 투브루크를 뒤따라 걸었다. 투브루크가 다섯 걸음마다 한 손을 내밀면, 가이우스가 무거운 바구니에서 말뚝 하나를 꺼내 그에게 건넸다. 투브루크 자신은 나무 물렛가락에 커다란 공 모양으로 감긴 끈을 들고 있었다. 언제나 참을성이 많은 투브루크는 말뚝에 끈을 묶어 마르쿠스에게 건네며 단단히 붙잡으라고 시킨 다음 딱딱한 땅에 말뚝을 박았다. 그는 이따금 고개를 돌려 길게 늘어진 끈을 쭉 훑으며 자신이 표시해 둔 경계표들을 보았다. 그러고는 만족스러운 듯 일을 계속했다.

두 소년으로서는 지루하기 짝이 없는 일이었다. 그래서 캄푸스 마르티우스(마르스 광장—옮긴이)로 달아나고만 싶었다. 로마 바로 외곽에 자리한 거대한 들판인 그곳에서는 말을 탈 수도 있었고 운동 경기에 참가할 수도 있었다.

"꽉 붙잡아."

투브루크가 딴생각에 빠져 있는 마르쿠스에게 버럭 소리를 질렀다.

"얼마나 더 해야 돼요, 아저씨?"

가이우스가 물었다.

"일을 제대로 끝낼 때까지. 농부들을 위해 들판에 표시를 해두어야 하는데, 그러려면 말뚝을 박아 경계를 지어야 해. 네 아버님께서는 소유지의 수입이 늘어나길 바라시지. 이 들판의 흙은 무화과를 기르기에 알맞은데, 무화과는 로마 시장에 내다팔 수 있단다."

가이우스는 푸른빛과 황금빛으로 물든 언덕인 아버지의 땅을 보았다.

"이곳을 소유하면 잘사는 건가요?"

투브루크가 킬킬 웃었다.

"너를 먹이고 입힐 정도는 되지. 하지만 빵을 만들 보리나 밀을 많이 심을 만큼 넓은 땅은 아니어서 수확물이 적을 수밖에 없어. 그러니까 우리는 로마 시민들이 사고 싶어하는 것들을 집중해서 심어야 하지. 화원에서 생산하는 씨앗들은 고귀한 로마시 여인들을 위한 화장 기름을 만드는 데 쓰인단다. 아, 그리고 아버님이 새 꿀벌 떼의 집으로 쓸 벌통을 열두 개 사들이셨다. 몇 달 후에는 끼니마다 꿀을 맛볼 수 있을 게다. 좋은 값에 팔아 소득을 올릴 수도 있을 거고."

"벌들이 오면 벌통 관리하는 걸 우리가 도와도 돼요?"

마르쿠스가 갑자기 관심을 보이며 큰 소리로 말했다.

"아마도. 허나 아주 조심스럽게 다뤄야 한다. 타디우스 노인이 노예가 되기 전에 벌을 치곤 했으니, 꿀벌 모으는 데 도움이 됐으면 좋겠구나. 벌들은 자기들 겨울 창고를 도둑질당하는 걸 좋아하지 않아서 숙련된 일꾼이 필요하니까 말이다. 이제 그 말뚝을 단단히 붙잡거라. 370미터로군. 여기서 모퉁이를 돌자꾸나."

"우리가 더 필요하세요, 아저씨? 우린 조랑말을 타고 로마로 가서 원로원의 토론을 들을 수 있는지 알아보고 싶은데요."

투브루크가 콧방귀를 뀌었다.

"캄푸스 마르티우스로 가서 다른 소년들과 조랑말 경주를 벌이려는 거겠지. 오늘은 이쪽만 표시하면 끝이다. 내일은 일꾼들을 시키면 되고. 한두 시간만 더 하면 일이 다 마무리될 거다."

두 소년은 시무룩한 얼굴로 서로를 바라보았다. 투브루크는 물렛가락과 나무망치를 내려놓고 한숨을 내쉬며 등을 쭉 폈다. 그러더니 가이우스의 어깨를 톡 쳤다.

"지금 우리가 일하고 있는 이곳은 네 땅이란 걸 명심해라. 이곳은 네 아버지의 아버지 소유였고, 장차 네게 아이가 생기면 그 아이들 소유가 될 것이다. 자, 보거라."

투브루크가 한쪽 무릎을 꿇고 웅크려 앉더니, 딱딱한 땅이 부서져 시커먼 흙이 될 때까지 말뚝과 나무망치로 톡톡 쳤다. 그런 다음 땅속으로 손을 밀어 넣어 거무튀튀한 물질을 한 움큼 움켜잡고는 소년들에게 보여주었다. 투브루크가 흙을 손가락으로 바스러뜨릴 때, 가이우스와 마르쿠스는 어리벙벙한 모습이었다.

"지금 우리가 서 있는 이곳에는 수백 년 동안 로마인들이 서 있었다. 이 흙은 그냥 흙이 아니란다. 이것은 '우리'고, 우리를 앞서 간 사내들, 여인들의 흙먼지다. 너희는 여기서 나왔고 여기로 되돌아갈 것이다. 언젠가는 다른 이들이 너희를 밟고 지나갈 것이다. 한때는 너희들도 그곳에 있었고, 그들 자신처럼 살아 있었다는 것을 결코 알지 못한 채 말이다."

"가족묘는 로마로 가는 길에 있는데."

갑자기 열정적으로 나오는 투브루크의 모습에 불안해하며, 가이우스가 중얼거렸다.

나이 든 검투사는 어깨를 으쓱했다.

"최근에는 그렇지. 허나 우리 민족은 그곳에 도시가 생기기 전부터 여기에서 살았다. 이미 오래전에 잊혀졌지만, 수많은 전쟁을 치르는 동안 이들판에서 피를 흘리며 죽어갔단다. 아마 몇 년 뒤에는 다시 그러겠지. 땅속으로 손을 넣어보거라."

투브루크는 내켜 하지 않는 가이우스의 손을 붙잡아다 부서진 흙 속으로 밀어 넣었다. 그런데 가이우스가 손을 도로 빼내자 손가락을 펴지 못하게 자기 손으로 덮어버렸다.

"넌 역사를 움켜쥐고 있는 거다, 애야. 우리가 보지 못한 것들을 보아온 땅을 말이다. 넌 지금 네 손에 네 가문과 로마를 쥐고 있단 말이다. 땅은 우리를 위해 농작물을 길러낼 것이고, 우리를 먹일 것이며, 우리가 사치를 즐길 수 있도록 돈을 벌어줄 것이다. 땅이 없다면 우리는 아무것도 아니다. 땅이 전부니, 세계 어디를 여행하든 이 땅만이 진정으로 네 것이 될 것이다. 네가 손에 쥔 이 단순한 시커먼 흙만이 네게 고향이 될 것이다."

진지한 표정으로 두 사람을 지켜보던 마르쿠스가 물었다.

"저한테도 고향이 될까요?"

투브루크는 잠깐 동안 대답을 하지 않고 흙을 꽉 움켜잡은 채 뚫어져라 쳐다보고 있는 가이우스의 시선을 맞받았다. 그러더니 마르쿠스에게로 몸을 돌리고는 빙그레 웃었다.

"물론이다, 애야. 너도 로마인이 아니냐? 로마는 모든 사람의 것이니 네 것이기도 하지."

투브루크는 서서히 미소를 거두고 다시 가이우스에게 눈길을 돌렸다.

"허나 이 소유지는 가이우스의 것이란다. 언젠가는 이곳의 주인이 되어,

그늘진 무화과 밭과 벌들이 윙윙대는 벌통들을 내려다보며, 어렸을 적에 원했던 것이라곤 캄푸스 마르티우스의 다른 소년들한테 새로 익힌 마상 묘기를 보여주는 게 전부였지 하고 떠올릴 게다."

투브루크는 순간 마르쿠스의 얼굴에 떠오른 슬픈 표정을 보지 못했다.

가이우스는 손을 펼쳐 투브루크가 부숴 놓은 땅에 흙을 도로 내려놓은 뒤 생각에 잠긴 표정으로 말뚝을 꾹 내리눌렀다.

"그럼 이제 들판에 표시하는 일을 마무리해요."

가이우스의 말에 투브루크는 고개를 끄덕이며 자리에서 일어났다.

두 소년이 캄푸스 마르티우스로 이어지는 티베르 강 다리 가운데를 건 널 때는 이미 해가 뉘엿뉘엿 지고 있었다. 출발하기 전에 몸을 씻고 깨끗 한 옷으로 갈아입으라고 투브루크가 강요하는 바람에 늦어졌던 것이다. 그러나 늦은 시각인데도 거대한 그 공간은 로마 젊은이들로 가득 차 있었 다. 여기저기서 격려의 외침이 터져나오는 가운데, 원반과 창을 던지는 무 리도 있었고, 공을 차는 무리도 있었으며, 조랑말과 말을 타는 무리도 있 었다. 두 소년은 시끌벅적한 그곳에서 레슬링 시합과 전차 몰기 연습을 지 켜보길 좋아했다.

비록 어리기는 해도 높은 안장에 앉은 두 소년은 자신만만했다. 안장은 사타구니와 궁둥이를 단단히 고정시켜, 묘기를 부리는 동안에도 안전하게 붙잡아주는 역할을 했다. 두 소년은 다리를 준마의 갈비뼈 위로 길게 늘어 뜨렸다. 그러나 방향을 바꿀 때면 균형을 잡기 위해 다리로 말의 몸통을 단단히 붙들었다.

주변을 두리번거리며 수에토니우스를 찾던 가이우스는 군중 속에서 그의 모습이 보이지 않자 흡족해했다. 그를 늑대 잡는 함정에 빠뜨린 후 만난 적이 없었다. 그것은 가이우스가 원하던 바이기도 했다. 전투에서 승리한 채로 끝이 나는 것 말이다. 더 이상 소규모 접전을 벌여봤자 골치만 아플 뿐이었다.

가이우스와 마르쿠스는 또래 아이들에게로 말을 몰아 큰 소리로 인사를 건넸다. 그런 다음 한 다리를 조랑말 옆구리 너머로 휙 움직여 말에서 내렸다. 아는 얼굴은 한 명도 없었지만 그들이 다가가자 무리가 갈라섰는데, 분위기가 우호적이었다. 그들은 오른손에 원반을 그러쥔 한 사내를 바라보았다.

"저 사람은 타니야. 자기 군단 우승자이지."

한 소년이 가이우스에게 큰 소리로 말했다.

소년들이 지켜보는 가운데, 타니가 몸을 움직이기 시작하더니 제자리에서 빙글빙글 돌다가 지는 해를 향해 원반을 던졌다. 원반이 날아가자 여기저기서 휘잇휘잇 하는 소리를 토해냈다. 개중에는 박수를 치는 소년도 있었다.

타니가 소년들에게로 돌아섰다.

"조심해. 잠시 후에 이쪽으로 되돌아올 거니까."

또 다른 사내가 바닥에 떨어진 원반 쪽으로 달려갔다. 그 사내는 원반을 주워든 뒤 빙빙 돌리다가 다시 한 번 힘차게 날렸다. 이번에는 원반이 넓은 각도를 그리며 날아갔다. 원반이 자신들을 향해 솟구쳐 오르자 소년들은 뿔뿔이 흩어졌다. 그런데 한 소년이 유독 움직임이 둔해, 휙 피하려는 바로 그 순간 옆구리를 탁 맞았다. 튕겨 나온 원반은 물수제비마냥 땅바닥을 몇 차례 튕기며 날아갔다. 소년은 몸을 웅크리며 바닥으로 쓰러졌다.

타니가 끙끙 신음하고 있는 소년에게 달려갔다.

"잘 멈춰 세웠다. 괜찮으냐?"

소년은 고개를 끄덕이며 기다시피 하여 일어났지만 여전히 고통스러운 듯 옆구리를 부여잡았다. 타니는 소년의 어깨를 토닥여주고는 부드럽게 상체를 굽혀 바닥에 떨어진 원반을 집어 들었다. 그러고는 다시 던지려고 자기 자리로 돌아갔다.

"오늘 누구 승마 경주할 사람 있어?"

마르쿠스의 물음에 소년 몇이 돌아섰다. 그들은 투브루크가 마르쿠스에게 골라준 튼튼하게 생긴 작은 조랑말에 시선을 던지며 상대할 만한지 저울질했다.

"아직은 없어. 우린 레슬링을 구경하러 왔거든."

대답을 한 소년은 근처 풀밭에 사각형으로 표시된, 풀이 짓밟힌 공간을 가리켰다. 그 주위에는 몇 안 되는 남자와 여자가 삼삼오오 모여 이야기를 나누거나 무언가를 먹고 있었다.

"나도 레슬링 할 줄 알아. 우리도 우리끼리 시합을 하면 되겠다."

가이우스가 얼굴을 환하게 밝히며 재빨리 끼어들었다.

소년들이 흥미를 보이며 웅성거렸다.

"둘씩?"

"모두 한꺼번에. 마지막에 서 있는 사람을 우승자로 할까? 그렇지만 상금이 있어야 하는데, 우리가 가진 돈을 모두 걸고, 마지막에 남는 사람이 그 돈을 전부 갖는 건 어때?"

가이우스의 제안에 소년들은 어찌할지 서로 논의했다.

잠시 후, 많은 수의 소년들이 튜닉을 뒤져 동전을 찾기 시작했다. 그들은 그 돈을 키가 가장 큰 소년에게 주었다. 두 손에 동전 더미가 수북이 쌓여감에 따라 소년의 걸음걸이도 자신에 차 있었다.

"난 페트로니우스야. 여기 모인 건 스무 쿠아드란스(고대 로마의 청동화—옮긴이) 정도 돼. 넌 얼마나 갖고 있니?"

"동전 좀 있냐, 마르쿠스? 난 두 개 있어."

가이우스는 소년의 손에 가득 쌓인 동전 더미 위에 동전 두 개를 보탰고, 마르쿠스는 세 개를 더 보탰다.

페트로니우스는 다시 동전을 세면서 미소를 지었다.

"꽤 되는걸. 이젠 나도 낄 거니까 내가 이길 때까지 이걸 들고 있어줄 사람이 필요하겠다."

페트로니우스가 두 신참을 보며 씩 웃었다.

"내가 대신 들고 있을게, 오빠."

한 소녀가 그렇게 말하고는 고사리 손에 동전을 받았다.

"내 여동생, 라비아야."

페트로니우스가 설명했다.

그러자 소녀가 가이우스와 마르쿠스한테 윙크를 했다. 키는 작아도 오빠를 닮아 체구가 단단했다.

소년들은 즐겁게 노닥거리며 사각형 모양 안으로 발길을 옮겼다. 그냥 구경이나 하려고 밖에 서 있는 소년들은 몇 명 되지 않았다. 가이우스가 세어보니, 자신만만하게 준비운동을 시작한 페트로니우스 말고도 경기장 안에는 일곱 명이 더 있었다.

"규칙이 뭐야?"

가이우스가 다리와 등을 쭉쭉 늘이면서 물었다. 그 물음에 페트로니우스가 몸짓으로 소년들을 불러 모았다.

"주먹질은 안 돼. 넘어질 때 등이 땅에 닿으면 탈락이야. 알겠지?"

소년들은 험악한 표정을 지은 채 동의했다. 서로가 서로를 훑어보았고 적대적인 분위기가 형성되었다.

한쪽 가장자리에서 라비아가 말했다.

"내가 시작을 외칠게. 다들 준비됐어?"

출전자들은 고개를 끄덕였다. 가이우스가 주변을 둘러보니, 어디 뭐든 지 간에 구경하거나 내기를 걸 만한 시합이 없나 하고 정처 없이 떠도는 사람이 몇 명 눈에 띄었다. 공기에서는 산뜻한 풀 냄새가 났고, 온몸은 원기가 충만한 느낌이었다. 가이우스는 발을 질질 끌며 걸으면서 투브루크가 땅에 관해 했던 말을 떠올렸다. 로마의 땅은 선조들의 피와 뼈로 이루어져 있다는 말을. 가이우스는 발밑이 견고하게 느껴지는 곳에 몸을 고정시켰다. 그 순간이 영원히 지속되는 듯싶더니, 원반던지기 우승자인 타니가 빙그르르 돌다가 다시 원반을 던지는 게 보였다. 원반은 일직선을 그리며 캄푸스 마르티우스 위로 높이 날아갔다. 하늘에서는 붉게 물들며 지는해가 사각형 경기장 안에 긴장한 채 서 있는 소년들에게 온기를 던졌다.

"시작!"

라비아가 소리쳤다.

가이우스는 털썩 한쪽 무릎을 꿇어, 머리 위로 돌진해 오는 적의 공격을 무효화시켰다. 그러고는 양 허벅지에 힘을 꽉 주고 밀어 올려 상대 소년을 발밑으로 쓰러뜨렸다. 소년은 먼지투성이 풀밭 위에 납작 널브러졌다. 일어서던 가이우스는 옆구리를 강타당했지만 쓰러지면서 몸을 빙그르르 돌려 오히려 공격자를 땅에 내동댕이쳤다.

마르쿠스와 페트로니우스는 서로 겨드랑이와 어깨를 꽉 붙잡은 채 엉겨붙어 정신없이 싸우고 있었다. 그때 고군분투하던 또 다른 투사가 누군가에게 무방비로 떠밀려 페트로니우스에게 부딪히는 바람에 둘 다 거칠게 쓰러졌다.

한편 가이우스가 방심한 순간 누군가 뒤에서 목을 졸랐다. 가이우스는 뒤로 발길질을 해대며 샌들로 누군가의 정강이를 차는 것과 동시에 팔꿈치로 뒤를 가격했다. 목을 조이는 팔이 느슨해졌다고 느끼는 찰나, 가이우스는 서로 싸우고 있는 소년들에게 부딪혀 상대와 함께 벌렁 나자빠졌다. 바닥에 세게 부딪힌 가이우스가 경기장 가장자리로 기어가는데, 누군가로부터 얼굴을 차여 뺨에 상처가 났다.

가이우스는 순간 화가 치밀어 올랐다. 하지만 공격을 가한 소년은 자신이 그런 줄도 모르고 있었다. 이를 본 가이우스는 경기장 한쪽 옆으로 물러나 다시 일어선 마르쿠스를 응원했다. 페트로니우스는 완전히 뻗어서 탈락한 상태였다. 따라서 마르쿠스와 다른 두 소년만 겨루고 있을 뿐이었다. 모여든 구경꾼들은 소리를 질러 응원을 하기도 하고 자기들끼리 내기를 하기도 했다. 마르쿠스는 한 소년의 가랑이와 목을 붙잡고는 공중으로 들어 올리려 안간힘을 썼다. 소년을 내던질 요량이었다. 발이 땅에서 떨어지자 그 소년은 미친 듯이 발버둥을 쳤다. 그때 마지막 남은 소년이 마르쿠스의 뒤에서 가슴을 부여잡았다. 결국 마르쿠스는 첫 번째 소년과 함께 비틀거리다가 뒤쪽에 있던 소년을 뒤로 깔아 눕혀버렸다.

신참이 와아 하고 환성을 지르며 일어서 두 팔을 높이 쳐든 채 네모난 경기장을 한 바퀴 돌았다. 가이우스는 마르쿠스의 웃음소리를 들었다. 친구는 흙먼지를 털며 일어섰고, 가이우스는 여름 공기를 깊이 들이마셨다.

가이우스는 거대한 캄푸스 너머 중간 정도 되는 거리에서 수백 년 전 고대의 일곱 언덕 위에 세워진 도시 로마를 보았다. 가이우스 주변에는 환호성을 질러대는 그의 사람들이 있었고, 발밑에는 그의 땅이 있었다.

한 달의 끝을 알리는 그믐달만이 희미하게 빛나는 칠흑 같은 어둠이 사위에 깔렸다. 두 소년은 소유지의 들판을 지나고 오솔길을 지나 어둠 속을 묵묵히 나아갔다. 과일 냄새와 꽃향기가 진동하는 가운데 귀뚜라미가 귀뚤귀뚤 울어댔다. 그들은 그날 투브루크와 함께 서 있던 곳에 당도할 때까지 말없이 걸었다. 말뚝을 박아 줄로 표시해 놓았던 새 밭의 모퉁이가 바로 그곳이었다.

두 소년은 어둠 속을 뚫고 손으로 끈을 더듬어가며 겨우겨우 모퉁이의 흙이 부서진 부분에 도달했다. 그때였다. 가이우스가 허리춤에서 가느다란 칼을 꺼내들었다. 부엌에서 훔쳐온 것이었다. 그러더니 온 정신을 집중해 날카로운 칼날로 엄지손가락의 볼록한 부분을 그었다. 칼날이 의도했던 것보다 깊이 들어가는 바람에 손 위로 피가 흘러내렸다. 가이우스는 칼을 마르쿠스에게 건넨 뒤 엄지손가락을 높이 쳐들었다. 상처가 약간 걱정되기도 하고, 피가 흐르는 속도를 늦출 수 있기를 바라는 마음에서였다.

마르쿠스는 칼로 엄지손가락을 한 번 그었으나 피가 나지 않자 또 한 번을 그어 상처를 낸 뒤 피 몇 방울을 짜냈다.

"난 정말로 엄지손가락 여기를 베어냈단 말이야!"

가이우스가 짜증을 내며 말했다.

마르쿠스는 진지한 표정을 지으려 했건만 그렇게 되지 않았다. 마르쿠스가 손을 내밀자 가이우스는 마르쿠스 손에다 자기 손을 눌러 어둠 속에서 서로의 피가 섞이게 했다. 그런 다음 피가 흐르는 엄지손가락을 부서진 흙 속으로 밀어 넣고는 베인 곳이 아팠는지 몸을 움찔했다. 마르쿠스는 가이우스를 한참 동안 지켜보고 나서야 그대로 따라 했다.

"이제 너도 이 소유지의 일부고, 우린 형제야."

가이우스의 말에 마르쿠스가 고개를 주억거렸다.

이제 두 소년은 침묵을 지킨 채 불규칙하게 퍼져 있는 소유지의 흰색 건물들을 향해 걸음을 옮기기 시작했다. 사위가 칠흑같이 어두워 보이지는 않았지만, 마르쿠스의 눈에는 눈물이 그렁그렁했다. 마르쿠스는 누가 볼세라 손으로 재빨리 눈물을 훔쳤다. 그 바람에 얼굴은 피로 얼룩이 졌다.

가이우스는 소유지 대문 꼭대기에 서서 손차양으로 밝은 햇볕을 가리고 로마 쪽을 바라보았다. 아버지가 로마 시에서 돌아오고 있을 거라는 말을 투브루크로부터 들었기 때문이다. 그래서 아버지를 제일 먼저 마중 나와 있었다. 가이우스는 손에 침을 탁 뱉어 다갈색 머리에 싹싹 발랐다.

가이우스는 삶을 번잡하게 하는 잡일과 근심거리에서 멀어지는 것을 즐겼다. 소유지 건물 이쪽에서 저쪽으로 지나가는 노예들은 좀처럼 위를 올려다보지 않았다. 지켜보면서도 누군가의 눈에 띄지 않는 것은 기분이 묘했다. 뭐랄까, 은밀하고 조용한 순간이라고나 할까. 어딘가에서 어머니가 과일 담을 바구니를 들어달라고 그를 찾고 있거나, 투브루크가 말과 황소의 가죽 멍에에 왁스칠과 기름칠을 할 누군가를 찾고 있거나, 다른 수천 가지 잡다한 일이 처리되고 있을 터였다. 어쨌든 자신은 그런 모든 일에서 벗어나 있다는 생각을 하니, 한결 기분이 좋아졌다. 그들은 그를 찾아내지 못했고, 그는 자신만의 작은 공간에서 로마로 가는 길을 지켜보고 있었다.

흙먼지가 길게 꼬리를 끌며 피어오르자 가이우스가 문설주 위에서 일어섰다. 아버지인지 아닌지 긴가민가했다. 너무 멀어서 말에 탄 사람의 얼굴을 알아볼 수는 없었지만, 인근에 소유지가 그다지 많지 않은 만큼 확률은 높았다.

몇 분 후, 말에 탄 사내의 얼굴을 똑똑히 본 가이우스는 환성을 지르고는 팔다리를 잽싸게 놀려 부리나케 땅으로 기어 내려왔다. 그러고는 온몸을 던져 육중한 대문을 밀어댔다. 문이 삐걱 소리를 내며 비집고 나갈 수 있을 정도로 열리자, 가이우스는 아버지를 마중하기 위해 황급히 달려 나갔다. 어린아이용 샌들이 딱딱한 바닥에 닿을 때마다 또각또각 소리가 났다.

가이우스는 두 팔을 앞뒤로 열심히 흔들며 다가오는 인물을 향해 질주했다. 그는 꼬박 한 달 만에 돌아온 아버지에게 그 사이 자신이 얼마나 많이 컸는지 보여주고 싶었다. 다들 그렇게 말했다.

"안녕, 아빠!"

가이우스가 소리쳤다. 그 소리를 들은 아버지는 가이우스가 달려오자 고삐를 당겨 말을 세웠다. 온통 먼지를 뒤집어쓴 아버지는 피로한 기색이 역력했다. 하지만 가이우스는 아버지의 푸른 눈동자에 미소가 어리며 눈가에 주름이 잡히는 것을 보았다.

"내가 지금 길에서 거지를 만난 건가, 꼬마 강도를 만난 건가?"

아들을 한 팔로 번쩍 들어 올려 말안장에 태우며 아버지가 말했다.

가이우스는 허공으로 확 들려 올라가며 깔깔댔다. 말이 다시 소유지 담장을 향해 느릿느릿 걷기 시작하자 아버지의 등을 꽉 붙잡았다.

"지난번에 봤을 때보다 키가 컸구나."

아버지의 목소리는 맑고 경쾌했다.

"약간요. 투브루크 아저씨는 제가 옥수수처럼 쑥쑥 큰대요."

그 말에 아버지가 고개를 끄덕였다. 그때부터는 두 사람 사이에 다정한 침묵이 흘렀다. 이윽고 대문에 이르자 가이우스는 말 잔등에서 미끄러지듯 내려와 아버지가 소유지 안으로 들어설 수 있도록 대문을 힘껏 열었다.

"이번에는 집에 오래 계실 거예요?"

말에서 내린 아버지는 가이우스가 침을 발라가며 공들여 정돈한 머리를 손으로 헝클어뜨렸다.

"며칠, 어쩌면 한 일주일 정도 있을 거다. 더 머무르고 싶다만, 공화국을 위해 처리해야 할 일이 늘 생겨서 말이다."

아버지는 말고삐를 아들에게 건네주었다.

"이 늙은 머큐리를 마구간으로 끌고 가 깔끔하게 솔질 좀 해주거라. 일꾼들이 일을 잘하고 있는지 살펴보고, 네 어머니와 이야기도 나누고 나서 다시 보자꾸나."

아우렐리아 이야기가 나오자 가이우스의 천진난만한 얼굴이 굳어졌다. 그것을 눈치챈 아버지는 한숨을 내쉬더니 아들의 어깨에 손을 올리고는 눈을 맞추었다.

"나도 더 많은 시간을 로마 밖에서 보내고 싶다. 하지만 얘야, 내가 하는 일은 내게 중요하단다. 공화국이라는 말의 뜻을 이해하느냐?"

가이우스가 고개를 주억거렸지만, 아버지는 미심쩍어했다.

"아마 아닐 게다. 동료 원로원 의원들 중에도 제대로 이해하는 이가 거의 없는 듯하니 말이다. 우리는 모든 사람, 심지어 평민까지도 자신의 목소리를 낼 수 있게 해주는 정치사상, 정치체제를 실현하고 있다. 이것이 얼마나 드문 일인지 아느냐? 이 아비가 아는 다른 작은 나라들은 모두 왕이나 족장이 다스린단다. 왕이나 족장은 자신의 친구들한테는 땅을 주고, 자신과 사이가 나쁜 이들한테는 돈을 빼앗지. 그건 어린아이한테 칼을 쥐어주는 꼴이란다. 허나 로마에서는 법치가 이루어지고 있단다. 아직까진 완벽하지도, 아비가 원하는 만큼 공정하지도 않다만, 그렇게 되기 위해 애쓰고 있다. 그것이 바로 아비가 삶을 바치고 있는 일이란다. 내 삶은 물론 이거니와, 때가 되면 네 삶도 바칠 만큼 가치 있는 일이다."

"그래도 아버지가 보고 싶어요."

이기적이라는 것을 알면서도 가이우스는 그렇게 말하고 말았다.

아버지가 살짝 눈빛을 굳히더니 다시 한 번 가이우스의 머리를 헝클어뜨렸다.

"나도 네가 보고 싶다. 무릎은 지저분하고 튜닉은 집 없는 아이나 입으면 딱 좋겠다 싶을 정도로 엉망이지만, 나도 네가 보고 싶단다. 가서 깨끗이 씻거라. 허나 먼저 머큐리부터 솔질을 해주거라."

아들이 말을 끌고 터벅터벅 걸어가는 모습을 지켜보면서, 아버지는 슬픈 미소를 지었다. 투브루크의 말대로 아들은 키가 약간 자라 있었다.

가이우스는 마구간에서 아버지 말의 옆구리를 솔로 박박 문질러 땀과 먼지를 떨어내며, 아버지가 한 말을 곰곰이 생각해 보았다. 공화국이라는 개념도 매우 근사하게 들리기는 했지만, 그래도 왕이 되는 게 분명 훨씬 더 흥미진진했다.

율리우스가 오랫동안 집을 비웠다 돌아올 때마다, 아우렐리아는 기다란 트리클리니움(3면에 누울 수 있는 긴 의자를 놓고 누워서 식사하는, 고대 로마의 식탁—옮긴이)에서 하는 격식을 차린 식사를 고집했다. 그럴 때면 두 소년은 어린이용 스툴에 앉고, 아우렐리아와 남편은 그 옆에 놓인 기다란 카우치에 맨발로 누운 채 가사노예들이 낮은 식탁에 차려놓은 음식을 들곤 했다.

가이우스와 마르쿠스는 그런 식의 식사를 몹시 싫어했다. 노예들이 요리를 접시에 담아 차례차례 내왔는데, 각 요리 접시를 비우는 동안에는 일체의 잡담도 나누지 못하고 꿀 먹은 벙어리마냥 고통스럽게 앉아 있어야 했기 때문이다. 더구나 손가락을 음식에 한 번 담갔다가 꺼낼 때마다 노예들이 손가락을 재빨리 닦으며 귀찮게 했다. 가이우스와 마르쿠스는 그간의 경험을 통해 음식을 너무 빨리 먹어치워 아우렐리아의 신경을 거슬리게 해서는 안 된다는 것을 알고 있었다. 그래서 식욕이 왕성한데도 어른들처럼 꼭꼭 씹어 천천히 삼키며 저녁 그늘이 길어지도록 오래오래 식사를 해야만 했다.

목욕도 하고 깨끗한 옷으로 갈아입은 가이우스는 어머니, 아버지와 함께 있었지만 화가 나고 마음이 편치 않았다. 아버지는 길에서 만났을 때의 격의 없는 모습은 온데간데없이 마치 두 소년이 거기에 없는 것처럼 어머니하고만 이야기를 나누고 있었다. 가이우스는 최대한 가까이에서 어머니를 지켜보며 발작이 일어날 징후인 떨림이 없는지 살펴보았다. 어머니가 발작을 일으키는 모습을 처음 보았을 때, 얼마나 겁이 났는지 가이우스는 흐느껴 울었다. 그러나 세월이 흐르면서 감정이 무뎌졌고, 때로는 마르쿠스와 함께 식탁에서 떠날 수 있도록 어머니에게 떨림 증상이 나타나길 바라게 되었다.

어머니와 아버지의 대화에 열심히 귀를 기울이며 흥미를 가져보려 했으나, 온통 법과 시 조례의 발전에 관한 이야기뿐이었다. 아버지는 결코 처형이나 유명한 길거리 악당 이야기 같은 흥미진진한 이야기를 집으로 가지고 오는 법이 없었다.

"당신은 로마 민중을 너무 믿어서 탈이에요, 율리우스. 민중은 아버지가 아이를 돌보듯이 돌봐줘야 해요. 물론 지식과 지혜를 갖춘 이들도 있다는 데 동의해요. 허나 대다수는 보호를 해주어야만 해요……."

아우렐리아가 말꼬리를 흐리자 또다시 침묵이 찾아왔다.

율리우스는 아우렐리아를 쳐다보았다. 그의 얼굴에는 슬픔이 스며들었다. 이를 본 가이우스는 마치 보아서는 안 될 것을 본 것처럼 당혹해하며 시선을 돌렸다.

"렐리아?"

가이우스가 아버지의 목소리를 듣고 다시 고개를 돌려 어머니를 보았다. 어머니는 어딘가 먼 곳에 시선을 못 박은 채 조각상처럼 누워 있었다. 손이 떨리는가 싶더니 돌연 얼굴이 어린아이처럼 일그러졌다. 손에서부터 시작된 떨림은 온몸으로 퍼져나갔고, 그녀는 한 손으로 낮은 탁자에 놓인 사발들을 쓸어 떨어뜨리며 발작적으로 몸을 뒤틀었다. 목구멍에서는 귀청을 찢을 듯한 새된 소리가 연신 격렬하게 터져 나왔다. 그 소리에 소년들은 놀라 뒤로 자지러졌다.

그때 율리우스가 부드럽게 자리에서 일어나더니 두 팔로 부인을 꼭 붙들었다.

"다들 물러가거라."

율리우스의 명령에 가이우스와 마르쿠스는 몸을 뒤트는 인물을 단단히 붙들고 있는 사내를 뒤에 남겨둔 채 노예들과 함께 밖으로 나왔다.

이튿날 아침, 곤한 잠에 빠져 있는 가이우스를 투브루크가 깨웠다.

"일어나거라, 얘야. 어머니가 찾으신다."

가이우스가 혼잣말처럼 끙 소리를 냈다. 그러자 투브루크가 말했다.

"어머니는 어…… 끔찍한 밤을 보내신 후엔 늘 평온한 모습을 보이신단다."

가이우스가 옷을 입다 말고 나이 든 검투사를 올려다보았다.

"가끔은 어머니가 미워요."

투브루크가 부드럽게 한숨을 쉬었다.

"네가 아프시기 전의 어머니 모습을 볼 수 있었다면 좋았을 텐데. 네 어머니는 언제나 혼자 노래 부르기를 좋아했고, 집안은 늘 행복이 가득했단다. 어머니는 여전히 집에 계시지만 너를 보러 나오실 순 없다는 걸 생각해야만 한다. 어머니는 널 사랑하신단다."

가이우스는 고개를 끄덕이고는 조심스레 머리를 정돈했다.

"아버진 로마로 돌아가셨나요?"

그렇게 묻는 가이우스는 이미 답을 알고 있었다. 아버지는 어머니를 볼 때 느끼는 무력함을 몹시도 싫어하셨고, 따라서 집을 떠났을 게 분명했다.

"새벽에 떠나셨다."

투브루크의 대답에 가이우스는 아무 말도 하지 않았다. 그저 묵묵히 투브루크를 따라 차가운 복도를 지나 어머니의 방으로 갔을 뿐이다.

침대에 똑바로 앉아 있는 어머니는 방금 세수를 한 얼굴이었고, 긴 머리칼은 땋아 뒤로 늘어뜨리고 있었다. 피부는 창백했지만, 방에 들어서는 가이우스를 보자 미소를 지었다. 어머니의 그런 모습을 보니, 가이우스도 미소로 화답할 수 있었다.

"이리 더 가까이 오너라, 가이우스. 어젯밤에 무섭게 했다면 미안하구나."

가이우스는 어머니의 두 팔에 몸을 맡기며 품에 안겼다. 그러나 아무 감정도 일지 않았다. 이제 더 이상 무섭지 않다는 말을 어떻게 할 수 있겠는가? 그동안 수없이 어머니의 그런 모습을 보아왔는데, 상태가 조금씩 더 나빠졌다. 마음 한편에서는 어머니가 점점 더 악화되리라는 것, 이미 자신 곁을 떠나가고 있다는 것을 알고 있었다. 그러나 그런 일은 생각도 할 수 없어, 아니 마음속 깊이 묻어두는 게 나아, 아무 말 없이 그저 미소를 지으며 어머니를 껴안은 다음 몇 걸음 뒤로 물러났다.

"오늘은 무엇을 할 거냐?"

어머니가 가이우스를 놓아주며 물었다.

"마르쿠스와 함께 잡다한 이런저런 일을 할 거예요."

어머니는 고개를 끄덕이더니 가이우스를 잊은 듯했다. 가이우스는 잠깐 기다리다가 다른 반응이 보이지 않자 돌아서서 방을 나왔다.

생각 속의 작은 공간이 희미해지는 것과 동시에 어머니는 다시 방에 초점을 맞추었다. 하지만 이미 방은 텅 비어 있었다.

새그물을 손에 든 마르쿠스가 대문에서 가이우스와 마주쳤다. 마르쿠스가 친구의 눈을 들여다보며 경쾌하고 쾌활한 목소리로 말했다.

"오늘은 왠지 운이 좋을 것 같아. 매를 한 마리, 아니 두 마리 잡자. 녀석들이 우리 어깨 위에 앉아 있도록 하고 우리가 명령하면 공격하도록 훈련시키자. 수에토니우스 녀석 우리를 보면 줄행랑을 칠걸."

가이우스는 키득거리며 어머니에 대한 생각을 마음속에서 몰아냈다. 벌써부터 아버지가 그리웠다. 기나긴 하루가 될 텐데, 숲에는 늘 무언가

할 일이 있어서 그나마 다행이었다. 마르쿠스의 생각대로 매를 잡을 수 있으리라고는 믿지 않았지만, 날이 저물 때까지 새그물을 가지고 온 오솔길을 걸어다닐 작정이었다.

가이우스와 마르쿠스는 녹음이 짙어 햇살 가득한 들판에서 멀지 않은 곳의 나지막한 가지에 앉아 있는 갈까마귀를 못 보고 그냥 지나칠 뻔했다. 먼저 갈까마귀를 발견한 마르쿠스가 그 자리에 얼어붙은 채 한 손으로 가이우스의 가슴을 지그시 눌렀다. 그러고는 새그물을 펼치며 속삭였다.

"저 갈까마귀 좀 봐!"

둘은 웅크리고 앉아 앞으로 기어갔다. 그 새는 흥미로운 시선으로 그들을 지켜보았다. 갈까마귀치고는 큰 편이었는데 그들이 다가가자 육중한 검은색 날개를 펼치더니 한 번 천천히 퍼덕이고는 옆 나무로 건너갔다.

"원을 그리며 돌아."

마르쿠스가 잔뜩 흥분한 목소리로 속삭였다. 그러고 나서 뜻을 더 확실히 전달할 요량으로 손가락을 휘돌려 보였다. 가이우스는 마르쿠스를 보며 싱긋 웃고는 덤불 속으로 미끄러져 들어갔다. 그런 다음 오솔길에 마른 잔가지나 바스락거리는 나뭇잎들이 없는지 살피는 한편, 나무에서 시선을 떼지 않으려 애쓰면서 큰 원을 그리며 나무 주변을 기었다.

가이우스가 반대편에서 나타났을 때에는, 갈까마귀는 다시 다른 나무로 옮겨가고 없었다. 이번에는 몇 년 전에 쓰러진 기다란 나무줄기였다. 완만한 경사가 진 그 나무줄기는 오르기가 쉬운 편이라, 마르쿠스는 언제든지 던질 수 있게 새그물이 어딘가에 걸리지 않도록 조심해 가며 그 새를 향해 조금씩 기어 올라가고 있었다.

가이우스는 발소리를 죽이며 그 나무의 밑동 쪽으로 걸어갔다. 갈까마귀를 올려다보며 왜 날아가지 않는지 생각했다. 갈까마귀가 커다란 머리를 삐딱하게 쳐들더니 다시 날개를 펼쳤다. 두 소년은 순간 그 자리에 얼어붙었다. 그러다 이윽고 새가 긴장을 푸는 듯 보이자 마르쿠스가 두 다리를 두꺼운 나무줄기 양쪽에 대롱대롱 늘어뜨린 채 다시 몸을 밀어 올렸다.

새에게서 불과 30센티미터 떨어진 곳까지 접근한 마르쿠스는 새가 다시 날아가 버릴 것으로 생각했다. 그러나 새는 전혀 두렵지 않은 듯 나무줄기에서 이 가지 저 가지로 건너뛰어 다녔다. 호시탐탐 기회를 노리던 마르쿠스가 그물을 펼쳤다. 그것은 평상시 소유지 부엌에서 양파를 담는 데 쓰이는 거친 끈으로 된 망이었다. 그러나 마르쿠스의 수중에 들어간 순간 무시무시한 새 잡는 도구가 되었던 것이다.

마르쿠스가 숨을 참은 채 그물을 휙 던지자, 갈까마귀는 격분해서 날카로운 소리를 질러대며 날아올랐다. 그러더니 날개를 다시 한 번 퍼덕여, 가이우스 근처 어린 나무의 가느다란 가지에 앉았다. 그 모습을 본 가이우스는 무작정 그 나무를 향해 달려갔다.

마르쿠스가 나무에서 기어 내려온 순간이었다. 가이우스가 어린 나무를 세게 밀쳤는데, 갑자기 나무 전체가 우지끈 부러지는 바람에, 땅에 떨어진 나뭇잎과 가지 사이에 새가 단단히 끼이고 말았다. 가이우스가 그것들을 통째로 내리누르고 있는 사이 마르쿠스가 두 손으로 묵직한 새를 꽉 붙들었다. 의기양양하게 새를 들어 올리던 마르쿠스는 갈까마귀가 도망가려고 몸부림을 치자 필사적으로 꽉 잡았다.

"도와줘! 녀석의 힘이 너무 세."

마르쿠스의 외침에 가이우스는 몸부림치는 새를 얼른 두 손으로 감싸쥐었다. 갑자기 괴로운 고통이 온몸을 휘감았다. 길고 흑단 작살처럼 휜 갈까마귀의 부리가 가이우스의 엄지와 검지 사이의 연한 살 부분을 단단히 물었던 것이다.

"이것 좀 떼어내. 이게 내 손을 물고 있단 말이야, 마르쿠스."

견디기 힘들 만큼 고통이 엄습하자 가이우스가 새된 소리로 외쳤다. 그 소리를 들은 마르쿠스는 공황 상태에 빠졌다. 가이우스가 사악한 부리를 벌려 살갗에서 떼어내려 안간힘을 쓰는 동안, 마르쿠스는 움켜잡은 손을 놓지 않으려고 고군분투했다.

"안 떼어져, 마르쿠스."

"잡아당겨야 할 거야."

마르쿠스가 냉혹하게 대답했다. 격분해서 몸부림치는 새를 붙잡고 있느라 마르쿠스의 얼굴은 벌겋게 되었다.

"그럴 수는 없어. 부리가 칼 같단 말이야. 그냥 놔주자."

"난 놔주지 않을 거야. 이 갈까마귀는 우리 거야. 사냥꾼들처럼 야생에서 잡은 거라구."

가이우스가 고통에 겨워 끙끙 신음소리를 냈다.

"이 녀석이 우릴 잡고 있다는 게 더 맞지."

가이우스의 손가락이 고통 탓에 파르르 떨리는 것을 본 갈까마귀가 돌연 손가락을 물기 위해 원래 물고 있던 부분을 놓았다. 가이우스는 안도의 한숨을 몰아쉬며 황급히 뒤로 물러난 뒤 두 손을 사타구니 사이에 넣은 채 몸을 구부렸다.

"어쨌든 이 녀석, 전사이기는 하다."

마르쿠스가 씩 웃으며 말했다. 새는 여전히 물 곳을 탐색하며 두리번거렸다. 마르쿠스는 자신의 살점을 물어뜯지 못하도록 새를 잡은 손의 위치를 바꾸었다.

"이 녀석을 집에 데리고 가서 훈련시키자. 갈까마귀는 똑똑하대. 그러니까 묘기를 가르쳐서 캄푸스 마르티우스에 갈 때 데리고 가는 거야."

"녀석한테는 이름이 필요해. 호전적인 걸로."

가이우스가 찢어진 살갗을 빨다 말고 대답했다.

"갈까마귀로 변신해서 돌아다니거나 갈까마귀를 데리고 다니는 신 있지? 왜, 그 신 이름이 뭐지?"

"몰라. 그리스 신들 중 하나일 거야. 제우스인가?"

"그건 올빼미일 텐데. 어느 신인지는 몰라도 올빼미를 갖고 있는 신이 있긴 있어."

"갈까마귀를 데리고 있는 신은 기억이 안 나지만, 녀석한테는 제우스란 이름이 잘 맞아."

두 소년은 서로를 보며 빙그레 웃었다. 이윽고 잠잠해진 갈까마귀는 평온해 보이는 모습으로 주변을 둘러보았다.

"그러면 제우스로 하는 거야."

가이우스와 마르쿠스는 들판을 지나 도로 소유지로 발길을 돌렸다. 마르쿠스는 손에 갈까마귀를 단단히 부여잡고 있었다.

"이 녀석을 숨길 곳을 찾아야 돼. 너네 어머니는 우리가 동물 잡는 걸 좋아하지 않으시잖아. 여우 일을 알아내셨을 때 어땠는지 기억나지?"

그 말에 움찔한 가이우스는 시선을 땅으로 돌렸다.

"마구간 옆에 빈 닭장이 있어. 거기에 넣어두면 될 거야. 그런데 갈까마귀는 뭘 먹지?"

"고기일걸. 녀석들은 썩은 고기가 있나 하고 전장을 헤매거든. 아니, 그

건 그냥 까마귀였나? 하여튼 부엌에서 음식물 부스러기를 좀 가져다주고 뭘 먹는지 보면 돼. 그건 문제될 게 없어."

"훈련을 시키려면 다리를 끈으로 묶어야 돼. 그러지 않으면 날아가 버릴 테니까."

가이우스가 생각에 잠긴 채 말했다.

투브루크는 소유지 지붕 일부를 수리하기로 되어 있는 목수 세 명과 이야기를 나누고 있었다. 그러다가 소유지 마당으로 걸어 들어오는 두 소년을 보고 손짓으로 불렀다. 가이우스와 마르쿠스는 서로를 바라보며 도망칠 수 있을지 어떨지 생각해 보았다. 그러나 투르부크가 일꾼들에게 몸을 돌려 겉으로는 주의를 기울이지 않은 듯 보여도, 몇 발짝 이상 걸음을 떼게 놔둘 리가 없었다.

"난 제우스 포기 못 해."

마르쿠스가 쉰 소리로 속삭였다.

가이우스는 무리 지어 있는 사내들 쪽으로 걸어가면서 그저 고개만 끄덕였다.

"몇 분 뒤에 뒤따라가겠네. 내가 갈 때까지 그 부분의 기와를 떼어내도록 하게."

투브루크가 맡은 일을 하러 가는 사내들에게 지시했다. 그러고는 소년들에게로 돌아섰다.

"이게 뭐냐? 갈까마귀가 아니냐. 너희들한테 잡힌 걸 보니 필시 아픈 녀석일 게다."

"숲에서 잡았어요. 쫓아가서 쏘아 떨어뜨렸다구요."

마르쿠스가 반항적인 어조로 말했다.

투브루크는 마치 다 이해한다는 듯 미소를 짓고는 새의 기다란 부리를 쓰다듬었다. 기진맥진한 듯 보이는 새는 딱딱한 부리 사이로 가느다란 혀를 드러낸 채 흡사 개처럼 헐떡였다.

투브루크가 중얼거렸다.

"불쌍한 것, 잔뜩 겁을 집어먹었구나. 그래, 이 녀석으로 뭘 할 생각이냐?"

"이 녀석 이름은 제우스예요. 매처럼 애완용으로 훈련시킬 거예요."

투브루크가 천천히 고개를 가로저었다.

"들새를 훈련시킬 수는 없다, 얘들아. 매는 조련사가 새끼 때부터 길러도 여전히 야성을 잃지 않는다. 매가 너무 멀리 날아가면 말이다, 최고의 조련사도 매를 잃어버리는 일이 이따금 생긴단다. 헌데 제우스는 이미 다 자랐구나. 허니 너희들이 데리고 있으면 녀석은 죽고 말 거다."

"낡은 닭장 중 하나를 쓰면 돼요. 지금 그 안엔 아무것도 없어요. 우리가 먹이도 주고 끈으로 묶어서 날게 할게요."

가이우스가 고집을 부리자 투브루크가 코웃음을 쳤다.

"너희가 계속 가둬두면 들새가 무슨 짓을 하는지 아느냐? 들새는 주변에 벽이 있는 걸 참지 못한다. 닭장처럼 비좁은 공간은 더욱더 그래. 하루하루 기가 꺾여가다가 비참해하며 스스로 자기 깃털을 다 뽑을 거다. 먹지도 않고 자기 몸을 자해하다가 죽을 거라 이 말이다. 여기 있는 제우스도 사로잡혀 있으니 차라리 죽음을 택할 거다. 허니 너희가 이 녀석에게 베풀어줄 수 있는 최고의 친절은 그냥 놔주는 거란다. 녀석이 아프지 않았다면 너희가 붙잡을 수 없었을 테니, 녀석은 이미 죽어가고 있는지도 모른다만, 마지막 날들이나마 자신이 살던 숲과 창공에서 보낼 수 있도록 해주거라.”

“그렇지만…….”

마르쿠스가 갈까마귀를 바라보며 말끝을 흐렸다.

“어서. 자, 다 같이 들에 가서 녀석이 날아가는 모습을 지켜보자꾸나.”

두 소년은 시무룩한 표정으로 서로를 바라보다, 투브루크를 따라 도로 대문을 나섰다. 세 사람은 언덕을 내려다보며 함께 서 있었다.

“녀석을 놓아주거라, 얘야.”

투브루크가 말했다. 그때 그의 목소리에는 두 소년이 그를 쳐다보게 만들 정도로 무언가 심상찮은 점이 있었다.

마르쿠스가 두 손을 처들고 벌리자 제우스가 허공으로 몸을 들어 올리디니 기다란 검은색 날개를 활짝 펼치고 높이 날아올랐다. 그리면서 숲 위의 창공에 한낱 점이 될 때까지 세 사람을 향해 좌절의 울음을 토해 냈다. 그러다 어디론가 하강하는가 싶더니 시야에서 완전히 사라졌다.

투브루크가 거칠거칠한 두 손으로 두 소년의 목을 붙잡았다.

“고귀한 행동이었다. 자, 해야 할 잡일이 많다. 내가 너희를 좀 더 일찍 찾아내지 못한 탓에 너희가 돌봐주길 기다리는 일들이 산더미처럼 쌓였단다. 안으로 들어가자.”

말을 마친 투브루크는 마지막으로 들판 너머 숲 쪽을 한 번 본 후, 두 소년을 몰고 대문을 지나 안마당으로 들어갔다.

3장

그해 여름, 두 소년의 정규 교육이 시작되었다. 처음부터 두 소년은 동등한 대우를 받았다. 그래서 마르쿠스 역시, 비록 규모는 작긴 해도 관리가 복잡한 소유지를 운영하는 데 필요한 훈련을 받았다. 소년들은 태어났을 때부터 귀가 따갑도록 들어온 공식 라틴어를 계속 공부하는 것은 물론이거니와, 유명한 전투와 전술에 관해 배웠다. 아울러 사람들을 관리하고 돈과 채무를 다루는 법에 관해서도 배웠다.

이듬해 수에토니우스가 아프리카의 어느 군단에서 장교로 복무하기 위해 떠났을 무렵, 가이우스와 마르쿠스는 그리스 수사학과 토론의 방법을 배우기 시작했다. 두 가지 다 나중에 젊은 원로원 의원이 되어 법률문제를 놓고 시민을 기소하거나 변호할 일이 생길 경우에 필요한 것들이었다.

원로원 의원 300명이 매달 모임을 갖는 횟수는 두 번뿐인데도 가이우스의 아버지 율리우스가 로마에 머무는 기간은 점점 더 길어졌다. 공화국에 새로운 식민지들이 생겨나고 부와 권력이 급속도로 늘어나는 바람에 이런저런 문제들을 처리하느라 정신이 없었기 때문이다. 몇 달 동안 가이우스와 마르쿠스가 본 어른이라고는 아우렐리아와 가정교사들뿐이었다. 가정교사들은 어슴새벽에 본채에 왔다가 지는 해를 뒤로하고 주머니에 든 데

나리우스(고대 로마의 은화—옮긴이)를 짤랑거리며 떠나갔다. 투브루크 또한 늘 거기에 있었다. 그는 비록 소년들의 허튼 수작을 용납하지는 않았지만 다정다감했다. 수에토니우스가 떠나기 전, 나이 든 그 검투사는 5마일을 걸어 이웃 소유지의 본채로 가서, 동 틀 녘부터 해 질 녘까지 열한 시간을 기다린 끝에 그 집의 장자를 만났다. 그는 거기서 무슨 일이 있었는지 가이우스에게 말하지 않았다. 그저 미소를 지으며 돌아와서는 커다란 손으로 가이우스의 머리를 헝클어뜨린 뒤, 발정기에 들어선 새 암말들을 보러 마구간으로 갔을 뿐이다.

가정교사가 여럿 있었지만, 가이우스와 마르쿠스는 베팍스와 함께하는 시간을 가장 좋아했다. 베팍스는 젊은 그리스인으로, 토가(고대 로마 시민의 긴 겉옷—옮긴이) 차림에 키가 크고 호리호리했다. 늘 걸어서 소유지에 왔으며, 로마로 되돌아가기 전에 자신이 번 동전을 신중하게 헤아렸다. 가이우스와 마르쿠스는 가이우스의 아버지가 공부방으로 따로 마련해 준 작은 방에서 그를 일주일에 두 시간씩 만났다. 그 방은 바닥에 돌이 깔려 있고 벽에는 아무런 장식도 없는 텅 빈 공간이었다. 다른 가정교사들이 단조로운 목소리로 호머의 시나 라틴어 문법을 읊조릴 때면, 두 소년은 나무의자에 앉아 안절부절못하거나, 가정교사가 눈치를 채고 회초리로 찰싹 때려 정신이 들게 할 때까지 딴생각에 빠져 있는 일이 많았다. 그러나 대부분의 가정교사가 엄격한 데다 주의를 기울여야 할 학생이라곤 고작 둘뿐이므로, 그들이 딴짓을 하고도 무사하기는 힘들었다.

한번은 마르쿠스가 철필로 가정교사의 얼굴과 턱수염을 흉내낸 돼지를 그린 적이 있었다. 그 그림을 가이우스에게 보여주려다 걸리는 바람에 마르쿠스는 비참하게도 세 차례 세게 매질을 당하는 수모를 겪었다.

베팍스는 회초리를 가지고 다니지 않았다. 가지고 다니는 거라고는 묵직한 천 가방뿐이었다. 그 안에는 서로 다른 편을 나타내기 위해 빨간색과 파란색으로 구분한 점토판과 점토 인물상이 가득 들어 있었다. 약속된 시간이 되면, 베팍스는 나무의자들을 방 한 구석으로 치운 뒤 인물상들을 배치해 과거의 유명한 전투를 재현하곤 했다. 그런 식의 수업을 1년쯤 한 후 두 소년에게 첫 번째 과제를 냈다. 즉 인물상들의 구조를 파악해 관련된 장군의 이름을 대는 것이었다. 두 소년은 베팍스가 로마의 전투에만 국한시켜 가르치지는 않으리라는 것을 알고 있었다. 작은 말과 군단 인물상들이 파르티아(북부 이란 지방에 있었던 고대 국가—옮긴이)나 고대 그리스 또는 카르타고(아프리카 북부의 고대 도시 국가—옮긴이)를 대표하는 경우도 이따금 있었기 때문이다.

베팍스가 그리스인임을 알고 있는 두 소년은 알렉산더 대왕이 치른 전투들을 보여 달라고 졸라댔다. 그와 관련된 전설이며 그가 젊디젊은 나이에 성취한 것들을 생각하면 가슴이 두근거렸다. 베팍스는 처음에는 자국의 역사를 선호하는 것처럼 보이는 게 싫어 꺼려했지만, 결국 두 소년의 설득에 못 이겨 기록과 지도가 남아 있는 주요 전투를 전부 보여주었다. 그리스의 전쟁을 재현해 보여줄 때면, 베팍스는 책을 펼치지 않은 채 기억만으로 각 점토상을 배치하고 움직였다.

베팍스는 각 전투와 관련된 장군들과 주요 인물들의 이름을 말해 준 것은 물론이고, 직접적인 관련이 있는 경우에는 그 시대의 역사와 정치에 대해서도 이야기해 주었다. 그뿐 아니라, 가이우스와 마르쿠스 앞에서 작은 점토 조각들을 살아 움직이게 만들었다. 약속된 두 시간이 다 되어 베팍스가 점토 조각들을 조심조심해 가며 천천히 가방에 주워 담을 때마다 그것들을 바라보는 두 소년의 눈에는 아쉬움이 가득 찼다.

어느 날이었다. 가이우스와 마르쿠스가 방에 들어서니, 작은 방이 온통 점토 인형들로 뒤덮여 있다시피 했다. 대규모 전투 장면이 재현된 것이다. 가이우스는 재빨리 파란 조각들의 수를 세고 다시 빨간 조각들의 수를 센 다음, 산수 선생한테 배운 대로 암산으로 곱셈을 해보았다.

"보이는 게 뭔지 말해 보거라."

베팍스가 가이우스에게 조용히 말했다.

"두 개 군대요, 하나는 5만 이상이고 다른 하나는 거의 4만이에요. 빨간색은…… 군단 방진 제1선에 중무장 보병이 배치되어 있는 걸로 봐서, 빨간색은 로마군이에요. 중무장 보병들은 우익과 좌익에서 기병의 지원을 받고 있지만, 미주한 피란색 기병들을 상대해야 돼요. 피란색 편에는 투석병과 창병들은 있는데 궁병들이 전혀 보이지 않으니까, 공중공격을 해봤자 사정거리는 아주 짧겠네요. 양 병력이 막상막하인 것 같은데요. 길고 힘든 전투가 되겠어요."

베팍스가 고개를 끄덕였다.

"빨간 쪽은 로마군이다. 숱한 전투를 치러낸, 군기가 잘 잡힌 고참병들로 구성되어 있지. 만일 파란 쪽이 갈리아인(갈리아는 고대 켈트인의 땅으로, 지금의 북이탈리아, 프랑스, 벨기에 등이 포함됨—옮긴이), 스페인인, 누미디아인(누미디아는 아프리카 북부에 있었던 고대 왕국—옮긴이), 카르타고인으로 이루어진 혼합 병력이라고 한다면 어떻게 될까? 결과가 달라질까?"

마르쿠스가 흥미를 보이며 눈을 번득였다.

"그렇다면 우리가 지금 한니발의 군대를 보고 있다는 거네요. 그런데 한니발의 그 유명한 코끼리들은 어디 있어요? 가방에 코끼리들은 없어요?"

그러고는 혹시나 해서 저편에 축 늘어져 있는 자루를 쳐다보았다.

"로마군이 마주하고 있는 것은 한니발이 맞지만, 이 전투를 치를 때쯤에는 코끼리들이 이미 다 죽었단다. 나중에 용케 더 찾아냈는데, 그 코끼리들이 돌격했다 하면 아주 무시무시했다. 허나 여기에선 코끼리 없이 전투를 치러야만 했다. 한니발의 군대는 여러 민족이 혼합되어 있는 반면, 로마군은 로마인들로만 이루어져 있다. 결과에 영향을 미칠 만한 다른 요인으로는 또 뭐가 있을까?"

"땅이요."

가이우스가 소리쳤다.

"한니발은 언덕에 있나요? 그렇다면 한니발의 기병대가 격파할 수 있는데……."

베팍스가 부드럽게 손을 내저었다.

"전투는 평원에서 일어났어. 날씨는 시원하고 쾌청했고. 한니발은 패배해야 마땅한 상황이었지. 헌데 한니발이 어떻게 이겼는지 보고 싶으냐?"

가이우스는 한 곳에 밀집해 있는 점토 조각들을 뚫어져라 쳐다보았다. 모든 것이 파란색 군대에 불리했다. 가이우스가 고개를 들었다.

"우리가 점토 조각들을 직접 움직여도 돼요? 설명해 주신 대로요."

베팍스가 미소를 지었다.

"물론이고 말고. 오늘 이 전투를 예전처럼 재현하려면 너희 둘의 도움이 필요할 것 같구나. 로마 쪽을 맡아라, 가이우스. 마르쿠스와 나는 한니발의 군대를 맡으마."

세 사람은 얼굴에 미소를 머금은 채 횡렬로 늘어선 인물상 위에서 서로를 마주 보았다.

"지금으로부터 126년 전에 벌어진 칸나이(이탈리아 동남부의 고대 도시. 기원전 216년에 이곳에서 한니발이 로마군을 격파함—옮긴이) 전투다. 이 전투에 참전했던 이들은 모두 먼지가 되어 사라졌고 그들이 사용했던 검들도 전부 녹이 슬어 바스러졌지만, 배워야 할 교훈은 여전히 남아 있다."

베팍스가 이 전투를 재현하기 위해 분명 자신이 가진 점토 병사 전부를 가지고 왔으리란 것을 가이우스는 알아차렸다. 각 조각은 500명을 나타내는데도, 점토 병사들이 방 공간의 대부분을 차지하고 있었다.

"가이우스, 너는 로마의 백전노장 아이밀리우스 파울루스와 테렌티우스 바로다. 너는 기강을 무너뜨리거나 어지럽히는 일체의 행동을 용납하지 않고, 흰 줄씩 곧바로 적을 향해 나아갈 것이다. 너의 보병은 최고인 만큼 외국 검객 대열을 맞아 잘 싸워야만 한다."

가이우스는 한참 생각에 잠겨 있다가 보병을 한 부대씩 앞으로 움직이기 시작했다.

"기병대로 지원을 해주어야지, 가이우스. 기병대를 뒤에 남겨두면 안돼. 그랬다가는 측면을 공격받게 될 수도 있다."

가이우스는 고개를 끄덕이고는 작은 점토 말들을 가져다가 한니발이 지휘하는 중기병과 맞서 싸우게 했다.

"마르쿠스, 우리 보병대는 어떻게든 버텨내야만 한다. 우리는 앞으로 전진해 적과 일대 전투를 벌일 것이고, 우리 기병대는 좌우 양익에서 적의 기병대와 싸우며 그들을 붙잡아둘 것이다."

세 사람은 고개를 숙인 채 양군이 함께 이동해 서로 충돌할 때까지 묵묵히 점토 인물상들을 움직였다.

"이제 병사들이 죽을 차례군. 우리 보병대는 이제껏 보지 못한 최고로 잘 훈련된 적을 만나면서 중앙이 휘어지기 시작한다."

그런 다음 베팍스는 두 손을 휙 내뻗어 점토 병사를 하나씩 새로운 위치로 옮기며, 두 소년에게 따라 하라고 재촉했다.

이제 세 사람 앞에는 로마 군단들이 한니발 군대의 중앙을 밀고 들어와 있고, 대패한 거나 다름없는 한니발 군대의 중앙부는 로마군 앞에 휘어진 광경이 펼쳐져 있었다.

"저들은 도저히 버텨낼 수가 없겠군."

군단들이 밀고 들어감에 따라 거대한 초승달 모양의 활이 점점 더 깊이 휘어들어가는 것을 보면서, 가이우스가 속삭였다. 그러던 그가 잠시 멈칫하더니 전장을 쭉 훑어보았다. 기병대가 적과 피비린내 나는 전투를 벌이느라 붙잡혀 꼼짝하지 못하고 있었다. 마르쿠스와 베팍스가 계속해서 점토 조각들을 옮기고 있을 때, 돌연 가이우스의 입이 쩍 벌어졌다. 불현듯 적의 계획을 알아차렸던 것이다.

"더는 안으로 들어가지 않을래요."

가이우스가 말했다. 베팍스가 의아한 표정으로 고개를 들었다.

"벌써 말이냐, 가이우스? 되돌리기엔 이미 너무 늦었을 때까지 파울루스도 바로도 보지 못한 위험을 네가 본 모양이구나. 네 병사들을 전진시키거라. 전투는 다 마쳐야지."

베팍스는 즐기고 있는 게 분명했다. 그러나 가이우스는 자신의 군대를 파멸로 이끄는 수를 따라야만 한다는 게 짜증이 났다.

군단들은 카타르 군대 사이로 행진해 들어갔다. 적은 전진해 들어오는 대열에 손실되는 병력을 최소화하기 위해 결코 서두르지 않으면서도 신속하게 뒤로 물러서면서, 로마 군단이 안으로 들어오게 했다. 한니발의 군대는 전장의 뒤쪽에서 양 측면으로 이동하며 함정을 점점 늘려나가고 있었다. 베팍스의 말에 따르면, 불과 두세 시간 뒤 로마군 전체가 삼 면을 적에게 에워싸였고, 나머지 한 면도 서서히 뒤에서 닫힘에 따라 로마군은 한니발이 만들어낸 상자에 완전히 갇히고 말았다고 한다. 한편 로마의 기병대는 그에 필적하는 부대를 만나 여전히 붙들려 있었다. 마지막 장면이 얼마나 참혹했는지 밝히기 위해서는 약간의 설명이 필요했다.

"로마군 대다수는 싸울 수가 없었다. 자신들의 밀집대형 한가운데에 끼어 있었기 때문이지. 한니발의 병사들은 함정을 좁혀가며, 살아 있는 사람이 한 명도 남지 않을 때까지 온종일 죽이고 또 죽였다. 대부분의 전투에서는 많은 이들이 살아남는다. 섞어도 도망친 병사들이라도 있게 마련이니까. 허나 이 로마 병사들은 사방을 에워싸여 도주할 곳이 전혀 없었다."

한동안 침묵이 이어졌다. 두 소년은 그 전투의 세부사항을 마음과 머리에 새기고 있었던 것이다.

"오늘은 여기까지다, 얘들아. 다음 주에는 로마군이 한니발에게 당한 이 패배와 또 다른 패배들에서 어떤 교훈을 배웠는지 보여줄 것이다. 비록 이 전투에선 로마군이 상상력을 발휘하지 못했다만, 로마군은 혁신적이고 대담한 전략으로 유명한 새로운 지휘관을 맞아들였다. 그 지휘관은 14년 후 자마(아프리카 북부, 카르타고의 서남쪽에 있는 고대 도시. 제2차 포에니 전쟁의 최후 전투에서 로마군이 한니발이 이끄는 카르타고군을 이 근처에서 격파함—옮긴이) 전투에서 한니발을 만났는데, 결과는 완전히 달랐단다."

"그 지휘관 이름이 뭐예요?"

마르쿠스가 흥분해서 물었다.

"이름이 하나가 아니야. 원래 이름은 푸블리우스 스키피오지만, 카르타고를 상대로 여러 전투에서 승리를 거두었기 때문에 스키피오 아프리카누스라고 불린단다."

열 번째 생일이 다가오면서, 가이우스는 근골이 튼튼하고 균형이 잘 잡힌 소년으로 자라나고 있었다. 그는 유순한 말이건 거친 손길을 필요로 하는 까다로운 말이건 어떤 말이라도 다룰 줄 알았다. 말들은 그의 손길만 닿으면 평온해지며 명령을 잘 따르는 듯했다. 그런데 유독 한 마리만 가이우스가 안장에 올라타는 것을 거부했다. 가이우스가 열한 번째 내동댕이쳐지자, 투브루크는 기 싸움으로 둘 중 어느 하나가 죽는 사태가 발생하기 전에 그 말을 팔아버렸다.

가이우스의 아버지가 집을 비운 동안에는 투브루크가 소유지의 자금을 어느 정도 마음대로 주무를 수 있었다. 그는 곡물과 가축에서 얻은 수익을 어디에 써야 가장 좋을지도 결정했다. 이것은 대단한 신뢰를 받고 있다는 것으로, 매우 보기 드문 경우였다. 그러나 소년들에게 병법을 가르칠 전문 전사들을 고용하는 일은 투브루크의 소관 사안이 아니었다. 그것은 아버지가 결정할 사안이었다. 훈육의 다른 모든 측면도 마찬가지였다. 로마법 하에서, 가이우스의 아버지는 소년들이 비위에 거슬리는 행동을 하면 목 졸라 죽이거나 노예로 팔아넘길 수조차 있었다. 가정 내에서 그의 권위는 절대적이었고, 그의 호의를 배신하는 행위는 용납되지 않았다.

율리우스는 아들의 생일에 맞춰 집으로 돌아왔다. 율리우스가 여행 중에 뒤집어쓴 흙먼지를 광천탕에서 씻어내는 동안 투브루크가 옆에서 시중을 들었다. 투브루크보다 열 살 많은데도 천천히 물속을 나아갈 때, 햇볕에 검게 그을린 율리우스의 몸에서는 세월의 흔적이 느껴지지 않았다. 갑자기 파이프에서 뜨거운 맑은 물이 뿜어져 나와 욕탕의 잔잔한 물속으로 섞여 들어감에 따라 수증기가 모락모락 피어올랐다. 투브루크는 율리우스가 여전히 건강한 것을 보자 흐뭇했다. 그러면서 율리우스가 서서히 몸을 담가, 물이 얕고 가장 따뜻한 곳인 유입 파이프 근처 대리석 계단에 앉기를 묵묵히 기다렸다.

율리우스는 욕탕의 차가운 돌출부에 기대 뒤로 누운 뒤 투브루크를 보며 한쪽 눈썹을 치켜 올렸다.

"보고하게."

율리우스는 그렇게만 말하고 눈을 감았다.

투브루크는 뻣뻣하게 시시, 지난달의 수익과 損실 현청을 죽 읊어 나갔다. 먼 쪽 벽에 시선을 못 박은 채, 어떤 문제가 있었고 어떤 성공을 거두었는지 사소한 일까지 일일이 고하는 투브루크는 메모 한 번 보지 않고도 전혀 막힘이 없었다. 마침내 투브루크가 보고를 마친 뒤 조용히 기다렸다. 잠시 후, 그를 소유하지 않고 고용한 유일한 사내가 다시 파란 눈을 뜨더니, 욕탕의 열기에 녹아내리지 않은 강렬한 시선으로 빤히 쳐다보았다.

"내 아내는 어떤가?"

투브루크는 여전히 무표정한 얼굴이었다. 보고 중에 이 사내에게 아우렐리아가 훨씬 악화되었다고 암시할 만한 점이 있었나? 아우렐리아도 한때는, 그러니까 산고로 몇 달 동안이나 사경을 헤매기 전에는 아름다웠다. 그러나 가이우스가 세상에 나온 후로는 서 있으면 몸이 휘청대는 듯했고, 더 이상 집안을 웃음과 꽃으로 가득 채우지도 못했다. 예전에는 먼 들판에 나가 손수 꽃을 꺾어오곤 했는데 말이다.

"루키우스가 잘 돌봐드리고 있습니다만, 별 차도가 없으십니다……. 해서 그 기색이 나타날 때는 아이들을 며칠간 멀리 떼어놓아야만 했습니다."

율리우스의 얼굴이 굳어지더니, 분노의 피가 몰려들어 가뜩이나 열기로 늘어난 목정맥이 씰룩거렸다.

"의사들은 아무것도 해줄 수 없단 말인가? 그자들은 일말의 가책도 없이 내 아우레우스(고대 로마의 금화—옮긴이)를 가져가는데, 볼 때마다 아내는 더 나빠지기만 하다니!"

투브루크는 유감의 표현으로 입술을 꾹 다물었다. 어떤 일들은 그저 참아야만 함을 그는 알고 있었다. 채찍이 날아와 아프게 하면, 더 이상 날아오지 않을 때까지 조용히 기다리는 수밖에 없었다.

이따금 아우렐리아는 옷을 갈기갈기 찢고는 배고픔을 못 이겨 방 밖으로 나올 때까지 한 구석에 웅크리고 앉아 있곤 했다. 그렇지 않은 날에는 투브루크가 소유지에 처음 왔을 때 만나 사랑에 빠졌던 여인의 모습 거의 그대로였지만, 오랫동안 넋을 놓곤 했다. 농작물에 관한 논의를 하다가는 돌연 마치 또 다른 목소리가 이야기라도 하는 듯 무슨 말인지 들으려고 고개를 갸웃 기울이곤 했다. 그러니 그녀가 누군가 앞에 있다는 사실을 기억하고 있음에도 불구하고 그 방을 나서게 되었다.

뜨거운 물이 또 한 번 쏟아져 나와, 똑똑 물방울 떨어지는 소리만 감도는 목욕탕 안의 정적을 깨뜨렸다. 그때 율리우스가 파이프에서 새어 나오는 증기 같은 한숨소리를 냈다.

"의학 분야는 그리스인들의 학식이 더 뛰어나다고들 하더군. 그리스인들 중에서 한 명 고용하고 아내한테 별 도움도 못 주는 멍청이들은 잘라버리게. 혹시라도 그자들 중에 아내의 병세가 더 악화되지 않은 게 오로지 자신의 기술 덕분이라고 허튼소리를 하는 자가 있거든 채찍질을 해서 로마로 가는 길에 내던져버리게. 산파도 한번 써보게나. 때로는 여자들이 여자를 더 잘 이해한다네. 여자들한테는 우리 남자들은 앓지 않는 수많은 질병이 나타나니까 말일세."

파란 눈이 도로 감겼다. 흡사 오븐의 문이 닫히는 것 같았다. 그 성격만 아니라면, 물에 몸을 담그고 있는 사내는 여느 로마인과 다를 바 없었을 수도 있었다. 자세는 병사 같았고, 몸 곳곳에는 예전에 전투에서 입은 흉터가 가느다란 하얀 선의 형태로 남아 있었다. 율리우스는 자신의 이익을 늘리려 하지는 않았지만, 수호하는 데는 지독한 모습을 보였다. 자신이 방해받는 것을 결코 용납하는 사람이 아니라서 원로원 내에서도 흉포하다는 평판을 받고 있다는 것을 투브루크는 알고 있었다. 결과적으로, 권력 투쟁을 일삼는 이들은 율리우스 때문에 골치를 썩을 일이 없었고, 율리우스도 그들의 게으름 덕분에 자신이 우위를 보이는 분야에서 도전받는 일이 없었다. 그 덕택에 소유지가 부를 유지하고 있으니, 투브루크가 진료비가 제일 비싼 외국 의사를 찾아내도 그를 고용할 여력이 된다. 투브루크는 돈 낭비일 뿐이라고 확신했다. 그러나 필요할 때 쓰지 않는다면, 돈이 무슨 소용이란 말인가?

"남쪽 구역에 포도밭을 만들었으면 합니다. 그곳 토질이 품질 좋은 적포도를 재배하기에 딱 맞습니다."

두 사람은 소유지의 사업 문제에 관해 이야기를 나누었다. 이번에도 투브루크는 메모를 하지 않았고 그럴 필요조차 느끼지 않았다. 보고하고 논의하는 일을 벌써 몇 년 동안이나 해왔기 때문이다. 투브루크가 목욕탕에 들어온 지 두 시간이 흘렀을 즈음, 율리우스가 마침내 미소를 지었다.

"잘했네. 사업이 번창하고 있는 데다 견실하게 유지되고 있군."

투브루크는 고개를 끄덕이고는 미소로 화답했다. 이야기가 다 끝나도록 율리우스는 투브루크에게 몸은 건강한지, 잘 지내는지 한 번도 안부를 묻지 않았다. 지금은 중대한 문제들에 대해서만 이야기가 오갈 것이고 사소한 문제들에 대해서는 나중에 따로 이야기를 나누게 될 것임을 두 사람 모두 알고 있었다. 두 사람은 그렇게 서로 신뢰했다. 그러나 그것은 동등한 관계가 아니라, 고용주와 능력을 신뢰받는 피고용인 사이의 관계였다. 투브루크는 더 이상 노예는 아니었으나 해방노예라 원래부터 자유민으로 타고난 이들과 같은 완전한 자신감은 결코 가질 수 없었다.

"또 다른 문제가 있네. 좀 더 사적인 문제라네."

율리우스가 말을 이었다.

"아들 녀석한테 전투하는 법을 가르칠 때가 되었네. 그동안 아버지로서의 의무에 다소 소홀한 점이 있었네만, 사내의 재능을 키우는 데 아들의 훈육보다 더 훌륭한 훈련은 없는 거 아닌가. 자랑스러운 녀석으로 키우고 싶은데, 내가 집을 비우는 시간이 점점 더 많아질 테니 그동안에 나약한 아이가 되지 않을까 걱정이로군."

그런 말이 나온 것을 내심 기뻐하며, 투브루크가 고개를 주억거렸다.

"로마시에는 부유한 가문의 소년과 젊은이를 훈련시키는 전문가들이 많습니다."

"그자들은 안 되네. 나도 그자들에 대해선 알고 있네. 몇 명은 추천도 받았지. 훈련 결과가 어떠한지 보려고 로마의 저택들을 방문해 젊은이들을 직접 만나보기까지 했었네. 헌데 별 감명을 받지 못했다네, 투브루크. 내가 본 젊은이들은 지성을 함양하는 데만 지나치게 치중하고 몸과 마음을 닦는 데는 소홀한, 새로운 철학적 학습이라는 것에 물들어 있더군. 유약한 영혼이 고난 앞에서 움츠러든다면, 그깟 논리나 가지고 노는 능력이 무슨 소용이 있겠는가? 안 돼. 로마에서 유행하는 그런 방식은 내가 본 것처럼 거의 예외 없이 약골들만 만들어내게 될 뿐이야. 가이우스는 내가 믿을 수 있는 사람들한테 훈련을 받았으면 좋겠네. 바로 자네 말일세, 투브루크. 이렇게 중차대한 일을 믿고 맡길 사람이 자네밖에 없네그려."

투브루크는 곤란한 표정으로 턱을 문질렀다.

"전 제가 군인 시절과 검투사 시절에 배웠던 기술들을 가르칠 수 없습니다, 나리. 제가 무얼 아는지는 압니다만, 전달하는 방법을 모릅니다."

율리우스는 짜증이 나서 눈실을 찌푸렸지만 강요하지는 않았다.

"허면 가이우스를 돌처럼 건강하고 단단하게 만드는 데 힘써 주게. 어디 가서 내 아들이라고 내세워도 될 정도로 튼튼하게 될 때까지, 매일 몇 시간씩 달리기와 말 타기를 반복해서 시키게. 그동안에 전투에서 상대를 죽이는 법과 부하들을 통솔하는 법을 가르쳐줄 사람을 찾아보세나."

"다른 아이는 어떻게 할까요, 나리?"

"마르쿠스 말인가? 그 아이는 어떻게 하다니?"

"그 아이도 훈련을 시킬까요?"

율리우스는 양미간을 좁히더니 잠시 멍하니 과거 속으로 빠져들었다.

"그렇게 하게. 그 아이 아버지가 죽을 때 그러겠다고 약속했네. 그 아이 어머니는 결코 아이를 낳을 만한 자격이 있는 여자가 아니었지. 내 친구가 죽은 것도 따지고 보면 그 여자가 도망갔기 때문이었네. 그 친구한테 그 여자는 너무 젊었어. 마지막으로 소식을 들었을 때는, 어느 도심에서 사교

파티를 드나드는 매춘부나 다름없이 지내고 있다고 하더군. 해서 그 아이가 내 집에 머물고 있는 거라네. 그 아이와 가이우스는 여전히 친구로 잘 지내고 있겠지?"

"쌍둥이 같습니다. 둘이서 늘 말썽을 피웁니다."

"더 이상은 그래선 안 되네. 이제부터는 규율을 배워야 하네."

"그렇게 되도록 조처하겠습니다."

가이우스와 마르쿠스가 문 밖에서 두 사람의 대화를 들었다. 가이우스는 자신이 들은 대화 내용에 흥분해서 눈을 반짝였다. 씩 웃으며 마르쿠스에게로 몸을 돌리던 가이우스의 얼굴에 돌연 미소가 싹 가셨다. 친구의 창백한 얼굴과 굳게 다문 입을 보았던 것이다.

"왜 그래, 마르크?"

"우리 어머니가 매춘부라잖아."

쉭쉭거리는 대답이 돌아왔다. 마르쿠스의 눈이 위험스레 번쩍였다. 가이우스는 농담으로 받아칠까 하다가 꾹 참았다.

"다른 사람한테서 들으셨다잖아. 그냥 소문일 뿐이야. 난 네 어머니가 그런 분이 아니라고 확신해."

"나한테는 어머니가 돌아가셨다고 하셨어, 아버지처럼. 그런데 날 버리고 도망가신 거야."

마르쿠스는 눈물을 그렁그렁한 채 서 있었다.

"어머니가 매춘부였으면 좋겠어. 아니, 노예로 살다가 폐가 썩어 죽었으면 좋겠어."

그러고는 휙 돌아서, 밀려드는 비참함을 내몰기라도 하듯 팔다리를 격

70

렬하게 휘두르며 내달렸다.

가이우스는 한숨을 내쉬고는 쫓아갈까 하다 그만두었다. 마르쿠스는 십중팔구 마구간으로 가서 그늘진 구석의 밀집 속에 몇 시간이고 앉아 있을 것이다. 너무 일찍 뒤따라갔다가는 분노의 말들이 오갈 것이 뻔했다. 어쩌면 주먹까지 오갈지도 모른다. 그냥 놔두면 시시때때로 변하는 생각이 다른 곳으로 쏠리면서 별안간 기분이 바뀔 테니, 비참한 기분도 시간과 함께 사라질 것이다.

그게 그의 타고난 성격이니 바꿀 수는 없었다. 가이우스는 다시 문과 문틀 사이의 틈에 고개를 갖다 대고, 두 사람이 자신의 미래에 대해 이야기하는 것을 들었다.

"……처음으로 사슬을 풀어놓는 나[1]를 합니다. 대단한 장관이 될 겁니다. 로마인들이 전부 모여들 테고요. 모든 검투사가 계약노예는 아닐 겁니다. 금화의 유혹을 뿌리치지 못해 돌아온 해방노예들도 더러 있겠지요. 레니우스도 참가할 거라더군요."

"레니우스라, 이제는 꼬부랑 노인이 되었을 텐데. 레니우스는 내가 젊었을 때 활동했었는데."

율리우스가 도저히 믿지 못하겠다는 듯 중얼거렸다.

"아마 돈이 필요해서일 겁니다. 아시다시피 어떤 이들은 분수에 지나친 생활을 하니까요. 레니우스는 명성 덕분에 큰돈을 빌릴 수 있었겠지만, 모든 것은 결국 되갚아야 하는 법이지 않습니까."

"어쩌면 가이우스 선생으로 레니우스를 고용할 수도 있겠군그래. 내 기억으로는 제자를 받아들이곤 했지, 아마. 허나 너무 오래전 일이기는 하군. 레니우스가 다시 싸울 거라는 게 도무지 믿기지가 않아. 허면 표 네 장을 구해 오게나. 아주 흥미가 이는군. 아이들도 로마시를 여행하는 걸 즐길 걸세."

"알겠습니다. 하지만 고용 제안을 하기 전에 사자들이 레니우스를 끝장낼 때까지 기다려야 합니다. 약간이라도 피를 흘린다면 레니우스의 몸값이 내려갈 테니까요."

투브루크가 비딱하게 말했다.

"죽는다면 훨씬 더 내려가겠지. 레니우스가 죽어나가는 꼴을 보긴 싫네. 내가 젊었을 때는 아무도 막을 수 없던 사람이었으니까. 네다섯 명과도 싸우는 것을 본 적이 있어. 한 번은 심지어 눈을 가리고 두 명을 상대한 적도 있었네. 그자들을 단 두 번에 베어 쓰러뜨리더군."

"저도 그 시합을 준비하는 걸 보았습니다. 레니우스가 사용하던 천은 형체의 윤곽이 보일 정도의 빛은 투과되는 천이었습니다. 레니우스한테는 그 정도만 보이면 충분했죠. 그런데 상대들은 레니우스가 전혀 보지 못한다고 생각한 겁니다."

"훈련 교관을 고용하는 데 필요한 돈을 두둑이 가져가게나. 원형경기장이 바로 우리가 교관을 찾아낼 곳이 될 테니까. 허나 제대로 고르려면 신체 건강하고 신의 있는 인물을 볼 줄 아는 자네의 안목이 필요할 걸세."

"늘 그렇듯이, 제가 필요하시면 말씀만 하십시오. 오늘 밤 소유지의 자금으로 표를 사 모으라는 전언을 보내겠습니다. 이르실 말씀이 또 있으십니까?"

"아니, 그저 고마울 따름이네. 빚을 지지 않도록 자네가 이곳을 얼마나 훌륭하게 관리하고 있는지 잘 아네. 동료 원로원 의원들은 부가 조금씩 줄어드는 것을 보며 초조해하는데, 난 불안해하는 그들을 보면서 마음 편히 미소 지을 수 있다네."

율리우스가 자리에서 일어나 손목악수를 했다. 군단병이라면 모두 배워 알고 있는 방식이었다.

투브루크는 율리우스의 손힘이 여전한 걸 보고 흐뭇해했다. 늙은 황소 같은 이 사내는 아직도 몇 년은 괜찮으리라.

가이우스는 문가에서 황급히 물러나 마르쿠스를 만나러 마구간으로 내달렸다. 그러나 불과 얼마 가지 않아 멈춰 서서 차가운 흰색 벽에 기대었다. 마르쿠스가 아직도 화가 풀리지 않았다면 어떡하지? 아니, 원형경기장 표를 구할 가능성이 있다는 말을 들으면 분명 화가 풀릴 것이다. 사자의 사슬까지 풀어놓는다는데 솔깃하지 않을 리가 없다. 이 정도 소식이면 틀림없이 그의 슬픔을 날려버릴 것이나.

다시 열의에 찬 가이우스는 해를 등진 채 비탈을 달려 내려가, 티크나무 와 회반죽으로 지어진 부속 건물로 돌진했다. 그곳은 짐말과 황소의 거처였다. 어딘가에서 어머니가 이름을 부르는 소리가 들렸지만, 새의 날카로운 울음소리를 들었을 때처럼 그냥 무시했다. 그에게 어머니의 외침은 그저 밀려왔다 그냥 사라지는 소리에 지나지 않았다.

두 소년은 처음에 갈까마귀를 보았던 곳 근처, 다시 말해 소유지의 숲 언저리 부근에서 갈까마귀의 몸뚱이를 발견했다. 갈까마귀는 시커멓게 변한 데다 빳빳하게 굳은 모습으로 축축한 나뭇잎 속에 늘어져 있었다. 먼저 갈까마귀를 발견한 것은 마르쿠스였다. 그는 그런 모습을 보고 도로 우울 증과 분노에 빠져들었다.

"제우스."

마르쿠스가 속삭였다.

"투브루크 아저씨가 이 녀석이 아프다고 하셨지."

마르쿠스는 길옆에 쪼그리고 앉아, 아직도 윤기가 도는 깃털을 손으로 쓰다듬었다. 가이우스도 그 옆에 쪼그리고 앉았다. 숲의 냉기가 두 소년에게 동시에 닿았는지, 가이우스가 살짝 몸을 떨었다.

"갈까마귀는 나쁜 징조야, 잊지 마."

가이우스가 중얼거리듯이 말했다.

"제우스는 그렇지 않아. 제우스는 단지 죽을 곳을 찾고 있었던 것뿐이야."

마르쿠스는 충동적으로 갈까마귀의 몸뚱이를 다시 집어 들고는 예전에 그랬던 것처럼 두 손으로 감싸쥐었다. 그때와는 너무나 대조적인 모습이 두 소년을 슬프게 했다. 안간힘을 쓰며 저항하던 모습은 사라지고, 이제는 마치 살가죽만 남은 듯 고개가 축 늘어져 있었다. 부리는 벌어졌고, 두 눈은 오그라들어 횅한 구멍만 남아 있었다. 마르쿠스는 계속 엄지손가락으로 깃털을 쓰다듬었다.

"제우스를 화장해 주어야 해. 명예로운 장례식을 치러주는 거야. 부엌으로 달려가서 등잔을 가져올게. 제우스를 위해 장작더미를 쌓고 기름을 좀 부어주자. 제우스한테 멋진 송별식이 될 거야."

가이우스의 말에 마르쿠스가 고개를 끄덕인 뒤 조심스레 제우스를 땅에 내려놓았다.

"제우스는 전사였어. 그냥 썩어 문드러지게 놔두지 말고 무언가를 해줄 만한 가치가 있어. 여기 주변엔 마른 나무가 많아. 내가 여기 남아 장작더미를 만들게."

"최대한 빨리 갔다올게. 뭐 기도 같은 것 좀 생각해 놔."

가이우스가 달려가려고 돌아서면서 말했다. 그러고는 전속력으로 달려 소유지 건물로 되돌아갔다. 새와 함께 홀로 남은 마르쿠스는 마치 종교 의식이라도 수행하고 있는 듯 묘하게 장엄한 기분이 드는 걸 느꼈다. 마른 나뭇가지들을 모아서, 오래전에 죽은 두꺼운 나뭇가지들을 밑에 깔고 그 위에 잔가지와 마른 나뭇잎을 차곡차곡 쌓아올리는 식으로 네모난 더미를 만들었다. 마르쿠스의 손놀림은 느리고 조심스러웠다. 서둘러서는 안 될 것 같았던 것이다.

가이우스가 돌아왔을 때 숲은 고요했다. 가이우스도 낡은 부엌 등잔에서 비어져 나온 기름 묻은 심지의 작은 불꽃이 행여 꺼질세라 손으로 가린 채 천천히 걸었다. 마르쿠스는 제우스의 새끼만 몸뚱이를 단정하게 쌓은 죽은 나무 더미 위에 올려놓고 앉아 있었다.

"난 기름을 붓는 동안 불꽃이 꺼지지 않도록 할게. 나중에 확 타오를 수 있게 말이야. 지금 기도를 하는 게 낫겠어."

밤이 이슥해짐에 따라, 작은 사체 옆에 서 있는 소년들을 비추는 등잔의 일렁이는 노란 불빛이 밝아지는 것 같았다.

"주피터, 모든 신들의 수장이시여, 이 새가 저승에서 다시 날게 해주소서. 이 새는 전사였고, 죽어 자유의 몸이 되었습니다."

마르쿠스가 낮고 안정된 목소리로 읊조렸다.

가이우스는 기름을 들이부을 채비를 했다. 우선 작은 불꽃을 피해 심지를 안전하게 붙잡고는, 기름을 부어 새와 나무를 미끌미끌하게 적셨다. 그런 다음 불꽃을 장작더미에 갖다 대었다.

지루하게 느껴지는 몇 초 동안, 희미하게 지글거리는 소리만 들릴 뿐 아무 일도 일어나지 않는가 싶더니, 불꽃이 확 퍼져 여린 불빛을 발하며 타올랐다. 가이우스는 등잔을 길에 내려놓았다. 두 소년은 서서, 불이 붙은 깃털이 끔찍한 악취를 내며 타들어가는 광경을 흥미롭게 지켜보았다. 그들은 참을성 있게 기다렸다.

"마지막에 재를 모아서 묻어주거나 숲에 뿌려주자."

가이우스가 속삭였다.

마르쿠스는 아무 말 없이 고개를 끄덕였다.

가이우스는 불이 더 잘 타오르도록 등잔에 남은 기름을 다 쏟아 부었다. 그 바람에 등잔에 남아 있던 작은 불빛이 꺼졌다. 장작더미의 화염이 다시 커지더니, 완강하게 버티는 머리와 부리 주위만 제외하고 깃털 대부분을 태워버렸다. 마침내 마지막 남은 기름마저 타서 없어지자, 불길은 사그라져 시뻘건 등걸불로 바뀌었다.

"우리가 제우스를 요리만 한 것 같은데. 불이 충분히 뜨겁지 않았나 봐."

가이우스가 속삭였다.

마르쿠스가 이제는 나무로 뒤덮인 몸뚱이를 기다란 나무 막대기로 찔러보았다. 갈까마귀는 여전히 알아볼 수 있을 정도로 형체가 남아 있었다. 막대기에 부딪치는 바람에 연기가 피어오르는 몸뚱이가 재 밖으로 나오자, 마르쿠스는 잠시 동안 그것을 도로 굴려 넣어보려고 했다. 그러나 허사였다.

"가망이 없어. 이 안에 도대체 위엄이 어디 있는 거야?"

마르쿠스가 화가 나서 소리쳤다.

"봐, 더는 우리가 할 수 있는 게 없어. 그냥 나뭇잎으로 덮어버리자."

두 소년은 나뭇잎을 한 아름 모으기 시작했다. 이내 불에 그슬린 갈까마귀는 시야에서 사라졌다. 두 소년은 소유지로 되돌아오면서 아무 말도 하지 않았다. 그러나 경건한 분위기는 어느새 사라지고 없었다.

4장

　구경거리를 마련한 이는 로마 상류사회에서 한창 떠오르고 있는 젊은이 코르넬리우스 술라였다. 젊은 원로원 의원인 술라는 한때 아프리카에서 알라우다이 제2군단을 지휘했다. 그때 모리타니아(아프리카 서북부의 고대 왕국. 현재의 모로코 및 알제리의 일부―옮긴이)의 왕 보쿠스는 그를 극진히 대접했다. 보쿠스 왕은 술라를 기쁘게 하기 위해 심지어 사자 100마리와 최고의 창병 20명을 수도 로마로 딸려 보내기까지 했다. 술라가 닷새 간 흥미진진한 시합이 펼쳐지도록 계획한 행사의 핵심은 바로 그 사자와 창병들이었다.

　이번 행사는 규모 면에서 이제까지 로마에서 마련된 행사 중 최고였다. 따라서 성공적으로만 치러지면 코르넬리우스 술라가 명성과 지위를 얻는 것은 따놓은 당상이었다. 이번 행사를 기회로, 원로원에서는 시합을 치를 좀 더 영구적인 구조물을 지어야 한다는 요청들도 나왔다. 큰 행사를 관람할 수 있도록 긴 의자를 볼트와 나무못으로 연결해 관중석을 만들어 놓았지만, 만족스럽지 못했을 뿐더러 미지의 검은 대륙에서 온 사자를 보고 싶어하는 군중을 수용하기에도 턱없이 비좁았다. 그래서 물을 담아 해전을 연출할 수 있는 거대한 원형극장을 세우자는 안이 나왔다. 그러나 비용이 너무 막대하다 보니 호민관에게 거부당하고 말았다.

가이우스와 마르쿠스는 종종걸음을 치며 나이 든 두 사내의 뒤를 따랐다. 가이우스의 어머니가 몸이 안 좋아진 이후로 두 소년이 로마행을 허락받는 경우는 좀처럼 드물었다. 그녀가 사악한 거리에서 아들에게 무슨 일이 일어날지도 모른다는 생각에 안절부절못하며 무척 괴로워했기 때문이다. 군중이 와자지껄 떠드는 소리는 흡사 일진광풍 같았다. 소년들의 눈은 호기심으로 반짝였다.

원로원 의원 대부분은 노예가 메는 가마나 말이 끄는 수레를 타고 시합을 보러 올 것이다. 그러나 가이우스의 아버지는 그런 행태를 경멸해 군중을 헤치며 걷는 쪽을 택했다. 비록 수많은 인파가 오가고는 있었지만, 그가 완전무장을 하고 있는 데다, 위풍딩딩한 체구의 두브루크 역시 완전무장을 한 채 곁을 딱 지키고 있어, 평민들이 무례하게 밀치는 일은 일어나지 않았다.

좁은 진흙길은 숱한 사람의 발에 밟히면서 악취 나는 진창으로 변해 있었다. 그래서 잠깐 사이에 가이우스 일행의 다리는 오물이 거의 무릎까지 튀었고, 샌들은 완전히 진흙 범벅이 되었다. 그들이 지나가는 상점이란 상점은 모두 사람들로 들썩들썩했고, 어딜 가나 앞쪽에도 뒤쪽에도 수많은 인파가 오가며 밀어댔다. 소매상인들이 제품을 도시 전역으로 실어 나르는 짐수레로 인해 길이 완전히 막힐 때면, 가이우스의 아버지는 이따금 샛길로 들어서곤 했다. 샛길에는 가난한 이들, 문간에 앉아 손을 내민 앞 못보고 손발 없는 거지들이 득실득실했다. 그들 위로는 5, 6층 높이의 벽돌 건물들이 거대한 모습을 드러내고 있었다. 한번은 열린 창문에서 양동이의 구정물이 쏟아지는 바람에 투브루크가 재빨리 손을 뻗어 마르쿠스를 뒤로 잡아끈 일도 있었다.

가이우스의 아버지는 험상궂은 표정을 지었으나 잠시도 멈추지 않고 계속 발걸음을 옮겼다. 그는 방향 감각만으로 어두컴컴한 미로를 빠져나와, 일행을 다시 원형경기장으로 가는 큰길로 이끌었다. 원형경기장이 가까워지자 도시의 소음은 한층 더 심해졌다. 뜨거운 음식을 파는 이들이 손님을 끌려고 외치는 소리, 구리 세공인들이 망치 두드리는 소리, 어린아이가 콧물바람으로 어머니의 엉덩이에 매달려 엉엉 울부짖는 소리가 서로 질세라 경쟁을 벌였다.

거리의 모퉁이란 모퉁이에서는 모두 곡예사, 마술사, 광대에 뱀 부리는 이들까지 저마다 동전을 던져주길 바라며 공연을 펼쳐 보였다. 그날, 인파는 많았음에도 불구하고 그들의 벌이는 신통치 않았다. 원형극장이 열리는 날이면 매일 볼 수 있는 광경인데 뭣 하러 아까운 돈을 낭비하겠는가?

"우리 곁에 바짝 붙어 있거라."

투브루크가 형형색색과 온갖 냄새와 소음에 정신이 팔린 소년들의 주의를 환기시켰다. 그는 모든 게 그저 신기해서 입을 다물지 못하는 소년들을 보고 껄껄 웃었다.

"원형경기장을 처음으로 보았던 때가 기억나는군요. 베스피아였죠. 제 생애 첫 검투 시합을 치르기로 되어 있던 곳이었습니다. 훈련도 제대로 받지 못하고 느려터진, 그야말로 검을 든 노예에 불과했습니다, 그때는."

"그래도 이겼지 않나."

율리우스가 걸어가면서 미소를 지으며 대꾸했다.

"속이 울렁대서 기분이 아주 끔찍했더랬습니다."

두 사내가 껄껄 웃었다.

"저라면 사자하고 마주하는 건 정말 싫을 겁니다. 아프리카에서 사자 두서너 마리가 돌아다니는 걸 본 적이 있습니다. 마음먹고 돌진했다 하면 말처럼 날쌘 데다 날카로운 송곳니하며 강철처럼 단단한 발톱은 정말 무시무시했습니다."

"사자가 100마리인데 닷새 동안 하루에 시합이 두 차례 벌어지니, 우린 오늘 그중 10마리가 선발된 전사들을 상대하는 걸 보게 되겠군. 흑인 창병들이 활약하는 모습을 한시라도 빨리 보고 싶군그래. 창을 누가 더 정확하게 던지는지 그자들과 우리 투창 선수들이 시합을 벌이면 꽤나 재미있을걸세."

입구의 홍예문을 통과한 일행은 죽 늘어선 나무 물통 앞에 멈춰 섰다. 그들은 작은 동전을 하나 내고, 다리와 샌들에 묻은 진흙과 냄새를 *깨끗이* 닦아냈다. 다시 깨끗해지니 기분이 상쾌했다. 일행은 안내원의 도움을 받아, 예약된 좌석을 찾았다. 전날 밤 미리 온 소유지 노예 중 하나가 그들이 도착하기를 기다리며 잡아놓은 좌석이었다. 그들이 자리에 앉자, 노예는 몇 마일을 걸어서 소유지로 돌아가려고 자리에서 일어났다. 투브루크가 가는 길에 뭐나 사먹으라고 동전을 건네자, 사내는 좋아서 싱글벙글했다. 등골이 휘도록 힘든 밭일에서 벗어나 있어 내심 기뻐하던 차에 돈까지 받았으니 왜 안 그렇겠는가.

가이우스 일행의 사방 주위에는 귀족 가문의 사람들과 그 노예들이 빼곡이 앉아 있었다. 원로원 의원들은 300명에 불과했지만 거의 1,000명에 가까운 이들이 와 있었다. 로마의 의원들은 닷새 동안 진행되는 시합 중 첫날 시합을 구경하기 위해 일까지 하루 쉬었다. 거대한 구덩이의 모래는 써레질이 되어 평평했고, 나무로 된 관람석에는 상류층 인사 3만 명이 가득 들어차 있었다. 아침의 열기가 점차 뜨거워져 불쾌한 지경에까지 이르렀지만, 대부분의 사람들은 개의치 않았다.

"전사들은 어디 있어요, 아버지?"

가이우스가 사자나 우리가 어디 있는지 찾으며 물었다.

"저쪽의 저 헛간 같은 건물에 있단다. 저 문 보이지? 바로 거기야."

아버지는 들어오면서 노예에게서 산 행사 안내서를 펼쳤다.

"이 시합의 주최자들은 우리한테 환영인사를 하고 나서 아마 코르넬리우스 술라한테 감사를 표할 것이다. 그럼 이렇게 대단한 행사를 가능하게 만든 술라의 영민함을 칭송하는 뜻에서 모두 환호성을 보내겠지. 그리고 나면 검투 시합이 네 차례 벌어질 거다. 시합은 어느 한쪽이 먼저 피를 흘리게 될 때까지만 진행되지. 그러나 그 후엔 죽을 때까지 싸우는 시합이 한 차례 있을 거라는구나. 레니우스가 먼저 무언가를 시연해 보여주고 나면 사자들이 등장해, '아프리카의 풍경'이 뭔지는 모르겠다만 하여튼 그 속을 거닐 것이다. 분명 인상적인 쇼가 될 거다."

"사자를 본 적이 있으세요?"

"동물원에서 한 번 보았지. 그러나 사자랑 싸워본 적은 없다. 투브루크 말이, 녀석들은 싸울 때 무시무시하다는구나."

문이 열리면서 눈이 부시도록 하얀 토가를 입은 사내가 걸어 나왔다. 원형경기장은 쥐 죽은 듯 고요해졌다.

"마치 신 같아요."

마르쿠스가 속삭였다.

그 말을 듣고 투브루크가 소년에게로 몸을 기울이며 말해 주었다.

"저 옷감은 사람 소변으로 표백한 거란 사실을 잊지 말거라. 그 사실에

82

뭔가 교훈이 있으니."

마르쿠스는 농담인지 아닌지 몰라 잠시 놀란 표정으로 투브루크를 바라보았다. 그러나 이내 그 말은 까맣게 잊어버린 채, 어느새 성큼성큼 걸어 관람석의 중앙 쪽에 와 있는 사내의 목소리에 귀를 기울였다. 사내는 잘 훈련된 목소리로 말했다. 사발 모양의 원형경기장은 완벽한 반사경 역할을 했다. 그런데도 사내의 말소리는 사람들이 발을 질질 끄는 소리, 친구들에게 속닥거리는 소리, 조용히 하라고 외치는 소리에 파묻혀 일부가 잘 들리지 않았다.

"……환영합니다, 오늘 예정된……아프리카의 야수들……코르넬리우스 술라!"

사내가 마지막 부분을 점차 톤을 높여가며 외치자, 관중은 충실히 와아 하고 환호를 외쳤다. 율리우스와 투브루크가 예상했던 것보다 열렬한 환호였다. 가이우스는 나이 든 검투사 투브루크가 아버지에게로 바짝 기대며 하는 말을 들었다.

"술라는 아마 주시해야 할 사람일 겁니다."

"아니면 경계해야 할 사람이든가."

율리우스가 의미심장한 표정으로 말을 받았다.

가이우스는 눈을 크게 뜨고 자리에서 일어나 절을 하는 사내를 보았다. 그 사내 역시 가장자리에 금수가 놓인 단순한 토가 차림이었다. 자리가 사내의 자리와 상당히 가까운 덕분에, 가이우스는 신처럼 보이는 사내의 모습을 제대로 볼 수 있었다. 사내의 얼굴은 강인한 인상을 풍기면서도 잘생겼고, 피부는 황금색이었다. 사내는 군중이 기뻐하는 모습을 보며 미소를 지으면서 손을 흔들고는 자리에 도로 앉았다.

모두들 진정하고 흥미진진한 본 행사를 기다리는 가운데, 사방에서 이런저런 대화가 불쑥 시작되었다. 주로 정치와 재정 문제에 관한 얘기였다. 귀족들은 법률상 논쟁이 되고 있는 사례들을 파고들며 깊은 논의를 주고받았다. 그들은 여전히 로마의, 따라서 세계의 최고 권력이었다. 사실 호민관들이 거부권을 가지고 있는 탓에 권위가 일부 힘을 잃기는 했으나, 그들은 여전히 로마 시민 대다수의 생사를 좌우할 힘을 가지고 있었다.

맨 처음에 싸우게 될 두 전사가 들어왔다. 한 사람은 파란색, 다른 한 사람은 검은색 튜닉 차림이었다. 둘 다 육중한 갑옷 차림을 하지 않은 것은 이 시합이 흉포함보다는 민첩함과 기술을 보여주는 시합이기 때문이다. 이런 검투시합에서 죽는 사람이 발생하는 일은 물론 있기는 하나 좀처럼 드물었다. 두 전사는 시합의 주최자와 후원자에게 경례를 한 후, 짧은 검을 단단히 붙잡고 최면을 걸 듯 방패를 율동적으로 흔들어대면서 몸을 움직이기 시작했다.

"누가 이기겠는가, 투브루크?"

가이우스의 아버지가 느닷없이 날카롭게 물었다.

"파란색 옷을 입은 키가 작은 쪽입니다. 발놀림이 아주 훌륭하군요."

율리우스는 원형경기장의 내기꾼들을 위한 수금원 한 사람을 불러 아우레우스 금화 한 닢을 건네주고 작은 파란색 패 하나를 받았다. 채 1분도 되지 않아, 작은 전사가 살짝 옆으로 비켜 상대가 내찌른 검을 피하더니, 죽 걸어가면서 칼로 상대의 배를 가볍게 그었다. 잔의 가장자리로 술이 흘러내리듯 피가 주르륵 흘러내리자, 관중석에서 환호와 욕설이 터져 나왔다. 아우레우스 한 닢을 걸고 두 닢을 번 율리우스는 즐거워하며 수익금을 주머니에 넣었다. 그는 뒤이어 시합이 벌어질 때마다 전사들이 견제 동작을 하며 움직이기 시작하면 누가 이길지 투브루크에게 묻곤 했다. 물론 시합이 일단 시작되고 나면 배당률이 떨어지기는 하지만, 투브루크의 눈은 틀림이 없었다. 네 번째 시합이 시작될 무렵이 되자, 근처의 모든 관중이 투브루크가 하는 말을 놓칠세라 목을 길게 빼고 있다가, 투브루크가 입을 열기 무섭게, 돈을 가져가라고 내기 노예들을 소리쳐 불렀다.

투브루크는 그런 상황을 즐기고 있었다.

"이번 것은 목숨을 건 시합입니다. 코린트(고대 그리스의 도시로, 상업과 예술의 중심지였음—옮긴이) 출신 전사 알렉산드로스가 이길 확률이 큽니다. 알렉산드로스는 패한 적이 한 번도 없습니다. 그러나 이탈리아 남부 출신인 상대도 대단하기는 마찬가지입니다. 피를 볼 때까지만 싸우는 시합에서 한 번도 진 적이 없으니까요. 이 시점에서는 누구를 골라야 할지 모르겠습니다."

"판단이 서는 대로 알려주게. 아우레우스 열 닢을 내기에 걸겠네. 오늘 우리가 딴 돈과 원래 가지고 있던 돈을 전부 합친 것이네. 오늘 자네 안목은 완벽하니 한번 믿어봄세."

율리우스는 내기 노예를 불러 가까이에 서 있으라고 말했다. 그 지역의 다른 어느 누구도 돈을 걸려 하지 않았다. 다들 한순간에 행운이 결정된다는 것을 느꼈기 때문에, 그저 투브루크에게서 신호가 떨어지기를 기다리는 데 만족했다. 그들은 투브루크를 지켜보며 첫 신호가 떨어질 때를 대비했다. 개중에는 흥분으로 숨을 죽이고 있는 이들도 있었다.

가이우스와 마르쿠스는 군중을 바라보았다.

"탐욕스러운 작자들이야, 이 로마인들 말이야."

가이우스가 마르쿠스에게 속삭이며 씩 웃자, 마르쿠스도 덩달아 씩 웃었다.

문이 다시 열리고 알렉산드로스와 엔조가 들어왔다. 로마인인 엔조는 오른팔을 손에서부터 목까지 덮은 표준 형태의 쇠미늘 갑옷 차림으로, 거무스름한 쇠미늘 위로는 황동 투구를 쓰고 있었다. 그리고 왼손에는 빨간색 방패를 들고 있었다. 그 밖에 그가 몸에 두른 것이라고는 아랫도리를 가리는 간단한 옷과 발과 발목에 감싼 리넨이 전부였다. 건장한 체구에, 팔목에서 팔꿈치까지 왼쪽 팔뚝에 길게 난 주름진 선 말고는 흉터도 거의 없었다. 엔조는 먼저 코르넬리우스 술라와 관중에게 경례를 올리고 나서 이방인 상대에게 경례를 붙였다.

원형경기장 가운데로 들어올 때, 알렉산드로스는 움직임이 좋고 균형도 잘 잡혀 있었으며 자신감에 차 있었다. 복장은 엔조와 동일했으나, 다만 방패에 퍼런 녹이 슨 점이 달랐다.

"구별하기가 쉽지 않아요. 똑같은 갑옷을 입고 있으니 형제라고 해도 되겠어요."

가이우스의 말에 아버지 율리우스가 코웃음을 쳤다.

"몸 속에 흐르는 피만 아니라면. 그리스인은 이탈리아인하고 똑같지가 않아. 우리와는 다른 거짓된 신들을 믿지. 점잖은 로마인이라면 참아내지 못할 것들을 믿는단다."

율리우스가 아래에 있는 사내들에게 집중하느라 고개도 돌리지 않고 말했다.

"하지만 그런 사내라도 돈을 거실 건가요?"

가이우스가 말했다.

"투브루크가 그 사내가 이길 거라고 생각한다면 그렇게 해야지."

율리우스의 입에서 미소와 함께 대답이 나왔다.

시합은 숫양 뿔로 만든 나팔 소리와 함께 시작될 것이다. 나팔은 좌석의 첫 번째 열에 놓인, 동물 턱처럼 생긴 구리 받침대 안에 끼워져 있었고, 턱 수염을 기른 작달만한 사내가 나팔에 입술을 갖다 댈 때를 기다리고 있었다. 이윽고 두 검투사가 서로에게 다가가자, 나팔 소리가 모래 바닥을 가로지르며 구슬프게 울려 퍼졌다.

나팔 소리가 채 끝나기도 전에 벌써 관중은 고함을 쳐댔고, 두 검투사는 서로에게 강타를 날렸다. 불과 몇 초 지나지 않았건만, 공격에 공격이 정신없이 이어졌다. 상대를 베는 데 성공한 경우도 있고, 검이 선홍색 피 때문에 갑자기 미끌미끌해지는 바람에 상대의 검과 맞부딪쳤다 그냥 미끄러지고 마는 경우도 있었다.

"투브루크?"

가이우스 아버지가 불렀다.

가이우스 일행이 있는 지역의 관중은, 잔혹성을 과시하는 환상적인 동작들을 넋을 잃고 지켜보는 쪽과 내기에 열을 올리는 쪽으로 나뉘어 있었다.

투브루크는 그러쥔 주먹에 턱을 고인 채 양미간을 좁혔다.

"아직은 알려드릴 수가 없습니다. 둘이 너무 막상막하라서요."

두 사내가 잠시 서로에게서 떨어졌다. 초반 1분 동안의 보조를 계속 유지할 수 없었던 것이다. 둘 다 피를 흘리고 있는 데다 끈적끈적한 땀과 먼지로 범벅이 되어 있었다.

알렉산드로스가 방어자세를 취한 상대의 방패를 파란색 방패로 강하게 올려쳐 상대의 리듬과 균형을 깨뜨렸다. 곧이어 알렉산드로스의 검이 높이 찌를 곳을 찾아 쑥 올라왔다. 엔조는 그 일격을 피하려고 체면이고 뭐고 다 버리고 황급히 뒷걸음질치다가 방패를 든 채 땅에 쓰러졌다. 자국 사내의 그런 행동에 당혹감을 느낀 관중은 우우 소리를 내며 야유와 조롱을 퍼부었다. 동포들의 야유에 자극을 받았는지 엔조가 다시 일어나 공격에 나섰다.

"투브루크?"

율리우스가 투브루크의 팔에 손을 얹었다. 시합이 몇 초 후에 끝날 수도 있고, 그렇지 않다 해도 어느 한쪽이 확연히 우세를 보인다면 내기가 중단될 터였다.

"아직이요. 아직까지는…… 모릅니다……."

투브루크는 온 정신을 집중하며 심사숙고하고 있었다.

모래 위, 전사들 주변 지역에는 피가 떨어진 자리마다 거무튀튀한 얼룩이 점점이 박혀 있었다. 둘 다 왼쪽으로 천천히 움직이다 오른쪽으로 움직이더니 돌진해 들어가, 베고 자르고, 피하고 막고, 강타를 가해 상대가 곱드러지게 하려고 안간힘을 썼다. 그 와중에 알렉산드로스의 방패에 엔조의 검이 끼었다. 엔조가 일격을 가하는 것을 알렉산드로스가 방패로 막았는데, 그때 파란색 직사각형 방패가 일부 부서지는 바람에 검이 부드러운 금속에 옴짝달싹 못하게 박힌 것이다. 엔조가 박힌 검을 비틀어 빼내는 순간, 알렉산드로스의 손목이 꺾이면서 방패가 모래 바닥 위로 떨어졌다. 엔조의 방패도 이미 모래 바닥에 내팽개쳐진 상태였다. 방패에 의지할 수 없게 되었으니, 두 사내를 보호해 줄 것은 이제 쇠미늘 갑옷뿐이었다. 두 사내는 서로를 비스듬히 마주한 채 게처럼 옆으로 움직였다. 검들은 군데군데 이가 빠지고 무뎌져 있었다. 격분한 엔조는 한 동작 한 동작에 있는 힘을 다 쏟아부었다. 하지만 알렉산드로스는 비교적 여유 있는 모습이었다.

드디어 두 사내의 체력이 드러나기 시작한 것이다.

"모조리 그리스인한테 거세요, 어서요."

투브루크가 말했다.

내기 노예가 승인을 받기 위해 뒤쪽의 주인을 돌아다보았다. 주인은 배당률을 귀띔해 주었고, 관중의 상당수가 참여한 가운데 내기는 계속 진행되었다.

"알렉산드로스가 지는 쪽에 5 대 1이라, 조금 더 일찍 돈을 걸었더라면 배당률이 훨씬 클 수도 있었는데."

율리우스가 아래쪽의 두 전사를 지켜보면서 중얼거렸다.

투브루크는 아무 대꾸도 하지 않았다.

검투사 중 하나가 검을 내찔렀나가 재빨리 서두었나. 그런데 검이 뒤로 휙 당겨질 때 자기 옆구리에 스치는 바람에 금세 피가 한 방울 솟구쳤다. 그 틈을 놓칠세라, 상대가 사악할 정도로 신속하게 반격에 나서 중요한 다리 근육을 잘라냈다. 한쪽 다리가 구부러지며 사내가 무릎을 꿇자, 상대가 그의 목을 쑤시고 또 쑤셨고, 결국 사내는 초주검이 되어 쿵 소리를 내며 나가떨어졌다. 사내는 온몸이 피로 범벅이 된 채 널브러져 있었다. 피는 이내 마른 모래에 스며들어 사라졌고, 사내의 가슴은 헐떡이는 숨과 참을 수 없는 고통 때문에 들썩들썩했다.

"누가 이겼어요?"

가이우스가 극도로 흥분해서 물었다. 방패가 없으니 누가 누군지 구분이 가지 않았다. 그래서 여기저기서 "누가 이긴 거야?" 하며 웅성댔고 그 소리가 금세 관람석 전체로 퍼져갔다.

"그리스인이 죽은 것 같은데요."

내기 노예가 말했다.

그의 주인은 로마인이라고 생각했다. 하지만 승자가 일어서서 투구를 벗기 전에는 누구도 자신할 수 없는 상황이었다.

"둘 다 죽으면 어떻게 돼요?"

마르쿠스가 물었다.

"모든 내기가 취소되지."

내기 노예의 주인이자 재무 담당인 사내가 대답했다. 아마도 그가 많은 돈을 버느냐 마느냐 역시 시합의 결과에 달려 있을 것이다. 그래서인지 분명 그곳의 어느 누구 못지않게 긴장된 표정이었다.

1분가량 지났건만, 살아남은 검투사는 기진맥진해서 피를 흘리며 그냥 모래 바닥에 누워 있었다. 군중은 점점 더 소리를 높이며, 일어나서 투구를 벗으라고 요구했다. 고통스러운 표정이 역력한 그 검투사는 천천히 검을 붙잡아 땅에 세운 뒤 몸을 밀어 올렸다. 똑바로 일어선 그는 손을 살짝 흔든 뒤 모래를 한 줌 집어 들었다. 그러더니 그 모래를 상처에 문지르며, 피가 엉겨 붙어 부드러운 검붉은 덩어리로 변한 모래가 우수수 떨어지는 모습을 지켜보았다. 투구를 벗으려고 들어 올린 손가락 역시 피투성이이긴 마찬가지였다.

피를 흘린 탓에 백지장처럼 창백해진 얼굴로 서서 미소를 짓고 있는 이는 그리스인 알렉산드로스였다. 관중은 손을 흔드는 인물에게 욕을 퍼부어댔다. 관중이 내던진 동전들이 햇살을 받아 반짝반짝 빛났다. 포상하기 위해서가 아니라 상처를 입히기 위해 던진 것들이었다. 욕설이 쏟아지는 가운데, 원형경기장 전역에서 돈이 오갔다. 다시 풀썩 무릎을 꿇은 검투사가 노예들의 부축을 받아 힘겹게 퇴장했지만, 거기에 신경 쓰는 사람은 아무도 없었다.

투브루크는 속을 알 수 없는 표정으로 검투사가 나가는 모습을 지켜보았다.

"훈련을 맡길 만한 사람이라고 보는가?"

율리우스가 딴 돈을 세어 돈주머니에 넣으면서 활기찬 목소리로 물었다.

"아니요. 저 사람은 일주일을 버티지 못할 것 같군요. 어쨌든 저 친구 기술엔 가르칠 만한 것이 거의 없습니다. 그저 민첩성과 반사신경이 좋을 뿐이죠."

"그리스인치고는요."

마르쿠스가 끼어들었다.

"그래, 그리스인치고는 반사신경이 좋은 편이지."

투브루크가 대답했다. 그러나 그의 마음은 먼 곳에 가 있었다.

써레질로 모래를 깨끗이 다듬는 동안, 관중은 다들 각자 볼일을 보았다. 그러나 개중에는 소리를 지르며 공격을 하기도 하고 고통에 겨워 비명을 지르는 시늉을 하면서 검투사들을 흉내내는 이들도 한둘 눈에 띄었다. 다음 시합이 시작되길 기다리고 있던 가이우스와 마르쿠스는, 좌석들을 죽지나 다가오는 두 사내를 쳐다보라고 율리우스가 투브루크의 팔을 툭툭 치는 것을 보았다. 사내 둘 다 조잡한 모직 토가 차림에다 금속 장신구도 전혀 걸치고 있지 않았다. 그래서 원형경기장과는 별로 어울리지 않아 보였다.

율리우스가 투브루크와 함께 자리에서 일어서자, 두 소년도 따라 일어섰다. 가이우스의 아버지는 손을 내밀며 첫 번째 사내를 반겨 맞이했고,

그 사내는 고개를 살짝 숙여 예를 갖추었다.

"환영하네, 친구들. 자, 앉게나. 얘들은 내 아들하고 내가 돌보는 아이라네. 얘들은 잠시 뭐나 사먹으러 가도 되겠지?"

그 말에 투브루크가 두 소년에게 동전 하나씩을 건네주었다. 그것이 의미하는 바는 분명했다. 마지못해 자리를 뜬 두 소년은 먹거리를 파는 매점으로 가서 줄을 섰다. 차례를 기다리면서 아버지가 있는 쪽을 바라보니, 네 사내가 고개를 가까이 가져다대고 이야기를 나누고 있었다. 물론 군중이 웅성대는 소리 때문에 그들의 목소리는 전혀 들리지 않았다.

마르쿠스가 오렌지를 사고 있는 사이, 가이우스가 또다시 쳐다보니, 두 사내가 감사를 표하며 다시 아버지의 손을 붙잡았다. 그러고 나서 두 사내는 투브루크 쪽으로 향했고, 투브루크는 떠나는 그들의 손에 동전 몇 닢을 쥐어주었다.

한 사람에 한 개씩 돌아가도록 오렌지 네 개를 산 마르쿠스는 자리로 돌아와서 하나씩 나눠주었다.

"저 사람들은 누구예요, 아버지?"

호기심이 동한 가이우스가 물었다.

"내가 돌봐주는 이들이란다. 이 도시에는 이 아비한테 예속된 이들이 몇 있지."

율리우스가 오렌지 껍질을 능숙하게 까면서 대답했다.

"그런데 무얼 하는 사람들이에요? 전에는 한 번도 본 적이 없는데요."

율리우스가 흥미로운 표정을 지으며 아들을 보았다.

"저들은 아주 쓸모가 많은 사람들이다. 이 아비가 지지하는 후보들에게 표를 던지기도 하고, 위험한 지역에서 안내를 맡기도 하지. 내 전갈을 전하기도 하고…… 그 밖에도 수많은 잡다한 일들을 하고 그 대가로 1인당 하루에 데나리우스 여섯 닢씩을 받는단다."

데나리우스 여섯 닢이라는 말에 마르쿠스가 휘이 하고 휘파람 소리를 냈다.

"그걸 다 합치면 한재산 되겠는걸요."

그 말을 듣고 율리우스가 마르쿠스에게로 주의를 돌렸다. 마르쿠스는 시선을 떨어뜨린 채 괜스레 오렌지 껍질만 만지작거렸다.

"그만한 돈을 줄 가치가 있다. 이 도시에서는 말이다, 갑작스레 어떤 일이 생겨도 재빨리 부탁할 수 있는 사람들이 있는 게 좋아. 부유한 원로원 의원들은 아마 예속평민인 클리엔테스를 수백 명은 두고 있을 게다. 클리엔테스를 두는 건 우리 체제의 일환인 셈이지."

"아버진 클리엔테스들을 믿을 수 있으세요?"

가이우스가 말참견을 했다.

율리우스는 끙 소리를 냈다.

"하루에 6데나리우스 이상을 주어야 하는 일이라면 못 믿지."

레니우스는 아무런 예고도 없이 불쑥 들어섰다. 군중들은 더러운 모래 경기장이 텅 빈 가운데 이런저런 담소를 나누고 있었다. 이때 작은 문이 열리더니 사내 하나가 경기장으로 걸어 나왔다. 처음에는 어느 누구도 그의 등장을 알아채지 못했다. 그러나 이내 사람들이 손가락질을 하며 자리에서 일어나 환호하기 시작했다.

"왜 저렇게들 크게 환호하는 거예요?"

타는 듯한 태양 아래에 외로이 서 있는 인물을 실눈으로 보면서 마르쿠스가 물었다.

"레니우스가 다시 한 번 돌아왔기 때문이란다. 나중에 네 아이들한테 레니우스가 싸우는 모습을 보았다고 말할 수 있게 되겠구나, 이젠."

투브루크가 빙긋이 웃으며 대답했다.

주변 사람들은 모두 그 광경을 보며 마음이 들뜬 듯했다.

"레―니―우스……레―니―우스!"

사람들이 한 목소리로 연호를 하기 시작했다. 그 소리는 점점 커져, 질질 발 끄는 소리, 옷이 바스락거리는 소리를 모두 집어삼켰다. 세상에 들리는 소리라고는 그 이름을 외치는 소리뿐이었다.

레니우스는 검을 치켜들며 예를 표했다. 멀리서 보아도, 아직까지는 세월이 그의 발목을 붙잡지 못했다는 걸 확실히 알 수 있었다.

"예순치고는 좋아 보이는군. 그래도 배는 좀 나왔네. 저 넓은 허리띠 좀 보게. 자제를 제대로 하지 못했군그래, 멍청한 늙은이 같으니."

투브루크가 거의 혼잣말처럼 중얼거렸다.

노인이 관중의 박수갈채를 받고 있을 때, 일렬종대로 늘어선 전투노예들이 모래 경기장으로 들어섰다. 노예들은 움직일 때 거치적거리지 않도록 아랫도리만 천으로 가린 채 짧은 글라디우스(고대 로마에서 군단병이 사용한 짧은 검―옮긴이)를 들고 있었다. 방패나 갑옷은 보이지 않았다. 그 사내들이 레니우스를 가운데에 두고 다이아몬드 대형을 취하자, 군중은 일시에 조용해졌다. 잠시 정적이 흐르더니 동물 울타리가 열렸다.

우리를 모래 위로 끌어내기도 전에, 짧고 거친 포효 소리가 연거푸 울려 퍼졌다. 군중은 잔뜩 기대에 부풀어 휘이 하고 휘파람을 불었다. 노예들이 땀을 뻘뻘 흘리며 끌어내는 우리 안에서는 사자 세 마리가 왔다갔다했다.

쇠창살을 통해 보이는 사자들의 모습은 역겨웠다. 굽은 어깨와 머리와 턱은 거대했지만, 뒷부분은 마치 나중에 대충 추가된 것처럼 뒤로 갈수록 점점 가늘어졌다. 그저 육중한 턱으로 생명이나 으스러뜨리도록 창조된 존재처럼 보였다. 우리가 덜컹덜컹 흔들리다 마침내 멈춰 서자, 사자들은 길길이 날뛰며 앞발을 휘둘러댔다.

노예들이 우리 앞부분을 붙잡고 있는 말뚝을 내리치려고 망치를 높이 쳐들었다. 군중은 바짝 긴장해서 마른 입술을 핥았다. 망치가 아래로 떨어지는가 싶더니, 쇠 격자문이 모래 위로 떨어져 나가며, 쿵 소리가 정적 속에서 또렷하게 울려 퍼졌다. 이윽고 거대한 고양이들이 한 마리씩 한 마리씩 우리 밖으로 나오는데, 발을 내디딜 때의 그 자신감과 민첩성은 그야말로 무시무시했다.

제일 큰 사자가 맞은편에 마주 선 사내들을 향해 우렁차게 포효하며 도전을 선포했다. 그런데도 사내들은 꼼짝도 하지 않았다. 이에 그 사자는 그들을 계속 지켜보며 우리 밖에서 왔다갔다하기 시작했다. 이윽고 동료들이 으르렁거리면서 원을 그리며 돌자, 도로 웅크리고 앉았다.

그러더니 아무런 신호나 경고도 없이 돌연 사내들을 향해 돌진했다. 사내들은 눈에 보일 정도로 잔뜩 주눅이 들어 있었다. 죽음이 다가오고 있으니 그럴 만도 했다.

레니우스가 명령을 외쳐대는 소리가 들렸다. 다이아몬드 대형의 맨 앞에 선 용감한 세 사내는 검을 뽑아들고 돌격에 대비했다. 질주해 오던 사자가 마지막 순간에 펄쩍 뛰어오르며 한쪽 앞발로 사내들의 가슴을 후려쳤고, 이에 두 사내가 나동그라졌다. 두 사내 모두 미동도 하지 않았다. 가슴뼈가 산산조각 난 것이다. 세 번째 사내는 글라디우스를 휘둘렀으나 뺙

빽한 갈기만 맞춰 상처를 거의 입히지 못했다. 그러자 사자의 아가리가 뱀이 공격할 때처럼 신속하게 탁 닫히며 사내의 팔을 덥석 물었다. 사내는 일부가 잘려나가 시뻘건 피가 뿜어져 나오는 팔을 한 손으로 붙든 채 비틀비틀 물러서며 비명을 지르고 또 질렀다. 그때 검 하나가 사자의 갈비뼈 부위를 죽 스치고 지나갔고, 또 다른 검은 뒷다리 관절 뒤의 힘줄을 베어냈다. 힘줄이 끊어지자 사자의 몸 뒷부분이 갑자기 축 늘어졌다. 그러나 이것은 그 야수의 화만 더 돋워 놓았을 뿐이었다. 사자는 격분해서 어찌할 바를 몰라 하며 자기 자신을 물어뜯었다. 레니우스가 성난 목소리로 뭐라고 명령을 외치자, 다른 사내들은 그가 사자를 죽일 수 있도록 뒤로 물러섰다.

레니우스가 치명타를 가하는 순간, 다른 두 사자가 공격해 들어왔다. 한 마리는 다이아몬드 대형에서 떨어져 나갔던 팔 잘린 사내의 머리통을 물었다. 곧이어 아가리에서 우두둑 깨무는 소리가 한 번 나더니 그걸로 끝이었다. 그 사자는 다른 노예들이 있건 말건 무시한 채 그 송장을 차지하고 앉아, 부드러운 뱃살을 뜯어먹기 시작했다. 그러나 그것도 잠깐, 이내 검 세 개에 입과 가슴 부위를 찔려 죽고 말았다.

마지막 남은 사자는 레니우스의 왼편으로 달려들었다. 그 공격에 레니우스를 보호하던 노예가 거꾸러지자, 그 수코양이가 덮쳐들어 미친 듯이 물어뜯었다. 확 눈에 띌 정도로 거대한 시커먼 발톱이 돌출된 앞발로 살을 꿰뚫고 갈기갈기 찢어댔다. 그때 몸의 균형을 회복한 레니우스가 사자의 가슴을 공격했다. 상처가 벌어지며 끈적끈적한 검붉은 피가 솟구쳤지만, 검은 가슴뼈 위를 미끄러지듯 지나갔다. 그때 레니우스는 어깨 부위에 공격을 받았다. 하지만 천만다행으로 사자의 아가리를 아슬아슬하게 피했다. 바닥을 한 바퀴 굴러 일어선 레니우스의 손에는 여전히 검이 들려 있었다. 야수가 그의 위치를 확인하고 도로 돌아서자, 이미 공격 자세를 갖추고 있던 레니우스는 검으로 겨드랑이와 터질 듯 요동치는 심장을 연이어 찔렀다. 그 즉시 사자의 몸에서 힘이 쭉 빠져나갔다. 마치 종기가 터지는 것처럼 한순간에. 누워서 피를 흘리며 숨을 헐떡이는 사자의 몰골은 말이 아니었다. 레니우스가 허리띠에서 단검을 빼들고 다가가자 피투성이가 된 사자의 가슴 깊은 곳에서 부드러운 신음이 흘러나왔다. 찢어진 폐가 공기를 채우려 안간힘을 쓰느라 불그스름한 침이 모래 위로 뚝뚝 떨어졌다.

레니우스가 그 야수에게 부드럽게 몇 마디를 했다. 물론 관람석까지는 들리지 않았다. 말을 마친 레니우스는 사자의 갈기에 손을 얹고 멍한 표정으로 쓰다듬었다. 마치 가장 아끼는 사냥개를 대하는 듯했다. 그러더니 검을 목에 쑥 쑤셔 넣었다. 그것으로 모든 것이 끝이었다.

관중은 몇 시간 만에 처음으로 숨을 들이쉬는 것처럼 숨을 몰아쉰 뒤 한바탕 웃어댔다. 사내 넷이 모래 위에 죽어 나동그라져 있었지만, 늙은 살인귀 레니우스는 비록 지친 표정이기는 해도 여전히 살아서 서 있었다. 군중이 그의 이름을 연호하기 시작했다. 그러자 레니우스는 재빨리 인사를 한 뒤 그늘진 문으로 성큼성큼 걸어가 어둠 속으로 사라졌다.

"빨리 따라 들어가게, 투브루크. 내가 부를 수 있는 최고 금액이 얼만지 알 걸세. 1년이야, 명심하게. 꼬박 1년 계약이야."

투브루크가 군중 속으로 사라지고 나자 두 소년은 공손하게 율리우스와 대화를 나누었다. 그러나 촉매 역할을 하던 투브루크가 없으니, 대화는 얼마 지속되지 못했다. 율리우스는 아들을 사랑했지만 아이들과 이야기하는 것을 결코 좋아하지 않았다. 아이들은 쓸데없는 말을 하는 데다가 예절이나 자제를 도통 몰랐기 때문이다.

"레니우스는 혹독한 선생이 될 게다, 평판이 정확하다면 말이다. 한때는 이 제국에서 필적할 사람이 없었지. 이야기는 투브루크가 나보다 잘하니 투브루크한테 듣거라."

두 소년은 열심히 고개를 주억거리며, 기회가 생기는 대로 투브루크를 졸라 자세한 이야기를 들어야겠다고 마음먹었다.

두 소년이 레니우스를 다시 보게 된 것은 소유지의 계절이 가을로 접어들고 나서였다. 레니우스는 마구간의 돌마당에서 거세마에서 내리고 있었다. 장교나 원로원 의원처럼 말을 탈 수 있다는 것은 그의 지위가 얼마나 대단한지를 단적으로 보여주었다. 그때 근처의 건초 창고에 있던 두 소년은 높은 건초다발 꼭대기에서 아래쪽의 건초더미 위로 뛰어내리던 중이었다. 건초와 먼지를 뒤집어쓰고 있어 모습을 드러낼 수 없었던 두 소년은 구석에서 방문객을 빠끔히 내다보았다. 레니우스가 주변을 훑어보고 있었다. 이때 투브루크가 맞이하러 나와 고삐를 받아들었다.

"여독을 푸는 대로 의원님께서 접견을 하실 거요."

"5마일도 채 안 되는 거리를 타고 왔어. 지저분하지도 않고 짐승처럼 땀을 흘리고 있지도 않다구. 허니 당장 안으로 안내해. 안 그러면 내가 알아서 찾아 들어갈 테니까."

늙은 병사가 인상을 쓰며 딱딱거렸다.

"함께 일했던 때가 꽤 됐는데, 그 쾌활한 태도며 매력은 여전하시구려."

레니우스의 표정은 여전히 딱딱했다. 순간 두 소년은 레니우스가 주먹을 날리든지, 거칠게 쏘아붙일 거라 생각했다.

"아직도 웃어른 공경하는 법을 배우지 못했구먼. 이제는 좀 나아졌을 줄 알았더니."

"이제 댁보다 더 어리지 않은 사람이 어디 있소? 왜 그렇게 고루해졌는지 알 만도 하오."

레니우스는 잠시 얼어붙은 듯 눈만 천천히 껌벅였다.

"내가 검을 뽑길 바라나?"

투브루크는 아무 대답도 하지 않았다. 가이우스와 마르쿠스는 투브루크 역시 칼집에 담긴 오래된 글라디우스를 차고 있다는 것을 그때 처음으로 알아챘다.

"내가 이 소유지의 운영을 맡고 있고, 이제는 댁처럼 자유인이라는 사실을 기억해 주었으면 하는 것뿐이외다. 그러는 게 서로에게 좋을 것이오. 이건 부탁이 아니오."

그제야 레니우스가 빙그레 웃었다.

"자네 말이 맞네. 허면 이 댁의 주인한테로 데려다주게나. 도대체 어떤 사람이기에 이렇게 흥미로운 부류를 고용했는지 만나보고 싶으니까."

레니우스와 투브루크가 그곳을 뜨자, 가이우스와 마르쿠스는 서로를 바라보았다. 흥분으로 두 눈이 반짝반짝 빛났다.

"레니우스는 혹독하게 나올 거야. 하지만 그건 잠깐이고, 얼마 안 가 자신이 책임진 인재의 탁월한 능력에 깊은 감명을 받게 되겠지."

마르쿠스가 나직하게 말했다.

"우리가 자신이 죽어 나자빠지기 전에 남길 최후의 걸작이 되리란 걸 깨닫게 될 거야."

그 생각에 사로잡힌 가이우스가 말을 받았다. 그러자 마르쿠스가 말했다.

"나는 이 땅에서 가장 위대한 검객이 될 거야. 난 애기 때부터 밤마다 팔을 쭉쭉 펴왔거든."

"싸우는 원숭이, 널 그렇게들 부를 거야!"

가이우스가 경외심 가득한 표정으로 단언했다.

그러자 마르쿠스가 가이우스의 얼굴에 건초를 던졌다. 그걸 시작으로 두 소년은 짐짓 흉포한 체하며 서로를 부여잡았고, 잠시 동안 엎치락덮치락 하며 이리저리 굴러다녔다. 두 소년의 드잡이는 가이우스가 친구의 가슴을 깔고 앉는 것으로 끝이 났다.

"내가 좀 더 훌륭한 검객이 될 테지만, 워낙 겸손한 성격이니 숙녀들 앞에서 널 망신 주는 일 따위는 하지 않을게."

거만한 자세를 취한 가이우스를 마르쿠스가 다시 지푸라기 속으로 홱 밀쳤다. 두 소년은 숨을 헐떡이며 앉아서 잠시 꿈속으로 빠져들었다.

마침내 마르쿠스가 입을 열었다.

"사실 넌 이 소유지를 운영하게 될 거 아냐, 네 아버지처럼. 그런데 난 가진 게 아무것도 없어. 우리 어머니가 창녀라는 거 너도 알잖아……. 아니, 아무 말도 하지 마. 네 아버지가 하시는 말씀 우리 둘 다 들었잖아. 난 내 이름을 지켜줄 유산을 하나도 물려받지 못했는데, 그나마 이름마저도 더럽혀졌어. 내가 밝은 미래를 볼 수 있는 곳은 군대뿐이야. 적어도 내 태생만큼은 고귀하니까, 군대에서는 높은 직책에 오를 수 있을 거야. 레니우스를 교관으로 삼는 것이 우리 둘 다한테 도움이 되겠지만, 나한테는 특히 더 도움이 될 거야."

"넌 언제나 내 친구일 거라는 것 알잖아. 아무것도 우리를 갈라놓을 수 없어."

가이우스가 마르쿠스의 눈을 들여다보며 분명하게 말했다.

"우리 길을 함께 찾는 거야."

두 소년은 고개를 끄덕인 뒤 약속의 뜻으로 잠시 손을 꽉 붙잡았다. 잡은 손을 놓을 때 투브루크의 낯익은 거구가 건초 저장용 다락에 고개를 들이밀며 등장했다.

"깨끗하게들 씻거라. 레니우스가 아버지와 이야기를 끝내고 나면, 모종의 검열을 하고 싶어할 게다."

두 소년은 느릿느릿 자리에서 일어났다. 몸동작에 긴장감이 역력하게 배어 있었다.

"레니우스 말이에요, 잔인한가요?"

가이우스가 물었다.

투브루크는 미소짓지 않았다.

"그래, 잔인하지. 내가 아는 사람 중에서 가장 혹독한 사람이야. 레니우스가 싸움에서 이기는 건 상대가 그를 만났다는 것만으로도 고통스러워하고, 죽거나 사지가 잘려 나갈까봐 두려워하기 때문이란다. 레니우스는 사람이라기보다는 칼에 더 가깝다고 할 수 있지. 따라서 너희들을 자기처럼 단단하게 만들어줄 게다. 아마도 레니우스한테 감사하는 마음은 들지 않을 거다. 아니, 그를 증오하게 되겠지. 허나 레니우스가 너희한테 전해 주는 것이 나중에 너희 목숨을 여러 번 구해 줄 거다."

가이우스가 질문하는 듯한 표정으로 투브루크를 쳐다보았다.

"전부터 아는 사이예요?"

투브루크가 하하 하고 웃었다. 익살이라고는 전혀 섞이지 않은, 짧은 외침 같은 웃음이었다.

"그렇다고 할 수 있지. 내가 노예였을 때 경기장에 나가 싸울 수 있도록 훈련시킨 사람이 바로 레니우스다."

그렇게 말하고 돌아서서 사라질 때 투브루크의 눈동자는 햇빛을 받아 번쩍였다.

레니우스는 발을 어깨 넓이로 벌리고 열중쉬어 자세로 서 있었다. 그는 앉아 있는 율리우스를 보며 얼굴을 잔뜩 찌푸렸다.

"안 됩니다. 누구든 간섭하면 그 즉시 떠날 겁니다. 아드님과 창녀 자식을 병사로 만들고 싶다는 거 아닙니까. 난 어떻게 하면 되는지 그 방법을 알고 있습니다. 평생 동안 이런저런 방식으로 해온 일이 그거니까 말입니다. 적이 돌진해 들어올 때서야 배우는 이들도 가끔 있고, 끝까지 배우지 못하는 이들도 있기는 하나, 제가 타국의 야트막한 무덤에 남기고 온 이들은 얼마 되지 않습니다."

"투브루크가 아이들의 진도에 대해 논의하고 싶어할 걸세. 투브루크의 판단은 늘 최상이지. 투브루크 역시 결국은 자네가 훈련시킨 사람이군그래."

율리우스는 여전히 잃어버린 주도권을 되찾고자 애쓰고 있었다.

이 사내는 사람을 압도하는 힘이 있었다. 방에 들어선 순간부터 그가 대화를 주도했다. 율리우스는 의도했던 대로 아들을 가르치는 방식을 정해주기는 고사하고, 자신이 오히려 수세에 몰려 소유지와 훈련 시설에 관한 질문에 대답하고 있음을 깨달았다. 그리고 이제 자신이 가지고 있는 것보다 가지고 있지 못한 것이 무엇인지 더 잘 알게 되었다.

"아이들이 아주 어려서……."

"나이를 조금이라도 더 먹으면 너무 늦을 겁니다. 아, 스무 살 먹은 사내를 데려다가 건강하고 단단한 유능한 병사로 만들 수는 있습니다. 허나 어린아이라면 그 정도가 아니라 깨지지 않는 쇳덩어리처럼 만들 수 있습니다. 이미 너무 늦었다고 하는 이들도 있을 겁니다. 제대로 된 훈련은 다섯 살 때부터 시작해야 한다고 말입니다. 허나 근육과 폐활량을 제대로 키우려면 열 살에 시작하는 게 최적이라는 게 제 생각입니다. 더 이르면 기를 꺾을 수 있고, 반대로 더 늦으면 정신이 잘못된 방향으로 굳어지게 마련이니까 말입니다."

"동의하네, 어느 정도는……."

"그 창녀 자식의 신짜 아버지십니까?"

레니우스가 마치 날씨를 묻기라도 하듯 퉁명스럽지만 조용하게 물었다.

"뭐라구? 맙소사, 아닐세! 난……."

"좋습니다. 그랬다면 일이 복잡해졌을 겁니다. 허면 1년 계약을 받아들이겠습니다. 약조드리지요. 5분 안에 검열을 할 수 있도록 아이들을 마구간 마당으로 나오라고 하십시오. 제가 오는 걸 봤으니 이미 준비하고 있을 겁니다. 분기마다 이 방에서 보고를 드리지요. 만날 일시를 정할 수 없을 때는 미리 알려주시기 바랍니다. 안녕히 계십시오."

레니우스는 홱 돌아서서 성큼성큼 걸어 나갔다. 율리우스는 놀라움과 만족감이 뒤섞인 기분을 느끼며, 양볼에 잔뜩 불어넣었던 바람을 내보냈다.

"내가 원하던 그대로 될 수 있겠군그래."

율리우스는 그날 아침 처음으로 미소를 지었다.

5장

　두 소년이 들은 첫마디는, 밤이 되면 누가 잡아가도 모를 만큼 푹 자게 되리라는 것이었다. 한밤중에서 새벽까지 여덟 시간 동안은 혼자만의 시간이었다. 그러나 나머지 시간에는 내내 가르침을 받거나 단련을 받거나 입에 급하게 음식을 쑤셔 넣었다. 쉬는 시간이라고는 고작 몇 분밖에 얻지 못했다.

　마르쿠스의 흥분은 첫날 차갑게 식고 말았다. 레니우스가 가죽같이 거칠거칠한 손으로 턱을 잡고 뚫어져라 들여다보며 이렇게 말했던 것이다.

　"나약해빠지기는, 지 애미처럼."

　레니우스는 그때 더 이상 아무 말도 하지 않았다. 그러나 마르쿠스는 자신이 그렇게도 잘 보이고 싶어하던 늙은 병사가 로마시에서 어머니를 보았을지도 모른다는 굴욕적인 생각에 얼굴이 벌게졌다. 그 첫 순간부터 레니우스의 마음에 들었으면 하는 소망을 품었다는 것 자체가 수치스럽게 느껴졌다. 마르쿠스는 훈련에서 뛰어난 모습을 보여주되, 이 늙은 작자가 승인할 방식으로 해서는 안 된다는 것을 알았다.

　레니우스는 증오하기 딱 좋은 사람이었다. 처음부터 가이우스는 이름을 불렀지만, 마르쿠스는 '이 녀석' 아니면 '갈보 자식' 이라고 불렀다. 가이우스는 레니우스가 증오를 도구 삼아 실력을 향상시키려고 일부러 그러는 것임을 알았다. 그러나 친구가 거듭해서 비하당하는 것을 보노라니, 아무리 참으려 해도 짜증이 났다.

소유지에는 개천이 하나 있었는데, 그곳의 차디찬 냇물은 소유지를 관통해 바다까지 흘러갔다. 레니우스가 도착한 지 한 달 후, 두 소년은 정오가 되지 않은 시각에 그 개천으로 끌려갔다. 레니우스는 몸짓으로 시커먼 물을 가리켰다.

"들어가."

두 소년은 서로를 바라보며 어깨를 으쓱했다.

물에 몸을 담근 순간부터 감각이 마비될 만큼 물은 얼음처럼 차디찼다.

"내가 돌아올 때까지 서기 그러고 있어."

레니우스는 어깨 너머로 명령하고는 집으로 돌아갔다. 거기서 그는 가볍게 점심을 먹고 목욕도 한 후, 따가운 햇살이 내리쬐는 오후 내내 낮잠을 잤다.

마르쿠스는 친구보다 훨씬 더 추위를 탔다. 불과 한두 시간이 지났을 뿐인데, 얼굴이 온통 퍼렇게 질렸고 사시나무처럼 몸을 덜덜 떨어 제대로 말도 할 수 없었다. 오후가 지나면서는 다리의 감각이 사라졌고, 바들바들 떨어대는 탓에 얼굴과 목의 근육이 아파왔다. 마르쿠스와 가이우스는 말을 할 수 없을 만큼 몹시 힘들었다. 하지만 추위를 잊기 위해서는 무슨 이야기든 나누어야 했다. 그렇게 얼마가 지났을까, 그림자의 위치가 바뀌었고, 두 소년의 대화는 끝이 났다. 가이우스는 친구와 비교하면 고통스럽다고 할 수도 없었다. 팔다리에 감각이 사라진 지는 이미 오래되었으나, 숨 쉬는 건 아직까지 수월한 편이었다. 반면에 마르쿠스는 얕은 숨을 겨우겨우 쉬고 있었다.

영원히 지속될 듯한 냉기를 품은 채 빠르게 흐르는 냇물의 웅덩 밖에서는 눈치 채지 못한 사이 오후의 열기가 식어 있었다. 마르쿠스는 고개를 한쪽으로 기울인 채 꼼짝하지 않았다. 물에 반쯤 잠긴 한쪽 눈은 천천히 깜박였지만 아무것도 보지 못했다. 그 상태로 이런저런 생각에 빠져 있다가, 코가 물에 완전히 잠기면 어푸어푸 소리를 내며 도로 몸을 똑바로 일으키곤 했다. 그러나 고통이 심해지면 다시 한 번 물속으로 가라앉았다. 두 소년이 아무 말도 안 한 지는 이미 한참이 되었다. 이제 물속에서 버티는 일은 개인적인 싸움이 되어 있었다. 하지만 그 상대는 서로가 아니었다. 그들은 부름을 받을 때까지, 다시 말해 레니우스가 나오라고 명령할 때까지 계속 그대로 버틸 작정이었다.

하루가 빠르게 지나가면서, 둘 다 자신이 물 밖으로 나가지 못하리라는 것을 깨달았다. 심지어 그 순간에 레니우스가 나타나 축하를 해준다 할지라도 그럴 수 없으리라. 레니우스는 두 소년을 몸소 끌어내야만 할 것이다.

마르쿠스는 잠에 빠져들다 깨어나고 다시 빠져들기를 반복하다 화들짝 놀라 퍼뜩 정신을 차렸다. 어찌된 일인지 자신이 냉기와 어둠으로부터 떠내려 왔음을 깨달았다. 그 순간, 강물 속에서 이대로 죽게 되는 건 아닌가 하는 생각이 들었다.

그렇게 여러 번 꿈을 꾸며 졸던 중 한 번은 온기가 느껴지면서 활활 타오르는 장작불이 어서 오라는 듯 탁탁 튀는 소리가 들렸다. 불가에서는 한 노인이 불꽃을 보며 미소를 지으면서 불타는 나무를 발끝으로 톡톡 차댔다. 그러다 돌아선 노인이 하얗게 질린 얼굴로 어찌 할 바를 몰라 하며 지켜보고 있는 것을 본 듯했다.

"따뜻한 곳으로 더 가까이 와, 해치지 않을 테니."

수십 년 동안 노동과 걱정에 시달렸는지, 노인의 얼굴에는 자글자글한 주름과 때가 덕지덕지 묻어 있었다. 봉제 지갑마냥 꿰맨 자리가 누덕누덕한 흉터도 곳곳에 나 있었다. 아울러 온통 밧줄 같은 굵은 정맥으로 뒤덮여 있는 손은 퉁퉁 부은 손마디가 움직일 때마다 그 정맥들이 살가죽 밑에서 꿈틀댔다. 헝겊을 덧댄 옷을 입고 검붉은 천을 목에 감싼 것으로 보아, 여행자 같았다.

"여기 이게 뭐야? 미꾸라지 아냐! 이 지방에서는 보기 드물기는 해도 맛은 좋다고들 하더라. 네가 다리 한 짝만 잘라낼 수 있다면 우리 둘이 먹겠다. 피는 내가 멈추게 해줄게. 얘야, 나 그렇게 요령 없는 사람 아니다."

그 생각에 흥미가 동했는지 노인의 기대한 눈썹이 곤두서며 치켜 올라갔다. 두 눈은 번득였고, 입은 벌어져 축축하고 쭈글쭈글한 잇몸을 드러냈다. 노인이 호주머니를 톡톡 치자, 그림자가 장작불 불빛을 받은 진노랑 담장에서 펄럭거리며 그 동작을 따라 했다.

"가만히 있거라, 얘야. 나한테 톱날이 달린 칼이 있단다……."

거칠거칠한 돌 같은 손 하나가 갑자기 손이라고 하기에는 지나치다 싶을 정도로 커지면서 얼굴 전체를 내리눌렀다. 귀에 닿는 노인의 숨결은 따뜻했고 삭은니 냄새가 진동했다.

숨이 막혀 깨어난 마르쿠스는 마른 숨을 몰아쉬며 가슴을 들썩였다. 뱃속은 텅 비어 있었고, 어느새 달이 떠 있었다. 가이우스는 옆에서 꼼짝도 하지 않은 채 있었다. 얼굴은 검은 유리 같은 물 위에 간신히 나와 있었고, 고개는 까닥거리며 어둠 속을 들락날락했다.

그것으로 충분했다. 만일 실패하느냐 죽느냐 둘 중 하나를 택해야 한다면, 마르쿠스는 실패하고 결과에는 신경 쓰지 않을 생각이었다. 전략적으로도 그게 나은 선택이었다. 때로는 퇴각해서 병력을 집결시키는 편이 더 나은 법이다. 그게 바로 그 노인이 그들이 깨닫길 바라던 것이었다. 레니우스는 두 소년이 포기하기를 바라며 아마도 근처 어딘가에서 기다리고 있을 것이다. 그들이 가장 중요한 이 교훈을 얻기를 기대하고 있을 것이다.

마르쿠스는 그 꿈을 기억하지 못했다. 오로지 숨이 막혀 죽을 거라는 두려움에 휩싸였던 것만 기억할 뿐이었다. 그 두려움이 얼마나 컸던지 꿈에서 깨어난 후에도 여전히 생생하게 느껴졌다. 마르쿠스의 몸은 익숙한 형태를 잃어버린 듯, 그저 수면 아래에 푹 잠긴 채 무겁게 앉아 있었다. 마르쿠스는 뭐랄까, 냇물 바닥에 사는 피부가 보들보들한 물고기가 되어 있다. 집중하며 입을 헤벌쭉 벌리고 있는 마르쿠스의 몸에서는 몸만큼이나 차디찬 물이 뚝뚝 떨어졌다. 마르쿠스가 몸을 앞으로 기울이며 팔을 들어 올려 나무뿌리를 붙잡았다. 팔이 물 밖으로 나온 건 열한 시간 만에 그때가 처음이었다. 몸에서 죽음의 냉기를 느꼈던 터라, 그렇게 한 것에 후회는 없었다. 사실 가이우스는 아직도 그곳에 있었지만, 서로 체력이 다를 것이다. 마르쿠스는 망할 놈의 늙은 검투사를 만족시키려고 죽지는 않을 생각이었다.

마르쿠스가 발을 질질 끌며 개울 기슭으로 향하자, 진흙을 뒤집어쓴 얼굴과 가슴이 조금씩 조금씩 미끄러지듯 물 밖으로 빠져나왔다. 부어오른 배는 마치 안에서부터 공기가 차오른 듯 물에서 부력을 발휘하는 것 같았다. 마침내 온 무게가 단단한 땅을 내리누를 때의 그 느낌은 환희 그 자체였다. 바닥에 누운 마르쿠스는 간헐적으로 발작하듯 구역질을 해대며 오들오들 떨기 시작했다. 묽은 노르스름한 담즙이 입에서 똑똑 흘러내려 시커먼 진흙과 뒤섞였다. 어둠이 짙게 깔린 사위는 쥐 죽은 듯 고요했다. 마르쿠스는 마치 무덤에서 막 기어 나온 것 같은 기분이었다.

어느덧 새벽 여명이 밝아왔건만, 마르쿠스는 여전히 그곳에 누워 있었다. 몸 위로 길게 드리워진 그림자가 창백한 태양을 막아주어 눈은 부시지 않았다. 레니우스는 잔뜩 찌푸린 얼굴로 그곳에 서 있었다. 그러나 그의 시선이 향한 곳은 마르쿠스가 아니라, 입술은 파랗게 질려 가지고 눈을 감은 채 여전히 물속에 있는 소년의 작고 희미한 형체였다. 레니우스를 지켜보던 마르쿠스는 냉혹한 얼굴에 갑자기 걱정의 빛이 스치는 것을 보았다.

"야!"

이미 지긋지긋해진 목소리가 버럭 소리쳤다.

"가이우스!"

흘러가는 물결 속에서 축 늘어져 있는 형체는 아무 대답이 없었다. 그러자 레니우스의 앙다문 턱 근육에 힘이 들어갔다. 늙은 병사는 하는 수 없이 허벅지 깊이까지 물속으로 걸어 들어가, 열 살 소년을 강아지처럼 번쩍 건져 올려 어깨에 들쳐 멨다. 갑작스러운 움직임에 가이우스가 눈을 떴지만 초점이 없었다. 노인이 가이우스를 짐처럼 어깨에 짊어진 채 성큼성큼 걸어가자, 마르쿠스도 자리에서 일어났다. 노인은 집으로 가고 있는 게 분명했다. 마르쿠스는 비틀대며 그 뒤를 따랐다. 근육이 제대로 말을 듣지 않았다.

그들 뒤쪽, 반대편 기슭의 그늘 속에 투브루크가 서 있었다. 밤새도록 그곳에 서 있었지만 무성한 잎에 가려 아무도 그의 모습을 볼 수 없었다. 그의 눈이 가늘어지며 강물만큼이나 차가운 빛을 발했다.

레니우스는 끊임없이 화를 내는 데서 활기를 얻는 것 같았다. 몇 달 동안 훈련을 받았건만, 소년들은 그가 비웃을 때 말고는 미소짓는 것을 본 적이 없었다. 기분 나쁜 날에는 목을 쓱쓱 문지르며 연신 고함을 쳐대, 1초 간격으로 냉정을 잃는 것 같은 인상을 주었다. 한낮에 뙤약볕 아래에 있을 때가 최악이었는데, 그때는 약간만 실수해도 화가 나 얼굴이 붉으락푸르락해지곤 했다.

"돌을 앞으로 똑바로 들어!"

레니우스가 뜨거운 열기 속에서 땀을 뻘뻘 흘리고 있는 마르쿠스와 가이우스에게 호통을 쳤다. 그날 오후의 과제는 두 팔을 앞으로 쭉 뻗은 채 주먹만 한 돌을 들고 서 있는 것이었다. 물론 처음에는 쉬웠다.

가이우스는 어깨가 빠질 듯이 아팠다. 팔도 힘이 빠져 자꾸 내려갔다. 근육을 긴장시키려 애썼지만 말을 듣지 않았다. 땀을 흘리며, 돌이 한 뼘 정도 내려가는 것을 지켜보고 있는데, 배에서 돌연 통증이 느껴졌다. 레니우스가 짧은 채찍을 휘둘렀던 것이다. 팔은 바들바들 떨렸고, 근육들은 고통에 겨워 파르르 떨렸다. 가이우스는 돌에 집중하며 입술을 깨물었다.

"돌을 떨어뜨려서는 안 돼. 고통을 기꺼이 받아들여. 돌을 떨어뜨려서는 안 돼."

레니우스가 소년들의 주위를 왔다갔다하며 쉰 목소리로 되풀이했다. 소년들이 돌을 든 건 이번이 네 번째였다. 하지만 들 때마다 더 힘들어졌다. 레니우스는 소년들에게 아픈 팔을 쉬게 할 시간을 겨우 1분 주고는 곧바로 다시 돌을 들라고 명령했다.

"그만."

채찍을 언제든지 휘두를 태세로, 소년들이 팔이 아래로 내려가지 않도록 안간힘을 쓰는 모습을 지켜보던 레니우스가 말했다. 마르쿠스가 숨을 씨근거리자, 레니우스가 입을 삐죽거렸다.

"더 이상 고통을 참을 수 없다는 생각이 드는 바로 그 순간에 병사들의 목숨이 달려 있다. 너희는 다른 이들이 성벽을 기어오르도록 밧줄을 붙잡고 있을 수도 있고, 완전 군장으로 40마일을 걸어서 전우를 구하러 갈 수도 있다. 듣고 있나?"

소년들은 기진맥진해서 헐떡거리는 숨을 애써 고르며 고개를 끄덕였다. 레니우스가 돌을 다시 들라는 명령을 내리지 않고 말을 하고 있는 것이 그저 기쁠 따름이었다.

"걷고 또 걷다가 죽음에까지 이르게 된 이들을 본 적이 있다. 그 병사들은 길에 쓰러져서도 다리를 씰룩거리며 끝까지 들어 올리려 했다. 그들은 명예롭게 묻혔다. 내 군단에서는 한 손으로 창자를 움켜쥔 상태에서도 대열을 흐트러뜨리지 않고 대형을 취한 채 움직이는 병사들도 있었다. 그 병사들도 명예롭게 묻혔다."

레니우스가 다음 말을 찾지 못해 머뭇거리며 마치 무언가에 쏘이기라도 한 듯 목덜미를 문질렀다.

"그냥 주저앉고 싶을 때, 그냥 포기하고 싶을 때가 있을 것이다. 몸이 이제 다 끝이라고 말하고, 정신이 나약해질 때가 올 것이다. 허나 그런 순간에 굴복해서는 안 된다. 들판의 야만인들과 짐승들이야 중단하겠지만, 우리는 그래도 계속해야 한다. 이제 힘이 다 빠졌다고 생각하나? 팔이 아픈가? 이 시간에 너흰 그 돌을 열두 번은 더 들고 버티게 될 것이다. 한 번이라도 손이 한 뼘 아래로 내려가면 또다시 열두 번을 들게 될 것이다."

노예소녀 하나가 안마당 가장자리에서 벽의 먼지를 물로 씻어내고 있었다. 소녀는 소년들 쪽으로는 눈길 한 번 돌리지 않았지만, 늙은 검투사가 고래고래 질러대는 명령 소리에 놀라 이따금 몸을 움찔했다. 가이우스가 보니, 소녀는 지칠 대로 지쳐 있긴 해도, 노예들이 입는 헐렁한 시프트 드레스 차림에 흑갈색 머리를 길게 늘어뜨린 모습이 매력적이었다. 다갈색 눈동자와 일에 열중하느라 꾹 다문 입술을 가진 소녀의 얼굴은 우아했다. 가이우스는 소녀의 이름이 알렉산드리아일 거라고 생각했다.

레니우스가 말을 할 때, 소녀는 허리를 굽혀 양동이에 걸레를 담그고 그 자세로 걸레를 빨았다. 걸레를 물속으로 밀어 넣을 때 소녀의 시프트 드레스가 살짝 벌어지면서 목의 매끈한 피부와 그 밑으로 죽 이어진 부드러운 가슴 곡선이 보였다. 가이우스는 그 밑으로 배까지도 볼 수 있으리라 생각하며, 소녀가 움직일 때마다 젖꼭지가 거친 천에 부드럽게 스치는 모습을 상상했다. 팔의 고통은 여전한데도 그 순간 가이우스는 레니우스의 존재를 까맣게 잊고 있었다.

노인이 말을 멈추더니 홱 돌아서서, 수업 중에 소년의 주의를 흐트러뜨리고 있는 것이 무엇인지 보았다. 노예소녀를 본 그는 으르렁거리며 재빨리 세 발짝을 크게 내딛어 소녀가 비명을 내지를 정도로 잔인하게 팔을 붙잡았다. 그의 목소리가 쩌렁쩌렁 울렸다.

"난 지금 이 아이들에게 나중에 목숨을 구해 줄 방법을 가르치고 있는데, 싸구려 창녀처럼 젖꼭지나 은근슬쩍 보여주다니!"

불같이 화를 내는 모습에 겁을 집어먹은 소녀는 최대한 몸을 뒤로 뺐다.

"전……."

소녀가 말을 더듬었다. 느닷없이 벌어진 상황에 얼떨떨한 듯했다. 레니우스는 욕을 퍼부으며 소녀의 머리채를 휘어잡았다. 그러고는 고통에 겨위 움찔하는 소녀를 홱 돌려세워 소년들과 마주 보게 했다.

"내 등 뒤에 이런 년이 1,000명 있다 해도 신경 안 써. 난 지금 너희한테 집중하는 법을 가르치고 있는 거야!"

레니우스는 난폭하게 한 발로 소녀의 두 다리를 휙 걷어차 쓰러뜨렸다. 그리고는 여전히 소녀의 머리채를 붙잡은 채 다른 손으로 채찍을 연달아 내리쳤다.

"내가 가르치고 있는 동안은 이 아이들의 주의를 흐트러뜨려서는 안 돼."

레니우스는 그렇게 말한 뒤 울부짖는 소녀를 놓아주었다. 소녀는 기어서 두서너 걸음을 옮기다가 웅크리고 앉더니 흐느끼며 달려갔다.

마르쿠스와 가이우스는 다시 자신들 쪽으로 돌아선 레니우스를 아연실색한 얼굴로 바라보았다. 레니우스의 표정에는 살기가 서려 있었다.

"입 다물어. 이건 절대로 장난이 아니야. 난 너희를 내가 죽은 후에 공화국에 봉사할 수 있도록 훌륭하고 단단하게 만들 거야. 어떤 종류의 나약함도 용납 못해. 이제 돌을 들고, 내가 그만 하라고 할 때까지 버텨."

다시 한 번 팔을 들어 올린 소년들은 감히 시선을 교환할 엄두조차 내지 못했다.

그날 저녁, 소유지가 조용해지고 레니우스는 로마로 떠났다. 평소 같으면 지쳐서 곯아떨어졌을 가이우스는 잠을 미루고 노예숙소를 방문했다. 그곳에 있으니 죄를 짓고 있는 느낌이 들었고, 한편으론 투브루크가 나타나지 않을까 싶어 망을 보았다. 왜 그런 기분이 드는지는 설명할 수 없었다.

가사노예들은 가족과 한 지붕 밑에서 잤다. 본채에 날개 모양으로 딸린 수수한 방들이 그들의 숙소였다. 그곳은 기존에 알고 있던 세계가 아니어서 가이우스는 어두컴컴한 복도를 불안해하며 걸어갔다. 문을 두드려야 할까, 정말 이름이 알렉산드리아가 맞을까, 이름이 맞는다면 이름을 불러야 할까 하는 고민들이 떠올랐다.

노예소녀는 열린 문 밖의 나지막한 턱에 앉아 있었다. 소녀는 생각에 빠져 있는 듯 보였다. 그래서 가이우스는 일부러 부드럽게 헛기침을 했다. 그러자 소스라치게 놀란 소녀가 벌떡 일어서더니 바닥을 응시한 채 가만히 서 있었다. 그날의 먼지를 깨끗이 씻어낸 소녀의 피부는 저녁 달빛 속에서 매끄럽고 창백했다. 머리칼은 천 조각을 이용해 뒤로 묶었고, 두 눈은 어둠 때문에 동공이 커져 있었다.

"네 이름이 알렉산드리아니?"

가이우스가 조용히 물었다.

소녀는 고개를 끄덕였다.

"오늘 일 사과하러 왔어. 난 네가 허드렛일을 하는 모습을 보고 있었는데, 레니우스 선생님은 네가 우리의 주의를 흐트러뜨리고 있다고 생각했나 봐."

소녀는 가이우스 앞에서 꼼짝 않고 서서 계속 가이우스의 발만 응시했다. 잠시 침묵이 흘렀다. 가이우스는 말을 계속해야 할지 그만두어야 할지 몰라 얼굴을 붉혔다.

"이봐, 미안하다구. 레니우스 선생님이 잔인했어."

그래도 소녀는 아무 말이 없었다. 속으로는 고통스러웠지만, 이 소년은 이 집의 아들이므로 그런 내색을 할 수가 없었다.

난 노예예요. 하루하루가 고통이고 굴욕이라구요. 도련님은 나한테 아

무 할 말이 없어요.'

그렇게 말하고 싶은 마음 굴뚝같았지만, 끝내 그 말을 내뱉지 못했다.

가이우스는 몇 분을 더 기다리다가, 오지 않았다면 좋았을 거라 생각하며 그 자리를 떴다.

알렉산드리아는 가이우스가 떠나가는 뒷모습을 지켜보았다. 걸음걸이는 자신만했고, 레니우스 덕분에 체력이 더 좋아져 있었다. 나이가 들면 가이우스는 늙은 그 검투사처럼 사악해질 것이다. 가이우스는 자유인이고 로마인이었다. 그의 연민은 젊음에서 나온 것이니 훈련장에서 보내는 동안 빠르게 사라질 것이다. 알렉산드리아의 얼굴은 감히 드러내지 못했던 분노로 벌겋게 달아올랐다. 가이우스에게 아무 말도 하지 않은 것이 비록 작은 승리에 불과하다 해도 알렉산드리아는 그 승리를 소중하게 간직했다.

레니우스는 매 분기 말에 소년들의 진도에 대한 보고를 했다. 가이우스의 아버지는 약속 전날 밤 수도의 숙소에서 돌아와, 투브루크한테서 소유지의 재산에 대한 간략한 보고를 받았다. 그리고 두 소년을 만난 뒤 아들과는 몇 분을 더 함께 보내곤 했다. 다음 날 새벽에 그는 레니우스를 만났다. 두 소년은 자신들의 일정에 약간의 변화가 생긴 것에 감사하며 늦잠을 잤다. 첫 번째 보고는 실망스러우리만치 짧았다.

"아이들은 이제 첫걸음을 내디뎠습니다. 둘 다 기백이 있는 편입니다."

레니우스가 단조로운 말투로 말했다.

그 후 한참 동안 다음 말이 이어지지 않자, 율리우스는 더 이상 아무 말도 들을 수 없으리라는 것을 깨달았다.

"아이들이 말은 잘 듣나?"

턱없이 부족한 정보에 기가 막힌 율리우스가 물었다. 고작 이 정도 말이나 들으려고 그렇게 많은 금을 지불했단 말인가?

"물론입니다."

레니우스가 당혹스러운 표정으로 대답했다.

"아이들이, 어…… 아이들이 가망은 있겠는가?"

율리우스는 이번 대화가 지난번처럼 되지 않게 하려고 애썼다. 하지만 이번에도 그는 마치 자신이 고용한 사내가 아니라 옛 스승과 이야기를 하고 있는 것 같은 기분이 들었다.

"첫발은 떼었습니다. 이 일은 빠른 시간 내에 이룰 수 있는 것이 아닙니다."

"가치 있는 일은 다 그런 법이지."

율리우스가 조용히 대꾸했다.

두 사람은 잠시 차분하게 서로를 바라본 뒤 고개를 끄덕였다. 그것으로 면담은 끝이 났다. 늙은 전사는 건조한 피부를 잠깐 갖다 대듯이 짧게 힘주어 악수하고는 물러갔다. 율리우스는 그대로 서서, 레니우스가 나간 뒤 닫힌 문을 뚫어져라 바라보았다.

훈련 방법이 위험하다고 생각한 투브루크가 아이들이 익사할 뻔했던 사건에 관해 말했었다. 율리우스는 얼굴을 찌푸렸다. 레니우스에게 걱정스럽다는 말을 꺼냈다가는 그 즉시 계약이 깨질 게 자명했다. 늙은 살인마가 도를 넘지 않도록 막는 것은 소유지 관리인에게 맡겨야 하리라.

율리우스는 한숨을 내쉬며 자리에 앉았다. 그러고 나서 로마에서 자신이 직면한 문제들을 생각했다. 코르넬리우스 술라의 권세는 날로 커졌다. 남부 교외 도시 몇 곳을 로마의 우리 안으로 끌어들이고 그곳의 상업을 장악한 이들을 제압한 덕이었다. 마지막에 합병된 도시의 이름이 뭐였더라? 그래, 폼페이였다. 산악도시라나 뭐라나. 술라는 그깟 작은 승리들로 멍청한 대중의 마음에 자신의 이름을 새겨 넣었다. 그리고 거짓말과 뇌물과 아첨을 총동원해 한 무리의 원로원 의원들을 지휘했다. 젊은 의원들인 그들은 자신들보다 나이 많은 병사 앞에서 벌벌 기었다. 이것이 살아생전에 보게 될 로마의 모습이란 말인가!

그들은 제국의 국사를 진지하게 다루기는커녕, 아프로디테 신전에서 경배나 하며 수상쩍은 종류의 더러운 쾌락을 쫓기 위해 사는 것 같았다. 그런데도 자신들을 '신로마인'이라고 불렀다. 아직까지는 주피터 신전의 격노를 살 만한 일은 거의 없었지만, 이 새로운 무리는 한계선을 찾아 하나하나씩 깨뜨리는 데 진념하는 듯했다.

호민관 하나가 살해된 채로 발견된 일이 있었다. 할 수 있을 때마다 술라를 반대했던 사람이었다. 이 사실 자체는 그리 주목할 만한 일은 아니었다. 연못에서 발견된 그는 단칼에 다리의 정맥이 잘려 피투성이 상태였는데, 그런 식으로 죽는 것이 흔치 않은 일은 아니었기 때문이다. 문제는 아이들 역시 죽임을 당한 채 발견되었다는 것이다. 다른 이들에게 보내는 경고인 듯싶었다. 사건 현장에는 범인을 밝혀줄 단서도 증인도 없었다. 그러니 살인자를 찾아낼 가능성은 전혀 없었다. 하지만 또 다른 호민관이 선출되기도 전에, 술라가 출정 중인 장군의 자율권을 확대하는 결의안을 밀어붙인 걸로 미루어 배후가 누군지는 짐작이 갔다. 몸소 그 필요성을 주장하고 나선 술라는 웅변을 토하며 열정적으로 설득을 벌였다. 결국 원로원은 결의안을 가결했고, 덕분에 술라의 권력은 조금 더 커진 반면, 공화국의 권위는 잠식당하고 말았다.

지금까지 율리우스는 용케 중립을 유지해 왔다. 하지만 결혼으로 인해 권력 놀음의 또 다른 당사자인 처남 마리우스와 얽혀 있었으므로 결국 어느 한쪽을 선택해야 했다. 현명한 사람은 다가오는 변화를 볼 수 있는 법이다. 그러나 슬프게도 공화국의 평등을 속박으로 느끼는 성마른 사람이 원로원에 점점 늘고 있었다. 마리우스도 무릇 권력가는 법에 복종하기보다는 법을 이용할 줄 알아야 한다고 느끼는 사람이었다. 이미 그는 집정관을 선출하는 제도를 조롱함으로써 자신이 그런 사람임을 입증했다. 로마 법에서는 집정관을 원로원에서 선출하되 재선을 금하고 있기 때문에, 임기를 마친 집정관은 무조건 직책에서 물러나도록 되어 있었다. 그런데 마리우스는 최근 프리미게니아(장남, 첫째라는 뜻의 라틴어—옮긴이) 군단으로 킴브리족(유틀란트반도에서 남하한 게르만 민족 또는 켈트 민족의 한 부족으로, 갈리아 및 이탈리아 북부로 침입했다가, 기원전 101년에 마리우스에게 격멸됨—옮긴이)과 튜턴인(기원전 4세기경부터 유럽 중부에 나타난 게르만 민족의 하나—옮긴이)을 대파한 공로를 내세워 3선에 성공했다. 마리우스는 여전히 부상하고 있는 로마의 총아였다. 따라서 만일 술라의 권력이 계속 커진다면, 마리우스의 그늘 밑에서 보호를 받아야만 할 것이다.

만일 마리우스의 진영에 합류한다면, 이런저런 신세를 지게 될 테고, 그런 만큼 자율권도 얼마간 잃게 될 터였다. 하지만 그것만이 현명한 선택일지도 몰랐다. 아내와 의논할 수 있다면, 아내가 예전에 그랬듯이 특유의 명석함과 예리함을 발휘하여 그 문제를 명쾌하게 분석하는 것을 들을 수 있다면 좋으련만 하고 율리우스는 생각했다. 언제나 아내는 나름의 견지에서, 혹은 아무도 보지 못하는 관점에서 문제를 보았다. 율리우스는 아내의 쓴웃음이 그리웠다. 또 남편이 지칠 때마다 손바닥으로 두 눈을 지그시 눌러주던 것이 그리웠다. 그렇게 해주면 얼마나 시원하고 평화로웠던 가……

조용히 복도를 지나 아우렐리아의 방으로 간 율리우스는 문 밖에서 잠시 걸음을 멈추었다. 그리고 정적 속에서도 간신히 들리는 그녀의 길고 느린 숨소리를 들었다. 그런 다음 조심스레 방으로 들어가 아내가 있는 곳으로 가로질러 가서는 이마에 입을 맞추었다.

잠들어 있는 그녀는 그가 기억하는 여인처럼 보였다. 예전의 그녀라면, 언제든지 깨어나 지성과 지혜가 가득한 눈을 반짝일 텐데. 어둠 속에 앉아 있는 것을 보면 웃으며 이불을 끌어당겨 온기 가득한 자신 옆으로 들어오라고 할 텐데.

"내가 의지할 수 있는 사람이 누구겠소, 내 사랑?"

율리우스가 속삭였다.

"누구를 지지하고 믿어야 로마와 공화국을 안전하게 지킬 수 있단 말이오? 당신 오빠 마리우스도 술라와 마찬가지로 그런 생각은 안중에도 없는 것 같구려."

율리우스는 턱을 문질렀다. 송송 난 수염이 만져졌다.

"내 아내와 아들을 위한 안전한 곳은 어디란 말이오? 내가 내 가족을 늘 대나 뱀한테 던져줘야 하는 거요?"

대답으로 돌아오는 건 침묵뿐이었다. 율리우스는 고개를 천천히 가로 저었다. 그는 자리에서 일어나, 만일 그녀가 눈을 뜬다면 그 안에서 자신이 알고 있는 누군가가 내다보고 있지 않을까 하는 상상을 다시 한 번 하며 잠시 입을 맞추었다. 그러고는 살그머니 문을 닫고 나왔다.

그날 저녁, 투브루크는 순찰을 돌고 있었다. 마지막 촛불마저 서서히 꺼진 터라, 방들은 모두 짙은 어둠에 휩싸여 있었다. 여전히 의자에 앉아 있는 율리우스의 두 눈은 감겨 있었고, 코에서 부드러운 숨소리가 나며 가슴이 천천히 오르락내리락했다. 투브루크는 이제 모든 걱정거리에서 벗어나 잠시 쉴 수 있게 된 것을 기뻐하며 혼자 고개를 끄덕였다.

이튿날 아침, 율리우스는 두 소년과 함께 식사를 했다. 빵과 과일에다, 새벽 냉기를 물리치게 해줄 따끈한 약차를 곁들인 간소한 아침식사였다. 전날의 우울한 생각은 떨쳐버렸는지, 율리우스의 앉은 자세는 꼿꼿했고, 눈빛은 맑았다.

"건강하고 강인해 보인다. 레니우스 선생이 너희를 청년으로 바꾸어놓고 있구나."

율리우스가 두 소년에게 말했다.

세 사람은 잠시 서로를 보며 싱긋 웃었다.

"레니우스 선생님이 그러시는데, 얼마 안 가 전투 훈련을 해도 될 거래요. 열기와 추위를 견딜 수 있다는 건 이미 보여드렸고, 이제는 저희의 강점과 약점을 알아내기 시작했어요. 이 모든 건 내면적인 것이며, 외면적인 기술을 위한 기초라고 하시더라구요."

가이우스가 살짝 손짓을 해가며 활기차게 말했다.

두 소년은 분명 자신감이 붙어가고 있었다. 한순간 율리우스는 아이들이 성장하는 모습을 더 자주 보지 못한 것이 가슴 아팠다. 아들을 보면서, 자신이 어느 날 낯선 사람이 되어 집에 돌아오는 것은 아닐까 하는 생각마저 들었다.

"넌 내 아들이다. 레니우스는 그동안 수많은 소년을 훈련시켰지만, 내

아들을 훈련시킨 적은 없었지. 넌 레니우스를 깜짝 놀라게 해줄 거다."

율리우스는 미심쩍어하는 듯한 표정을 짓고 있는 가이우스를 바라보았다. 가이우스는 칭찬이나 감탄에 익숙하지 않았으므로 그런 표정을 짓는 것도 이해가 갔다.

"노력할게요. 마르쿠스도 레니우스 선생님을 놀라게 해줄 거예요."

율리우스는 식탁에 앉은 다른 소년의 눈길을 느꼈지만 그 소년은 바라보지 않았다. 마치 그 소년이 거기에 없는 듯이 말했다. 가이우스가 요점을 기억하길 바랐기 때문이기도 하고, 가이우스가 친구를 대화에 끌어들이려고 하는 것이 못마땅했기 때문이기도 했다.

"마르쿠스는 내 아들이 아니지 않느냐. 넌 내 이름과 내 명성을 지닌다. 니민이."

가이우스는 고개를 숙였다. 당혹스럽기도 했거니와, 아버지의 이상하리만치 위압적인 시선을 받아낼 수가 없었던 것이다.

"네, 아버지."

가이우스는 중얼거리듯이 말하고는 식사를 계속했다.

가이우스는 이따금 다른 아이가 있었으면 하고 바랐다. 그랬다면 함께 놀기도 하고 아버지의 희망이라는 짐을 나눠 짊어질 수도 있었을 것이다. 물론 소유지를 그들에게 넘겨줄 생각은 없었다. 소유지는 그 혼자만의 것이었다. 늘 그래왔듯이. 그러나 때때로 자신을 짓누르는 압박감이 편치 않았다. 특히 어머니는 고요와 평온을 되찾기만 하면, 그가 자신이 허락받은 유일한 아이, 하나밖에 없는 생명의 완벽한 본보기라고 노래하곤 했다. 또 예쁜 옷도 입혀주고, 자신의 지혜를 전해 줄 딸이 있었으면 좋았을 거라는 말도 종종 했다. 그러나 그를 낳을 때 시달렸던 고열 때문에 그런 기회는 영영 기대할 수 없었다.

레니우스가 따뜻한 주방으로 들어왔다. 발등이 드러난 샌들을 신고, 빨간 군인용 튜닉에 장딴지에서 끝나는 짧은 레깅스를 입고 있었다. 짝 달라붙은 레깅스 밑의 다리는 역겹다시피 할 정도로 커다란 근육이 울룩불룩했다. 군단에서 보병으로 보낸 삶이 남긴 유산이었다. 고령의 나이인데도 레니우스는 건강과 활력으로 불타올랐다. 레니우스가 식탁 앞에 멈춰 섰다. 허리는 꼿꼿했고, 눈은 흥미로 반짝였다.

"허락해 주신다면 나리, 해가 떠오르고 있으니 언덕이 환해지기 전에 아이들더러 5마일을 뛰라고 시켜야겠습니다."

율리우스가 고개를 끄덕였다. 두 소년은 재빨리 일어나, 가도 좋다는 율리우스의 말이 떨어지길 기다렸다.

"가서 열심히 훈련하거라."

율리우스가 미소를 머금은 채 말했다. 아들의 얼굴에는 열의가 가득했지만, 또 다른 소년의 다갈색 눈과 눈썹에는 무언가 다른 것이 있었다. 화인가? 아니, 화는 이미 사라지고 없었다. 두 소년은 전속력으로 달려 나갔고, 그곳에는 두 사내만 남게 되었다. 율리우스가 식탁을 가리켰다.

"조만간 아이들과 전투 수업을 시작한다고 들었네만."

"아이들이 아직 그 정도로 강인하지는 않습니다. 아마 올해까지는 그렇겠지만, 어쨌든 제가 그저 체력훈련이나 시키는 사람은 아니니까요."

"혹시 1년 계약이 끝난 후에도 계속 아이들을 훈련시킬 생각은 해보았는가?"

율리우스는 자신의 관심을 감추기 위해 예사롭게 물었다.

"내년에는 은퇴하고 시골로 떠날 생각입니다. 그 무엇도 그 생각을 바꾸지는 못할 것입니다."

"허면 이 두 아이가 자네의 마지막 학생, 자네가 로마에 남기는 마지막 유산이 되겠군그래."

레니우스의 얼굴이 잠시 굳어졌다. 그러나 율리우스의 얼굴은 별다른 감정의 변화가 없었다.

"생각 좀 해봐야겠군요."

레니우스가 마침내 그렇게 말하고는 홱 돌아서서 어스레한 새벽빛 속으로 사라졌다.

율리우스는 뒤에서 음흉한 미소를 흘렸다.

6장

"너희들은 장교가 될 테니 말을 타고 전투에 나가겠지만, 기마 전투는 우리가 강점을 보이는 주된 분야가 아니다. 신속하고 맹렬한 공격을 위해 기병대를 이용하기는 한다만, 적을 쳐부수는 건 28개 군단의 보병이다. 어느 날 어느 순간에 출정하든지 간에 우리 15만 군단병은 누구나 갑옷을 다 갖춰 입고 자기 몸무게의 3분의 1에 달하는 군낭을 짊어진 채로 30마일을 걸을 수 있다. 그리고 나서 바로 적과 싸워도 나약한 모습이나 불평하는 모습 따위는 절대로 보이지 않는다."

레니우스는 한낮의 타는 듯한 열기 속에서 달리기를 하고 돌아와 숨을 고르며 서 있는 두 소년을 눈여겨보았다. 3년 이상을 바쳐온 그들에게 이 제 마지막 가르침을 주어야 할 때가 되었다. 그러나 그들은 아직도 배워야 할 것이 너무나 많았다. 레니우스는 호통을 치듯이 단어들을 내뱉으며 그들 주변을 왔다갔다했다.

"세계의 여러 나라가 로마의 수중에 들어온 것은 신들의 은총 덕분이 아니다. 외국 부족들이 전투에서 우리 검에 몸을 던지는 신세가 되는 것은 그들이 나약해서가 아니다. 그것은 전장에서 그들보다 우리의 힘이 크고 깊기 때문이다. 그러한 힘, 바로 그것이 우리의 첫 번째 전술이다. 우리 병사들은 전투에 임하기도 전에 체력과 사기 면에서 누구도 꺾을 수 없을 만큼 강하다. 더군다나 세계의 군대들이 아무리 피를 흘리며 대항해 봐야 소용없을 정도로 군기가 확실하다. 모든 병사들은 자기 옆의 형제가 죽임을 당하지 않는 한 절대로 자기를 버리고 떠나지 않으리라는 것을 알고 있다. 영웅적인 돌격, 혹은 야만 부족들의 쓸데없는 외침보다 그것이 더 병사를 강인하게 만든다. 우리는 걸어서 전투에 나간다. 우리는 서 있고 저들은 죽는다."

가이우스의 숨은 느려졌고, 폐는 산소를 달라는 아우성을 멈추었다. 레니우스가 아버지의 소유지에 도착한 지 3년이 흐른 지금, 가이우스는 키도 크고 체력도 좋아졌다. 이제 열네 살이 되어가는 그는 이미 사내의 징후가 여기저기서 나타났다.

로나의 뜨거운 태양에 옅은 오크색으로 그을린 가이우스는 서 있는 모습이 편안했다. 늘씬한 체격에 근골이 단단했고, 어깨와 다리도 튼튼했다. 이제는 언덕을 몇 시간 동안이나 돌고도 아버지 소유지가 다시 눈에 들어오면 폭발적인 속도를 낼 수 있을 만큼 힘이 있었다.

마르쿠스도 육체적으로나 정신적으로 많은 변화를 겪었다. 세상물정 모르고 천진난만하기만 했던 행복한 순간은 잠깐 왔다 순식간에 사라졌다. 레니우스는 감정과 반응을 억누르라고 가르쳤다. 마르쿠스는 이것을 3년이라는 긴 세월 동안 따뜻한 말 한마디 듣지 못하고 채찍으로 맞아가며 배웠다. 마르쿠스 역시 어깨가 잘 발달되어 있었다. 어깨는 아래쪽으로 갈수록 점점 가늘어지면서 주먹으로 이어졌는데, 그의 주먹은 가이우스가 더 이상 상대하지 못할 만큼 번개처럼 빨랐다. 마음속에서는 일가친척의 도움이나 다른 이들의 후원을 받지 않고 혼자 힘으로 일어서고 싶은 욕구가 꿈틀거렸다.

레니우스가 지켜보는 가운데, 흥분을 가라앉히고 차려자세로 서 있는 두 소년은 레니우스에 대한 경계를 늦추지 않았다. 약점이 있는지 수시로 점검해 보는 레니우스가 언제 갑자기 허점을 공격할지 알 수가 없었기 때문이다.

"글라디우스, 제군들, 너희 검을 가져오라."

두 소년은 조용히 돌아서 훈련장 담벼락의 말뚝 위에 놓인 짧은 검을 가져왔다. 그런 다음 가죽 칼꽂이가 부착된 묵직한 가죽 허리띠를 찼다. 그러고는 칼집을 칼꽂이에 쑥 밀어 넣고, 갑자기 칼을 뽑아도 움직이지 않도록 끈으로 단단히 묶었다.

복장을 제대로 갖춰 입은 두 소년은 도로 차려자세를 취한 채 다음 명령을 기다렸다.

"가이우스, 잘 보거라. 나는 이 녀석을 이용해 간단한 사실 하나를 보여 줄 것이다."

우두둑 소리를 내며 어깨를 푼 레니우스는 천천히 글라디우스를 뽑는 마르쿠스를 보며 씩 웃었다.

"첫 번째 자세를 취해. 병사처럼 서. 방법을 기억한다면 말이야."

마르쿠스는 긴장을 풀고 첫 번째 자세를 취했다. 다리는 어깨 넓이로 벌리고, 몸은 정면에서 약간 비스듬히 돌린 다음 검을 허리 높이로 들었다. 그런 다음 사타구니나 배나 목을 공격할 태세를 갖추었다. 기왕이면 사타구니와 목을 공격할 생각이었다. 그 부위에 깊은 상처가 나면 상대는 삽시간에 피를 흘리며 죽을 것이기 때문이다.

레니우스가 중심을 이쪽저쪽으로 옮기자, 그 움직임을 따라 하느라 마르쿠스의 자세가 흔들렸다.

"이번에도 허공을 벨 거냐? 그러면 잘 보았다가 흉내 좀 내주지. 난 한 번만 틈이 보이면 네놈 목을 따버릴 수 있어. 한 방이면. 어디 네 녀석이 중심을 어느 쪽으로 옮길지 알아맞혀 볼까? 네놈을 두 동강 내주마."

레니우스는 마르쿠스 주변을 돌기 시작했다. 마르쿠스는 여전히 긴장을 푼 채 무표정한 얼굴로 눈썹을 추켜올렸다. 레니우스는 잠시도 입을 쉬지 않았다.

"날 죽이고 싶지, 어? 네놈의 증오가 느껴져. 네놈의 증오가 나한텐 훌륭한 포도주야. 오히려 기운이 불끈불끈 솟아난단 말이야. 믿어지냐?"

마르쿠스가 아무런 경고도, 아무런 신호도 없이 별안간 공격을 가했다. 이렇게 의도를 드러낼 근육의 긴장 같은 단서를 전혀 주지 않는 수준에 이르게 되기까지, 수백 시간의 반복 연습을 거쳤다. 아무리 민첩하다 해도 만일 움직이기 전에 그 생각을 알리는 신호를 보낸다면, 뛰어난 적에게 창자가 뽑히는 신세가 되고 말 것이다. 그만큼 그 연습은 중요했다.

마르쿠스의 찌르기가 끝났을 때 레니우스는 그 자리에 있지 않았다. 레니우스의 글라디우스는 어느새 마르쿠스의 목을 누르고 있었다.

"또 이 모양이군. 네놈은 늘 그렇듯이 이번에도 느러터지고 서툴러. 가이우스보다 날래지만 않았다면, 네놈은 여태껏 내가 본 중에 최악이었을 거다."

마르쿠스가 입을 딱 벌린 채 멍하니 있는 순간, 눈 깜짝할 사이에 햇살을 받아 따뜻해진 글라디우스가 허벅지 안쪽을 내리눌렀다. 생명을 나르며 맥동치는 커다란 정맥이 있는 자리였다.

레니우스는 넌더리를 치며 고개를 절레절레 흔들었다.

"어떤 경우에도 상대의 말에 귀를 기울이지 마. 가이우스는 그저 구경이나 하는 중이지만, 네놈은 싸우는 중이잖아. 내가 어떻게 움직이는지에 집중해야지, 내가 하는 말이 아니라. 내가 하는 말은 그저 네놈 주의를 흐트러뜨리기 위한 것일 뿐이야. 다시!"

두 사람은 훈련장의 그늘 속에서 빙글빙글 돌았다.

"네 애미도 처음엔 침대에서 서툴렀어."

말을 하는 동안 뱀처럼 움직이던 레니우스의 검이 쨍 소리와 함께 옆으로 홱 밀렸다. 어느새 다가온 마르쿠스가 레니우스 목의 거칠거칠한 늙은 살가죽을 검으로 내리눌렀다. 차갑고 앙심을 품은 표정이었다.

"움직임이 빤히 보이네요."

마르쿠스가 차가운 파란 눈을 노려보며 중얼거렸다. 짜증이 났을 텐데도 그 눈에는 감정이 드러나 있지 않았다. 그런데 무언가 누르는 느낌이 들어 내려다보니, 레니우스의 왼손에 들린 단검이 배에 살짝 닿아 있었다. 레니우스가 히죽 웃었다.

"널 증오하는 사람들 중에는 너 죽고 나 죽자 식으로 나오는 자들이 많을 거야. 그런 자들이 제일 위험하지. 그런 자들은 네 검을 향해 곧바로 달려들 수도 있고, 엄지손가락으로 눈을 찔러댈 수도 있어. 내 병사 중 하나가 어떤 여자한테 그런 꼴을 당하는 걸 본 적이 있다."

"그 여잔 그 사람을 왜 그렇게 미워한 거죠?"

마르쿠스가 여전히 방어자세를 취한 채 한 걸음 뒤로 물러서며 물었다.

"승자는 언제나 증오를 사게 되어 있는 법이야. 우리가 치러야 할 대가지. 만일 그자들이 너를 사랑한다면 네가 원하는 대로 할 것이다. 다만 자신들이 그러고 싶을 때 그러겠지. 너를 두려워한다 해도 너의 뜻을 따를 것이다. 허나 네가 원할 때 그럴 것이다. 그렇다면 사랑받는 게 낫겠느냐,

두려움의 대상이 되는 게 낫겠느냐?"

"둘 다입니다."

가이우스가 진지하게 말했다.

레니우스가 미소를 지었다.

"사랑도 받고 존경도 받겠다……. 힘과 피로써만이 네 것이 되는 땅을 점령하고 있다면, 그건 불가능한 일이다. 삶이란 결코 간단하게 묻고 답할 수 있는 문제가 아니야. 늘 여러 개의 답이 있게 마련이지."

두 소년은 당혹스러운 표정을 지었다. 레니우스는 짜증스럽게 콧방귀를 꾸었다.

"내가 기율이 무엇인지 보여주겠다. 너희가 지금까지 무얼 배웠는지 보여줄 것이다. 검을 치우고 도로 차려자세로 서."

늙은 검투사는 두 소년을 비평적인 시선으로 훑어보았다. 그때 느닷없이 정오를 알리는 종이 울리자 인상을 쓰더니 순식간에 태도를 바꾸었다. 딱딱거리던 목소리가 이번만은 낮고 조용했다.

"로마에서 식량 폭동이 있었다, 알고 있느냐? 거대한 무리가 재산을 마구 부수고 있다. 허나 누군가가 용기를 내어 검을 뽑아들면, 그자들은 쥐새끼처럼 물러가게 되어 있다. 난 그곳에 있어야만 했다, 어린아이들과 장난이나 하는 게 아니고 말이다. 난 원래 약조했던 것보다 2년이나 더 너희를 가르쳤다. 너흰 아직 준비가 덜 되었다만, 더는 내 말년을 너희한테 낭비하지 않겠다. 오늘이 너희의 마지막 수업이다."

레니우스가 의연하게 앞을 응시하고 있는 가이우스에게로 다가갔다.

"네 아버님은 여기서 나와 만나 내 보고를 듣기로 되어 있었다. 3년 동안에 약속에 늦으신 적은 이번이 처음이다. 이 사실이 무엇을 말하겠느냐?"

가이우스는 마른 목을 가다듬었다.

"로마에서 일어난 폭동이 선생님이 믿고 계신 것보다 더 악화된 모양입니다."

"그래, 네 아버님은 여기서 이 마지막 수업을 보시지 못할 게다. 애석하구나. 만일 네 아버님이 돌아가시고 내가 너를 죽인다면, 누가 이 소유지를 물려받게 되느냐?"

가이우스는 당황해서 눈을 깜박였다. 사내의 말과 이성적인 어조가 서로 어긋나는 듯싶었기 때문이다. 그런 말을 하면서도 마치 새 튜닉을 주문하는 듯 예사로운 말투였다.

"마리우스 삼촌입니다. 삼촌은 지금 프리미게니아 군단과 함께 계시기는 하지만요. 삼촌은 그런 기대는 하지 않으……."

"훌륭한 모범감이지, 프리미게니아. 이집트에서 잘 싸웠으니까. 허면 내 청구서는 네 삼촌한테 보내야겠다. 네 아버님이 이 자리에 안 계시니, 이제 나는 소유지의 현재 주인인 너를 기쁘게 해야겠구나. 준비가 되면 나와 진짜로 맞서거라. 연습도 아니고 피를 볼 때까지만 싸우는 것도 아니다. 만일 네가 오늘 로마의 거리에서 폭도들 사이를 걷고 있다면 직면하게 될 그런 공격을 할 것이다. 나는 공정하게 싸울 것이다. 그러니 만일 네가 나를 죽인다면, 졸업한 걸로 여겨도 좋다."

"이토록 많은 시간을 쏟아부어놓고 왜 우리를 죽이려는 거죠?"

마르쿠스가 허락 없이는 말을 해서는 안 된다는 규율을 깨고 침을 튀기며 말했다.

"너흰 언젠가는 죽음에 직면해야 한다. 내가 계속 너희를 훈련시킬 수 없으니, 두려움과 분노에 대해 배우는 마지막 수업을 하려는 것이다."

한순간 레니우스는 자신의 판단이 맞는지 확신하지 못하는 표정이었다. 그러나 이내 고개를 똑바로 세우면서 노예들이 부르는 것처럼 집중력과 정력이 넘쳐나는 '딱딱거리는 거북이'의 모습으로 돌아왔다.

"너희가 아마 내 마지막 제자일 것이다. 나는 이제 은퇴할 것이니 내 명성은 너희의 그 불쌍한 목에 달려 있다. 너희가 제대로 훈련되지 않았다면 그냥 놔줄 수가 없다. 그랬다가는 내 이름이 너희 행동 때문에 먹칠을 당하게 될 테니까. 내 이름은 내가 평생을 바쳐 지켜온 것이다. 이제 와서 잃기에는 너무 늦었다."

"선생님을 부끄럽게 하지는 않을 거예요."

마르쿠스가 혼잣말을 하듯 중얼거렸다.

그 말을 듣고 레니우스가 마르쿠스를 호되게 꾸짖었다.

"넌 검으로 가격할 때마다 날 부끄럽게 해. 넌 격분해서 죽은 황소의 몸통이나 공격하는 푸주한처럼 난도질을 해대잖아. 넌 화를 억제할 줄 몰라. 머리가 멍해지면 작은 함정에도 빠지잖아. 그리고 너!"

레니우스가 히죽거리는 가이우스를 향했다.

"넌 로마인이 될 수 있을 만큼 오래도록 사타구니 생각 좀 안 할 수 없냐. 노빌리타스라고? 너희 같은 녀석들이 내 유산과 도시와 사람들을 이어받는다는 생각을 하면 피가 거꾸로 솟아."

레니우스가 두 소년의 주의를 흐트러뜨렸다는 이유로 면전에서 채찍질을 했던 노예소녀 이야기를 꺼내자, 가이우스는 얼굴에서 웃음기를 싹 거두었다. 그 일을 생각하면 지금도 수치스러웠다. 그런데 장광설이 계속되자 서서히 부아가 치밀기 시작했다.

"가이우스, 둘 중에 누가 먼저 결투에 나설지 네가 선택하거라. 그것이

네가 내릴 첫 전술적 결정이다!"

레니우스는 돌아서서 훈련장 안에 모자이크로 처리된 정사각형 결투장 안으로 성큼성큼 걸어 들어갔다. 그러고는 두 소년 뒤에서 다리 근육을 풀었다. 두 소년의 어이없어하는 시선은 안중에도 없는 듯했다.

"저 선생, 아주 맛이 갔어. 우릴 둘 다 죽일 거야."

마르쿠스가 속삭였다.

"지금도 우릴 가지고 노는 거야, 강에서 그런 것처럼. 내가 처치해 주겠어. 그럴 수 있을 것 같아. 절대 도전을 거절하지 않을 거야. 저 선생이 나를 잘 가르쳤는지를 이런 식으로 보여주어야 한다면, 그렇게 해주지. 저 선생 자신의 피로 감사를 표해 주겠어."

가이우스가 험상궂은 표정으로 말했다.

마르쿠스는 친구의 얼굴에서 굳은 결의를 보았다. 둘 중 누구라도 레니우스와 싸우는 것을 원치 않지만, 꼭 그래야만 한다면 레니우스를 해치울 가능성은 자기가 더 높다는 것을 마르쿠스는 알고 있었다. 가이우스도 마르쿠스도 레니우스를 상대로 완전한 승리를 거두지는 못할 테지만, 그래도 마르쿠스는 레니우스를 저승길로 함께 끌고 갈 민첩성이 있었다.

"가이우스, 내가 먼저 나서게 해줘."

마르쿠스가 나직하게 말했다.

가이우스가 마르쿠스의 눈을 들여다보았다. 마르쿠스의 심중을 헤아리려는 듯했다.

"이번에는 안 돼. 너는 내 친구야. 저자가 널 죽이는 꼴을 보고 싶지 않다."

"그건 나도 마찬가지야. 하지만 내가 더 날쌔잖아. 그러니까 너보다는 내가 해낼 가능성이 더 커."

가이우스는 어깨의 힘을 풀며 굳은 미소를 지었다.

"레니우스 선생은 노인네에 불과해. 금방 돌아올게."

가이우스가 혼자서 자세를 잡았다.

레니우스는 햇빛 때문에 눈을 가늘게 뜬 채 가이우스를 지켜보았다.

"왜 먼저 싸우기로 한 것이냐?"

가이우스가 어깨를 으쓱했다.

"모든 생명은 끝이 나게 마련이지요. 저는 선택을 했습니다. 그것으로
충분합니다."

"아, 그래. 시작하거라. 그동안 뭐라도 배우기는 했는지 좀 보자꾸나."

가이우스와 레니우스는 글라디우스를 내민 채 서서히 유연하게 서로의
주위를 돌기 시작했다. 글라디우스의 납작한 검신이 햇빛을 받아 번쩍였다.

레니우스는 한쪽 어깨의 방향을 갑자기 바꾸며 거짓 공격을 가했다. 가
이우스는 속임수를 읽고는 검을 내찔렀고, 노인은 화들짝 놀라 한 발짝 물
러났다. 이윽고 검과 검이 쩽그랑 맞부딪치며 싸움이 시작되었다. 두 사람
은 공격을 가하고, 상대의 공격을 슬쩍 피하다가, 근육을 들썩이며 서로
뒤엉켰다. 그 상태에서 늙은 전사가 젊은 소년을 뒤로 홱 밀어대자, 소년
은 바닥에 큰대자로 널브러졌다.

이번만은, 레니우스는 소년을 조롱하지 않고 무표정한 얼굴을 유지했
다. 가이우스는 천천히 일어서며 중심을 잡았다. 힘으로는 도저히 레니우
스를 이길 수가 없었다.

가이우스는 날렵하게 두 걸음을 앞으로 내디디며 검을 위로 교묘하게
내뻗었다. 검은 방어를 뚫고 들어가 레니우스 가슴의 적갈색 피부를 깊숙

이 배었다.

소년이 쉴 새 없이 공격을 밀어붙이며 검을 휘두르고 또 휘두르자, 노인은 흠칫 놀라 끙끙거렸다. 그러나 소년의 공격은 노인이 중심을 살짝 옮기거나 검으로 막아내는 통에 매번 무효화되었다. 소년은 뜨거운 태양 아래서 정신없이 공격을 해대다가 분명 지치게 될 터이니, 조만간 잔인한 살인마의 칼을 받는 신세가 될 게 뻔했다.

가이우스의 눈 속으로 땀이 쏟아져 들어갔다. 가이우스는 절망적인 기분이 되었다. 움직임을 너무나도 쉽게 읽고 피해대는, 냉혹한 눈빛의 이 목석 같은 사내를 상대할 새로운 방법이 떠오르지 않았다. 격렬하게 움직였건만 공격은 빗나갔다. 그러다 균형을 잃은 순간, 레니우스가 재깍 오른팔을 뻗어 허점이 드러난 아랫배에 검을 쑤셔 넣었다.

가이우스는 힘이 빠지는 걸 느꼈다. 두 다리가 연약한 나뭇가지라도 되는 듯 툭 꺾였다. 아무 고통도 없이 부드럽게. 피가 흙 위로 점점이 튀었지만, 가이우스가 쓰러지면서 그 붉은색 얼룩들은 이내 안마당에서 사라졌다. 가이우스는 심장이 쿵쾅거리고 눈에서 불이 번쩍번쩍했다.

가이우스는 내려다보는 레니우스의 눈가에 이슬이 반짝이는 것을 보았다. 이 노인 울고 있는 것일까?

"그 정도로는…… 안……돼."

늙은 검투사가 내뱉듯이 말했다. 그러고는 고통이 가득 어린 눈으로 앞으로 다가갔다.

늙은 전사가 거무스름한 막대 모양의 그림자를 드리우며 밝은 해를 가리고 서 있는데, 마르쿠스가 축 늘어진 목 거죽 아래쪽에 검을 쑥 들이밀었다. 한 걸음 뒤에 서 있는 마르쿠스는 소스라치게 놀란 노인의 몸이 뻣뻣해지는 것을 볼 수 있었다.

"나를 잊으셨나?"

칼을 뒤로 확 당겨 사악한 노인을 끝장내겠다는 생각을 단 한 번만 했어도 모든 것이 다 끝났을 것이다. 그러나 그 순간 친구의 몸을 흘끗 보고 생명이 급속도로 빠져나가고 있음을 안 마르쿠스는 잠시 마음속에서 분노가 치밀어 오르도록 놔두었는데, 그 사이 레니우스가 유연하게 뒷걸음질치며 피 묻은 검을 다시 치켜드는 바람에, 그를 단번에 죽일 기회는 사라지고 말았다. 레니우스의 얼굴은 돌처럼 굳어 있었지만, 눈은 반짝반짝 빛났다.

마르쿠스는 노인이 움직일 기회를 잡기 전에 공격을 개시해 방어를 뚫었다. 만일 치명타를 가하려고만 했다면, 그렇게 되었을 것이다. 노인이 긴장해서 굳은 얼굴로 꼼짝 못하고 서 있었기 때문이다. 그러나 그 일격은 단순히 본격적인 공격에 앞서 몸을 풀기 위한 것이었다. 위기에서 벗어난 노인의 얼굴에는 순식간에 생기가 돌았다.

"공격에 무방비로 서 있는데도 날 못 죽이냐?"

레니우스가 오른쪽이 마르쿠스를 향하도록 비스듬한 자세를 유지한 채 다시 원을 그리며 돌면서 버럭 소리쳤다.

"당신은 언제나 바보였어. 당신의 그 자부심은 바보나 갖는 거야."

친구가 뜨거운 열기 속에서 홀로 죽어가는 판국에 사내에게 억지로 주의를 집중하며, 마르크스가 고함을 치다시피 했다.

마르쿠스가 다시 공격에 나섰다. 그의 생각은 곧바로 행동으로 옮겨졌다. 깊이 생각하거나 결정을 내리는 과정을 생략한 채 그저 일격을 가하고 움직이고 다시 일격을 가하고 움직일 뿐이었다. 그런 그를 막아내는 건 도저히 불가능했다. 이윽고 늙은 몸에 붉은 상처가 입처럼 벌어지면서 피가 봄비처럼 후두둑 떨어지는 소리가 들렸다.

레니우스는 다시 입을 열 틈이 없었다. 필사적으로 방어하기에도 바빴던 것이다. 그는 한순간 충격의 빛을 드러내더니, 이내 무표정한 검투사의 얼굴로 돌아갔다. 마르쿠스의 움직임은 놀라울 정도로 우아하고 균형 있었으며, 반격을 하지 못할 정도로 민첩했다. 전사가 탄생한 것이다.

번번이 노인은 쨍그랑 하고 금속 부딪치는 소리를 듣고서야 자신이 일격을 막아냈음을 알았다. 그의 몸은 그저 무의식적으로 움직이고 반응하고 있었다. 마음이 결투에서 멀어져 있는 듯했다.

그의 생각이 냉담한 목소리로 말했다.

'나는 바보 늙은이야. 이 아이는 내가 여태껏 훈련시킨 아이들 중에서 최고일지 모르지만, 다른 아이를 죽였잖아. 그건 치명타였다구.'

노인의 왼팔이 역겹게 덜렁덜렁했다. 어깨 근육이 잘린 것이다. 망치로 내려치는 듯한 고통에 노인은 갑작스레 피로가 밀려드는 걸 느꼈다. 세월이 마침내 그의 발목을 붙잡은 것 같았다. 소년은 이제껏 이렇게 날쌘 적이 없었다. 마치 친구가 죽어가는 광경이 내면의 문을 열기라도 한 듯했다.

체력이 다했음을 느낀 레니우스는 절망의 한숨을 내쉬었다. 정신이 더 이상 육체를 끌고 갈 수 없는 이런 지경에까지 이른 이들을 수없이 봐온 그였다. 하도 두들겨대서 군데군데 이가 빠진 글라디우스를 힘겹게 쳐서 밀어내면서, 그는 이렇게 막아내는 것도 이번이 마지막이 되리라 생각했다.

"멈추거라! 안 그러면 지금 그 자리에서 고꾸라지게 만들겠다."

새로운 목소리가 들려왔다. 그 목소리는 잔잔했지만, 어찌된 일인지 안마당과 집 전체에 울려 퍼졌다.

그래도 마르쿠스는 멈추지 않았다. 어떤 비아냥거림에도 반응하지 말라고 훈련받았기 때문이기도 하지만, 그 누구도 이 노인을 죽일 절호의 기회를 앗아가게 할 수 없었기 때문이다. 마르쿠스는 검을 내리치려고 어깨 근육을 긴장시켰다.

"이 활이 너를 죽일 거다, 얘야. 검을 내려놔."

레니우스는 마르쿠스를 똑바로 쳐다보았다. 마르쿠스의 눈에 순간 광기가 번득이는 게 보였다. 이 소년이 기어이 죽이고야 말겠구나 하는 생각을 하는 순간, 눈에서 광기가 사라지더니 자제력이 돌아왔다.

뜨끈뜨끈한 피가 사지를 따뜻하게 뒤덮고 있는데도 노인은 한기를 느끼며, 마르쿠스가 격분해서 뒤로 미끄러지듯 움직이다가 새로 등장한 인물을 보려고 돌아서는 모습을 지켜보았다. 레니우스가 이번처럼 자신의 죽음이 다가오는 것을 확신한 적은 좀처럼 드물었다.

그곳에는 활이 있었고, 화살촉 하나가 햇살을 받아 반짝이고 있었다. 레니우스보다 나이 많은 노인이 그 활을 들고 있었는데, 시위를 당기려면 분명 힘이 만만찮게 들 텐데도 근육에 떨림이라고는 없었다. 조잡한 갈색 로브 차림의 노인은 이를 살짝 드러내며 미소짓고 있었다.

"오늘 여기선 누구도 죽어선 안 돼. 그런 일이 일어날 거라면 내가 알았겠지. 무기를 치우고, 내가 의사들을 불러오고 널 위해 시원한 음료도 가져올 수 있게 해주렴."

그 말에 마르쿠스는 퍼뜩 현실 감각을 되찾았다. 마르쿠스가 손에서 글라디우스를 떨어뜨리며 말했다.

"제 친구 가이우스가 부상당했어요. 죽을지도 몰라요. 도움이 필요해요."

그때 레니우스가 한쪽 무릎을 꿇으며 풀썩 주저앉았다. 서 있을 기력이

없었던 것이다. 검이 힘없는 손가락에서 스르르 떨어졌고, 고개를 푹 떨구
자 붉은 얼룩이 주변에 넓게 퍼졌다. 그래도 마르쿠스는 레니우스에게는
눈길 한 번 주지 않은 채 그 옆을 지나쳐 가이우스가 누워 있는 곳으로 달
려갔다.

"맹장이 파열된 것 같구나."

노인이 어깨 너머로 말했다.

"그렇다면 제 친구는 죽은 거네요. 맹장이 부어오르면 언제나 치명적이
니까요. 우리 의사들은 부어오른 부위를 제거하지 못해요."

"난 전에 한 번 해본 적이 있다. 이 집의 노예들을 불러 이 아이를 안으
로 데려가라고 하거라. 나한테는 붕대와 뜨거운 물을 가져다주고."

"치료사이신가요?"

마르쿠스가 사내의 눈에서 희망을 찾으며 물었다.

"여행 중에 이것저것 주워들었단다. 이 정도로는 아직 끝난 게 아니야."

두 사람의 시선이 마주쳤다. 마르쿠스는 시선을 돌리고는 혼자서 고개
를 끄덕였다. 왜인지는 몰라도 이 이방인에게 신뢰가 느껴졌다.

레니우스는 미끄러지듯 쓰러져 등을 대고 누웠다. 그의 가슴은 겨우겨
우 오르내리고 있었다. 레니우스는, 로마의 뜨거운 태양 아래서 단단해지
기는 했지만 그 대신 부러지기 쉽게 된, 오래되어 연약해진 갈색 나뭇가지
처럼 보였다. 그게 바로 그의 원래 모습이기도 했다. 마르쿠스의 시선이
떨어지자, 레니우스는 힘이 없어 부들부들 떨면서 몸을 일으키려 애썼다.

마르쿠스는 다시 끓어오르는 분노를 표출하지 못하도록 방해하며 손 하
나가 어깨를 누르는 것을 느꼈다. 돌아보니, 투브루크가 화가 나서 흙빛으
로 변한 얼굴로 옆에 서 있었다. 전직 검투사의 손이 살짝 떨리는 게 느껴

졌다.

"긴장을 풀거라, 얘야. 더 이상의 싸움은 없을 것이다. 의사를 부르러 보냈다."

"보셨어요?"

마르쿠스가 더듬거리며 말했다.

투브루크는 어깨를 붙잡은 손에 힘을 주었다.

"끝 부분만. 난 네가 레니우스를 죽이기를 바랐다."

투브루크가 피를 흘리는 레니우스 쪽을 바라보며 험악한 얼굴로 말했다. 이방인에게로 돌아선 투브루크의 표정은 매몰찼다.

"노인장은 뉘시오? 밀렵꾼이오? 이곳은 개인 소유지요."

노인이 천천히 일어나 투브루크를 똑바로 쳐다보았다.

"그냥 여행자, 방랑자라네."

"제 친구, 죽을까요?"

마르쿠스가 끼어들었다.

"오늘은 아닐 것 같구나. 내가 도착한 직후는 아닐 거다. 이제는 내가 이 집의 손님이 된 것 같은데, 아니냐?"

당황한 마르쿠스는 눈만 깜박거렸다. 내면에서는 여전히 고통과 분노가 소용돌이치는 가운데, 노인의 이성적인 말이 믿을 만한지 가늠하려 애쓰고 있었다.

"전 어르신 성함도 모르는데요."

"난 카베라다. 이제 마음을 편히 가지거라. 내가 도와주마."

7장

가이우스는 의식을 되찾았다. 방에 쩌렁쩌렁 울리는 성난 목소리를 듣고 깨어난 것이다. 머리는 쿵쿵 울렸고, 뼈마디란 뼈마디는 모두 힘이 없었다. 몸의 맥박점에서 맥박에 맞춰 진동이 일어남에 따라, 허리 아래에서부터 통증이 커다란 파도를 치며 밀려 올라왔다. 입이 바짝 말라서 말을 할 수도 없었고, 계속 눈을 뜨고 있을 수도 없었다. 어둠이 부드러운 붉은색을 띠는 가운데, 가이우스는 도로 잠에 빠져들려고 애썼다. 아직은 다시 의식을 되찾으려 안간힘을 쓰고 싶은 마음이 내키지 않았던 것이다.

"구멍이 난 맹장을 제거하고 끊어진 혈관들을 묶었소. 피를 워낙 많이 흘려서 회복되려면 시간이 좀 걸리겠지만, 젊고 튼튼하니 너무 걱정은 마시오."

귀에 선 목소리였다. 소유지 의사 중 하나인가? 가이우스는 목소리의 주인공이 누구인지 몰랐고 관심도 없었다. 가이우스가 죽지 않는 한, 그들은 가이우스가 좋아질 때까지 그냥 혼자 놔두는 수밖에 없을 것이다.

"아내 의사는 노인장이 돌팔이라 하더구려."

아버지의 목소리에는 탄력이라고는 없었다.

"그 사람은 이런 상처를 수술하려 들지 않았을 거요. 허니 댁은 아무 손

해도 보지 않았을 거 아니오? 안 그렇소? 전에 한 번 맹장을 제거해 본 적이 있는데, 이건 치명적인 수술이 아니외다. 유일한 문제는 발열 증상이 나타나리라는 건데, 그건 혼자서 싸우는 수밖에 없소이다."

"맹장을 다치는 건 늘 치명상이라고 배웠소. 맹장은 부풀어서 터지고 만다고. 손가락을 잘라내듯이 제거할 수는 없다고 말이오."

목소리를 들으니 아버지가 피곤한 모양이라고 가이우스는 생각했다.

"그렇지만 어쨌든 내가 해내지 않았소. 나이 든 사내한테도 붕대를 감아주었소이다. 그 사람도 회복될 거요. 왼쪽 어깨를 상해, 다시는 싸울 수 없겠지만 말이오. 모두 살아날 거외다. 허니 댁은 가서 잠을 좀 주무시오."

방을 가로지르는 발자국 소리와 함께 축축한 이마에 아버지의 따뜻하고 건조한 손바닥이 느껴졌다.

"나한테는 이 아이 하나뿐이오. 헌데 어찌 내가 잠을 잘 수 있겠소? 만일 노인장의 아이가 이렇게 됐다면 잠이 오겠소?"

"나 같으면 아기처럼 세상 모르고 잘 거요. 우린 할 수 있는 조치를 모두 취했소. 내가 계속 지켜볼 테니, 댁은 가서 좀 쉬시오."

또 다른 목소리는 상냥하기는 했지만, 어머니를 돌보는 의사들처럼 세련된 어조는 아니었다. 감미로운 리듬에 이상한 강세의 흔적이 남아 있었다.

가이우스는 마치 무거운 어둠이 가슴을 내리누르기라도 하듯 다시 잠에 빠져들었다. 두 사람의 목소리가 열에 들뜬 꿈속을 드나들며 들렸다 말았다 했다.

"상처는 왜 완전히 봉합하지 않은 것이오? 전투하다 입은 상처를 숱하게 봐왔소만, 늘 봉합하거나 묶던데……."

"이래서 그리스인들이 내 방법을 싫어하는 것이라오. 열이 오르면 상처에 고름이 차게 마련인데, 그 고름이 빠져나갈 곳이 있어야만 하지 않겠소. 만일 상처를 단단히 봉합한다면, 고름이 갈 곳이 없으니 살을 오염시킬 것이오. 그렇게 되면 이 아이는 분명히 죽게 될 거요. 대부분이 그러니까. 허나 이렇게 하면 아이의 목숨을 구할 수 있소이다."

"혹시라도 아이가 죽는다면, 내가 직접 당신의 맹장을 잘라내고 말겠소."

낄낄거리는 웃음소리, 그리고 이상한 말로 뭐라고 몇 마디 하는 소리가 꿈속에서 울려 퍼졌다.

"내 맹장 찾으려면 꽤나 고생 좀 할 거요. 여기 이게 내 아버님이 오래 전에 내 맹장을 떼어내고 고름을 빼낼 때 생긴 상처니까 말이외다."

아버지가 단호하게 말했다.

"허면 노인장의 판단을 믿으리다. 아이가 살아난다면 그저 감사만 하지는 않을 것이오."

이마에 시원한 손이 닿자 가이우스가 정신을 차렸다. 가이우스는 다갈색 피부 속에서 반짝반짝 빛나는 푸른 눈을 들여다보았다.

"내 이름은 카베라다, 가이우스. 마침내 그것도 네 인생의 이토록 중요한 순간에 너를 만나게 되어 기쁘구나. 나는 지금까지 수천 마일을 여행해 왔다. 헌데 내가 필요한 순간에 딱 맞춰 여기에 도착하다니, 신들을 믿지 않을래야 믿지 않을 수가 없구나. 안 그러냐?"

가이우스는 대답을 할 수가 없었다. 입속의 혀가 뻑뻑하고 뻣뻣했다. 마치 그의 생각을 읽기라도 한 듯, 노인이 납작한 물 사발을 입술에 대주었다.

"좀 마시거라. 열 때문에 몸에서 수분이 날아가고 있단다."

물 몇 방울이 입속으로 흘러들어가자 끈적끈적한 침이 풀러졌다. 가이우스는 기침을 하고는 다시 눈을 감았다. 소년을 내려다보던 카베라가 잠시 한숨을 내쉬었다. 그러더니 주변에 아무도 없는 것을 확인한 후, 뼈만 앙상한 늙은 손을 상처 위 가느다란 나무관 주위에 올려놓았다. 나무관에서는 여전히 고름이 천천히 똑똑 떨어지고 있었다.

노인의 두 손에서 빠져나온 온기를 가이우스는 꿈에서도 느낄 수 있었다. 열기가 덩굴손처럼 가슴으로 퍼지더니 폐로 들어가 고름을 없애는 게 느껴졌다. 열기가 점점 강해져 고통스럽다시피 한 지경에 이른 순간, 카베라가 손을 떼고는 가만히 앉아 돌연 거친 숨을 헉헉 몰아쉬었다.

가이우스는 다시 눈을 떴다. 여전히 너무 힘이 없어 몸을 움직일 수는 없었지만, 몸 안에서 고름이 돌아다니는 느낌은 사라시고 없었다. 이제는 다시 숨을 쉴 수 있었다.

"어떻게 하신 거죠?"

가이우스가 웅얼거렸다.

"조금은 도움이 됐지? 그렇지? 내가 외과의사로서 지닌 기술을 총동원했는데도 넌 도움이 약간 필요했단다."

기진맥진한 탓에 노인의 얼굴에는 깊은 주름이 잡혀 있었다. 눈빛만큼은 여전히 반짝반짝 빛났다. 노인이 다시 손으로 이마를 지그시 눌렀다.

"뭐 하는 분이시죠?"

가이우스가 모기만한 소리로 물었다.

노인은 어깨를 으쓱했다.

"글쎄다. 난 지금도 그 답을 찾는 중이란다. 거지인 적도 있었고 촌장인 적도 있었지. 나 스스로는 발길이 닿는 곳마다 새로운 진리를 발견해 가며 진리를 추구하는 구도자라고 생각한단다."

"제 어머니도 도와주실 수 있나요?"

가이우스는 눈을 감고 있었지만, 노인의 입에서 흘러나온 부드러운 한숨 소리를 들을 수 있었다.

"아니, 가이우스. 네 어머니의 문제는 마음이나 영혼에 있는 것 같구나. 육체적인 고통이야 약간 덜어줄 수 있다만, 그 이상은 아무것도 해주지 못한다. 육체적인 고통을 치료하는 것이 훨씬 쉬운 법이란다. 미안하구나. 이제 자거라, 얘야. 잠이야말로 진짜 치료사란다, 내가 아니고."

마치 명령이라도 받은 듯 어둠이 찾아왔다.

가이우스가 다시 깨어났을 때, 레니우스는 언제나처럼 속을 알 수 없는 얼굴로 침대에 앉아 있었다. 눈을 뜬 가이우스는 선생님의 변화된 외모를 자세히 살펴보았다. 왼쪽 어깨는 몸에 바짝 붙은 채 꽁꽁 묶여 있었는데, 햇볕에 검게 그을린 피부 아래쪽으로는 핏기가 없어 창백했다.

"좀 어떠냐? 네가 회복되는 모습을 보니, 얼마나 좋은지 이루 다 말할 수가 없다. 그 부족민 노인이 기적을 행하는 사람이 틀림없구나."

적어도 목소리만큼은 변함없이 무뚝뚝하고 딱딱했다.

"예, 저도 아마 그럴 거라 생각해요. 저를 죽음 직전까지 몰고 가서놓고 여기 계시다니, 놀랍군요."

가이우스가 들릴 듯 말 듯하게 말했다. 그때의 기억이 새삼 떠올라 심장 박동이 빨라졌다. 그리고 이마에는 갑자기 땀이 송골송골 맺혔다.

"너를 심하게 벨 생각은 아니었다. 실수였어. 미안하구나."

노인은 용서의 빛을 찾고자 가이우스의 눈을 들여다보았고, 그 눈빛이 자신을 기다리고 있음을 발견했다.

"미안해하실 필요 없습니다. 저도 살아 있고, 선생님도 살아 계시잖아요. 선생님께서 실수를 하셨는데도요."

"너를 죽였구나 하는 생각이 들었을 때……."

노인의 얼굴에 고통의 빛이 어렸다.

가이우스는 일어나 앉으려고 애쓰다가 몸에 점점 힘이 붙고 있음을 알아채고 놀라워했다.

"저를 죽이지 않으셨잖아요. 저는 저를 훈련시킨 분이 선생님이라는 걸 언제나 자랑스럽게 말할 겁니다. 이 일에 대해선 더는 아무 말도 마세요. 다 끝난 일이에요."

열세 살 소년이 늙은 검투사를 위로한다는 게 우스꽝스럽다는 생각도 잠깐 들었지만, 그런 말이 술술 나왔다. 이 사내에게 진정으로 애정을 느낀다는 것을 깨달았기 때문이다. 이 사내가 희한한 돌에서 잘려 나온 것 같은 완벽한 전사가 아닌 그저 한 사람의 사내로 보이는 지금은 특히 더 애정이 느껴졌다.

"제 아버지는 아직 여기에 계시나요?"

그렇기를 바라며 가이우스가 물었다.

레니우스는 고개를 가로저었다.

"로마로 돌아가실 수밖에 없었다. 그래도 네 병세가 호전되고 있다는 확신이 들 때까지 처음 며칠 동안은 네 침대 옆을 지키고 계셨단다. 폭동이 악화돼서 질서를 확립하기 위해 술라의 군단이 재소집된 상태란다."

가이우스가 고개를 끄덕이고는 움켜쥔 손을 내밀었다.

"저도 거기서 그 군단이 성문을 들어오는 광경을 보고 싶군요."

레니우스는 젊은이의 열정에 미소를 지었다.

"이번에는 안 될 것 같다만, 다시 몸이 좋아지면 로마를 자주 보게 될 게다. 투브루크가 밖에 있다. 투브루크를 만나볼 수 있겠느냐?"

"전보다 훨씬 좋아졌어요. 거의 정상이나 다름없어요. 제가 얼마나 잠들어 있었던 거죠?"

"일주일이다. 카베라가 네가 계속 잠들어 있도록 약초를 주었다. 그렇다 해도 넌 믿기 힘들 정도로 빨리 회복된 거다. 그동안 부상당한 이들을 숱하게 봐왔으니 하는 말이다. 그 노인은 자신을 구도자라 하더구나. 신비한 힘을 조금 지니고 있기는 한 것 같더라. 투브루크를 부르마."

레니우스가 일어서자 가이우스가 손을 내밀었다.

"계속 머무르실 건가요?"

레니우스는 싱긋이 웃으며 고개를 흔들었다.

"훈련은 끝났다. 난 작은 내 저택으로 물러나 평화롭게 늙어갈 생각이다."

가이우스가 잠시 머뭇거렸다.

"선생님도…… 가족이 있으신가요?"

"한때는 있었지만 오래전에 떠났지. 다른 노인네들하고 허풍도 떨고 훌륭한 붉은 포도주도 마시면서 저녁을 보낼 거다. 허나 네가 어떻게 사는지는 계속 지켜볼 것이다. 카베라 말로는 네가 특별한 사람이라던데, 그 늙은 악마가 허튼 말이나 일삼는 사람은 아니라고 믿는다."

"고맙습니다."

가이우스는 그저 그렇게만 말했다. 그러나 그 검투사가 자신에게 준 것을 뭐라 말로 표현할 수 없었다.

레니우스가 고개를 끄덕이고는 손목을 꽉 잡았다. 그러고 나서 그가 물러가자, 방이 별안간 텅 빈 느낌이었다.

그때 문간을 가득 채우며 나타난 투브루크의 입가에 서서히 미소가 번졌다.

"좋아졌구나. 뺨에 혈색이 돌아왔어."

가이우스가 씩 웃었다. 다시 예전의 자신으로 돌아간 듯한 기분이었다.

"체력이 더 강해진 게 느껴져요. 전 정말 운이 좋았어요."

"그런 게 아니다. 카베라 노인 덕분이란다. 카베라 노인은 놀라운 사람이야. 분명 여든은 되었을 텐데, 네 어머니 의사가 너를 치료한 방식에 대해 투덜대니까 밖으로 끌고 나가 흠씬 두들겨 패주더라. 정말 오랜만에 배가 아플 정도로 한바탕 웃었단다. 가죽만 남은 팔이 힘은 어찌나 세고, 날래기는 또 어찌나 날래던지. 너도 그 광경을 봤어야 했는데."

그때 일을 떠올리며 킬킬대던 투브루크가 돌연 진지한 표정을 지었다.

"어머니께서 너를 찾으셨다만, 네 모습을 보시면 너무 괴로워하실 것 같아, 네가 좋아질 때까지 기다렸다. 내일 어머니를 모셔오마."

"지금도 괜찮아요. 피곤하지 않아요."

"안 돼. 넌 아직 쇠약해. 카베라 노인이 문병객을 맞느라 무리해서는 안 된다고 하더라."

투브루크가 누군가의 충고를 받아들인다는 말에 가이우스가 짐짓 놀라는 표정을 지었다.

투브루크의 입가에 다시 미소가 배어들었다.

"어, 내가 말했다시피, 카베라 노인은 놀라운 사람이다. 그 노인이 너한테 이런저런 조치를 하고 난 후에 보니까, 정말로 노인 말대로 되더구나.

네 간호에 관한 한은 말이다. 내가 레니우스 선생을 여기 들인 이유는 선생이 오늘 떠나기 때문이란다."

"그렇게 해주셔서 기뻐요. 일을 마무리짓지 못한 채 그냥 남겨두었다면 싫었을 겁니다."

"그럴 거라 생각했다."

"아저씨가 선생님 목을 베어내지 않았다는 게 놀라운걸요."

가이우스가 쾌활하게 말했다.

"그럴까도 생각했었다만, 훈련 중에 일어난 사고니까. 레니우스 선생은 그저 도를 넘었을 뿐이야. 그게 다. 진심인지는 몰라도 레니우스 선생이 너희 둘 다 자랑스러워하더라. 그 못된 늙은이가 너를 좋아하게 된 것 같더라. 아마도 너의 완고함 때문이겠지. 너도 못되기로는 레니우스 못지 않은 것 같다."

"마르쿠스는 어떤가요?"

"물론 여기 들어오고 싶어 안달이 났지. 마르쿠스 잘못이 아니었다는 걸 납득시켜 보거라. 자기를 먼저 싸우게 해달라고 우겼어야 했다고 하더라만……."

"제가 결정을 내린 거고 후회는 없습니다. 어쨌든 살아났잖아요."

투브루크가 코웃음을 쳤다.

"자만하지는 말거라. 네가 그런 부상을 입고도 살아난 걸 보니 기도의 힘을 믿게 되더구나. 카베라 노인이 아니었다면, 넌 살아남지 못했을 게다. 넌 카베라 노인한테 목숨을 빚진 거야. 네 아버님이 뭐라도 보답을 하려 했으나, 생활에 꼭 필요한 것 말고는 어느 것도 받으려 하지 않더구나. 카베라 노인이 왜 여기에 있는지 난 아직도 그 이유를 모르겠다. 뭐랄까…… 우리가 주사위를 던지듯이 신들이 우리를 움직이는데, 자신이 너무 늙기 전에 찬란한 도시 로마를 보길 신들이 원하신다고 믿는 것 같더라."

솔직하고 다감한 투브루크가 혼란스럽다는 표정을 지었다. 그러자 가이우스는 카베라의 손에서 열기가 흘러들어왔던 희한한 경험을 언급하는 것은 도움이 되지 않으리라 생각했다. 그 일은 필시 혼자서 간직해야 하리라.

"수프를 좀 들여보내마. 갓 구운 빵도 함께 보내주랴?"

가이우스의 배가 요란하게 꼬르륵 소리를 내며 진심으로 동의를 표하자, 투브루크는 다시 미소를 지으며 물러갔다.

레니우스는 어렵사리 거세마의 안장에 올랐다. 왼쪽 팔은 있으나마나 한 느낌이었다. 전에도 상처가 치유되는 과정에서 생기는 통증을 허다하게 겪어왔지만, 그런 통증과는 비교할 수 없을 정도로 고통이 심했다.

주변에 이런 꼴사나운 모습을 볼 하인이나 노예가 없어 그나마 다행이었다. 그러나 주변에 사람의 모습이 보이지 않으니, 거대한 소유지 저택은 버려진 듯 황량하기 그지없었다. 마침내 두 다리로 말의 몸통을 꽉 붙들었다. 날이 저물고 있기는 해도, 완전히 컴컴해지기 전에는 로마로 돌아갈 수 있을 것이다. 그 생각을 하니 한숨이 절로 나왔다. 거기에 간들 지금 무엇이 기다리고 있단 말인가? 폭동이 일어나 값이 폭락하기는 했지만, 도시의 저택을 팔아버릴 작정이었다. 어쩌면 거리가 다시 조용해질 때까지 기다리는 편이 나을지도 모른다. 술라가 군단을 이끌고 로마로 입성했으니, 처형이나 공개 태형이 벌어지기는 하겠지만, 결국 질서가 회복될 것이다. 로마인들은 자신의 문 앞에서 전쟁이 일어나는 것을 좋아하지 않았다. 야만인의 군대를 격파했다는 소리를 들으면 감격하기는 해도, 무자비한 계엄령을 즐기는 이는 아무도 없었다. 계엄령이 내려졌다 하면 필연적으로 통행이 금지되고 식량 부족 사태도 빚어지게 마련이니 왜 안 그렇겠는가.

뒤에서 무슨 소리가 들려와 레니우스의 생각을 방해했다.

마르쿠스가 차분한 얼굴로 지켜보며 서 있었다.

"안녕히 가시라는 말씀을 드리러 왔어요."

레니우스는 어깨를 떡 벌리고 서 있는 소년의 자세가 편안하다는 것을 알아차렸다. 이 소년은 장차 이름을 드날리게 되겠지만, 늙은 전사인 자신은 그 모습을 보지 못하리라.

그 생각을 하니 레니우스는 등골이 오싹했다. 그러나 누구도 영원히 살 수는 없는 법 아닌가. 알렉산더 같은 대왕도, 스키피오나 한니발 같은 장군도, 심지어 레니우스 같은 검투사도.

"가이우스가 회복되고 있어 기쁘다."

레니우스가 또렷하게 대답했다.

"알아요. 화를 내러 온 게 아니라 사과하러 왔어요."

마르쿠스가 발치의 모래를 내려다보며 대꾸했다.

의아하게 생각한 레니우스가 눈썹을 추켜세웠다.

마르쿠스가 숨을 한 번 깊게 쉬더니 말을 이었다.

"당신을 죽이지 못해 미안해, 이 뒤틀리고 사악한 인간아. 몇 년 후 길에서 마주치기만 해봐, 목을 따버릴 테니까."

레니우스의 몸이 안장에서 휘청했다. 마치 마르쿠스가 한 말이 주먹처럼 강타를 가하기라도 한 듯했다. 그러나 말에 증오가 서려 있음을 느낀 레니우스는 오히려 기운이 샘솟았다. 작은 수평아리의 위협에 웃음이 터져 나오려 했지만, 말만 조심스레 고른다면 제자에게 마지막 선물을 줄 수 있으리라는 생각이 들어 애써 웃음을 참았다.

"그런 증오가 널 죽게 만들 거다. 그렇게 되면 가이우스를 보호하지도 못하게 되겠지."

"난 언제나 가이우스 곁에 있을 거야."

"아니, 그 성질을 죽이기 전엔 그럴 수 없어. 냉정을 찾지 못하는 한, 고약한 냄새가 나는 술집에서 난투극을 벌이다 죽고 말 거다. 언젠가는 나를 죽이겠지. 그래, 내 나이쯤 되면 인정하고 싶지는 않아도 체력이 빨리 소진되니까. 허나 내가 젊었을 때 너를 만났다면, 밀알이 칼에 떨어지기도 전에 너를 베어버렸을 거다. 다음번에는 네가, 장차 명성을 얻게 될 젊은 이와 마주하게 되리란 걸 명심하거라."

레니우스가 그렇게 말하고는 씩 웃었다. 진인한 표정 위로 입꼬리가 말려 올라가며 마치 상어 이빨 같은 이빨을 드러냈다.

"그 아이, 자네 생각보다 빨리 그럴 기회를 맞게 될지 모르겠는걸."

카베라가 그늘 밖으로 나오며 말했다.

"뭐라구? 우리 말을 듣고 있었던 거요, 늙은 악마 양반?"

레니우스가 여전히 냉소를 흘리며 말했다. 그러나 치료사의 등장에 그의 표정은 한결 누그러져 있었다. 어느새 치료사를 존경하게 된 것이다.

"로마 쪽을 보게나. 자넨 오늘 밤 아무 데도 가지 못할 것 같군그래."

카베라가 진지한 표정으로 말했다.

마르쿠스와 레니우스 둘 다 돌아서서 언덕 너머를 바라보았다. 불룩 솟은 땅에 가려져 로마는 보이지 않았으나, 오렌지색 불빛이 점점 더 밝아지는 것을 지켜보면서 두 사람은 공포에 질렸다.

"맙소사, 로마에 불을 질렀잖아!"

레니우스가 내뱉었다. 그가 그렇게도 사랑하던 도시가 그 지경이 되다니.

그 광경을 본 순간 레니우스는 말에 박차를 가했다. 자신이 지금 있어야 할 곳은 거기임을 알았기 때문이다. 사람들이 그의 얼굴을 알고 있으니 그가 간다면 질서를 회복하는 데 도움이 될 수 있을 것이다. 그러나 시원한 손이 발목을 건드리자, 레니우스는 늙은 카베라의 얼굴을 내려다보았다.

"난 이따금 미래가 보여. 지금 그곳에 가면 자넨 새벽녘에 죽을 거야. 이건 한 치의 거짓도 없는 진실이라네."

레니우스가 몸의 중심을 옮기자, 그의 감정을 느낀 거세마가 발굽으로 모래를 차며 따가닥따가닥 소리를 냈다.

"여기 머문다면 어떻게 되는 거요?"

레니우스가 날카롭게 물었다.

카베라가 어깨를 으쓱했다.

"여기 있어도 죽을지는 모르네. 노예들이 이곳을 약탈하러 오고 있으니까. 우린 이제 시간이 얼마 없으이."

그 말에 마르쿠스의 입이 딱 벌어졌다. 소유지에 있는 노예만 해도 500명에 육박했다. 만일 그들이 미쳐 날뛴다면, 대학살이 벌어지고 말 것이다. 마르쿠스는 더는 아무 말도 하지 않은 채 위급을 알리기 위해 투브루크를 소리쳐 부르며 건물 속으로 뛰어 들어갔다.

"그 멋진 거세마에서 내려오는 걸 도와줄까?"

카베라가 물었다. 동그랗게 뜬 눈에는 악의라곤 없었다.

레니우스가 인상을 썼다. 쾌활한 노인 앞인데도 별안간 여느 때처럼 화를 낼 수 있게 된 것이다.

"신들은 앞으로 일어날 일을 우리한테 말해 주지 않수다."

카베라가 생각에 잠긴 채 슬픈 미소를 지었다.

"나도 전에는 그렇게 믿었지. 젊고 오만했을 땐, 어찌된 일인지는 몰라도 내가 사람들의 마음을 읽을 수 있고, 사람들의 진정한 자아를 볼 수 있으며, 사람들이 무엇을 하려는지 짐작할 수도 있다고 생각하곤 했네. 허나 그런 능력을 발휘하는 것이 내가 아닐 수도 있다는 것을 알 만큼 겸손해진 건 불과 몇 년 안 되었지. 그건 깨끗한 창문을 통해 흘끗 보는 것 같은 게 아닐세. 난 그저 자네를 보고 로마 쪽을 보았을 뿐인데 죽음이 느껴져. 그러면 안 될 이유라도 있나? 세상에는 가지지 못한 사람들한테는 마법이나 다름없을 수도 있는 재능을 가진 이들이 많다네. 허나 그런 식으로 생각하는 게 더 편하다면 그렇게 하게나. 자, 어서 내리게나. 오늘 밤 여긴 자네가 필요하네."

레니우스가 콧방귀를 뀌었다.

"이 재주로 돈 좀 많이 벌었겠수다?"

"한두 번 그런 적이 있긴 하네만, 돈이 남아나질 않더군. 나도 모르는 사이 포도주 상인이며, 헤픈 여자며, 도박꾼 손으로 다 빠져나가더라구. 지금 내가 가진 거라고는 경험이 전부지만 그것이 동전보다 훨씬 가치 있다네."

잠시 생각한 끝에 레니우스는 도움을 받아들였다. 노인이 내민 손은 안정되고 힘이 셌지만 놀라지 않았다. 훈련장에서 피골이 상접한 그 어깨가 묵직한 활을 당기는 것을 보았던 터라 새삼 놀라울 것도 없었다.

"날 위해 내 칼집을 들어야만 할 거외다, 노인장. 일단 검을 뽑아들고 나면 괜찮을 거요."

레니우스는 말의 코를 쓰다듬으며 나중에 모든 소동이 가라앉으면 다시 타겠노라고 중얼거렸다. 그런 다음 말을 마구간으로 끌고 가기 시작했다.

그러던 그가 잠시 걸음을 멈추었다.

"미래를 볼 수 있소?"

카베라가 히죽 웃고는 발을 바꿔가며 앙감질을 하면서 재미있어했다.

"여기서 살아남을지 죽을지 알고 싶은 게지, 안 그런가? 모든 사람이 묻는 게 그거니까."

카베라가 주절거렸다.

레니우스는 평소처럼 부아가 치미는 걸 느꼈다.

"아니오, 난 그딴 건 알고 싶지 않수다. 혼자서나 알고 계시오, 마법사 양반."

레니우스는 뒤도 돌아보지 않고 말을 끌고 갔다. 어깨에 짜증이 잔뜩 배어 있었다.

레니우스가 가버리고 나자 카베라의 얼굴에는 슬픔이 가득 배어들었다. 그 사내가 마음에 들었고, 일생 동안 돈과 명예를 얻었음에도 불구하고 여전히 가슴에 품위가 깃들어 있는 것을 보니 기뻤다.

"어쩌면 자네가 여길 떠나 다른 노인들과 함께 서서히 늙어가게 놔두어야 했는지도 몰라, 친구. 자넨 어디 다른 곳에서 행복을 찾았을지도 모르지. 허나 자네가 떠났다면 필시 아이들이 죽임을 당할 테니, 나로선 어쩔 수 없었다네. 이건 내가 평생 짊어져야 할 죄일 것 같군그래."

카베라가 혼잣말을 했다.

소유지 바깥쪽 담장의 대문 쪽으로 돌아서 문을 밀어 닫기 시작한 카베라의 눈빛이 침울했다. 자신도 이 만리타국에서 죽게 될 것인지 궁금했건만 자신의 미래는 알 길이 없었다. 아버지의 영혼이 곁에서 지켜보고 있는 것은 아닐까 하는 생각이 들었지만, 아마도 그렇지는 않을 거라는 결론을

154

내렸다. 아버지는 적어도 동굴에 가만히 앉아 곰이 집으로 돌아오거나 기다리지는 않을 정도의 분별은 있었다.

멀리서 전속력으로 달려오는 말발굽 소리가 들렸다. 카베라는 대문을 열어둔 채 다가오는 인물을 지켜보았다. 첫 공격자일까, 로마에서 오는 전령일까? 자신의 불완전한 예지력이 저주스러웠다. 미래의 단편만을 흘끗 볼 수 있을 뿐, 그나마 자신과 관련된 일은 전혀 알 수 없었다. 따라서 여기서 말을 타고 오는 이를 위해 문을 잡고 있는 이 순간, 카베라는 아무런 사전 경고도 받지 못했다. 그가 미래를 가장 선명하게 볼 수 있는 때는 자신이 전혀 개입되지 않은 경우였다. 아마도 그건 예지력을 자신 한 사람을 위해 낭비하지 말고 전체를 위해 쓰라는 가르침을 주기 위해 신들이 의도한 것이리라. 그러므로 그는 자신이 그저 관찰자로서의 삶을 살지는 못할 것임을 알고 있었다.

다가오는 인물 뒤로는 시커먼 흙먼지가 꼬리를 그리며 일었다. 하지만 어둑어둑하게 땅거미가 내려앉고 있는 터라 그나마도 겨우 보일 뿐이었다.

"문을 잡고 있어!"

목소리가 명령했다.

카베라가 한쪽 눈썹을 추켜올렸다. 저 사내는 지금 문을 붙잡고 있는 게 아니면 무얼 하고 있다고 생각하는 거지?

이내 가이우스의 아버지 율리우스가 열린 문을 통해 천둥 같은 소리를 내며 들어왔다. 얼굴은 벌겋게 달아올라 있고, 사치스러운 옷에는 그을음이 얼룩덜룩 묻어 있었다.

"로마가 불타고 있다! 허나 저들이 내 집을 차지하지는 못할 것이다."

말에서 뛰어내린 율리우스가 말했다. 그 순간 문을 잡고 있던 사람이 카베라임을 알아본 율리우스는 인사의 의미로 어깨를 가볍게 톡톡 쳤다.

"내 아들은 좀 어떻소?"

"좋아지고 있소. 나는……."

카베라는 말꼬리를 흐렸다. 나이가 더 많고 강건하다는 점만 다를 뿐 가이우스의 판박이인 율리우스가 방어 태세를 갖추기 위해 성큼성큼 걸어갔기 때문이다. 이내 소유지 내부 회랑 주변에서 투브루크의 이름이 메아리쳤다.

카베라는 잠시 어리둥절한 표정을 지었다. 미래에 대한 환영이 약간 바뀌었기 때문이다. 저 사내 역시 자연력의 하나이니, 사태를 유리하게 바꾸어놓기에 충분한 힘을 발휘할지도 모르는 일 아닌가.

그때 들판에서 고함소리가 들려오는 바람에 카베라의 마음속에서 다시 영상이 사라졌다. 카베라는 좌절감에 뭐라고 중얼거리면서 소유지 담장의 계단을 올라갔다. 내면의 영상을 통해 보지 못한 부분을 눈을 통해 보려는 것이었다.

사방 지평선에는 어둠이 가득했지만 들판에서 뾰족한 꼬챙이 같은 불빛들이 움직이는 게 보였다. 그 불빛들은 서로 만나더니 그 수가 반딧불처럼 늘어났다. 불빛 하나하나는, 수도 로마의 하늘을 뒤덮은 열기를 보며 피가 끓어오른 성난 노예들이 든 등잔불이나 횃불일 것이다. 그들은 이미 거대한 소유지를 향해 행진해 오고 있었다.

8장

저택의 하인들과 노예들은 모두 충성을 지켰다. 소유지 의사인 루키우스는 싸놓았던 붕대와 의료 용구를 풀어, 널따란 식탁 중 하나에 놓인 천 위에다 흉측하게 생긴 금속 도구를 펼쳐놓았다. 그때 부엌에서 일하는 소년 가운데 둘이 싸움을 거들 요량으로 고기 써는 큰 칼을 움켜쥐자 그들의 목덜미를 붙잡았다.

"너희 둘은 내 곁에 있어. 마구 베어대고 피를 뒤집어쓰는 일은 여기서도 실컷 하게 될 테니까."

루키우스는 율리우스 가족의 오래된 친구 이상이라 그의 말은 늘 법과 같았다. 썩 내키지는 않았지만, 소년들은 순순히 그의 말을 따랐다. 로마에 만연한 무법성이 아직은 소유지까지 퍼지지 않았던 것이다.

밖에서는 레니우스가 모든 사람을 마당에 불러 모았다. 사람들이 다 모이자 그는 험악한 표정을 지은 채 수를 헤아렸다. 다 해서 남자가 스물아홉, 여자가 열일곱이었다.

"군대에 복무한 경험이 있는 이가 몇이나 되나?"

목소리가 쩌렁쩌렁 울렸다.

손이 예닐곱 올라왔다.

"너희들이 우선적으로 검을 갖는다. 나머지는 가서, 뭐가 됐든 베거나 박살낼 수 있는 걸 찾아오거라. 뛰어!"

겁에 질려 무기력 상태에 빠져 있던 사내와 여자들은 마지막 말에 충격을 받아 퍼뜩 정신을 차리고 뿔뿔이 흩어졌다. 이미 무기를 찾아 가지고 온 이들은 어둡고 두려움이 가득한 얼굴로 그대로 있었다.

레니우스가 그들 중 하나에게로 걸어갔다. 고기 베는 무지무지하게 큰 칼을 어깨에 걸친, 작달막하고 뚱뚱한 요리사였다.

"이름이 어떻게 되나?"

"카이킬리우스입니다요. 이 일이 다 끝나면 제 아이들한테 나리와 함께 싸웠다고 얘기해줄 겁니다요."

"그러게나. 우린 전면적인 공격을 제압할 필요는 없네. 공격자들은 강간과 강도짓을 저지를 손쉬운 목표물을 찾아 나선 것일세. 해서 나는 이 소유지의 방어를 약간만 더 견고하게 만들어, 저들이 굳이 수고를 해가면서까지 침입할 필요를 느끼지 못하게 할 생각이네. 지금 기분은 어떤가?"

"좋습니다요, 나리. 돼지랑 송아지 잡는 데 익숙하니 피 한두 방울 보고 기절하지는 않을 겁니다요."

"이 경우는 좀 다르네. 이 돼지들은 검과 곤봉을 지니고 있으니까. 조금도 주저하지 말고 목과 사타구니를 공격하게. 가서 공격을 막을 만한 것, 그러니까 방패가 될 만한 것을 찾아오게나."

"예, 나리. 지금 즉시 시행하겠습니다요."

사내가 군인 흉내를 낸답시고 경례를 올렸다. 엉성한 자세를 보니 화가 치밀었지만, 레니우스는 입술을 깨물며 꾹 참고는 억지로 미소를 지었다. 비대한 사내가 건물 속으로 달려 들어가는 것을 지켜보며, 레니우스는 이마에 맺힌 첫 땀방울을 닦았다. 자유란 말만 들어도 충성을 헌신짝처럼 내팽개치는 이들이 많고도 많은데, 저런 사내가 충성의 의미를 이해한다는 게 이상했다. 레니우스는 어깨를 으쓱했다. 늘 동물이고자 하는 이들도 있고…… 사람이고자 하는 이들도 있게 마련 아닌가.

마르쿠스가 칼집에서 검을 빼든 채 안마당으로 걸어 들어왔다. 입가에 미소를 흘리고 있었다.

"제가 옆에 서 드릴까요? 왼쪽 편을 엄호하게 말이에요."

"도움을 원하면 내가 청하마, 이 애송이 녀석아. 그때까진 대문에 가서 망이나 봐. 몇 명인지 보이면 날 부르고."

마르쿠스가 민첩하게 경례를 붙였다. 요리사의 경례보다 훨씬 활기차기는 했지만 지속 시간이 약간 더 싫었다. 레니우스는 선방신 태노를 보고 소년의 입을 찢어놓을까도 생각했지만 꾹 참았다. 지금 당장은 젊은이의 그런 어리석은 자신감이 필요했다. 그도 곧 살인이 어떤 것인지 충분히 배우게 되지 않겠는가.

사내들이 돌아오자, 레니우스는 담장을 따라 그들을 쭉 배치했다. 숫자가 턱없이 부족했다. 하지만 레니우스는 자신이 카이킬리우스에게 한 말을 믿었다. 부속건물들은 틀림없이 불에 타게 될 것이다. 곡물 창고들은 아마 무너질 것이고, 가축도 도살될 것이다. 그러나 본채는 죽음을 무릅쓰면서까지 빼앗아야 할 가치가 없으니 무사할 것이다. 군대라면 본채를 점령하는 데 채 몇 분도 걸리지 않을 것임을 알리라. 하지만 이들은 훔친 포도주와, 아침 해가 뜨면 다시 사라질 자유에 취한 노예들에 불과했다. 폭도들은 검을 잘 다루고 무자비한 기질을 지닌 강인한 사내 혼자서도 다룰 수 있었다.

율리우스나 카베라가 나타날 징조는 아직 보이지 않았다. 율리우스는 분명 흉갑에 정강이받이까지 하며 정복을 갖춰 입고 있을 것이다. 그런데 늙은 치료사는 어디로 간 것일까? 유혈사태가 벌어진 처음 몇 분간은 그의 활이 유용하게 쓰일 텐데 말이다.

담장 위에서는 사내들이 시끄럽게 떠들어댔다. 그 소리는 흡사 거위 떼가 흥분해서 안절부절못하며 꽥꽥거리는 것 같았다.

"조용히 해!"

레니우스가 버럭 고함을 질렀다.

"다음번에 입을 여는 놈은 여기 내려와서 나하고 한판 붙어야 할 줄 알아."

별안간 잡담이 사라지자 들판에서 노예들의 고함소리, 비명소리가 다시 들려왔다.

"밖에서 무슨 일이 벌어지고 있는지 들어야 한다. 계속 입 다물고 근육이나 늘리도록 하라. 옆 사람과는 적당히 거리를 유지해야 한다. 그래야 검을 휘두르다 옆 사람의 머리를 날리는 일이 일어나지 않는다."

이야기를 나누려고 삼삼오오 무리지어 있던 사내들이 발을 질질 끌며 떨어져 나갔다. 그들은 어느 누구 할 것 없이 눈에 두려움이 서려 있었다. 레니우스는 혼자서 욕을 했다. 예전에 몸담았던 군단 출신의 훌륭한 병사 열 명만 있어도 이곳을 새벽까지 지켜낼 수 있을 것이다. 그런데 이들은 몽둥이와 부엌칼을 든 어린아이들이나 다름없었다. 레니우스는 심호흡을 한 번 하며 이들을 격려할 말을 찾으려 애썼다. 심지어 철의 군단조차도 피를 들끓게 하고 자신들의 기술에 대한 확신을 갖게 해주려면 연설이 필요하게 마련이었다.

"도망갈 곳은 없다. 만일 폭도들이 너희를 뚫고 지나간다면, 이 집에 사는 사람들은 모조리 죽게 될 것이다. 그걸 막는 것은 너희의 책임이다. 무슨 일이 있어도 자신이 맡은 자리를 떠나서는 안 된다. 우린 지금 이대로도 충분히 옅게 벌려 서 있다. 담의 폭은 1.2미터다. 발을 크게 내디디면 한 걸음에 불과한 거리다. 명심하라. 한 걸음 이상 뒤로 물러서면 바닥으로 떨어질 것이다."

레니우스는 사내들이 담장 위에서 발을 질질 끌고 돌아다니며 스스로 폭을 확인하는 모습을 지켜보았다. 그러던 레니우스의 얼굴이 굳어졌다.

"안마당에는 담장에서 떨어지는 자는 누구를 막론하고 처리할 전사들을 둘 것이다. 허니 설사 눈앞에서 친구가 죽임을 당하는 광경을 목격할지라도 절대로 아래쪽을 내려다볼 생각을 하지 말라."

가베라가 건물에서 나왔다. 손에는 시위를 갈아 낀 활을 들고 있었다.

"자넨 독려를 이런 식으로 하나? 자네 제국은 이런 식의 연설 위에 세워졌나?"

카베라가 나직하게 이죽거렸다.

레니우스가 카베라를 보며 양미간을 좁혔다.

"난 싸움에서 패한 적이 한 번도 없수다. 군단과 함께 싸울 때도 그랬고, 검투장에서도 그랬소. 내 지휘 아래에선 지금껏 도망치거나 패주한 이가 단 한 사람도 없었소. 댁이 도망치려면 내 옆을 지나가야 할 텐데, 난 도망치지 않을 거외다."

"전 도망치지 않을 거예요."

마르쿠스가 정적 속으로 또랑또랑하게 말했다.

레니우스는 마르쿠스를 똑바로 쳐다보았다. 마르쿠스의 눈에는 전에 목격한 적이 있는 광기의 기색이 서려 있었다.

"저도 도망치지 않을 겁니다, 레니우스 나리."

또 다른 누군가가 말했다.

나머지 사람들도 모두 고개를 끄덕이며 차라리 죽고 말리라고 중얼거렸다. 하지만 몇몇 얼굴은 공포에 질린 채 구겨져 있었다.

"너희 자녀, 너희 형제, 너희 아버지가 너희한테 도망쳤느냐고 물을 것이다. 반드시 그들의 눈을 똑바로 쳐다볼 수 있도록 하라."

모두 고개를 끄덕거리며 축 처졌던 어깨를 좀 더 꼿꼿하게 폈다.

"아까보다는 낫군."

카베라가 다시 나직하게 말했다.

율리우스가 여유 있는 태도로 열린 문을 지나 안마당으로 들어섰다. 흉갑과 레깅스는 기름칠을 해서 표면이 매끈매끈했다. 한 걸음 내디딜 때마다 짧은 칼집이 흔들렸다. 얼굴에 잔인한 기색이 그대로 드러나 있는 걸로 보아, 마음속에 분노가 불타오르고 있는 게 분명했다. 율리우스가 등장하자 담장 위의 사내들은 등을 돌리고 돌아서 들판을 내다보았다.

"이 담장 밖 내 소유지에 있는 자들은 누구를 막론하고 목을 베어버릴 것이다."

율리우스가 호통을 쳤다.

그 말을 듣자마자 카베라가 고개를 가로저었다. 담장 위에 있는 사람들이 귀를 기울이고 있는 사내에게 이의를 제기하고 싶지는 않지만, 그냥 보고만 있을 수는 없다고 생각한 그가 속삭였다.

"의원 나리, 저들은 모두 밖에 친구가 있소이다. 함정에 빠졌거나 폭도들과 싸워가며 여기까지 달려오지 못한 선량한 사내와 여인들 말이외다. 허니 그런 협박은 저들의 사기를 떨어뜨릴 것이오."

"마음에 드는 말이군. 이 담장 밖의 자들은 어느 누구 할 것 없이 죽음을 면치 못할 것이다. 난 그자들의 머리를 대문 안에 쌓아둘 것이다! 이곳은 나의 집이고 로마는 나의 도시다. 우린 집들을 불태우는 인간쓰레기들을 베어내어 바람에 날려 버릴 것이다! 알아들었나?"

율리우스 내면의 분노가 점점 커져 활활 타오르는 지경에 이르렀다. 레니우스와 카베라는 모퉁이 계단에 올라 기다란 담장을 걸어가며 명령을 외쳐대고 부주의한 점을 지적하는 율리우스를 멀뚱멀뚱 쳐다보았다.

"정치에 몸담고 있는 사람치고는 문제에 접근하는 방법이 색다른걸."

카베라가 조용히 말했다.

"로마에는 저런 사내들이 넘쳐난다오. 이보시오 친구, 저런 사내들 때문에 우리가 제국을 이룬 서외나. 공허한 연설 때문이 아니라."

레니우스가 상어같이 이를 드러내며 히죽 웃고는, 한 곳에 모여 서서 나직하게 웅성대는 여자들 쪽으로 걸음을 옮겼다.

"저희는 뭘 하면 되죠?"

노예소녀가 물었다. 레니우스가 몇 달 전에 훈련 중인 소년들의 주의를 흐트러뜨린다고 채찍질을 했던 소녀였다. 소녀의 이름이 알렉산드리아라는 것도 떠올랐다. 다른 여자들은 노예라는 신분에 걸맞게 시선을 피했지만, 소녀는 눈을 똑바로 쳐다보며 대답을 기다렸다.

"식칼을 좀 가져와. 누구든 담을 넘어오거든 덮쳐서 죽을 때까지 계속 찔러야 한다."

나이 든 여자 둘과 병색이 도는 여자 하나는 너무 놀라 숨도 쉬지 못했다.

"강간당하고 죽고 싶은 것이냐? 맙소사, 여자들이란, 난 지금 너희들한테 담장에 서 있으라는 게 아니고 그저 우리 뒤나 지키라는 거야. 사내들 수가 너무 적어서 여기 내려와 너희들까지 보호해 줄 사람이 없단 말이다!"

레니우스에게는 그들의 유약함을 참아줄 인내심이 눈곱만큼도 없었다. 침대에서는 쓸 만한데, 누군가에게 의지해야만 하는 상황에서는 전혀 도움이 되지 않다니…… 세상에!

알렉산드리아가 고개를 끄덕였다.

"식칼을 가져오지요. 누군가가 가져가지 않았다면, 마구간에 따로 놔둔 나무 도끼도 몇 있을 거예요. 가서 좀 찾아봐, 수잔나. 어서."

그 말에 여전히 얼굴이 하얗게 질린 펑퍼짐한 노예가 심부름을 하러 총총히 사라졌다.

"물하고 화살을 나를까요? 불은요? 저희가 할 수 있는 일이 뭐 또 없을까요?"

"없어."

레니우스가 인내심을 잃고 딱딱거렸다.

"마당에 뛰어내려 온 사람은 누구든지 간에 무조건 죽이거나 해. 그자들이 일어서기 전에 목에다 식칼을 갖다 대란 말이야. 3미터를 뛰어내려야 하니까 취약한 순간이 생길 거야. 무슨 일이 있어도 그때 공격을 해야 해."

"저흰 나리를 실망시키지 않을 거예요."

알렉산드리아가 대꾸했다.

잠시 더 알렉산드리아의 시선을 맞받은 레니우스는 차분한 표정에 증오의 빛이 스치는 것을 보았다. 담장 밖보다 이곳에 더 적이 많은 듯했다.

"어디 두고 보지."

레니우스는 무뚝뚝하게 말한 뒤 홱 돌아섰다.

요리사는 커다란 금속판을 가슴에 묶고 돌아왔다. 그의 열정이 당혹스러웠지만, 레니우스는 다른 이들에게 합류하러 가는 그의 어깨를 툭 치며 격려했다.

투브루크는 커다란 손에 시위를 멘 활을 든 채 카베라와 함께 서 있었다.

"루키우스 노인이 활을 아주 잘 쏘는데, 부상자들을 맞을 준비를 하느라 지금 부엌에 있수다."

투브루크가 험상궂은 얼굴로 말했다.

"루키우스를 이리로 데려오게. 나중에 일을 다 마치고 나서 담을 내려 와도 되니까."

레니우스가 투브루크에게로 눈길을 돌리지도 않고 대꾸했다. 레니우스는 담장을 죽 훑어보며, 사내들의 위치를 확인하고 겁에 질린 이들이 있는 지 보았다. 제대로 된 공격을 한 번만 받아도 그들은 비켜내지 못할 것이 므로, 그는 담장 밖의 노예들이 그러지 못하게 해달라고 가문의 신에게 기 도했다.

"노예들이 활을 손에 넣게 될까?"

레니우스가 투브루크에게 물었다.

"산토끼 사냥용 조그만 활 한두 개는 그럴 거요, 아마도. 허나 이 소유지 에 활다운 활이라고는 이거하고 카베라 노인 활뿐이외다."

"다행이군. 안 그랬다면 노예들이 쏜 화살에 우리 모두 맞아 죽을 수도 있으니까 말일세. 조만간 마당에 횃불을 밝혀, 살인을 저지르는 저들을 비 추어야 할 걸세. 횃불에 사내들의 윤곽이 드러나겠지만, 어쨌든 노예들은 어둠 속에서 싸우지는 못할 것이네, 이곳에서는."

"저 사내들은 어쩌면 댁을 깜짝 놀라게 할지도 모르오, 레니우스. 댁의 이름은 아직도 막강한 힘을 가지고 있으니까. 검투시합 때 그 군중들 기억나쇼? 여기에 있는 사람들 모두 후세에 길이길이 전해 줄 이야깃거리 하나 생기겠수다, 살아남기만 한다면 말이외다."

레니우스가 코웃음을 쳤다.

"자넨 담장에 올라가는 게 낫겠네. 저편에 공간이 하나 있으니."

투브루크가 고개를 흔들었다.

"다른 이들은 댁을 지도자로 받아들였다는 것, 나도 아오. 율리우스나리조차도 화가 가라앉고 나면 댁의 말을 들을 거요. 나는 가이우스 옆에서 그 아일 보호하리다. 허락해 주겠소?"

레니우스가 투브루크를 노려보았다. 제대로 되는 게 한 가지도 없단 말인가? 뚱뚱한 요리사에, 식칼을 든 소녀에, 건방진 아이가 다라고? 게다가 이제는 싸움도 시작되기 전에 명령까지 무시당한단 말인가? 레니우스의 오른손이 위로 세차게 올라가는가 싶더니, 투브루크의 몸이 들썩하며 뒤로 날아갔다. 투브루크는 땅바닥에 널브러져 꼼짝하지 않았다. 레니우스는 그러든지 말든지 못 본 체하고 카베라에게로 몸을 돌렸다.

"깨어나거들랑 그 소년은 스스로를 돌볼 수 있다고 말해 주시오. 내가 잘 아오. 허니 내가 말해 준 자리나 지키라고 하시오. 안 그러면 죽여버릴 거라고."

카베라가 휘둥그런 눈으로 미소를 지었지만, 레니우스의 얼굴은 얼음처럼 차가웠다. 멀리서 갑자기 금속과 금속이 맞부딪치는 요란한 소리가 들려왔다. 그 소리는 파도가 밀려오듯 점점 커졌고, 무언가를 연호하는 소리가 칠흑 같은 밤을 가득 채웠다. 햇불이 밝혀진 바로 그 순간, 몇몇 노예가 소유지 담장에 이르렀다. 그들 뒤에는 로마에서부터 도중에 보이는 것은 뭐든지 닥치는 대로 불사르며 온 수백 명의 노예들이 있었다.

9장

노예들의 공격은 시작도 되기 전에 끝난 거나 다름없었다. 레니우스의 생각처럼 소유지 담장으로 물밀듯이 몰려온 광기 어린 노예들은 무장한 방어자들을 압도하는 방법을 전혀 몰라, 그저 고함을 지르고 새된 소리로 외쳐대기나 하면서 우왕좌왕했다. 활을 든 이에게는 질호의 기회가 아닐 수 없었다. 그러나 레니우스가 아직은 아니라는 뜻으로 고개를 저었다. 그래서 카베라와 루키우스는 시위에 화살을 메긴 채 차가운 눈빛으로 노예들을 지켜보았다. 아직까지는 노예들이 좀 더 손쉬운 목표물을 찾아 떠날 여지가 있었기 때문이다. 따라서 괜스레 화살을 몇 발 날려 분노만 부채질해 될 대로 되라는 식의 막된 행동을 불러올 필요는 없었다.

"문 열어!"

횃불을 든 무리 중 누군가가 소리쳤다. 사방에 불빛이 너울거려, 공격자들의 난폭한 표정만 아니었다면 축제라도 벌어진 듯 보였을 것이다. 레니우스는 그들을 지켜보며 이런저런 대안을 저울질했다. 뒤에서 앞으로 밀어닥치는 노예들의 수가 점점 더 늘어났다. 이미 작은 소유지가 버텨낼 수 있는 수를 훨씬 넘어 있었다. 로마 출신의 불량 노예들이 잃을 것 하나 없는 계층에 헛바람을 잔뜩 불어넣어, 이성이 승리하던 곳에 증오와 폭력을 가져온 것이다. 맨 앞의 노예들이 앞으로 밀리자, 레니우스가 팔을 들어 둘밖에 안 되는 고독한 궁수에게 첫 화살을 군중 속으로 날릴 준비를 시켰다. 사정거리가 워낙 짧아 빗맞힐 가능성은 거의 없었다.

그때 한 사내가 앞으로 걸어 나왔다. 울룩불룩한 근육질 몸의 사내는 자랑스레 기른 검고 숱 많은 턱수염 때문에 야만인처럼 보였다. 아마 불과 며칠 전만 해도, 사내는 채석장에서 유순하게 돌을 나르거나, 관대한 주인을 위해 말을 훈련시키고 있었을 것이다. 그러나 지금 그의 가슴엔 누군가의 피가 사방에 튀어 있었고, 얼굴엔 증오에 찬 냉소가 어려 있었으며, 눈은 횃불에 비쳐 희미하게 빛났다.

"담장 위에 있는 당신들. 당신들은 우리 같은 노예잖아. 당신들 윗사람이라고 자처하는 자들을 죽여버려. 그자들을 모조리 죽이면 당신들을 친구로 따뜻하게 맞아줄게."

그 말이 끝나기가 무섭게 레니우스가 팔을 내리자, 카베라가 깃이 달린 화살을 사내의 목구멍에 명중시켰다.

잠시 찬물을 끼얹은 듯 고요한 정적이 흐르는 틈을 타, 레니우스가 노예 무리에게 우렁차게 외쳤다.

"이것이 바로 너희가 나한테서 얻게 될 대가다. 나는 레니우스다. 너희는 여기를 뚫고 지나지 못할 것이다. 집으로 돌아가 정의의 심판을 기다려라."

"그런 심판을?"

격분에 찬 목소리가 날카롭게 외쳤다. 또 다른 사내는 담장으로 달려들어 높다란 돌출부를 향해 몸을 날렸다. 마침내 결전의 순간이 도래한 것이다. 돌연히 군중이 악을 써대며 앞으로 쇄도했다.

검을 지닌 이들은 거의 없었다. 대부분이 무장을 하기는 했으나, 방어자들과 마찬가지로 눈에 띈 것 아무거나 집어든 수준이었다. 심지어 광적인 분노 말고는 무기 하나 갖지 못한 이들도 있었다. 이들 중 첫 번째 사내가 달려들자, 레니우스는 떨리는 손가락이 흉갑을 할퀴든 말든 놔둔 채 목에 검을 쑥 쑤셔 넣어 순식간에 해치웠다. 횡렬 전체에서, 금속과 금속이 맞부딪치는 소리, 금속이 살 속을 파고드는 소리 위로 비명 소리가 울려 퍼졌다. 레니우스는 카베라 쪽을 보았다. 카베라는 활을 떨어뜨리고는 사악하게 생긴 단검을 꺼내들어 내찌른 뒤 급히 뒤로 물러서며, 칼에 맞은 몸뚱이들이 동료들 위로 도로 굴러 떨어지게 놔두었다. 그러고 나서 담장에 들러붙는 손가락들을 발로 짓밟았다. 죽은 자들의 몸뚱이가 받침대 역할을 해주는 덕분에 새로운 공격자들이 담장을 붙들기가 점점 더 수월해지고 있었다.

레니우스는 머리가 살짝 어찔어찔해졌다. 격심한 통증과 함께 붕대 부위가 갑자기 뜨끈해지자 어깨가 다시 찢어졌음을 알아챘다. 그러나 이를 악물고 한 사내의 배에 글라디우스를 처박아 넣었다. 그런데 그 사내가 피로 끈적끈적한 창자를 움켜쥔 채 비틀거리며 뒷걸음질을 치는 바람에, 하마터면 글라디우스를 잃어버릴 뻔했다. 하나를 처치하고 나면 또 다른 사내, 또 다른 사내가 등장했다. 도대체 그 끝이 보이지 않았다. 레니우스는 결국 기다란 목재로 일격을 당하고 말았다. 한순간 머리가 멍했다. 현기증이 일어 휘청휘청 뒤로 물러서며, 다음 사내를 상대하기 위해 검을 들어올리려 안간힘을 썼다. 그러나 근육이 욱신욱신 쑤셨고, 마르쿠스와 싸울 때 느꼈던 탈진 상태가 다시 찾아왔다.

"난 이런 일을 하기엔 너무 늙었어."

레니우스가 턱 위로 침을 토하며 중얼거렸다. 그때 왼쪽에 움직임이 느껴져 느릿느릿 돌아섰다. 그곳에는 마르쿠스가 씩 웃고 있었다. 마르쿠스는 온통 피를 뒤집어쓰고 있어 고대 신화에 나오는 악마처럼 보였다.

"아래쪽을 방어할 때 속도가 느려서 걱정이 좀 되네요. 좀 봐주실 수 있겠어요? 뭐가 문제인지 알려주실래요?"

마르쿠스는 말을 하면서, 몸을 똑바로 펴려는 사내를 어깨로 난폭하게 밀쳤다. 사내는 뒤로 휘청하다 비명을 지르며 머리를 쿵 박았다.

"맡은 자리를 떠나지 말라고 했잖아."

레니우스가 나약함을 보이지 않으려 애쓰면서 헐떡거리며 말했다.

"곧 저승 문턱 구경하게 생기셨는데, 죽음을 안겨드리는 명예는 제가 차지해야죠. 이런 에미 애비도 없는 놈들한테 그 명예를 쉽게 줘버릴 수야 없지 않겠어요!"

마르쿠스가 고갯짓으로 대문의 저편을 가리켰다. 그곳에는 대부분의 사람이 이름도 모른 채 그저 요리사라고만 알고 있는 사내 카이킬리우스가 이를 다 드러내고 히죽 웃으면서 주변을 거리낌 없이 마구 베고 있었다.

"어서 와, 돼지 새끼, 소 새끼들아. 토막을 내주마."

고기 써는 거대한 칼을 마치 가벼운 나무칼처럼 휘두르는 것으로 보아, 비계 덩어리 밑에 근육이 숨어 있는 게 틀림없었다.

"제가 없어도 요리사가 잘 막아내고 있어요. 사실 저 사람은 지금이 더 할 수 없이 즐거울 거예요."

마르쿠스가 쾌활하게 말을 이었다.

그때 세 사내가 동시에 담장에 올라섰다. 이제 담장 높이 반 정도까지 쌓인 송장 더미에서 훌쩍 뛰어오른 것이다. 첫 번째 사내가 검을 휘두르자, 마르쿠스는 옆쪽에서 사내의 가슴에 검을 쑥 찔러 넣었다. 사내는 곧

바로 마당의 자갈 위로 굴러 떨어졌다. 마르쿠스는 검을 역방향으로 휘둘러 두 번째 사내도 신속하게 처치했다. 눈높이의 살과 뼛속 깊이 검을 맞은 사내는 그 자리에서 즉사했다.

세 번째 사내는 레니우스에게 다가가며 기뻐서 환성을 내질렀다. 그 노인이 누구인지 아는 사내는 마음속으로 이미 친구들에게 레니우스를 만났다는 이야기를 떠벌리고 있었다. 레니우스는 사내의 방어를 뚫고 검을 올려쳐 가슴을 찢어놓았다.

레니우스는 사내가 쓰러지도록 내버려두었고, 검은 저절로 쑥 빠져나왔다. 다시 왼쪽 팔이 아프기 시작했다. 그런데 이번에는 통증이 더 심했다. 고통에 겨워 가슴이 쿵쿵거리면서 신음을 토했다.

"어디 아프신가요?"

마르쿠스가 담장에서 눈을 떼지 않은 채 물었다.

"아냐. 네 자리로 돌아가."

레니우스가 딱딱거렸다. 얼굴이 돌연 잿빛으로 변해 있었다.

마르쿠스가 한참 레니우스를 바라보더니 부드럽게 말했다.

"여기 좀 더 있어야 할 것 같군요."

담장 위로 밀려드는 사내들의 수는 더 늘어났고, 마르쿠스의 검은 쉴 새 없이 이 목 저 목을 훑으면서 춤을 추었다. 그를 막을 자는 아무도 없었다.

가이우스의 아버지는 자신의 검을 맞고 쓰러진 사내들에게 주목할 겨를이 거의 없었다. 그저 훈련받은 대로 싸울 뿐이었다. 찌르고, 막고, 반대로 돌고. 시신은 대문 밑 쪽에 가장 두텁게 쌓여갔다. 지금쯤은 저들이 후퇴했어야만 하는데 하고 작은 목소리가 그에게 말하고 있었다. 저들은 노예에 불과하다. 이 담장을 반드시 지나가야 할 필요는 없지 않은가? 저들은 왜 물러가지 않는 거지? 이 싸움이 끝나고 나면 담을 세 사람 높이로 올려야겠다고 그는 생각했다.

노예들은 마치 스스로를 그의 검에 던지는 듯했다. 그들의 피에 축축하게 젖은 그의 검은 뿜어져 나오는 액체로 담장과 문을 흠뻑 적시고, 그도 흠뻑 적셨다. 어깨가 쑤시고 팔이 뻐근했다. 다리만이 여전히 힘이 넘쳤다. 저들은 조만간 후퇴해서 좀 더 손쉬운 목표를 찾아가야 한다. 그렇지 않은가? 찌르고, 막고, 반대로 돌고. 가이우스의 아버지는 군단병이 따르는 죽음의 리듬에 열중하고 있었지만, 시체 더미를 밟고 올라와 소유지 안으로 들어오는 사내들의 수가 갈수록 늘어나고 있었다. 뼈와 검에 하도 부딪쳐 검의 날이 무뎌진 탓에, 달려드는 사내에게 검을 휘둘렀는데도 그저 긁힌 정도의 상처밖에 입히지 못했다. 그 틈을 놓칠세라 단검이 단단한 복부 근육을 뚫고 들어왔다. 가이우스의 아버지는 고통에 겨워 끙 소리를 내며, 검으로 사내의 턱을 갈겨 쓰러뜨렸다.

알렉산드리아는 암흑 구덩이로 변한 마당에 서 있었다. 다른 여자들은 자기들끼리 조용히 흐느끼고 있었다. 기도를 올리는 여자도 있었다. 레니우스가 기진맥진한 것을 보고 내심 기뻐하던 차에 마르쿠스가 끼어들어 구해 주자, 알렉산드리아는 실망이 이만저만이 아니었다. 마르쿠스가 도대체 왜 그런 짓을 하는 것인지 의아해하며 지켜보던 그녀는 두 사람의 대조적인 모습에 눈이 휘둥그레졌다. 한쪽에선 수천 번의 전투를 치른 노병인 반백의 전사가 느릿느릿 움직이며 고통에 겨워하고 있었다. 다른 쪽의 마르쿠스는 유연하게 움직이는 살인마 그 자체였다. 마르쿠스는 자신의 검을 만난 노예들에게 죽음을 안겨주며 미소를 흘리고 있었다. 그 노예들이 검을 지니고 있든 곤봉을 지니고 있든 상관없었다. 마르쿠스는 노예들의 움직임이 서투르게 보일 만큼 부드럽게 움직인 뒤, 한 번의 베기 또는 한 번의 강타로 그들의 힘을 앗았다. 워낙 순식간에 공격을 당한 터라, 한 사내는 자신이 죽어가고 있다는 것조차 깨닫지 못한 것 같았다. 가슴에서 피가 쏟아져 나오는데도 여전히 잔뜩 흥분한 얼굴로 부러진 창대를 마구 휘둘러댔다.

호기심에 눈을 크게 뜨고 사내의 얼굴을 보던 알렉산드리아는 사내가 비탄에 잠긴 순간을 포착했다. 사내가 드디어 고통을 느끼며 어둠이 다가오고 있음을 깨달은 것이다.

알렉산드리아는 평생 동안 사내의 강인함과 영광에 대한 이야기를 숱하게 들어왔다. 그러나 학살이 벌어지고 있는 지금 이 순간, 그건 다 현실과는 동떨어진 뜬구름 같은 이야기처럼 느껴졌다. 죽음 앞에서 동지애나 용기를 발휘하는 순간을 찾아보았으나, 아무리 눈을 씻고 보아도 담장 아래 그늘에서는 그런 순간이 전혀 보이지 않았다.

요리사는 싸움을 즐기고 있었다. 분명히 그랬다. 장날과 예쁜 처녀에 관한 저속한 노래를 부르기 시작한 그는 후렴부에 이르자 목청을 더 높이며, 고기 써는 칼을 두개골과 목에 푹푹 찔러댔다. 사내들이 잇따라 그의 칼을 맞고 쓰러졌고, 그럴 때마다 그의 노랫소리는 더욱 요란해졌다.

알렉산드리아의 왼쪽에, 방어자 가운데 하나가 담장에서 마당으로 떨어졌다. 그는 떨어지면서 몸을 충격에서 보호하려는 어떤 시도도 하지 않았고, 둔탁한 소리를 내며 머리를 단단한 돌에 세게 부딪쳤다. 알렉산드리아는 몸서리를 치며, 어둠 속에 있는 또 다른 여자의 어깨를 붙잡았다. 누군지는 몰라도 그 여자는 혼자서 나직하게 흐느끼고 있었다. 그러나 지금은 그렇게 울고 있을 시간이 없었다.

"서둘러, 저들이 저 틈으로 들어올 거야!"

알렉산드리아가 쉭쉭거리는 목소리로 말하면서 그 여자를 끌어당겼다. 혼자서는 그 일을 해낼 자신이 없었던 것이다.

두 사람이 그곳으로 움직이는데, 벽의 다른 구역에서 쿵 하며 무언가 우두둑 부서지는 소리가 또 났다. 곧이어 승리의 기쁨에 찬 의기양양한 외침이 들렸다. 한 사내가 담장을 기어 내려오다 발이 닿지 않자 잠시 대롱대롱 매달려 있더니 이윽고 손을 놓고 뛰어내렸다.

사내가 드디어 휙 돌아섰다. 피비린내 나는 끔찍한 악몽이 시작된 것이다. 방어자들이 없는 것을 보고 사내의 눈이 번뜩이는 순간, 알렉산드리아가 심장에 칼을 푹 쑤셔 넣었다. 한숨소리와 함께 사내의 몸에서 생명이 빠져나갔다. 그러나 근처에서 또 다른 사내가 자갈 바닥에 부딪쳤다. 그때 그의 발목이 뚝 부러지는 소리가 어찌나 크던지 담장 밖에서 함성이 요란스레 울리는데도 들릴 정도였다. 평소 주인의 연회상을 차릴 때 정확을 기하려고 조심에 조심을 거듭하던 펑퍼짐한 수잔나가 그의 목을 과도로 죽 긋고는 뒤로 물러났다. 사내는 몸을 부르르 떨고 경련을 일으키며 죽어갔다.

알렉산드리아는 밝은 고리 모양으로 늘어서 있는 횃불들을 올려다보았다. 저들한테는 적어도 불빛이 있지 않은가! 어둠 속에서 죽는다면 얼마나 끔찍하겠는가.

"여기 횃불이 더 필요해요!"

알렉산드리아가 누군가의 대답을 기다리며 소리쳤다.

그런데 그때 난데없이 뒤에서 두 손이 몸을 붙잡더니 고개를 한쪽으로 비틀었다. 다가올 고통을 생각하며 바짝 긴장하고 있는데, 별안간 어깨에 가해지던 무게가 사라져 돌아보니, 어느새 수잔나가 와 있었다. 칼을 든 손은 갓 묻은 시뻘건 피로 축축이 젖어 있었다.

"계속 기운 내. 이 밤은 아직 끝나지 않았어."

수잔나의 미소에 알렉산드리아는 공황 상태에서 벗어났다. 알렉산드리아는 다른 여자들과 함께 마당을 점검했다. 또 다른 사내가 비명을 지르며 마당에 떨어졌지만, 이제는 거의 움찔하지도 않았다. 그 사내가 자리를 비워 생긴 틈으로 세 사내가 들어왔고, 또 다른 두 사내가 미끌미끌한 몸뚱이 더미 위로 기를 쓰며 기어오르는 것도 보였다.

여자들은 어느 누구 할 것 없이 모두 칼을 빼들었다. 담장 아래쪽의 마당은 칠흑같이 캄캄한데도 횃불을 받아 칼날이 번쩍였다. 여자들은 그 사내들의 눈이 미처 어둠에 적응하기 전에 달려들어, 단단히 붙잡고 칼로 찔러댔다.

가이우스는 깜짝 놀라 잠에서 깨어났다. 어머니 아우렐리아가 축축이 젖은 천을 든 채 침대 옆에 앉아 있었다. 가이우스는 바로 그 천이 와 닿는 차가운 느낌 때문에 깬 것이다. 가이우스가 눈을 떴을 때, 아우렐리아는 혼자서 부드럽게 노래를 하며 그의 이마에 천을 대고 있었다. 멀리서 비명 소리, 싸움 소리가 들려왔다. 가이우스는 어떻게 이런 소란 속에서 잠을 잤을까 의아했다. 밤이 이슥해질 때 카베라가 따뜻한 음료수를 주었는데, 그 안에 무언가가 들어 있었던 게 분명했다.

"무슨 일이죠, 어머니? 싸우는 소리가 들려요!"

아우렐리아가 슬픈 미소를 지었다.

"쉬이, 애야. 넌 흥분하면 안 돼. 넌 생명이 빠져나가고 있어. 난 네 마지막 순간을 평화롭게 해주려고 온 거란다."

그 말에 가이우스의 낯빛이 약간 창백해졌다. 그러나 아니었다. 힘이 없기는 해도 건강했다.

"전 죽지 않아요. 점점 나아지고 있는걸요. 이제 말씀해 보세요, 마당에서 무슨 일이 벌어지고 있는 거죠? 나가봐야겠어요!"

"쉬, 쉬. 네가 차도를 보이고 있다고들 했다는 건 안다만, 나한테 거짓말을 하고 있다는 것도 안단다. 허니 이제 가만히 있거라, 머리를 식혀줄 테니."

가이우스는 도저히 믿기지 않는다는 표정으로 어머니를 바라보았다. 평생 동안 보아온 거라고는 이런 느려터진 천치 같은 모습뿐이었다. 표면화된 그런 모습 뒤에 가려진, 생기 넘치고 재치 있는 여인의 모습은 본 적이 없었다. 말 한마디 잘못 내뱉었다가는 어머니가 비명을 질러대며 발작을 일으킬 거라는 생각에 가이우스는 몸을 움찔했다.

"밤 공기를 피부로 느끼고 싶어요, 어머니. 마지막으로요. 옷을 갈아입게 나가주세요."

"그렇게 하고 말고. 너한테 작별인사를 했으니 이제 내 방으로 돌아가마, 내 완벽한 아들아."

아우렐리아는 잠시 낄낄거리더니 땅이 꺼져라 한숨을 내쉬었다.

"네 아버지는 나를 돌보는 대신 밖에서 스스로를 죽음으로 내몰고 있단다. 네 아버지는 나를 제대로 돌본 적이 한 번도 없었지. 우린 몇 년째 사랑을 나누지도 않았단다."

가이우스는 뭐라고 해야 할지 몰랐다. 일어나 앉았지만 힘이 없어 눈을 감았다. 주먹을 쥘 수조차 없었으나 그래도 무슨 일이 일어나고 있는지는 알아야만 했다. 세상에, 왜 주위에 아무도 없는 걸까? 다들 밖으로 나간 걸까? 투브루크 아저씨도?

"제발 나가주세요, 어머니. 안녕히 가세요."

아우렐리아는 눈물이 그렁그렁한 눈으로 이마에 입을 맞추고 떠났고, 작은 방은 다시 텅 비었다.

한순간 가이우스는 다시 베개 위로 쓰러지고 싶은 유혹을 느꼈다. 머리가 멍하고 무거웠다. 어머니가 억측을 하고 찾아오지 않았다면, 카베라가 준 약 때문에 아침까지 계속 잠을 잤을 것이다. 천천히 몸을 돌려 다리를 빼낸 뒤 발로 마루를 디뎠다. 힘이 없었다. 옷을 챙겨 입었다. 한 번에 하나씩.

투브루크는 자신들이 그리 오래 버티지 못힐 것임을 알고 있었다. 그는 옆에 서 있던 두 사내가 죽는 바람에 생긴 틈을 메우느라 녹초가 되어 있었다. 정면의 적을 죽이고 있으면 어느새 다른 사내들이 슬며시 다가왔고, 그때마다 간신히 제때 돌아서 그들의 공격에 맞섰다. 입에서는 씩씩거리는 거친 숨소리가 새어나왔다. 자신의 뛰어난 기술에도 죽음이 멀지 않았음을 감지하고 있었다.

저들은 왜 퇴각하지 않는 것일까? 빌어먹을 신들은 지옥이나 가라지. 저들은 흩어져야만 하지 않는가! 투브루크는 이런 사태에 대비해 모종의 계획을 세워놓지 않은 자신을 저주했다. 그러나 실제로는 그런 계획은 있을 수 없었다. 담장이 소유지의 유일한 방어선인데, 이 방어선이 완전히 뚫릴 아슬아슬한 상황이었다.

투브루크는 흥건한 피에 미끄러져 바닥에 세게 넘어졌다. 그 충격에 그의 입에서 숨이 훅 뿜어져 나왔다. 그 틈을 놓칠세라 단검 하나가 옆구리를 뚫고 들어왔고, 더러운 맨발이 얼굴을 뭉개려고 머리를 짓밟았다. 투브루크가 그 발을 깨무는데, 멀리서 누군가의 비명이 들렸다. 서둘러 한쪽 무릎을 세우고 앉았지만, 황급히 움직이는 두 인물이 마당으로 뛰어내리는 걸막기에는 이미 늦고 말았다. 투브루크는 여자들이 그들을 처리할 수 있기를 바랐다. 조심조심 옆구리를 만져보던 그는 피가 똑똑 떨어지자 움찔하며 피에서 기포가 올라오는지 지켜보았다. 다행히 기포는 보이지 않았고여전히 숨을 쉴 수 있었다. 그러나 공기에서는 뜨거운 쇠맛과 피맛이 났다.

잠깐 동안 달려드는 사람이 없는 덕분에, 투브루크는 담장을 둘러볼 수있었다. 원래의 스물아홉 명 중에 남은 사람은 열다섯이 채 되지 않았다. 그들은 담장 위에서 기적을 일구었지만, 그것만으로는 충분하지 않았다.

율리우스는 계속해서 싸웠으나, 여기저기에 상처가 나 힘이 빠져나가자절망에 빠져들었다. 그는 신음을 토하며 살 속에 박힌 단검을 뽑아서는 곧바로 마주한 사내의 가슴에 처박았다. 그리고 나서 목구멍을 태울 듯 뜨거운 숨을 내쉬며 마당 안을 들여다보다가 아들이 나오는 것을 보았다. 율리우스의 입가에는 미소가 번졌고, 가슴은 자부심으로 터질 듯했다. 그 순간또 다른 칼이 흉갑과 목 사이의 틈을 비집고 폐까지 파고들었다. 율리우스는 피를 토한 뒤, 공격자의 얼굴을 보지도 알려고도 하지 않은 채 글라디우스로 푹 찔렀다. 그리고 나서 두 팔을 아래로 툭 떨어뜨렸다. 그의 손에서미끄러진 검이 담장 아래 안마당의 돌바닥에 달가닥 소리를 내며 떨어졌다. 다른 사내들이 다가오는데도 율리우스는 그저 지켜볼 수밖에 없었다.

투브루크는 율리우스가 푹 쓰러지는 것을 보았다. 사내들이 떼로 율리우스의 몸을 타넘고 지나가 좁다란 보도로, 아래쪽의 어둠으로 향했다. 투브루크는 자신이 제때 율리우스에게 이를 수 없음을 알기에 슬픔과 격분에 휩싸여 울부짖었다. 레니우스는 여전히 두 발로 서 있기는 했지만, 늙은 전사인 그가 아직까지 죽음을 모면한 것은 오로지 마르쿠스가 돌봐준 덕분이었다. 그러나 그렇게 레니우스를 지켜낸 마르쿠스의 현란한 칼 놀림조차도 이제는 점차 둔해지고 있었다. 수십 군데의 상처에서 똑똑 떨어지는 피와 함께 원기가 소진되고 있었던 것이다.

가이우스는 투브루크 옆으로 올라갔다. 무거운 몸을 이끌고 담장의 계단을 힘겹게 오르느라 얼굴이 백짓장처럼 하얘졌다. 꼭대기에 다다른 가이우스는 뽑아들고 있던 검을 휘둘러, 거무스레한 몸뚱이들을 넘으려 몸을 들어 올리던 사내를 베었다. 그러다 가이우스가 휘청하자 투브루크가 그 사내의 갈비뼈에 칼을 쑥 밀어 넣었다. 그래도 그 노예는 죽지 않았다. 단검을 격렬하게 휘둘러 가이우스의 얼굴을 죽 그었다. 가이우스가 목에 또 한 번 일격을 가하자 그때서야 그의 몸에서 생명이 빠져나갔다. 사내는 결국 그렇게 죽었지만, 더 많은 얼굴이 나타났다. 그들은 돌이 미끌미끌해 넘어지지 않으려고 안간힘을 쓰면서 소리를 지르고 욕을 해댔다.

"네 아버님이, 가이우스."

"알아요."

가이우스가 검을 든 팔을 일체의 흔들림 없이 쑥 들어올려, 오래전 전쟁의 잔재인 창을 막았다. 그런 뒤 창의 사정권 안으로 걸어 들어가, 사내의 목을 단칼에 베어버렸다. 그 바람에 축축한 피가 사방으로 흩뿌려졌다. 투브루크는 두 명의 사내에게 더 돌진해 한 사내를 담장 너머로 떨어뜨렸다. 하지만 그렇게 하다 온통 끈적끈적하게 변해 버린 바닥에 털썩 무릎을 꿇고 말았다. 그 틈을 타 다음 사내가 투브루크를 찌르려고 칼의 방향을 반대로 바꾸는 순간, 가이우스가 그를 베었다. 그러고 나서 가이우스는 비틀대며 한 걸음 뒤로 물러났다. 얼룩덜룩 묻은 피 밑으로 드러난 그의 얼굴은 하얗게 질려 있었다. 가이우스의 무릎이 갑자기 푹 꺾였다. 가이우스와 투브루크는 또 다른 사내가 담장 위로 올라오길 함께 기다렸다.

그런데 사료 창고에 불이 붙으면서 어두컴컴하던 밤이 돌연 환해졌고, 제 무덤을 팔 새로운 공격자는 여전히 나타나지 않았다.

"한 놈 더. 한 놈은 더 내가 데려갈 수 있지."

투브루크가 피 묻은 입술로 장담했다.

"내려가야 돼. 넌 싸울 만한 몸이 안 돼."

그러나 가이우스는 투브루크의 말을 무시한 채 험악한 얼굴로 입을 앙다물고 있었다. 두 사람은 계속 기다렸지만 아무도 오지 않았다. 그러자 투브루크가 서서히 외벽으로 다가가 담 너머를 보았다. 돌출부 아래에는 사지가 토막 나고 몸뚱이가 부서진 송장들이 미끌거리는 피로 범벅이 된 채 흐리멍덩한 표정으로 널브러져 수북한 더미를 이루고 있었다. 그게 다였다. 단검을 들고 기다리고 있는 이는 한 사람도 없었다, 단 한 사람도.

불타고 있는 창고의 불빛에, 어둠 속에서 신이 나서 뛰어다니는 인물들의 윤곽이 보였다. 투브루크는 그걸 보고 혼자 킥킥거리다 입술이 다시 찢어지자 움찔했다.

"저놈들, 포도주 저장고를 찾아냈군그래."

투브루크는 웃어대기 시작했다. 너무 웃어 배가 아픈데도 한 번 터진 그의 웃음은 멈출 줄을 몰랐다.

"저놈들 떠나잖아!"

마르쿠스가 몹시 놀라며 으르렁거렸다. 기침을 한 뒤 바닥에 피를 퉤 뱉으며, 막연히 그 피가 자신의 피가 아닐까 하는 생각을 했다. 몸을 돌려 레니우스를 향해 씩 웃던 마르쿠스는 레니우스가 송장 두 구에 기댄 채 구부정하게 앉아 있는 것을 보았다. 그저 힘없이 자신을 바라보고만 있는 그 늙은 전사를 보니, 극심한 혐오감이 잠시 되살아났다.

"나는……."

마르쿠스는 말을 하다 말고 황급히 노인을 향해 두 걸음을 옮겼다. 노인은 죽어가고 있었다. 분명히 그랬다. 피와 흙으로 시커메진 손을 가슴에 대보니, 심장 박동이 빠르고 불규칙했다.

"카베라 어르신! 여기요, 어서요."

마르쿠스가 소리쳤다.

레니우스는 시끄럽고 고통스러워 눈을 감았다.

알렉산드리아는 출산이라도 하는 듯이 숨을 헐떡거렸다. 거의 탈진 직전인 그녀는 온몸에 피를 뒤집어쓰고 있었다. 피가 실제로 이렇게 끈적거리고 더러우리라고는 상상도 한 적이 없었다. 사람들이 이야기를 들려줄 때 이 부분에 관해서는 전혀 언급하지 않았다. 피는 잠시 미끈거리다가 손에 엉겨 붙어, 표면이 모두 찐득찐득해졌다. 알렉산드리아는 다음 사내가 마당으로 떨어지기를 기다리며 술 취한 사람처럼 비틀비틀 돌아다녔다. 가까이 내뻗은 팔에는 칼이 들려 있었다.

걷다가 바닥에 쓰러져 있는 몸뚱이에 발부리가 걸려 휘청했는데, 그것은 다름 아닌 수잔나였다. 수잔나는 다시는 거위를 잡지도, 부엌에서 분주히 움직이지도, 로마에서 물건을 사러 다니는 길에 만난 길 잃은 강아지에게 음식물 부스러기를 먹이지도 못할 것이다. 이런 생각을 하니, 진흙투성이가 된 냄새나는 얼굴 위로 맑은 눈물이 주르륵 흘러내렸다. 그래도 발걸음을 멈추지 않고 계속해서 순찰을 돌았다. 하지만 까마귀처럼 마당에 내려앉는 새로운 적은 다시는 나타나지 않았다. 아무도 오지 않는데도 알렉산드리아는 비틀대며 계속 발걸음을 옮겼다. 도저히 멈출 수가 없었다. 이제 두 시간이 지나면 동이 틀 것이다. 들판에서는 여전히 날카로운 외침이 들렸다.

"담장 위에 그대로 있어야 한다! 날이 밝아올 때까지 누구도 자신의 자리를 떠선 안 된다."

투브루크가 마당 전체에 우렁차게 소리쳤다.

"아직까지는 저들이 돌아올 수도 있다."

그렇게 말은 했지만 그들이 돌아오리라고는 생각지 않았다. 포도주 저장고에는 밀랍으로 봉인된 수천 개의 항아리 중에서도 최상급이 보관되어 있었다. 노예들이 몇 개를 깨뜨렸다 할지라도, 해가 뜰 때까지 그들을 행복하게 해줄 정도의 양은 여전히 남아 있을 것이다.

마지막 명령도 하달했으니, 주검들 사이에 누워 있는 율리우스에게로 달려가고 싶었지만, 누군가는 그 자리를 지켜야만 했다.

"아버님한테 가보거라."

가이우스는 고개를 한 번 끄덕이고는 벽에 몸을 의지하며 아래로 내려 갔다. 고통스러운 통증이 밀려왔다. 절개 수술을 한 부위가 찢어지는 느낌이 들어 만졌다 떼어보니, 손가락이 시뻘겋게 변해 반짝거렸다. 방어자들이 배치된 곳으로 가기 위해 힘겹게 몸을 이끌고 도로 돌계단을 오를 때 상처 부위가 제멋대로 찢어졌지만, 가이우스는 계속 앞으로 나아갔다.

"돌아가신 거예요, 아버지?"

가이우스가 아버지의 시신을 내려다보며 속삭였다. 대답이 있을 리 만무했다.

"각자 맡은 자리를 고수하라. 습격은 잠시 중단되었을 뿐이다."

투브루크의 날카로운 목소리가 마당을 휙 가로질렀다.

알렉산드리아는 공격이 중단되었다는 말에 들고 있던 칼을 자갈 바닥에 떨어뜨렸다. 그때 부엌에서 일하는 또 다른 노예소녀가 알렉산드리아의 손목을 붙잡고 뭐라고 말했다. 그러나 정적을 깨뜨리며 돌연히 터져 나온 부상자의 비명 때문에, 무슨 말인지 알아들을 수가 없었다.

'난 영원한 정적과 어둠 속에 있었어. 난 지옥을 보았어.' 하고 알렉산드리아는 생각했다.

그런데 그 소녀는 누구였더라? 자신만큼이나 자유를 원했던 노예들을 죽일 때는 저녁 무렵이라 윤곽이 흐릿할 뿐 제대로 보이지 않았다. 그 생각에 짓눌린 알렉산드리아는 바닥에 털썩 주저앉아 흐느끼기 시작했다.

투브루크는 더 이상 참고 있을 수가 없었다. 절뚝거리며 담장 위의 자리에서 내려와 다시 율리우스가 누워 있는 곳으로 올라갔다. 그와 가이우스는 아무 말 없이 율리우스의 주검을 내려다보았다.

가이우스는 율리우스의 죽음을 현실로 받아들이려고 애썼다. 그러나 그럴 수가 없었다. 바닥에 누워 있는 것은 여기저기가 찢어지고 갈라진 부서진 형체에 불과했고, 주변에 고인 액체는 횃불을 받아 피라기보다는 기름처럼 보였다. 아버지의 존재는 사라지고 없었다. 가이우스가 돌연 빙그르르 돌며 손을 들어 무언가를 내쫓았다.

"제 옆에 누군가가 있었어요. 거기에 서서 나와 함께 내려다보는 게 느껴졌어요."

가이우스가 주절댔다.

"아버님이었을 거야, 괜찮아. 이 밤은 유령들을 위한 밤이구나."

그 느낌은 사라졌지만, 가이우스는 헤어날 수 없는 슬픔에 입을 굳게 다문 채 몸을 떨었다.

"이제 가주세요, 아저씨. 그리고 고맙습니다."

투브루크는 고개를 끄덕였다. 절뚝거리면서 마당으로 향하는 계단을 내려갈 때, 그의 눈에는 짙은 그늘이 서려 있었다. 투브루크는 지친 모습으로 다시 담장 위의 자리로 올라가, 자신이 베어 쓰러뜨린 몸뚱이들을 하나하나 훑어보며, 각 몸뚱이가 죽음을 맞이하던 순간을 자세히 떠올려보려 했다. 그러나 그 순간이 떠오르는 시신이 얼마 되지 않자 이내 포기했다. 그러고는 검을 다리 사이에 낀 채 기둥에 기대앉아 사그라지는 들판의 불길을 지켜보며 동이 트기를 기다렸다.

카베라는 레니우스의 심장에 두 손바닥을 갖다 대었다.

"명이 다 된 것 같다. 몸 안의 벽들이 얇고 낡았어. 몇몇 곳은 피가 새어들고 있고. 피가 있어서는 안 되는 곳인데 말이다."

"가이우스를 치료하셨잖아요. 그러니까 레니우스 선생님도 치유할 수 있어요."

"레니우스는 노인이잖느냐. 이미 몸이 쇠약해서 난……."

카베라가 말을 멈추었다. 등에 뜨거운 날이 와 닿았던 것이다. 천천히 조심조심 고개를 돌려 마르쿠스를 바라보았다. 험악한 표정의 마르쿠스를 안심시킬 방법이 전혀 없었다.

"아직 살아 있잖아요. 할 일을 하세요. 안 그러면 전 오늘 한 사람을 더 죽이게 될 테니까요."

그 말을 들을 때 카베라는 미래가 이동하며 다른 미래가 작동하기 시작하는 것을 느낄 수 있었다. 흡사 조용히 딸깍 하는 소리와 함께 도박용 칩들이 배열되는 것 같았다. 놀라서 눈이 등잔만해졌지만, 카베라는 아무 말 하지 않고 치유를 위해 에너지를 모으기 시작했다. 주변의 미래를 휘게 할 힘을 지니고 있다니, 얼마나 희한한 젊은이인가! 역사의 적소에 와 있는 게 분명했다. 지금은 평상시의 질서와 안전한 진행을 찾아볼 수 없는, 참으로 유동과 변화의 시기였다.

카베라는 옷단에서 쇠바늘을 뽑아 능숙한 솜씨로 재빨리 실을 꿰었다. 그리고는 무엇이든 가능한 듯 보였던 젊은 시절을 떠올리며, 깊이 베어 피투성이가 된 상처를 조심스레 꿰맸다. 마르쿠스가 지켜보는 가운데 구릿빛 두 손을 레니우스의 가슴에 대고 심장을 마사지했다. 그러자 심장이 빨라지면서 늙은 몸뚱이 속으로 생명이 도로 흘러들어왔다. 카베라는 탄성이 절로 나오는 것을 애써 참았다. 카베라는 한참 동안 그 자세를 유지했다. 이윽고 레니우스의 표정에 깊이 새겨져 있던 고통이 누그러졌다. 레니우스는 마치 잠들어 있는 듯 보였다. 기진맥진해서 비틀비틀 일어선 카베라는 마치 무언가를 확인한 듯 혼자서 고개를 끄덕였다.

"신들은 이상한 도박꾼이구나, 마르쿠스. 자신들의 계획을 전부 말해 주는 법이 없으니. 네가 옳았다. 레니우스는 일출과 일몰을 좀 더 보고 떠나게 될 게다."

10장

해가 지평선 위로 떠오를 무렵이 되자, 들판에는 인적이 보이지 않았다. 포도주 저장고에 침입했던 이들은 틀림없이 만취해서 아직까지 깊은 잠에 빠진 채 밀밭 사이에 누워 있을 것이다. 가이우스는 담장 너머 시커멓게 변한 땅에서 연기가 모락모락 피어오르는 것을 보았다. 불에 그슬린 나무는 알몸을 그대로 드러내며 서 있었고, 뼈대만 남은 사료 창고에서는 겨울 곡식이 여전히 연기를 피어올리고 있었다.

이상할 정도로 평화로운 광경이었다. 아침이면 늘 울어대던 새들조차 잠잠했다. 들판을 내다보고 있노라니, 전날 밤의 폭력과 격한 감정이 왠지 아득하게 느껴졌다. 가이우스는 잠시 얼굴을 문지르고 돌아서서 안마당으로 이어지는 계단을 내려왔다.

하얀 벽과 표면에는 어김없이 갈색 얼룩이 점점이 져 있었다. 곳곳에 생겨난 피 웅덩이는 구석 부분이 응결되어 있었고, 바닥의 역겨운 얼룩들은 시신들이 놓여 있던 자리임을 보여주었다. 시신들은 수레가 준비되는 대로 구덩이로 실어 나르려고 대문 밖에 끌어다 놓은 상태였다. 방어자들은 시원한 방에 깔린 깨끗한 천 위에 눕히고 팔다리를 가지런히 정리해 품위를 갖추어 주었다. 하지만 다른 이들은 팔다리가 사방으로 삐죽이 나온 시체 더미에다 아무렇게나 내던졌다. 그 작업을 지켜보는 가이우스의 귀에, 봉합 수술을 받거나 절단 수술을 받는 부상자들의 비명이 멀리서 들려왔다.

가이우스는 노여움에 불탔지만 그 노여움을 발산할 곳이 어디에도 없었다. 사랑하는 모든 이가 죽음을 무릅쓰는 동안, 그리고 아버지가 가족과 소유지를 지키기 위해 목숨을 바치는 동안, 그는 안전을 위해 격리되어 있었다. 사실 수술로 인해 여전히 쇠약했고 딱지가 앉은 상처들도 다 치유되지 않은 상태였다. 아무리 그렇다고 해도 아버지를 도울 기회를 박탈당했다는 게 말이 되는가! 아무 말도 들은 게 없었다. 위로의 말을 건네려 찾아온 카베라를 가이우스는 본체만체했다. 지칠 대로 지쳐서 바닥에 앉은 가이우스는 손가락 사이로 흙을 흘려보내며 몇 년 전에 투브루크가 했던 말을 떠올렸다. 비로소 그 말이 이해가 갔다. 이것은 바로 자신의 땅이었다.

노예 하나가 다가왔다. 이름은 모르나 몸 여기저기에 상처를 입고 있는 걸로 보아, 방어에 참여했던 모양이었다.

"죽은 자들을 모조리 대문 밖에 내놓았습니다요, 주인님. 수레를 찾아올깝쇼?"

누군가가 가이우스를 이름이 아닌 다른 호칭으로 부른 것은 그때가 처음이었다. 가이우스는 놀란 기색을 드러내지 않으려고 얼굴을 굳혔다. 마음은 고통으로 가득했고, 목소리는 마치 깊은 구덩이에서 나오는 듯 웅숭깊었다.

"등잔 기름을 가져오너라. 그 자리에서 그냥 태워버리게."

노예는 고개를 홱 숙여 알았다는 뜻을 표한 뒤 기름을 가지러 달려갔다. 가이우스는 대문 밖으로 나가 꼴사납게 쌓여 있는 주검들을 바라보았다.

소름끼치는 광경이 아닐 수 없었다. 하지만 동정심이라곤 눈곱만치도 들지 않았다. 그곳에 죽어 나자빠져 있는 한 사람 한 사람은 소유지를 공격할 때 이런 최후를 선택한 셈이었다.

가이우스는 송장 더미에 기름을 끼얹었다. 기름은 살과 얼굴 위로 튀기다, 벌어진 입과 깜박이지 않는 눈 속으로 흘러 들어갔다. 기름을 다 부은 뒤 불을 붙인 가이우스는 피어오르는 연기를 보자 마르쿠스와 함께 잡았던 갈까마귀를 태울 때의 일이 떠올라 노예를 불렀다.

"창고에서 기름통을 가져다가 재가 될 때까지 계속 태우거라."

가이우스가 잔인하게 말했다. 열기가 점차 강해지자 가이우스는 도로 대문 안으로 들어갔다. 시체 타는 냄새가 비난의 손길처럼 그의 뒤를 따랐다.

투브루크는 커다란 부엌에서 가죽 조각을 입에 문 채 모로 누워 있었고, 카베라가 단검에 찔린 그의 배를 살펴보고 있었다. 가이우스는 옆에서 잠시 지켜보았지만 아무 말도 건네지 않았다. 잠시 후 발걸음을 옮기는데, 요리사가 피 묻은 거대한 칼을 아직도 손에 든 채 계단에 앉아 있는 게 보였다. 아버지라면 쓸쓸하고 혼란스러워 보이는 그 사내에게 격려의 말을 해주었을 것이었다. 그러나 자신 안에는 차가운 분노 말고는 불러낼 게 없었으므로 사내를 그냥 지나쳤다. 사내는 마치 가이우스가 그곳에 없는 것처럼 허공을 응시했다. 그 모습을 본 가이우스가 걸음을 멈추었다. 아버지가 했을 일이라면 그도 할 생각이었다.

"자네가 담장 위에서 싸우는 걸 봤네."

가이우스가 이윽고 강하고 단호한 목소리로 요리사에게 말했다.

사내가 고개를 끄덕였다. 그 말에 기운이 나는 듯했다. 사내가 일어서려 안간힘을 썼다.

"그랬습니다요, 주인님. 굉장히 많은 놈들을 죽였는데, 중간에 그 수를 까먹었지 뭡니까요."

"내가 방금 백마흔아홉 구의 시신을 불태웠으니, 분명히 자네가 죽인 놈들이 아주 많았을 걸세."

가이우스가 애써 미소를 지으며 말했다.

"예. 제 옆을 지나간 놈들은 한 놈도 없었습니다요. 정말 운이 좋았습죠. 신들이 돌봐주신 것 같습니다. 우리 모두 말입니다요."

"내 아버님이 돌아가시는 것을 보았나?"

요리사가 일어나 한 팔을 들었다. 마치 가이우스의 어깨에 올리려는 듯했다. 그러나 마지막 순간 생각을 고치고는 손을 위아래로 흔들며 애통함을 표했다.

"봤습니다요. 돌아가시는 그 순간까지도 엄청나게 많은 놈들을 해치우셨죠. 마지막에는 주변에 시체가 더미더미 쌓였더랬습니다. 용감하시고 훌륭하신 분이었습니다요."

요리사의 다정한 말에 마음의 평정이 흔들리는 게 느껴지자, 가이우스는 이를 악물었다. 밀려오는 슬픔을 이겨낸 후 가이우스가 정중하게 말했다.

"내 아버님은 자네를 자랑스러워하셨을 걸세. 내가 흘끗 보니 자넨 노래를 부르고 있더군."

놀랍게도 그 말에 사내가 얼굴을 붉혔다.

"예. 전 싸움을 즐겼습죠. 주변이 온통 피와 죽음으로 가득했다는 건 압니다만, 모든 게 단순했습니다요. 눈에 보이는 사람은 누구든지 죄다 죽이면 됐으니까요. 전 분명한 걸 좋아합죠."

"이해하네."

가이우스가 억지로 침울한 미소를 지으며 말했다.

"이제 쉬게나. 부엌에서 일들을 하고 있으니 곧 수프가 나올 걸세."

"아, 부엌! 내가 지금 여기 있다니! 제가 가봐야겠습니다, 주인님. 안 그러면 수프가 엉망이 될 테니까요."

가이우스가 고개를 끄덕이자, 사내는 계단에 기대놓은 거대한 칼도 깜빡 잊은 채 부랴부랴 부엌으로 달려갔다. 가이우스는 한숨을 내쉬었다. 자신의 삶도 그렇게 단순하다면, 아무 후회도 없이 이런저런 역할을 받아들이고 던져버릴 수 있다면 좋겠다고 생각했다.

가이우스는 생각에 빠져 있느라, 사내가 말을 할 때까지 그가 돌아온 줄도 몰랐다.

"아버님은 주인님도 자랑스러워하셨을 겁니다요. 부상을 당하신 몸으로, 습격이 끝나갈 때쯤 기진맥진해 있는 투브루크 나리를 구해 주셨다는 말씀, 나리께 들었습니다. 제 아들놈이 그렇게 강인하다면 전 자랑스러워할 겁니다요."

눈에 왈칵 솟구치는 눈물을 다른 사람들이 보지 못하도록 가이우스는 돌아섰다. 지금은 냉정을 잃을 때가 아니었다. 소유지가 아수라장으로 변하고 겨울 사료는 다 타버린 지금은 그럴 때가 아니었다. 세세한 일들을 챙기며 바쁘게 일하려 했건만, 무력감과 외로움이 밀려와 눈물이 더 세차게 흘렀다. 새가 진물이 흐르는 상처를 부리로 쪼기라도 하듯 마음이 자꾸자꾸 상실감을 건드렸던 것이다.

"이리 오너라!"

대문 밖에서 목소리가 들렸다.

가이우스는 쾌활한 어조를 듣고 마음을 가라앉혔다. 그는 소유지의 수장이자, 로마와 아버지의 아들이었다. 아버지의 명성에 누를 끼치지는 않을 생각이었다. 담장 꼭대기로 향하는 계단을 오르는 가이우스는 유령들이 달려드는데도 거의 인식하지 못했다. 유령들은 모두 어둠의 자식들이라, 환한 대낮에는 거의 실체를 갖지 못한다.

담장 꼭대기에서 내려다보니, 기다리는 동안 앞발로 쉴 새 없이 땅을 차대는 멋진 거세마에 올라탄 늘씬한 장교의 청동 투구가 보였다. 장교는 군단병 열 명을 대동하고 있었다. 각 군단병은 경계를 늦추지 않았고 복장도 말쑥했다. 장교가 위를 올려다보며 가이우스에게 고개를 끄덕였다. 검게 그을린 피부에 건강해 보이는 마흔 가량의 사내였다.

"이 댁에서 연기가 피어오르는 것을 보았소. 혹시 노예들이 한마당 날뛰고 간 것이 아닌가 해서 조사하러 온 것이오. 내가 보기에는 이곳에 문제가 좀 있었던 것 같구려. 나는 티투스 프리스쿠스요. 술라 장군의 군단에서 복무하는 백인대장이오. 우리 군단은 방금 로마에 입성했소. 내 부하들이 지금 폭도 소탕과 처형 임무를 띠고 이 일대를 돌고 있소. 소유지의 주인어른과 이야기를 나눌 수 있겠소?"

"내가 주인이오."

가이우스가 그렇게 말하고는 아래쪽에 소리쳤다.

"문을 열어라."

그 말 한마디에 전날 밤의 습격자가 전력을 다하고도 이루지 못했던 일이 이루어졌다. 병사들이 들어오도록 육중한 문이 열린 것이다.

"힘든 일을 겪으신 것 같군요."

티투스가 말했다. 목소리와 태도에 배어 있던 쾌활한 기색은 씻은 듯이 사라지고 없었다.

"시체 더미를 보고 알아봤어야 하는 건데……. 인명 손실이 크십니까?"

"몇 되오. 우리는 끝까지 담장을 지켜냈소. 로마는 어떻소?"

가이우스는 사내에게 뭐라고 말을 해야 좋을지 몰라 쩔쩔맸다. 정중한 대화를 하고자 한 것일까?

티투스가 말에서 내려 부하 중 하나에게 고삐를 건넸다.

"목조 임시 주택 수백 채가 세워지고 거리에 수천 명이 죽어 있긴 합니다만, 그곳은 여전합니다, 나리. 당장은 질서가 회복되었지만, 어두워진 후에 거리를 한가로이 거닐 수 있을 정도로 안전하다고는 할 수 없습니다. 현재 저희는 노예들을 찾아내는 족족 잡아들여, 열 명 중 한 명을 본보기 삼아 십자가형에 처하고 있습니다. 로마 근처의 모든 소유지에서요. 술라 장군의 명령입니다."

"내 땅에 그런 자들이 있다면 셋 중 하나를 그렇게 하시오. 모든 상황이 정리되고 나면 그자들은 다른 노예로 대체할 거요. 지난밤에 나와 맞서 싸운 자가 하나라도 처벌을 받지 않고 멀쩡히 지낸다는 건 생각하기도 싫소."

백인대장은 잠시 가이우스를 바라보았다. 그 말을 따라도 되는지 확신이 들지 않았던 것이다.

"죄송합니다만, 나리. 그런 명령을 내리실 권한이 있으십니까? 확인하는 것을 용서해 주십시오. 허나 상황이 상황인지라 어쩔 수가 없군요. 나리를 뒤에서 도와주는 분은 안 계십니까?"

가이우스는 순간 가슴에서 불이 일었다. 그러나 사내의 눈에 비칠 자신의 모습을 떠올려 보니, 사내가 그렇게 나올 만도 했다. 가이우스는 루키우스와 카베라가 상처를 다시 꿰매고 붕대를 감아준 후 몸을 씻을 기회가 없었다. 그래서 지저분하고, 피가 얼룩덜룩 묻어 있는 데다, 부자연스러울 정도로 창백했다. 그리고 본인은 모르고 있었지만, 기름 연기와 눈물 때문에 파란 눈도 붉게 충혈되어 있었다. 가이우스가 모르고 있는 게 또 있었다. 티투스같이 산전수전 다 겪은 병사가 건방진 태도를 보고도 뺨을 갈기지 않는 것은 오로지 태도에 어린 무언가 때문이라는 것 말이다. 무언가 있기는 했지만, 티투스는 그걸 뭐라 콕 집어 말할 수는 없었다. 그저 이 젊은이를 가벼이 거역해서는 안 된다는 기분이 든다고나 할까.

"내가 그 입장이라도 그렇게 했을 거요. 내 소유지 관리인을 데려오겠소. 의사가 치료를 다 끝냈다면 말이오."

병사들에게 다과라도 대접하는 게 예의겠으나, 가이우스는 그렇게 하지 않았다. 자신의 진실성을 입증하기 위해 투브루크를 불러와야 한다는 게 짜증이 났던 것이다.

투브루크는 적어도 깨끗할 뿐 아니라 거무스름한 색의 멋진 옷을 입고 있기는 했다. 상처와 붕대는 모두 모직 튜닉과 가죽 바지 브라카이 밑에 감추어져 있어 겉으로는 전혀 드러나지 않았다. 군단병들을 보자 투브루크가 미소를 지었다. 세상이 다시 올바른 방향으로 돌아가고 있었다.

"이 지역에는 그대들뿐이오?"

투브루크가 서론이나 설명 없이 곧바로 물었다.

"어, 아니, 그렇지는 않소만……."

티투스가 말문을 열었다.

"잘됐소."

투브루크가 그렇게 말하고는 가이우스에게로 몸을 돌렸다.

"나리, 이 병사들한테 귀환이 늦어질 거라는 전갈을 보내라고 하시지요. 소유지의 질서를 회복시킬 병사가 필요하니까요."

가이우스는 티투스의 당혹스러운 표정을 본체만체하며 투브루크처럼 정색을 했다.

"좋은 지적이네, 투브루크. 술라 장군이 이들을 보낸 것은 결국 외곽 소유지들을 돕기 위해서니까. 해야 할 일이 많네."

티투스가 다시 입을 열었다.

"여기는 이제……."

투브루크가 다시 한 번 티투스에게 통보했다.

"전갈은 그대가 직접 전하는 게 좋을 것 같소만. 다른 병사들은 튼튼해 보이니 좀 더 힘든 일을 해도 되겠구려. 술라 장군은 분명 그대가 우리를 이렇게 잔해 속에 내버려두길 원치 않을 거요."

두 사내는 서로를 마주 보았다. 이윽고 티투스가 한숨을 내쉬며 투구를 벗었다.

"부하들한테만 일을 떠넘겼다는 말을 들을 수는 없지."

티투스가 중얼거렸다. 군단병들 중 하나 쪽으로 돌아선 그가 고개를 도로 들판 쪽으로 홱 돌렸다.

"돌아가서 다른 부대와 합류하라. 난 몇 시간 동안 여기에 있을 거라는 말을 전하라. 그리고 노예들을 찾아내면, 세 명 중 하나를 십자가에 못 박으라고 하라. 알았나?"

사내는 선선히 고개를 끄덕이고는 부대로 돌아갔다.

티투스가 흉갑을 풀기 시작했다.

"좋습니다. 제 부하들이 무슨 일부터 하면 되겠습니까?"

"이 일은 알아서 처리하게, 투브루크. 난 이만 가서 다른 일을 살펴야겠네."

투브루크에게서 돌아선 가이우스는 티투스의 어깨를 재빨리 한 번 꽉 붙잡는 것으로 감사를 표하고 그곳을 떴다. 마음 같아서는 혼자서 숲속을 오래도록 산책하거나 강가에 앉아 생각을 정리하고 싶었다. 그러나 그것은 나중으로, 전날 밤 가족을 위해 싸운 이들 한 사람 한 사람을 다 만나 이야기를 나눈 후로 미루어야 할 터였다. 아버지도 그렇게 했을 것이다.

마구간을 지나는데, 안쪽 어두컴컴한 곳에서 흐느껴 우는 소리가 들렸다. 가이우스는 걸음을 멈추고 잠시 가만히 서 있었다. 가서 달래주어야 하는 건지 아닌지 확신이 들지 않았다. 그곳에는 그의 마음속과 마찬가지로 너무나 기다란 슬픔이 감돌았다. 지난밤에 폭도들과 싸우다 목숨을 잃은 이들의 친구들과 친척들은 오늘을 혼자서 맞이하리라고는 예상하지 못했을 것이다. 가이우스는 좀 더 그대로 서 있었다. 아직도 시체 타는 냄새, 기름 냄새가 코를 찔렀다. 이윽고 마구간의 시원한 그늘 속으로 들어갔다. 안에 있는 사람이 누군지는 모르지만, 아랫사람들의 슬픔은 이제 그의 책임이고, 그들의 짐도 그가 나누어야 했다. 그의 아버지는 그런 식으로 이해했었다. 소유지가 오랜 세월 번성해 온 것은 바로 그 때문이었다.

눈부신 아침 햇살 속에 있다가 갑자기 어두운 곳에 들어오니, 눈이 적응하는 데 시간이 좀 걸렸다. 가이우스는 소리의 근원지를 찾으려고 마구간의 칸들을 하나하나 들여다보았다. 그중 두 칸에만 말들이 있었다. 그가 다가가 부드러운 주둥이를 쓰다듬어주자, 부드럽게 히히힝 소리를 냈다. 가이우스의 발이 조약돌에 스치는 바람에 달가닥 소리가 나자, 흐느낌이 뚝 끊겼다. 누군가 숨을 멈추고 있는 듯했다. 레니우스에게 배운 대로 가만히 서서 기다리고 있으니, 이윽고 후 하고 숨을 내쉬는 소리가 났다. 그 소리를 듣고 그 사람이 있는 곳을 알아챘다.

더러운 밀짚 속에 알렉산드리아가 두 무릎에 턱을 괴고 돌벽에 기댄 채 앉아 있었다. 가이우스가 시야에 들어오자 알렉산드리아가 고개를 들었다. 가이우스는 때에 절은 그녀의 얼굴에 길게 눈물 자국이 나 있는 것을 보았다. 그녀는 자신과 나이가 비슷할 거라는 게, 아마도 한 살이 더 많을 거라는 게 생각났다. 레니우스가 그녀에게 채찍질을 하던 일이 떠올라 죄책감에 가슴이 아렸다.

가이우스는 한숨을 내쉬었다. 알렉산드리아에게 뭐라 해줄 말이 없었다. 얼마 안 되는 거리를 가로질러 알렉산드리아 옆쪽 벽에 기대앉았다. 뒤로 기댈 때 그녀가 위협을 느끼지 않도록 적당히 공간을 두는 것을 잊지 않았다. 정적이 평온하게 느껴졌다. 마구간의 냄새와 느낌은 언제나 위로가 되었다. 아주 어렸을 땐 그 역시 곤란한 일이나 벌을 피해 이곳으로 숨곤 했다. 가이우스는 잠시 옛 추억에 잠긴 채 그대로 앉아 있었다. 아무 말도 오가지 않았지만 어색한 기분은 들지 않았다. 들리는 것이라고는 말이 움직이는 소리와 때때로 알렉산드리아에게서 새어나오는 흐느낌 소리뿐이었다.

"아버님은 좋은 분이셨어요."

알렉산드리아가 마침내 속삭였다.

가이우스는 오늘이 다 가기 전에 그 말을 몇 번이나 듣게 될지 궁금했다. 그리고 자신이 그 말을 듣고 잘 버텨낼 수 있을지도. 그는 아무 말 없이 그저 고개만 끄덕였다.

"미안하다."

가이우스가 알렉산드리아에게 말했다. 알렉산드리아가 고개를 들고 바라보는 것을 보았다기보다는 느낌으로 알았다. 전날 밤 밖으로 나오다 마당에서 피를 뒤집어쓴 모습을 보았기 때문에 그는 그녀가 죽은 줄 알았다. 그녀가 우는 이유가 이해된다는 생각에 위로를 해주려고 했건만, 슬픔이 밀려들어 말은 나오지 않고 눈에 눈물만 그렁그렁 맺혔다. 고개를 가슴에 파묻을 때 가이우스의 얼굴은 고통으로 일그러졌다.

알렉산드리아는 깜짝 놀라서 눈을 동그랗게 뜨고 가이우스를 바라보았다. 그러더니 이런저런 생각하지 않고 곧바로 가이우스에게로 팔을 뻗었다. 두 사람은 어둠 속에서 서로를 부둥켜안은 채 내밀한 슬픔을 나누었다. 환한 밖에서는 무슨 일이 있냐는 듯 세상이 계속 돌아가고 있었다. 알렉산드리아는 그녀에게, 아버지에게, 죽은 이들에게, 불태운 이들에게 거듭 사과를 하는 가이우스의 머리칼을 쓰다듬으며 위로의 말을 속삭였다.

가이우스가 진정되자 알렉산드리아는 포옹을 풀기 시작하더니 너무 멀어지기 직전 마지막 순간 그의 입술에 가볍게 입을 맞추었다. 그러나 가이우스가 살짝 놀라는 게 느껴지자, 얼른 몸을 떼고는 무릎을 꼭 감싸안았다. 그늘 속에 있어 보이지는 않았으나 얼굴이 발갛게 달아올라 있었다. 가이우스의 눈길이 느껴졌지만, 그녀는 도저히 시선을 맞출 수가 없었다.

"왜…… 그런 거지?"

가이우스가 중얼거리듯이 말했다. 울음 탓에 목소리가 갈라지고 굵어져 있었다.

"모르겠어요. 그냥 어떨지 궁금했어요."

"어땠는데?"

놀라서 가이우스의 목소리가 높아졌다.

"끔찍했어요. 입 맞추는 법을 좀 배우셔야 할 것 같아요."

가이우스는 알렉산드리아를 멍하니 바라보았다. 조금 전만 해도 그는 결코 줄지도 사그라지지도 않을 슬픔에 푹 빠져 있었다. 그런데 지금은 먼지와 지푸라기와 피 냄새 밑에서, 그리고 슬픔 밑에서 발견한 희한한 소녀에게 주목하고 있었다.

"오늘 하루는 배울 시간이 있는데."

가이우스가 조용히 말했다. 긴장한 탓에 목이 메어 말이 더듬더듬 흘러나왔다.

알렉산드리아는 고개를 절레절레 흔들었다.

"전 일하러 가야 돼요. 벌써 부엌에 돌아갔어야 했어요."

그러고는 웅크리고 있던 몸을 부드럽게 일으킨 뒤 발걸음을 뗐다. 마치 더는 아무 말도 하지 않고 그냥 가버릴 듯했다. 그러던 그녀가 걸음을 멈추고 가이우스를 바라보았다.

"절 찾으러 와주셔서 고맙습니다."

그러더니 햇살 속으로 걸어 나갔다.

가이우스는 알렉산드리아가 떠나는 모습을 지켜보았다. 자신이 전에 한 번도 소녀와 입을 맞추어본 적이 없다는 사실을 그녀가 알아챘을지 궁금했다. 마치 그녀가 인장이라도 찍은 듯, 아직도 입술이 지그시 눌리는 느낌이 들었다. 정말로 끔찍했다는 건 아니겠지? 가이우스는 딱딱한 태도로 마구간을 나서는 알렉산드리아를 다시 쳐다보았다. 지금은 한쪽 날개가 부러진 새 같지만, 시간이 흐르고 친구들과 함께하다 보면 결국 상처는 다 치유될 것이다. 가이우스는 자신 또한 그렇게 되리라는 것을 깨달았다.

마르쿠스와 투브루크가 카베라의 말에 웃음을 터뜨리고 있는데, 가이우

198

스가 방으로 들어섰다. 가이우스를 본 그들은 일제히 웃음을 뚝 그쳤다.

"저어…… 고맙다는 말을 하려고 왔어요. 담장 위에서 싸워준 것 말입니다."

가이우스가 말문을 열었다.

그때 마르쿠스가 가까이 다가가 손을 잡으며 말을 끊었다.

"나한테는 무슨 일이든 고맙다는 말을 할 필요 없어. 난 네 아버님께 갚아도 갚아도 다 갚을 수 없는 큰 빚을 졌으니까. 마지막에 쓰러지셨다는 말을 듣고 정말로 가슴이 아팠다."

"우린 그래도 끝까지 버텼잖아. 내 어머니도 살아 계시고, 나도 살아 있고. 만일 다시 기회가 주어진다 해도 아버님은 똑같이 하셨을 거다. 몇 군데 부상을 입었나니?"

"다 끝나갈 때쯤에. 하지만 심각한 부상은 하나도 없다. 누가 감히 나를 건드렸겠냐. 카베라 어른이 나더러 위대한 전사가 될 거라더라."

마르쿠스가 갑자기 씩 웃었다.

"스스로를 죽음으로 내몰지만 않는다면야, 물론이고 말고. 그렇게만 하지 않는다면 좀 느긋해지겠지."

카베라가 활의 나무에 밀랍을 분주히 바르며 중얼거렸다.

"레니우스 선생님은 어떤가요?"

가이우스가 물었다.

그 물음에 마르쿠스와 카베라 둘 다 잠시 머뭇거렸다. 마르쿠스는 답을 하고 싶지 않은 표정이었다. 무언가 이상하다고 가이우스는 생각했다.

"살아나시겠지만, 다시 건강해지시려면 오랜 시간이 걸릴 거야. 그 연세엔 감염이 되면 끝이지만 카베라 어른 말씀으로는 이겨내실 거란다."

"그럴 거다."

카베라가 확고한 어조로 말했다.

가이우스가 한숨을 내쉬며 자리에 앉았다.

"이제 어떻게 되는 거죠? 제 아버님을 대신해 로마에서 아버님의 관심을 대변하기엔 전 너무 어렵습니다. 사실 소유지나 운영하는 걸로 만족하지는 않을 겁니다만, 아버님이 하시던 다른 일들은 배울 시간이 전혀 없지 않았습니까. 전 아버님의 재산을 관리한 사람이 누구인지도, 이 땅의 권리 증서가 어디 있는지도 모릅니다."

가이우스가 투브루크에게 몸을 돌렸다.

"몇몇 일은 아저씨가 잘 알고 계시니, 제가 좀 더 나이가 들 때까지 자산 관리를 아저씨께 맡길 겁니다. 하지만 지금 저는 무엇을 해야 하나요? 마르쿠스와 절 위해 가정교사들을 계속 고용해야 하나요? 삶이 갑자기 막연해지는군요. 지시를 받지 않는 것이 난생처음이라서요."

가이우스가 복잡한 심경을 표출하자, 카베라가 활에 광을 내다 말고 말했다.

"누구나 그런 기분이 들 때가 있게 마련이다. 내가 어린 소년이었을 때 여기에 있을 거란 계획을 세웠다고 생각하느냐? 삶은 전혀 예상치 못한 방향으로 굽이친단다. 그런 삶은 고통스러울 수밖에 없겠지만, 그래도 그렇게 말고는 달리 표현할 수가 없구나. 미래의 너무나 많은 부분이 이미 정해져 있다만, 우리가 모든 걸 상세히 알 수 없으니 그나마 다행이지 않느냐. 안 그렇다면 삶이 음울하고 지루한 죽음이 될 테니 말이다."

"넌 빨리 배우기만 하면 돼. 그게 다야."

마르쿠스가 열정에 빛나는 얼굴로 말을 이었다.

"로마의 실정에 대해서는? 누가 나를 가르쳐주지? 지금은 평화와 풍요의 시기가 아니야. 그런 시기라면야 내가 정치기술이 부족해도 못 본 체하고 넘어가주겠지. 아버지는 늘 그 점을 명확히 하셨어. 로마는 늑대들이 득실거리는 곳이라고 말씀하셨다구."

투브루크가 험상궂은 얼굴로 고개를 주억거렸다.

"난 내가 할 수 있는 일을 할 것이다만, 이미 싼값에 사들일 심산으로 쇠약해진 소유지를 노리는 이들이 있을 게다. 허니 지금은 무방비 상태로 있을 때가 아니다."

"하지만 전 우리를 보호할 방법을 제대로 모른다구요! 만일 제가, 예를 들어, 세금을 안 낸다면 원로원은 제 소유를 죄다 가져갈 거예요. 그런데 제가 어떻게 세금을 내죠? 돈은 이디 있고, 이디서 기져디기 얼미를 네야 하는 거죠? 제 아버님의 클리엔테스들 이름은 어디 적혀 있죠? 이제 아시겠어요?"

"진정하거라."

카베라가 활의 나무를 다시 천천히 어루만지며 말했다.

"그리고 생각을 하는 거다. 너한테 있는 것에서부터 시작하자꾸나, 네가 모르는 것 말고."

가이우스는 숨을 한 번 깊이 내쉬었다. 아버지가 옆에서 삶의 확실성을 담보하는 튼튼한 바위 역할을 해주지 못하는 게 새삼 아쉬웠다.

"저한테는 아저씨가 계시죠, 투브루크 아저씨. 아저씨는 소유지에 대해선 아시지만 다른 거래에 대해선 모르십니다. 우리 중엔 정치나 원로원의 현실에 대해 아는 사람이 아무도 없습니다."

가이우스는 다시 카베라와 마르쿠스를 바라보았다.

"저한텐 마르쿠스도 있고, 카베라 어른과 레니우스 선생님도 계시지만, 우리 중엔 원로원 회의실에 들어가 본 사람도 없으니 제 아버님의 동맹자들은 우리한테 낯선 사람일 뿐입니다."

"우리한테 있는 것에 집중하거라. 안 그러면 절망하게 될 테니까. 지금까지 넌 대단히 유능한 몇 사람의 이름을 대었다. 군대도 소수에서 시작하는 법이다. 그 밖에 또 뭐가 있느냐?"

"어머니와 마리우스 삼촌이 계시지만, 아버님은 늘 삼촌이야말로 가장 큰 늑대라고 말씀하셨습니다."

"그렇지만 지금 당장은 큰 늑대가 필요해. 정치를 아는 누군가 말이다. 마리우스 장군은 너의 혈족이니 가서 만나봐야 돼."

마르쿠스가 조용히 말하자 가이우스가 침울한 표정으로 대꾸했다.

"삼촌을 믿을 수 있을지 모르겠다."

"삼촌이 네 어머니를 버리지는 않을 거다. 네가 소유지를 계속 장악하도록 도울 수밖에 없을 거다, 네 어머니를 위해서라도."

투브루크가 단언했다.

가이우스도 서서히 동의를 표했다.

"맞는 말씀이에요. 로마에 거처가 있으니까 한번 찾아가야겠습니다. 삼촌 말고는 도와줄 사람이 없으니, 삼촌의 도움을 구하는 수밖에 없어요. 그렇지만 삼촌은 저한테 낯선 사람이나 다름없습니다. 어머니가 병을 앓기 시작한 후론 소유지에 발걸음을 하신 적이 거의 없으니까요."

"그게 문제 될 건 없을 거다. 삼촌이 널 쫓아버리지는 않을 거다."

카베라가 활에 공들여 낸 광을 살펴보며 평온하게 말했다.

마르쿠스가 노인을 날카롭게 쳐다보며 말했다.

"아주 확신하시는군요"

카베라가 어깨를 으쓱했다.

"이 세상에 확실한 건 아무것도 없어."

"그럼 결정된 겁니다. 먼저 전령부터 보내고 삼촌을 방문하도록 하지요."

가이우스의 얼굴에 드리운 그늘이 다소 걷혔다.

이때 마르쿠스가 재빨리 말했다.

"나도 함께 가겠어. 네가 아직 부상에서 다 회복되지 못했기도 하고, 너도 알다시피 지금 로마는 안전한 곳이 아니잖아."

그 말을 듣고 가이우스가 그날 처음으로 제대로 미소를 지었다.

그때 카베라가 마치 혼잣말을 하듯 웅얼거렸다.

"내가 이 땅에 온 건 로마를 보기 위해서다. 난 고산지대 마을에 살았고, 여행 중에 고대에 사라졌다고 생각한 부족들도 만났지. 해서 모든 것을 보았다고 믿었는데, 사람들이 늘 나더러 죽기 전에 로마를 가봐야 한다고 하더구나. 내가 '이 호수는 진정으로 아름답소' 하고 말하면, 사람들은 '당신은 로마를 한번 봐야 하오' 하고 대꾸하곤 했지. 로마가 놀라운 곳, 세상의 중심이라고들 하던데, 그 성벽 안으로 발 한번 들여놓지도 못했으니."

노인의 속이 뻔히 보이는 술수에 두 소년이 싱긋이 웃었다.

"물론 함께 가셔야지요. 전 어르신을 저희 집안의 친구로 생각합니다. 맹세코 말씀드리지만, 제가 있는 곳이라면 어디에서든 늘 환영받으실 겁니다."

가이우스가 마치 선서라도 하듯이 격식을 차린 말투로 말했다.

카베라가 활을 옆에 내려놓고 일어서 한 손을 내뻗었다. 가이우스는 그 손을 힘주어 잡았다.

"나도 언제든지 널 우리 집 화롯가에 환영하마. 난 이 주변의 기후도 사람도 마음에 든다. 해서 여행을 잠시 미뤄야 할 것 같구나."

가이우스가 잡았던 손을 놓았다. 생각에 잠긴 표정이었다.

"정치 입문 첫 해를 무사히 넘기려면 주변에 좋은 친구들이 필요할 겁니다. 아버님께선 정치란 살모사 둥지에서 맨발로 걷는 것 같다고 하셨으니까요."

"언변도 뛰어나시고 동료들을 별로 좋게 생각하지 않으신 듯싶구나. 필요하다면 가끔 머리통을 살짝 밟기도 하고 짓뭉개기도 해야겠다."

카베라가 그렇게 말하고는 귀에 거슬리는 소리로 낄낄거렸다.

네 사람 모두 입가에 미소를 지었다. 나이와 배경이 서로 다른데도 그런 우정에서 나오는 힘을 느꼈던 것이다.

"알렉산드리아도 함께 데려가고 싶어요."

가이우스가 난데없이 덧붙였다.

"아, 그래? 그 예쁜 아이?"

마르쿠스가 얼굴을 환하게 밝히며 말을 받았다.

얼굴이 발갛게 달아오르는 것을 느낀 가이우스는 그것이 겉으로 확연히 드러나지 않기를 바랐다. 그러나 다른 이들의 표정으로 볼 때, 확실하게 드러난 게 분명했다.

"그 소녀한테 날 소개해 주어야 한다."

카베라가 말했다.

"레니우스 선생님이 훈련 중에 우리의 주의를 흐트러뜨린다고 채찍질을 했던 아이예요."

마르쿠스가 말을 이었다.

카베라가 혼자서 쯧쯧 혀를 찼다.

"그러니 매력이 있을 리가 있나. 아름다운 여인은 삶의 기쁨인데……."

"저기요, 전……."

가이우스의 말허리가 잘렸다.

"그래, 넌 필시 그 아이한테 그저 말이나 뭐 그런 걸 붙잡게 하려는 게지. 너희 로마인들은 여자를 그런 식으로 대하니까. 그러고도 너희 종족이 살아남았다는 게 놀라울 따름이다."

가이우스는 잠시 후 웃음소리를 뒤로한 채 방을 나왔다.

가이우스는 레니우스가 누워 있는 방의 문을 두드렸다. 그때 레니우스는 혼자 있었다. 다만 상처 부위와 꿰맨 자리들을 살펴보러 방금 전에 들어온 루키우스가 가까이에 있었을 뿐이다. 방이 어두컴컴해서, 처음에 가이우스는 레니우스가 잠들어 있는 줄 알았다. 그래서 노인이 휴식을 취해야 한다는 생각에 그냥 나가려고 돌아서는데, 속삭이는 목소리가 들렸다.

"가이우스냐? 너라고 생각했다."

"레니우스 선생님, 감사를 드리러 왔습니다."

침대로 다가간 가이우스는 의자를 끌어다 노인 옆에 앉았다. 노인은 눈을 뜨고 있었고 눈빛도 맑았다. 가이우스는 노인의 얼굴을 눈여겨보면서 눈을 깜박였다. 눈빛이 흐렸어야 했는데, 레니우스는 오히려 더 젊어 보였다. 물론 더 젊어졌을 리야 없지만, 깊게 패인 주름이 얼마간 흐려지고, 관자놀이에 검은 머리카락 몇 가닥이 보인다는 것은 부정할 수 없는 사실이었다. 검은 머리칼은 빛을 받아 거의 잘 보이지 않았지만 뻣뻣한 흰머리를 배경으로 분명 삐죽이 솟아 있었다.

"선생님…… 좋아 보이시네요."

가이우스가 가까스로 말했다.

레니우스가 짧고 딱딱하게 킥킥 웃었다.

"카베라 노인이 치료해 주었는데 기적이 일어났지 뭐냐. 그 노인 자기가 제일 놀랐는지, 내가 자기의 영향을 많이 받을 운명 같은 걸 타고난 게 틀림없다고 하더라. 실제로 난 튼튼해진 느낌이 든다. 왼쪽 팔은 여전히 쓸모가 없지만 말이다. 루키우스는 덜렁거리게 놔두느니 차라리 잘라버렸으면 하더라. 다른 부분이 다 치유되면, 아마도…… 그렇게 하게 해야 할 성싶구나."

가이우스는 가슴 아픈 기억과 싸우며 잠자코 듣고만 있었다.

"짧은 시간 안에 참으로 많은 일들이 일어났네요. 선생님이 아직도 여기 계셔서 기쁩니다."

"난 네 아버님을 구할 수가 없었다. 너무 멀리 떨어져 있기도 했거니와 나 자신도 기진맥진한 상태였지. 카베라 노인 말로는 심장에 칼을 맞아 즉사하셨다고 하더구나. 필시 칼을 맞았다는 것조차도 모르셨을 거다."

"괜찮습니다. 저한테 그런 말씀 하실 필요 없어요. 아버님이 담장 위에 계시고 싶어하셨다는 거 압니다. 저라도 그랬을 테니까요. 그런데 전 제 방에 남겨져……."

"넌 그래도 나왔지 않느냐? 네가 그래줘서 기쁘다. 투브루크한테 들었다. 네가 어…… 예비병처럼 나타나 끝장나기 직전의 그를 구해 줬다는 거 말이다."

노인이 미소를 짓더니 잠시 기침을 해댔다. 가이우스는 기침을 멈출 때까지 참을성 있게 기다렸다.

"널 담장에 오지 못하게 한 건 내가 내린 명령이다. 몇 시간 동안 싸움을 하기엔 넌 너무 쇠약했다. 네 아버님도 동의를 하셨고. 네 아버님은 네가 안전하기를 바라셨다. 그래도 네가 싸움을 끝내러 나왔다는 게 기뻤다."

"저도 기쁩니다. 레니우스와 함께 싸웠으니까요!"

가이우스가 말했다. 비록 미소는 짓고 있었지만, 눈가엔 눈물이 그렁그렁했다. 그러자 노인이 중얼거렸다.

"난 늘 레니우스와 함께 싸웠지. 그건 자랑스럽게 떠벌릴 만큼 그렇게 대단한 건 아니란다."

11장

새벽빛은 차갑고 음침했으며, 소유지의 하늘은 구름 한 점 없이 맑았다. 나팔 소리가 낮고 음울하게 울리면서, 생명을 떠나보내는 날에 적합하지 않은 듯한 명랑한 새소리를 집어삼켰다. 저택은 화려함을 자랑하던 일체의 장식을 떼어낸 상태였다. 다만 주피터의 사제들에게 시신이 여전히 안에 있을 동안은 들어오지 말라는 경고를 보내기 위해 사이프러스 가지(편백나무과의 상록침엽수로, 애도의 상징으로 쓰임—옮긴이)가 정문에 걸려 있을 뿐이었다.

나팔 소리가 세 번 구슬프게 울리자, 마침내 사람들이 "콘클라마툼 에스트!"('이름을 불러주었으나 알아듣는 기색이 없다. 일말의 희망도 가질 수 없게 고인이 확실히 숨을 거두었다'는 뜻. 로마인들은 이름을 세 번 불러 알아듣는 기색이 전혀 없으면 고인의 죽음을 확실한 것으로 여김—옮긴이)를 연호하며 슬픔을 표현했다. 대문 안쪽의 마당은 로마에서 온 조문객들로 북적였다. 조잡한 모직 토가 차림의 그들은 슬픔을 표현하고자 씻지도 수염을 깎지도 않은 채였다.

가이우스는 투브루크, 마르쿠스와 함께 대문 옆에 서서, 노예들이 아버지의 시신을 옮기는 모습을 지켜보았다. 노예들은 시신을 발부터 들고 나와, 화장용 장작더미로 실어나를 무개마차에 부드럽게 내려놓았다. 조문객들이 고개를 숙인 채 기도를 하거나 생각에 잠겨 있는 가운데, 가이우스가 경직된 자세로 시신 쪽으로 걸어갔다.

가이우스는 평생 동안 알고 사랑했던 얼굴을 내려다보았다. 그리고 그 눈이 떠지던 때, 힘센 손이 자신의 어깨를 붙잡거나 머리칼을 헝클어뜨리던 때를 떠올리려 애썼다. 바로 그 손들이 이제는 몸의 양옆에 가만히 놓여 있었다. 피부는 깨끗했고, 발라 놓은 기름 때문에 반짝반짝 빛이 났다. 담장을 방어하느라 입었던 상처들은 토가의 주름에 덮여 보이지 않았다. 그러나 몸에는 생명이라곤 없었다. 숨을 쉬는 것을 보여주는, 가슴이 오르락내리락하는 움직임도 물론 없었다. 피부도 뭔가 잘못된 듯 너무 파리해 보였다. 만지면 차가울지 궁금했지만, 가이우스는 차마 손을 내뻗지 못했다.

"안녕히 가세요, 아버지."

그렇게 속삭이다 가이우스는 슬픔이 북받쳐 비틀거릴 뻔했다. 그러나 지켜보는 조문객들을 생각하며 마음을 가라앉혔다. 아버지 앞에서 부끄러운 모습을 보일 수는 없었다. 조문객들 중에는, 지금은 누군지 몰라도 친구가 될 이들도 있을 테지만, 썩은 고기를 찾아 헤매는 새들처럼 약점이 있는지 보러 온 이들도 있을 터였다. 이런 생각을 하니 화가 불쑥 치밀어 슬픔을 억누를 수 있었다. 가이우스는 아버지의 손을 잡으며 고개를 조아렸다. 손의 살결이 거칠거칠하고 시원한 것이 천 같은 느낌이었다.

"콘클라마툼 에스트!"

가이우스가 큰 소리로 말하자, 조문객들이 다시 그 말을 중얼거렸다.

가이우스는 이제 뒤로 물러서서, 어머니가 남편이었던 사내에게 다가가는 모습을 묵묵히 지켜보았다. 더러운 모직 망토 밑에서 어머니의 몸이 떨리는 게 보였다. 노예들이 머리 손질을 해주지 않아 머리칼이 지저분하게 삐죽삐죽 솟아 있었다. 눈이 벌겋게 충혈된 채 마지막으로 아버지를 만지는 어머니의 손이 파르르 떨렸다. 가이우스는 긴장을 하며, 어머니가 수치스러운 모습을 보이지 않고 의식을 마치기를 마음속으로 빌었다. 다른 사람은 듣지 못했지만, 가이우스는 어머니와 워낙 가까이 서 있었던 덕분에 어머니가 아버지의 얼굴 위로 몸을 구부리며 한 말을 들을 수 있었다.

"왜 저만 홀로 놔두고 떠나셨어요? 이젠 내가 슬플 때 누가 나를 웃게 하고 누가 나를 어둠 속에서 안아준단 말이에요? 이건 우리가 꿈꾸던 게 아니에요. 내가 세상에 지치고 화가 날 때 항상 내 곁에 있겠다고 약속하셨잖아요?"

아우렐리아가 몸을 들썩이며 흐느끼기 시작하자, 투브루크가 간호사에게 신호를 보냈다. 투브루크가 아우렐리아를 위해 고용한 그녀도 아우렐리아의 육체적 증상을 호전시키지 못한 건 의사들과 마찬가지였다. 그러나 아우렐리아는 아마도 같은 여자라는 동지 의식 때문인지 로마 출신의 그 간호사에게서 마음의 위안을 얻는 듯했다. 그것만으로도 그녀를 계속 고용할 이유는 충분했다. 간호사가 아우렐리아의 팔을 부드럽게 잡고 어두컴컴한 집 안으로 이끌자 투브루크가 고개를 주억거렸다.

가이우스는 천천히 숨을 내쉬었다. 문득 조문객들의 존재가 다시 눈에 들어왔다. 눈물이 솟구쳐 속눈썹을 적실 정도로 그렁그렁했지만, 애써 무시했다.

투브루크가 다가와 조용히 말했다.

"어머니는 괜찮으실 거다."

그러나 그것이 사실이 아님을 둘 다 알고 있었다.

조문객들이 한 사람 한 사람 다가와 시신에 존경을 표했다. 개중에는 그 후에 가이우스에게 말을 건네는 이들도 적지 않았다. 그들은 그의 아버지를 칭송하며 로마에 오면 자신에게 꼭 연락하라는 당부를 잊지 않았다.

"아버님은 늘 저한테 공정하셨습니다. 그러니까 이득을 볼 수 있을 때조차도요."

조악한 토가를 입은 반백의 사내가 말했다.

"로마에 있는 제 상점들의 지분 5분의 1을 소유하셨더랬습니다. 그 상점들을 사들일 돈도 빌려주셨고요. 뭐든지 믿을 수 있는 보기 드문 분이셨지요. 언제나 공정하신 분이셨습니다."

가이우스는 사내의 손을 꽉 잡았다.

"고맙소. 앞으로의 일을 논의하는 문제는 두브루크가 일어서 할 것이오."

사내가 고개를 끄덕였다.

"만일 아버님이 저를 지켜보고 계시다면, 아드님한테 공정하게 대하는 모습을 보여드리고 싶습니다. 전 그분께 그 이상의 빚을 졌으니까요."

다른 이들이 계속 사내의 뒤를 이었다. 아버지가 떠난 것을 진정으로 슬퍼하는 조문객들의 모습을 보니, 가이우스는 가슴이 뿌듯했다. 로마에는 아들이 한 번도 보지 못한 세계가 있었지만, 그 세계에서 아버지는 존경받는 사람이었다. 가이우스에게는 그것이 중요했다. 아버지가 더 이상 거리를 거닐지 못하는 까닭에 로마가 조금 더 빈곤해졌다는 것이.

조문객들 사이에서 훌륭한 흰색 모직으로 된 깨끗한 토가 차림의 사내가 눈에 띄었다. 그는 시신이 안치된 마차 앞에 멈추지 않고 곧바로 가이우스에게로 다가왔다.

"전 마리우스 집정관님의 심부름으로 왔습니다. 집정관님은 지금 로마에 안 계십니다만, 아버님을 잊지 않으실 거라는 점을 알려드리라고 저를 보내셨습니다."

가이우스는 정중하게 감사를 표했다. 그러나 그의 머릿속은 바쁘게 움직이고 있었다.

"다음번에 로마에 계실 때 집정관님을 찾아뵙겠노라고 전하게."

사내가 고개를 끄덕였다.

"삼촌께서는 분명히 따뜻하게 맞아주실 겁니다. 3주 후면 로마의 댁에 계실 겁니다. 가서 말씀을 전하겠습니다."

전령은 다시 조문객들을 헤치고 대문 밖으로 향했고, 가이우스는 그가 가는 모습을 지켜보았다.

마르쿠스가 옆으로 바짝 다가오며 나직하게 말했다.

"넌 이미 혼자가 아니구나."

가이우스는 어머니가 하던 말을 생각했다.

"그래. 아버지는 내 기준을 설정해 주셨어. 난 그 기준을 지킬 거다. 내가 나중에 저기에 누워 있고 내 아들이 내가 아는 이들을 맞이할 때, 아버지보다 못한 사람이 되어 있지는 않겠어."

새벽의 정적을 깨고, 프라이피카이(고대 로마 장례식에서, 상주를 대신해서 곡을 하기 위해 고용한 여인들을 말함—옮긴이) 여인들의 나지막한 목소리가 울려 퍼졌다. 그 여인들은 상실의 아픔을 표현하는 가사를 반복해서 부드럽게 노래하고 있었다. 사람들이 뒤에서 고개를 숙인 채 정렬해 있는 가운데 말들이 가이우스 아버지를 실은 마차를 끌고 느린 속도로 대문 밖을 나설 때, 세상은 온통 그 구슬픈 노래로 가득 찼다.

불과 몇 분 만에 안마당은 다시 텅 비었다. 가이우스는 아우렐리아를 살

퍼보러 들어간 투브루크가 나오기를 기다렸다.

"가실 건가요?"

가이우스가 돌아온 투브루크에게 물었다.

투브루크는 고개를 가로저었다.

"난 남아서 네 어머님을 돌봐드려야겠다. 이런 때에 홀로 계시게 하고 싶지는 않구나."

가이우스는 다시 눈물을 글썽이며 투브루크의 팔을 잡았다.

"제 뒤에서 대문을 닫아주세요, 아저씨. 저는 도저히 그렇게 할 수가 없을 것 같습니다."

"그래도 해야만 돼. 아버님이 무덤으로 가시니 그 뒤를 따라가야만 하지만, 그 전에 먼저 새 주인으로서 문을 닫아야만 한다. 그건 네가 대신해줄 수 있는 일이 아니다. 마음 놓고 애도할 수 있게 소유지 문을 닫아걸고, 가서 화장용 장작에 불을 붙이거라. 이것이 내가 너를 주인이라 부르기 전에 네가 해야 할 마지막 임무이니라. 자, 가거라."

가이우스는 목이 메어 아무 말도 하지 못하고 돌아서, 육중한 문을 끌어 닫았다. 장례 행렬은 보조를 맞춰 걷느라 그리 멀리 가지 못한 상태였다. 가이우스는 가슴이 저몄지만 허리를 꼿꼿하게 펴고 천천히 행렬의 뒤를 따랐다.

화장터는 로마 외곽의 가족묘 근처였다. 로마는 이용할 수 있는 공간이라는 공간이 모두 건물로 빼곡이 들어차 있는 까닭에, 로마 성벽 안에 매장하는 것은 수십 년 동안 금지되어 왔다. 가이우스는 높이 쌓인 장작더미 위에 아버지의 시신이 놓이는 것을 조용히 지켜보았다. 일단 장작더미 한 가운데에 놓이고 나자 시신은 눈에 보이지 않았다. 나무와 밀짚이 향유에 푹 젖어 있어, 프라이피카이가 만가를 희망과 부활의 노래로 바꿀 때, 공기에서는 짙은 꽃향기가 감돌았다. 가이우스는 아버지의 시신을 염습했던 사내에게서 탁탁 소리를 내며 타는 횃불을 받아들었다. 다갈색 눈의 그 사내는 죽음과 슬픔에 익숙해진 사람답게 평온한 얼굴을 하고 있었다. 가이우스는 냉랭하되 정중한 태도로 그에게 감사를 표했다.

그러고 나서 장작더미로 다가간 그는 조문객들의 시선이 온통 자신에게 쏠려 있는 걸 느꼈다. 그들에게 약한 모습을 보여주지는 않을 것이라고, 그는 자신에게 맹세했다. 로마와 아버지가 그가 휘청거릴지 지켜보고 있었지만, 그는 그런 모습을 보여주지 않을 작정이었다.

장작더미 가까이에 있으니, 향 냄새가 어쩌나 진동하는지 숨이 막힐 지경이었다. 가이우스는 은화 하나를 내밀어 아버지의 살짝 벌어진 입을 벌리고, 바짝 마른 서늘한 혀에 꾹 눌러 넣었다. 이제 뱃사공 카론에게 지불할 노잣돈이 생겼으니, 아버지는 저승의 조용한 땅에 당도할 수 있을 것이다. 가이우스는 아버지의 입을 부드럽게 닫고 뒤로 물러서, 장작더미 맨 아랫부분의 나뭇가지 사이를 메우고 있는 기름 묻은 밀짚에 연기가 피어오르는 횃불을 갖다 댔다. 그 순간 불타는 깃털 냄새에 대한 기억이 그의 마음속에 슬그머니 들어왔다가, 그가 채 인식하기도 전에 사라졌다.

불이 순식간에 커지며, 프라이피카이의 부드러운 노랫소리와는 대조적으로, 요란스레 잔가지들이 펑펑 터지고 불꽃이 탁탁 튀었다. 열기에 얼굴이 빨갛게 달아오르자 가이우스는 뒤로 물러나 맥없이 횃불을 들고 서 있었다. 아직 어린아이건만 이제 유년시절은 끝이 났다. 로마가 부르나, 아직 준비가 안 된 느낌이었다. 원로원이 부르나, 겁이 났다. 그렇지만 그는 아버지의 명성에 먹칠을 하지 않을 것이며, 닥쳐올 시련을 이겨낼 작정이었다. 3주 후면 소유지를 떠나, 시민으로서, 노빌리타스의 일원으로서 로마에 입성하게 될 것이다.

마침내 가이우스가 눈물을 흘렸다.

12장

"로마, 세계에서 가장 큰 도시로군."

포장된 드넓은 공간인 대광장 안으로 걸어 들어서자, 마르쿠스가 놀라움에 고개를 절레절레 흔들며 말했다. 거대한 청동상들이 북적대는 보행자들 사이로 말을 끌고 걸어가는 가이우스 일행을 내려다보았다.

"뭐든지 가까이 다가가기 전에는 얼마나 큰지 알 수 없는 법이지."

카베라가 대꾸했다. 평소의 자신에 찬 모습은 사라지고 없었다. 기억하기로는 이집트의 피라미드들이 더 거대할 듯싶었다. 그러나 그곳 사람들의 시선은 늘 그 무덤들의 과거를 향해 있었다. 그런데 이곳의 거대한 구조물들은 살아 있는 사람들을 위한 것이었다. 그것이 낙관적으로 느껴졌다.

알렉산드리아 역시 감탄을 금치 못했다. 그녀가 감탄하는 것은 로마의 웅장한 모습 때문이기도 했지만, 가이우스의 아버지가 부엌일을 시킬 목적으로 그녀를 사들인 이후 5년 사이에 모든 것이 너무나 많이 변해 있었기 때문이다. 어머니를 소유했던 사내가 아직도 로마 어딘가에 있을까 궁금해하며 사내의 얼굴을 떠올리던 알렉산드리아는, 그가 어머니와 자신을 어떻게 대했는지 떠오르자 몸서리를 쳤다. 어머니는 끝까지 해방되지 못했고, 어느 노예거래소 밑의 노예우리에서 몇몇 다른 이와 함께 열병에 걸려 죽었다. 그런 역병은 상당히 흔해서, 대규모 노예 경매에서는 화장을 하는 이들에게 동전 몇 푼과 함께 매달 시신 몇 구를 건네주었다. 알렉산드리아는 아직도 어머니가 숨을 거두던 순간을 잊지 못해 파리한 얼굴로 옴짝달싹하지 않는 어머니를 두 팔에 안고 있는 꿈을 꾸곤 했다. 알렉산드리아는 다시 몸서리를 치며 그 생각을 떨쳐내기 위해 머리를 흔들었다.

'난 노예로 죽지는 않을 거야.'

알렉산드리아가 속으로 다짐했다. 그런데 이를 카베라가 듣기라도 한 듯, 몸을 돌려 그녀를 바라보았다. 고개를 끄덕이며 윙크를 하는 카베라에게 알렉산드리아는 미소를 지어 보였다. 알렉산드리아는 처음부터 카베라가 마음에 들었다. 그는 어디 있든지 간에 잘 어울리지 않는 또 다른 사람이었기 때문이다.

'유용한 기술을 배우고 물건들을 만들어 팔아서 자유를 사고 말 거야.'

알렉산드리아는 또다시 다짐했다. 대광장의 장관이 자신에게 영향을 미치고 있음을 알고 있었지만, 개의치 않았다. 마치 신들이 세운 듯 보이는 이런 장소에서라면 누군들 꿈을 꾸지 않겠는가? 오두막이야 그냥 보기만 해도 만드는 법을 알 수 있었겠지만, 이런 기둥들을 들어 올리는 것을 누가 상상할 수 있었겠는가? 모든 것이 눈부셨다. 기억 속의 오물, 더럽고 비좁은 거리, 노예거래소의 주인에게 돈을 주고 어머니를 시간제로 고용했던 못생긴 사내들의 흔적은 전혀 찾아볼 수 없었다.

대광장에는 거지도 창녀도 없었다. 잘 차려 입은 깨끗한 남자와 여자들만이 물건을 사고, 팔고, 술을 마시고, 정치와 돈 문제에 관해 논쟁을 하고 있었다. 어느 쪽을 보나, 값비싼 돌로 지은 어마어마하게 큰 사원들이 눈을 가득 채웠다. 거대한 기둥들의 윗부분과 아랫부분은 모두 황금색으로 도금되어 있었다. 군대의 개선식을 위해 커다란 홍예문들도 세워져 있었다. 정말로 이곳은 제국의 요동치는 심장이 분명했다. 이곳에는 자신감과 오만함이 배어 있었다. 세계의 대부분이 여전히 흙에서 비비적거리고 있는 데 반해, 이곳의 사람들은 권력과 놀라운 부를 가지고 있었다. 최근에 큰 문제를 겪었음을 보여주는 것이라고는, 무시무시하게도 구석구석에 부동자세로 서서 차가운 시선으로 군중을 지켜보는 군단병들이 존재한다는 점뿐이었다.

"사람들을 주눅 들게 하려는 거야."

레니우스가 투덜거렸다.

"허나 그렇지가 않네!"

카베라가 입을 딱 벌리고 주변을 둘러보면서 말을 받았다.

"사람이 이런 걸 건설할 수 있다는 게 자랑스러운걸. 우린 얼마나 대단한 종족인가!"

알렉산드리아는 말없이 고개를 끄덕였다. 대광장은 무엇이든지 달성할 수 있다는 것을 보여주었다. 그러니 어쩌면 자유도 달성할 수 있을 것이다.

대광장에서는 가장자리에 죽 늘어선 수백 개의 작은 가게에서 나온 꼬마들이 저마다 자기 주인의 가게를 선전하는 데 열을 올리고 있었다. 이발소, 목공소, 석공소에 정육점, 금은보석상, 깔개 공방에 이르기까지 업종도 이루 다 말할 수 없이 다양했다. 그런 각양각색의 가게들이 뿜어내는 현란한 색깔과 요란한 소음 때문에 머리가 멍할 지경이었다.

"저것이 주피터 신전이다, 카피톨리누스 언덕(고대 로마 일곱 언덕 중 하나─옮긴이)에 있는 것 말이야. 네 삼촌 마리우스 집정관을 만난 후에 돌아와 제

물을 바칠 것이다."

투브루크가 말했다. 아침 햇살을 받으며 미소짓는 모습이 편안해 보였다. 일행을 이끌고 있는 그가 팔을 들어 올려 멈추라는 신호를 보냈다.

"기다리자. 계속 가다간 저 사람이 우릴 가로질러 가겠어. 저 사람은 수석 치안판사라 가는 길을 방해해서는 안 돼."

다른 이들도 정렬하며 멈춰 섰다.

"저 사람이 수석 치안판사라는 걸 어떻게 아시죠?"

마르쿠스가 물었다.

"저 사람 옆에 있는 사내 보이느냐? 그 사내가 특별 수행원인 릭토르다. 사내가 어깨에 멘 저 꾸러미 보이지? 저것들은 매질에 쓸 나무 막대기들과 목을 베는 데 쓸 작은 도끼란다. 만일 치안판사가 이를테면 우리 말 중 하나와 부딪친다면, 그 자리에서 사형을 명할 수도 있다. 증인도 필요 없고, 법도 필요 없다. 허니 가능하면 피하는 게 상책이다."

일행은 그 사내와 수행원이 광장을 가로질러 가는 모습을 말없이 지켜보았다. 두 사람은 사람들의 주목을 받고 있다는 것을 모르는 듯했다.

"무지한 사람한텐 위험한 곳이로군."

카베라가 소곤거렸다.

"내 경험으론 모든 곳이 그렇수다."

레니우스가 뒤에서 툴툴거렸다.

일행은 광장을 지나 번화가의 구불구불한 작은 거리로 들어섰다. 여기에서는 큰 거리에 비해 교차로의 인적이 더 드물었다. 주택들은 대개 4층 높이였고, 심지어 5층 높이도 있었다. 일행이 다 그랬지만, 특히 카베라는 이것을 보고 입을 다물지 못했다.

"전망이 아주 좋겠는걸! 굉장히 비싸겠지, 이런 최고급 주택들은?"

"공동주택이라고 하외다. 아니, 가장 싼 집들이오. 저렇게 높은데 수도가 없으니 화재가 나면 대단히 위험할 수밖에 없소. 만일 맨 아래층에서 화재가 시작된다면 꼭대기에 사는 사람들은 거의 빠져나갈 수가 없다오. 저 창문들 보이시오, 얼마나 작은지? 햇살과 비가 들이치는 걸 막기에는 좋지만, 불이 나도 뛰어내릴 수가 없수다."

일행은 움푹 들어간 길을 가로지르며 띄엄띄엄 놓여 있는 묵직한 디딤돌을 밟으면서 구불구불 나아갔다. 디딤돌이 없다면 까탈스러운 보행자들도 말과 당나귀들이 지나가면서 생긴 미끌미끌한 진창 속을 걸을 수밖에 없을 것이다. 수레의 바퀴가 디딤돌 사이의 틈을 지나가려면 바퀴 사이의 간격이 규정 넓이를 지켜야 했다. 카베라는 수레가 나아가는 광경을 지켜보면서 혼자 고개를 끄덕이며 말했다.

"이곳은 잘 계획된 도시로군. 이 같은 도시를 본 적이 없네."

투브루크가 웃음을 터뜨렸다.

"이런 도시는 또 없수다. 카르타고가 비슷하게 아름다웠다고들 합디다만, 우리가 쉰 해도 전에 파괴해 버렸소. 다시 일어나 우리에게 반기를 드는 일이 없도록 그 땅에 소금을 뿌려놨다오."

"자넨 마치 도시가 살아 있는 것이라도 되는 듯 말하는구먼."

카베라의 대꾸에 투브루크가 말했다.

"허면, 아니 그렇단 말이오? 여기서 생명을 느낄 수 있을 거요. 난 성문을 통과할 때 이 도시가 날 환영하는 걸 느낄 수 있소. 이곳은 나의 집이오. 다른 그 어떤 집도 내 집이 될 수는 없수다."

가이우스 역시 주변에서 생명을 느낄 수 있었다. 성벽 안에서 살아본 적은 없지만, 이곳은 투브루크의 집이듯 그의 집이기도 했다. 투브루크와는 달리 태어날 때부터 자유인이었고 세상에서 가장 위대한 민족의 노빌리타스이니, 어쩌면 더욱더 그러할 것이다. 가이우스는 생각했다.

'내 민족이 이 도시를 건설했어. 내 조상들은 이 돌들을 만지고 이 거리를 거닐었겠지. 아버지는 어쩌면 저 모퉁이에 서 계셨을지도 몰라. 그리고 어머니는 번화가 근처에서 흘끗 보이는 정원 가운데 하나에서 성장하셨을지도 모르지.'

고삐를 쥔 가이우스의 손이 느슨해졌다. 가이우스를 바라보던 카베라는 그런 기분의 변화를 감지하고 싱긋이 웃었다.

"거의 다 왔다. 적어도 마리우스 집정관의 집이라면 거리의 똥 냄새가 나지 않는 곳에 밀찍이 떨어져 있겠지. 그 집을 놓치지 않을 거다. 장담한다."

일행은 분주한 거리를 벗어나, 말을 이끌고 가파른 언덕을 올라갔다. 그곳의 거리는 더 조용하고 깨끗했다.

투브루크가 말을 이었다.

"이 집들에서는 부와 권세를 지닌 이들이 살고 있단다. 그들은 교외에 소유지가 있지만, 이곳에도 저택을 두고 있어. 이곳에서 사람들을 접대하기도 하고, 더 많은 권력과 부를 쟁취하기 위해 계략을 꾸미기도 하지."

아무런 감정도 실리지 않은 공허한 목소리에 가이우스가 투브루크를 흘끗 보았다. 그곳의 집들은 사람 키보다 높은 철대문 때문에 대중의 시선으로부터 철저하게 봉쇄되어 있었다. 각 주택에는 번호가 매겨져 있고, 걸어서 들어가는 이들을 위해 작은 문이 나 있었다. 투브루크는 이것은 최소한의 부분에 지나지 않는다고 설명했다. 건물들은 저 뒤쪽에 들어서 있고, 개인 목욕탕에서 마구간, 거대한 안마당에 이르기까지 모든 것이 천박한

평민들이 보지 못하게 숨겨져 있다는 것이다.

"그들은 로마에서 사생활을 보호받는 걸 대단히 중요시 여긴단다. 아마도 로마에서는 그것이 삶의 한 부분이라 할 수 있을 거다. 교외의 소유지는 그냥 들른다 해도 무례가 아니지만, 여기선 반드시 약속을 한 뒤에 찾아가야 하고, 신분을 밝힌 후에 주인이 맞아들일 준비가 될 때까지 기다리고 또 기다려야 해. 이곳이군. 문지기한테 우리가 도착했다고 알려야겠다."

"허면 나는 여기서 갈라져야겠군. 내 집에 가서 폭동 중에 피해를 입은 곳은 없는지 봐야겠어."

레니우스가 말했다.

"통금이 있다는 것 잊지 마쇼. 해가 진 후에는 집 안에 계시오, 친구. 지금도 어두워진 후에 거리에 남아 있는 사람은 모조리 죽이니까 말이오."

레니우스가 고개를 끄덕였다.

"조심하겠네."

레니우스가 말의 머리를 돌리는데, 가이우스가 그의 멀쩡한 오른팔에 손을 얹었다.

"떠나시는 건 아니죠? 전······."

"집이 괜찮은지 가봐야겠다. 잠시 혼자서 생각할 시간도 필요하고. 아직까지는 다른 노인들과 함께 안주할 준비가 된 것 같지는 않아. 내일 새벽에 널 보러 돌아오마······. 그래, 내일 새벽에."

레니우스는 미소를 짓고는 말에 박차를 가했다.

레니우스가 언덕을 빠르게 내려갈 때, 가이우스는 그의 검어진 머리와 몸에 가득한 활기에 다시 주목했다. 몸을 돌려 카베라를 보았지만, 카베라는 어깨를 으쓱할 뿐이었다.

"문지기! 어서 나와 우릴 안내하게."

투브루크가 소리쳤다.

뜨거운 열기로 가득한 로마 거리를 거닌 후라, 저택의 마당으로 이어지는 시원한 돌 회랑은 반가운 구원이나 다름없었다. 말과 짐가방을 노예들이 휙 가져가버리고 나자, 나이 지긋한 노예가 손짓을 하며 다섯 방문객을 첫 번째 건물로 불렀다.

그들이 황금빛 나무문 앞에 멈춰 서자, 그 노예가 문을 열며 안으로 들어가라는 몸짓을 했다.

"필요하신 게 다 준비되어 있을 겁니다, 가이우스 도련님. 마리우스 집정관님께서 오시느리 피곤히 실 테니 씻고 옷을 갈아입으셔도 좋다고 히락하셨습니다. 해가 지고 나서, 그러니까 지금으로부터 세 시간 후 만찬을 드실 때 집정관님을 뵙게 될 겁니다. 같이 오신 분들은 하인 숙소로 안내할깝쇼?"

"아니네. 이들은 나와 함께 머물 걸세."

"원하시는 대로 하십시오, 도련님. 이 여자아이는 노예 숙소로 데리고 가도 되겠습니까요?"

가이우스는 생각을 하며 천천히 고개를 끄덕였다.

"친절하게 대해 주게나. 그 아이는 우리 집안의 친구니까."

"물론입죠, 도련님."

노예가 알렉산드리아에게 자신을 따르라는 몸짓을 했다. 그러자 알렉산드리아가 가이우스를 흘끗 보았다. 그녀의 갈색 눈에는 알 수 없는 표정이 어려 있었다.

작달만한 체구의 차분한 그 노예는 더는 아무 말도 하지 않고 물러갔다. 바닥이 돌로 되어 있는데도 그의 샌들은 아무런 소리도 내지 않았다. 다른 이들은 서로를 바라보았다. 다들 친구들과 함께 있다는 사실에 위안을 느끼고 있었다.

"아무래도 저 아이가 날 좋아하는 것 같은데."

마르쿠스가 생각에 잠긴 채 혼잣말을 했다.

가이우스가 놀라서 바라보자, 마르쿠스는 어깨를 으쓱했다.

"다리도 예쁜걸."

그러면서 마르쿠스는 멍하니 서 있는 가이우스를 남겨둔 채 낄낄거리며 숙소로 들어갔다.

카베라는 방으로 들어서며 부드럽게 휘파람을 불었다. 천장은 모자이크가 된 바닥에서부터 12미터나 되는 높이로, 황동 서까래들이 이리저리 가로놓여 있었다. 벽은 로마에 들어선 이후 흔히 보아온 짙은 붉은색과 오렌지색 칠이 되어 있어 별다를 게 없었지만, 지붕의 둥근 천장을 올려다보기도 전에 이미 시선을 확 잡아끈 바닥은 일련의 원으로 이루어져 있었고, 커다란 방의 한가운데에는 대리석 분수가 자리 잡았다. 각 원은 앞 사람을 붙잡으러 달려가는 사람들의 모습이 묘사되어 있었다. 바깥쪽 원들에는 상품을 나르는 시장 사람들의 모습이 있었고, 안쪽으로 시선을 옮기면 다른 계층의 모습도 보였다. 노예도 있고, 치안판사, 원로원 의원, 군단병, 의사도 있었다. 한 원에는 왕관만 쓰고 있을 뿐 완전히 벌거벗은 모습의 왕들도 보였다. 그리고 실제 분수 주위를 띠처럼 두른 가장 안쪽의 원에는 신들의 모습을 그려놓았다. 신들만이 달리지 않고 가만히 서서, 전속력으로 원 안을 달리지만 한 원에서 다른 원으로는 절대로 건너뛸 수 없는 여러 무리를 모두 올려다보고 있었다.

가이우스는 원들을 가로지르며 분수로 걸어가, 대리석 모서리에 놓인 컵으로 물을 마셨다. 사실 여행을 하느라 피곤했다. 그 방의 아름다움이 인상적이기는 했지만, 그 장관에는 가장 중요한 음식도, 카우치도 포함되어 있지 않았다. 가이우스는 홍예문을 지나 다음 방으로 들어갔고, 다른 이들도 그 뒤를 따랐다.

"여기가 훨씬 더 방답네."

마르쿠스가 쾌활하게 말했다. 반짝반짝 윤이 나는 탁자에는 음식이 놓여 있었다. 고기와 빵에다 계란, 야채에 생선까지 있었다. 그리고 과일도 황금 사발들에 그득그득 쌓여 있었다. 주변에는 어서 와 앉으라는 듯 부드러운 카우치들이 놓여 있었으나, 앞쪽에 또 다른 문이 있어 가이우스는 그 안을 들여다보지 않을 수 없었다.

세 번째 방에는 중앙에 깊은 욕탕이 있었다. 물에서는 유혹하듯 김이 모락모락 피어올랐고, 사방 벽에는 일체의 장식이 없는 긴 나무 의자가 줄지어 놓여 있었으며, 부드러운 흰 천도 수북이 쌓여 있었다. 물 옆쪽에 늘어선 입식 옷걸이에는 로브들이 걸려 있고, 낮은 탁자들 옆에는 남자 노예 넷이 서서 필요하면 안마를 해줄 준비를 하고 있었다.

"훌륭하군. 네 삼촌은 손님 접대를 아주 잘하는군그래, 가이우스. 난 뭘 좀 먹기 전에 목욕부터 해야겠는걸."

투브루크는 말을 하면서 옷을 벗기 시작했다. 그것을 보고 노예 중 하나가 다가와 옷을 달라며 팔을 내밀었다. 투브루크가 벌거숭이가 되자, 그 노예는 옷을 들고 그 방의 유일한 문으로 사라졌다. 잠시 후, 또 다른 노예가 들어와 탁자 옆에 자리를 잡았다.

투브루크는 물속에서 서서히 몸을 낮추다가 숨을 멈추고는 수면 아래로 완전히 미끄러져 들어갔고, 그 상태로 뜨거운 열기 속에서 온몸의 근육을 풀었다. 투브루크가 수면 위로 떠올랐을 즈음에는, 가이우스와 마르쿠스도 서둘러 벗은 옷을 또 다른 노예에게 내던지고 웃으면서 알몸으로 맞은 편에 뛰어든 상태였다.

노예 하나가 옷을 달라고 팔을 내밀자, 카베라는 인상을 썼다. 그러더니 한숨을 내쉰 후 뼈와 가죽만 남은 앙상한 몸에서 로브를 벗겨냈다.

"늘 새로운 경험을 하는군."

서서히 물속으로 들어가다 움찔하며 카베라가 말했다.

"이봐, 어깨."

투브루크가 시중을 드는 노예 가운데 하나에게 소리쳤다. 그 사내는 고 개를 끄덕이고는 욕탕 옆에 무릎을 꿇고 앉아 엄지손가락으로 근육을 눌 렀다. 투브루크는 소유지에서 노예들의 공격을 받은 이후로 그곳에 쌓여 있던 긴장을 풀어냈다.

"어이구, 시원하다."

투브루크는 한숨을 내쉬더니 열기에 노곤해졌는지 꾸벅꾸벅 졸기 시작 했다.

물에서 가장 먼저 나와 안마대에 오른 것은 마르쿠스였다. 욕탕의 물보 다 공기가 더 차가워, 매끄러운 천 위에 누운 그의 몸에서는 김이 피어올 랐다. 제일 가까이에 있던 노예가 허리띠에서 도구를 몇 가지 떼어냈다. 기다란 황동 열쇠처럼 생긴 것들이었다. 노예는 따뜻한 올리브유를 넉넉 하게 쏟아 붓더니 마르쿠스의 젖은 피부를 문지르기 시작했다. 흡사 생선 가죽을 벗기기라도 하듯 여행 중에 쌓인 때를 살갗에서 벗겨낸 노예는 놀라우리만치 많이 나온 시커먼 때를 허리춤에 찬 천 쪽으로 밀어냈다. 그런 다음 피부를 뽀송뽀송하게 문질러 닦고, 안마를 위해 기름을 좀 더 붓더니 척추를 따라 등 전체를 어루만졌다.

마르쿠스는 만족의 신음을 토하며 혜 벌어진 입으로 중얼거렸다.

"가이우스, 난 여기가 좋아질 것 같다."

가이우스는 물속에 누워 이런저런 상념에 빠져들었다. 마리우스는 소년이 둘이나 얼쩡대는 것을 원치 않을지도 모른다. 마리우스에겐 친자식이 없기도 하거니와, 신들도 알다시피 지금은 공화국에 매우 힘든 시기이기 때문이다. 가이우스의 아버지가 사랑했던 자유, 유리처럼 깨지기 쉬운 그 자유는 이제 구석구석에 깔린 병사들로 인해 위협을 받고 있었다. 집정관인 민름 마리우스는 로마에서 가장 권세 있는 두 사람 중 하니었다. 그러나 술라의 군단이 거리를 활보하는 판국에 그의 권력은 허깨비에 불과했다. 심지어 목숨까지도 술라의 변덕에 좌지우지될 수밖에 없는 처지였다. 그러나 삼촌의 도움이 없다면, 가이우스가 어떻게 아버지가 지키려 하던 권익을 보호할 수 있겠는가? 누군가 그를 원로원에 소개시키고 후원해주어야 했다. 아버지의 옛 자리를 그냥 차지할 수 있는 게 아니었다. 막무가내로 원로원에 들어갔다는 당장 내쫓길 것이고, 그러면 모든 게 끝장날 것이다. 어머니와 혈연관계이니 분명 마리우스가 약간 도움을 줄 만도 하지만, 가이우스는 확신할 수가 없었다. 가이우스가 꼬마였을 때, 한창 잘나가던 장군이었던 마리우스는 가끔 누이를 보러 들르곤 했다. 그러나 그녀의 병이 악화되면서 방문 횟수는 점차 줄어들었고, 그러다 몇 년 전을 마지막으로 끝이 났다.

"가이우스?"

마르쿠스의 목소리가 가이우스의 상념을 방해했다.

"이리 와서 안마 좀 받아봐. 너 또 생각이 너무 많아진 것 같다."

가이우스는 친구를 보며 씩 웃고는 물에서 일어났다. 벌거벗고 있었지만 부끄럽다는 생각은 하지 않았다. 그들 중에 그런 생각을 하는 사람은 아무도 없었다.

"카베라 어르신? 안마를 받아본 적 있으신가요?"

가이우스가 눈을 내리깔고 있는 노인 옆을 지나가면서 물었다.

"아니. 허나 뭐든 한 번은 시도해 볼 거다."

카베라가 계단 쪽으로 걸어가며 대답했다.

"허면 도시를 제대로 찾아온 거외다."

투브루크가 눈을 감은 채 키득거렸다.

깨끗이 씻은 후 산뜻하게 새 옷으로 갈아입고 허기도 달랜 네 사람은 해질 녘에 마리우스에게로 안내되었다. 알렉산드리아는 노예 신분이라 그들과 동행하지 않았다. 가이우스는 그것 때문에 잠시 실망했다. 그녀와 함께 있을 때에는 무슨 말을 해야 할지 도무지 모르다가도 그녀가 가버리고 나면 재치 있는 말들이 마구 떠올랐다. 그러나 그 말들도 막상 나중에 써먹으려고 하면 잘 기억이 나지 않았다. 마구간에서 입을 맞추었던 일은 입에 올리지 않았지만, 그녀가 자신처럼 종종 그 일을 생각하는지 궁금했다. 하지만 이제 가이우스는 마음에서 그녀를 지웠다. 정신을 똑바로 차리고 로마 집정관과의 만남에 온 신경을 집중해야 했기 때문이다.

비대한 노예가 방문 밖에서 일행을 멈춰 세우더니, 호들갑을 떨며 복장을 점검했다. 무늬가 새겨진 상아 빗을 꺼내 마르쿠스의 곱슬머리를 곱게

빗어 넘기기도 하고, 투브루크의 웃옷을 펴기도 했다. 피둥피둥한 손가락이 카베라에게 접근하자 노인이 그 손가락을 찰싹 쳐내며 심술궂게 버럭소리를 질렀다.

"건드리지 마!"

노예는 그러든 말든 눈썹 하나 까딱하지 않고 나머지 사람들의 옷매무새를 다듬었다. 마침내 만족한 듯했다. 물론 카베라에게만큼은 인상을 찡그렸다.

"오늘 저녁, 주인어른과 마님이 함께하실 겁니다. 자신을 소개할 때는먼저 주인어른께 절을 하셔야 하는데, 절을 하시는 내내 시선은 바닥을 향하셔야 합니다. 그 다음엔 메텔라 마님께 절을 하시는데, 이때는 고개를조금 덜 숙이셔도 됩니다. 그리고 이 야만인 노예의 경우는 혹시라도 절을해야 할 일이 생기면, 바닥에 머리를 몇 번 짓찧으면 됩니다."

카베라가 쏘아붙이려고 입을 열었지만, 노예는 휙 돌아서 방문을 밀어젖혔다.

가장 먼저 들어간 가이우스의 눈에 들어온 것은 중앙에 정원이 있고 하늘이 훤히 보이는 아름다운 방이었다. 그 방은 직사각형 정원 주위에 나있는 보도를 통해 다른 방들과 이어져 있었다. 하얀 돌기둥들이 지붕의 돌출부를 떠받치고 있었고, 벽에는 스키피오의 승리, 그리스 정복 같은 로마역사를 장식했던 장면들이 그려져 있었다. 마리우스와 부인 메텔라는 손님을 맞이하려고 자리에서 일어나 있었다. 가이우스는 문득 자신이 너무어리고 이런 상황이 매우 어색했지만 억지로 얼굴에 미소를 띠었다.

가이우스는 마리우스가 자신을 평가하고 있음을 눈치챘다. 그는 과연어떤 평가를 내릴까. 가이우스가 보기에 마리우스는 인상적인 인물이었다. 백전노장인 그는 오른쪽 팔과 어깨를 드러낸 헐렁한 토가 차림이라 가슴과 팔뚝의 우람한 근육과 짙은 털이 그대로 보였다. 보석이나 장식은 일체 하지 않았다. 마치 그처럼 고매한 사람에게는 그런 것들이 필요치 않다는 듯했다. 허리를 펴고 꼿꼿하게 서 있는 마리우스는 강인한 체력과 굳은 의지를 온몸으로 내뿜었다. 표정은 엄격했고, 짙은 눈썹 아래의 진갈색 눈동자는 매섭게 번득였다. 이목구비는 어디를 봐도 전형적인 로마인의 특징이 그대로 나타났다. 뒷짐을 진 채 서 있는 마리우스는 다가와 절을 하는 가이우스에게 아무 말도 하지 않았다.

한때 미인이었던 메텔라는 예전의 미모를 찾아볼 수 없었다. 세월과 근심이 얼굴을 할퀴고 지나간 데다, 이름 모를 슬픔이 남긴 주름이 늙은 여인의 갈고리 같은 손가락으로 피부를 그러쥐고 있었다. 그녀는 긴장한 듯 목의 힘줄이 툭 불거져 나왔고, 가이우스를 바라볼 때는 손도 살짝 떨렸다. 메텔라가 입은 빨간색 천으로 된 드레스는 디자인이 단순했지만, 금귀고리와 금팔찌가 화려하게 번쩍거려 단순함을 보완하고 있었다.

"내 집에선 내 누이의 아들이라면 언제든지 환영한다."

마리우스의 목소리가 방 안을 가득 채웠다.

가이우스는 안도감에 몸이 축 늘어질 뻔했지만, 몸을 단단히 지탱했다.

그때 마르쿠스가 가이우스 옆으로 다가와 부드럽게 절을 했다. 메텔라는 마르쿠스를 보자 시선을 떼지 못했고, 손의 떨림도 점점 심해졌다. 가이우스는 앞으로 나아가는 그녀에게 마리우스가 걱정 어린 시선을 흘끗 던지는 것을 보았다.

"예쁘기들도 하구나."

메텔라가 두 손을 내밀며 말했다. 가이우스와 마르쿠스는 어리벙벙해하며 한 손씩 붙잡았다.

"폭동 와중에 얼마나 힘든 일을 겪었겠느냐! 못 볼 건 또 얼마나 많이 봤겠느냐!"

그러면서 마르쿠스의 뺨에 한 손을 갖다 댔다.

"여기서는 안전할 게다, 알겠느냐? 너희가 원하는 한 우리 집이 곧 너희 집이니라."

마르쿠스가 손을 올려 메텔라의 손을 감싸며 속삭였다.

"감사합니다."

마르쿠스는 이 낯선 여인과 함께 있는 것이 가이우스보다 편한 듯 보였다. 그러나 속으로는 적극적으로 애정을 표하는 그녀를 보면서 어머니가 떠올라 가슴이 찢어지듯 아팠다.

"부인, 내가 이 아이들과 일 문제를 논의하는 동안, 식사 준비가 잘 되고 있는지 살펴보는 게 좋을 듯하구려."

마리우스가 뒤에서 쾌활한 어조로 우렁차게 말했다.

메텔라는 고개를 끄덕이고는 못내 아쉬운 듯 마르쿠스를 흘끗 뒤돌아보며 방을 나섰다.

메텔라가 가고 난 뒤 마리우스가 목청을 가다듬었다.

"내 아내는 너희들이 마음에 드는 것 같구나. 신들께선 우리에게 친자식을 갖는 축복을 내려주지 않으셨단다. 너희가 아내한테 위안을 가져다주려무나."

그러더니 마리우스의 시선이 두 소년 너머로 향했다.

"투브루크, 자네가 아직도 사려 깊은 후견인 노릇을 하고 있는 모양이군. 내 누이의 집을 방어하느라 열심히 싸웠다는 말은 들었네."

"제 할 바를 했을 따름입니다, 나리. 결국 충분하지는 않았습니다만."

"아들이 살아 있고, 그 어머니도 살아 있지 않은가. 율리우스는 그걸로 충분하게 여겼을 걸세."

마리우스의 시선이 다시 가이우스를 향했다.

"아버지를 쏙 빼닮았구나. 네 아버님이 그렇게 떠나시다니, 참으로 안타까운 일이다. 우린 진정한 친구였다고 할 순 없었다만, 서로를 존경하는 사이였느니라. 우정보다는 존경이 더 정직할 때가 많은 법이지. 비록 몸은 장례식에 참석하지 못했다만, 마음만큼은 네 아버님의 명복을 빌었단다."

가이우스는 이 사내가 좋아지기 시작했다. 그 순간, 어쩌면 그게 그의 재능일지 모른다고 내면의 목소리가 경고했다. 어쩌면 그가 그렇게 여러 번 선출될 수 있었던 것도 바로 그런 재능 때문일지 몰랐다. 그는 다른 이들이 따르는 사내였다.

"고맙습니다. 아버지는 늘 집정관님을 좋게 말씀하셨습니다."

가이우스가 큰 소리로 대답했다.

마리우스가 짧게 껄껄 웃었다.

"그랬을 리가 없는데. 어머니는 어떠시냐? 어머니는…… 여전하시냐?"

"거의 그대로이십니다, 집정관님. 의사들도 포기한 상탭니다."

마리우스는 얼굴에 속내를 드러내지 않은 채 그저 고개만 끄덕였다.

"이제부터는 나를 삼촌이라 불러야 할 것 같구나. 그래, 삼촌이란 말이 어울리지. 그런데 이분은 누구시냐?"

이번에도 마리우스의 시선과 관심은 별안간 다른 곳으로 옮겨갔다. 이번에는 무표정한 얼굴로 뒤를 돌아보는 카베라가 그 대상이었다.

"이분은 사제이자 치료사로, 제 조언자이십니다. 카베라라고 합니다."

가이우스가 대답했다.

"어디 출신이시오, 카베라? 로마 분은 아니신 것 같소만."

"저 멀리 동쪽에서 왔습니다, 나리. 제 고향은 로마에는 알려져 있지 않습니다."

"한번 말해 보시구려. 난 평생 동안 군단과 함께 머나먼 곳까지 여행을 한 사람이니."

마리우스는 눈도 깜박이지 않고 집요하게 쳐다보았다.

카베라는 그런 시선에도 전혀 동요하지 않는 듯했다.

"아이깁투스(이집트의 라틴식 명칭—옮긴이) 수천 마일 동쪽 구릉지에 자리한 마을입니다. 워낙 어렸을 적에 떠나와서 이름도 잊었습니다. 저 역시 그 이후 머나먼 길을 여행해 왔거든요."

마리우스가 흥미를 잃었는지, 이글거리는 시선이 획 돌아갔다. 마리우스는 다시 두 소년을 바라보았다.

"이제부터는 내 집이 곧 너희 집이니라. 투브루크는 네 소유지로 돌아가겠지?"

가이우스가 고개를 끄덕였다.

"좋다. 내 문제 몇 가지가 해결되는 즉시 네가 원로원에 들어갈 수 있도록 준비해 주마. 술라를 아느냐?"

가이우스는 자신이 평가받고 있다는 사실을 뼈저리게 깨달았다.

"현재 로마를 장악하고 있는 사람입니다."

마리우스가 언짢은 표정을 지었지만, 가이우스는 계속 말을 이었다.

"그의 군단이 거리를 순찰하고 있더군요. 그 사람은 그 덕에 엄청난 영향력을 가지게 되었을 것입니다."

"네 말이 맞다. 농장에서 지내면서도 로마에서 돌아가는 일들에 완전히 귀를 닫고 산 건 아닌 모양이구나. 이리 와서 앉거라. 포도주를 마실 줄 아느냐? 못 마셔? 허면 이번이 포도주를 배워볼 좋은 기회가 되겠구나."

음식이 차려진 식탁을 중심으로 각자 카우치에 자리를 잡고 앉자, 마리우스가 고개를 숙이고 큰 소리로 기도하기 시작했다.

"위대한 마르스 신(로마의 군신―옮긴이)이시여, 다가올 힘든 날에 제가 올바른 결정을 내리게 해주소서."

기도를 마친 마리우스가 고개를 들더니, 노예에게 포도주를 따르라는 손짓을 하며 가이우스 일행을 향해 싱긋 웃었다.

"네 아버님은 위대한 장군이 될 수도 있었다, 원하기만 했다면. 허나 내가 이제껏 만난 그 누구보다도 날카로운 성품을 지녔으면서도, 자신의 이익을 늘리려 하지 않으셨지. 네 아버님은 권력의 실체를 이해하지 못했다. 강한 사람은 이웃들이 떠받드는 법과 규칙 위에 설 수 있다는 것을 말이다."

"아버지께서는 로마의 법을 대단히 중시하셨습니다."

가이우스가 잠깐 생각한 후 대답했다.

"그래. 그게 실패의 한 요인이었지. 내가 집정관에 몇 번이나 선출되었는지 아느냐?"

"세 번이요."

마르쿠스가 끼어들었다.

"허나 법이 허용하는 건 한 번뿐이지. 난 내 스스로 권력놀음에 싫증날 때까지 거듭해서 선출될 것이다. 난 청을 거절하기에는 위험한 인물이다, 알겠지만. 원로원의 노인들이 그렇게도 소중히 여기는 법과 규칙에도 불구하고, 그럴 수 있는 건 결국 다 그 때문이다. 내 군단은 나에게 충성을 바친다, 오로지 나한테만. 난, 입대하려면 토지를 소유하고 있어야 한다는 자격을 폐지했다. 따라서 내 군단병 중에는 나한테 의지하는 것만이 생계를 이어가는 유일한 길인 이들이 많다. 사실 개중에는 로마 빈민굴의 쓰레기들도 있다만, 비천한 태생에도 다들 충성스럽고 강인한 병사들이다. 만일 내가 암살된다면 오천의 병사들이 이 도시를 갈가리 찢어놓을 것이다. 그렇기 때문에 내가 안전하게 거리를 다닐 수가 있다. 저들은 내가 죽는다면 무슨 일이 벌어질지 잘 안다, 알겠느냐? 나를 죽일 수 없다면, 저들이 나한테 맞출 수밖에. 헌데 술라가 마침내 자기한테만 충성하는 자기 군단을 이끌고 권력놀음에 뛰어들었다. 나도 그자를 죽일 수 없고, 그자도 나를 죽일 수 없으니, 우린 원로원 의원석을 사이에 두고 서로 으르렁거리며 상대가 약해지기를 기다리고 있다. 현재로서는 그자가 유리한 입장에 있다. 네 말대로 그자의 부하들은 거리에 들어와 있는 반면, 내 부하들은 성벽 밖에 진을 치고 있으니까. 우린 둘 다 수가 막힌 상태라고나 할까. 라트룬쿨리(체스를 뜻하는 라틴어—옮긴이)를 둘 줄 아느냐? 여기 판이 있는데."

이 마지막 질문은 가이우스에게 던진 것이었다. 가이우스는 눈을 깜박이며 고개를 절레절레 흔들었다.

"내가 가르쳐주마. 술라는 라트룬쿨리의 대가다, 나도 그렇고. 라트룬쿨리는 장군들에게 좋은 놀이란다. 이 놀이의 목표는 적의 왕을 죽이든지, 권력을 빼앗아 무력해진 왕한테서 항복을 받아내는 것이니라."

그때 번쩍거리는 정복을 갖춰 입은 병사가 들어와 오른팔로 딱딱하게 경례를 올렸다.

"장군님, 청하신 병사들이 도착했습니다. 각기 다른 방향으로 로마에 들어와 여기에 집합했습니다."

"아주 잘 됐군! 보거라, 가이우스. 이 놀이에서 우리한테 또 다른 수가 생겼구나. 내 부하 쉰 명이 지금 내 집에 나와 함께 있다. 술라는 모든 성문에 첩자를 두지 않는 한, 이들이 로마에 들어온 사실을 알지 못할 것이다. 술라가 내 의도를 짐작한다면, 새벽에 그의 군단 소속의 백인대(고대 로마 군대의 단위로, 원래 100명의 보병으로 이루어져 있다고 해서 이런 이름이 붙음―옮긴이)가 밖에서 기다리고 있을 테지만, 삶이란 게 다 도박이지. 안 그러냐?"

그러고는 경비병에게 말했다.

"우린 새벽에 떠날 것이다. 노예들이 병사들을 잘 돌보게 하라. 나는 잠시 후에 갈 것이다."

병사는 다시 인사를 한 뒤 물러갔다.

"무얼 하시려는 거죠?"

마르쿠스가 물었다. 도무지 이해가 가지 않았던 것이다.

마리우스는 자리에서 일어나 어깨를 풀었다. 그러더니 노예를 불러 새벽에 입을 수 있게 제복을 준비해 놓으라고 시켰다.

"개선식을 본 적이 있느냐?"

"아니요. 몇 년 동안은 없었다고 알고 있는데요."

가이우스가 대답했다.

"자신의 군단과 함께 사랑하는 수도의 거리를 행진하고, 군중의 사랑과 원로원의 감사를 받는 것은 새로운 땅을 점령한 모든 장군이 마땅히 누려야 하는 권리다. 나는 앞서 간 스키피오 장군처럼 북아프리카에서 방대한 지역의 비옥한 농토를 점령했다. 허나 현재 원로원을 손아귀에 쥐고 있는 술라가 내가 개선식을 치르는 걸 거부했다. 로마가 그동안 너무나 많은 동란을 겪었기 때문이라고 하지만, 그게 이유는 아니다. 술라가 개선식을 거

236

부하는 이유가 무엇이겠느냐?"

"어떤 구실로든 삼촌의 병사들이 로마에 들어오는 것을 원치 않기 때문이겠죠."

가이우스가 재빨리 말했다.

"좋다. 허면 나는 어찌해야 하겠느냐?"

"어쨌든 병사들을 데리고 들어와야 하지 않을까요?"

가이우스가 과감하게 말했다.

마리우스의 표정이 얼어붙었다.

"안 된다. 이곳은 내가 사랑하는 수도이니라. 이제까지 적개심을 품은 병력이 성문을 통과한 적은 한 번도 없었다. 내가 첫 번째가 되지는 않을 것이다. 그건 맹목적으로 힘으로 밀어붙이자는 건데, 그런 식은 늘 결과가 불확실한 법이다. 아니, 나는 당당하게 요구할 것이다! 이제 여섯 시간 후면 동이 틀 것이다. 가서 잠을 좀 자두는 것이 좋을 것이오, 여러분. 방으로 돌아가고 싶으면 언제든지 노예한테 말만 하시구려."

마리우스는 낄낄 웃고는 네 사람만 남겨둔 채 성큼성큼 방을 나섰다.

"저 사람은……."

카베라가 운을 뗐다. 그러자 투브루크가 있는 듯 없는 듯 옆에 서 있는 노예들을 눈짓으로 가리키며 조심하라고 한 손가락을 치켜들었다.

"이곳의 삶은 지루할 새가 없을 것 같네."

카베라의 말에 마르쿠스와 가이우스가 고개를 끄덕이고는 서로를 향해 씩 웃었다.

"네 삼촌이 당당하게 요구하는 모습을 보고 싶어."

마르쿠스가 말했다.

그 말을 듣고 투브루크가 재빨리 고개를 가로저었다.

"너무 위험해. 틀림없이 유혈사태가 벌어질 텐데, 첫날부터 너희 죽는 꼴이나 보려고 로마에 데려온 게 아니야! 마리우스 장군이 이런 일을 계획하고 있다는 걸 알았다면, 방문을 연기했을 거다."

가이우스가 투브루크의 팔에 손을 얹었다.

"지금까지 보호자 역할을 훌륭히 해오셨지만, 아저씨, 저도 이건 보고 싶어요. 이번 일은 저희 뜻대로 할 겁니다."

가이우스의 목소리는 조용했다. 그런데도 투브루크는 마치 가이우스가 소리라도 지른 듯 눈을 동그랗게 뜨고 보았다. 그러더니 긴장을 풀고 말했다.

"네 아버님이라면 절대로 이렇게 무모하게 나오지는 않으셨을 거다. 그러나 네가 마음을 정했다면, 그리고 마리우스 장군이 동의한다면, 나도 따라가서 너의 뒤를 지키마, 늘 그랬듯이 말이다. 카베라, 당신은?"

"거기 말고 내가 어딜 가겠나? 난 아직도 자네와 같은 길을 헤매고 있는데."

투브루크가 고개를 끄덕였다.

"그럼 새벽이다. 적어도 동트기 한두 시간 전에는 일어나 근육도 풀고 아침도 간단히 하는 게 좋을 거야."

투브루크가 일어서더니 가이우스에게 깍듯이 절을 하며 물었다.

"나리?"

"가도 좋네, 투브루크."

가이우스가 정색을 하고 말했다. 가이우스의 허락이 떨어지자 투브루크는 물러갔다.

마르쿠스가 의아해하며 한쪽 눈썹을 추켜올렸지만, 가이우스는 못 본 체했다. 그들만 있는 것이 아니므로 소유지에서처럼 격의 없는 관계를 즐길 수 없었기 때문이다. 친척이든 아니든, 마리우스의 집은 긴장을 풀 만한 장소가 아니었다. 투브루크는 격식을 차림으로써 이것을 상기시킨 것이다.

마르쿠스와 카베라도 생각에 잠긴 가이우스를 남겨둔 채 곧 방을 나섰다. 가이우스는 카우치에 누워 정원 위로 보이는 밤하늘의 별들을 응시했다. 두 눈에 눈물이 그렁그렁 고였다. 아버지는 세상을 떴고, 그는 낯선 이들 틈에 끼어 있었다. 모든 것이 새롭고, 모든 것이 달랐으며, 모든 것이 벅찼다. 말 한마디를 해도 입에서 내뱉기 전에 잘 고려해서 해야 했고, 결정을 내릴 때면 매번 신중에 신중을 기해 판단해야 했다. 여간 고단한 일이 아니었다. 이런 생각이 든 게 처음은 아니었지만, 아무런 책임도 지지 않던 어린아이로 다시 돌아갈 수 있었으면 싶었다. 그때는 실수를 해도 늘 다른 이들에게 의지할 수 있었다. 그런데 이제는 누구한테 의지할 수 있단 말인가? 아버지나 투브루크도 자신처럼 길을 잃은 듯한 이런 느낌이 든 적이 있을지 궁금했다. 그들이 자신과 똑같은 두려움을 안다는 건 가능하지 않을 듯했다. 그러나 어쩌면 사람은 누구나 두려움을 품고 있지만 다른 이들에게 숨기고 있는 것인지도 모른다.

마음이 평온해지고 나서야 가이우스는 어둠 속에서 일어나 조용히 방을 빠져나왔다. 그의 발길은 어딘가를 향하고 있었다. 그는 자신의 목적지를 좀처럼 인정하고 싶지 않았다. 회랑은 조용해서 인적이 끊긴 듯 보였는데, 불과 몇 걸음도 옮기기 전에 경비병이 다가와 말을 걸었다.

"도와드릴까요, 도련님?"

가이우스는 흠칫 놀랐다. 그러나 생각해 보니, 마리우스가 집과 정원 주위에 경비병들을 배치하지 않았을 리 만무했다.

"오늘 내가 노예를 하나 데려왔네. 잠자리에 들기 전에 그 아이가 잘 있는지 보고 싶네만."

"알겠습니다. 제가 노예숙소로 가는 길을 안내해 드리겠습니다."

경비병이 설핏 미소를 흘리며 대답했다.

가이우스는 이를 갈았다. 사내가 무슨 생각을 하는지 알지만, 다시 무슨 말을 했다가는 그의 의심만 더 굳어질 터였다. 그래서 잠자코 그의 뒤를 따라, 통로 끝의 육중한 문에 이르렀다. 병사가 조용히 문을 두드린 뒤 잠시 기다리니 문이 열렸다.

나이 든 여인이 경비병을 쏘아보았다. 머리가 희끗희끗 센 그녀는 못마땅한 듯 금세 얼굴에 주름이 잡혔다. 그녀가 자주 짓는 표정임이 분명했다.

"대체 뭘 원하시우, 토머스? 루키는 지금 잠들어 있고, 전에도 말했지만……."

"내 일로 온 게 아니오. 이 젊은 분은 마리우스 집정관님의 조카요. 오늘 여자아이 하나를 데리고 오셨다는데?"

가이우스는 이렇게 다 알려지면 어떻게 될까 생각하며 고통스럽게 침묵을 지킨 채 고개를 흔들었다. 가이우스를 보자마자 여인은 태도가 싹 변했다.

"알렉산드리아 아닌가요? 예쁜 아이죠. 제 이름은 칼라라고 합니다요. 제가 그 아이 방으로 안내해 드립지요. 지금쯤은 노예 대부분이 잠들어 있을 테니, 괜찮으시다면, 발소리를 좀 죽여주세요."

따라오라는 그녀의 손짓에 가이우스는 잠자코 따랐다. 무안해서 목과 등이 뻣뻣하게 굳어졌다. 문이 뒤에서 부드럽게 닫히기 전에 토머스의 시선이 등에 꽂혀 있는 게 느껴졌던 것이다.

마리우스 집의 이 부분은 수수하긴 해도 깨끗했다. 기다란 회랑에는 닫힌 문이 줄지어 늘어서 있고, 벽에는 중간 중간에 작은 초가 촛대에 꽂혀 있었다. 그중에 불을 밝힌 것은 몇 개 되지 않았으나, 가이우스가 자신이 향하고 있는 길을 알아보기에는 그 불빛만으로도 충분했다.

가이우스에게로 몸을 돌린 칼라는 목소리를 잔뜩 낮춰 쉰 소리를 내며 속삭였다.

"노예 대부분은 몇 안 되는 큰 방에서 함께 잡니다만, 도련님 댁 아인 혼자 방을 쓰게 했습니다요. 특별히 사랑받는 노예들을 위한 방을 내줬지요. 그 아이에게 친절하게 대해 주라고 하셨다면서요, 사실인가요?"

가이우스는 얼굴을 붉혔다. 마리우스의 노예들이 알렉산드리아와 자신에게 관심을 가지리라는 것은 생각하지 못했다. 아침이면 밤에 알렉산드리아를 찾아갔다는 사실이 온 집안에 퍼질 것이다.

마지막 모퉁이를 돈 가이우스는 너무 놀라 그 자리에 얼어붙었다. 그 회랑의 마지막 문이 열려 있었던 것이다. 안에서 희미한 불빛이 흘러나오는 가운데, 알렉산드리아가 서 있는 게 보였다. 일렁이는 촛불에 비친 그녀의 모습은 참으로 아름다웠다. 그녀 혼자였다면 가이우스는 금세 숨을 몰아쉬었을 것이다. 그런데 누군가가 그늘 속의 벽에 기대어 있었다.

그 광경을 본 칼라는 쏜살같이 앞으로 달려나갔고, 그녀와 동시에 가이우스도 그 누군가를 알아보았다. 그 누군가는 다름 아닌 마르쿠스였다. 그곳에서 그들을 보다니, 놀랍기는 마르쿠스도 마찬가지인 듯했다.

"여긴 어떻게 들어오신 거예요?"

칼라가 물었다. 목소리에 긴장이 배어 있었다.

마르쿠스는 눈을 깜박였다.

"몰래 기어들어왔지. 다들 깨우고 싶지는 않았거든."

가이우스는 알렉산드리아를 바라보며 질투로 가슴이 조여들었다. 알렉산드리아는 짜증이 난 듯했지만, 반짝이는 눈빛은 흐트러진 모습의 그녀를 돋보이게 할 뿐이었다. 그녀의 목소리는 퉁명스러웠다.

"두 분 다 보시다시피, 전 상당히 편안하게 잘 있어요. 노예들은 동이 트기 전에 일어나야 하니까, 카베라 어른과 투브루크 나리까지 불러오실 게 아니라면, 전 이만 잠자리에 들고 싶은데요?"

마르쿠스와 가이우스는 놀란 표정으로 알렉산드리아를 바라보았다. 알렉산드리아는 정말로 몹시 화가 난 듯했다.

"아닌가요? 그럼 안녕히들 주무세요."

알렉산드리아는 입을 굳게 다문 채 마르쿠스와 가이우스에게 꾸벅 인사를 하고는 부드럽게 문을 닫았다.

칼라는 경악해서 입을 쩍 벌린 채 서 있었다. 어떻게 사과를 시작해야 할지 알 수가 없는 모양이었다.

"여기서 뭐 하고 있는 거냐, 마르쿠스?"

가이우스가 목소리를 낮추며 다그쳐 물었다.

"너랑 똑같지 뭐. 알렉산드리아가 외로울지도 모른다는 생각이 들어서 말이야. 네가 이 일을 친목행사로 만들지는 몰랐네."

그때 회랑을 따라 죽 나 있는 문들이 열리더니, 나지막한 여자의 목소리가 들렸다.

"아무 일 없는 거예요, 칼라?"

"그래, 고맙다."

칼라가 씩씩거리며 대답했다.

"보세요. 찾아오신 아이는 잠자리에 들었어요. 무슨 일인지 보려고 온 집안 사람들이 다 나오기 전에 두 분 모두 가시는 게 좋을 것 같은데요."

마르쿠스와 가이우스는 험악한 얼굴로 고개를 끄덕이고는 도로 회랑을 따라 발길을 옮겼다. 홀로 남은 칼라는 웃음이 터져 나오는 것을 막으려고 그들의 발자국 소리가 들리지 않을 때까지 손으로 입을 틀어막았다. 그러나 끝내 웃음을 참지 못했다.

알렉산드리아가 말한 대로, 마리우스의 집은 날이 밝기 두 시간 전에 돌연 활기를 띠었다. 부엌 화덕에 불이 피어오르고, 창문이 열리고, 해가 뜰 때까지 집안을 밝혀줄 횃불도 벽에 죽 놓였다. 노예들은 분주히 움직이며 병사들에게 음식 쟁반과 수건을 날랐다. 어둑한 시간의 정적은 천박한 웃음과 외침으로 산산이 깨졌다. 가이우스와 마르쿠스는 그 소리를 듣자마자 바로 눈을 떴고, 투브루크는 조금 뒤에 깨어났다. 그러나 카베라는 도통 일어날 생각을 하지 않았다.

"왜 일어나야 하는 거냐? 난 그냥 로브만 걸치고 대문으로 가면 된단 말이다. 동이 틀 때까지 두 시간이나 더 남았다니, 다행이다."

"씻고 아침을 드셔야죠."

생기가 넘치는 눈으로 마르쿠스가 말했다.

"씻는 건 어제 했고, 난 정오 이전엔 별로 많이 안 먹는다. 허니 너나 가거라."

마르쿠스는 방에서 물러나와 다른 이들과 합류했다. 그들은 빵과 꿀을 조금 먹은 뒤 향이 가미된 뜨거운 포도주로 입을 가셨다. 포도주 덕에 배에 온기가 가득 퍼졌다. 마르쿠스와 가이우스는 전날 밤에 있었던 일을 입에 올리지 않았지만, 둘 사이에 긴장감이 흐르는 걸 둘 다 의식했다. 여느 때 같으면 가벼운 이야기로 가득할 공간에 침묵만이 흘렀다. 마침내 가이우스가 깊게 숨을 한 번 쉬었다.

"그 아이가 널 좋아한다면, 내가 물러날게."

가이우스가 한 단어 한 단어를 또박또박 발음하며 말했다.

"점잖기도 하셔라."

마르쿠스가 히죽 웃으며 대꾸했다. 그러고는 뜨거운 포도주를 죽 들이 켠 뒤 한 손으로 머리칼을 매만지며 방을 나섰다.

투브루크는 가이우스의 표정을 흘끗 보고는 집이 떠나갈 듯 큰 소리로 웃어젖힌 뒤 마르쿠스의 뒤를 따랐다.

마리우스는 푹 쉰 듯 활기에 넘치는 모습이었다. 쇠로 된 밑창이 깔린 샌들을 신고 있어 그가 정원 방으로 성큼성큼 걸어 들어올 때 딸가닥딸가 닥 소리가 났다. 장군복을 입고 있으니 체구가 훨씬 커 보이는 듯했다. 누구도 막을 수 없는 위풍당당한 모습이었다. 마르쿠스는 어떤 상대를 만나든 관찰을 하라고 배웠던 대로, 마리우스의 걸음걸이를 지켜보면서 약점을 찾아 보았다. 언젠가 입은 부상 때문에 어깨를 늘어뜨리고 있지는 않은 가? 약해진 무릎 때문에 살살 움직이지는 않는가? 그러나 그런 흔적은 전혀 찾아볼 수 없었다. 이 사내는 죽음 근처에는 가본 적도 없는 사람, 절망이라고는 모르는 사람이었다. 유일한 약점이라면 자식이 없다는 것이었다. 마르쿠스는 아이를 갖지 못하는 것이 마리우스 때문인지 그의 부인 때문인지 궁금했다. 신들이 원래 변덕스럽다고는 하지만, 한 사내에게 너무 나 많은 것을 주고서 그것을 전하지 못하게 하는 건 이 무슨 장난이란 말 인가.

마리우스는 청동 흉갑을 입고 어깨에 기다란 빨간 망토를 두르고 있었 다. 허리에는 군단병들이 흔히 사용하는 단순한 글라디우스를 차고 있었 는데, 손잡이가 은으로 되어 있다는 점에서 보통 검과 달랐다. 가죽 킬트 (남자들이 입는 치마—옮긴이) 아래의 구릿빛 다리는 대부분 맨살이 그대로 드 러났다. 마리우스는 움직임이 좋았다. 그 나이의 사내치고는 보기 드물게 좋은 편이었다. 눈빛은 흥분과 기대감으로 번득였다.

"다들 일어나 있는 걸 보니 좋구나. 내 병사들과 함께 행진할 생각이 냐?"

마리우스의 목소리는 깊고 안정되어 있었다. 초조한 기색이라고는 찾 아볼 수 없었다.

가이우스가 미소를 지었다. 청할 필요가 없게 된 것이 기뻤기 때문이다.

"저희 모두가요. 허락해 주신다면요…… 삼촌."

그 말에 마리우스가 고개를 끄덕였다.

"물론 허락하다마다. 허나 멀찍이 뒤쪽에 있어야 한다. 이건 결과가 어 떻게 나오든지 간에 아침 오락거리로는 위험한 일이니까 말이다. 그리고 한 가지, 네가 로마를 잘 모르니까 하는 말이다만, 만일 우리가 뿔뿔이 흩 어지는 사태가 발생한다면, 이 집은 아마 더 이상 안전하지 못할 것이다. 공중목욕탕을 뒤져 발키누스를 찾거라. 공중목욕탕들은 정오까지는 문을 열지 않을 거다만, 내 이름을 대면 그 사람이 안으로 들여보내줄 것이다. 그럼 다 준비됐나?"

마르쿠스와 가이우스, 그리고 투브루크는 서로를 바라보았다. 사건이 전개되는 속도에 얼떨떨했던 것이다. 그중 적어도 둘은 그러면서도 동시에 약간 흥분을 느꼈다. 세 사람은 부하들이 참을성 있게 기다리고 있는 마당으로 시원스레 발걸음을 내딛는 마리우스의 뒤를 줄을 지어 따라갔다.

카베라는 마지막 순간에 합류했다. 눈매는 평소처럼 날카로웠지만, 뺨과 턱에는 흰 수염이 송송 나 있었다. 그는 씩 웃는 마르쿠스에게 찌푸린 얼굴로 화답했다. 네 사람은 무리지어 선 병사들의 뒤쪽 부근에 자리를 잡았다. 가이우스는 주변 병사들의 용모를 눈여겨보았다. 한결같이 구릿빛 피부에 다갈색 머리칼을 지닌 그들은 왼팔에 가죽끈으로 묶인 직사각형 방패를 들고 있었다. 각 방패의 청동면에는 마리우스 가문의 단순한 문장, 즉 서로 교차하는 세 개의 화살이 새겨져 있었다. 그 문장을 본 순간, 가이우스는 마리우스가 설명한 것이 이해되었다. 이들은 자신들의 도시를 방어하기 위해 싸울 로마의 병사들이었지만, 이들의 충성은 이들이 지닌 문장을 향한 것이었다.

그들은 모두 침묵을 지킨 채 대문이 열리기를 기다렸다. 그때 메텔라가 그늘에서 나타나 마리우스에게 입을 맞추었다. 그러자 마리우스도 그녀의 엉덩이를 움켜쥐며 열정적으로 화답했다. 부하들은 마리우스의 활기찬 기분과는 다르게 그 광경을 무표정한 얼굴로 바라보았다. 마리우스와 입맞춤을 끝낸 메텔라는 돌아서서 가이우스와 마르쿠스에게도 입을 맞추었다. 그 순간 두 소년은 그녀의 눈에서 반짝이는 눈물을 보고 속으로 깜짝 놀랐다.

"나한테 안전하게 돌아오거라. 너희 모두를 기다리마."

가이우스는 주변을 두리번거리며 알렉산드리아를 찾았다. 마르쿠스를 위해 물러나기로 한 자신의 고귀한 결정을 그녀에게 말할 수 있을 것 같은 기분이 막연히 들었던 것이다. 그 이야기를 듣고, 알렉산드리아가 자신의 희생에 감동을 받아 마르쿠스의 애정에 냉소를 보냈으면 하는 게 가이우스의 바람이었다. 그러나 불행하게도 그녀의 모습은 어디에서도 보이지 않았다. 더욱이 문이 열리는 바람에 기다릴 시간이 없었다.

마리우스의 병사들이 딸가닥 소리를 내며 로마의 새벽 거리를 향했다. 가이우스와 마르쿠스도 투브루크, 카베라와 함께 정렬한 뒤 그 뒤를 따랐다.

13장

　정상적인 상황에서라면 로마의 거리는 새벽에 텅 비어 있어야 했다. 대다수 사람들이 아침 늦게 일어나 한밤중까지 일을 하기 때문이다. 그러나 통행금지가 시행되고 있어 하루의 리듬이 바뀐 까닭에, 마리우스와 부하들이 행진할 때는 이미 가게들이 문을 열고 있었다.

　장군이 맨 선두에서 병사들을 이끌었다. 발걸음은 가볍고 확신에 차 있었다. 지나가던 행인들은 경고의 소리를 외쳤고, 무장한 병사들을 발견한 사람들은 몸을 홱 숙이며 도로 문간 안으로 사라졌다. 최근에 폭동이 있은 후라, 다들 원로원 의사당이 자리한 대광장을 향해 구불구불 언덕을 내려가는 행렬을 옆에서 지켜볼 기분이 아니었던 것이다.

　처음에는 주요 도로가 텅 비어 있었다. 일찍 일어난 일꾼들이 병사들에게 길을 비켜주고 멀찍이 뒤에 서 있었기 때문이다. 가이우스는 그들의 따가운 시선을 느낄 수 있었고 성난 중얼거림도 들을 수 있었다. 딱딱하게 굳은 얼굴들이 되풀이하는 말은 한결같았다.

　"스켈루스('죄', '범죄'를 뜻하는 라틴어—옮긴이)!"

　병사들이 거리를 돌아다니는 건 범죄라는 것이었다. 새벽 공기가 축축하고 서늘한 느낌이 들어 가이우스는 살짝 몸을 떨었다. 어스레한 빛 속에서 보이는 마르쿠스의 얼굴 역시 험상궂은 표정이었다. 가이우스와 눈이 마주치자 마르쿠스는 고개를 끄덕였다. 마르쿠스의 손은 글라디우스 손잡이에 가 있었다. 병사들이 움직이면서 내는 딸가닥 소리, 쿵쿵 소리로 인해 긴장이 고조되었다. 가이우스는 쉰 명의 병사들이 이렇게 시끄러운 소리를 낼 수 있으리라고는 생각지 못했다. 그런데 좁은 거리에 있으니, 쇠 밑창이 깔린 샌들이 절거덕거리는 소리가 앞뒤로 쩌렁쩌렁 울려 퍼졌다. 높다란 공동주택 옆을 지나갈 때 누군가가 창문을 열고 역정을 내며 고함을 내질렀다.

"술라 장군이 네놈들 눈을 도려낼 거다!"

한 사내가 악을 써댄 뒤 문을 쾅 닫았다.

마리우스의 부하들은 그 조롱을 무시했다. 뒤에서는 이제 흥분과 위험에 이끌려 모여든 사람들의 수가 점점 불어났다.

멀리 앞쪽에서 술라의 문장이 새겨진 방패를 든 군단병 하나가 시끄러운 소리가 나는 방향으로 돌아섰다가 그대로 얼어붙었다. 마리우스의 부하들은 그 군단병을 향해 행진했다. 가이우스는 모든 눈이 그 외로운 사내에게 못박히며 대열 사이에서 갑자기 흥분이 이는 것을 느낄 수 있었다. 그 사내는 용기 대신 신중함을 선택했는지 황급히 종종걸음을 치며 모퉁이를 돌아 사라졌다. 마리우스와 함께 선두에 있던 사내 하나가 쫓아가려는 듯 몸을 앞으로 기울이자 마리우스가 손으로 그의 가슴을 막았다.

"가게 놔두어라. 저자가 저들에게 내가 오고 있다고 알릴 것이다."

마리우스의 목소리가 대열 전체에 전달되었다. 가이우스는 마리우스의 침착함에 그저 놀랄 따름이었다. 병사들은 어느 누구 할 것 없이 입을 꾹 다문 채 발을 맞춰 쿵쿵거리며 행진을 계속했다.

카베라는 뒤를 돌아보았다. 거리가 자신들을 따라오는 이들로 가득 차 있자 순간 얼굴이 하얘졌다. 퇴각할 공간이라곤 전혀 없었다. 군중이 흥분으로 눈을 빛내며 서로 부르기도 하고 야유를 하기도 하면서 뒤를 졸졸 따라오는 중이었다. 카베라는 로브 속에서 가죽끈이 달린 조그만 푸른색 돌을 꺼내 입을 맞추고는 짧게 중얼중얼 기도를 올렸다. 투브루크는 그런 노인을 바라보다가 한 손으로 그의 어깨를 잠깐 붙잡았다 놓았다.

대광장의 드넓은 공간에 당도했을 즈음에는 군중이 평행으로 나 있는 도로들을 가득 채우는 것으로도 모자라 병사들의 뒤쪽과 주변에까지 넘쳐 났다. 가이우스는 앞에서 걷는 병사들이 초조해하는 것을 느꼈다. 언제든지 행동을 취할 수 있도록 칼집에서 검을 느슨하게 풀어놓느라 그들의 근육은 긴장했다. 가이우스는 마른침을 꿀꺽 삼켰다. 심장은 빠르게 요동쳤고, 머리는 어찔어찔했다.

그런 분위기를 조롱이라도 하듯 병사들이 대광장에 들어선 바로 그 순간, 해가 아침 안개를 가르고 떠올랐다. 동상들과 사원들의 한쪽 면이 금빛으로 물들었다. 앞쪽에 원로원 의사당의 계단이 보였다. 어둠 속에서 하얀색 로브 차림의 인물들이 나와 기다리고 서 있었다. 그 모습을 본 가이우스는 마른 입술을 혀로 핥았다. 계단에 있는 술라의 군단병들은 모두 넷이었다. 다들 손에 검을 든 채였다. 다른 군단병들은 지금 오는 중일 터였다.

수백 명의 사람이 사방에서 대광장을 빼곡이 채우고 있었고, 그들이 내지르는 조롱과 외침이 근처 거리에까지 울려 퍼졌다. 그들 모두 마리우스와 그 부하들을 지켜보고 있었다. 그들은 원로원으로 향하는 대로만은 비워 두었다. 굳이 말하지 않아도 마리우스의 목적지가 어딘지 다들 알았기 때문이다.

가이우스는 이를 악물었다. 사람이 많아도 너무 많았다! 그들에게는 두려움이나 경외의 기색이라곤 눈곱만치도 없었다. 그저 손가락질하고, 소리 지르고, 조금이라도 더 잘 보이는 곳을 차지하려고 서로 밀치고 떠밀 뿐이었다. 가이우스는 병사들과 동행하게 해달라고 청한 것을 후회하기 시작했다.

마리우스는 계단 밑에서 부하들을 멈춰 세운 뒤 한 걸음을 더 내디뎠다. 주변에서 군중이 밀고 들어와 공간이라는 공간은 가득 채웠다. 공기에서는 땀 냄새, 음식 냄새가 진동했다. 서른 개의 널찍한 계단은 토론실 문으로 이어져 있었다. 계단에는 아홉 명의 원로원 의원이 서 있었다.

가이우스는 맨 위쪽 계단에 서 있는 술라의 얼굴을 알아보았다. 술라는 가면을 쓴 듯 무표정한 얼굴로 마리우스를 똑바로 노려보고 있었다. 두 손은 뒷짐을 지고 있는 것이, 마치 일장 훈계라도 늘어놓을 듯했다. 그의 네 군단병은 가장 아래쪽 계단에 자리 잡고 있었는데, 적어도 그 넷만큼은 다음에 무슨 일이 벌어질지 몰라 안절부절못하고 있었다.

눈에 보이지 않는 어떤 신호를 받았는지, 불어난 군중이 일제히 조용해졌다. 더 나은 자리를 놓고 다투느라 여기저기서 투덜거리는 소리와 욕설이 간간이 튀어나올 뿐이었다.

"다들 나를 알 것이오."

마리우스가 우렁차게 소리쳤다. 사위가 조용해 목소리가 멀리까지 전달되었다.

"나는 장군이자 집정관이며 시민이기도 한 마리우스요. 여기, 원로원 앞에서, 나는 내 군단이 아프리카에서 정복한 새로운 땅들을 로마의 영토로 인정하고, 개선식을 거행할 권리를 행사하게 해달라고 요구하는 바이오."

군중은 더 가까이 몰려들었다. 그 와중에 한둘이 주먹다짐을 벌이는 바람에 날카로운 비명이 긴장을 깨뜨렸다. 군중이 병사들까지 밀어대는 통에 병사 둘은 팔을 올려 사람들을 무리 속으로 도로 밀쳐야 했다. 그러자 성난 외침이 더 많이 터져 나왔다. 가이우스는 군중의 추악한 분위기를 느낄 수 있었다. 그들은 검투시합이 벌어질 때 그랬던 것처럼 죽음과 폭력을 보고 즐기기 위해 모여든 것이다.

가이우스가 보니, 다른 원로원 의원들은 술라가 답변하길 기대하는 눈치였다. 술라가 나머지 또 한 명의 집정관인 만큼 로마의 권위를 전하는 것은 술라의 말이었던 것이다.

술라가 두 계단 아래로 병사들 더 가까이로 내려왔다. 얼굴은 분노로 벌게져 있었지만, 목소리는 조용했다.

"이건 불법이오. 부하들한테 해산을 명하시오. 자, 안으로 들어오시오. 원로원 의원 전체가 모이면 이 문제를 의논해 봅시다. 그대도 법을 알지 않소, 마리우스?"

군중 중에는 술라의 말을 듣고 환호성을 지르는 이들이 있는가 하면, 아무 소리도 못 듣고 그저 상소리를 내지르는 이들도 있었다. 수많은 사람들 속에 있으니 자신의 모습이 보이지 않을 것이라는 믿음이 있었기 때문이다.

"물론이오. 당연히 법을 알고 있소! 장군한테는 개선식을 요구할 권리가 있다는 것을 안다 이 말이오. 따라서 그 권리를 행사케 해달라고 요구하는 것이오. 내 요구를 거부할 생각이오?"

마리우스가 한 걸음을 앞으로 내디뎠다. 그를 따라 군중이 서로 밀치고 떠밀며 밀려들어 두 사내 사이의 원로원 계단까지 막아섰다.

"바파! 쿤누스('비열한 놈' 이란 뜻의 라틴어—옮긴이)!"

군중이 저지하는 병사들에게 악을 쓰며 욕을 해대자, 마리우스가 맨 앞줄의 부하들을 향해 돌아섰다. 눈빛이 차갑고 어두웠다.

"이 정도 참았으면 됐다. 너희 장군을 위해 공간을 만들라."

마리우스가 무시무시한 목소리로 명했다.

그러자 맨 앞줄에 선 병사 열 명이 칼을 뽑아 제일 가까운 곳의 사람들을 베었다. 이내 깊은 상처를 입은 몸뚱이들이 대리석 계단 위로 피를 내뿜었다. 그러나 병사들은 그걸로 멈추지 않고, 앞에 있는 사람이라면 여자 남자 가릴 것 없이 닥치는 대로 무자비하게 죽여댔다. 앞쪽 사람들은 울부짖으며 뒤로 물러서려 인긴힘을 썼지만, 뒤쪽 사람들은 무슨 일이 벌어지고 있는지 몰라 계속 앞으로 밀어댔다. 그러자 병사 쉰 명 전원이 글라디우스를 뽑아 주변 사람들을 베었다. 칼을 맞고 쓰러지는 사람이 누구든 전혀 신경 쓰지 않았다.

칼부림이 시작되어 끝날 때까지 불과 몇 초밖에 걸리지 않았다. 줄지어 늘어선 군중이 밀처럼 베어 넘어지는 광경을 공포에 질린 채 지켜볼 수밖에 없었던 가이우스와 마르쿠스에게는 그 잠깐이 몇 시간처럼 느껴졌다. 대광장에는 몸뚱이들이 어지러이 널려 있었고, 군중은 돌연 도망을 치려고 기를 쓰고 있었다. 마침내 전하고자 하는 바가 전달된 것이다. 몇 초가 더 흐른 뒤, 마리우스와 부하들 주변에는 커다란 원이 생겨났다. 시민이고 노예고 할 것 없이 다들 시뻘건 검을 피해 달아나는 통에 그 원은 점점 더 커졌다.

마리우스의 부하들은 단 한마디의 말도 하지 않았다. 그저 피 묻은 검을 죽은 이들의 몸에 쓱쓱 닦은 후 도로 칼집에 넣었을 뿐이다. 그러고 나서 그들은 도로 자신들의 위치로 돌아갔다. 이윽고 마리우스가 원로원 의원들을 올려다보았다.

대광장의 돌들은 피로 축축이 젖어 미끌미끌했다. 계단에 서 있는 다른 원로원 의원들은 하얗게 질려 무의식적으로 학살 현장에서 뒷걸음을 쳤다. 오로지 술라만이 굳건히 서 있었다. 갓 흘린 피와 터져 나온 창자에서 비릿한 악취가 풍기자, 술라의 입술이 뒤틀리더니 얼굴 전체가 분노로 일그러졌다.

두 사내는 마치 대광장에 자신들 둘만 있는 듯 오랫동안 서로를 바라보았다. 한참 동안 침묵이 이어졌다. 이윽고 마리우스가 기다리고 있는 부하들에게 또 다른 명령을 내리기라도 할 듯이 손을 올렸다. 그러자 술라가 날카롭게 말했다.

"오늘로부터 한 달 후에 개선식을 거행하시오, 장군. 허나 그대가 오늘 적을 만들었다는 걸 잊지 마시오. 그대가 응당 누려야 할 기쁨의 순간을 만끽하길 바라오."

마리우스가 고개를 숙였다.

"현명한 결정을 내려주어 고맙소, 술라."

마리우스는 원로원 의원들에게 등을 돌리고 돌아서 부하들에게 뒤로 돌라고 외친 뒤, 대열 사이를 통과해 다시 선두에 섰다. 군중은 자제하고 있었지만, 적의에 찬 얼굴마다 분노가 배어 있었다.

"전진!"

우렁찬 외침이 울려 퍼진 것과 동시에 쉰 명의 병사들이 장군을 따라 광장을 빠져나가느라 다시 한 번 돌에 쇠 부딪치는 소리가 요란하게 들렸다.

254

매우 놀란 가이우스는 투브루크와 마르쿠스를 보며 말없이 고개를 절레절레 저었다. 그때 술라의 부하들로 이루어진 백인대가 옆길에서 광장으로 들어오는 게 가이우스의 눈 끝에 잡혔다. 그 병사들은 어느 누구 할 것 없이 검을 빼든 채 달려오고 있었다. 가이우스는 긴장을 하며 소리를 질러 그들의 출현을 알리려 했다. 그러나 투브루크가 고개를 흔드는 것을 보고 그만두었다.

뒤에서, 술라가 멈추라고 손을 들어 올리자, 술라의 부하들은 부동자세로 서서 마리우스가 떠나는 모습을 성난 표정으로 지켜보았다. 대광장의 끝자락에 이르렀을 때, 가이우스는 술라가 오른손으로 허공에다 원을 그리는 것을 보았다.

"내 취향으로 보면 타이밍이 너무 아슬아슬한걸."

투브루크가 속삭였다.

마리우스가 저 앞쪽에서 코웃음을 쳤다. 투브루크의 말을 들었던 것이다. 힘차게 앞으로 발을 내딛는 그의 목소리가 뒤로 울려 퍼졌다.

"거리에서는 밀집대형을 취하라. 아직 끝난 게 아니다."

그의 말에 병사들이 서로 바짝 다가들어 한 덩어리를 이루었다. 마리우스가 어깨 너머로 뒤를 돌아다보았다.

"옆길을 조심하라. 술라는 우리를 깨끗이 보내주지는 않을 것이다. 정신 바짝 차리고 검을 느슨하게 해놓아라."

가이우스는 자신이 통제할 수 없는 사건들에 끌려 다니느라 멍한 기분이었다. 이것이 삼촌의 그늘 밑에서 안전하게 지내는 것이란 말인가? 가이우스는 군단병들에 둘러싸인 채 다른 이들과 함께 걸었다.

뒤에서 짖는 듯한 비명이 짧게 들렸다. 가이우스는 현기증이 일어, 하마터면 뒤에 오는 병사에게 부딪쳐 넘어질 뻔했다. 뒤를 돌아보니, 마리우스의 부하 가운데 하나가 자갈 위에, 도로의 오물 속에 누워 있었다. 주위에는 피가 그득 고여 있었다. 세 사내가 그 병사를 미친 듯이 찌르고 베는 게 얼핏 보였다.

"보지 마."

투브루크가 가이우스의 어깨를 부드럽게 눌러 앞으로 돌려놓으며 경고했다.

"하지만 저 사람! 우리 멈춰서야 하는 것 아니에요?"

가이우스가 깜짝 놀라 소리쳤다.

"멈추면 우린 다 죽을 것이다. 술라가 개들을 풀어놓았다."

지나가면서 옆길을 흘끗 들여다본 가이우스는 단검을 빼든 한 무리의 사내들이 달려오고 있는 것을 보았다. 거동으로 보아 군단병들이었지만 제복 차림은 아니었다. 가이우스는 다른 모든 이와 거의 동시에 검을 뽑았다. 심장이 다시 쿵쿵대기 시작했고, 이마에 땀이 쏟아져 나왔다.

"흔들리지 마라! 무슨 일이 있어도 멈춰서는 안 된다."

마리우스가 뒤로 소리쳤다. 목과 등 근육이 딱딱하게 굳어졌다.

칼을 든 사내들이 다시 지나가는 병사들의 뒷줄을 공격했다. 그중 하나가 갈비뼈에 글라디우스를 맞아 푹 쓰러졌다. 워낙 순식간에 벌어진 일이라 나머지 병사들이 동료의 몸을 떠받쳐 땅에 내려놓을 새도 없었다. 누군가가 손에 든 검을 비틀어 빼앗자, 그 병사가 두려움에 떨며 고함을 질러대더니, 갑자기 고함소리가 뚝 끊겼다.

행진은 계속되었다. 그런데도 뒤에서 의기양양하게 우우 하는 소리가 들렸다. 가이우스가 슬쩍 뒤를 돌아보니, 공격자들이 피가 철철 흐르는 머리 하나를 들고 동물처럼 울부짖고 있었다. 그것을 본 그는 자신이 돌아본 것을 후회했다. 가이우스 주변의 병사들은 악의에 찬 욕을 해댔다. 그런데 그중 하나가 돌연 멈춰 서며 검을 치켜들었다.

"어서 와, 베구스, 거의 다 왔단 말이야."

또 다른 병사가 재촉했지만, 그 병사는 양어깨에 놓인 손을 뿌리치고는 땅에 침을 탁 뱉었다.

"내 친구였다구."

그 병사는 그렇게 중얼거리더니 대열을 이탈해 피를 뒤집어쓴 무리를 향해 달려갔다. 가이우스는 무슨 일이 일어나는지 보려고 애를 썼다. 그 병사가 달려오는 것을 보고 칼을 든 사내들이 내지르는 소리가 들리더니, 사방 골목에서 사내들이 쏟아져 나오는 듯했다. 그 병사는 비명 한 번 지르지 못하고 갈가리 찢기고 말았다.

"침착하라!"

마리우스가 외쳤다. 가이우스는 그 목소리에서 분노를 느낄 수 있었다. 가이우스가 그를 본 이후 그런 기색을 느낀 것은 이번이 처음이었다.

"침착하라!"

마리우스가 다시 소리쳤다.

마르쿠스가 오른쪽 병사의 단검을 뺏어들더니 대열을 헤치고 무작정 뒤로 나아갔다. 세 명으로 이루어진 마지막 줄에 이르렀을 때는 어느 골목의 시커먼 입구를 지나고 있었다. 거기서 칼을 든 사내 넷이 튀어나왔다. 마르쿠스는 몸을 홱 굽혀 격렬하게 포옹하듯 부딪친 공격자의 중심을 빼앗았다. 그런 다음 코앞에 보이는 공격자의 목을 칼로 죽 그었다. 그러자 분수처럼 피가 뿜어져 나왔고, 피 세례를 받은 마르쿠스는 눈을 깜박이며 또 다시 돌진해 오는 사내를 죽은 병사의 몸뚱이로 막은 뒤 나머지 공격자들에게 내던졌다. 그 몸뚱이에 맞은 사내들이 바닥으로 쓰러지자 세 군단병은 잽싸게 사내들을 찔러대 벌집을 만들었다. 그런 다음 말없이 대열에 합류했다. 그 군단병들 중 하나가 손으로 마르쿠스의 어깨를 찰싹 쳤다. 마르쿠스는 그를 보며 히죽 웃었다. 마르쿠스는 다시 유령처럼 대열 사이를 소리 없이 움직여 가이우스 옆으로 돌아왔다. 가이우스는 살짝 숨을 헐떡이고 있는 마르쿠스의 뒷목을 잠시 움켜쥐었다 놓았다.

이윽고 대문이 열렸다. 이제는 안전했다. 그들은 마지막 한 사람이 안마당으로 들어설 때까지 대형을 유지했다. 대문이 닫히자 가이우스는 뒤로 가서 함께 걸어온 언덕을 내려다보았다. 그곳은 인적이 끊겨 사람의 얼굴이라고는 보이지 않았다. 로마는 여느 때처럼 조용하고 질서 있어 보였다.

14장

마리우스는 부하들 사이를 걸으며 호탕하게 웃으면서 부하들의 어깨를 툭툭 쳐댔다. 기쁨과 활기에 넘친 얼굴은 빛이 났다. 부하들은 선생에게 축하를 받는 학생처럼 멋쩍게 씩 웃었다.

마리우스가 소리쳤다.

"우리가 해냈다, 제군들! 오늘부터 한 달 후, 우리는 이 도시에 잊지 못할 하루를 보여줄 것이다."

부하들은 환호성을 질렀고, 마리우스는 포도주와 다과를 가져오라고 소리쳤다. 집안의 노예들도 모조리 불러들여 부하들을 왕처럼 대접하라고 시켰다.

"원하는 건 뭐든지 가져다주어라!"

마리우스가 우렁차게 외쳤다. 금과 은으로 된 포도주잔이 대문을 통과해 들어온 모든 사내의 거친 손에 쥐어졌다. 가이우스와 마르쿠스도 포함되었음은 물론이다. 토기 술병에 담긴 짙은 자줏빛 포도주는 잔으로 쏟아지기가 무섭게 꿀꺽꿀꺽 소리와 함께 순식간에 목구멍으로 사라졌다. 다른 노예들과 함께 있던 알렉산드리아가 마르쿠스와 가이우스를 보고 미소를 지었다. 가이우스는 그저 고개를 끄덕이는 것으로 답을 했지만, 마르쿠스는 옆을 지나가는 그녀에게 윙크를 보냈다.

투브루크가 킁킁거리며 포도주의 향을 맡더니 낄낄거렸다.

"최상품이군."

마리우스가 침울한 표정으로 잔을 높이 들었다. 그 상태에서 잠시 침묵이 이어졌다.

"오늘 여기까지 함께 오지 못한 이들, 우리를 위해 죽은 이들을 위하여! 타고이, 루카, 그리고 베구스. 다들 훌륭한 병사였노라."

"다들 훌륭한 병사였노라!"

모든 이가 갈라진 목소리로 합창하듯 마리우스의 말을 되풀이하고 나서 잔을 비운 뒤, 기다리고 있는 노예들에게 포도주를 더 달라고 잔을 내밀었다.

"삼촌은 죽은 병사들의 이름을 다 알고 계셨네요."

가이우스가 투브루크에게 속삭이자, 투브루크가 고개를 바짝 들이대며 소곤거렸다.

"마리우스 장군은 병사들의 이름을 전부 알고 있고말고. 그래서 훌륭한 장군인 게다. 부하들이 사랑하는 거고. 장군은 너한테 여기 있는 병사 전부는 물론이고 로마 밖에서 대기 중인 휘하 군단 병사 상당수의 이력도 어느 정도 말해 줄 수 있을 게다. 아, 그걸 술수라고, 부하들한테 감명을 주기 위한 값싼 방법이라고 불러도 괜찮다. 그렇게 부르고 싶다면 말이다. 네가 물어본다면, 마리우스 장군도 바로 그렇게 말할 테니까."

투브루크는 잠시 말을 멈추고 마리우스 장군을 바라보았다. 장군은 거구에다 힘이 장사로 보이는 어떤 병사의 머리를 팔로 바짝 조인 채 사람들 사이를 걸어다니고 있었다. 그 병사는 고함을 질러대기는 했지만 빠져나오려고 버둥거리지는 않았다. 의도를 알기에 참고 있었다.

"장군한테는 저들이 자식인 것 같구나. 얼마나 저들을 사랑하는지 보일 게다. 덩치 큰 저 사내는 마음만 먹으면 얼마든지 마리우스 장군의 팔을 떼어낼 수 있을 게다. 저자는 어느 날 벌건 대낮에 자기를 째려보았다고 단검을 꽂고도 남을 사람이다. 그런데 장군은 저런 자의 머리를 팔로 조인 채 끌고 다닐 수 있다니, 게다가 저런 자가 그런 꼴을 당하면서도 웃다니. 네가 병사를 저 정도로까지 훈련시킬 수 있을지 모르겠구나. 저런 재주는 타고나는 듯싶다. 훌륭한 장군이 되기 위해 저런 재주를 익혀야 할 필요조차도 없는 것이지. 이 병사들은 만일 술라의 군단에 속해 있었다면 술라를 따랐을 것이다. 그랬다면 술라를 위해 싸우고, 술라를 위해 대형을 유지하고, 술라를 위해 죽었겠지. 허나 이들은 마리우스 장군을 사랑하니, 뇌물을 받거나 매수당하는 일 따위는 절대로 일어나지 않을 것이고, 전투에 나가 도주하는 일은 더더구나 없을 것이다. 마지막 한 사람이 남는다 해도 말이다. 마리우스 장군이 지켜보고 있는 한은 어쨌든 그러지 않을 것이다. 예전엔 군단에 들어가려면 토지를 소유하고 있어야 한다는 자격조건이 있었는데, 마리우스 장군이 그 조건을 폐지해 버렸다. 해서 지금은 누구든 로마를 위해 싸우는 일을 업으로 삼을 수 있게 되었다. 적어도 마리우스 장군을 위해서라면 말이다. 마리우스 장군 자신이 입안한 법을 원로원에서 통과시키지 않았다면, 이 병사들 중 절반은 군대에 입대하지 못했을 것이다. 허니 이들은 장군한테 큰 빚을 지고 있는 셈이지."

병사들이 하나 둘 입구 쪽 마당을 뜨기 시작했다. 그곳에 있는 아리따운 여자 노예들의 시중을 받으며 목욕도 하고 안마도 받기 위해서였다. 병사들의 팔에 이끌려가는 미모의 노예 몇몇은 그들이 떠벌리는 무용담에 벌써부터 숨을 죽이기도 하고 탄성을 내지르기도 했다. 덩치 큰 군단병이 마리우스가 머리를 놓아주자마자 노예소녀 하나를 불렀다. 가무잡잡한 피부에 새까만 눈을 가진 늘씬한 소녀였다. 그는 소녀를 한 번 쓱 보더니 늑대처럼 씩 웃으며 두 팔로 꼭 끌어안았다. 그가 잰걸음으로 본채를 향할 때, 소녀의 웃음소리가 벽돌 담장에 부딪쳐 메아리치며 되돌아왔다.

젊은 병사 하나가 알렉산드리아의 어깨에 힘센 근육질 팔을 두르더니 뭐라고 말을 했다. 그것을 보고 마르쿠스가 재빨리 그 병사 뒤로 다가갔다.

"이 아이는 안 돼, 친구. 이 아이는 이 집 노예가 아니거든."

마르쿠스를 바라본 병사는 마르쿠스의 태도가 남다를뿐더러 표정이 결의에 차 있음을 대번에 알아차렸다. 그는 하는 수 없이 어깨를 으쓱한 뒤 지나가는 또 다른 소녀를 불렀다. 가이우스는 서서 그 광경을 지켜보기만 했다. 그러다가 알렉산드리아에게로 시선을 돌려보니, 그녀의 얼굴이 분노로 붉으락푸르락했다. 알렉산드리아는 마르쿠스에게 등을 돌리고 홱 돌아서, 정원이 딸린 방의 시원한 내부로 성큼성큼 걸어 들어갔다.

그 모습을 본 마르쿠스는 친구에게로 돌아섰다. 마르쿠스는 생각에 잠겨 중얼거렸다.

"왜 저렇게 짜증이 난 거지?"

가이우스가 성난 목소리로 대꾸했다.

"저 커다란 황소와 함께 가고 싶어하지는 않았을 거 아냐. 그런 상황에서 네가 구해 줬고."

마르쿠스가 고개를 끄덕였다.

"바로 그게 문제일지 몰라. 어쩌면 알렉산드리아는 내가 그러길 원치 않았는지 모르지. 어쩌면 네가 구해 주길 바랐을지도 몰라."

"오! 정말로?"

가이우스의 얼굴이 환해졌다.

마리우스가 비틀거리며 가이우스와 친구들에게로 다가왔다. 여전히 소리내어 웃고 있는 마리우스는 포도주를 뒤집어써 머리칼이 이마에 찰싹 들러붙었고, 눈빛은 기쁨으로 빛이 났다. 마리우스가 가이우스의 양어깨를 붙잡았다.

"그래, 젊은이, 로마를 처음 맛본 기분이 어떠신가?"

가이우스는 마리우스를 보며 싱긋 웃었다. 어떻게 그러지 않을 수 있겠는가. 이 사내의 감정은 전염성이 강했다. 그가 인상을 쓰면 두려움과 분노의 먹구름이 따라다녔고, 그것이 만나는 모든 이에게 영향을 미쳤다. 그가 미소를 지으면 넝달아 미소싯고 싶어졌다. 그리고 그의 부하가 되고 싶어졌다. 이 사내가 지닌 막강한 힘을 느끼며, 가이우스는 자신도 그런 종류의 충성을 이끌어낼 수 있을지 난생처음 궁금증이 일었다.

"무섭기도 했지만 흥분도 되던데요."

가이우스가 입가에 번지는 미소를 감추지 못한 채 대답했다.

"좋아! 그런 기분을 느끼지 못하는 이들도 있다. 그런 자들은 그저 보급품 숫자나 더하고 계곡을 점령하려면 인원이 얼마나 필요할지 계산이나 한단다. 흥분이라고는 느끼지 못하고 말이다."

마리우스가 마르쿠스와 투브루크, 카베라에게로 시선을 돌렸다.

"취하고 싶으면 취하고, 갖고 싶은 여자가 있으면 갖거라. 오늘은 할 일도 없고, 문제를 일으킨 후라 어두워질 때까지는 아무도 이 집을 나갈 수 없으니 말이다. 내일부터는 50마일 밖에 있는 5,000명의 병사를 어떻게 데려와서 로마 시내를 행진시킬지 계획을 짜야 할 것이다. 병참에 대해서 아는 게 있느냐?"

마르쿠스와 가이우스 둘 다 고개를 가로저었다.

"배우게 될 것이다. 세계 최고의 군대라도 음식과 물 없이는 전쟁에서 패하는 법이니라. 허니 병참은 반드시 알아야 한다. 그러면 나머지는 다 제자리를 찾게 마련이다. 내 집이 곧 너희 집임을 잊지 말거라. 난 이제 분수에 들어가 앉아 코가 비뚤어지게 술이나 마셔야겠다."

마리우스는 남아 있는 남자 노예들한테서 개봉하지 않은 포도주 병 세 개를 받아든 뒤, 막중한 임무를 띤 사람처럼 그 자리를 떴다.

투브루크는 쓴웃음을 지으며, 마리우스가 안마당을 떠나는 모습을 지켜보았다.

"북아프리카에서 어떤 야만 부족을 상대로 전투를 벌이기 전날 밤에, 마리우스 장군이 양손에 포도주 병을 들고 혼자서 적진을 걸어 들어갔다지 뭐냐. 그곳은 그의 군단이 그때까지 만난 전사들 중에서도 최고로 잔인한 전사 7,000명으로 이루어진 진영이었다. 헌데 마리우스 장군은 그런 곳에서 그 부족의 족장하고 밤새 술을 마셨다는구나. 서로 상대방의 언어를 한마디도 알아듣지 못하는데도 말이다. 두 사람은 삶과 미래와 용기를 위해 건배했단다. 이튿날 아침 마리우스 장군은 휘청대며 도로 대열로 돌아왔다더라."

"그 다음에는 어떻게 됐나요?"

마르쿠스의 물음에 투브루크가 껄껄 웃으며 대답했다.

"그 부족의 마지막 한 사람까지 싹 쓸어버렸지. 뭘 기대했느냐?"

마르쿠스가 이어서 물었다.

"그 족장은 왜 장군을 죽이지 않은 걸까요?"

264

"마리우스 장군을 좋아한 게 아닌가 싶다. 대다수 사람들이 그러니까."

그때 메텔라가 안마당으로 들어와 미소를 지으며 가이우스와 마르쿠스에게 손을 내밀었다.

"무사히 돌아와서 기쁘구나. 너희 둘이 이 집을 평화와 안전을 구할 수 있는 곳으로 여겨줬으면 좋겠다."

그러고는 마르쿠스의 눈을 들여다보았다. 마르쿠스는 침착하게 그녀의 시선을 되받았다.

"어머니 없이 자랐다는 게 사실이냐?"

마르쿠스는 마리우스가 도대체 어느 정도까지나 이야기한 걸까 생각하며 살짝 얼굴을 붉혔다. 마르쿠스가 고개를 끄덕이자 메텔라는 놀라서 살짝 헉 소리를 냈다.

"불쌍하기도 해라. 내가 알았다면 좀 더 일찍 데려오는 건데."

마르쿠스는 지금 군단병들이 여자 노예들을 데리고 무슨 짓을 하고 있는지 메텔라가 알고 있을까 하는 생각을 속으로 했다. 메텔라는 마리우스와 휘하 군단의 험한 세계와는 어울리지 않는 듯 보였다. 자신의 어머니라면 어땠을까. 그 생각이 미치자 마르쿠스는 처음으로 어머니를 찾아봐야겠다는 생각을 했다. 마리우스라면 아마 알고 있을 테지만, 그런 질문을 하고 싶지는 않았다. 어쩌면 투브루크가 소유지로 돌아가기 전에 말해 줄지도 모른다.

메텔라가 마르쿠스의 손에서 손을 빼내더니 그의 뺨을 쓰다듬었다.

"힘든 시간을 보냈겠지만, 이제는 다 끝났단다."

마르쿠스가 천천히 메텔라의 손에 손을 갖다 대었다. 두 사람은 마치 어떤 내밀한 이해에 도달한 듯했다. 돌연 메텔라의 눈에 눈물이 반짝이는가 싶더니, 메텔라가 돌아서서 회랑을 따라 멀어졌다.

마르쿠스는 가이우스를 보며 어깨를 으쓱했다.

투브루크가 물러가는 메텔라의 뒷모습을 지켜보면서 말했다.

"친구가 생긴 것 같구나. 부인은 네가 마음에 든 모양이다."

마르쿠스가 툴툴거렸다.

"어머니가 필요하기에는 전 나이가 약간 많은걸요."

"아마 그럴 테지만, 부인이야 아들이 필요하지 않을 만큼 나이를 많이 먹지는 않았지."

한낮에 대문에서 한바탕 소동이 일었다. 혹시 아침에 있었던 일에 대한 보복일지 몰라, 군단병 몇이 검을 빼들고 나타났다. 나머지 사람들과 함께 안마당으로 부리나케 달려나온 가이우스와 마르쿠스는 멈춰 서서 입을 쩍 벌렸다.

레니우스가 대문에서 술에 잔뜩 취해 축 늘어진 몸을 쇠창살 사이로 들이민 채 구슬픈 노래를 부르고 있었던 것이다. 대문 빗장에 기대고 있어 몸이 흔들리지는 않았으나, 튜닉은 포도주에 흠뻑 젖어 있을 뿐 아니라 토한 흔적이 곳곳에 묻어 있었다. 가이우스와 마르쿠스가 앞에 서고, 투브루크가 바로 뒤따라 성큼성큼 걸어오고 있을 때, 경비병 하나가 쇠창살에 다가가 레니우스에게 말을 걸었다.

그런데 갑자기 레니우스가 팔을 내뻗어 사내의 머리칼을 움켜쥐고는 뗑 소리가 나도록 세게 쇠창살 쪽으로 홱 끌어당겼다. 그 병사는 의식을 잃고 나가떨어졌고, 다른 병사들은 격분해서 소리를 질러대기 시작했다.

"안으로 들여서 죽여버려!"

한 사내가 소리쳤다. 그러자 또 다른 사내가 문을 열게 만들려는 술라의 함정일지 모른다고 말했다. 그 말에 병사들이 다들 머뭇거리며 서 있는 동안 가이우스와 마르쿠스가 대문으로 다가갔다.

"저희가 도와드릴까요?"

마르쿠스가 눈썹을 추켜올리며 공손하게 물었다.

레니우스가 노기 띤 목소리로 중얼거렸다.

"몸통에 검을 박아버릴 테다, 이 창녀 자식아."

마르쿠스가 웃음을 터뜨렸다.

"문을 열게. 저 사람은 레니우스네. 나와 함께 온 사람일세."

가이우스가 다른 경비병에게 소리쳤다. 그러나 그 경비병은 마치 아무 말도 듣지 못한 것처럼 가이우스의 명령을 무시했다. 그 집에서는 가이우스가 명령을 내릴 처지가 아님을 분명히 한 것이다. 가이우스가 대문 쪽으로 접근하자 군단병 하나가 한 걸음을 내디뎌 앞을 가로막고 서며 천천히 고개를 흔들었다.

그때 마르쿠스가 슬며시 대문으로 가서 그곳의 경비병에게 조용히 몇 마디를 건넸다. 그러더니 대꾸하는 병사를 중간에 야만스럽게 머리로 들이받아 땅바닥으로 날려버렸다. 그리고는 그 병사가 팔다리를 버둥거리며 일어나려고 안간힘을 쓰든 말든 놔둔 채, 안전하게 걸어 잠근 커다란 빗장을 풀고 문을 열었다.

그러자 레니우스가 마당 안으로 납작 고꾸라졌다. 멀쩡한 한쪽 팔을 씰룩거리는 꼴을 보고 마르쿠스는 키득거리며 문을 닫으려 했다. 그때 칼집에서 칼이 빠져나오는 매끄러운 금속성 소리가 들렸다. 휙 돌아선 마르쿠스는 격분한 경비병이 내찌르는 칼을 팔뚝으로 아슬아슬하게 막아낸 다

음, 왼쪽 손등으로 입을 후려쳐 큰대자로 뻗게 만들었다. 그런 다음 문을
닫았다.

그러자 사내 둘이 마르쿠스를 붙잡으려고 달려들었다. 그때 멈추라는
우렁찬 소리에 모두들 얼어붙었다. 마리우스가 안마당으로 걸어 들어온
것이다. 두 시간 동안 쉬지 않고 포도주를 마셔댔으면서도 술에 취한 기색
은 전혀 보이지 않았다. 마리우스가 다가오는 동안 두 사내는 마르쿠스에
게서 눈을 떼지 않았다. 마르쿠스 역시 침착하게 그들의 시선을 맞받았다.

"맙소사! 지금 내 집에서 무슨 일이 벌어지고 있는 것이냐?"

마리우스가 다가들며, 마르쿠스를 마주하고 있는 사내 중 하나의 어깨
에 묵직한 손을 얹었다.

가이우스가 얼른 대답했다.

"레니우스 선생님이 여기 와 있습니다. 소유지에서부터 저희와 함께 왔
습니다."

마리우스는 돌바닥에서 큰대자로 뻗은 채 평화롭게 잠들어 있는 인물을
내려다보았다.

"검투사였을 때는 술에 취한 적이 한 번도 없었는데. 술 때문에 이 지경
이 된 거라면 그 이유를 알 만도 하구나. 헌데 너는 어쩌다 그 꼴이 된 것이
냐?"

마지막 질문은 제자리를 되찾은 경비병에게 던진 것이었다. 그의 입과
코는 피투성이가 되어 있었고 눈에서는 분노의 불꽃이 튀었다. 그러나 그
는 마리우스에게 하소연을 늘어놓을 만큼 어리석지는 않았다.

"문을 열다가 실수로 얼굴이 끼었습니다."

경비병이 느릿느릿 말했다.

"조심성이 어찌 그리도 없느냐, 풀비오. 내 조카가 거들게 놔두지 그랬느냐."

전하고자 하는 바는 분명했다. 경비병은 고개를 끄덕인 뒤 손으로 피를 조금 닦아냈다.

"문제가 깨끗이 해결되어 기쁘구나. 자, 너하고 너."

마리우스가 손가락으로 딱딱하게 가이우스와 마르쿠스를 가리켰다.

"나랑 내 서재로 가자꾸나. 몇 가지 논의할 일이 있으니."

마리우스는 가이우스와 마르쿠스가 앞장서 걸을 때까지 기다렸다가 그 뒤를 따랐다. 그러면서 어깨 너머로 소리쳤다.

"저 노인은 술 좀 깨도록 푹 잘 만한 곳으로 데려가고, 저 빌어먹을 문은 계속 닫아두거라."

근처 군단병들의 시선은 온통 마르쿠스에게로 쏠려 있었다. 하나같이 씩 웃고 있는 그들의 모습은 악의에 차서 그러는 것인지 진짜로 재미있어서 그러는 것인지 마르쿠스로서는 도무지 알 길이 없었다.

마리우스가 서재 문을 열고, 사방 벽에 아프리카와 로마 제국, 로마 자체의 지도가 줄줄이 붙어 있는 방으로 두 소년을 들여보냈다. 그러고는 조용히 문을 닫은 뒤 돌아서서 두 소년을 마주 보았다. 눈빛이 차가웠다. 가이우스는 마리우스의 어두운 시선이 자신에게 집중되자 순간적으로 가슴이 서늘해졌다.

마리우스가 앙다문 이 사이로 내뱉었다.

"네 생각엔 네가 무슨 짓을 하고 있었던 것 같으냐?"

가이우스는 입을 열어, 레니우스를 들이고 있었다는 말을 하려다가 생각을 바꾸었다.

"죄송해요. 삼촌을 기다렸어야 했어요."

마리우스가 묵직한 주먹으로 책상을 내리쳤다.

"만일 술라가 정예병사 스무 명을 길거리에 풀어 바로 그런 기회를 노리고 있었다면, 지금쯤 우리는 송장 신세가 되었을 거라는 정도는 깨달았겠지?"

가이우스는 비참해서 얼굴을 붉혔다.

마리우스가 몸을 돌려 마르쿠스를 마주 보았다.

"그리고 너, 넌 왜 풀비오를 공격한 것이냐?"

"가이우스가 대문을 열라고 명령했는데, 그 사람이 무시했습니다. 그래서 그렇게 한 것입니다."

마르쿠스는 전혀 고분고분한 기색이 없었다. 마리우스를 올려다보며 꿋꿋하게 시선을 받아냈다.

장군은 도저히 믿지 못하겠다는 듯 눈썹을 추켜세웠다.

"전투를 서른 번이나 치른 고참병인 그가 수염도 안 난 열네 살짜리 소년의 명령을 따르리라 기대했단 말이냐?"

"저는…… 그 생각은 못 했습니다."

마르쿠스는 처음으로 자신이 없는 표정이었다. 장군은 도로 가이우스에게로 몸을 돌렸다.

"만일 이번 일에 네 편을 든다면, 나는 부하들의 존경을 얼마간 잃게 될 것이다. 저들 모두 네가 실수했다는 것을 알고 있으니, 내가 어떻게 나올지 보려고 기다리고 있을 것이다."

가이우스는 심장이 철렁 내려앉았다.

"빠져나갈 방법이 하나 있긴 하다만, 너희 둘 다 값비싼 대가를 치러야 할 것이다. 풀비오는 소속 백인대의 권투 우승자다. 헌데 너한테 얻어터졌으니 체면을 이만저만 구긴 게 아니다, 마르쿠스. 나는 친목경기를 열 생각이다. 풀비오는 아마 그 기회에 구겨진 체면을 살리려고 기꺼이 참여할 것이다. 내가 그런 시합을 마련하지 않는다면, 풀비오는 내가 없는 틈을 타 너한테 칼을 찔러 넣을지도 모른다."

"그자는 저를 죽일 겁니다."

마르쿠스가 조용히 말했다.

"친목경기에선 그렇게 못한다. 네 나이가 어리니 쇠 글러브는 쓰지 않고, 그저 손을 보호할 수 있도록 염소가죽 글러브나 사용할 것이다. 그나저나 훈련을 받아본 적은 있느냐?"

소년들은 레니우스를 떠올리며 그렇다고 중얼거렸다.

마리우스가 다시 가이우스를 향했다.

"물론 이기거나 지거나 둘 중 하나겠지만, 만일 네 친구가 용기를 보여준다면, 병사들은 네 친구를 사랑하게 될 것이다. 내 조카가 친구의 그늘 속에 있게 놔둘 수는 없느니라, 알겠느냐?"

가이우스는 고개를 끄덕였다. 앞으로 어떤 일이 닥쳐올지 짐작이 갔다.

"너는 나머지 병사들 중 하나를 상대하게 할 생각이다. 그 병사들은 다들 이런저런 기술 면에서 최고의 실력을 갖춘 이들이다. 내가 원로원까지 호위하는 임무에 그들을 뽑은 것은 바로 그 때문이니라. 너희 둘 다 패하기야 하겠지만, 만일 너희가 처신을 잘한다면 이 사건은 충분히 잊혀질 것이다. 어쩌면 내 부하들한테 조금이나마 인정을 받게 될 수도 있느니라. 그들은 빈민굴 출신의 인간쓰레기들이다, 대부분이. 그렇기 때문에 아무것도 두려워하지 않고 오로지 힘만을 존경한다. 아, 임무에나 충실하고 아무 짓도 하지 말라고 명해서 너희를 내 권위의 그늘 속에 숨겨줄 수도 있다만, 그런 식은 통하지 않을 것이다. 알아들었느냐?"

두 소년의 침울한 얼굴을 보고 마리우스가 갑자기 코웃음을 쳤다.

"좀 웃거라, 애들아. 차라리 그 편이 낫다. 빠져나갈 다른 길이 없는데, 싸우는 도중에 늙은 주피터의 눈에 침을 뱉지 못할 이유가 뭐란 말이냐?"

두 소년은 서로 바라보더니 씩 웃었다.

마리우스도 다시 소리내어 웃었다.

"자, 그러면 싸우는 거다. 두 시간 후다. 허면 난 부하들한테 이 소식을 전하고, 상대가 누군지 알려주겠다. 두 시간이면 레니우스도 정신이 좀 들지 않겠느냐. 레니우스도 분명 이 시합을 보고 싶어할 것이다. 시합이 정말로 기대되는구나. 해산!"

가이우스와 마르쿠스는 천천히 자신들의 방으로 발길을 옮겼다. 처음의 그 경망스러움은 온데간데없이 사라지고, 앞으로 닥칠 일에 대한 생각에 울렁거림만 남았다.

"이런! 그럼 내가 백인대의 권투시합 우승자를 때려눕혔다는 거 아니냐? 어떻게든 이 시합에서 이길 거다. 한 방만 먹일 수 있다면 뻗게 만들 수 있을 텐데. 한 방만 제대로 치면 돼."

가이우스가 시무룩하게 대꾸했다.

"하지만 이번엔 네가 칠 거라는 걸 그 사람이 알잖아. 난 아마도 삼촌이 머리를 조인 채 끌고 다니던 그 커다란 원숭이를 상대하게 될 거다. 그거야말로 딱 삼촌이 좋아하는 종류의 장난일 테니까."

"덩치가 크면 느린 법이야. 넌 크로스 펀치가 빠르기는 하지만, 그래도 사정거리 밖으로 벗어나 있어야 할 거다. 이 병사들은 죄다 몸집이 육중한데, 그건 바로 우리보다 세게 칠 수 있다는 뜻이니까. 발을 쉬지 않고 움직여서 지치게 만들어버려."

"우린 살해당하고 말 거다."

"그래, 아마도 그럴 거야."

방에서 그 소식을 들었을 때, 투브루크는 전혀 놀라는 기색이 아니었다.

"이런 일이 벌어질 줄 알았다. 마리우스 장군은 워낙 시합을 좋아해서 늘 부하들과 다른 군단 병사들 간에 시합을 열곤 하니까. 이건 딱 장군의 방식이다. 약간의 환호와 많은 피를 통해 모든 것이 잊혀지고 용서되는 거지. 너희가 포도주를 한두 잔밖에 마시지 않은 게 그나마 다행이다. 서두르거라, 두 시간이라면 몸을 풀고 준비하기엔 그리 길지 않으니까. 훈련실 중 하나에서 잠시 실전연습을 하는 게 낫겠다. 노예더러 안내해 달라고 하거라. 글러브를 손에 넣는 대로 찾아갈 테니. 그리고 한 가지, 마리우스 장군을 실망시키지 말거라. 특히 너, 가이우스. 넌 친척이니, 반드시 멋진 쇼를 펼쳐야 한다."

"알겠습니다."

가이우스가 자못 심각하게 대답했다.

"허면 이제 가거라. 난 노예들보고 레니우스한테 얼음물을 끼얹으라고 시켜야겠다. 난폭하게 나오지 않도록 멀리서 끼얹으라고 말이다."

가이우스가 호기심에 차서 물었다.

"선생님한테 무슨 일이 있었던 걸까요? 왜 그렇게 일찍부터 술에 취한 걸까요?"

"그야 나도 모르지. 한 번에 한 가지 일에만 집중하거라. 그건 오늘 저녁에 레니우스한테 직접 물어볼 기회가 있을 테니까. 자, 가거라!"

　오후의 타는 듯한 열기 탓에 로마는 잠들어 있었다. 다만 프리미게니아 군단의 병사들만은 가장 큰 훈련실에 모여 벽을 따라 죽 늘어서서, 시원한 맥주와 과일 주스를 홀짝이며 웃고 떠들고 있었다. 마리우스가 시합 후에 훌륭한 음식과 포도주로 구성된 10품 요리가 제공되는 연회를 베풀겠노라고 약속한 터라, 분위기는 편안하고 밝았다.

　투브루크는 마르쿠스, 가이우스와 함께 서서 차례로 어깨를 풀어주었다. 카베라는 속을 알 수 없는 얼굴로 스툴에 앉아 있었다.

　투브루크가 조용히 말했다.

　"저들은 둘 다 오른손잡이다. 풀비오는 알 게다. 또 한 사람은 데키두스인데, 투창시합 우승자다. 어깨는 아주 튼튼하다만 민첩해 보이지는 않는구나. 멀찍이 떨어져 서서, 저들이 다가오게 하거라."

　마르쿠스와 가이우스는 고개를 끄덕였다. 둘 다 그을린 피부 밑이 약간 창백했다.

　"명심하거라. 용기가 있음을 보여줄 만큼은 서서 버텨내야 한다. 설령 쓰러지더라도 곧바로 일어나거라. 너희가 정말로 곤경에 처하면 내가 시합을 중단시키겠지만, 마리우스 장군이 좋아하지 않을 테니, 난 신중을 기할 것이다."

　투브루크가 그렇게 말하고는 두 소년의 어깨에 각각 한 손을 올렸다.

　"너흰 둘 다 기술과 용기와 파괴력을 갖고 있다. 레니우스가 보고 있다. 우릴 실망시키지 말거라."

　두 소년은 레니우스가 앉아 있는 쪽을 흘끗 보았다. 레니우스의 쓸모없는 한쪽 팔은 가죽끈으로 허리띠에 매여 있었다. 머리칼은 여전히 축축이 젖어 있었고, 표정에는 살기가 번득였다.

마리우스가 들어오자 환호성이 일었다. 마리우스가 조용히 하라고 두 손을 올리자 사위가 이내 고요해졌다.

"저마다 최선을 다할 줄 안다만, 내 돈은 내 조카와 그 친구에게 걸 테니 그리들 알라. 내기는 두 번이고, 나는 각 내기에 25아우레우스씩 걸겠다. 누구 내기에 응할 사람 있나?"

잠깐 동안 침묵이 이어졌다. 금화 50닢이라면 사적인 시합치고는 큰 내기였다. 그런데도 병사들은 유혹을 뿌리칠 수 없어 돈주머니를 탈탈 털었다. 개중에는 금화를 더 가져오려고 방으로 가는 이들도 있었다. 잠시 후 돈이 모이자 마리우스도 사신의 돈주머니를 잃었다. 그리하여 마리우스가 커다란 손에 쥔 금화는 모두 100닢이 되었다. 작은 농지를 사들일 수도, 군마에다 갑옷 일습에다 무기까지 사들일 수도 있는 금액이었다.

"우리를 위해 이 자루를 들고 있어주겠나, 레니우스?"

"그러겠습니다."

레니우스가 진지하고 격식을 차린 어조로 대답했다. 술기운은 거의 다 떨쳐낸 듯 보였다. 그러나 가이우스가 보니, 레니우스는 아예 일어서려고도 하지 않고 돈을 가져다줄 때까지 가만히 기다렸다.

풀비오와 데키두스가 훈련실에 들어서자, 병사들은 더 많은 환성을 질렀다. 그들이 누구를 지지하는지는 의심의 여지가 없었다.

둘 다 사타구니와 위쪽 허벅지를 감싼 짝 달라붙는 옷만 입고, 거기에다 넓은 허리띠를 차고 있었다. 데키두스는 대광장의 동상들에서 흔히 보는 어깨와 체격을 갖고 있었다. 가이우스가 데키두스를 면밀하게 관찰해 보았지만, 눈에 띄는 약점은 없었다. 풀비오는 구경꾼들에게 손을 흔들지 않았다. 코는 머리 뒤에서 묶은 기다란 천으로 감싼 데다가 입술이 퉁퉁 부어올라 잔뜩 성이 난 표정이었다.

가이우스가 팔꿈치로 마르쿠스를 슬쩍 찔렀다.

"아까 네가 머리로 들이받았을 때 코가 부러졌나봐. 저잔 네가 다시 코를 치리라는 걸 예상하고 있을 거다. 그러니까 절호의 기회가 생길 때까지 기다려."

마르쿠스는 가이우스와 마찬가지로 사내의 움직임을 열심히 살피며 고개를 끄덕였다.

마리우스가 다시 두 손을 치켜들었다. 활기 넘치는 병사들의 머리 위로 그의 목소리가 울려 퍼졌다.

"마르쿠스와 풀비오가 먼저 싸울 것이다. 시간제한은 없지만, 어느 한 사람의 한쪽 무릎 혹은 그 이상이 땅에 닿으면 1회전이 끝난다. 한 사람이 일어서지 못하면 시합은 그걸로 끝나고 다른 시합이 시작될 것이다."

풀비오와 마르쿠스가 나와 장군의 양편에 섰다.

"나팔을 불면 시작하거라. 행운을 빈다."

마리우스는 차분하게 발걸음을 옮겨 부하들과 함께 측선에 선 뒤, 한 병사에게 나팔을 불라고 신호를 보냈다. 통상적으로는 전투 중에나 사용하는 나팔이었다.

마르쿠스는 어깨를 풀고 고개를 좌우로 꺾더니 앞으로 걸어나왔다. 마르쿠스는 레니우스한테 배운 대로 양손을 높이 쳐들고 있었지만, 풀비오는 주먹의 힘을 뺀 채 두 팔을 살짝만 구부리고 있었다. 마르쿠스가 왼손으로 잽을 날렸지만, 풀비오가 전후좌우로 몸을 흔드는 통에 마르쿠스의 가격은 번번이 빗나갔다. 풀비오의 한쪽 주먹이 순식간에 뻗어 나와 마르쿠스의 가슴팍, 심장 위쪽을 강타했다. 마르쿠스는 고통에 겨워 헉 소리를 내며 뒤로 물러섰다. 그러다가 이내 이를 악물고 다가들었다. 빠르게 잽을 던지면서 곧바로 오른쪽 스트레이트를 뻗었지만, 이번에도 풀비오는 한 발짝을 움직여 주먹을 피한 뒤 오른손으로 똑같은 부위를 가격했다. 고통이 얼마나 심했는지 마르쿠스의 입에서 숨이 폭발하듯 뿜어져 나왔다.

구경꾼들은 환성을 지르며 응원하고 있었다. 그중 젊은 전사를 응원하는 사람은 가이우스와 투브루크, 카베라뿐이었다. 풀비오는 미소를 짓고 있었고, 마르쿠스는 머리를 굴리기 시작했다. 사내는 몸이 날래 맞추기가 쉽지 않았다. 마르쿠스는 할 수 있는 모든 걸 하고 있었건만, 그런 노력에도 불구하고 언어낸 게 아무것도 없었다. 마르쿠스는 격분해서 으르렁기리며 오른팔을 쳐든 채 앞으로 쇄도했다. 풀비오는 침착하게 기다리고 있다가 돌연 다가들어 주먹을 내뻗었다. 제대로 맞기만 했다면 마르쿠스는 완전히 뻗었을 것이다. 그러나 다행히도 주먹은 턱을 스치고 지나갔다. 그 틈을 놓칠세라 잽싸게 풀비오의 코를 후려친 마르쿠스는 뼈가 우두둑 부러지는 게 느껴지자 흡족해했다. 바로 그 순간이었다. 옆머리에 크로스 펀치를 맞고 나무바닥 위로 쿵 쓰러지고 말았다. 머리가 멍하고 숨이 턱까지 차올랐다.

마르쿠스는 숨을 헐떡이며 한쪽 무릎을 세우고 앉아, 몇 발짝 떨어져 서 있는 풀비오를 올려다보았다. 풀비오의 코에서는 다시 피가 주르륵 흘러내리고 있었고, 표정에는 살기가 등등했다.

가까스로 일어난 마르쿠스를 기다리고 있는 것은 소나기 주먹이었다. 마르쿠스는 떨어져 서려고 안간힘을 쓰면서 최악의 일격을 막아냈다. 그러나 풀비오는 모든 각도에서 배와 신장을 주먹으로 강타하는가 하면 저미듯이 짧게 쳐대면서 온몸을 두들겨 팼다. 순간 마르쿠스가 고통에 겨워 몸을 웅크리자 재빨리 머리를 올려쳤다. 몸이 뒤로 홱 젖혀지면서 다시 쓰러진 마르쿠스는 고통스레 가슴을 들썩이며 그 자리에 널브러져 있었다. 입안에서 찝찔한 피 맛이 났다. 왼쪽 눈도 떠지지 않았다. 풀비오의 오른쪽 스트레이트에 맞아 퉁퉁 부어오른 탓이었다.

그러나 마르쿠스는 다시 일어났고, 마음을 가다듬기 위해 얼른 세 걸음 뒤로 물러났다. 풀비오는 머리와 몸을 좌우로 움직이면서 어디를 맞혀야 좋을지 탐색하며 따라왔다. 사내는 흡사 물려고 덤비기 직전의 뱀 같았다. 마르쿠스는 다음번에 또 쓰러지면 이제는 일어나지 못할 거라는 걸 알고 있었다. 그런 생각을 하자 분노가 밀려왔다. 첫 번째 주먹이 날아들었다. 그러나 반사적으로 몸을 홱 숙여 피한 뒤, 딸려 들어오는 팔을 팔로 쳐냈다. 그때였다. 손가락 밑으로 풀비오의 팔뚝이 미끄러지는 것이 느껴진 마르쿠스는 얼른 풀비오의 손목을 붙잡았다. 그러고는 어깨의 온 힘을 실어 오른쪽 주먹으로 사내의 복부를 가격했다. 그 바람에 살짝 휴우 소리가 날 정도의 고통이 보답으로 따라왔다.

마르쿠스는 여전히 팔을 붙잡은 채 연타를 날리려 했다. 그러나 풀비오가 후려갈긴 왼쪽 주먹에 턱을 정통으로 맞고 말았다. 눈앞이 캄캄해지면서 바닥으로 쓰러진 마르쿠스는 몸 밑의 딱딱한 나무판도 거의 느끼지 못했다. 잠시 후 간신히 정신을 차린 마르쿠스는 두 다리의 힘이 완전히 빠져 네 발로 몸을 지탱하며 짐승처럼 숨을 헉헉거렸다.

풀비오는 마르쿠스에게 어서 일어나라고 한 손을 흔들었다. 아직도 성이 차지 않는 모양이었다. 마르쿠스는 바닥을 내려다보며 과연 일어나야 하는지 생각해 보았다. 입술 사이에서 똑똑 떨어진 피가 바닥에 튀어 작은 방울을 이루고 있었다. 그것을 가만히 지켜보던 마르쿠스는 드디어 마음을 정했다.

'아, 그래, 한 번 더 해보는 거야.'

이번에는 풀비오가 먼저 달려들지는 않았다. 풀비오는 다시 히죽대며 마르쿠스보고 덤비라는 손짓을 했다. 마르쿠스는 어금니를 질끈 깨물었다. 한 번 때려눕힌 것 때문에 저토록 심사가 뒤틀렸다면 다시 한 번 그렇게 해줄 심산이었다. 풀비오의 두 주먹에 단검이 하나씩 들려 있다고, 따라서 닿기만 해도 곧 죽은 목숨이라고 상상했다. 그러자 기운이 샘솟는 듯한 느낌이 들었다. 검과 단검을 들고 싸우는 법을 아는데, 이거라고 크게 다를 비가 뭐란 말인가? 마르쿠스는 몸을 살짝 흔들며 풀비오가 들어오기를 기다렸다. 그동안 받았던 검술 훈련 대부분이 되받아치기에 초점이 맞춰 있었던 터라, 권투선수 풀비오가 또다시 주먹을 날리길 바랐던 것이다. 풀비오는 금세 인내심을 잃고 주먹을 위아래로 재빨리 움직이며 들어왔다.

마르쿠스는 두 주먹의 움직임을 지켜보았다. 그러다가 한 주먹이 자신을 향해 폭발하는 순간, 팔뚝으로 쳐올려서 막은 뒤 풀비오의 복부에 카운터 펀치를 먹였다. 풀비오는 끙 소리를 내면서 반사적으로 다시 왼손을 머리 쪽으로 내뻗었다. 그러나 마르쿠스가 고개를 홱 숙이는 바람에 머리 위로 그냥 미끄러지고 말았다. 순간 풀비오는 무방비 상태가 되고 말았다. 그 기회를 마르쿠스가 놓칠 리 없었다. 마르쿠스는 온 힘을 실어 왼쪽 스트레이트를 내뻗었다. 오른손이 아닌 게 아쉬울 따름이었다. 풀비오의 머리가 뒤로 홱 젖혀졌다. 머리가 다시 제자리로 돌아왔을 때에는 오른손이 준비되어 있었다. 마르쿠스는 오른손으로 그 권투선수의 부러진 코를 다시 후려쳤다. 풀비오는 푹 주저앉았고, 박살난 코에서는 다시 피가 쏟아졌다.

그러나 사내는 마르쿠스가 기쁨을 느낄 새도 없이 벌떡 일어나 연타를 퍼부었다. 움직임이 전보다 두 배는 빨라진 듯했다. 마르쿠스는 처음 두 방을 맞고 쓰러졌고, 쓰러지면서 두 방을 더 맞았다. 이번에는 일어나지 못했다. 마리우스가 고개를 끄덕여 시합이 끝났음을 알렸을 때 울려 퍼진 환성이나 나팔 소리를 듣지도 못했다.

풀비오는 의기양양하게 두 팔을 번쩍 들어 올렸다. 마리우스는 후회 어린 표정으로 금화 백 닢 중 첫 번째 쉰 닢을 병사들에게 돌려주라는 신호를 보냈다. 병사들이 한데 모여 웅성대며 잠깐 밀담을 나누다가 조용해지더니, 그중 하나가 돈주머니를 도로 마리우스에게 내밀었다.

"저흰 딴 돈을 다음 시합에 걸겠습니다. 마다하지 않으신다면요."

마리우스는 짐짓 오싹한 척하며 인상을 쓰더니 고개를 끄덕이고는 내기의 조건에 응하겠노라고 말했다.

마르쿠스는 투브루크가 얼굴에 포도주 한 잔을 끼얹자 정신을 차렸다.

"제가 이겼나요?"

마르쿠스가 얻어터진 입술로 말했다.

투브루크는 킥킥거리며 얼굴에 묻은 피와 포도주를 닦아주었다.

"승리 근처에도 못 갔다만, 그래도 놀라웠다. 손끝 하나 대지 못할 줄 알았더니."

"제대로 손봐줬죠."

마르쿠스는 그렇게 중얼거리곤 싱긋 웃다가 입술이 찢어지자 움찔했다.

"엉덩방아를 찧게 만들었으니까요."

마르쿠스는 침을 뱉을 만한 곳이 있나 해서 주변을 둘러보았다. 그러나 바로 가까이에 마땅한 곳이 보이지 않자 가래와 피가 뒤섞인 끈끈한 침을 그대로 삼켰다.

온몸 구석구석 아프지 않은 곳이 없었다. 몇 년 전에 수에토니우스에게 붙들려 나무에 매달렸을 때보다 통증이 심했다. 상처가 다 나으면 얼굴이 지금처럼 멀쩡할까 하는 생각을 하는데, 풀비오가 글러브를 벗으며 다가와 말했다.

"훌륭한 시합이었다. 덕분에 금화 세 닢을 땄지. 엄청나게 빠르더라. 몇 년 후면 대단히 위험한 전사가 될 수도 있겠던걸."

마르쿠스는 고개를 끄덕인 뒤 손을 내밀었디. 풀비오는 그 손을 가만히 보다가 짧게 악수를 한 뒤 병사들에게로 발길을 돌렸다.

투브루크가 쾌활하게 말했다.

"피가 똑똑 떨어지면 천으로 계속 톡톡 두드리거라. 눈 위쪽은 몇 바늘 꿰매야겠다. 부기를 가라앉게 하려면 절개도 해야 할 게다."

"아직은 안 돼요. 먼저 가이우스가 싸우는 것부터 볼 거예요."

"물론 그래야지."

투브루크는 여전히 킬킬대면서 물러갔다. 마르쿠스는 그런 그를 멀쩡한 한쪽 눈으로 흘겨보았다.

가이우스는 주먹을 불끈 쥐고 투브루크가 오길 기다렸다. 상대는 벌써 시합장으로 나와 근육질 어깨와 다리를 쭉쭉 늘이면서 몸을 풀고 있었다.

"저자, 완전히 커다란 야수인걸요."

투브루크가 옆으로 오자 가이우스가 중얼거리듯이 말했다.

"맞는 말이다만, 권투선수는 아니지. 허니 저 커다란 주먹에 맞지만 않는다면 승산이 있어. 허나 붙잡히면 촛불이 꺼지듯 기절하고 말 게다. 물러서서 발을 부지런히 놀리며 저자 주위를 돌거라."

가이우스가 투브루크를 의아하게 바라보았다.

"다른 건요?"

"할 수 있으면 고환을 때리거라. 저자가 경계야 하겠지만, 엄격하게 말해서 규칙 위반은 아니니까."

"아저씬 점잖은 사내의 심성을 타고나진 않으셨군요."

"물론이지. 나야 노예와 검투사의 심성을 타고났지. 이번 시합에 너한테 금화 두 닢을 걸었으니, 내기에서 이겼으면 좋겠다."

"마르쿠스한테도 거셨나요?"

"물론 아니지. 난 마리우스 장군처럼 돈을 허비하는 사람이 아니거든."

마리우스가 중앙으로 오더니 다시 조용히 하라는 신호를 보냈다.

"실망스럽지만 앞선 내기에선 내가 졌다. 그 돈은 다음 시합에 태운다. 데키두스, 가이우스, 이리 나와 서거라. 규칙은 똑같다. 나팔소리가 들리면 시작하라."

마리우스는 두 사람이 자리를 잡고 서로를 주의 깊게 살필 때까지 기다렸다가 벽으로 걸어가서 팔짱을 꼈다.

나팔 소리가 울리자, 가이우스가 다가들어 주먹으로 데키두스의 목을 후려쳤다. 덩치가 큰 그 사내는 숨이 막혀 헉 소리를 내며 고통에 겨워 양손으로 목을 감쌌다. 그 틈을 놓칠세라 가이우스가 크게 어퍼컷을 날렸는데, 그것이 데키두스의 턱에 정통으로 맞았다. 데키두스는 풀썩 무릎을 꿇더니 푹 고꾸라졌다. 눈빛이 흐리멍덩하고 멍했다. 가이우스는 천천히 원래 있던 자리로 돌아가 스툴에 앉았다. 그러고는 말없이 미소를 지었다. 레니우스는 그 모습을 지켜보면서, 가이우스를 얼음처럼 차가운 강물에서 건져냈을 때를 떠올렸다. 그때도 얼굴에 지금과 똑같은 미소가 어려 있었다. 레니우스가 눈빛을 빛내며 인정한다는 뜻으로 날카롭게 고개를 끄덕였지만, 가이우스는 보지 못했다.

잠시 침묵이 흘렀다. 병사들이 참고 있던 숨을 내쉬면서 뒤이어 웅성거림이 터져 나왔다. 대부분은 질문이었지만, 돈을 모조리 잃었음을 깨닫고 내뱉은 욕도 양념처럼 곁들여 있었다.

마리우스가 엎어져 있는 인물에게로 걸어가 잠시 목을 만졌다. 사위가 찬물을 끼얹은 듯이 고요해졌다. 마침내 마리우스가 고개를 끄덕였다.

"심장이 뛰고 있다. 살아날 것이다. 턱을 계속 내리고 있어야 했는데."

병사들은 마지못해 승자에게 갈채를 보냈지만, 속으로는 전혀 그럴 기분이 아니었다.

마리우스가 씩 웃으며 병사들에게 말했다.

"식욕들이 날지 모르겠다만, 식당에 연회상이 기다리고 있다. 내일부터는 다시 계획을 짜고 일도 해야 하니, 오늘 밤은 어디 한번 밤새도록 즐겨보자."

정신을 차린 데키두스는 동료들의 손에 이끌린 채 고개를 흔들며 비틀비틀 발걸음을 옮겼다. 나머지 병사들은 마르쿠스와 가이우스만 장군 곁에 남겨둔 채 떼를 지어 그 뒤를 따랐다. 레니우스는 도무지 자리에서 일어날 생각을 하지 않았다. 그러자 카베라도 도로 눌러앉았다. 호기심으로 얼굴엔 생기가 넘쳤다.

"이런, 너희들 덕에 내가 오늘 큰돈을 벌었구나!"

마리우스가 우렁차게 말하고는 웃음을 터뜨렸다. 어쩌나 정신 없이 웃는지, 몸이 흔들려 벽에 기대야 할 정도였다.

"저 얼굴들 좀 보게! 수염도 안 난 소년들이, 하나는 풀비오를 때려눕히고……."

마리우스는 배꼽이 빠져라 웃어대더니 급기야 얼굴이 시뻘게져 눈물까지 흘렸다.

레니우스가 살짝 휘청대며 일어서더니, 마르쿠스와 가이우스에게로 가서 어깨를 툭 친 뒤 조용히 말했다.

"이름을 떨치기 시작했구나."

15장

개선식이 있기 전날 밤, 프리미게니아 군단의 진영은 평화롭기 그지없었다. 가이우스는 모닥불 주위에 앉아 아버지가 지녔던 단검의 날을 갈았다. 사방에 모닥불을 피운 가운데 병사와 수행원 7,000명이 시끌벅적 떠들어대자 사위가 어두워도 분위기만은 활기치고 밝았다. 그들이 진을 친 널따란 땅은 로마의 성문에서 채 5마일도 떨어지지 않았다. 마지막 주 내내, 그들은 갑옷에 윤기를 내고, 가죽에 왁스칠을 하고, 찢어진 옷을 꿰맸다. 말들도 밤톨처럼 반짝반짝 윤이 날 때까지 털을 손질했다. 행군 훈련은 그야말로 긴장의 연속이었다. 실수가 절대로 용납되지 않는 분위기라, 자칫 잘못하면 로마로 행진해 들어갈 때 뒤에 남겨지는 신세가 될 수도 있었기 때문이다.

병사들은 모두 마리우스와 자신들을 자랑스럽게 생각했다. 진영 내에 짐짓 겸손한 척하는 분위기는 찾아볼 수 없었다. 자신들과 마리우스가 그런 명예를 누릴 자격이 있음을 알았기 때문이다.

가이우스가 단검의 날을 갈다 멈추었다. 마르쿠스가 불빛 쪽으로 다가와 벤치에 앉았던 것이다. 가이우스는 불꽃만 들여다볼 뿐 미소짓지 않았다.

가이우스가 고개도 돌리지 않은 채 성난 목소리로 물었다.

"할 말이 뭔데?"

"나 내일 새벽에 떠나."

마르쿠스가 대답하고는 불꽃을 들여다보았다. 그러고 나서 다시 입을 열었다.

"이게 최선이라는 거 알잖아. 마리우스 장군이 내가 새로운 백인대에 갈 때 가져가라며 추천장을 써주셨어. 한번 볼래?"

고개를 끄덕이는 가이우스에게 마르쿠스가 두루마리를 건네주었다. 추천장의 내용은 이러했다.

> 이 젊은이를 추천하네, 카라크. 이 젊은이는 몇 년 안에 훌륭한 병사가 될 걸세. 정신력도 좋고 반사신경도 아주 뛰어난 친구일세. 레니우스한테 훈련을 받았다고 하네. 레니우스도 자네 진지까지 함께 갈 걸세. 임무 수행 능력을 입증하는 대로 임무를 맡기게나. 내 집안의 친구라네.
>
> 마리우스, 프리미 케니아

"훌륭한 말들이군. 행운을 빈다."

가이우스가 내용을 다 읽은 뒤 두루마리를 도로 건네주며 씁쓸하게 말했다.

마르쿠스가 콧방귀를 뀌었다.

"그냥 훌륭한 말들 정도가 아냐. 네 삼촌은 나한테 다른 군단에 들어갈 수 있는 표를 주신 거라구. 이게 나한테 어떤 의미인지 넌 이해 못해. 물론 나도 네 곁에 머물고야 싶지만, 넌 원로원에 들어가 정치를 배우게 될 거고, 그 다음엔 군대와 신전에서 높은 직책을 얻게 될 거 아냐. 난 기술하고 재치, 마리우스 장군이 주신 장비 말고는 가진 게 아무것도 없어. 마리우스 장군의 후원이 없다면, 난 신전 경비 자리나 얻는 신세가 되고 말 거라구! 그런데 장군의 후원이 있으니, 출세할 기회가 생긴 거야. 넌 그게 못마땅한 거냐?"

가이우스가 마르쿠스에게로 몸을 돌렸다. 마르쿠스가 깜짝 놀랄 정도로 성난 모습이었다.

"나도 네가 그렇게 해야만 한다는 건 알아. 하지만 로마에서 나 혼자 씨름을 하게 되리라고는 상상도 못했어. 언제나 난 네가 내 곁에 있어줄 거라고 생각했었어. 그런 게 우정이니까."

마르쿠스가 가이우스의 팔을 꽉 붙잡았다.

"넌 언제나 나한테 가장 절친한 친구야. 필요하면 불러, 언제든지 달려올 테니까. 우리가 로마에 오기 전에 했던 약속 기억나지? 우린 서로 망을 봐주는 사이니까, 서로를 완전히 믿을 수 있어. 그건 내 맹세고, 지금까지 한 번도 깨뜨린 적 없어."

그렇게 말하는데도 가이우스가 쳐다보지 않자, 마르쿠스는 잡고 있던 손을 떨어뜨렸다. 그리고 나서 어울리지 않게 고상한 표정을 지으려고 애쓰며 말했다.

"알렉산드리아를 가져도 돼."

가이우스는 기가 차서 소리를 질렀다.

"이별 선물이냐? 인심도 후하기도 하다! 넌 자기랑 사귀기에는 너무 못생겼다고, 알렉산드리아가 바로 어제 그러더라. 알렉산드리아가 너하고 같이 다니는 건 오로지 외모가 대조되기 때문이야. 네 그 원숭이 같은 얼굴이 주변에 얼쩡거리면 훨씬 더 아름다워 보이니까."

마르쿠스가 명랑하게 고개를 주억거렸다.

"알렉산드리아는 오로지 잠자리를 위해서만 날 원하는 것 같더라. 나야 이런저런 체위를 취하며 몰아대기나 하지만, 너는 시를 읽어줄 수 있겠지."

가이우스가 분개해서 재빨리 숨을 쉰 뒤 친구에게 천천히 미소지었다.

"네가 가버리고 나면, 체위를 가르쳐줄 사람은 내가 되겠군."

가이우스는 생각을 숨긴 채 말을 하면서 혼자 낄낄거렸다. 체위가 뭐가 있더라? 두 가지밖에 생각나지 않았다.

"내가 이미 다 해봤으니까, 넌 내 흉내나 내는 수송아지 같을 거다. 마리우스 장군은 너그러운 분이다."

가이우스는 친구를 바라보며, 자랑스레 떠벌리는 말이 얼마만큼이나 사실일지 가늠해 보려 했다. 마르쿠스가 마리우스 집의 노예소녀들에게 인기가 있다는 것, 그리고 어두워진 후에는 방에 거의 없다는 것을 가이우스는 알고 있었다. 가이우스 자신은 어떤가 하면, 도무지 마음의 갈피를 잡을 수가 없었다. 어떤 때는 가슴이 아릴 만큼 알렉산드리아를 원하다가도, 또 어떤 때는 마르쿠스처럼 회랑에서 다른 노예소녀들의 꽁무니를 쫓아다니고 싶은 마음이 들었다. 만일 알렉산드리아가 노예라고 잠자리를 강요한다면, 소중하게 여기는 모든 것을 잃게 되리란 걸 가이우스는 알고 있었다. 그런 종류의 관계라면 은화 한 닢이면 살 수 있으리라. 자신이 원하면서도 갖지 못한 것을 마르쿠스가 이미 즐겼을지도 모른다는 생각이 들자, 가이우스는 짜증이 나 피가 거꾸로 솟았다.

마르쿠스의 낮은 목소리가 이런 생각을 방해했다.

"나이가 더 들면 친구들이 필요할 거다, 믿을 수 있는 사람들 말이야. 네 삼촌이 어떤 종류의 힘을 가졌는지 보았으니, 우리 둘 다 그런 힘을 맛보고 싶을 거 같은데."

가이우스가 고개를 끄덕였다. 그러자 마르쿠스가 말을 이었다.

"그렇다면 창녀 아들에다 땡전 한푼 없는 신세로 내가 너한테 무슨 도움이 되겠냐? 새로운 군단에 들어가면 부와 명예를 얻을 수 있을 테니, 그땐 우리가 미래를 위해 진짜 계획을 세울 수 있을 거다."

"알았어. 나도 우리가 했던 맹세를 기억해. 그 맹세를 지킬 거야."

가이우스는 잠시 침묵을 지키더니, 알렉산드리아 생각을 떨쳐버리려고 고개를 흔들었다.

"배치되는 곳은 어디야?"

"제4마케도니아 군단이야. 레니우스 선생님과 난 그리스로 갈 거야. 그곳은 문명의 고향이라고들 하더라. 이국 땅을 볼 날이 얼마나 기다려지는지 몰라. 그곳에선 여자들이 실오라기 하나 안 걸치고 경주를 한대. 생각만 해도 가슴이 살짝 부풀어올라. 부푸는 게 가슴만은 아니지만."

소리내어 웃는 마르쿠스와 달리 가이우스는 힘없이 미소만 지었다. 아직도 알렉산드리아 생각을 하고 있었던 것이다. 알렉산드리아가 정말로 마르쿠스에게 몸을 허락했을까?

"레니우스 선생님이 널 바래다주시게 되어 기쁘다. 골치 아픈 문제들을 잠시 잊을 수 있을 테니, 선생님한테도 좋을 거야."

마르쿠스가 우거지상을 썼다.

"맞는 말이기는 하지만, 최고의 길동무는 아니지. 네 삼촌 집에 술이 취해 나타난 이후로 내내 풀이 죽어 계셨으니까. 그래도 왜 그러시는지 이해는가."

"노예들이 내 집을 불태웠다면 나라도 약간은 자포자기의 심정에 빠졌을 거야. 그런데 모아놓은 돈까지 몽땅 가지고 갔다잖아. 마루 밑에 두셨다는데, 약탈자들이 찾아낸 게 틀림없어. 노예들이 노인이 모아둔 돈이나 훔쳐가다니, 우리 역사의 빛나는 한 페이지를 장식할 만한 일은 아니지. 잘 들어봐, 레니우스 선생님은 정말로 노인은 아니야. 안 그래?"

그 말을 듣고 마르쿠스가 가이우스를 곁눈질했다. 둘이 그 얘기를 꺼낸 적은 한 번도 없었다. 가이우스는 굳이 그걸 말할 필요를 느끼지 못했다.

"카베라 어른이 도와주신 거야?"

가이우스의 말에 마르쿠스의 시선이 가이우스에게로 쏠렸다.

마르쿠스가 고개를 끄덕였다.

"그럴 줄 알았다. 내가 부상을 당했을 때 나한테도 그 비슷한 일을 해주신 적이 있으니까. 함께 있으면 확실히 도움이 되는 분이야."

"카베라 어른이 네 곁에 머무르고 계셔서 기뻐. 그분은 네 장래를 확신하고 계시더라. 내가 빛나는 영광과 아름다운 여자들에게 둘러싸인 채 돌아올 때까지 카베라 어른이 네 목숨을 살려주실 수 있어야 할 텐데. 아, 그 여자들은 모두 달리기 경주 우승자들로 고를 거다."

"그렇게 찬란한 영광과 아름다운 여자들에 둘러싸인 널 알아볼 수 있을지 모르겠다."

"난 지금 이대로일 거야. 내일 개선식을 보지 못해 유감이다. 정말로 특별한 장관이 될 텐데. 마리우스 장군이 은화에 본인 얼굴을 새겼다는 거 알고 있냐? 거리에서 그 은화들을 군중에게 던지실 건가 보더라."

가이우스가 웃었다.

"삼촌다운 행동이지. 인정받는 걸 좋아하시니까. 삼촌은 전투에서 이기는 것보다 명성을 더 즐기시는 것 같더라. 그 은화가 로마 전역에 빨리 퍼지도록 병사들에게 지불하고 계셔. 그렇게 하면 적어도 술라를 짜증나게는 만들겠지. 아마 삼촌이 진짜로 원하는 건 바로 그걸 거다."

카베라와 레니우스가 어둠 속에서 나타나 마르쿠스가 앉은 벤치에 자리를 잡고 앉았다.

레니우스가 먼저 말했다.

"여기 있었구나! 작별 인사도 못하고 가는 게 아닌가 생각했다."

가이우스는 그 사내에게 새롭게 생겨난 힘에 다시 한 번 주목했다. 그는 마흔이나 마흔다섯이 채 되어 보이지 않았다. 내민 손을 잡는데 손아귀 힘은 또 어찌나 센지 무슨 올가미에라도 걸린 것 같았다.

"우리 모두 다시 만나게 될 걸세."

카베라의 말에 세 사람이 일제히 카베라를 바라보았다. 그러자 카베라가 두 손을 들어 올리며 빙그레 웃었다.

"이건 예언은 아니네만, 왠지 그런 기분이 드네그려. 우린 아직 우리의 여정을 마치지 못했어."

"어쨌든 어르신이 남아 계셔서 기뻐요. 투브루크 아저씨가 소유지로 돌아가고 마르쿠스하고 선생님마저 그리스로 떠나면, 전 여기에 완전히 혼자 있게 될 테니까요."

가이우스가 설핏 수줍은 미소를 지으며 말했다.

"가이우스 잘 돌봐주쇼, 늙은 악당 양반. 말에 차였다는 소리나 들으려고 고생고생해 가며 훈련시킨 건 아니니까. 나쁜 여자들 곁에는 얼씬도 못하게 하고, 술도 너무 많이 마시지 못하게 하쇼."

레니우스가 그렇게 말하고는 가이우스에게로 몸을 돌린 뒤 한 손가락을 치켜들었다.

"하루도 빠지지 말고 훈련해야 한다. 네 아버님이라면 절대로 몸이 무뎌지게 놔두지 않으실 게다. 우리 도시에 어떤 식으로든 도움이 되고자 한다면 너도 그러지 말아야 한다."

"명심하겠습니다. 마르쿠스를 데려다주시고 나면 뭘 하실 생각이신가요?"

순간 레니우스의 얼굴이 어두워졌다.

"모르겠다. 더 이상 은퇴자금도 없으니, 두고 봐야지……. 늘 그렇듯이 신들의 손에 달려 있겠지."

잠깐 동안 네 사람 모두 약간 슬픈 표정을 지었다. 그러나 한 곳에 머무르는 것은 아무것도 없지 않은가.

레니우스가 무뚝뚝하게 말을 꺼냈다.

"자, 이제 잠이나 자러 가자. 동이 틀 때까지 채 몇 시간도 남지 않았는데, 우리 모두 기나긴 날을 앞두고 있으니."

네 사람은 말없이 마지막으로 악수를 한 뒤 군막으로 돌아갔다.

이튿날 아침 가이우스가 깨어났을 때, 마르쿠스와 레니우스는 이미 떠나고 없었다.

옆에 조심스럽게 개인 채 놓여 있는 것은 성인용 복장인 토가 비릴리스였다. 한참 동안 그것을 바라보던 가이우스는 투브루크에게 배웠던 토가 입는 법을 떠올리려 애썼다. 토가는 소년용 튜닉보다 입기도 훨씬 복잡할뿐더러 아랫자락이 빨리 더러워졌다. 그것이 전하는 바는 간단명료했다.

어른은 나무를 오르지도 진흙투성이 강물에 몸을 던지지도 않는다는 것, 바로 그것이었다. 이제는 유치한 장난은 뒤로해야만 하는 것이다.

날이 밝아오자 거대한 10인용 군막들이 멀리까지 펼쳐져 있는 게 보였다. 줄이 질서 있게 딱딱 맞는 것만 봐도 병사들과 그 장군의 기율이 얼마나 대단한지 알 수 있었다. 마리우스는 한 달 대부분을 행군로를 꼼꼼히 짜면서 보냈다. 6마일에 달하는 행군로는 거리를 죽 지나 전에처럼 원로원 계단에서 끝이 나게 되어 있었다. 도로는 돌바닥의 오물을 깨끗이 닦아낸 상태였지만, 그래도 여전히 좁은 데다 구불구불해서 가로로는 군단병 여섯 명 또는 말 세 필밖에 통과할 수 없었다. 따라서 병사와 말과 장비로 이루어진 횡렬은 다해서 천백 줄에 좀 못 미치는 수준이 될 터였다. 기술자들과 논의에 논의를 기듭한 끝에 마리우스는 공성 무기들을 진영에 남겨두는 데 동의했다. 그 무기들이 비좁은 모퉁이를 돌게 만들 방법이 전혀 없었기 때문이다. 마리우스는 행군을 다 마치는 데 세 시간이 걸릴 거라고 추정했다. 물론 지연이나 실수가 전혀 발생하지 않을 때에 해당되는 얘기였다.

가이우스가 씻고 옷을 입고 식사도 마쳤을 즈음, 해는 지평선 위로 떠올라 있었고, 반짝거리는 거대한 무리를 이룬 병사들은 각자 제자리에 서서 행군할 준비를 거의 끝낸 상태였다. 가이우스는 토가와 샌들 차림을 하고 무기는 진영에 남겨두라는 말을 들었다. 오랫동안 지니고 다니던 군단병의 도구를 들지 않으니 갑자기 무방비 상태가 된 기분이 들었지만 가이우스는 그 말에 따랐다.

마리우스 자신은 말 여섯 필이 끄는 납작한 무개차의 꼭대기에 설치된 왕좌에 앉게 될 것이다. 옷은 자주색 토가를 입을 것이다. 자주색은 개선식을 이끄는 장군만이 입을 수 있는 색이었다. 그 염료는 희귀한 바다조개에서 조금씩 모아서 증류를 해야 얻을 수 있기 때문에 믿을 수 없을 만큼 비쌌다. 자주색은 평생에 단 한 번 입을 수 있는 색으로, 로마 고대 왕들의 색이기도 했다.

로마의 성문을 통과하면, 노예 하나가 마리우스의 머리 위로 도금된 월계관을 치켜들어 행군 내내 들고 있을 것이다. 그리고 개선식 내내 "그대는 필멸의 존재임을 명심하라"는 네 마디 말을 속삭일 터인데, 마리우스는 그 말을 기분 좋게 무시할 것이다.

마리우스가 탈 마차는 로마 거리의 디딤돌 사이에 완벽하게 들어맞도록 군단 기술자들이 조립해서 만들었다. 묵직한 나무 바퀴는 쇠로 둘렀고, 축은 새로 기름칠을 했다. 몸체는 황금빛으로 도금을 해놓은 터라, 아침 햇살을 받으니 마치 순금으로 만들어진 것처럼 반짝반짝 빛났다.

가이우스가 다가갔을 때, 마리우스 장군은 진지한 표정으로 군대를 사열하고 있었다. 장군은 여러 병사에게 말을 걸었고, 그들은 중간 거리에 맞춘 시선을 옮기지 않은 채 질문에 답했다.

마침내 장군이 만족한 듯 마차에 올랐다.

"우리 도시의 사람들은 이 날을 잊지 못할 것이다. 너희를 보면, 어린아이들은 우리 모두를 안전하게 지켜주는 군대에 들어가고 싶은 마음이 들 것이다. 우리를 지켜볼 외국 대사들은 늘 마음속에 우리의 대열을 떠올릴 테니, 로마와 교섭할 때 신중을 기하게 될 것이다. 상인들은 우리를 지켜보면서, 세상에는 돈 버는 것보다 중요한 무언가가 있음을 알게 될 것이다. 여인들은 우리를 지켜보면서, 자신들의 하찮은 남편들을 로마 최고의 사내들과 비교하게 될 것이다. 우리가 지나갈 때 사람들 눈에 비친 너희의 모습을 보라. 너희는 오늘 사람들에게 빵과 동전 이상의 무언가를 주게 될 것이다. 너희는 그들에게 영광을 주게 될 것이다!"

병사들은 마지막 말에 환호를 보냈다. 가이우스는 문득 자신 역시 환호성을 지르고 있음을 깨달았다. 가이우스는 왕좌가 놓인 마차 쪽으로 걸어갔다.

"저는 어디에 서야 하죠, 삼촌?"

"여기 이 위. 내 오른편에 서거라. 그래야 네가 우리 집안의 사랑받는 존재라는 걸 사람들이 알 거 아니냐."

가이우스는 싱긋이 웃고는 마차에 올라 자리를 잡았다. 높이 올라와 있으니 멀리까지 보였다. 기대감에 짜릿한 흥분이 일었다.

마리우스가 한 팔을 떨어뜨리자, 니팔들이 올리며 지 멀리 뒤쪽의 줄까지 메아리쳤다. 드디어 군단병들이 단단하게 다져진 땅에 첫발을 내디뎠다.

거대한 황금 마차 양옆에서, 가이우스는 유혈사태가 빚어진 첫 번째 원로원 나들이를 함께했던 낯익은 얼굴들을 보았다. 심지어 환희의 날에도, 마리우스는 손수 뽑은 병사들을 곁에 두었던 것이다. 바보가 아니고서야 거리에서 군단에 칼을 던지는 위험을 감수할 자는 아무도 없을 것이다. 그 랬다가는 군단병들이 격분해서 로마를 쑥대밭으로 만들 터이므로. 그러나 마리우스가 언제나 바보들은 있기 마련이라고 부하들에게 경고한 터라, 대열에 미소를 띤 이는 아무도 없었다.

"이런 날 살아 있다는 건 신들이 주신 값진 선물이지."

마리우스의 목소리가 또렷하게 들렸다.

가이우스는 고개를 끄덕이고 왕좌에 손을 얹었다.

"로마 시민은 모두 60만 명인데, 오늘은 일에 신경 쓰는 이가 아무도 없을 것이다. 우리가 지나갈 때 환호성을 보내려고 벌써 길에 늘어선 이들도 있고, 창가 자리를 산 이들도 있을 것이다. 도로에는 싱싱한 골풀이 깔려 있을 테고. 6마일을 행군하는 동안 우리가 밟고 지나갈 카펫인 셈이지. 대 광장만이 깨끗이 비워져 있을 것이다. 5,000명 병사 전체가 거기서 한 덩 어리로 멈춰 설 수 있도록 하기 위해서란다. 내가 주피터 신에게 황소 한 마리, 미네르바 신에게 수퇘지 한 마리를 제물로 바치고 나면, 너하고 나, 가이우스, 우린 원로원에 가서 첫 번째 투표에 참석하게 될 거란다."

"무엇에 관한 투표인가요?"

마리우스가 웃었다.

"너를 노빌리타스와 성인의 대열에 공식적으로 받아들이는 것에 관한 문제지. 사실, 그건 요식행위에 불과할 만큼 간단하단다. 넌 네 아버지 덕 에 그럴 권리를 가지고 있고, 사실 내 후원만으로도 충분하다. 명심하거 라, 이 도시를 건설하고 유지하는 데 토대가 된 건 모두 재능이니라. 원로 원에는 순수 혈통인 오래된 가문들이 있다. 술라는 바로 그런 가문 출신이 다. 허나 다른 이들은 나처럼 힘겹게 스스로의 노력으로 권좌에 올랐다. 각자의 태생이야 이렇게 다르지만, 우린 모두 힘을 존중하고 로마에 유익 한 것을 소중히 여긴단다."

"삼촌을 지지하는 이들은 그런 새로운 의원들인가요?"

마리우스가 고개를 가로저었다.

"참으로 이상한 일이다만, 아니란다. 그들은 같은 출신을 편드는 걸로 보일까봐 오히려 몸을 사리기 일쑤지. 그들 중 상당수가 술라를 지지한다. 반면에 나를 따르는 이들 중에는 새로운 늑대들만큼이나 명문가 출신이 많단다. 호민관들은 자신들이 정치의 입김을 받지 않는다는 것을 한껏 과시하며 어떤 사안이든 매번 투표로 결정한다만, 곡물 값 인하라든가 노예들의 권익 신장 문제에 대해서만큼은 언제든 찬성표를 던지리라 믿어도 된다. 거부권을 가지고 있기 때문에 호민관들은 결코 무시할 수 없는 존재이니라."

"그렇다면 호민관들이 원로원에서 저를 받아들이는 걸 막을 수도 있나요?"

마리우스가 낄낄거렸다.

"그런 걱정 어린 표정 지을 것 없다. 호민관들은 새로운 의원 승인 같은 원로원 내부 문제에는 관여하지 않고, 로마의 정치 문제에만 투표하니까 말이다. 설사 관여한다 해도 원로원 밖 대광장에 내 군단 병사 수천 명이 서 있는 상황에서 나를 거스르는 표를 던진다면, 그 사람은 그야말로 대단히 용감한 사람이겠지. 술라와 내가 집정관이라는 것은 곧 로마의 전 군사력을 통솔하는 최고 사령관이라는 뜻이니라. 우리가 원로원을 이끈다, 다른 방식은 없다."

마리우스가 흡족한 미소를 지은 뒤 포도주를 청하자 포도주가 한 잔 가득 건네졌다.

"만일 삼촌이 원로원 혹은 술라와 이견을 보인다면 어찌 되나요?"

포도주 잔 속으로 마리우스의 콧김이 훅 뿜어져 나왔다.

"그런 경우야 다반사지. 법을 제정하고 집행할, 그리고 제국을 건설할 원로원 의원을 선출하는 것은 민중이다. 민중은 조영관(공공건물, 도로, 시장 등을 관장하던 직책—옮긴이), 법무관, 집정관 같은 좀 더 고위직들도 선출한다. 술라와 내가 이 자리에 있는 것도 다 민중이 우리한테 표를 던졌기 때문이니라. 원로원은 그 사실을 잘 아니까 우리 뜻을 함부로 거스르지 않는

다. 우리 둘 사이에 이견이 있는 경우라면, 어느 한 집정관이 어떤 법안이든 입법을 금지할 수 있다. 그러면 그 법안의 통과는 즉시 중단된다. 술라나 내가 연설이 시작될 때 '거부하오' 하고 말하기만 하면, 그 법안은 그해엔 더 이상 논의되지 못한다. 우린 이런 식으로 서로를 방해할 수 있다만 그런 일은 자주 일어나지 않는다."

"그렇다면 원로원은 어떤 식으로 집정관들을 제어하나요?"

호기심이 동한 가이우스가 집요하게 물었다.

마리우스는 포도주를 단숨에 죽 들이켜고는 미소를 머금은 채 배를 두드렸다.

"이론상으로야 내 뜻에 반하는 표를 던질 수도 있고, 심지어 나를 공직에서 내쫓을 수도 있지. 허나 실제로는 내 지지자들과 클리엔테스들이 그런 투표가 이루어지지 못하도록 막을 테니까 임기 동안 집정관을 건드린다는 건 거의 불가능한 셈이란다."

"집정관은 1년 임기로 선출되고 임기를 마치면 물러나야 한다고 말씀하셨는데……."

"법은 강한 사람 앞에서는 구부러지게 마련이란다, 가이우스. 매년 원로원이 예외를 인정하게 해달라고 아우성을 치니 재선출될 수밖에. 너도 알다시피 난 로마에 유익한 사람이다. 그자들도 그걸 아는 거지."

가이우스는 이런 조용한 대화를 나눈 것이 만족스러웠다. 사실 그다지 조용한 대화였다고야 할 수 없었지만 그게 장군으로서는 최대한 조용하게 목소리를 낸 것이다. 아버지가 왜 이 사내를 경계했는지 이해가 갔다. 마리우스는 다음에 어디를 칠지 모르는 여름날 번개 같은 존재로 현재 이 도시를 손아귀에 쥔 사람이었다. 가이우스는 자신이 있고 싶은 곳도 그곳이라는 것을 깨달았다. 바로 모든 것의 중심이라는 것을.

성문에 이르기 훨씬 전부터 로마의 포효가 들렸다. 그 소리가 바다처럼, 형체 없이 부서지는 파도처럼 밀려와, 시 경계선의 망루 앞에 멈춰 선 마리우스 일행을 집어삼켰다. 로마시 위병들이 금빛 마차로 다가오자, 마리우스는 그들을 맞이하기 위해 일어섰다. 그들 역시 번쩍번쩍 빛이 날 뿐 아니라 완벽하게 차려입은 모습이었다. 태도에서는 격식을 차린 딱딱한 분위기가 풍겼다.

"이름과 용건을 말하시오."

한 위병이 말했다.

"프리미게니이의 장군 마리우스다. 내가 왔노라. 로마의 거리에서 개선식을 거행할 것이다."

위병은 살짝 얼굴을 붉혔고, 마리우스는 씩 웃었다.

"로마에 들어가서도 좋습니다."

위병이 한 걸음 뒤로 물러서며 성문을 열라고 손을 흔들었다.

마리우스는 다시 앉으며 가이우스에게 몸을 바짝 기울였다.

"의례상으로는 내가 허락을 구해야 한다만, 군단에 끼지도 못한 위병한테 정중하게 대하기에는 날이 너무 좋구나."

그러고는 마리우스는 신호를 보내며 외쳤다.

"우리를 안으로 안내하라!"

나팔들이 대열을 따라 울려 퍼졌다. 성문이 열리면서 흥분해서 고함을 쳐대는 군중의 모습이 보이기 시작했다. 군단을 향해 우레와 같은 소리가 터져 나오는 통에 말들이 앞으로 나아가지 못하고 주뼛거리자 마리우스의 마부는 고삐를 홱 잡아챘다.

마침내 프리미게니아가 로마에 입성했다.

"제때 준비를 마치고 개선식을 보려면, 지금 침대 밖으로 나오셔야 해요! 다들 그러는데 굉장한 장관이 될 거래요. 아가씨가 늘어지게 주무시는 사이 어머님과 아버님은 벌써 옷도 다 입으시고 수행원들과 함께 계시단 말이에요!"

코르넬리아가 눈을 뜨더니 빛나는 피부에서 이불이 벗겨져 나가든 말든 개의치 않고 기지개를 쭉 켰다. 유모 클로디아는 부산을 떨며 창문 커튼을 열어젖혀 환기를 시키고 햇살을 들였다.

"보세요, 해가 저렇게 중천에 떠 있는데, 옷도 안 입으셨잖아요. 그렇게 벌거벗고 계시다니 뻔뻔도 하셔라. 제가 남자라면, 아니 아버님이라면 어쩔 뻔하셨어요?"

"아버진 감히 들어올 생각을 못 하시지. 날이 무더울 땐 내가 잠옷을 안 입는다는 걸 아시거든."

여전히 하품을 해대며 알몸으로 침대에서 일어난 코르넬리아는 고양이처럼 등을 둥글게 말고 두 주먹을 허공으로 밀어 올리며 기지개를 켰다. 그러더니 방을 가로질러 침실 문으로 가서, 혹시라도 누군가 들여다보지 않도록 잠금막대를 내렸다.

"옷을 입으시기 전에 욕조에 몸을 푹 담그고 싶으실 거예요."

클로디아가 말했다. 원래는 단호한 어조로 말하려 했지만 애정이 앞서 그럴 수가 없었다.

코르넬리아는 고개를 끄덕인 뒤 욕실로 어슬렁어슬렁 발걸음을 옮겼다. 물에서 모락모락 김이 피어올랐다. 그걸 보니 집안의 나머지 사람들은 동이 튼 첫 순간부터 일어나 일을 하고 있었구나 하는 생각이 들었다. 막연하게 죄책감이 들었다. 그러나 한 다리를 휙 치켜들어 욕조 안으로 들이민 뒤 한숨을 내쉬며 몸을 담그자, 그 죄책감은 마음을 진정시키는 뜨거운 열기에 녹아 깨끗이 사라졌다.

클로디아가 따뜻한 리넨을 한아름 안은 채 법석을 떨며 따라 들어왔다. 클로디아는 한시도 몸을 가만두는 법이 없는, 엄청나게 활기가 넘쳐나는 여자였다. 모르는 사람이 본다면, 옷차림이나 태도 그 어디에도 그녀가 노예임을 보여주는 것은 아무것도 없었다. 심지어 몸에 두른 보석들도 진짜였고, 옷도 호화로운 옷장에서 고른 것이었다.

"서두르세요! 이것들로 몸의 물기를 닦고 이 마밀라레(로마의 여성들이 가슴이 두드러져 보이도록 가슴 주변을 감쌌던, 일종의 끈으로 된 브래지어—옮긴이)를 차세요."

코르넬리아가 꿍 소리를 냈다.

"더운 날 입기에는 너무 꽉 낀단 말이야."

"그래도 입어야 몇 년 뒤에 가슴이 텅 빈 자루처럼 늘어지지 않는다고요."

클로디아가 콧방귀를 뀌었다.

"그때 가면 잘 입었단 생각이 들걸요. 일어나세요! 얼른 물에서 나오세요, 이 게으름뱅이 아가씨. 저 옆에 물 한잔 갖다 뒀으니까 입을 헹구시구요."

코르넬리아가 리넨으로 톡톡 두드리며 몸을 말리는 사이, 클로디아는 옷들을 펼쳐놓고 화장품과 기름이 담긴 작은 은상자들도 열어놓았다.

"이걸로 입으세요."

클로디아는 코르넬리아가 내민 두 팔에 기다란 흰색 튜닉을 툭 떨어뜨리며 말했다. 소녀는 어깨를 한 번 으쓱하고는 그 옷을 꿰었다. 그런 다음 일인용 탁자에 앉아 타원형 청동 거울을 기대 세워 놓고 자신의 모습을 살폈다.

"머리를 굽슬굽슬하게 말았으면 좋겠는데."

코르넬리아가 손가락으로 머리칼을 잡으며 아쉬운 듯이 말했다. 숱이 많고 짙은 색깔의 금발은 쭉쭉 펴져 있었다.

"어울리지 않을 거예요, 리아 아가씨. 게다가 오늘은 시간도 없어요. 어머님은 이미 치장을 마치고 우릴 기다리고 계실 거라구요. 단순하고 절제된 아름다움, 그게 바로 오늘 우리가 추구하는 거예요."

"그럼 입술과 뺨에만 살짝 황갈색을 칠하겠네. 그 냄새 지독한 백연을 내 얼굴에 바르고 싶은 게 아니라면 말이야?"

클로디아가 짜증이 나서 입술 사이로 푸 하고 공기를 내뿜었다.

"얼굴색을 감추어야 할 때가 되려면 아직 몇 년은 더 있어야 돼요. 지금 아가씨 나이가 몇이죠? 열일곱인가요?"

"알면서 묻고그래. 연회에서 마신 술이 아직 덜 깼나봐."

코르넬리아가 색조화장을 받느라 꼼짝하지 않은 채 미소를 지으며 대답했다.

"기분 좋을 정도로만 취했었어요. 더도 아니고 덜도 아니고 딱 다른 사람들만큼요. 제가 늘 하는 말이지만, 적당히 약간 마시는 건 잘못된 게 아니라구요."

클로디아는 색조를 펴 바르면서 혼자 고개를 끄덕였다.

"이제 눈매가 그윽하고 신비하게 보이도록 눈 주위에 안티몬 가루만 살짝 바르면 되니까, 머리 손질을 시작할 수 있어요. 그거 만지지 마세요! 손을 옆에다 가만히 두는 것 잊지 마세요. 더러워질 수 있단 말이에요."

클로디아는 신속하고 능숙한 손놀림으로 짙은 금발을 땋아 쪽을 지음으로써 코르넬리아의 가녀린 목이 시원스레 드러나게 했다. 그리고 나서 거울에 비친 코르넬리아의 얼굴을 보더니 마음에 드는지 싱긋 웃었다.

"아버님이 왜 남편감을 찾아주지 않으시는지, 전 그 이유를 도통 모르겠어요. 이처럼 매력적인 아가씨한테 말이에요."

"내가 직접 고르게 해주신다고 했는데, 내가 아직 마음에 드는 사람을 찾지 못한 거야."

코르넬리아가 머리에 꽂은 핀들을 만지작거리며 대꾸했다.

클로디아가 혀를 찼다.

"참 좋은 분이시네요. 하지만 전통은 중요한 거예요. 아버님은 전도가 유망한 젊은이를 찾아주셔야 하고, 아가씨는 아가씨만의 가정을 꾸려야 해요. 아가씬 왠지 살림을 즐길 것 같아요."

"그런 일이 생기면 유모를 데려갈 거야. 안 그러면 유모가 보고 싶을 거니까. 낡고 유행이 지났지만 그래도 편안한 옷처럼 말이야. 내 말 무슨 뜻인지 알지?"

"저에 대한 애정을 참 아름답게도 표현하시네요, 아가씨."

옷을 집으러 돌아서는 코르넬리아의 머리를 손으로 치며, 클로디아가 이죽거렸다.

그 옷은 거대한 정사각형 모양의 황금빛 천으로, 입으면 무릎까지 내려왔다. 한껏 기교를 부려 매무새를 다듬어야만 최고의 멋을 낼 수 있는 옷이었지만, 클로디아는 수년 동안 해온 일이라 코르넬리아가 어떤 모양과 스타일을 좋아하는지 알고 있었다.

"아름답기는 한데 무거워."

코르넬리아가 투덜댔다.

"사내들도 그래요, 아가씨. 아시게 되겠지요."

대꾸하는 클로디아의 두 눈에서 불꽃이 일었다.

"이제 부모님께 달려가세요. 아직은 이른 시간이니 틀림없이 개선식이 잘 보이는 좋은 자리를 잡을 수 있을 거예요. 우린 아버님 친구 분의 댁으로 갈 거예요."

"오, 아버지, 살아서 이걸 보셨어야 했어요."

성문을 통과해 거리로 들어설 때 가이우스가 속삭였다. 바닥의 돌들이 한 군데도 빠짐없이 꽃풀로 덮여 있어서 길은 진녹색을 띠고 있었다. 사람들 역시 제일 좋고 밝은 옷을 입고 있어, 밀려드는 군중은 그야말로 온갖 색과 소음의 집합체였다. 한번 손이라도 잡아볼까 싶어 너도나도 손을 내미는 그들의 뜨거운 눈동자에는 부러움이 가득했다. 마리우스가 말한 대로 가게들은 모두 판자로 둘러싸인 채 닫혀 있었다. 위대한 장군을 보기 위해 도시 전체가 몰려나온 듯했다. 그 숫자와 열성에 가이우스는 깜짝 놀랐다. 이들은 불과 한 달 전 대광장에서 바로 이 병사들이 공간을 확보한답시고 자신들을 베었던 일을 기억하지 못한단 말인가? 좁다란 거리에서 메아리치는 그들의 우렁찬 환호성을 들으며, 가이우스는 이들이 힘만을 존경한다는 마리우스의 말을 상기했다. 가이우스가 오른편의 창문을 흘끗 들여다보는 순간 상당히 아름다운 여인이 꽃을 던졌다. 그중 하나를 가이우스가 받자 군중은 감사의 뜻으로 다시 목이 터져라 함성을 질렀다.

길 가장자리에 병사들이나 경비병들이 늘어서 있지 않은데도 도로 안으로 밀고 들어오는 이는 한 사람도 없었다. 지난번에 확실하게 교훈을 얻은 터라, 군중은 마치 눈에 보이지 않는 장벽이라도 있는 듯 그 선을 넘어서려 하지 않았다. 상황이 그렇다 보니, 마리우스의 경호를 맡은 냉혹하게 생긴 병사들조차 행군하는 동안 입가에 미소를 흘렸다.

마리우스는 신처럼 앉아 있었다. 우람한 두 손을 황금빛 왕좌의 팔걸이에 올려놓은 채 군중을 향해 미소를 보냈다. 노예가 뒤에서 금빛으로 도금된 월계관을 머리 위에 들고 있어, 얼굴엔 그 그림자가 드리워져 있었다. 모든 시선이 앞으로 나아가는 마리우스의 움직임을 쫓았다. 그의 말들은 전상에서 훈련을 받은 터라, 사람들의 고함 소리에 전혀 개의치 않았다. 심지어 좀 더 대담한 몇몇 이가 던진 꽃들이 목 주위에 떨어져도 아랑곳하지 않았다.

가이우스는 마차가 나아가는 내내 위대한 사내 마리우스의 바로 옆에 서 있었다. 가슴속에 뿌듯한 자부심이 차오르면서 영혼이 고양되는 기분이었다. 아버지는 이런 배려를 고맙게 여겼을까? 아마도 아니었을 것이다. 가이우스는 그것이 슬퍼 가슴이 시렸다. 마리우스가 옳았다. 이런 날에 살아 있다는 것 자체가 신들과 접촉하는 것이었다. 가이우스는 자신이 이 순간을 결코 잊지 못하리라는 것을 깨달았다. 민중 역시 어두컴컴한 겨울날 그들의 마음을 따뜻하게 녹일 수 있도록 이 순간을 간직할 것이라는 게 눈에서 보였다.

그때 가이우스는 모퉁이에 서 있는 투브루크를 보았다. 투브루크와 시선이 마주친 순간, 가이우스의 머릿속에는 그동안 둘이 함께했던 모든 일들이 주마등처럼 스쳐지나갔다. 투브루크가 팔을 올려 경례하자 가이우스도 그에 답례했다. 투브루크 주변의 사람들은 몸을 돌려 투브루크를 바라보며, 두 사람이 무슨 관계인지 궁금해했다. 행렬이 지나갈 때 고개를 끄덕이는 투브루크를 향해 가이우스도 목울대를 꿀걱 움직이며 고개를 끄덕였다. 들끓어 오르는 감정에 취한 가이우스는 환호의 조류에 휩쓸려 몸이 흔들리지 않도록 왕좌의 뒷부분을 붙잡았다.

마리우스가 두 부하에게 신호를 보내자 부하들이 부드러운 가죽자루를 들고 마차 위로 올라왔다. 그들은 시커먼 자루의 속으로 손을 쑥 넣어 반짝이는 은화를 한 주먹씩 움켜쥐었다. 이윽고 마리우스의 모습이 새겨진 은화가 군중의 머리 위로 날아갔다. 군중은 마리우스가 지나간 자리에서 은화를 긁어모으며 새된 소리로 그의 이름을 외쳐댔다. 마리우스도 자루 속으로 손을 집어넣었다. 자루에서 빠져나온 그의 손가락에선 은화들이 물방울처럼 똑똑 떨어졌다. 마리우스는 그 은화들을 높이 뿌리며 껄껄 웃어댔고, 군중은 몸을 숙여 그 선물을 주웠다. 마리우스는 군중이 기뻐하는 모습을 보며 웃었고, 군중은 그를 축복했다.

코르넬리아는 나지막한 창문에서 위아래로 바쁘게 움직이는 사람들의 무리를 내다보았다. 그런 군중과 떨어져 있다는 게 기뻤다. 마리우스가 왕좌에 다가갈 때, 짜릿한 흥분을 느낀 코르넬리아는 다른 사람들과 함께 환호성을 질렀다. 마리우스는 잘생긴 장군이었고, 로마는 영웅들을 사랑했다.

마리우스의 옆에 젊은 사내가 서 있었는데, 군단병이라고 하기에는 너무 어렸다. 코르넬리아는 좀 더 잘 보려고 눈을 크게 뜨고 앞을 바라보았다. 미소를 머금고 있다가 마리우스에게서 무슨 말인가를 듣고 웃음을 터뜨리는 사내의 눈에서는 푸른빛이 번뜩였다.

이제 행렬은 코르넬리아와 그녀의 가족이 지켜보는 곳 바로 앞을 지나고 있었다. 동전들이 날아다니고 사람들이 은화를 움켜잡으려고 달려드는 게 보였다. 그 광경을 보고 그녀의 아버지 킨나가 코웃음을 쳤다.

"쓸데없이 돈을 낭비하는군. 로마는 검약하는 장군을 좋아하는데."

킨나가 심술궂게 말했다.

코르넬리아는 신경 쓰지 않았다. 그녀의 시선은 오로지 마리우스와 함께 있는 젊은이에게 쏠려 있었다. 그는 매력적이기도 하거니와 건강해 보였다. 가만히 서 있는 자세에서도 무언가가 엿보였다. 바로 내면의 자신감이었다. 클로디아가 종종 말하듯이 세상에 자신감만큼 매력적인 것은 없는 법이다.

"로마의 모든 엄마들이 딸들 때문에 저 수평아리 뒤를 쫓아다니게 생겼네요."

클로디아가 코르넬리아 바로 옆에서 속삭였다. 그 말에 코르넬리아가 얼굴을 붉히자, 놀라움과 기쁨에 클로디아의 눈썹이 치켜 올라갔다.

개선식 행렬은 그 후로도 두 시간 동안 더 이어졌다. 하지만 코르넬리아에게는 무의미한 시간일 뿐이었다.

행렬이 대광장에 들어서기 시작할 무렵, 다채로운 색깔과 얼굴들은 흐릿해져 있었다. 병사들은 온통 꽃들로 뒤덮여 있었으며, 해는 최고점에 달해 있었다. 마리우스가 마부에게 마차를 정면의 원로원 계단 앞으로 몰라는 신호를 보냈다. 그러자 말발굽이 석판을 때리는 소리가 메아리치는 대신 거리의 소음은 서서히 뒤로 멀어졌다. 술라의 병사들이 처음으로 가이우스의 눈에 띄었다. 그들은 대광장의 입구와, 그 너머 돌진해 들어오는 군중의 무리를 지키고 있었다. 울긋불긋하고 시끌벅적한 도심지를 지나온 후라 대광장은 오히려 평화롭게 느껴졌다.

"여기에 세우라."

마리우스는 부하들이 대광장으로 들어오는 모습을 지켜보려고 왕좌에서 일어났다. 그들은 잘 훈련되어 있어, 원로원 계단에서 가장 먼 모퉁이에서부터 겹겹이 채워가며 질서 정연하게 대열을 이루었다. 마침내 대광장은 열을 지어 늘어선 반짝반짝 빛나는 병사들로 가득 찼다. 모든 병사들에게 전달하기에는 인간의 목소리는 한계가 있으므로 차려자세를 취하라는 명령을 나팔소리로 내렸다. 그 명령에 병사들은 일제히 두 발을 부딪치며 땅을 쿵 굴렀다. 그 소리가 얼마나 요란한지 마치 천둥소리 같았다. 자부심에 마리우스의 입가에 미소가 번졌다. 마리우스가 가이우스의 어깨를 그러쥐었다.

"이걸 잊지 말거라. 우리가 고향에서 1,000마일이나 떨어진 전장에서 고생고생해 가며 싸우는 이유는 바로 이것 때문이니라."

"오늘을 절대로 잊지 못할 겁니다."

가이우스의 솔직한 대답에 마리우스가 어깨를 붙잡은 손에 잠시 힘을 주었다가 놓았다.

마리우스는 부하 넷이 하얀 황소를 꽉 붙들고 있는 곳으로 발걸음을 옮겼다. 검은 털을 곤두세운 거대한 수퇘지도 비슷한 모습으로 붙잡혀 있었다. 그러나 수퇘지는 황소와는 달리 콧김을 내뿜으며 밧줄에 몸을 비벼댔다.

마리우스는 작은 초 하나를 받아들어 황금 사발에 담긴 향에 불을 붙였다. 부하들이 고개를 조아린 가운데, 단검을 들고 앞으로 나아간 그가 두 짐승의 목을 벤 뒤 부드럽게 말했다.

"우리 모두가 전쟁과 역병을 이겨내고 우리의 도시로 안전하게 돌아오게 해주소서."

마리우스는 두려움과 고통의 울음을 토하며 풀썩 무릎을 꿇은 황소의 가죽에 피 묻은 칼을 쓱쓱 닦았다. 그런 뒤 단검을 칼집에 넣고는 가이우스의 어깨에 한 팔을 둘렀다. 두 사람은 그 상태로 함께 원로원의 널찍한 흰 계단을 올라갔다.

그곳은 모든 세상의 권좌였다. 거구의 사내 셋이 팔을 쭉 펼치고 붙잡아도 다 감쌀 수 없는 거대한 기둥들이 경사진 지붕을 떠받치고 있고, 까마득한 그 지붕 위에는 조각상들이 설치되어 있었다. 계단의 꼭대기에는 마리우스조차도 왜소하게 보일 만큼 거대한 청동문이 굳게 닫힌 채 서 있었다. 서로 맞물린 청동판으로 만들어진 것이, 군대가 쳐들어와도 버텨낼 수 있도록 설계된 듯했다. 그러나 두 사람이 계단을 오르자, 안에서 잡아당겼는지 절대로 열릴 것 같지 않은 그 문이 조용히 열렸다. 마리우스는 고개를 끄덕였고, 가이우스는 경외감에 침을 꿀꺽 삼켰다.

"어서 오거라. 들어가서 우리의 주인들을 만나보자꾸나. 원로원을 계속 기다리게 해서는 아니 되느니라."

16장

　마르쿠스는 속으로 레니우스를 의아하게 생각했다. 레니우스의 얼굴은 바다로 가는 길을 여행하는 내내 굳어 있었다. 새벽부터 오후 늦게까지 두 사람은 말 한마디 없이 빠르게 혹은 보통으로 속도를 조절해 가며 돌바닥 위로 말을 몰고 또 몰았다. 마르쿠스는 배도 고프고 목이 타들어갈 정도로 갈증이 났지만 자신의 상태가 그렇다는 것을 인정하려 하지 않았다. 만일 레니우스가 부두까지 가는 동안 한 번도 쉬지 않고 강행군을 감행하길 원한다면, 자신이 먼저 손을 들지는 않겠노라고 마음을 먹었던 것이다.

　죽은 물고기와 해초 냄새로 인해 깨끗한 시골 공기에서 시큼함이 배어 나왔다. 마침내 레니우스가 말을 멈춰 세웠다. 레니우스의 얼굴은 놀랍게도 창백했다.

　"난 예서 좀 쉬며 친구를 만나고 가야겠다. 넌 부두로 가서 방을 얻어도 돼. 거기에 여인숙이……."

　"선생님과 함께 갈래요."

　마르쿠스가 퉁명스럽게 대답했다.

　레니우스가 입을 앙다물더니 중얼거렸다.

　"정 그러겠다면."

그러고는 큰길을 벗어나 샛길로 들어섰다.

길은 숲 사이로 몇 마일이나 구불구불 펼쳐졌다. 마르쿠스는 어리둥절해하며 레니우스의 뒤를 따랐지만 어디로 가고 있는지 묻지 않았다. 그저 무성한 나뭇잎 사이에 산적들이 숨어 있을 경우를 대비해 검을 칼집에서 느슨하게 풀어놓았을 뿐이다. 그러나 활을 상대하게 된다면 검은 별로 소용이 없을 것이다. 마르쿠스도 그것을 모르는 건 아니었다.

머리 위에 우거진 나뭇잎 사이로 보이는 해가 이미 서산으로 기울고 있을 때에야 작은 마을로 접어들었다. 그곳엔 집이라고는 고작해야 스무 채 정도밖에 없었다. 하지만 잘 관리된 마을이라는 분위기가 풍겼다. 대부분의 집 밖에는 닭들이 우리 안에서 놀고 있었고, 염소들도 매여 있었다. 그래서 그런지 어떤 위험도 느껴지지 않았다.

레니우스가 말에서 내려 문으로 걸어가면서 말했다.

"들어올 테냐?"

마르쿠스는 고개를 끄덕인 뒤 말 두 필을 기둥에 묶었다. 마르쿠스가 그일을 다 마쳤을 즈음, 레니우스는 안으로 들어가고 없었다. 마르쿠스는 한 손을 단검에 갖다 댄 채 인상을 쓰며 안으로 들어갔다. 불이라고는 촛불 하나와 난로의 작은 불밖에 없어 약간 어두컴컴했지만, 레니우스가 멀쩡한 한쪽 팔로 연로한 노인을 끌어안고 있는 게 보였다.

"이분은 내 형님 프리무스다. 형님, 이쪽은 내가 전에 말한 그 친구요. 함께 그리스로 여행하는 중이라오."

노인은 분명 여든은 족히 되었을 텐데, 악수를 하는 손아귀에서 힘이 느껴졌다.

"내 아우가 편지에다 너하고 또 한 친구, 가이우스의 진도에 대해 써 보냈더구나. 내 아우는 그 누구도 좋아하지 않는데, 너희 둘은 대다수 사람들보다는 덜 싫은가 보더라."

마르쿠스는 꿍 소리를 냈다.

"앉거라. 우리 앞엔 기나긴 밤이 기다리고 있으니까."

노인이 작은 장작불 쪽으로 가더니 활활 타오르는 심장부에 기다란 금속 부지깽이를 꽂았다.

"무슨 일이 있나요?"

마르쿠스의 물음에 레니우스가 한숨을 내쉬며 대답했다.

"내 형은 외과의사야. 형이 내 팔을 잘라낼 거다."

무엇을 보게 될지 깨닫게 된 마르쿠스는 엄습하는 공포에 속이 메스꺼웠다. 죄책감에 얼굴도 벌겋게 달아올랐다. 레니우스가 부상당한 경위를 밝히지 않기만을 바랄 뿐이었다. 당혹감을 감추려고, 재빨리 입을 열었다.

"그거라면 루키우스나 카베라 어르신도 하실 수 있었잖아요."

레니우스는 한 손을 치켜들어 마르쿠스의 입을 다물게 했다.

"그 일을 할 수 있는 사람은 많지만, 프리무스 형님이 최고였……최고이시다."

프리무스가 몇 안 남은 이를 드러내며 이히히 웃더니 쾌활하게 주절댔다.

"내 아우는 사람들을 토막내곤 했고, 난 꿰매서 도로 붙여주곤 했지. 이 일을 하려면 불이 있어야 하겠군그래."

그러고는 등잔 쪽으로 돌아서서 촛불로 불을 붙였다. 다시 돌아선 프리무스가 눈을 가늘게 뜨고 레니우스를 보았다.

"내 눈이 예전 같지 않다는 건 안다만, 머리가 아직도 검어 보이는데, 물이라도 들인 거냐?"

레니우스는 얼굴을 붉혔다.

"이제 곧 내 팔을 절단해야 할 텐데, 시력이 나빠졌다는 말은 듣고 싶지 않수, 형님. 좀 곱게 늙어서 그렇수다, 그게 다요."

"정말 곱게도 늙었다."

프리무스가 수긍했다. 프리무스는 작은 가죽 가방에서 연장들을 꺼내 탁자 위에 올려놓은 뒤, 동생에게 와서 앉으라는 손짓을 했다. 마르쿠스는 톱과 바늘들을 보면서 레니우스의 말대로 그냥 부두에나 가는 게 좋았겠 다는 생각을 했다. 하지만 때늦은 후회였다. 레니우스가 자리에 앉았다. 이마에서는 땀이 뚝뚝 떨어졌다. 프리무스가 갈색 액체가 담긴 병을 건네 주자, 레니우스는 병째 들고 꿀꺽꿀꺽 마셔댔다.

"이봐, 넌 저 밧줄을 갖다가 내 아우를 의자에 묶어. 얘가 몸부림치며 돌 아다니면서 내 가구를 부수는 꼴은 보기 싫으니까."

속이 울렁거리는 것을 참으며 밧줄을 가져간 마르쿠스는 밧줄이 온통 오래된 피로 얼룩덜룩한 것을 보고 공포에 질렸다. 마르쿠스는 바삐 매듭 을 지으며 피에 대해선 생각하지 않으려 애썼다.

몇 분 후, 레니우스가 옴짝달싹하지 못하게 되자, 프리무스가 마지막 남 은 갈색 액체를 레니우스의 목에 쏟아 부었다.

"나한테 있는 건 그게 단 거 같다. 그게 통증을 좀 덜어줄 거다, 많이는 아니겠지만."

"그냥 계속하기나 하쇼."

레니우스가 이를 사리문 채 으르렁거렸다.

프리무스가 두꺼운 가죽 조각을 레니우스 입에 들이대며 물라고 말했다.

"어쨌든 이빨은 보호해 줄 거야."

그러더니 마르쿠스 쪽으로 몸을 돌렸다.

"팔을 꽉 붙잡아. 그래야 톱질을 빨리 할 수 있으니까."

프리무스는 마르쿠스의 손을 힘줄이 툭툭 불거진 이두박근 위에 올려놓은 뒤, 밧줄이 손목과 팔꿈치를 단단히 묶고 있는지 점검했다. 그리고는 꾸러미에서 흉측하게 생긴 칼을 쓱 빼내 들고 등잔불에 비춰보며 실눈으로 날을 살폈다.

"내가 이걸로 뼈 주위를 한 번, 뼈 밑을 한 번 둥글게 잘라서 톱이 들어갈 공간을 만들 거다. 그런 다음 우린 고리 모양의 살덩어리를 떼어내고 뼈를 톱으로 잘라낸 후, 달군 쇠로 피가 나는 부분을 지질 거야. 모든 과정을 아주 신속하게 처리해야 해. 안 그러면 내 아우가 피를 너무 많이 흘려 죽게 될 테니까. 피부는 잘리고 남은 부분을 덮을 수 있게끔 충분히 남겨둘 거다. 그런 다음에는 단단히 묶어주어야만 해. 처음 일주일 동안은 상처 부위에 손을 대서는 안 되지만, 그 후엔 내가 주는 연고를 밤낮으로 바르고 문질러줘야만 한다. 난 잘린 부위에 씌울 가죽 덮개를 갖고 있지 않으니까, 마르쿠스, 네가 직접 만들든지 사든지 해야 할 거다."

마르쿠스는 초조해서 침을 꿀꺽 삼켰다.

프리무스가 손가락을 쓸모없는 팔의 근육과 신경 속으로 찔러 넣은 후 그 주위를 더듬었다. 그러더니 잠시 후 슬픈 얼굴로 혼자서 쯧쯧 혀를 찼다.

"네가 말한 대로구나. 전혀 감각이 없어. 근육들이 잘려서 약해지기 시작했어. 싸우다가 이렇게 된 거냐?"

마르쿠스는 무의식적으로 레니우스를 흘끗 올려다보았다. 노출된 치아 위쪽으로 보이는 두 눈에 잠깐 흥분의 빛이 번득이더니, 레니우스의 시선이 다른 곳을 향했다.

"훈련 중에 사고를 당했소."

레니우스가 부드럽게 말했다. 입에 문 가죽 끈 때문에 목소리가 작게 들렸다.

프리무스는 고개를 끄덕인 뒤 칼을 살갗에 밀착시켰다. 레니우스는 긴장했고, 마르쿠스는 팔을 붙잡았다.

프리무스는 능숙하고 확실한 칼놀림으로 살을 깊숙이 갈라냈다. 핏방울이 절개 부위를 흐릿하게 가려 천으로 두들겨 닦아내야 할 때 말고는 칼을 멈추지 않았다. 마르쿠스는 속이 뒤집히는 느낌이었지만, 프리무스는 완전히 긴장이 풀린 듯 이 사이로 짧은 곡조에 가까운 소리를 냈다. 분홍색 막으로 둘러싸인 하얀 뼈가 드러나자, 프리무스는 만족해하며 으음 소리를 흘렸다. 불과 몇 초 만에 주변의 마을 건어내고 뼈에까지 이른 그는 두 번째 절개를 시작했다.

레니우스는 형의 피투성이 손을 내려다보며 입술을 비죽거리더니 얼굴을 일그러뜨렸다. 그 후로는 어금니를 꽉 깨문 채 벽만 뚫어져라 보았다. 살짝 떨리는 숨결만이 그가 두려움을 느끼고 있음을 알려주는 유일한 신호였다.

마르쿠스의 손, 의자, 바닥 할 것 없이 피가 사방으로 넘쳐흘렀다. 레니우스의 몸 안에 있는 피란 피는 모조리 반짝거리며 축축하게 흘러나오고 있었다. 프리무스는 늘어져 펄럭이는 거대한 살가죽만 남겨둔 채 다시 둥글게 도려냈다. 그런 다음 V자형으로 자르기도 하고 얇게 잘라내기도 하며 시커먼 고깃덩어리를 떼어내서는 아무렇게나 바닥에 툭 떨어뜨렸다.

"저거 치울 걱정은 안 해도 돼. 내가 기르는 개가 두 마리 있는데, 안으로 들이면 신나게 먹어 치울 테니까."

마르쿠스가 고개를 돌리더니 결국 구역질을 참지 못하고 속에 든 것을 게워냈다. 프리무스는 혀를 끌끌 차며 팔을 붙잡은 두 손의 위치를 다시 조정해 주었다. 팔꿈치에서 한 뼘 정도 위쪽에서 하얀 대못 같은 뼈가 보였다.

레니우스가 코로 거칠게 숨을 쉬기 시작했다. 프리무스가 손으로 동생의 목을 지그시 눌러 맥을 살피며 우물거렸다.

"최대한 빨리 끝내마."

레니우스는 눈도 깜짝이지 않고 고개를 끄덕였다.

프리무스가 일어서서 천에다 손을 닦았다. 동생의 눈을 들여다보더니 그 안에서 무엇을 보았는지 얼굴을 찌푸렸다.

"이게 힘든 부분이야. 내가 뼈를 자르면 통증을 느낄 거고 진동도 아주 기분 나쁠 거다. 난 최대한 신속하게 톱질을 할 거야. 허니 내 아우를 있는 힘껏 꽉 붙잡고 있어. 2분 동안은 바위처럼 꿈쩍도 하지 말아야 돼. 또 이렇게 토하는 짓거리 따윈 해선 안 돼, 알겠냐?"

마르쿠스는 비참해하며 심호흡을 몇 번 했고, 프리무스는 부엌칼처럼 나무 손잡이가 달린 날이 가는 톱을 꺼내들었다.

"준비됐냐?"

레니우스와 마르쿠스 둘 다 그렇다고 웅얼거리자, 프리무스는 톱날을 갖다 댄 뒤 뼈를 자르기 시작했다. 그의 팔꿈치가 어찌나 빨리 앞뒤로 움직이는지 거의 보이지 않을 정도였다.

레니우스는 뻣뻣하게 굳어지더니 밧줄에 묶여 있는 온몸을 버둥거렸다. 마르쿠스는 목숨이라도 걸려 있는 것처럼 온 힘을 다해 붙잡고 있었는데, 피 때문에 손가락이 미끄러지는 바람에 톱이 걸릴 때마다 움찔했다.

별안간 레니우스의 팔이 덜렁거리며 옆으로 기울더니 레니우스에게서 떨어져 나갔다. 레니우스는 그 팔을 내려다보다가 화가 나서 끙 소리를 냈다. 프리무스는 손을 닦은 뒤 천 뭉치를 상처 부위에 대고 눌렀다. 그러고는 마르쿠스에게 꼭 누르고 있으라는 손짓을 한 후, 불 속에서 뜨겁게 달궈진 쇠꼬챙이를 가져왔다. 끝 부분이 벌겋게 달아올라 있었는데, 그걸 보자 마르쿠스는 앞으로 벌어질 일이 짐작이 가 몸을 움찔했다.

마르쿠스가 천을 떼어내자, 프리무스는 재빨리 손을 놀려 피가 솟아나오는 곳이란 곳은 모조리 쇠꼬챙이 끝으로 찔러댔다. 쇠꼬챙이가 닿을 때마다 지지직 소리가 났고 고약한 냄새가 코를 찔렀다. 마르쿠스는 이번에도 참지 못하고 마루에다 헛구역질을 했다. 그의 입에 매달린 끈적끈적한 노란 실 같은 담즙이 마루에까지 닿아 있었다.

"이걸 도로 불에다 갖다 넣어, 얼른. 난 그게 다시 달궈질 동안 천을 붙잡고 있을 테니까."

마르쿠스는 비틀거리며 일어나 쇠꼬챙이를 가져다가 불꽃 속에 도로 쑤셔 넣었다. 레니우스의 머리는 어깨 위로 축 늘어져 있었고, 입도 힘없이 벌어져 물고 있던 가죽끈이 떨어져 나가 있었다.

계속 천을 붙들고 있던 프리무스가 천을 떼고, 피가 나오는지 살폈다. 그러더니 심술궂게 욕을 했다.

"파이프 반쪽이라도 있으면 좋겠는데, 영 아쉽네. 그거라도 있을 땐, 하나씩 번갈아 달굴 수 있었는데, 몇 년 동안 이 일을 안 하다 보니 그 생각을 미처 못 했어. 제대로 되지 않으면 상처에 독이 오를 텐데. 인두 아직 준비 안 됐냐?"

마르쿠스가 불에서 꺼내봤지만 끝 부분이 아직 검은색 그대로였다.

"아니요. 선생님 괜찮으실까요?"

"상처를 봉합하지 못하면 안 괜찮아. 밖에 나가서 화력을 높일 땔감이 나 좀 가져오너라."

핑계거리가 생긴 것에 감사하며 재빨리 자리를 뜬 마르쿠스는 밖에 서서 신선한 공기를 벌컥벌컥 들이마셨다. 사위는 거의 어둑어둑했다. 세상에, 안에서 얼마나 오래 있었던 것일까? 그때 옆쪽 벽에 묶인 채 잠들어 있는 커다란 사냥개 두 마리가 눈에 들어왔다. 마르쿠스는 몸서리를 치며, 사냥개들 근처에 쌓여 있는 장작더미에서 묵직한 나무토막을 그러모았다. 마르쿠스의 접근에 잠에서 깬 개들은 부드럽게 으르렁대기는 해도 일어나지는 않았다. 그쪽은 아예 쳐다도 보지 않고 도로 안으로 들어온 마르쿠스는 불꽃 속에 장작개비 두 개를 던져 넣었다.

"끝 부분이 벌게지는 대로 인두를 나한테 가져오너라."

프리무스가 절단된 부위를 천 뭉치로 꾹 누른 채 중얼거렸다.

마르쿠스는 떨어져 나간 팔을 보지 않으려 애썼다. 몸에서 떨어져 나와 있으니, 무언가 잘못된 듯 보였다. 위에서 연달아 급속하게 경련이 일어나며 속이 울렁거렸다. 마르쿠스는 정신을 차리고 도로 불꽃을 응시했다.

쇠꼬챙이를 한 번 더 달구고 나서야 프리무스가 마침내 만족해했다. 살이 타들어가는 지지직 소리를 마르쿠스는 결코 잊지 못하리라. 잘린 부분에 깨끗한 천 붕대 감는 걸 거들 때, 마르쿠스는 몸서리가 쳐지는 것을 애써 억눌렀다. 프리무스와 함께 레니우스의 몸을 들어 다른 방에 있는 짚 침대에 누인 뒤 그 끝에 앉은 마르쿠스는, 이제 다 끝났다는 사실에 감사하며 눈으로 흘러들어간 땀을 닦았다.

"저건…… 이제 어떻게 되는 거죠?"

마르쿠스가 여전히 의자에 묶여 있는 팔을 손짓으로 가리켰다.

프리무스가 어깨를 으쓱했다.

"저걸 통째로 내 개들한테 주는 건 옳지 않을 성싶구나. 아마도 숲 어딘 가에 묻어야겠지. 안 그러면 썩어서 고약한 냄새가 풍길 텐데도 자기 팔을 달라고 하는 사람들이 많아. 손에는 숱한 추억이 어려 있으니까. 이를테면 그 손가락들은 여인을 보듬기도 했을 거고, 아이를 쓰다듬기도 했을 거다. 잃기에는 너무 아깝지. 허나 내 아우는 강한 사람이야. 이것도 이겨낼 수 있을 만큼 강했으면 좋겠구나."

"우리 배는 나흘 뒤 조수가 최적일 때 떠나요."

마르쿠스가 힘없이 말했다.

프리무스가 턱을 긁적였다.

"말 잔등에 앉아 있는 데는 지장 없을 거다. 며칠 동안이야 기운이 없겠 지만 워낙 황소처럼 강하니까. 문제는 몸의 균형을 잡기가 힘들다는 거야. 거의 처음부터 다시 훈련을 해야 할 게다. 배로 여행하는 시간이 얼마나 되지?"

"한 달이요, 바람이 좋으면요."

"그 시간을 활용하거라. 내 아우하고 매일 훈련을 해. 다들 그렇겠지만 특히 내 아우는 능력이 조금이라도 줄어드는 걸 좋아하지 않을 거다."

17장

마리우스가 원로원 회의실의 안쪽 문 앞에서 발걸음을 멈추었다.

"넌 시민 자격, 내 손님 자격을 공식적으로 인정받기 전에는 들어가지 못한다. 난 너를 추천하고 너를 위해 짤막한 연설을 할 것이다. 그게 의례이니라. 내가 다시 돌아와서 앉을 곳을 알려줄 때까지 여기서 기다리거라."

가이우스는 차분하게 고개를 끄덕이고는 뒤로 물러섰다. 마리우스는 문을 똑똑 두드리고 잠시 기다린 뒤 문이 열리자 안으로 걸어 들어갔다. 홀로 남겨진 가이우스는 문밖에서 잠시 서성거렸다.

20분이 지나자 슬슬 속이 타기 시작한 가이우스는 열린 바깥문 쪽으로 어슬렁어슬렁 걸어가 대광장에 운집한 병사들을 내려다보았다. 한낮의 열기에도 한 치의 흐트러짐 없이 부동자세를 취한 모습이 대단히 인상적이었다. 높은 곳에 자리한 원로원 문 앞에 서 있는 데다가 앞쪽도 툭 터진 광장이라, 그 너머의 북적거리는 도시가 한눈에 들어왔다. 가이우스가 열심히 이런 광경을 살피고 있는데, 안쪽 문의 돌쩌귀가 삐거덕거리는 소리가 들리며 마리우스가 걸어 나왔다.

"노빌리타스 대열에 합류한 걸 환영한다, 가이우스. 넌 이제 로마의 시민이다. 아버님이 살아 계셨다면 자랑스러워하셨을 거다. 내 옆에 앉아서 오늘 다루는 문제들에 귀를 기울여 보려무나. 내 짐작엔 네가 흥미 있어할 것 같구나."

가이우스는 마리우스의 뒤를 따라 들어가면서 지켜보는 원로원 의원들과 일일이 눈을 맞추었다. 한둘이 고개를 끄덕였다. 가이우스는 아버지와 아는 사이일지도 모른다는 생각에 혹시 나중에 이야기를 나눌 기회가 생길 경우를 대비해 그 얼굴들을 기억해 두었다. 그리고 나서 홀을 흘끗 둘러보았다. 자세히 살펴보고 싶은 마음이 들었지만 애써 억눌렀다. 이 소수의 사람이 하는 말에 세계가 귀를 기울였다.

가이우스는 마리우스가 가리킨 좌석 쪽으로 향했다. 좌석 배열은 마치 원형경기장의 축소판 같았다. 중앙에는 한 번에 연사 한 명이 다른 의원들에게 연설할 수 있는 공간이 있고, 그 주위를 계단식으로 된 다섯 층의 좌석이 둥글게 감싸고 있었다. 연단이 카르타고 전함의 뱃머리로 만들어졌다고 한 가정교사들의 말을 떠올린 가이우스는 그 역사에 대한 상상에 빠져들었다.

곡선 형태로 층층이 줄을 이룬 좌석에는 사람이 앉아도 가려지지 않을 정도로 툭 튀어나온 거무스레한 나무 팔걸이가 달려 있었다. 의원들은 어느 누구 할 것 없이 흰색 토가와 샌들 차림이었는데, 그것이 살아 움직이는 방, 활기가 가득한 공간이라는 인상을 심어주었다. 대다수 의원이 백발이 성성했지만, 위풍당당한 체구를 지닌 젊은 의원도 몇 있었다. 몇몇 의원이 자리에 서 있었다. 가이우스는 이것이 논점을 제기하고 싶다는, 혹은 토론에 자신의 의견을 더하고 싶다는 뜻을 보여주기 위한 것이라고 짐작했다. 술라는 중앙에 서서 세금이며 곡식 문제에 관해 연설하고 있었다. 술라는 가이우스가 자신을 건너다보고 있음을 보고 미소를 보냈다. 가이우스는 그 미소에서 힘을 느꼈다. 여기 마리우스 같은 사내가 또 한 명 있었다. 그런데 과연 로마에 이런 부류의 사내 둘을 수용할 공간이 있을까? 술라는 전에 검투시합에서 보았던 모습 그대로였다. 수수한 흰색 토가 차림에 빨간색 허리띠를 차고 있었다. 머리에는 기름을 발라, 굽슬굽슬한 짙은 금발에서 반짝반짝 윤기가 돌았다. 건강과 활력으로 온몸이 빛나는 술라는 눈곱만치도 긴장이 되지 않는 듯 보였다. 가이우스가 삼촌 옆자리에 앉을 때, 술라가 우아하게 손으로 입을 가리며 기침을 했다.

"오늘 더 중요한 일이 있는 만큼 이 세금 문제에 관한 토론은 다음 주로 연기하는 게 좋을 것 같소. 반대 있소이까?"

서 있던 의원들은 동요하는 기색을 보이지 않고 그대로 자리에 앉았다. 술라는 하얀 이까지 드러내며 다시 미소를 지었다.

"새로운 시민을 환영하며, 아버지만큼 이 도시에 봉사해 주었으면 하는 원로원의 바람을 전하는 바이오."

여기저기서 웅얼대며 동의를 표했다. 가이우스는 감사의 뜻으로 살짝 고개를 숙였다.

"허나 지금은 우리의 공식 환영도 나중으로 미루어야만 하겠소. 바로 오늘 아침, 이 도시에 위협이 있다는 중대한 소식을 받았소."

술라가 잠시 말을 멈추고 웅성거림이 잦아들기를 참을성 있게 기다렸다.

"그리스 장군 미트리다테스가 소아시아에 주둔한 우리 군대를 격파했소. 그자가 이끄는 반란군은 무려 8,000명에 달할지도 모르오. 그자들은 분명 우리의 전투 병력이 지나치게 흩어져 있다는 걸 알고, 우리가 그 영토를 되찾기에는 힘이 너무 약하리라는 판단에서 도박을 하고 있는 것이오. 우리가 나서서 그자를 축출하지 않는다면, 그자 군대의 세가 불어나 그리스 내 우리 속령의 안전을 위협하는 사태를 감수해야만 할 것이오."

몇몇 의원이 자리에서 일어났고, 의원석에서는 이런저런 주장이 터져 나오기 시작했다. 술라가 조용히 하라고 두 손을 치켜들었다.

"여기서 결정을 내려야만 하오. 그리스에 주둔하는 군단은 현재 불안정한 국경을 통제하는 임무를 수행하고 있소. 따라서 이 새로운 위협을 타개할 인원을 갖고 있지 못하오. 이 도시를 무방비 상태로 놔둘 수는 없소. 최근에 폭동이 있었으니 더더욱 그럴 수는 없는 일이오. 허나 전장에서 그자를 대적할 만한 군단을 보내는 것도 마찬가지로 중요한 일이오. 우리가 어떤 식으로 나올지 그리스가 지켜보고 있소. 허니 신속하고도 맹렬하게 대처해야만 하오."

의원들이 고개를 끄덕이며 열렬하게 동의를 표했다. 로마는 신중과 타협 위에 건설된 도시가 아니었다. 퍼뜩 스치는 생각에 가이우스가 마리우스를 바라보았다. 앞에 두 손을 맞잡은 채 앉아 있는 장군의 얼굴은 딱딱하고 차가웠다.

"마리우스 집정관과 나는 각자 일 개 군단을 지휘하고 있소. 우리 군단은 북쪽의 군단들에 비해 몇 개월은 빨리 그리스에 도착할 거요. 내가 표결에 부치고자 하는 사안은, 둘 중 어느 군단이 배를 타고 적군과 싸우러 갈 것이냐 하는 것이오."

술라가 마리우스를 흘끗 보았다. 가이우스는 그때 처음으로 술라의 눈에 번득이는 적의를 보았다. 이윽고 마리우스가 일어났고, 회의실은 잠잠해졌다. 일어서 있던 의원들은 마리우스가 다른 집정관에게 첫 번째 반응을 보일 수 있도록 자리에 앉았다. 마리우스가 뒷짐을 졌다. 가이우스는 그의 손마디가 하얗게 변한 것을 볼 수 있었다.

"술라 집정관이 제안한 행동 방침에는 하등의 결함이 없소. 상황은 분명하오. 우리 병력이 둘로 나뉘어 로마와 외지 영토를 방어하는 수밖에 없소. 그렇다면 침략군을 몰아낼 임무에 자원할 생각이 있는지 술라 집정관에게 묻지 않을 수 없소."

모든 눈이 술라에게 쏠렸다.

"난 이 문제에 대한 원로원의 판단을 전적으로 신뢰할 것이오. 나는 로마의 종복이오. 내 개인적인 바람은 중요하지 않소."

마리우스는 굳은 미소를 지었고, 둘 사이에는 긴장이 감돌았다.

"동감이오."

마리우스도 동의한 뒤 자리에 앉았다.

술라가 안도하는 표정으로 천장이 둥근 회의실을 쭉 훑었다.

"허면 선택은 간단하오. 각 군단의 이름을 말할 테니, 첫 번째 군단이 미트리다테스와 맞서 싸워야 한다고 믿는 의원들은 일어서시오. 그 수를 셀 것이오. 나머지 의원들은 두 번째 이름이 호명될 때 일어서면 되오. 도시의 안보에 관한 투표이니만큼 기권하는 의원이 나와서는 아니 되오. 다들 동의하오이까?"

삼백 명의 의원이 웅얼대며 엄숙하게 동의를 표하자, 술라가 미소를 지었다. 가이우스는 두려움이 이는 것을 느꼈다. 술라는 한참 뜸을 들였다. 긴장을 즐기고 있는 게 분명했다. 드디어 술라가 정적 속에 한마디를 내뱉었다.

"프리미게니아."

마리우스가 가이우스의 어깨에 손을 얹었다.

"넌 오늘은 투표하지 않아도 된다."

가이우스는 그대로 앉은 채 얼마나 많은 의원이 일어나는지 보려고 고개를 쭉 빼고 주위를 두리번거렸다. 마리우스는 눈썹 하나 까딱하지 않고 술라를 바라보았다. 마치 자신한테는 그런 문제 따윈 전혀 중요하지 않다는 표정이었다. 잘은 보이지 않아 확실하게 알 수는 없었지만 온 주변의 의원들이 일어서고 있는 듯했다. 그것으로 가이우스는 삼촌이 패했음을 알았다. 그런데 소음이 뚝 끊기더니 더는 일어서는 사람이 없었다. 순간 중앙에 서 있는 잘생긴 집정관의 표정이 느긋한 기쁨 어린 표정에서 도저히 믿지 못하겠다는 표정을 거쳐 격분한 표정으로 바뀌었다. 술라는 직접 수를 세고 나서 다른 두 의원에게 그 수를 확인하게 했다.

"프리미게니아가 침략군을 상대하는 데 찬성한 의원은 모두 121명이오."

술라는 입술을 깨물었다. 얼굴에 순간 잔인한 표정이 스쳤다. 시선은 마리우스에게 못 박혀 있었다. 마리우스는 어깨를 으쓱하고는 시선을 돌렸다. 서 있던 의원들은 모두 자리에 앉았다.

"두 번째 알라우다이('종달새'라는 뜻의 라틴어임—옮긴이)."

술라가 속삭이듯 말했지만, 회의실의 음향 상태가 워낙 뛰어나 목소리는 잘 전달되었다. 다시 의원들이 일어섰다. 가이우스가 보니, 이번이 더 수가 많았다. 술라가 시도한 계획이 무엇이었든지 간에 그 계획은 실패한 것이었다. 술라는 수를 제대로 다 세고 기록을 하기도 전에 의원들에게 앉으라고 손을 흔들었다. 그는 마음을 추스른 모습이 역력했다. 말문을 열었을 때는 가이우스가 들어오면서 보았던 매력적인 젊은이의 모습으로 돌아와 있었다.

술라가 격식을 차린 어조로 말했다.

"원로원이 의사를 밝혔으니, 원로원의 종복인 나는 그 뜻을 따를 것이오. 내가 없는 동안 마리우스 장군은 부하들을 위해 로마의 병영을 이용하리라 믿소만?"

"그럴 것이오."

마리우스가 평온하고 고요한 얼굴로 대답했다.

"소아시아에 주둔한 우리 병력이 지원을 해줄 테니, 출정 기간이 길지는 않으리라고 보오. 미트리다테스를 박살내는 대로 로마로 돌아오겠소. 그때 우린 이 도시의 미래를 결정하게 될 것이오."

마지막 말을 할 때, 술라는 마리우스를 똑바로 쳐다보았다. 전하고자 하는 바는 분명했다.

"오늘 저녁 부하들한테 병영을 비우라고 시키겠소. 더 논의할 일이 없다면 안녕히들 가시오."

술라가 회의실을 떠나자 한 무리의 지지자들도 열을 지어 그 뒤를 따랐다. 짓누르던 압박감이 사라지면서, 돌연 회의실 안이 시끌벅적해졌다. 떠들어대는 이도 있었고, 킥킥거리는 이도 있는가 하면, 생각에 잠긴 눈빛으로 서로를 바라보는 이들도 있었다. 그러다 마리우스가 일어나자, 회의실 안은 쥐 죽은 듯 조용해졌다.

"믿어줘서 고맙소이다, 여러분. 누가 쳐들어오든 맞서 이 도시를 잘 지켜낼 것이오."

가이우스는 마리우스가 맞서겠다고 말한 적들 중 하나가 그리스에서 돌아온 술라가 될 수도 있음을 알아차렸다.

원로원 의원들은 가이우스의 삼촌 주위로 모여들었다. 개중에는 드러내놓고 축하를 건네며 악수를 청하는 이들도 몇 있었다. 마리우스는 한 손으로는 가이우스를 끌어당기고, 다른 손으로는 뼈만 앙상한 사내의 어깨를 붙잡았다. 사내는 마리우스와 가이우스에게 미소를 지어 보였다.

"크라수스, 이쪽은 내 조카 가이우스일세. 외모를 보아서는 믿어지지 않겠지만 여기 있는 크라수스가 아마 로마에서 제일 부유한 사람일 게다."

사내의 목은 가늘고 길었으며, 그 끝에 달린 머리는 깐닥깐닥했다. 자글자글한 잔주름 사이에서는 따뜻한 갈색 눈이 반짝거렸다.

"난 신들의 은총을 입었네, 그건 사실일세. 난 아름다운 두 딸도 두었다네."

마리우스가 키득거리며 말했다.

"한 딸이야 매력적이라고 봐줄 만하네만, 크라수스, 다른 딸은 아버지를 쏙 빼닮았어."

이 말에 가이우스는 속으로 움찔했지만 크라수스는 전혀 개의치 않는 듯했다. 크라수스가 슬프게 웃었다.

"맞는 말이야. 약간 앙상하긴 해. 로마 젊은이들의 마음을 끌려면 지참금을 두둑이 주어야 할 걸세."

크라수스가 가이우스를 마주 보며 손을 내밀었다.

"만나서 반갑네, 젊은이. 삼촌처럼 장군이 될 건가?"

"그럴 겁니다."

가이우스가 진지하게 대답하자 크라수스가 빙그레 웃었다.

"허면 돈이 필요하겠군그래. 후원자가 필요하면 날 찾아오게나."

가이우스가 내민 손을 잠깐 그러쥐었다 놓자, 크라수스는 군중 속으로 발걸음을 옮겼다.

마리우스가 가이우스 쪽으로 몸을 기울이고는 귀에다 대고 속삭였다.

"잘했다. 크라수스는 나의 충직한 친구이기도 하거니와 굉장한 부자란다. 네가 저 친구의 소유지를 방문할 수 있도록 주선하마. 그 화려함에 놀라움을 금치 못할 게다. 자, 네가 만나봐야 할 또 한 사람이 저기 있다. 나를 따라오거라."

가이우스는 마리우스의 뒤를 따라 의원들 사이를 지나갔다. 의원들은 삼삼오오 서서 그날 있었던 사건들과 술라가 당한 굴욕에 관해 이야기를 나누고 있었다. 마리우스는 눈이 마주치는 모든 사람과 일일이 악수를 나누며 축하의 말을 몇 마디 건네기도 하고, 가족들과 그 자리에 없는 친구들의 안부를 묻기도 했다. 마리우스는 만나는 사람마다 미소짓게 만들었다.

건너편에서는 세 사람이 조용히 대화를 나누고 있었다. 그런데 마리우스와 가이우스가 다가가자 즉시 대화를 중단했다.

마리우스가 쾌활하게 말했다.

"이 사람이 바로 그 사람이다, 가이우스. 그나이우스 폼페이우스, 지지자들은 현재 로마 최고의 야전장군이라고 부르지. 물론 내가 아프거나 국외에 있을 때 얘기지만."

폼페이우스는 상냥하게 미소를 지으며 두 사람과 악수를 나누었다. 마른 체구의 크라수스와는 달리 약간 살이 쪘다 싶긴 해도 마리우스만큼 키가 큰 데다 자세도 훌륭했다. 그래서 뚱뚱하다기보다는 건장한 거구라는 인상을 풍겼다. 가이우스 짐작에는 서른 살 정도밖에 되어 보이지 않았는데, 그 나이에 군대에서 그런 지위까지 올랐다는 게 대단히 인상적이었다.

"그럴 가능성이 어디 있어야지요, 마리우스 장군님. 사실 제가 전장에서 놀라운 모습을 보이기는 합니다. 강한 사내들이 제 작전의 아름다움에 감탄해서 눈물을 흘릴 정도니까요."

폼페이우스의 대답에 마리우스가 웃으며 그의 어깨를 찰싹 쳤다. 폼페이우스가 가이우스를 위아래로 훑더니 마리우스에게 말했다.

"젊다는 것만 다를 뿐, 늙은 여우이신 장군님의 판박인걸요?"

"어찌 안 그럴 수가 있겠나, 몸에 내 피가 흐르고 있는데."

폼페이우스가 뒷짐을 지었다.

"자네 삼촌은 로마에서 술라를 몰아냄으로써 오늘 엄청난 모험을 감행하셨네. 자넨 이 일을 어떻게 생각하나?"

마리우스가 대신 대답을 하려 했으나, 폼페이우스가 한 손을 들어서 막았다.

"이 친구가 말하게 놔두세요, 늙은 여우님. 생각이 있긴 한 건지 알고 싶으니까요."

가이우스가 일말의 머뭇거림 없이 대답했다. 놀라우리만치 말이 술술 나왔다.

"술라의 비위를 거스르는 건 위험한 조치이긴 하지만, 삼촌은 원래 이런 종류의 도박을 즐기십니다. 술라는 이 도시의 종복이니, 외국 왕을 상대로 잘 싸울 겁니다. 돌아오면 그때는 삼촌과 타협을 해야만 할 것입니다. 어쩌면 우린 두 군단이 함께 이 도시를 보호할 수 있도록 병영을 늘릴 수도 있겠지요."

폼페이우스가 눈을 깜박이더니 마리우스에게로 몸을 돌렸다.

"이 친구 바봅니까?"

마리우스가 낄낄거렸다.

"아니네. 내가 자네를 신뢰하는지 아닌지 몰라서 그러는 것뿐일세. 아마 이미 내 계획을 짐작하고 있을 걸세."

"술라가 돌아오면 자네 삼촌은 어쩌실 것 같은가?"

폼페이우스가 가이우스의 귀에 바짝 대고 속삭였다.

가이우스가 주변을 둘러보았다. 하지만 마리우스가 신뢰하는 게 분명한 세 사람 말고는 이야기를 엿들을 만큼 가까이에 있는 사람은 아무도 없었다.

"성문을 걸어 잠그실 겁니다. 만일 술라가 억지로 진입을 시도한다면, 원로원은 그자를 로마의 적으로 선언해야만 할 겁니다. 그러면 술라는 포위를 시작하든지 퇴각을 하든지 둘 중 하나를 택하겠지요. 종군한 장군이라면 어느 누구든 로마 집정관의 명령을 따를 테니, 술라도 마리우스 삼촌의 명령을 따르지 않을까 싶습니다."

폼페이우스가 눈도 깜박거리지 않은 채 동의했다.

"위험한 길입니다, 마리우스 장군님. 드러내놓고 장군님을 지지할 수는 없습니다만, 은밀히 장군님을 위해 최선을 다하겠습니다. 개선식 행진하신 거 축하드립니다. 근사하셨습니다."

폼페이우스는 함께 있는 두 사람에게 가자는 손짓을 하고는 그 자리를 떴다.

가이우스가 다시 입을 열려고 했으나, 마리우스가 고개를 가로저었다.

"밖으로 나가자꾸나. 이 안에는 음모의 분위기가 농후하구나."

두 사람은 문 쪽으로 움직였다. 밖으로 나왔을 때, 가이우스가 질문을 던지려 했지만, 마리우스가 입술에 한 손가락을 갖다 대며 제지했다.

"여기서는 안 된다. 듣는 귀가 너무 많아."

가이우스가 주변을 흘끗 둘러보니, 가까이에서 술라 쪽 의원 몇이 적의를 그대로 드러낸 채 노려보고 있었다. 가이우스는 마리우스를 따라 대광장으로 가서, 그들이 엿들을 수 없을 정도로 멀리 떨어진 돌계단에 앉았다. 근처에는 프리미게니아가 여전히 부동자세로 서 있었다. 반짝이는 갑옷을 입고 있었으므로 천하무적으로 보였다. 수천 명이 면전에 있는데, 삼촌과 함께 원로원 계단에 느긋하게 앉아 있으니 기분이 묘했다. 가이우스는 더는 참을 수가 없었다.

"어떻게 투표를 술라한테 불리하게 돌려놓으신 거죠?"

마리우스가 웃음을 터뜨리더니 별안간 이마에 솟아난 땀을 닦았다.

"철저한 계획 덕분이란다. 난 미트리다테스가 상륙한 사실을 거의 그 일이 일어나자마자 알았다. 술라가 그 소식을 듣기 며칠 전에 말이다. 해서 난 세상에서 제일 오래된 수단을 이용해, 마음을 정하지 못한 원로원 의원들한테 나를 위해 투표하라고 설득했다. 그렇게 했는데도 아슬아슬한 결과가 나왔구나. 어쨌든 그러느라고 한 재산 들기는 했다만, 내일 아침부터는 내가 로마를 장악하게 될 것이다."

"그렇지만 그자는 돌아오지 않습니까."

가이우스가 경고했다.

마리우스가 코웃음을 쳤다.

"여섯 달 이상은 걸릴 거다, 아마. 어쩌면 전장에서 전사할 수도 있고, 미트리다테스한테 패할 수도 있지. 미트리다테스는 영리한 장군이라더구나. 설사 술라가 미트리다테스를 신속하게 물리치고, 그리스로 향할 때나 돌아올 때 순풍을 만난다 해도 대비할 시간을 가질 수 있으니 상관없다. 떠날 때야 마음대로 쉽게 떠나지만, 내 말하는데, 돌아올 땐 싸우지 않고는 성문 안으로 들어오지 못할 것이다."

자신이 품고 있던 생각을 확인해 주는 이 말을 듣자, 가이우스는 도저히 믿지 못하겠다는 듯 고개를 절레절레 흔들었다.

"이제 어떻게 되는 거죠? 우린 삼촌 댁으로 돌아가나요?"

마리우스의 입가에 설핏 슬픈 미소가 어렸다.

"아니란다. 뇌물을 주느라 집을 팔아야만 했단다. 술라가 이미 뇌물을 쓰고 있어서, 대부분의 경우 술라가 제안한 금액의 두 배를 줄 수밖에 없었다. 그러느라 내 말과 검과 갑옷만 제외하고 내가 소유한 모든 걸 잃었다. 아마 로마에서 땡전 한 푼 없는 장군은 내가 처음일 거다."

마리우스가 조용히 웃었다.

"투표에서 패하셨다면, 모든 걸 잃으셨겠군요!"

가이우스가 속삭였다. 내깃돈의 규모에 충격을 받은 것이다.

"허나 난 패하지 않았다. 게다가 나한테는 로마와, 우리 앞에 서 있는 내 군단이 있다."

"그렇지만 만일 패하셨다면 어찌하실 작정이셨습니까?"

마리우스가 거드름을 피우며 입술 사이로 공기를 내뿜었다.

"물론 미트리다테스하고 싸우러 떠날 작정이었다. 난 이 도시의 종복이 아니냐? 잘 들거라. 내 군단이 바로 밖에서 기다리고 있는데, 내 뇌물을 받고도 나한테 불리한 표를 던지려면 대단한 용기가 필요했을 것이다. 안 그러냐? 우린 원로원 의원들이 그토록 금을 값지게 여기는 것을 감사하게 생각해야만 한다. 그들은 그저 말이며 노예를 새로 사들일 궁리나 하지. 나처럼 가난해 본 적이 없어 진정으로 소중한 게 무엇인지 모른다. 나한테 금이 소중한 건 오로지 그것이 나한테 가져다주는 것 때문인데, 이곳이 바로 금이 나를 내려준 곳이다. 내 등 뒤로 세계에서 가장 위대한 도시가 펼처진 이 계단 위 말이다. 기운 내거라, 애야. 오늘은 축하를 해야 할 날이지 후회를 해야 할 날이 아니니라."

"아니요, 그렇지가 않습니다. 방금, 제4마케도니아 군단에 입대하러 동쪽으로 향하고 있는 마르쿠스와 레니우스 선생님 생각이 났습니다. 마르쿠스와 선생님이 다른 쪽에서 오고 있는 미트리다테스와 만날 가능성이 큽니다."

"그러지 않기를 바란다. 두 사람은 그 그리스인을 아침으로 먹어 치울 텐데, 그러면 술라가 도착해서 할 일이 없을 게 아니냐."

그 말에 가이우스가 웃음을 터뜨렸다. 곧이어 두 사람이 함께 일어섰다. 마리우스가 자신의 군단을 바라보았다. 가이우스는 마리우스에게서 활활 다오르는 듯한 기쁨과 자부심이 뿜어져 나오는 것을 느낄 수 있었다.

"오늘은 보람찬 하루였다. 너는 이 도시의 권력가들을 만났고, 나는 민중의 사랑을 받았을 뿐 아니라 원로원의 지지를 받았으니 말이다. 그건 그렇고, 너의 그 노예소녀, 예쁘게 생긴 아이 말이다만, 내가 너라면 그 아이를 팔아버렸을 것이다. 소녀와 몇 번 뒹구는 건 별 문제가 없다만, 넌 그 아이한테 홀딱 반한 것 같던데, 나중에 말썽이 생길 거다."

가이우스는 입술을 깨물며 얼굴을 돌렸다. 도대체 비밀이라고는 없단 말인가?

마리우스는 옆 사람이 불편해하는 줄도 모르고 유쾌하게 말을 이었다.

"그 아이하고 해본 적은 있느냐? 없어? 허면 아마도 네 머릿속에서 그 아이를 지우는 데 그게 도움이 되겠구나. 살짝 첫 경험을 해보고 싶은 거라면, 내가 좋은 집을 몇 군데 알고 있단다. 마음의 준비가 되면 말만 하거라."

가이우스는 대답하지 않았다. 두 뺨이 화끈거렸다.

마리우스는 앞에 정렬해 있는 프리미게니아를 자부심이 역력한 표정으로 바라보며 서 있었다.

"자, 그럼 저 병사들을 로마 병영으로 행진시켜 볼까? 이렇게 종일 행군도 하고 뜨거운 햇볕 아래에 서 있기도 했으니, 저 친구들 오늘 밥맛도 꿀맛이고 밤에 잠도 잘 올 거다."

18장

마르쿠스는 지중해를 내다보며 소금기가 진하게 밴 따뜻한 공기를 들이마셨다. 배에서 일주일을 보내고 나니 지루함이 밀려오기 시작했다. 이제는 작은 상선의 구석구석을 손바닥처럼 훤히 알 정도가 되었다. 그는 아프리카에서 실어 나르는 걸쭉한 기름이 담긴 항아리며 흑단 판자의 수를 세기도 하면서 화물창에서 선원들을 거들기까지 하며 무료함을 달랬지만, 그것도 이내 시큰둥해졌다. 그러던 중 갑판 밑을 우르르 몰려다니는 수백 마리의 쥐 떼를 발견하면서 잠깐 흥미가 되살아났다. 이틀 동안은 단검과 선장실에서 훔친 대리석 문진으로 무장하고, 어두컴컴한 곳에 자리 잡은 쥐들의 둥지로 기어가는 것으로 무료한 시간을 달랬다. 그가 배 밖으로 내던진 작은 몸뚱이의 수가 수십에 이르자, 이제 그의 냄새와 조심스러운 발걸음을 알아채게 된 쥐들은 그가 아래쪽 사다리에 발을 내딛는 순간, 배의 나무에 깊게 벌어진 틈 사이로 부리나케 후퇴했다.

마르쿠스는 한숨을 내쉬며 일몰을 지켜보았다. 바다에서 지는 해가 뿜어내는 색은 언제 봐도 경외심을 자아냈다. 승객이니만큼 마르쿠스는 여행 내내 선실 안에서만 머물 수도 있었다. 실제로 레니우스는 그렇게 하기로 작심한 듯했다. 그러나 작고 비좁은 공간에 있어봤자 재미있을 것이 하나도 없으므로, 마르쿠스는 이내 선실을 잠자는 용도로만 사용하게 되었다.

선장에게 파수 서는 것도 허락받았고, 심지어 고물이라고 부른다고 배운 배의 뒤쪽에서 거대한 조타용 노 두 개를 조종해 보기도 했지만, 마르쿠스의 관심은 이내 시들해졌다.

"이런 식으로 한두 주일을 더 보내다간 말라죽겠어."

마르쿠스가 칼로 나무 난간에 이름의 머리글자를 새기며 툴툴댔다. 뒤에서 허둥지둥 움직이는 소리가 들렸으나, 마르쿠스는 돌아보지 않고 그저 미소만 짓고는 계속 일몰을 구경했다. 금세 잠잠해지더니 또 다른 소리가 들렸다. 만일 그것이 편안한 곳을 찾느라 부스럭거리는 소리라면, 작은 몸뚱이나 낼 법한 그런 소리였다.

마르쿠스는 휙 돌아서며, 레니우스에게서 한 번 배운 대로 팔을 올리지 않은 채 아래쪽에서 칼을 던졌다. 칼이 쿵 하고 돛대에 박혀 파르르 떨렸다. 그러자 공포에 질린 끽 소리가 터져나옴과 동시에, 어둠 속에서 더러운 하얀 발이 휙 움직이면서 무언가가 황급히 더 깊은 그늘 속으로 들어갔다. 너무 열심히 움직이다 보니 조용한 동작과는 거리가 멀었다.

마르쿠스는 어슬렁어슬렁 칼이 꽂힌 곳으로 걸어가 칼을 비틀어 뺐냈다. 그런 다음 칼을 도로 허리춤의 칼집에 쓱 집어넣은 뒤 눈을 가늘게 뜨고 암흑 속을 들여다보았다.

"나와, 페피스. 너 거기 있는 거 다 알아."

마르쿠스가 소리치자 코를 훌쩍거리는 소리가 들렸다.

"너를 맞추려고 칼을 던진 게 아니라, 그냥 장난 좀 친 거야. 정말이야."

해골 같은 꼬마가 거친 삼베 뒤에서 느릿느릿 등장했다. 믿기 힘들 정도로 꼬질꼬질한 몰골에, 눈은 두려움으로 왕방울만큼 커져 있었다.

"그냥 형을 보고만 있었어요."

초조하게 말하는 페피스의 코밑에는 작은 피딱지가 붙어 있었고, 한쪽 눈에는 자줏빛 멍이 들어 있었다.

마르쿠스가 목소리를 다정하게 내려 애쓰면서 말했다.

"선원들이 또 때린 거냐?"

"조금요. 하지만 제 잘못이에요. 제가 밧줄에 걸려 넘어지는 바람에 매듭 하나가 풀렸거든요. 일부러 그런 건 아닌데, 일등항해사님이 서투르게 구는 법을 가르쳐주신다고(원래는 '서투르게 굴면 어떻게 되는지 따끔하게 가르쳐주겠다'는 뜻인데, 페피스가 오해를 한 것임―옮긴이) 하더라고요. 그런데 전 서투르잖아요. 그래서 그런 가르침은 필요 없다고 말했더니, 마구 두들겨 패셨어요."

페피스가 다시 코를 훌쩍이더니 손등으로 코를 쓰윽 닦았다. 그 바람에 은백색 흔적이 남았다.

"항구에서 도망치지그래?"

마르쿠스의 물음에 페피스가 한껏 가슴을 부풀렸다. 그 바람에 살가죽 밑의 하얀 막대기 같은 갈비뼈가 드러났다.

"전 도망 안 쳐요. 전 크면 선원이 될 거거든요. 전 늘 배우고 있어요, 선원들이 하는 걸 어깨너머로 구경만 하는 것이지만요. 전 이제 엄청나게 많은 매듭을 묶을 줄 알아요. 일등항해사님이 저한테 시켜만 주셨다면 오늘 그 밧줄을 묶을 수도 있었는데, 제가 할 줄 안다는 걸 모르세요."

"내가 말해 줄까? 그 일등항해사한테? 때리지 말라고?"

그러자 페피스가 훨씬 더 하얗게 질려 고개를 절레절레 흔들었다.

"그러면 절 죽일 거예요. 이번 여행길에 그럴지 돌아오는 길에 그럴지는 몰라도요. 제가 선원이 되는 법을 배우지 못하면, 어느 날 밤 제가 자고 있을 때 뱃전 너머로 던져버릴 거라고 늘 말했거든요. 제가 침상에서 자지 않고 여기 갑판에 나와서 자는 건 다 그 때문이에요. 워낙 이리저리로 많이 옮겨 다녀서, 일등항해사님이 때가 되었다고 생각해도 제가 어디 있는지 찾아내지 못할 거예요."

마르쿠스는 한숨을 내쉬었다. 꼬마가 안됐지만, 문제를 해결해 줄 뾰족한 수가 없었다. 일등항해사를 소리 소문 없이 선측 너머로 넘겨 버릴 수도 있으나, 그런다 해도 페피스는 나머지 선원들에게 고문을 당할 것이다. 어느 누구 하나 페피스를 괴롭히지 않는 선원이 없었다. 마르쿠스가 레니우스에게 페피스에 대한 이야기를 처음으로 꺼냈을 때, 그 늙은 검투사는 웃으며 바다를 운항하는 어느 배든 페피스 같은 아이는 하나씩 있게 마련이라고 했었다. 그렇다 해도 소년을 다치게 하는 걸 보면 울화가 치밀었다. 수에토니우스같이 약자를 괴롭히는 인간들의 처분에 몸을 맡기는 신세가 된다는 게 어떤 것인지 절대 잊을 수 없었다. 만일 가이우스가 아니라 자신이 늑대 잡는 함정을 팠다면 바위를 떨어뜨려서 나이 많은 그 소년을 뭉개버렸을 것이다. 마르쿠스는 다시 한숨을 내쉬고는 일어서서 피로한 근육을 쭉쭉 늘였다.

만일 가이우스의 부모가 돌봐주고 키워주지 않았다면 어떤 신세가 되었을까? 상선에 몰래 숨어들었다가 지금 페피스가 처한 것 같은 끔찍한 신세가 되었을지도 몰랐다. 싸우는 법이나 스스로를 방어하는 법에 대한 훈련은 결코 받지 못했을 것이고, 먹을 것이 부족해 허약하고 병약하게 되었을 것이다.

"이봐, 선원들 문제를 돕게 해주지 않을 거라면, 적어도 내 음식이라도 나누게 해줘. 어차피 난 별로 많이 먹지 않는 편이라 남은 음식을 그냥 돌려보내고 있거든. 파도가 거친 날은 특히 그래. 그건 괜찮겠지? 그럼 거기 있어, 뭐 좀 갖고 올 테니까."

페피스가 말없이 고개를 끄덕이자, 조금 기운이 난 마르쿠스는 갑판 밑의 비좁은 선실로 내려갔다. 거기서 그는 페피스를 위해 미리 남겨둔 치즈와 빵을 가져왔다. 사실 마르쿠스도 배가 고프지 않은 건 아니었지만 그 정도 안 먹어도 견딜 수는 있었다. 그러나 꼬마는 사실상 굶어 죽기 일보 직전이었다.

건네준 음식을 페피스가 꼭꼭 씹어 먹게 놔둔 채, 마르쿠스는 조타용 노 쪽으로 발길을 옮겼다. 자정 무렵에는 일등항해사가 교대근무를 한다는 것을 알았기 때문이다. 페피스와 마찬가지로, 마르쿠스도 그 사내의 진짜 이름을 들어본 적이 없었다. 다들 그를 직책명으로 불렀기 때문이다. 그는 맡은 일을 잘 해내는 듯했다. 그의 엄한 태도에 선원들은 규칙을 어길 엄두조차 내지 못했다. 작은 상선인 루키다이는 항해 중에 분실되는 화물이 극히 적어, 정직한 거래를 한다는 평도 듣고 있었다. 다른 배들은 선원들의 비위를 맞추기 위해 작은 손실 정도는 감가상각으로 처리해야 했지만, 루키다이의 선주는 그럴 필요가 없었다.

마르쿠스의 얼굴이 환해졌다. 그 사내가 이미 자신의 자리에 와 있는 것을 본 것이다. 사내는 해류에 휩쓸리지 않도록 거대한 키 두 개 가운데 하나를 단단히 붙잡은 채 나직한 목소리로 반대편 동료에게 잡담을 건네고 있었다.

마르쿠스가 다가가면서 말했다.

"기분 좋은 밤이군요."

일등항해사가 음 소리를 내고는 고개를 끄덕였다. 유료 승객이니 정중하게 대해야 했지만, 기본적인 예의를 지키는 정도가 고작이었다. 건장한 체격의 그는 한 팔로만 키를 붙잡고 있는 반면, 그의 동료는 키를 단단히 붙잡는 일에 온몸의 힘에다 두 어깨의 힘까지 쏟아붓고 있었다. 다른 사내는 아무 말도 하지 않았으나, 마르쿠스는 큰 키에 긴 팔, 빡빡 민 머리를 보고, 그가 선원임을 알아보았다. 그 사내는 앞을 똑바로 응시한 채 맡은 일과 두 손에 쥔 나무의 감촉에 열중해 있었다.

마르쿠스가 상냥한 목소리로 물었다.

"승무원 중 하나를 노예로 사고 싶은데, 누구한테 말해야 하나요?"

일등항해사가 놀라서 눈을 끔벅였다. 두 시선이 젊은 로마인에게로 향했다.

"우리는 자유인이오."

다른 사내가 말했다. 목소리에 역겨움이 묻어났다.

마르쿠스는 당황해하며 말했다.

"아니, 당신들을 말하는 게 아니에요. 꼬마 페피스를 말한 겁니다. 확인해 보니, 그 아인 승무원 명단에 들어 있지 않더군요. 그래서 어쩌면 그 아이를 살 수도 있겠구나 생각한 겁니다. 내 검을 들어줄 꼬마가 필요하기도 하고……."

일등항해사가 가슴 깊은 곳에서 울리는 소리로 말했다.

"댁이 갑판에 있는 걸 본 적이 있소. 우리가 그 녀석한테 따끔한 맛을 보여주는 걸 보고 얼굴이 붉으락푸르락하더구려. 댁도 우리가 뱃소년들한테 너무 심하게 군다고 생각하는 도시 샌님 출신인가 보구려. 그게 아니라면, 옆에 끼고 자려고 녀석을 원하는 것이든가. 어느 쪽이오?"

마르쿠스가 이를 드러내며 천천히 웃었다.

"이런. 모욕하는 말처럼 들리는군, 친구. 그 키를 놓는 게 좋을 거야. 그래야 내가 직접 댁한테 따끔한 맛을 보여줄 수 있을 테니까."

일등항해사가 응수를 하려고 입을 여는데, 마르쿠스가 그 입을 후려갈겼다. 그 바람에 루키다이가 잠시 경로를 벗어나 거무스름한 바다 위를 방랑했다.

레니우스가 마르쿠스를 거칠게 흔들어 깨웠다.

"일어나! 선장이 너 좀 보잔다."

마르쿠스는 끙 소리를 냈다. 얼굴과 상체에 온통 심한 멍이 들어 있었다. 자리에서 일어나 움찔하며 옷을 주워 입기 시작히는 마르쿠스의 온몸에 난 멍을 본 레니우스는 부드럽게 휘파람을 불었다. 혀를 이리저리 굴려보다 이 하나가 흔들흔들하는 것을 알아차린 마르쿠스는 침대 밑에서 물항아리를 끌어내 그 안에다 피 묻은 담을 내뱉었다.

레니우스는 철제 갑옷 차림에 검까지 가죽끈으로 붙잡아맨 상태였다. 그것을 본 마르쿠스는 정신이 덜 깬 가운데서도 내심 기뻤다. 팔의 잘린 부분에는 깨끗한 붕대가 감겨 있었고, 첫 주 내내 선실에만 머물게 만들었던 우울증도 씻은 듯이 사라진 듯했다. 튜닉을 끌어당겨 입은 마르쿠스가 차가운 아침 바람을 막고자 망토를 둘렀다.

레니우스가 문을 연 채 붙잡고 서서 유쾌하게 말했다.

"어젯밤 누군가가 일등항해사하고, 같이 있던 또 한 사내를 때려눕혔다더라."

마르쿠스가 한 손을 얼굴에 갖다 대어보니, 뺨에 이랑같이 길게 찢어진 상처가 나 있었다. 마르쿠스가 웅얼거렸다.

"누가 그랬는지 말했대요?"

"깜깜할 때 뒤에서 덮치는 바람에 얼굴을 못 보았다고 했다더라. 그 사람 한쪽 어깨가 부러졌어, 알겠지만."

레니우스는 우울증을 말끔히 날려버린 게 분명했지만, 마르쿠스는 낄낄거리는 새로운 모습이 예전의 모습보다 나을 게 전혀 없다는 결론을 내렸다.

선장은 에피데스라는 이름의 그리스인이었다. 작달만하고 정력적인 사내로 턱수염을 기르고 있었다. 그의 턱수염은 얼굴 엉뚱한 곳에 솟아난 털이 한 가닥도 없어 마치 풀로 붙인 것처럼 보였다. 마르쿠스와 레니우스가 들어서자, 선장이 일어나 두 손으로 책상을 짚었다. 책상은 배가 흔들려도 움직이지 않도록 무거운 쇠고랑으로 바닥에 매여 있었다. 그는 모든 손가락에 값비싼 보석이 박힌 금반지를 끼고 있었다. 그래서 그가 손을 움직일 때마다 반짝반짝 빛이 났다. 방의 나머지는 운행 중인 상선에 걸맞게 수수했다. 사치품이라고는 전혀 없었다. 그래서 그 사내 말고는 눈길을 줄 만한 곳도 없었다. 사내가 두 사람을 노려보았다.

"결백하니 안 하니 실랑이 따윈 하지 맙시다. 내 일등항해사의 어깨와 쇄골이 부러졌소. 당신 짓이오!"

마르쿠스가 입을 열려고 하자 선장이 말을 가로막았다.

"그 사람은 당신 짓이라는 걸 밝히려 하지 않소. 제우스신만이 그 이유를 알 거요. 만일 일등항해사가 밝혔다면, 난 당신을 갑판에 세워두고 살갗이 까지도록 채찍질을 가했을 거요. 허나 그러지 않았으니, 당신이 남은 여행 기간 동안 그 사람이 하던 일을 맡아서 하시오. 나는 당신 군단의 지휘관에게 편지를 보내, 그가 받아들일 사람이 규율이 형편없는 얼간이라는 사실을 알릴 것이오. 이로써 당신은 이 항해 기간 동안 승무원으로 고용된 것이오. 이것은 루키다이의 선장인 나의 권리요. 당신이 어떤 식으로든 직무를 태만히 하는 걸 발견하면, 채찍질을 가할 거요. 알아듣겠소?"

마르쿠스가 다시 대꾸를 하려 했으나, 이번에는 레니우스가 방해했다. 레니우스가 조용히 이성적으로 말했다.

"선장, 이 젊은이는 제4마케도니아 군단의 자리를 받아들인 그 순간부터 그 군단의 일원이 된 것이오. 당신이 어려운 처지에 있으니, 이 젊은이는 우리가 상륙할 때까지 자발적으로 일등항해사의 일을 대신할 거요. 허나, 이 젊은이가 직무를 게을리 하지 않도록 단속을 하는 사람은 당신이 아니라 내가 될 것이오. 민일 이 젊은이가 당신의 명령에 의해 채찍질을 당하는 사태가 발생한다면, 내가 여기 올라와 당신의 심장을 도려내겠소. 우린 서로의 말을 알아들은 것이오. 안 그렇소?"

레니우스의 목소리는 끝까지 차분함을 잃지 않았다. 거의 다정하다시피 했다.

얼굴이 약간 창백해진 에피데스가 한 손으로 초조하게 턱수염을 쓰다듬었다.

"이 젊은이가 제대로 일을 해내도록 단속이나 잘하시오. 이제 나가서 일을 하게 되었다는 걸 이등항해사에게 알리시오."

레니우스는 한참 동안 에피데스를 바라보다가 천천히 고개를 끄덕였다. 그런 다음 문 쪽으로 돌아서서 마르쿠스를 먼저 앞세우고 그 뒤를 따랐다.

혼자 남은 에피데스는 의자에 풀썩 주저앉아 한 손을 장미 향수 사발에 담갔다가 꺼내 목을 톡톡 두드렸다. 그러더니 마음을 가라앉히고 필기 용구를 그러모으며 쓴웃음을 지었다. 잠깐 동안 그는, 뭐라고 되받아쳤어야 현명하면서도 날카로운 응수가 되었을지 곰곰이 생각해 보았다. 레니우스한테 협박을 당하다니, 세상에! 실제로 대화가 오갔던 그 순간, 에피데스는 그 사내의 눈에 어린 적나라하면서도 폭력적인 무언가 때문에 입을 다물고 말았다. 하지만 집에 돌아가서 그가 들려줄 이야기에는 통렬한 반박이 포함될 것이다.

이등항해사는 파루스라 불리는 북이탈리아 출신의 완고한 사내였다. 마르쿠스와 레니우스가 선장의 지시를 통보하자 그는 거의 말을 하지 않았다. 자정 무렵에 키를 맡기는 것으로 끝이 나는 일등항해사의 일일 업무를 개략적으로 설명한 게 다였다.

"일등항해사님이 여전히 갑판 밑에 계시는데, 댁을 일등항해사라고 부르는 건 옳지 않을 성싶소."

"내가 그 사람이 하던 일을 대신할 거요. 그러니 내가 그 일을 하고 있는 동안은 그 사람을 부르던 이름으로 부르시오."

마르쿠스가 그렇게 말하자 사내의 몸이 뻣뻣하게 굳어졌다.

"몇 살이나 됐소, 열여섯? 선원들도 그렇게 부르는 걸 좋아하지 않을 거요."

"열일곱이오."

마르쿠스가 능청맞게 거짓말을 했다.

"선원들도 익숙해질 거요. 아마도 지금 선원들을 만나보는 게 좋을 것 같소."

"전에 항해를 해본 적은 있소?"

"이번이 처음이지만, 그대가 해야 할 일을 말해 주면 내가 알아서 해낼 것이오. 알겠소?"

두 뺨을 부풀려 싫은 기색을 역력히 드러내며 파루스가 고개를 끄덕였다.

"선원들을 갑판으로 불러 모으리다."

"선원들을 갑판으로 불러 모으겠습니다, 일등항해사님."

마르쿠스가 퉁퉁 부은 입술로 딱 부러지게 정정했다. 눈은 위험스럽게 번득였다. 파루스는, 바보가 봐도 누구 짓인지 뻔한데 일등항해사가 도대체 얼마나 두들겨 맞았기에 선장에게 이 자의 짓이라고 밝히지 않는 것일까 하고 생각했다.

"일등항해사님."

파루스가 뚱하게 인정하고는 자리를 떴다.

마르쿠스가 레니우스 쪽으로 몸을 돌렸다. 레니우스는 파루스를 곁눈으로 보고 있었다.

마르쿠스가 물었다.

"무슨 생각을 하시고 계세요?"

"네가 등 뒤를 조심하는 게 좋겠다는 생각을 하고 있었다. 안 그러면 넌 그리스는 구경도 못 할 거야."

레니우스가 진지하게 대답했다.

바삐 움직이고 있지 않은 승무원들은 하나도 빠짐없이 작은 갑판에 모여들었다. 마르쿠스가 수를 세어보니 선원 열다섯에 키와 삭구(배에서 돛대와 돛을 지탱하기 위해 쓰는 밧줄이나 쇠사슬─옮긴이) 주변의 선원 다섯까지 합해서 선원은 총 스물이었다.

파루스가 주의를 끌려고 헛기침을 했다.

"일등항해사님의 팔이 부러졌기 때문에 나머지 여행 기간 동안 그 일은 이분이 맡는다는 선장님 말씀이 있으셨다. 이제 돌아가서 일들을 하라."

선원들이 돌아서서 가려는데, 마르쿠스가 격분해서 한 걸음을 앞으로 내디디며 고함을 질렀다.

"모두 그 자리에들 있어!"

목소리가 어찌나 쩌렁거렸는지 마르쿠스 자신도 흠칫 놀랄 정도였다. 덕분에 잠시 선원들의 주의를 끄는 데 성공한 마르쿠스는 그 순간을 놓치지 않았다.

"내가 일등항해사의 팔을 부러뜨렸다는 걸 이젠 다들 알 것이니, 부정하지 않겠소. 우린 서로 의견차가 있어 몸싸움을 벌였소. 그게 이야기의 전부요. 그 사람이 누구 소행인지 선장한테 말하지 않은 이유는 모르나, 어쨌든 그 때문에 나는 그 사람을 좀 더 존경하게 되었소. 최선을 다해 그 사람이 하던 일을 하겠지만, 내가 선원이 아니라는 건 그대들도 알고 있을 것이오. 나와 함께 일하면서 내가 틀린 부분을 지적한다 해도 개의치 않을 것이오. 허나 내가 잘못한 점을 지적하려 한다면, 그대들의 판단에 한 치의 그릇됨이 없는 편이 좋을 것이오. 상당히 공정하지 않소?"

집합한 선원들에게서 투덜거림이 흘러나왔다.

"선원이 아니라면 자신이 무슨 일을 하고 있는지도 모를 거요. 상선에 농부가 무슨 소용 있겠소?"

몸에 빽빽하게 문신을 새긴 선원이 소리쳤다. 그는 마르쿠스를 노골적으로 비웃었다. 성이 나서 얼굴이 벌겋게 물든 마르쿠스가 재빨리 대답했다.

"그렇다면 우선 내가 배 안을 돌며 그대들 한 사람 한 사람에게 말을 걸 겠소. 그대들의 일을 나한테 정확하게 설명하면, 내가 그 일을 하겠소. 만 일 내가 해내지 못한다면, 선장한테 돌아가서 그 일을 감당하지 못하겠다 고 말하겠소. 반대하는 사람 있소?"

침묵이 흘렀다. 개중에는 그 도전에 관심 어린 표정을 보이는 이도 몇 있었지만, 대다수는 적의에 찬 무뚝뚝한 얼굴이었다. 이를 악물던 마르쿠 스는 흔들리는 이가 삐걱거리는 것을 느꼈다.

마르쿠스가 허리띠에서 단검을 빼들었다. 마리우스가 이별 선물로 준, 정교하게 세공된 무기였다. 사치스럽게 장식이 되어 있지는 않아도, 청동 선 손잡이가 달린 값비싼 물건이었다.

"누구든 내가 하지 못하는 일을 할 수 있는 사람이 있다면, 프리미게니 아의 마리우스 장군이 선물해 주신 이 단검을 주겠소. 해산!"

이번에는 선원들의 얼굴에 훨씬 많은 관심이 어렸다. 각자 임무를 수행 하러 돌아가면서 마르쿠스가 여전히 들고 있는 그 칼에 눈독을 들이는 선 원들도 많았다.

마르쿠스가 레니우스 쪽으로 돌아섰다. 그 검투사는 믿어지지 않는다 는 듯 천천히 고개를 가로저었다.

"세상에, 이런 풋내기 같으니라고. 내버리기에는 너무 좋은 검인데."

"잃지 않을 거예요. 선원들한테 제 능력을 입증해야만 한다면 그렇게 하죠, 뭐. 전 충분히 해낼 수 있어요. 이깟 일이 힘들면 얼마나 힘들겠어 요?"

19장

마르쿠스는 손마디가 하얘질 정도로 힘을 주며 돛대의 가로대에 매달렸다. 루키다이에서 가장 높은 지점인 이곳에 올라와 있으니, 마치 돛대와 함께 이쪽 수평선에서 저쪽 수평선으로 흔들리고 있는 것 같았다. 아래쪽의 잿빛 바다에는 흩뿌려놓은 듯한 하얀 파도가 일렁였다. 작기는 해도 견고한 상선에 위험이 될 만큼 강한 파도는 아니었다. 속도 메스껍고, 몸 어느 한 구석 불편하지 않은 곳이 없었다. 정오쯤 되자 멍든 부위들이 모두 뻣뻣하게 굳어, 이제는 고개만 돌려도 눈앞이 어찔할 정도로 고통이 심했다.

위쪽에 어디에도 의지하지 않은 채 둥근 목재에 맨발로 서 있는 사람은 단검을 따내겠다고 가장 먼저 나선 선원이었다. 사내는 악의 없이 씩 웃었지만, 도전 과제는 분명했다. 마르쿠스는 사내가 있는 곳으로 올라가서 바다로 떨어지는, 아니 더 심한 경우, 저 아래쪽 갑판 위로 떨어지는 위험을 무릅써야만 했다.

마르쿠스가 악문 이 사이로 툴툴거렸다.

"아래쪽에서 볼 땐 그리 높아 보이지 않았는데."

선원이 상하좌우로 요동치는 배의 움직임에 맞춰 계속 몸의 중심을 바꾸며 안정된 자세로 마르쿠스 쪽으로 걸어왔다.

"댁의 목숨을 앗아갈 정도의 높이는 되지. 그래도 일등항해사라면 둥근 목재 위를 걸어다닐 수 있어야 하니, 선택을 해야 할 거요."

선원은 이따금 습관적으로 매듭이 괜찮은지 밧줄은 팽팽한지 점검하며 참을성 있게 기다렸다. 마르쿠스가 이를 갈더니 몸을 가로대 위로 들어 올려, 제멋대로 울렁대는 배를 가로대에 걸쳤다. 이제 아래쪽의 다른 선원들이 보였다. 성공하는지 보려고 몇몇 얼굴이 위쪽을 향해 있었다. 어쩌면 그들은 그가 당연히 떨어질 줄 알고 여차하면 피하려고 올려다보고 있는지도 몰랐다.

밧줄이 드리워진 돛대 끝이 손을 뻗으면 닿을 곳에 가로놓여 있었다. 마르쿠스는 그것을 붙잡고 몸을 끌어올려 가로대에 한 발을 올렸다. 아래로 늘어져 있는 힌 다리의 흔들림을 이용해 잠깐 동안 몸을 고정시켰다. 이미 있는 대로 고문을 당한 근육에 또 한 번 고문을 가하며 마르쿠스는 끙 소리와 함께 어느새 둥근 목재 위에 쪼그리고 앉았다. 양손으로는 돛대 끝을 꽉 붙들고 있었고, 무릎은 거의 턱 높이까지 올라와 있었다. 그 자세로 수평선의 움직임을 관찰하던 마르쿠스는 문득 배가 정지한 듯한, 그리고 세상이 자신을 중심으로 도는 듯한 느낌을 받았다. 현기증이 일어 눈을 감았지만 큰 도움은 되지 않았다.

마르쿠스가 혼잣말로 중얼거렸다.

"자, 어서. 균형을 잘 잡았잖아."

마르쿠스는 떨리는 손으로 돛대를 놓은 뒤, 다리 근육을 이용해 심한 요동을 중화시켰다. 그런 다음 꼬부랑 노인처럼 어정쩡하게 몸을 세웠다. 균형이 무너지는 즉시 다시 돛대를 움켜쥐려는 것이었다. 그러더니 낮게 구부린 몸을 일으켜 구부정하게 일어섰다. 두 눈은 돛대에 못 박혀 있었다.

그 상태에서 무릎을 살짝 굽히고, 허공을 가르는 돛대의 움직임에 적응하기 시작했다.

"바람은 별로 불지 않소, 물론. 난 폭풍이 몰아치는 속에서도 여기 올라와 찢어진 돛을 묶어 내린 적이 있수다. 이 정도는 아무것도 아니오."

선원이 차분하게 말했다.

마르쿠스는 되받아치려다가 꾹 참았다. 갑판으로부터 18미터나 되는 높이에서 팔짱을 낀 채 너무나도 편안하게 서 있을 수 있는 사내의 부아를 건드리고 싶지는 않았기 때문이다. 마르쿠스는 사내를 바라보았다. 그 높이에 도달한 이후 처음으로 그의 눈이 돛대를 떠난 것이다.

선원이 고개를 끄덕였다.

"댁이 있는 그쪽 끝에서 내가 있는 쪽 끝까지 걸어와야만 하오. 그 다음엔 내려가도 좋수다. 기가 질리면 그냥 단검을 나한테 넘겨주고 내려가쇼. 댁이 갑판 널빤지에 부딪치면 그거 받기도 그리 쉽지는 않을 테니."

선원이 제시한 과제는 마르쿠스가 예상했던 것에 가까웠다. 사내는 마르쿠스를 초조하게 만들려고 했지만, 반대의 결과를 얻고 만 것이다. 마르쿠스는 자신의 반사신경이 믿을 만하다는 것을 알고 있었다. 혹시 떨어진다 해도 무언가를 붙잡을 시간은 있을 것이다. 높이와 흔들림은 그냥 무시하고 모험을 해볼 작정이었다. 마르쿠스는 완전히 일어서서 발을 질질 끌며 끝 쪽으로 걸어갔다. 몸이 앞으로 기울어져 있었다. 돛대가 작심이라도 한 듯 잠깐 동안 그를 저 멀리 바다까지 끌고 내려갔기 때문이다. 잠시 후 돛대는 다시 위로 올라왔다. 그러나 다음 순간, 마르쿠스는 산처럼 가파른 경사를 내려다보았다. 앞을 가로막고 있는 것은 느긋한 선원뿐이었다.

"좋아."

마르쿠스가 균형을 잡기 위해 두 팔을 내뻗은 채 말하고는 발을 질질 끌며 걷기 시작했다. 절대로 맨발바닥을 나무에서 떼지 않았다. 상대 선원은 별로 신경 쓰지 않고도 쉽게 돛대 위를 걸을 수 있다는 것을 알지만, 아슬아슬하게 내디딘 몇 걸음으로 몇 년에 걸친 경험을 따라잡으려 하지는 않을 생각이었다. 조금씩 나아갈수록 점점 더 자신감이 붙었고, 이제는 흔들림을 즐기다시피 하는 수준에 이르렀다. 마르쿠스는 돛대의 움직임에 맞춰 몸을 앞으로 기울였다 뒤로 젖혔다 하면서 낄낄거렸다.

마르쿠스가 자신이 있는 곳까지 이르렀는데도 선원의 표정에는 전혀 동요하는 기색이 보이지 않았다.

"이게 다요?"

미르쿠스의 물음에 시네기 고개를 흔들었다.

"난 끝까지라고 말했수다. 아직도 가려면 세 발짝은 족히 남았구려."

마르쿠스가 짜증이 나서 사내를 쳐다보았다.

"당신이 내 길을 가로막고 있잖아, 이 사람아!"

허벅지 두께보다 넓지 않은 목재 위에서 사내를 피해 가야 하리라고는 예상치도 못했다.

"그럼 밑에서 봅시다."

사내가 그렇게 말한 뒤 가로대에서 발을 뗐다.

사내가 밑으로 쑥 내려가자 마르쿠스는 소스라치게 놀라 입을 딱 벌렸다. 가로대를 움켜쥔 손과, 올려다보며 히죽거리는 얼굴을 본 마르쿠스는 균형을 잃고 말았다. 그 순간 마르쿠스는 자신이 갑판으로 떨어져 박살이 나고 말 거라는 생각에 공포감으로 기우뚱거렸다. 밑에는 전보다 많은 얼굴이 물결처럼 출렁였다. 모두가 위를 올려다보고 있는 듯했다. 창백한 얼굴이 흐릿하게 보였고, 위를 가리키는 손가락도 눈에 들어왔다.

마르쿠스는 두 팔을 미친 듯이 흔들어대며, 내려치는 채찍처럼 발작적으로 몸을 앞뒤로 휘면서 떨어지지 않기 위해 안간힘을 썼다. 그러더니 중심을 잡고 돛대에만 집중했다. 밑으로 떨어질지도 모른다는 불안감은 무시한 채 불과 몇 분 전에만 해도 신나게 즐겼던 근육의 리듬을 찾으려 애썼다.

"거의 다 왔수다."

선원이 말했다. 여전히 아무렇지도 않게 한 팔로 가로대에 매달려 있는 선원은 떨어진다는 건 아예 염두에도 없는 듯 보였다. 선원이 그렇게 말한 것은 마르쿠스의 주의를 흩뜨리려는 약은 술수였다. 선원이 키득대고 고개를 흔들면서 밧줄을 붙잡으려고 한 팔을 내뻗는 순간, 마르쿠스가 가로대를 감싸쥔 손가락들을 밟았다.

"이봐!"

손가락을 밟힌 선원이 소리쳤다. 하지만 마르쿠스는 들은 척도 하지 않은 채 온 무게를 발뒤꿈치에 실으며 루키다이의 움직임에 맞춰 몸을 움직였다. 돌연 다시 흔들림을 즐기게 된 마르쿠스는 속을 씻어내듯 깊이 숨을 들이마셨다. 그의 발밑에서는 손가락들이 벌레처럼 꿈틀댔다. 선원의 목소리에는 격심한 공포가 어려 있었다. 두 다리를 올려도 제일 가까운 밧줄에 이를 수 없음을 깨달은 것이다. 손만 자유롭게 쓸 수 있다면야, 몸을 흔들다가 휙 날려 아무 어려움 없이 밧줄을 붙잡을 테지만, 손이 단단히 붙잡혀 있으니, 선원은 대롱대롱 매달려 저주나 퍼붓는 수밖에 없었다.

별안간 마르쿠스가 발을 들어 둥근 목재의 끝을 향해 마지막 걸음을 내디뎠다. 마르쿠스의 행동을 전혀 예상치 못하고 있던 선원은, 갑자기 손이 미끄러지자 목숨을 보존하고자 미친 듯이 가로대를 움켜쥐었다. 밑에서 올라오는 소리에 마르쿠스는 기운이 샘솟았다. 밑을 내려다보던 마르쿠스의 눈에 도로 가로대로 기어오르기 시작한 선원의 성난 시선이 보였다. 선원의 표정에는 살기가 어려 있었다. 마르쿠스는 재빨리 가로대의 중앙에 앉은 뒤, 양 허벅지로 돛대 꼭대기를 단단히 붙들었다. 그러고도 안전하지 못한 느낌이 들자, 왼쪽 다리로 아래쪽 돛대를 감아 몸을 안정되게 고정시켰다. 그러더니 마리우스의 단검을 꺼내, 맨 꼭대기 나무에다 자신의 머리글자를 새기기 시작했다.

용수철처럼 튀다시피 해서 가로대로 올라온 선원은 그 끝에 서서 마르쿠스를 노려보았다. 마르쿠스는 그를 못 본 체했지만, 사내의 머릿속을 스치는 생각을 읽을 수 있었다. 사내는 분명 자신한테는 무기가 전혀 없다는 것, 그리고 균형 감각이야 더 뛰어나지만 마르쿠스가 돛대를 꽉 붙잡고 있으니 자신이 유리할 게 없다는 것을 깨달았을 것이다. 그리고 마르쿠스를 밀쳐낼 정도로 가까이 다가가려면 목에 단검이 박히는 위험을 감수해야만 한다는 것도. 시간이 똑딱똑딱 흘렀다.

"좋소, 그럼. 그 칼은 댁이 가지시오. 이제 내려갈 시간이오."

"당신이 먼저 내려가시오."

마르쿠스가 고개를 들지도 않은 채 말했다. 그러고는 점점 더 작아지는, 선원이 내려가는 소리에 귀를 기울이며, 딱딱한 나무에 머리글자 새기는 일을 마무리지었다. 도전에 성공했는데도 마르쿠스는 실망스러운 기분이 들었다. 계속 이런 속도로 적을 만들어나가다가는 정말로 컴컴한 어느 밤 칼을 맞고 말 것이다.

외교는 겉보기보다 훨씬 힘들다고 마르쿠스는 결론지었다.

높은 삭구에서 무사히 귀환한 것을 축하해 줄 레니우스는 어디에도 보이지 않았다. 그래서 마르쿠스는 혼자서 계속 배를 돌았다. 처음에는 단검을 따낼 수 있다는 생각에 선원들의 눈에 흥분이 어려 있었다. 그러나 이제 그들의 눈빛은 무관심이나 노골적인 악의 둘 중 하나가 서려 있었다. 마르쿠스는 발이 갑판의 안전한 나무에 닿았을 때 엄습한 무의식적인 손떨림을 막고자 뒷짐을 지었다. 마치 흘끗거리는 시선이 인사말이라도 되는 듯 흘끗 쳐다보는 모든 선원에게 고개를 끄덕였다. 그런데 놀랍게도 한둘이 답례로 고개를 끄덕였다. 아마도 그저 습관적인 행동이었을 테지만, 마르쿠스는 약간 자신감을 얻었다.

파란색 천으로 긴 머리를 뒤에서 질끈 동여맨 한 선원은 확실히 마르쿠스와 눈을 맞추려 하고 있었다. 꽤 우호적인 듯 보여 마르쿠스는 그 자리에 멈춰 선 채 약간 신중하게 물었다.

"그대가 여기서 하는 일은 무엇이오?"

"고물로 오시오…… 일등항해사님."

사내가 따라오라는 손짓을 하며 성큼성큼 걸어갔다. 마르쿠스는 함께 걸어가 두 조타용 노 옆에 섰다.

"내 이름은 크릭수스요. 필요한 경우에는 많은 일들을 하지만, 전문적으로 하는 일은 뒤엉킨 키를 푸는 것이오. 해초 때문인 경우도 있지만, 대개는 어망이 원인이라오."

"뒤엉킨 키는 어떻게 푸는 거요?"

마르쿠스는 대답을 미루어 짐작할 수 있었지만, 어쨌든 쾌활하고 관심이 많은 듯한 인상을 주려고 그렇게 물었다. 마르쿠스는 결코 헤엄을 잘 치는 편이 아니었다. 그러나 이 사내의 가슴은 숨을 쉴 때마다 우스꽝스러

우리만치 크게 부풀었다.

"돛대 위를 조금 걸어봤으니, 이 일 정도는 우습게 보일 거요. 그냥 뱃전에서 뛰어내려 키가 있는 곳까지 헤엄쳐 내려간 뒤 걸린 건 뭐든 칼로 잘라내면 되오."

"그거 위험한 일 같소."

그렇게 대꾸한 마르쿠스는 여유 있는 웃음이 답례로 돌아오자 흡족해했다.

"그렇소, 밑에 상어들이 있는 경우에는. 상어들은 루키다이 뒤를 졸졸 따라다닌다오. 우리가 혹시나 음식 부스러기라도 던져줄까 해서 말이오."

마르쿠스는 상어가 무엇인지 기억해 내려 애쓰며 턱을 문질렀다.

"그 상어들이라는 거 덩치가 크오?"

크릭수스가 힘차게 고개를 끄덕였다.

"세상에, 물론이오. 개중에는 사람을 통째로 삼킬 수 있는 것도 있소! 한 놈이 파도에 휩쓸려 내가 살던 마을 근처 해변에 밀려온 적이 있었는데, 글쎄 그놈 몸속에 사람 반 토막이 들어 있지 뭐요. 그 사람을 덥석 물어 두 동강 낸 거요. 틀림없이 그랬을 거요."

마르쿠스는 크릭수스를 바라보며, 겁을 주어 쫓아내려고 하는 사람이 여기 또 있구나 하는 생각을 했다.

"이 상어란 놈들을 저 아래에서 만나면 그땐 어떻게 하시오?"

마르쿠스의 물음에 크릭수스가 웃었다.

"코를 한 대 갈겨주면 되오. 그러면 놈들은 댁을 잡아먹고 싶은 마음이 싹 가실 거요."

"알았소."

마르쿠스가 거무스름한 차가운 물속을 들여다보면서 반신반의하며 말했다. 이 사내를 내일까지 기다리게 해야 하는 것은 아닐까 하는 생각이 들었다. 돛대 꼭대기에서 내려오면서 근육이 대부분 풀리기는 했지만, 여전히 움직일 때마다 몸이 움찔거렸다. 게다가 날씨도 수영을 하고 싶은 마음이 들 만큼 따뜻하지 않았다.

크릭수스를 바라보니, 거절했으면 하는 표정이 역력했다. 마르쿠스는 속으로 한숨을 쉬었다. 뜻대로 되는 게 하나도 없었다.

"오늘은 키에 엉킨 게 전혀 없소, 안 그렇소?"

그 말에 크릭수스의 미소 띤 입이 점점 더 옆으로 벌어졌다. 마르쿠스가 그 일을 시도하지 않을 구실을 찾고 있는 거라고 생각한 것이다.

"거치적거리는 게 없는 바다는 없소. 그냥 키 바닥에서 따개비나 하나 떼어 오시구려. 그건 조가비, 그러니까 배에 붙어 있는 작은 동물이라오. 하나 가지고 돌아오면 내 술 한잔 사리다. 허나 빈손으로 돌아오면, 예쁜 그 작은 칼은 내 것이 되는 거요, 좋소?"

마지못해 동의한 마르쿠스는 튜닉과 샌들을 벗고, 최소한의 부위를 보호하는 속옷만 남겨두었다. 그러더니 크릭수스의 즐기는 듯한 시선 아래에서 나무 난간을 버팀대 삼아 다리를 쭉쭉 펴는 운동을 했다. 마르쿠스는 서두르지 않았다. 크릭수스가 열정적으로 나오는 것으로 볼 때, 자신이 절대로 해낼 수 없으리라 생각한다는 것, 따라서 그만큼 힘든 일이라는 것을 알았기 때문이다.

마침내 몸도 풀리고 마음의 준비도 되었다. 칼을 손에 든 채 고물 주위의 납작한 나무 판 위에 올라서서 물에 뛰어들 준비를 했다. 루키다이는 물속을 어지간하나 삐거덕거리며 나아가는 나지막한 배인데도, 나무판에서 수면까지의 높이가 6미터는 족히 되었다. 긴장한 마르쿠스는 여덟이나 아홉 살 무렵, 가이우스의 부모와 함께 호수로 놀러갔을 때 몇 번 물에 뛰어들어 봤던 경험을 기억해 내려 애썼다. 우선 두 손을 모았다.

"이걸 몸에 두르는 게 좋을 거요."

크릭수스가 마르쿠스의 생각을 방해했다. 그 사내는 가느다란 밧줄의 타르 칠이 된 끝 부분을 잡고 있었다.

"이걸 허리에 두르면 루키다이의 뒤로 처지는 걸 막아줄 거요. 루키다이가 보기에는 빠른 것 같지 않아도 헤엄쳐서는 따라잡을 수 없다오."

"고맙소."

마르쿠스는 말은 그렇게 했지만, 크릭수스가 밧줄 없이 뛰어들게 놔두려고 하다가 마지막 순간에 마음을 바꾼 것은 아닐까 하는 의심을 지울 수 없었다. 밧줄을 확실하게 묶은 마르쿠스는 차가운 물을 내려다보았다. 키가 가르고 지나간 자리에 기다란 쟁기 자국이 생겨났다. 그때 번뜩 어떤 생각이 뇌리를 스쳤다.

"다른 쪽 끝은 어디에 있소?"

크릭수스의 당혹스러운 표정에 마르쿠스는 자신의 의심이 맞았음을 깨달았다. 크릭수스가 말없이 밧줄이 단단히 매여 있는 곳을 가리키자, 마르쿠스는 고개를 끄덕인 뒤 도로 파도를 유심히 관찰했다.

이윽고 몸을 던진 마르쿠스는 공중에서 살짝 몸을 돌리더니 요란하게 철썩 소리를 내며 잿빛 물에 부딪쳤다. 숨을 참고 수면 아래로 뛰어들었는데, 무언가가 홱 잡아당겼다. 밧줄이 더 이상 내려가지 못하도록 막았던 것이다. 어쩔 수 없이 그 지점에 멈추었는데도 여전히 몸이 딸려가는 게 느껴졌다. 배가 끌고 가기 시작한 것이다. 수면에 이르려고 기를 쓴 끝에 결국 키 근처 파도를 뚫고 올라온 마르쿠스는 안도하며 숨을 헐떡였다.

파도를 가르는 키의 거무스름한 측면이 보이자, 흘수선(배가 물 위에 떠 있을 때, 배와 수면이 접하는 경계가 되는 선―옮긴이) 위쪽 미끄러운 표면에 붙잡을 만한 곳이 있는지 찾아보았다. 그런 곳을 찾는다는 것은 애초에 불가능했다. 따라서 열심히 헤엄을 치지 않으면 키 근처에 머무는 것조차 힘들었다. 팔다리의 속도를 늦추기가 무섭게, 밧줄이 다시 팽팽해질 때까지 떠내려갔다.

냉기 때문에 근육에 쥐가 나자, 마르쿠스는 이제 물속에서 무기력한 상태에 빠질 시간도 불과 얼마 남지 않았음을 깨달았다. 오른쪽 주먹에 단검을 꽉 그러쥔 채, 숨을 크게 들이켜고 수면 아래로 잠수해 들어간 그는 두 손으로 제일 가까운 키를 더듬으며 녹색을 띠는 미끌미끌한 아래쪽으로 내려갔다.

키의 맨 밑쪽에 이르렀을 때에는 폐가 터질 듯했다. 그래도 몇 초 더 숨을 참은 채 끈적끈적한 표면을 손가락으로 헤적여 보았건만, 크릭수스가 말해 준 종류의 조개 같은 것은 전혀 만져지지 않았다. 마르쿠스는 욕을 하면서 다리를 차며 도로 수면 위로 올라왔다. 키를 붙잡고 쉴 수가 없으니, 점점 힘이 빠져나가는 게 느껴졌다.

마르쿠스는 또 한 번 숨을 들이쉬더니 아래쪽 어둠 속으로 다시 한 번 사라졌다.

눈으로 보기도 전에 이미 느낌으로 늙은 검투사가 옆에 와 있는 것을 알아챈 크릭수스는 두 키 사이의 물속에서 파르르 떨고 있는 밧줄을 내려다보았다. 그러다 그 사내와 눈이 마주쳤을 때 그의 눈에 어린 어두운 분노를 보고는 흠칫 놀라 한 발짝 뒤로 물러섰다.

"자네, 예서 무엇을 하고 있는 건가?"

레니우스가 조용히 묻자 크릭수스가 대답했다.

"저 사람은 지금 키를 점검하고 따개비를 떼어내고 있는 겁니다."

레니우스의 입술이 혐오감으로 일그러졌다. 팔이 하나뿐인데도, 레니우스는 꼼짝 않고 서 있는 것만으로도 폭력성을 뿜어냈다. 그의 허리띠에 매인 글라디우스를 본 크릭수스는 누덕누덕한 천 레깅스에 두 손을 문질렀다. 두 사람은 함께 마르쿠스가 세 번을 더 떠올랐다 내려갔다 하는 것을 지켜보았다. 마르쿠스의 팔은 물속에서 무작정 퍼덕였고, 지칠 대로 지쳐 기침을 하는 소리도 들렸다.

"지금 끌어올리게. 저러다 익사하기 전에."

레니우스의 말에 크릭수스는 재빨리 고개를 끄덕이고는 두 손을 번갈아가며 밧줄을 끌어당기기 시작했다. 레니우스는 돕겠다고 나서지 않았지만, 손을 글라디우스 손잡이에 갖다 대고 서 있는 것만으로도 크릭수스에게는 충분히 격려가 되는 듯했다.

마르쿠스가 갑판 높이까지 이르렀을 때쯤 크릭수스는 비 오듯이 땀을 흘리고 있었다. 밧줄에 매달린 마르쿠스는 너무 지쳐 팔다리도 제대로 가누지 못할 만큼 몸이 축 늘어져 있었다.

크릭수스는 흡사 천 꾸러미라도 싣듯이 마르쿠스를 배의 가장자리 너머로 끌어당겨 갑판 위로 굴렸다. 얼굴을 위로 하고 누워 있는 마르쿠스는 눈을 감은 채 숨을 헐떡였다. 마르쿠스의 한 손에 여전히 단검이 쥐어 있는 것을 본 크릭수스가 빙그레 웃으며 손을 뻗었다. 그때 뒤에서 무언가 재빨리 움직이는 소리가 들렸다. 레니우스의 검이 시선 안으로 들어오자 그 자리에 얼어붙었다.

"자네, 지금 무얼 하고 있는 건가?"

"저 단검을 가지려는 겁니다. 이 사람이…… 조개 하나를 가져오기로 했는데……."

사내가 말을 더듬거렸다.

"다른 손을 살펴보게."

귀에서 들리는 물소리 탓에 레니우스의 말을 간신히 들은 마르쿠스는 가슴과 팔다리가 아픈데도 참고 왼쪽 주먹을 펼쳤다. 여기저기 긁히고 베인 그 손 안에는 살아서 축축하게 반짝이는 둥근 조개가 놓여 있었다.

크릭수스가 놀라 입을 딱 벌리자 레니우스는 검을 흔들어 그를 쫓아버렸다.

"그 이등항해사더러 선원들을 불러 모으라고 하게……. 파루스, 그래, 그게 그 사람이었어. 이번 일은 너무 지나쳤어."

크릭수스는 검과 레니우스의 표정을 번갈아 바라볼 뿐 토를 달지 않았다.

레니우스는 마르쿠스 옆에 웅크린 뒤 검을 칼집에 넣었다. 그가 마르쿠스의 백지장 같은 얼굴을 몇 차례 때리자 혈색이 살짝 돌아왔다. 마르쿠스가 불쌍하게 콜록콜록 기침을 해댔다.

"돛대에서 떨어질 뻔했을 때 그만둘 줄 알았다. 네가 뭘 증명하고 있는 건지 난 모르겠다. 내가 선원들을 상대하는 동안 여기서 쉬거라."

마르쿠스가 무어라 말을 하려 했지만, 레니우스가 고개를 가로저었다.

"토 달지 말아. 난 평생 동안 이런 사내들을 다뤄온 사람이야."

레니우스는 그 말을 끝으로 일어서서 선원들이 모인 곳으로 발길을 옮겼다. 선원들은 모두가 그를 볼 수 있는 곳에 자리 잡고 서 있었다. 레니우스가 이를 악물고 이야기하는데도 그의 목소리는 그들 모두에게 전달되었다.

"저 친구의 실수는 너희들 같은 인간쓰레기가 명예롭게 대해 줄 거라 기대했다는 것이다. 지금 난 너희들한테서 신뢰나 존경 따위를 얻고 싶은 기분이 아니다. 이 순간부터 너희한테 간단한 선택을 제시할 것이다. 각자 맡은 일을 잘하라. 입항할 때까지 열심히 일하고, 파수도 서고, 모든 것을 빈틈없이 처리하라. 난 지금까지 셀 수도 없을 정도로 많은 사람을 죽인 사람이다. 이 명령에 불복하는 사람은 누구든 창자를 뽑아줄 것이다. 이제 사나이답게 굴어! 누구든 멋진 말로 나하고 말씨름을 하고 싶은 사람이 있거든, 검을 집어들고 친구들을 불러 모으는 것도 허락할 테니, 한꺼번에 덤벼도 좋다."

목소리가 점점 높아져 고함으로 변했다.

"여기 있는 날 피해 자리를 떴다가, 햇빛을 피하는 할망구들처럼 구석에 모여 음모나 꾸미지 말고! 지금 말하고, 지금 싸워. 지금 안 그랬다기 나중에 수군거리는 걸 보면 맹세코 머리통을 박살내줄 테니까!"

레니우스가 성난 눈빛으로 선원들을 둘러보자 선원들은 발만 내려다보았다. 입을 여는 사람은 아무도 없었다. 레니우스 역시 아무 말도 하지 않았다. 침묵이 흐르고 또 흐르면서 점점 더 고통스럽게 변해 갔다. 아무도 움직이는 사람이 없었다. 선원들은 갑판 위에 동상처럼 서 있었다. 마침내 레니우스가 숨을 한 번 쉬더니 호통을 쳤다.

"한 팔밖에 없는 늙은이와 맞붙을 용기를 지닌 놈이 단 한 놈도 없단 말이야? 허면 각자 맡은 곳으로 돌아가 열심히 일해. 내가 한 놈 한 놈 다 지켜볼 테니까. 난 미리 경고 따윈 주지 않아."

레니우스가 선원들 사이를 헤치고 걸어가자 그들은 말없이 옆으로 비켜서며 양쪽으로 갈라졌다. 파루스 역시 어깨를 살짝 으쓱하고는 나머지 선원들과 함께 뒤로 물러섰다. 루키다이는 차가운 바다를 헤치며 평화롭게 계속 나아갔다.

선실 문을 닫은 레니우스는 문에 기대어 축 늘어졌다. 겨드랑이 밑이 땀으로 축축해진 걸 느낀 그는 나직하게 욕을 했다. 엄포를 놓아 복종하게 만드는 데는 익숙하지 않았으나, 균형 감각이 형편없는 데다 여전히 힘도 딸리니 어쩔 수가 없었다. 훈련을 끝마치기 전에는 푹 자고 싶은 잠도 잘 수가 없었다. 한숨을 내쉬면서 글라디우스를 뽑아든 그는 반세기 전에 배운 타법을 반복하고 또 반복했다. 점점 더 속도가 붙었다. 그러던 중 칼이 작은 공간의 천장에 부딪치면서 박혀 꼼짝하지 않았다. 레니우스는 성이 나서 욕을 했다. 문 근처에 서 있다가 그 소리를 들은 선원들은 휘둥그런 눈으로 서로를 바라보았다.

그날 밤, 마르쿠스는 혼자 이물에 서서 달빛에 비친 파도를 내다보며 비참한 기분에 빠져들었다. 그날의 노력으로 얻은 게 아무것도 없었다. 자신이 선원들을 제대로 휘어잡지 못해 레니우스가 해결하도록 만들었다는 사실이 무거운 추처럼 가슴을 짓눌렀다.

뒤에서 나직한 목소리가 들려와 마르쿠스는 고개를 휙 돌렸다. 시커먼 형체들이 갑판 위에 우뚝 선 선실들을 돌아서 오고 있었다. 크릭수스와 파루스, 그리고 이름은 모르지만 높다란 삭구에서 만났던 그 사내였다. 마르쿠스는 마음을 가라앉히고 아예 얻어터질 각오를 했다. 그들을 모두 처치하는 건 불가능하다는 걸 알았기 때문이다. 그런데 크릭수스가 뭔지 모를 거무스름한 액체가 담긴 가죽 잔을 내밀었다. 잔을 내미는 크릭수스의 입가에 설핏 미소가 어렸다. 그러나 마르쿠스는 그의 의중을 알지 못해 선뜻 잔을 받아들지 않았다.

"옛수다. 조갤 하나 집어오면 술 한잔 사겠다고 했으니, 약속을 지키는 거요."

마르쿠스가 잔을 받아들자 세 사내가 눈에 보일 정도로 긴장을 풀고 다가왔다. 그들은 현측에 몸을 기댄 채 밑 쪽에서 흘러가는 시커먼 물을 바라보았다. 세 사내 모두 비슷한 잔을 들고 있었다. 흔들릴 때마다 출렁이는 소리가 나는 부드러운 가죽 자루를 크릭수스가 들고 잔들을 채웠다.

마르쿠스가 잔을 입에다 갖다 대자 독한 냄새가 콧속을 확 파고들었다. 그는 포도주보다 독한 술은 맛본 적이 없었다. 하지만 한 모금을 쭉 들이켰다. 그 술의 정체가 무엇인지는 모르지만, 입술과 잇몸에 난 상처가 얼얼했다. 그래서 반사적으로 그저 입을 비우겠다는 생각에 꿀꺽 삼켰다. 그러나 삼키자마자 뱃속에서 불이 확 타오르는 바람에 숨이 막혔다. 숨을 쉬려고 안간힘을 쓰는 마르쿠스의 등을 파루스가 한 팔을 뻗어 무표정하게 두드렸다.

크릭수스가 킬킬대며 말했다.

"몸에 좋은 거요, 그거."

"몸에 좋은 겁니다, 일등항해사님."

마르쿠스는 캑캑거리는 와중에도 크릭수스의 말을 정정했다.

크릭수스가 싱긋 웃더니 자기 잔을 도로 채우며 말했다.

"댁이 마음에 드오, 젊은이. 정말로. 내 말 잘 들으시오. 댁 친구 레니우스 말이오, 이제 그 사람 진짜로 악질적인 인간이 됐소."

그들은 모두 고개를 끄덕인 뒤 다시 고즈넉한 시선으로 바다와 하늘을 바라보았다.

20장

마르쿠스는 눈앞에 다가오는 분주한 항구를 착잡한 심정으로 바라보았다. 거친 바다가 끝나고 항구 자체의 잔잔한 호수가 시작됨을 표시하는 오래된 돌들 사이를 루키다이가 기술적으로 신속하게 통과했다. 주변에는 루키다이 말고도 한 무리의 배가 떠 있었다. 그래서 루키다이는 지칠 대로 지친 수로 안내인이 작은 배를 몰고 와서 안내할 때까지 오전 내내 항구에서 멀리 떨어져 있어야만 했다.

처음에 마르쿠스는 배에서 한 달을 보내는 것을 대수롭지 않게 생각했다. 이 마을에서 저 마을로 걸어가는 것 정도로 생각했다. 그에게는 오로지 목적지만이 중요했다. 그러나 이제 그는 몇 안 되는 선원 한 사람 한 사람의 이름을 모두 알고 있었다. 이물에서 술을 마시며 보낸 그 밤 이후로 그들이 자신을 받아들인다는 느낌도 받았다. 일등항해사가 가벼운 업무에 복귀한 후에도 선원들과의 관계는 나빠지지 않았다. 일등항해사는 앙심을 전혀 품지 않은 듯했고, 마르쿠스가 선원들에게 인정받은 것이 어떤 면에서는 자신의 공인 양 마르쿠스를 자랑스럽게 여기기까지 하는 듯했다.

페피스는 밤에 갑판 모퉁이에서 자는 걸 결코 그만두지 않았다. 하지만 마르쿠스가 그를 위해 남겨둔 음식 덕택에 약간 살이 붙었다. 선원들 사이에 어떤 보이지 않는 신호가 오갔는지 더 이상 구타당하지도 않았다. 그 꼬마는 훨씬 더 명랑해졌다. 아마 언젠가는 자신이 바라는 대로 선원이 될 것이다.

마르쿠스는 그 소년이 부러웠다. 일종의 자유를 누릴 수 있다는 점이 그랬다. 그가 언제나 로마라는 이름을 짊어진 채 타는 듯한 태양 아래에서 이국의 들판을 행진하는 동안, 이 선원들은 알려진 세상의 모든 항구를 구경할 것이다.

마르쿠스는 숨을 깊숙이 들이쉰 뒤 눈을 감고 바다의 미풍에 실린 모든 야릇한 냄새를 맡았다. 자스민과 올리브기름 냄새가 강하게 났다. 아울러 사람 무리의 냄새, 즉 땀 냄새, 배설물 냄새도 섞여 있었다. 한숨을 내쉬던 그는 누군가 어깨를 툭 치는 바람에 소스라치게 놀랐다.

레니우스가 마르쿠스와 함께 항구 마을을 응시하면서 말했다.

"다시 땅을 밟으면 기분이 좋을 거야. 이제 우린 말을 빌려 타고 동쪽으로 가서 너를 받아줄 네 백인대를 찾을 거다."

마르쿠스가 입을 꾹 다문 채 고개만 끄덕였다. 이에 레니우스는 그의 기분을 알아챘다.

"늘 같은 모습으로 남아 있는 건 추억뿐이야. 다른 모든 것은 변하게 마련이지. 로마를 다시 보게 될 때는 그곳이 로마란 걸 알아채지도 못할 정도로 변해 있을 거다. 네가 사랑하던 사람들도 모두 달라져 있을 테고. 변화를 막을 길은 없어. 변화야말로 세상에서 가장 자연스러운 일이니까."

그렇게 말을 해도 마르쿠스가 기운을 내는 기색이 없자, 레니우스가 말을 이었다.

"이 문명은 로마가 젊었을 때 이미 늙어 있었다고 할 만큼 오래되었다. 이곳은 로마인한테는 이질적인 곳이야. 안일한 삶을 산다고 해서 잘못될 게 없다는 이들의 사고방식을 경계해야만 한다. 허나 일리리아(아드리아해 동해안에 있던 고대 국가―옮긴이)에는 국경선을 침범하는 야만족들이 있으니까, 네가 할 몫이 있을 거다. 흥미가 일지? 안 그래?"

레니우스가 큰 소리로 짧게 웃었다.

"만날 훈련만 하고 뜨거운 태양 아래 서 있기나 할 줄 알았지? 마리우스 장군이 판단 잘한 거다. 장군은 일부러 널 제국에서 가장 고된 주둔지 가운데 하나에 보낸 거야. 야만족도 야만족이지만 그리스인들조차도 별 생각 없이 쉽게 무릎을 꿇는 사람들이 아니야. 마케도니아는 알렉산더가 태어난 곳이니 오죽하겠냐. 이곳은 네 칼솜씨를 단련하기에는 그야말로 안성맞춤이다."

두 사람은 함께 천천히 움직이는 루키다이를 부두에 바짝 붙인 뒤 밧줄을 던져 묶는 광경을 지켜보았다. 순식간에 작은 상선은 단단히 묶였다. 이를 본 마르쿠스는 별안간 자유를 잃은 배가 안쓰럽게 느껴졌다. 에피데스가 무릎까지 내려오는 그리스 전통 튜닉인 키톤 차림으로 갑판에 나왔다. 햇살을 받아 보석을 두른 몸에서는 번쩍번쩍 빛이 났고 기름을 바른 머리에서도 반질반질 윤이 났다. 두 승객이 상륙을 기다리며 뱃전에 서 있는 것을 본 에피데스가 그들 쪽으로 걸어왔다.

"중대한 소식이 있소, 여러분. 그리스 군대가 북쪽에서 들고 일어나는 바람에 우린 계획했던 대로 디라키움에 입항할 수가 없었소. 이곳은 남쪽으로 100마일가량 떨어진 오리쿰이오."

레니우스가 긴장했다.

"뭣이라고? 우리를 북쪽에 내려주기로 하고 돈을 받지 않았소? 그래야 우리가 이 친구의 군단에 합류할 수 있을 텐데, 난……."

"말했다시피 그건 가능하지 않소."

선장이 미소 띤 얼굴로 대답했다.

"디라키움에 접근했을 때 본 깃발신호의 뜻은 아주 명백했소. 그래서 남쪽 해안선을 따라온 것이오. 반란군이 로마 주둔군들을 격파한 승리감에 도취되어 있는 판국이니, 루키다이를 위험에 빠뜨릴 수는 없었소. 이 배의 안전이 걸려 있었다 이 말이오."

레니우스가 키톤을 움켜쥐고 에피데스를 들어올려 발끝으로 서게 만들었다.

"이 빌어먹을 놈아, 여기하고 마케도니아 사이엔 지독하게 높은 산이 있어, 너도 잘 알겠지만. 그 산을 넘으려면 우린 또 한 달을 힘들게 여행하고 엄청난 비용도 들여야 하는데, 네놈은 어느 걸 책임질 거야?"

에피데스는 격분해서 시뻘게진 얼굴로 발버둥을 쳤다.

"나한테서 손 떼지 못해! 어떻게 감히 내 배에서 나한테 소리를 지르는 거야? 항구 경비병들을 불러서 목을 매달게 해줄 테다, 이 건방진……."

레니우스가 키톤을 움켜쥐었던 손을 풀고, 에피데스의 목에 걸린 묵직한 금목걸이에 달린 루비를 그러쥐었다. 그러더니 야만스럽게 홱 잡아당겨 목걸이를 끊어뜨리고는 허리띠 주머니에 쑤셔 넣었다. 에피데스가 너무나 화가 난 나머지 두서 없는 말을 더듬기 시작했다. 이에 아랑곳하지 않고 레니우스는 그를 밀쳐버리고는 그가 갑판 위로 꼴사납게 자빠지는 순간 마르쿠스에게로 돌아섰다.

"좋아, 내리자. 목걸이를 팔면 적어도 여행에 필요한 물품은 마련할 수 있을 거다."

그때 마르쿠스의 시선이 뒤로 휙 향했다. 그러자 레니우스는 휙 돌아서며 단번에 칼을 뽑았다. 에피데스가 얼굴을 잔뜩 구긴 채 보석이 박힌 단검을 들고 돌진해 오고 있었다.

레니우스는 서투르게 안쪽으로 몸을 기울여 일격을 피한 뒤, 글라디우스를 전광석화처럼 치켜들어 털을 깎아 매끈한 가슴을 찔렀다. 그러고는 도로 검을 뽑아, 몸부림치며 갑판으로 쓰러지는 에피데스의 키톤에 재빨리 쓱쓱 문질렀다.

"주둔군을 격파한 승리감에 도취된 거야, 안 그래?"

레니우스가 검을 칼집에 넣으려 안간힘을 쓰며 중얼거렸다.

"빌어먹을 놈의 칼집, 도대체 가만히 있질 않아……."

마르쿠스는 순식간에 일어난 죽음에 아연실색한 얼굴로 서 있었다. 근처에 있던 선원들도 느닷없는 폭력 사태에 놀라 입을 다물지 못했다. 레니우스가 검을 칼집에 쓱 집어넣으며 그들에게 고개를 끄덕였다.

"경사판을 내려. 우린 갈 길이 먼 사람들이야."

뱃전의 한 부분이 열리더니, 화물을 내릴 수 있도록 널빤지로 된 현문(선박의 뱃전 옆에 설비한 출입구—옮긴이)이 내려졌다. 마르쿠스는 도저히 믿기지 않는다는 듯 말없이 고개를 가로저었다. 마지막으로 소지품을 점검하면서 양 옆구리를 톡톡 두드리던 그는 이제는 단검이 자신의 소유가 아님을 다시 한 번 실감했다. 단검은 전날 밤 일등항해사에게 주었다. 아무래도 그렇게 하는 것이 옳다는 생각이 들었던 것이다. 물론 아쉬운 마음이 없었던 것은 아니지만, 그 사내가 단검을 주변에 보여줄 때 선원들의 입가에 번진 미소를 보고 옳은 선택이었음을 확신했다. 그런데 지금은 미소라고는 보이지 않으니, 그냥 갖고 있을 걸 하는 후회가 들었다.

마르쿠스는 자신의 보따리를 양어깨에 걸머진 뒤 레니우스가 보따리 메는 것을 거들었다. 그러면서 말했다.

"그리스가 그 대가로 무얼 내놓아야 하는지 어디 한번 보죠."

레니우스는 마르쿠스의 기분이 갑작스럽게 변한 것을 보고 씩 웃으며, 에피데스의 뒤틀린 몸뚱이 옆을 지나갔다. 그러면서도 그 몸뚱이에는 눈길 한 번 주지 않았다. 두 사람은 뒤도 돌아보지 않고 루키다이를 떠났다.

발밑의 땅이 놀랄 만큼 움직임에 따라 마르쿠스는 자신 없이 기우뚱거렸다. 잠시 그리고 나니 수년 동안 몸에 밴 습관이 되살아났다.

"잠깐만요!"

뒤에서 큰 소리의 외침이 들려왔다. 마르쿠스와 레니우스가 뒤를 돌아보니, 페피스가 맹렬히 팔다리를 흔들어대며 경사판을 달려오고 있었다. 두 사람은 가만히 서서 페피스가 헐떡거림을 멈추고 말을 할 수 있을 때까지 기다렸다.

"저도 데리고 가주세요, 나리."

페피스가 애걸하는 눈빛으로 마르쿠스를 바라보았다. 마르쿠스는 놀라서 눈을 깜박였다.

"커서 선원이 되고 싶어하는 줄 알았는데."

"더 이상은 아니에요. 이제는 전사, 그러니까 두 분 같은 군단병이 되고 싶어요. 제국을 야만인 무리들한테서 지켜내고 싶어졌어요."

페피스가 급히 말을 쏟아냈다.

마르쿠스가 레니우스를 바라보았다.

"애한테 무슨 말을 해주셨어요?"

"몇 가지 이야기를 들려주긴 했지. 원래 군단에 들어가는 꿈을 꾸는 소년들이 많아. 군단병이 된다는 건 사내한테는 훌륭한 삶이니까."

레니우스가 당혹한 기색이라곤 눈곱만치도 없이 대답했다.

마르쿠스가 흔들리는 것을 본 페피스가 계속 몰아붙였다.

"하인, 그러니까 검도 들어주고 말도 돌봐줄 누군가가 필요하실 거예요. 제발 절 돌려보내지 마세요."

마르쿠스가 어깨에 걸머진 보따리를 소년에게 건네주었고, 이를 받아들며 소년은 환하게 웃었다.

"좋아, 이걸 들어. 그런데 말을 돌볼 줄은 아나?"

페피스가 여전히 환하게 웃으며 고개를 설레설레 흔들었다.

"그럼 배워야겠구나."

"그럴게요. 전 나리가 지금껏 거느려본 하인 중에 최고의 하인이 될 거예요."

소년이 두 팔로 보따리를 감싸 안으며 대답했다.

"적어도 선장이 반대할 일은 없겠군."

마르쿠스의 말에 레니우스가 퉁명스럽게 대꾸했다.

"못하지. 난 그 사내가 마음에 들지 않았어. 제일 가까운 마구간이 어디 있는지 누구한테 좀 물어봐. 날이 어두워지기 전에 계속 가야 하니까."

마구간도, 여행자 휴게소도, 사람들 자체도 마르쿠스 눈에는 기묘한 혼합처럼 보였다. 수천 가지 작은 부분에서 로마가 엿보였다. 특히 심각한 얼굴을 한 군단병이 문제가 있는 건 아닌지 경계하며 둘씩 짝을 지어 거리를 행진하는 것은 로마와 똑같았다. 그러나 한 걸음 한 걸음 내디딜 때마다 무언가 새롭고 이질적인 것이 눈에 띄곤 했다. 경비병들을 대동하고 걷고 있는 예쁜 소녀는 부드러운 목소리로 그들에게 뜻 모를 말을 연신 건넸는데, 그들은 그 말을 알아듣는 듯했다. 마구간 근처의 한 사원은 본국에서처럼 순백색 대리석으로 지어져 있기는 했지만 조각상들이 기묘했다. 조각상들은 알고 있던 것들과 비슷하면서도 달랐다. 그중 돌에 새긴 얼굴 모양이 달랐는데, 턱수염이 눈에 많이 띄고, 향유를 발라 곱슬곱슬 만 게 특이했다. 그러나 뭐니뭐니해도 가장 별난 것은 병자 치유를 전문으로 하는 사원의 벽에 내걸린 것들이었다.

회반죽이나 돌로 완벽하게 재현한 실물 크기 또는 그 반 크기의 사지가 외벽의 갈고리에 매달려 있었다. 무릎을 굽힌 어린아이의 한쪽 다리를 여인이 손으로 깁썼고, 그 근처에는 붉은빛이 도는 대리석으로 아름답게 묘사된 병사의 축소 모형이 자리 잡고 있었다.

"저것들은 뭐죠?"

사원 옆을 지나갈 때 마르쿠스가 레니우스에게 물었다. 그러자 레니우스가 어깨를 한 번 으쓱하며 대답했다.

"그냥 풍습이야. 이곳 사람들은 여신이 병을 고쳐주면, 사지의 모형을 만들어 바쳐. 그 모형은 필시 사람들을 사원으로 더 많이 끌어들이는 역할을 하겠지. 사제들은 먼저 약간의 금을 받기 전에는 누구도 치유해 주지 않으니, 그 모형들은 상점의 간판 같은 거지. 이곳은 로마가 아니야. 이곳 사람들의 속을 들여다보면 우리와 다른 걸 알 수 있어."

"이곳 사람들이 마음에 안 드세요?"

"이 사람들이 이룩한 것이 존경스럽기는 하지만, 이 사람들은 과거의 영광에 너무 푹 빠져 살아. 자부심을 지닌 민족이지. 허나 이들의 목을 밟고 있는 우리의 발을 떼어내는 건 자부심만으로 되는 게 아니야. 이들은 우리를 야만인으로 생각하니까 아마 고귀한 가문 출신들은 네가 옆에 있어도 본체만체할 거야. 하지만 자신을 방어할 수 없다면, 수천 년 동안 이어 내려온 예술이 다 무슨 소용이겠느냐? 사람은 뭐니뭐니해도 강해지는 법을 가장 먼저 배워야 해. 힘이 없으면 뭘 가지고 있든 뭘 만들든 다 빼앗길 수 있으니까. 그걸 명심해라."

적어도 마구간만큼은 어느 곳이나 다 똑같았다. 마구간 냄새를 맡으니, 마르쿠스는 불현듯 고향 생각이 나 가슴이 아렸다. 투브루크는 소유지에서 어떻게 지내는지, 가이우스는 로마에서 직면한 위험들을 잘 헤쳐 나가는지 궁금했다.

레니우스는 튼튼하게 생긴 종마의 옆구리를 쓰다듬었다. 한 손으로 다리를 쓸어보기도 하고, 입도 세심하게 살펴보았다. 옆에서 레니우스를 지켜보던 페피스도 그의 행동을 흉내내며, 눈살을 찌푸린 채 심각한 표정으로 말의 다리도 쓰다듬고 힘줄도 살펴보았다.

"이 녀석은 얼마요?"

레니우스가 경호원 두 명과 함께 서 있는 주인에게 물었다. 그 사내의 몸에는 말 냄새가 전혀 배어 있지 않았다. 머리칼과 턱수염이 거무스름하게 빛이 나는 그는 깨끗하기도 하거니와 어쩐지 세련되어 보였다.

주인이 악센트가 강하고 명료한 라틴어로 대꾸했다.

"튼튼한 놈이라는 건 알고 있소? 이놈 애비는 폰투스에서 열린 경주에서 우승도 몇 차례 했소만, 이놈은 속도를 내기엔 몸이 좀 무거운 편이라 전투에 더 적합할 거요."

레니우스가 어깨를 으쓱했다.

"그냥 산 너머 북쪽으로 데려다주기만 하면 되오. 얼마나 받고 싶소?"

"이놈 이름은 아폴로요. 원래 주인은 어떤 부자였는데, 망해서 이놈을 팔 수밖에 없는 처지여서 내가 산 거요. 덕분에 싸게 샀지만, 난 말을 잘 아는 사람이라, 이놈이 원래 얼마나 나가는지 알고 있소."

"전 얘가 마음에 들어요."

페피스가 말했다.

그러나 두 사람 다 들은 척도 하지 않았다.

"아우레우스 닷 닢을 내겠소. 여행을 마친 후엔 되팔 거요."

레니우스가 딱 부러지게 말했다.

"20아우레우스는 나가는 놈이오. 게다가 겨울 내내 사료비까지 들었소."

상인이 대꾸했다.

"20아우레우스면 작은 집도 살 수 있겠소!"

상인이 어깨를 으쓱하더니 미안한 표정을 지었다.

"더 이상은 아니오. 물가가 다 올랐소. 북쪽에서 전쟁이 일어났기 때문이오. 최고로 좋은 것들은 죄다 미트리다테스에게 징발당하고 있소. 스스로를 왕이라 부르는 오만방자한 작자한테 말이오. 아폴로는 마지막 남은 훌륭한 말 중 하나요."

"10아우레우스가 내가 최종적으로 제시하는 금액이오. 우린 오늘 당신 말 두 마리를 살 거니까, 두 마리 가격을 부르시오."

"우리 입씨름은 하지 맙시다. 댁을 북쪽으로 데려다줄, 값이 좀 덜 나가는 다른 놈을 보여주리다. 함께 팔 수 있는 두 놈이 있소. 형제지간인데, 꽤 빠른 편이라오."

사내는 줄지어 선 말들 옆을 계속 걸어갔다. 마르쿠스는 아폴로를 유심히 살펴보았고, 아폴로는 한 입 가득 건초를 씹으면서 관심 어린 눈길로 마르쿠스를 지켜보았다. 마르쿠스는 아폴로의 부드러운 코를 쓰다듬었다. 두 사람이 점점 멀어짐에 따라, 계속되는 흥정 소리도 점차 작아졌다. 아폴로는 마르쿠스가 그러든지 말든지 무시하고 마구간 벽에 못 박혀 있는 망태기에서 또 한 입을 물어 올렸다.

얼마 후 레니우스가 약간 창백한 얼굴로 돌아왔다.

"두 마리를 구했어, 내일 쓰려고. 아폴로랑 란케르라고 부르는 놈이야. 그 이름들은 필시 주인이 즉석에서 지은 걸 거다. 페피스는 너하고 함께 타면 돼. 무게가 얼마 나가지 않으니 아무런 문제도 안 될 거야. 세상에, 이 사람들 부르는 값이라니! 네 삼촌이 관대한 분이 아니었다면, 우린 내일 걸어서 가야 했을 거다."

"그분은 제 삼촌이 아니에요."

마르쿠스가 상기시켰다.

"그나저나 얼마나 주셨어요?"

"묻지도 말고 여행 중에 많이 먹을 생각도 하지 마. 빨리 움직여, 내일 새벽에 말들을 데리러 와야 하니까. 방 값이 많이 오르지 않았기만을 바라자. 까딱 잘못하다간 날이 어두워지고 나서 다시 여기로 숨어 들어와야 하는 수가 있어."

레니우스는 계속 투덜대며 성큼성큼 마구간을 빠져나왔다. 마르쿠스와 페피스도 입가에 번지는 미소를 애써 참으며 그 뒤를 따랐다.

21장

　말 잔등에 편안하게 앉아 있는 마르쿠스는 산길을 따라가는 동안 이따금 앞으로 손을 뻗어 란케르의 귀를 긁어주었다. 페피스는 말이 부드러운 리듬으로 걷고 있어 졸음이 밀려오는지 마르쿠스의 뒤에서 꾸벅꾸벅 졸았다. 미르쿠스는 경치를 보라고 팔꿈치로 찔러 페피스를 깨울까 하다가 그대로 놔두었다.

　그 높이에 있으니 마치 그리스 전부를 볼 수 있을 듯했다. 아래쪽에는 올리브나무 밭과 고립된 농장이 언덕과 계곡에 점점이 산재한 가운데 푸른색과 노란색이 어우러진 풍경이 굽이굽이 펼쳐져 있었다. 깨끗한 공기는 이름 모를 꽃들의 향기를 실어와 냄새가 달랐다.

　가정교사였던 부드러운 베팍스를 떠올린 마르쿠스는 그도 이 언덕들을 걸었을지 궁금했다. 아니, 어쩌면 알렉산더도 머나먼 페르시아와 전투를 하러 가는 도중에 군대를 이끌고 이 언덕들을 지나갔을지도 모른다. 마르쿠스는 그 소년 왕을 뒤따르는 무시무시한 크레타 궁수들과 마케도니아 방진을 상상하며 안장에서 허리를 꼿꼿하게 폈다.

　레니우스는 앞에서 말을 몰았다. 그의 눈은 좁다란 오솔길과 주변의 무성한 관목잎 사이를 오락가락하며 단조로운 경계 패턴을 보이고 있었다.

여행을 하며 일주일이 지나는 동안 그는 점점 더 자신 속으로 침잠해 들어 갔고, 하루가 다 지나가도록 세 사람 사이에는 몇 마디 이상 오가지 않았 다. 오로지 페피스만이 바위에 앉은 새나 도마뱀을 보고 탄성을 지름으로 써 기나긴 침묵을 깨뜨렸다. 마르쿠스는 레니우스에게 대화를 나누자고 졸라대지는 않았다. 그 검투사는 침묵하고 있을 때 더 행복해한다는 것을 알아챘기 때문이다. 마르쿠스는 말을 타고 가면서 그 사내에 대한 자신의 감정을 곰곰이 생각하며 등 뒤에서 씁쓸하게 미소지었다.

마르쿠스는 한때 레니우스를 증오했다. 그러니까 가이우스가 부상당한 채 땅바닥에 누워 있는 가운데 소유지의 안마당에 있었던 그 순간에는 그 랬다. 그때 비록 레니우스를 향해 검을 치켜들기는 했으나, 인정하고 싶지 않지만 마르쿠스의 마음속에는 이미 레니우스에 대한 존경심이 자리 잡고 있었다. 레니우스는 다른 사내들을 상대적으로 무르게 보이게 만드는 견 고함을 지니고 있었다. 때로는 야만스럽게 굴 줄도 알았고, 고통이나 두려 움을 잊은 채 냉혹하게 폭력을 휘두르는 능력도 뛰어났다. 다른 이들은 아 무 생각 없이 그가 이끄는 대로 따랐다. 마치 이 사내가 자신들의 마음속 을 꿰뚫어 보리라는 것을 어떻게든 알고 있는 듯했다. 소유지에서도, 배에 서도 그것을 보았던 터라, 마르쿠스가 조금도 경외감을 갖지 않는다는 것 은 쉬운 일이 아니었다. 심지어 나이까지도 레니우스를 붙들지 못했다. 마 르쿠스는 카베라가 그 노인의 상처를 봉합하던 순간과, 치유가 너무 순식 간에 일어나 놀라움을 금치 못했던 일을 떠올렸다. 그때 그와 카베라는 만 신창이가 된 인물의 몸속에서 생명이 부풀어오르고 별안간 피가 빠르게 돌며 피부에 홍조가 이는 것을 지켜보며 아연실색했었다.

"이 사람은 대부분의 길보다 큰 길을 걷고 있구나. 이 사람의 발은 땅속에 단단히 뿌리를 내리고 있어."

나중에 치유를 마무리짓기 위해 레니우스를 시원한 방에 눕혔을 때 카베라는 그렇게 말했다.

당시 마르쿠스는 카베라의 어투를 이상하게 여겼다. 카베라는 자신이 본 것이 매우 중요하다는 것을 이해시키려 애썼다.

"죽음이 레니우스한테처럼 움켜쥐었던 손을 놓는 경우는 여태껏 한 번도 본 적이 없었다. 내가 레니우스의 몸에 손을 대자 내 마음속에서 신들이 속삭이더구나."

길의 굴곡이 심해졌다. 마르쿠스와 레니우스는 속도를 늦추어 말들이 알아서 울퉁불퉁한 돌 사이를 지나가게 했다. 가파른 비탈에서 말들이 발목을 접질리거나 넘어지는 위험을 무릅쓰고 싶지 않았던 것이다.

'미래가 널 위해서는 무얼 준비해 두었을까?'

편안한 침묵이 흐르는 가운데 마르쿠스가 속으로 생각했다.

'아버지.'

그 말이 떠오르는 순간, 마르쿠스는 그 생각이 상당한 시간 동안 마음속에 자리하고 있었음을 깨달았다. 마르쿠스는 아버지라 부를 사내를 안 적이 없었다. 그런데 그 단어가 굳게 닫혀 있던 마음속 문의 자물쇠를 열자, 담담하게 감정 깊은 곳까지 탐사했다. 레니우스와는 혈연관계가 아니지만, 마음 한편에서는 지금 서로를 위험으로부터 보호하며 이 땅을 함께 여행하는 사람이 아버지였다면 하는 바람이 들었다. 물론 백일몽일 뿐이지만 생각만 해도 근사했다. 마르쿠스는 자신이 레니우스의 아들이라는 말을 들으면 사내들이 어떤 표정을 지을지 상상했다. 그들은 아마도 경외감이 어린 눈빛으로 바라볼 것이다. 그러면 그저 미소를 지으리라.

한참 동안 마르쿠스는 그런 생각에 빠져 있었다. 그때 레니우스가 왼쪽으로 중심을 옮기며 요란스레 방귀를 뀌었다. 그 소리에 마르쿠스는 돌연 웃음을 터뜨렸다. 그리고 그 후로도 얼마 동안 간간이 혼자서 킥킥거렸다. 검투사는 계속 말을 몰았다. 마르쿠스 역시 그를 따라가며 혈통과 미래로 향했던 생각을 이제 앞으로 속하게 될 군단으로 돌렸다.

오솔길의 좁다란 부분에 다가갈수록 양옆에 커다란 둥근 바위들이 우뚝 솟아 있었다. 마치 가느다란 길이 그 바위들을 뚫고 나 있는 듯한 형상이었다. 레니우스는 검에 손을 갖다 대며 검을 느슨하게 풀어놓았다.

레니우스가 나직하게 주의를 환기시켰다.

"우린 지금 감시당하고 있어. 준비해."

레니우스가 말을 마치는 순간, 근처 덤불에서 시커먼 형체가 나타났다.

"멈춰!"

훌륭하고 명료한 라틴어로 자신감에 찬 목소리였다.

하지만 레니우스는 못 들은 체하며 계속 말을 몰았고, 마르쿠스도 검을 빼들고 양 무릎에 힘을 주면서 뒤따랐다. 허리를 감싼 두 팔이 별안간 뻣뻣해진 것으로 보아, 페피스가 잠에서 깨어 경계를 하는 모양이었다. 페피스도 이번만은 입을 꾹 다물고 있었다.

사내는 곱슬곱슬한 턱수염을 기르고 있어 그리스인처럼 보였다. 그러나 마을에서 본 상인들과는 달리 전사의 분위기가 풍겼다. 사내가 미소를 지으며 다시 외쳤다.

"멈춰. 안 그러면 황천길로 보내줄 테니까. 마지막 기회야."

"레니우스 선생님?"

마르쿠스가 초조해하며 속삭였다.

노인은 인상을 쓰며 말을 멈춰 세우지 않은 채 오히려 아폴로의 옆구리에 박차를 가해 속도를 높였다.

그때 화살 하나가 허공을 가르고 날아와 둔탁한 소리를 내며 말의 어깨에 박혔다. 아폴로가 비명을 지르며 쓰러졌다. 쇠 부딪치는 소리와 함께 레니우스가 땅바닥에 처박히면서 욕설을 내뱉었다. 페피스는 두려움에 떨며 울부짖었고, 마르쿠스는 고삐를 당기며 궁수를 찾고자 덤불을 훑어보았다. 한 사람뿐일까, 아니면 더 있는 것일까? 이자들은 산적이 분명했다. 따라서 만일 순순히 항복한다면, 무사히 달아나는 행운을 누리게 될 것이다.

레니우스가 서툴게 일어서서 검을 확 뽑았다. 눈에서 불이 번득였다. 레니우스가 마르쿠스에게 고개를 끄덕이는 것과 동시에 마르쿠스는 유연하게 말에서 내렸다. 그리고 얼른 말 옆구리 쪽으로 가 숨어 있는 궁수의 시야를 가렸다. 마르쿠스는 뽑아든 글라디우스의 익숙한 무게감에 자신감을 되찾았다. 허둥지둥 말에서 기어 내려온 페피스는 안절부절 혼잣말을 중얼대며 말의 한쪽 다리 뒤에 몸을 숨기려 애썼다.

낯선 사내가 다감한 목소리로 다시 입을 열었다.

"바보짓 같은 건 하지 마시오. 내 동료들은 활솜씨가 아주 뛰어나니까. 여기 산속에선 활쏘기 연습이 유일한 소일거리요. 활쏘기 연습이랑 이따금 지나가는 여행자들의 짐을 덜어주는 게."

"궁수는 하나뿐인 것 같은데."

레니우스는 으르렁거리면서도 발끝으로 가볍게 선 자세를 유지한 채 덤불을 예의 주시했다. 궁수가 같은 장소에 머물지는 않을 테니 말을 하는 사이 깔끔하게 처치할 수 있는 곳으로 기어올 수 있다는 것을 알았기 때문이다.

"이런 일에 목숨을 걸고 싶은가보군, 그렇소?"

두 사람은 서로를 바라보았다. 페피스는 긴장해서 란케르의 다리를 붙들었고, 란케르는 불쾌해하며 콧김을 내뿜었다.

무법자의 옷차림은 깨끗하고 수수했다. 마르쿠스가 소유지에 있을 때 알던 사냥꾼들 중 하나와 상당히 닮아 있었다. 끊임없이 햇볕과 바람을 쐰 탓에 피부가 짙은 구릿빛인 무법자는 실없이 엄포나 놓을 사람으로는 보이지 않았다. 그래서 마르쿠스는 속으로 끙 소리를 냈다. 최고로 운이 좋아봤자, 장비 하나 없이 군단에 도착하는 신세가 될 터였다. 군단 생활을 그런 식으로 출발한다는 것은 아마 두고두고 잊지 못할 것이다. 최악의 경우에는, 몇 분 뒤 죽음을 맞이할 수도 있었다.

무법자가 말을 이었다.

"똑똑한 사람 같으니 말귀를 알아들을 거요. 내가 손을 내리는 순간 당신은 죽은 목숨이오. 검을 땅에 내려놓으면 몇 분은 더 살 수 있을 거요. 어쩌면 늙을 때까지 살 수도 있겠지, 알겠소?"

"난 이미 늙었어. 허니 그럴 가치가 없지."

레니우스가 맞받았다. 이미 그는 몸을 움직이고 있었다. 레니우스가 사내에게 글라디우스를 던졌다. 글라디우스가 허공에서 빙글빙글 돌다가 바위 쪽 그늘 속으로 뛰어드는 그를 맞혔다. 화살 하나가 사내가 있었던 곳의 허공을 갈랐으나 더 이상은 날아오지 않았다. 궁수는 한 사람뿐인 것이다.

마르쿠스는 그 순간을 놓치지 않고 말의 배 밑으로 몸을 홱 숙여 페피스를 지난 뒤, 몸을 던지듯이 해 비탈길을 달려 올라갔다. 몸의 균형을 잡는 것은 속도에 맡겼다. 속도를 늦추지 않고 제일 가파른 등성이를 돌파한 마르쿠스는 궁수가 숨어 있을 곳을 미루어 짐작해 보며 더욱 속도를 냈다. 마르쿠스가 다가가자 사내 하나가 오른편의 무화과나무 숲에서 뛰어나와 도망쳤다. 마르쿠스는 미끄러지다시피 멈춰 선 다음 돌아서서 사내의 뒤를 쫓았다.

흔들리는 바위의 표면을 따라 스무 걸음 뒤까지 따라붙은 마르쿠스는 뒤에서 훌쩍 뛰어내리면서 사내를 덮쳐 쓰러뜨렸다. 그 충격에 손에 든 글라디우스가 요동을 치는가 싶었는데, 마르쿠스는 어느새 자기보다 덩치도 더 크고 힘도 더 센 사내와 맞붙어 싸우고 있었다. 마르쿠스에게 붙잡힌 궁수가 빠져나오려 몸을 뒤트는가 싶더니, 다음 순간 두 사람은 서로의 목을 옴켜쥐었다. 마르쿠스는 극심한 공포에 휩싸였다. 사내의 얼굴은 시뻘게졌지만, 목은 나무로 만든 것처럼 어찌나 단단한지 두툼한 살덩이를 아무리 졸라대도 으스러지지 않을 것 같았기 때문이다.

마르쿠스는 레니우스를 부르고 싶었다. 하지만 한 팔밖에 없는 사내가 그 등성이를 오르지 못할 터였다. 어쨌든 궁수의 거대한 갈고리 같은 손이 목을 누르고 있어 레니우스를 부르기는커녕 숨도 쉴 수가 없었다. 마르쿠스는 양 엄지손가락을 숨통에 찔러 넣고는 온 무게를 실어 내리눌렀다. 그러자 사내가 고통에 겨워 끙끙대면서도 털이 숭숭한 두 손으로 더욱더 세게 조였다. 마르쿠스의 몸은 공기를 달라고 절규하기 시작했고, 눈앞에서는 하얀 빛이 번쩍였다. 자신의 두 손에서 힘이 빠져나가자 마르쿠스는 순간 절망에 빠졌다. 그는 사내의 목을 누르던 오른손을 무의식적으로 빼내 이번에는 끙끙거리는 얼굴을 강타했다. 하얀 빛줄기에 검은 섬광이 뒤섞이며 줄무늬를 그리고, 시야가 점점 좁아져 어두운 터널처럼 변했지만 마르쿠스는 때리고 또 때렸다. 몸 밑의 얼굴은 시뻘건 곤죽이 되도록 엉망이 되었건만, 마르쿠스의 목을 누르는 두 손은 여전히 무자비했다.

그렇게 부둥켜안고 싸우던 두 사람이 서로 짠 것도 아닌데 갑자기 서로 에게서 떨어져 땅바닥에 축 늘어졌다. 마르쿠스는 가쁘게 숨을 몰아쉬더 니 한쪽 옆으로 몸을 굴렀다. 심장은 불가능한 속도로 방망이질 쳤고, 머 리가 어찔어찔해 마치 몸이 둥둥 떠다니는 듯했다. 간신히 몸을 일으켜 무 릎을 꿇은 마르쿠스는 손가락을 휘저으며 검을 찾았으나 손잡이에 이르기 에는 힘이 부족했다. 그는 포기하지 않고 거듭 시도했고, 그때마다 손가락 이 그리는 원이 점점 더 커졌다.

마침내 가죽 손잡이를 단단히 그러쥔 마르쿠스는 조용히 감사의 기도를 속삭였다. 아래쪽에서 레니우스와 페피스가 부르는 소리가 들렸지만 대 답할 힘조차 없었다. 비틀거리며 사내 쪽으로 몇 발짝 옮기던 마르쿠스는 자신을 바라보는 사내의 묵직한 가슴도 자신의 가슴처럼 불규칙하게 들썩 이는 것을 보고, 돌연 그 자리에 멈춰 섰다.

사내의 터진 입술 사이로 귀에 거슬리는 소리가 흘러나왔다. 하지만 그 리스어라 알아들을 수가 없었다. 마르쿠스는 여전히 숨을 헐떡이며 글라 디우스의 날카로운 끝을 사내의 가슴에 푹 찔러 넣었다. 그러고는 손잡이 를 움켜쥐었던 손을 스르르 놓으며 큰대자로 뻗었다. 마르쿠스는 힘없이 몸을 돌려 속에 든 것을 땅바닥에 게워냈다.

마르쿠스가 뻣뻣한 몸을 이끌고 오솔길로 돌아왔을 즈음, 페피스는 레 니우스의 검을 회수해 온 상태였고, 레니우스는 아폴로의 어깨에 난 상처 에 두꺼운 천을 대주고 있었다. 커다란 그 말은 충격을 받아 눈에 보일 정 도로 바들바들 떨고 있기는 해도, 네 발로 서 있었고 의식도 있었다. 마르쿠스가 다가가자 피 냄새를 맡은 란케르가 코를 벌렁거리며 두려움이 가득한 눈으로 천천히 뒷걸음질치다 잽싸게 달아나려 했다. 하지만 페피스가 고삐를 단단히 그러쥐고 있었다.

"괜찮은 거냐?"

레니우스의 물음에 마르쿠스는 말을 할 수가 없어 고개만 끄덕였다. 목구멍이 으스러진 느낌이었고, 숨을 쉴 때마다 휘파람 소리가 나는 듯했다. 마르쿠스가 손으로 목을 가리키자, 레니우스가 자신이 살펴볼 수 있도록 가까이 오라는 손짓을 했다. 마르쿠스는 말들이 놀라지 않도록 천천히 다가갔다.

"영구적인 손상은 전혀 없어. 손자국을 보아 하니 손이 컸군그래."

레니우스의 진단에 마르쿠스는 놀랐다. 하지만 살짝 혁 소리를 냈을 뿐 아무런 대꾸도 할 수 없었다. 구름처럼 몸 주위를 감싸고 있는 시큼한 구토 냄새를 레니우스가 맡지 못했으면 좋으련만, 맡을 수 있으리라는 것을 미루어 짐작할 수 있었다. 그래도 그 이야기는 꺼내지 않기로 했다.

"우릴 공격하다니, 실수한 거죠."

페피스가 작은 얼굴에 심각한 표정을 지은 채 말했다.

"그래, 실수한 거지. 허나 우리도 운이 좋았어."

레니우스가 대꾸하고는 마르쿠스를 바라보았다.

"힘든데 말하려고 애쓰지 말고, 얘가 네 말에 장비를 묶는 거나 도와줘. 아폴로는 한두 주일 동안은 발을 절룩거릴 거다. 허니 근처에 이 산적들이 타던 말이나 노새 같은 것이 있지 않는 한, 우린 말 한 마리를 번갈아 타야 한다."

그때 히히힝 란케르의 울음소리에 산 저 아래쪽에서 응답하며 콧김을 내뿜는 소리가 들려왔다. 레니우스는 히죽 웃었다.

"이번에도 행운은 우리 편인 것 같군."

레니우스가 유쾌하게 말했다.

"그자 몸은 뒤져봤냐?"

마르쿠스가 고개를 가로젓자 레니우스는 어깨를 으쓱했다.

"다시 올라갈 것까지는 없어. 그자들은 별로 가진 것도 없었을 테고, 그나마 활도 한 팔밖에 없는 사람에게는 무용지물이니까. 계속 갈 길이나 가자. 서둘러 가면 해질 녘에는 이 바위를 내려갈 수 있을 거다."

마르쿠스는 페피스에게 이런저런 지시를 하며 아폴로가 짊어진 보따리들을 내리기 시작했다. 레니우스는 돌아서서 아폴로의 어깨를 토닥거렸다. 그렇게 토닥거려주는 것이 몇 마디 말을 건네는 것보다 백번 나았기 때문이다.

한 달 동안 기나긴 낮과 추운 밤을 보내야 했던 그들로서는 저 멀리 평원을 가로지른 군단의 진지를 보는 것만으로도 반갑기 그지없었다. 그곳에서 나는 소리가 가냘프게 들려왔다. 군단의 진지는 8,000명의 병사에다, 그러한 대규모 무리가 야전생활을 하는 데 필요한 단순한 일상 업무에 종사하는 여자들과 어린아이들까지 거느리고 있어, 멀리 떨어진 도시처럼 보였다.

마르쿠스는 각 진지와 함께 세워졌다 함께 해체되는 조병창(병기를 만드는 공장─옮긴이)과 대장간을 상상해 보았다. 그곳에는 주방과 건축 자재 집적소도 있을 것이고, 석수, 목수, 가죽 세공인, 노예, 창녀가 있을 것이며, 아예 눌러 살면서 전투 중인 로마군을 지원하고 돈을 받는 민간인 수천 명이 있을 것이다. 마리우스 군단의 줄지어 늘어선 군막들과는 달리, 이곳은 견고한 성벽과 요새들이 주요 지역을 둘러싼 영구적인 진지였다. 어떤 면에서, 이곳은 도시이기는 하되 언제라도 전쟁을 치를 만반의 준비가 되어 있는 도시였다.

레니우스가 말을 멈춰 세우자 마르쿠스도 반디트의 고삐를 잡아당겨 란케르 옆에 나란히 세웠다. 반디트는 마지막 주인이 산적이었던 점에 착안해 그런 이름을 붙인 세 번째 말이었다. 반디트의 승마용 덮개에 어설프게 앉아 있는 페피스는 진을 친 군단을 보고 입을 다물지 못했다. 레니우스가 소년의 경외에 찬 표정을 보고 싱긋 웃었다.

"바로 저거다, 마르쿠스. 저것이 너의 새로운 집이다. 마리우스 장군이 준 서류는 아직도 가지고 있느냐?"

마르쿠스는 대답 대신 가슴을 톡톡 두드렸다. 튜닉 밑에서 접힌 양피지가 느껴졌다.

"안으로 들어가실 건가요?"

마르쿠스는 레니우스가 그러기를 바랐다. 레니우스는 너무나 오랫동안 그의 삶의 일부였다. 그래서 홀로 진문으로 말을 몰고 가면서 레니우스가 떠나는 광경을 볼 생각을 하니 말할 수 없을 만큼 가슴이 아팠다.

"너랑 페피스를 프라이펙투스 카스트로룸(진영 사령관—옮긴이)한테 데려다줄 거야. 그 사람이 네가 어느 백인대에 입대하게 될지 말해 줄 거다. 그 백인대의 역사를 빨리 익혀. 각 백인대는 저마다 나름의 기록과 긍지가 있으니까."

"또 조언해 주실 거는요?"

"모든 명령에 군소리 말고 복종해. 너는 한 사람의 개인처럼 싸워. 야만족의 한 사람처럼 말이야. 이들은 동료를 신뢰하는 법, 하나의 부대로서 싸우는 법을 가르쳐줄 테지만, 그걸 배우는 게 쉽지 않은 사람도 있어."

레니우스가 페피스에게로 몸을 돌렸다.

"여기서 지내는 게 녹록치는 않을 거다. 시키는 대로 하거라. 그러면 나중에 나이가 찼을 때 군단 입대를 허락받을 수 있다. 뭐든 부끄러운 짓은 절대로 하지 말고. 알겠느냐?"

페피스는 말을 하지 못하고 고개만 끄덕였다. 앞으로 맞이하게 될 색다른 삶에 대한 두려움에 목구멍이 말라붙었기 때문이었다.

"전 배워 익힐 거예요. 페피스도 그럴 거구요."

마르쿠스가 대신 말했다.

레니우스는 고개를 끄덕이고는 딱 소리로 신호를 보내어 다시 말을 몰았다.

"그러겠지."

마르쿠스는 병사들을 위한 길고 낮은 건물들을 완전하게 갖춘 거리들의 깔끔하고 질서정연한 배치를 보며 왠지 모를 만족감을 느꼈다. 마르쿠스가 진문에서 마리우스가 준 서류를 내밀자마자 병사들은 마르쿠스와 레니우스를 따뜻하게 맞이했다. 진문을 통과한 일행은 걸어서 사령관 막사로 향했다. 그곳에서 마르쿠스는 몇 년을 야전근무를 하며 보내겠다는 서약을 하게 될 것이다. 레니우스는 열 명씩 분대를 이뤄 행진해 지나가는 반짝반짝 빛이 나는 완벽한 모습의 병사들에게 고개를 끄덕여주며 좁은 길을 자신 있게 성큼성큼 나아갔다. 마르쿠스는 레니우스의 그런 모습을 보며 자신감을 얻었다. 페피스는 등에 무거운 장비 보따리를 짊어진 채 종종걸음으로 두 사람의 뒤를 따랐다.

진영 사령관이 이국땅에 뿌리내린 로마 도시의 업무를 관장하는 곳인 작은 흰색 건물에 접근해서는 두 번 더 서류를 제시해야만 했다. 마침내 건물 입장을 허락받은 일행이 문으로 들어설 때, 흰색 토가와 샌들 차림의 호리호리한 사내가 그들을 만나러 외실로 들어왔다.

"레니우스! 자네가 진영에 왔다는 말을 들었네. 병사들은 벌써 자네가 한쪽 팔을 잃은 것을 두고 이러쿵저러쿵 말들을 하고 있더군. 세상에, 이렇게 보게 되다니, 반갑네!"

사내가 일행을 향해 환하게 웃었다. 로마식 능률을 추구하는 사람 같은 인상을 풍기는 그는, 피부는 햇볕에 검게 그을렸고, 체격은 단단했으며, 일행 한 사람 한 사람에게 차례로 인사를 건넬 때 보니 손아귀 힘도 셌다.

레니우스도 진신에서 우러난 따뜻함을 담은 미소로 회답했다.

"마리우스 장군님은 카라크 사령관님이 여기 계시다는 말씀은 안 해주셨습니다. 잘 지내시는 것을 보니 기쁩니다."

"자넨 나이를 먹지 않았어, 정말이야! 세상에, 많아야 마흔밖에 안 돼 보여. 어떻게 한 건가?"

"깨끗하게 살아서 그렇습니다."

레니우스가 툴툴거렸다. 카베라가 만들어낸 변화가 여전히 불편했던 것이다.

사령관은 도무지 믿기지 않는다는 듯 한쪽 눈썹을 추켜세웠지만, 그 이야기는 그 정도에서 끝을 맺었다.

"팔은 어떻게 된 건가?"

"훈련 사고였습니다. 여기 이 친구, 마르쿠스한테 베어서 떼어내 버렸습니다."

사령관은 휘파람을 불더니 다시 마르쿠스의 손을 흔들었다.

"레니우스를 괴롭힐 수 있는 사람을 만나게 되리라고는 생각도 못했네. 자네가 가져온 서류를 봐도 되겠나?"

마르쿠스는 별안간 불안을 느꼈다. 그는 서류를 건네주었고, 사령관은 서류를 읽으면서 일행에게 기다란 벤치에 앉으라는 손짓을 했다.

마침내, 사령관이 서류를 도로 건네주었다.

"아주 훌륭한 추천을 받아서 왔군, 마르쿠스. 헌데 이 소년은 누군가?"

"저희가 연안에서부터 타고 온 상선에 있던 아이입니다. 제 하인으로 일하다가 나이가 들면 군단에 입대하기를 원합니다."

사령관이 고개를 주억거렸다.

"이 진영에는 이런 소년들이 많네. 대개는 병사들과 창녀들 사이에서 태어난 사생아들이지. 제대로 하면 자리가 있을지도 모르지만, 경쟁이 치열할 걸세. 난 자네한테 더 관심이 있네, 젊은이."

그러더니 레니우스 쪽을 향했다.

"이 젊은이에 대해 말해 보게. 자네의 판단을 믿을 테니."

레니우스는 마치 보고라도 하듯 진지하게 말했다.

"마르쿠스는 대단히 민첩합니다. 피가 끓을 때는 훨씬 더 그렇습니다. 성숙해지면 이름을 드날릴 인물이 될 거라 봅니다. 성급하고 건방지고 싸우기를 좋아합니다. 원래 그렇게 타고났기도 하고 젊어서 그렇기도 합니다. 제4마케도니아 군단에서 잘 복무할 겁니다. 제가 기본적인 훈련을 시켰는데, 이미 그 수준은 넘어섰고 앞으로 더 발전할 겁니다."

"이 젊은이를 보니 자네 아들 생각이 나는군. 자네 아들과 닮았다는 것 알고 있었나?"

사령관이 조용히 물었다.

"그런 생각은…… 하지 못했습니다."

대답하는 레니우스는 불편해하는 기색이 역력했다.

"안 믿기는걸. 여전히 우린 늘 능력 있는 병사들이 필요하고, 이 젊은이가 성숙해 나가기에도 이곳이 딱이지. 이 젊은이를 제5백인대인 청동주먹 부대에 배치하겠네."

레니우스가 숨을 훅 들이쉬었다.

"그리 해주신다니 저로서는 영광입니다."

사령관이 고개를 가로저었다.

"난 자네에게 목숨을 한 번 빚졌지. 헌데 난 자네 아들의 목숨을 구해 주지 못해 늘 미안한 마음이었네. 자네한테 진 빚에 비하면 이 정도야 아무것도 아닐세."

두 사람은 다시 한 번 악수를 나누었다. 그 모습을 지켜보는 마르쿠스는 약간 어리벙벙한 표정이었다.

"이제 자넨 무얼 할 건가, 옛 친구여? 로마로 돌아가서 벌어놓은 금이나 쓰며 살 건가?"

"이곳에 저를 위한 자리도 있었으면 하고 바랐습니다만."

레니우스가 조용히 말했다.

사령관이 미소를 지었다.

"자네가 청을 하지 않으려나 보다 하는 생각이 막 들던 참이었네. 청동주먹 부대에 병사들을 훈련시킬 병기술 대가가 부족하네. 벨리우스 노인은 여섯 달 전에 열병으로 죽었고, 지금 이곳엔 그 정도 실력을 갖춘 이가 아무도 없어. 그 직책을 맡겠나?"

레니우스가 돌연 씩 웃었다. 예전 같은 예리한 미소였다.

"그러겠습니다, 카라크 사령관님. 감사합니다."

사령관은 기쁜 기색을 역력히 드러내며 레니우스의 어깨를 찰싹 때렸다.

"제4마케도니아 군단에 온 걸 환영하네, 제군들."

그러고는 근처에 차려자세로 서 있는 군단병에게 손짓을 했다.

"이 젊은이를 청동주먹 백인대의 새 막사에 데려다주어라. 이 소년은 내가 진영의 다른 아이들과 함께 임무를 배정할 때까지 마구간에 보내고. 레니우스와 나는 처리해야 할 밀린 일이 많다. 일 처리를 하면서 포도주도 많이 마셔야 하고 말이야."

22장

　알렉산드리아는 마리우스의 작은 조병창에서 묵묵히 앉아 낡은 검에 묻은 때를 닦고 있었다. 그녀는 마리우스가 로마의 저택을 되찾을 수 있었다는 게 기뻤다. 듣기로는, 집 주인이 로마의 새로운 통치자에게 서둘러 선물로 바쳤다고 했다. 로마의 병영에서 거친 병사들과 함께 살게 되리라 생각했었는데, 그보다야 이렇게 마리우스의 집에서 지내는 편이 훨씬 나았다. 만일 그랬다면, 상황이 아무리 좋아도 힘들었을 것이다.

　신들은 알겠지만, 알렉산드리아는 사내들을 두려워하지 않았다. 어린 시절 기억 중 몇 가지는 옆방에 어머니와 함께 있던 사내들에 대한 것이었다. 그들은 맥주와 싸구려 포도주 냄새를 풍기며 들어왔다 으스대며 나갔다. 그들은 결코 오래오래 가는 법이 없는 듯했다. 한 번은 그들 중 하나가 그녀를 건드리려 한 적이 있었는데, 그때 그녀는 어린 시절 처음으로 어머니가 불같이 화를 내는 모습을 보았다. 어머니는 부지깽이로 그 사내의 머리통을 부수었고, 그녀는 어머니와 함께 그 사내를 끌어다가 골목에 내버렸다. 며칠 동안 어머니는 사내들이 왈카닥 문을 열고 들어와 자기를 끌고 가서 교수형에 처할 거라는 두려움에 떨었지만, 아무도 찾아오지 않았다.

　알렉산드리아는 옛 전투의 유물인 청동검에 겹겹이 쌓인 굳은 기름을 닦아내며 한숨을 쉬었다. 처음에는 로마가 무한한 가능성을 지닌 도시처럼 보였는데, 마리우스가 권력을 장악한 지 석 달이 지난 지금, 그녀는 여기서 여전히 헛되이 하루 종일 일이나 하며 날마다 조금씩 늙어가고 있었다. 다른 이들은 세상을 바꾸고 있건만, 그녀의 삶은 예전과 똑같았다. 그녀는, 밤에 작은 금속세공실에서 반트 노인과 함께 앉아 있을 때에만 삶의 진전을 이루어가고 있다는 느낌을 받았다. 반트 노인은 연장 사용하는 법도 가르쳐주었고, 그녀가 서투르게 굴 때마다 손놀림도 지도해 주었다. 노인은 말을 많이 하지는 않았지만 알렉산드리아와 함께 있는 것을 즐기는 듯했다. 그녀는 그의 과묵함과 따뜻한 푸른 눈을 좋아했다. 처음 보았을 때 그는 작업장에서 브로치를 만들고 있었는데, 그 순간 알렉산드리아는 그것이 자신이 할 수 있는 일이라는 것을 알았다. 그 일은 심지어 노예조차도 배울 가치가 있는 기술이었다.

알렉산드리아는 더욱 힘차게 문질렀다. 사내에게 겨우 말 정도의, 아니 심지어 지금 손에 든 칼 같은 훌륭한 칼 정도의 가치밖에 안 되는 존재라니! 불공평했다.

"알렉산드리아!"

칼라의 목소리였다. 그냥 가만히 있고 싶은 마음이 잠깐 들었지만, 칼라는 혀를 채찍처럼 놀려 여자 노예 대부분이 그녀한테 꾸중 듣는 것을 두려워하는 그런 여자인지라, 후환이 두려웠다.

"여기요."

알렉산드리아가 검을 내려놓고 헝겊에 손을 닦으며 소리쳤다. 또 다른 일이 주어질 테니, 잠자리에 들기 전에 몇 시간 동안 노동에 시달려야만 할 것이다.

"여기 있구나, 애야. 나 대신 시장에 갔다 올 사람이 필요한데, 네가 갈 래?"

"네!"

알렉산드리아가 재빨리 일어섰다. 알렉산드리아는 지난 몇 달을 보내면서, 어쩌다 있는 이런 심부름을 고대하게 되었다. 이런 심부름을 할 때가 마리우스의 집 밖 외출을 허락받는 유일한 경우였는데, 그동안 신뢰를 얻은 덕분에 마지막 몇 번은 혼자 나갔다 왔다. 사실 말이지, 알렉산드리아가 도망치려 한들 어디로 도망칠 수 있겠는가?

"네가 사올 물건 목록을 적어놨어. 넌 늘 제일 싼 값에 사오는 것 같더라."

칼리기 석판을 건네며 말했다.

알렉산드리아는 고개를 끄덕였다. 알렉산드리아는 상인들과 흥정하는 것을 즐겼다. 흥정을 하노라면 자유인이 된 듯한 기분이 들기 때문이었다. 처음에는 알렉산드리아 혼자 나간 것이 아니었지만, 목격자가 있는데도, 칼라는 그녀가 절약한 금액에 충격을 받았다. 상인들은 마리우스의 재력을 알기에, 몇 년 동안 그냥 시장 가격을 받아왔던 것이다. 소녀의 재능을 알아챈 칼라는 그녀를 되도록 많이 내보냈다. 그렇게 한 것은 그녀에게 약간이나마 자유가 필요하다는 것을 눈치 챘기 때문이기도 했다. 어떤 이들은 끝까지 노예 신분에 적응하지 못하고 서서히 쇠약해지다 우울증에 빠져들고, 때때로 절망에 빠져들기도 했다. 칼라는 외출 생각에 알렉산드리아의 얼굴이 밝아지는 모습을 지켜보는 것을 즐겼다.

칼라는 알렉산드리아가 받은 돈 중에서 동전 한두 개를 챙기고 있으리라고 미루어 짐작했다. 그러나 그렇다 한들 무슨 문제가 되겠는가? 소녀는 은화 몇 닢을 절약해 주고 있으니, 설사 우수리 동전을 챙긴다 해도, 그 정도는 아깝지 않았다.

"자, 어서 가. 두 시간 안에 돌아와야 해, 단 일 분도 늦으면 안 돼, 알지?"

"알아요, 칼라 아줌마. 두 시간이요. 고마워요."

나이 든 여인은 알렉산드리아를 보며 빙그레 웃었다. 자신도 어렸을 때는 세상이 흥미롭게만 보였던 게 떠올랐던 것이다. 그녀는 알렉산드리아가 금속세공사 반트를 찾아간다는 것도, 가서 무얼 하는지도 모두 알고 있었다. 그 노인은 알렉산드리아가 상당히 마음에 드는 듯했다. 집안에서 일어나는 일 중에 칼라가 끝까지 모르고 지나가는 일은 극히 드물었다. 칼라는 알렉산드리아의 방에 알렉산드리아가 반트의 연장으로 사자 머리를 장식해 넣은 조그만 청동 원반이 있다는 것도 알고 있었다. 그것은 예쁘게 잘 만든 작품이었다.

날씬한 형체가 모퉁이를 도는 모습을 지켜보면서, 칼라는 그것이 가이우스를 위한 선물은 아닐까 하고 생각했다. 반트는 알렉산드리아가 금속세공에 재능이 있다고 말했었다. 맞는 말이었다. 아마도 사랑하는 사람을 위해 만들고 있기 때문이리라.

시장은 온갖 냄새와 소용돌이치는 인파로 정신이 없었지만, 알렉산드리아는 이번만은 목록에 적힌 물건을 사는 데 많은 시간을 허비하지 않았다. 싼 값에 사기는 하되 최대한 깎을 때까지 흥정을 벌이지 않고, 재빨리 일을 마무리 지었다. 가게 주인들은 예쁜 소녀와 흥정을 벌이는 게 즐거운 듯, 공중을 향해 손을 휘젓기도 하고, 얼마에 달라고 하는지 와서 좀 보라고 사람들을 부르기도 했다. 그러면 알렉산드리아는 방긋 미소를 지어 보였는데, 몇몇 상인은 그 미소에 마음이 흔들려, 그녀가 떠난 후에 정신을 차리고 보면 자신이 그랬다는 게 믿기지 않을 정도로 가격을 확 깎아주었다. 분명 아내들도 그 값에 주었다는 게 믿기지 않을 것이다.

꾸러미들을 천 가방 두 개에 안전하게 넣은 채, 알렉산드리아는 진짜 목적지를 향해 발길을 서둘렀다. 노점들 끝 쪽에 위치한 작은 보석상이 그곳이었다. 그녀는 그곳 안으로 들어가 디자인을 구경한 적이 여러 번 있었다. 작품 대부분은 청동이나 백랍으로 만든 것이었다. 장신구에 은을 사용하는 경우는 드물었고, 금은 너무 비싸 특별한 작품을 의뢰받지 않는 한 아예 사용하지 않았다. 금속세공사는 키가 작달만한 사내로, 조악한 튜닉 차림에 묵직한 가죽 앞치마를 걸치고 있었다. 알렉산드리아가 작은 가게 안으로 들어서는 것을 본 그는 작은 금반지를 만들던 일을 중단하고 그녀를 예의 주시했다. 타빅은 남을 쉽게 믿는 사람이 아니었다. 알렉산드리아는 그가 만든 세공품들을 구경하는 동안 뚫어져라 쳐다보는 그의 시선을 느낄 수 있었다.

드디어 알렉산드리아가 용기를 내어 타빅에게 말을 건넸다.

"물건을 사기도 하시나요?"

"가끔은."

대답이 돌아왔다.

"뭘 갖고 있는데?"

알렉산드리아가 튜닉 주머니에서 청동 원반을 꺼내 보이자, 타빅은 그것을 집어 들어 햇빛에 비춰보며 디자인을 살폈다. 타빅은 그렇게 한참을 들고 있었지만, 알렉산드리아는 그를 화나게 할까봐 감히 입도 뻥긋하지 못했다. 타빅은 여전히 아무 말 없이 손에서 청동 원반을 이리저리 굴리기만 하면서 금속에 난 흔적을 빠짐없이 검사했다.

"이거 어디서 났나?"

타빅이 마침내 물었다.

"제가 만들었어요. 반트 어르신 아시나요?"

사내가 천천히 고개를 끄덕였다.

"그분이 저한테 방법을 가르쳐 주시고 계세요."

"조잡하기는 해도 팔 수는 있겠어. 솜씨는 서툴지만 디자인이 아주 훌륭해. 사자 얼굴은 아주 잘 그려 넣었는데, 망치와 송곳 다루는 기술이 좀 부족하군."

사내가 청동 원반을 다시 돌려 보았다.

"이제 사실대로 말해야 돼, 알겠냐? 이거 만드는 데 쓴 청동은 어디서 구했지?"

알렉산드리아는 초조한 눈빛으로 타빅을 바라보았다. 타빅은 눈도 깜박이지 않고 알렉산드리아의 시선을 되받았지만, 눈빛이 다정해 보였다. 알렉산드리아는 곧바로, 흥정을 잘해 물건을 싸게 샀고, 그렇게 해서 절약한 집안의 돈 중 잔돈푼을 챙겨 모아, 싸구려 장신구를 파는 노점에서 아무 장식도 없는 금속 원반을 샀노라고 이실직고했다.

타빅이 고개를 흔들었다.

"그렇다면 난 못 받는다. 팔 물건이 네 것이 아니니까. 그 동전들은 마리우스 나리의 것이었으니 이 청동도 나리의 것이야. 넌 이걸 그분께 갖다드려야만 해."

알렉산드리아는 눈물이 솟구칠 것 같았다. 이 작은 작품에 그토록 오랜

396

시간 공을 들였는데, 이제 아무 소용이 없게 되었다. 알렉산드리아는 타빅이 손에 든 청동 원반을 뒤집어 보는 모습을 거의 최면에 걸린 듯한 표정으로 지켜보았다. 이윽고 타빅이 청동 원반을 도로 그녀의 손에 올려놓았다.

비참해진 알렉산드리아는 원반을 도로 주머니에 집어넣었다.

"죄송해요."

타빅이 도로 알렉산드리아 쪽으로 몸을 돌렸다.

"내 이름은 타빅이다. 넌 나를 모르겠지만, 난 정직하다는 평판을 받고 있어. 때로는 자존심이 있다는 평도 듣고 말이야."

그러더니 은회색 빛이 나는 다른 금속 원반을 치켜들었다.

"이건 백랍이야. 청동보다 부드러우니까 세공하기가 더 쉬울 거다. 제대로 광을 내면 색이 좀 흐려지기만 할 뿐 심하게 번색되지는 않아. 자, 받아, 이걸로 뭘 만들면 나한테 도로 갖고 와. 내가 핀을 붙여서 군단병한테 망토 고정용 장식으로 팔아볼 테니까. 그것도 이 청동 제품만큼만 된다면 은화 한 닢은 받을 수 있을 거다. 내가 백랍하고 핀 값을 돌려받고 나면, 너한테는 쿠아드란스 여섯 닢, 어쩌면 일곱 닢이 돌아갈 거야. 너하고 나하고 사업상의 거래를 하는 셈이지, 알아듣겠냐?"

"그러면 아저씬 어디서 이익을 내시려구요?"

알렉산드리아가 물었다. 운의 변화에 놀라 눈이 화등잔만 해져 있었다.

"이번 첫 번째 것의 경우는, 전혀 없어. 난 네가 가진 재능에 작은 투자를 하고 있는 거야. 다음에 반트 노인을 보거들랑 내 안부를 전하거라."

백랍 원반을 주머니에 넣은 알렉산드리아는 다시 한 번 터져 나오려는 눈물을 애써 참아야만 했다. 친절에 익숙하지 않았던 것이다.

"고맙습니다. 청동은 마리우스 나리께 드릴게요."

"꼭 그래야 한다, 알렉산드리아."

"어떻게…… 어떻게 제 이름을 아세요?"

타빅은 알렉산드리아가 들어올 때 작업 중이었던 반지를 집어 들었다.

"반트 노인은 만날 때마다 거의 네 얘기만 하더라."

두 시간이 다 되기 전에 돌아가기 위해서는 달려야 했지만, 알렉산드리아의 발걸음은 가볍기만 했다. 노래라도 부르고 싶은 기분이었다. 알렉산드리아는 백랍 원반으로 아름다운 제품을 만들 것이고, 그러면 타빅이 은화 한 닢 이상을 받고 팔 것이다. 타빅이 부르는 값은 점점 더 높아질 테니, 나중에는 작품 하나에 금화 몇 닢도 받게 될 것이다. 그러다 보면 어느 날 알렉산드리아는 수익을 모두 모아 자유를 살 수 있게 되리라. 자유, 그것은 아찔한 꿈이었다.

마리우스의 집 안으로 들어서자, 정원의 향기가 폐를 가득 채웠다. 알렉산드리아는 잠시 멈춰 서서 저녁 공기를 들이마셨다. 그때 칼라가 나타나 가방과 동전을 받아들고는, 늘 그랬듯이, 절약한 금액에 만족하며 고개를 끄덕였다. 그 여인은 알렉산드리아가 평소와 다르다는 것을 눈치 채기는 했지만 말로 표현하지는 않았다. 그러나 사온 물품이 금세 상하지 않도록 시원한 지하 창고로 가지고 내려갈 때, 그녀의 얼굴에는 미소가 감돌았다.

혼자 이런저런 상념에 빠져 있느라, 알렉산드리아는 미처 가이우스를 보지 못했다. 그녀는 가이우스가 나타날 줄은 생각도 못하고 있었다. 가이우스는 대부분의 날들을 삼촌의 고된 일정에 맞추며 보냈다. 집에는 가끔 돌아왔는데, 그것도 식사를 하러 올 때와 잠을 자러 올 때뿐이었다. 대문의 경비병들은 아무 말 없이 가이우스를 안으로 들였다. 가이우스가 들락날락하는 것에 워낙 익숙해져 있었기 때문이다.

가이우스는 정원에 있는 알렉산드리아를 보고 놀라 움찔하더니, 잠시 서서 그녀의 모습을 감상했다. 늦여름답게 저녁이 느릿느릿 다가오고 있었다. 공기는 부드럽고 빛이 몇 시간 동안이나 살짝 회색빛을 머금다 서서히 사라지는 저녁이었다.

가이우스가 다가가자, 알렉산드리아가 몸을 돌리더니 미소를 지었다.

"행복해 보이는군."

가이우스가 미소로 화답하며 말했다.

"아, 그래요."

알렉산드리아가 대답했다.

가이우스는 소유지 마구간에서 함께했던 그 순간 이후로 알렉산드리아와 입을 맞춘 적이 없었지만, 마침내 적기가 찾아왔음을 알아챘다. 마르쿠스는 떠나고 없었고, 집은 텅 비어 있는 듯했다.

가이우스는 목을 구부렸다. 그의 심장은 거의 두려움에 가까운 무언가 때문에 고통스럽게 쿵쿵거렸다.

그는 입술이 닿기 전에 그녀의 따뜻한 숨결을 먼저 느낀 뒤 그녀를 맛볼 수 있었다. 그는 자연스럽게 포옹하며 그녀를 바짝 끌어당겼다. 두 사람은 아무런 노력이나 계획 없이도 서로 잘 들어맞는 듯했다.

"이런 순간을 얼마나 자주 생각했는지 몰라."

가이우스가 중얼거렸다.

알렉산드리아는 가이우스의 눈을 들여다보았다. 자신이 그에게 줄 수 있는 선물이 있다는 것을 알고 있었다. 그녀는 자신이 그 선물을 주길 원한다는 것을 깨달았다.

"제 방으로 따라오세요."

알렉산드리아가 가이우스의 손을 잡으며 속삭였다.

마치 꿈이라도 꾸는 듯, 가이우스는 알렉산드리아를 따라 정원을 지나 그녀의 숙소로 갔다.

칼라가 두 사람이 가는 모습을 지켜보며 중얼거렸다.

"참 오래도 걸렸다."

처음에 가이우스는 자신이 서툴지는 않을지, 형편없이 굴다 빨리 끝내지는 않을지 걱정이 많았다. 하지만 알렉산드리아가 움직임 하나하나를 이끌어주어 별 어려움은 없었다. 그의 피부에 와 닿는 그녀의 두 손은 시원했다. 알렉산드리아가 선반에서 작은 향유병을 꺼냈다. 가이우스는 그녀가 손바닥에 향유 몇 방울을 쏟는 모습을 지켜보았다. 이윽고 알렉산드리아가 몸 위에 올라앉아 가슴과 그 아래쪽으로 향유를 천천히 문질렀다. 진한 향이 진동했다. 가이우스는 숨을 헐떡이며 자신의 피부에 묻은 향유를 조금 손에 묻힌 뒤 알렉산드리아의 젖가슴을 향해 손을 뻗었다. 오래전 소유지 안마당에서 봉긋 솟아오른 그 가슴을 처음 보았던 때가 떠올랐다. 입을 이쪽저쪽 가슴에 부드럽게 갖다 대며, 그는 그녀의 피부를 맛보기도 하고, 향유가 묻은 젖꼭지를 빨기도 했다. 가이우스의 애무에 알렉산드리아가 눈을 감은 채 입을 살짝 벌렸다. 그러더니 몸을 굽혀 그에게 입을 맞추었다. 그러자 풀어놓은 그녀의 머리칼이 두 사람을 덮었다.

밤이 이슥해져서야 두 사람은 한 몸이 되었다. 그들은 서로 희롱하며 일종의 환희를 느끼는 가운데 다시 한 번 하나가 되었다. 방에는 촛불이 켜 있지 않아 제대로 보이지는 않았지만, 가이우스의 밑에서 움직이는 알렉산드리아의 두 눈은 빛났고 팔다리는 어두운 금빛을 발했다.

가이우스가 동이 트기 전에 깨어나서 보니 알렉산드리아가 얼굴을 들여다보고 있었다.

"난 이번이 처음이었어."

가이우스가 조용히 말했다. 마음속의 무언가가 묻지 말라고 말했지만, 그는 알아야만 했다.

"너도 이게 처음이었니?"

알렉산드리아는 미소를 지었다. 그러나 그것은 슬픈 미소였다.

"그랬다면 좋았겠죠. 정말로요."

"했어…… 마르쿠스하고도?"

알렉산드리아의 눈이 살짝 커졌다. 그 말이 모욕이라는 것을 모를 만큼 가이우스는 순진한 걸까?

"아, 마르쿠스가 원했다면 했을 거예요, 물론. 그런데 청을 하지 않더군요."

알렉산드리아가 톡 쏘아댔다.

"미안해. 그런 뜻으로 한 말은 아니었는데……."

가이우스가 얼굴을 붉히며 말했다.

"우리가 잤다고 그러던가요?"

알렉산드리아가 다그쳐 물었다.

가이우스가 정색을 하며 대답했다.

"그래. 마르쿠스가 그 말을 떠벌리고 다녔을까봐 걱정이야."

"다음번에 보면 눈에 단검을 박아줄 거예요, 세상에!"

알렉산드리아가 옷을 주섬주섬 챙기며 노발대발했다.

가이우스는 아무것도 모르고 돌아올 마르쿠스를 생각하니, 히죽 웃고 싶었지만 애써 참으며 진지하게 고개를 끄덕였다.

두 사람은 서둘러 옷을 입었다. 해가 뜨기 전에 그녀의 방에서 나오는 그를 보았다는 소문이 도는 건 둘 다 원치 않았다. 두 사람은 노예 숙소를 나와 정원에 함께 앉았다. 조용히 부는 따뜻한 새벽바람이 두 사람을 스치고 지나갔다.

"언제 다시 볼 수 있을까?"

가이우스가 조용히 물었다.

알렉산드리아가 시선을 다른 곳으로 돌렸다. 그 모습을 보고, 가이우스는 그녀가 대답하지 않을 거라 생각했다. 마음속에서 두려움이 일었다.

"가이우스…… 난 지난밤의 한순간 한순간이 너무너무 좋았어요. 당신의 감촉, 느낌, 맛 모두가요. 하지만 당신은 로마의 딸과 결혼하게 될 거예요. 제가 로마인이 아니라는 건 알고 있었죠? 제 어머닌 카타르 출신이셨어요. 어렸을 때 끌려와 노예가 되었고, 나중에는 창녀가 되셨죠. 전 뒤늦게 태어났어요. 그렇게 늦게 태어나지 말았어야 했는데. 저를 낳으신 이후로 어머닌 한 번도 건강한 적이 없으셨어요."

"널 사랑해."

가이우스가 말했다. 적어도 그 순간만큼은 그 말이 사실이었기에, 그는 그것으로 자신의 마음이 충분히 전달되었기를 바랐다. 그녀가 자신에게 하룻밤 쾌락 이상의 의미가 있음을 보여주는 말이었다.

알렉산드리아는 그 말에 살짝 고개를 흔들었다.

"절 사랑하신다면, 제가 여기 마리우스 나리 댁에 머물게 해주세요. 여기서는 장신구 만드는 법을 배울 수 있으니, 언젠가는 저의 자유를 살 수 있을 만큼 돈도 벌 수 있을 거예요. 여기서는 행복할 수 있지만, 제가 당신을 사랑한다면 그런 행복은 결코 누릴 수 없을 거예요. 어쩌면 행복할 수도 있겠지만, 당신은 병사가 되어 세상의 머나먼 곳으로 떠날 테고, 전 길거리에서 마주친 당신의 부인과 아이들에게 고개를 꾸벅여야 하겠지요. 절 당신의 창녀로 만들지 마세요, 가이우스. 전 그런 삶을 보면서 자랐어요. 그렇게 살기는 싫어요. 제가 지난밤을 후회하게 만들지 마세요. 너무나 좋았던 일 때문에 후회하고 싶지는 않아요."

"내가 널 자유롭게 해줄 수도 있어."

가이우스가 고통스러워하며 속삭였다. 그녀의 말 그 어느 것도 이해가 되지 않는 모양이었다.

순간 알렉산드리아의 눈에서 불꽃이 일더니 이내 가라앉았다.

"아니요, 당신은 그럴 수 없어요. 아, 당신은 제 자존심을 뭉개고 로마법에 따라 절 해방시키는 서류에 서명할 수도 있겠지만, 그럼 전 당신 잠자리 시중을 든 덕분에 자유를 얻게 되는 셈이 되겠죠. 중요한 건 제가 지금도 자유인이라는 거예요, 가이우스. 그걸 지금 깨달았어요. 법적으로 자유시민이 되기 위해선, 정직하게 일해서 제 자신을 되사야만 해요. 그때는 제가 제 주인이 되는 거죠. 오늘 저는 정직함과 자존심을 지닌 사람이라고 말하는 사람을 만났어요. 저도 그 둘을 다 지니고 있어요, 가이우스. 그 둘 중 어느 하나라도 잃고 싶지 않아요. 당신을 잊지 않을 거예요. 20년 후에 절 찾아오세요. 사랑으로 만든 금 펜던트를 드릴게요."

"그럴게."

가이우스는 몸을 기울여 알렉산드리아의 뺨에 입을 맞춘 후 자리에서 일어나 향기 가득한 정원을 떠났다.

밖으로 나가 로마의 거리로 발길을 돌린 그는, 길을 잃고 지칠 대로 지쳐 감각이 사라질 때까지 걷고 또 걸었다.

23장

달이 떠오르고 있을 때, 마리우스가 백인대장에게 인상을 썼다.

"내가 내린 명령은 명쾌했다. 왜 명령에 복종하지 않았나?"

사내가 약간 말을 더듬으며 대답했다.

"장군님, 뭔가 착오가 있는 거라고 생각했습니다."

말을 할 때 사내의 얼굴은 백지장처럼 창백해졌다. 병사는 원래 명령을 되묻는 전령을 보내지 않는 법이다. 그저 명령에 복종할 뿐이다. 그러나 그렇게 하기에는 받은 명령이 너무나도 어처구니가 없었다.

"로마의 군단을 상대할 전술을 생각해 보라는 말을 들었을 텐데. 특히, 성문 밖이라는 위치상 우리보다 뛰어난 기동성을 발휘할 테니, 그들의 기동성을 무효화할 방법을 찾으라고 말이야. 어느 부분이 이해가 되지 않은 건가?"

마리우스의 단호한 목소리에, 사내의 얼굴이 더욱더 창백해졌다. 연금과 계급이 날아가는 게 눈에 보였던 것이다.

"저는…… 어느 누구도 술라 장군이 로마를 공격하리라고는 생각하지 않습니다. 지금껏 로마를 공격한 사람은 아무도 없었……."

마리우스가 말허리를 잘랐다.

"자네는 이 순간 사병으로 강등되었다. 자네 부관 옥타비우스를 데리고 오라. 그가 자네를 대신할 것이다."

사내의 마음속에서 무언가가 쿵 하고 무너져 내렸다. 마흔이 넘은 나이이니 다시 승진할 기회는 영영 찾아오지 않으리라.

"장군님, 술라의 군단이 온다면, 맨 앞줄에 서서 싸우고 싶습니다."

"지위를 되찾기 위해서인가?"

사내가 파리한 얼굴로 고개를 끄덕였다.

"허락한다. 그자들이 제일 처음에 보게 될 얼굴은 바로 자네 얼굴이 될 것이다. 그자들은 반드시 올 것이다, 양이 아니라 늑대의 모습으로."

마리우스는 낙심한 사내가 경직된 자세로 걸어가는 모습을 지켜보면서 고개를 절레절레 흔들었다. 대다수 사람들은 술라가 자신들이 사랑하는 도시에 반기를 들으리라는 것을 믿지 못했다. 그러나 마리우스에게는 그것이 너무나 확실해 보였다. 날마다 받는 보고에 따르면, 술라가 마침내 미트리다테스가 이끄는 반군을 괴멸시켰으며, 그 과정에서 그리스 상당 부분을 잿더미로 만들어버렸다고 했다. 불과 1년밖에 지나지 않았건만, 술라는 정복 영웅이 되어 돌아올 판이었다. 민중은 그에게 무엇이든 주려 할 것이다. 그런 막강한 위치에 있는 술라가 들판이나 이웃 도시에 군단을 남겨둔 채 친구들과 조용히 원로원으로 돌아와 여느 때처럼 지낼 리 만무했다. 이것은 마리우스가 시작한 도박이었다. 술라는 다른 면에서는 탄복할 만한 구석을 전혀 찾을 수 없어도 훌륭한 장군인 것만은 분명했다. 마리우스는 술라가 이기고 돌아올 것이라는 걸 처음부터 알고 있었다.

"이 도시는 지금 나의 것이야."

불화살에 대비해 육중한 성문 위에 누벽을 세우고 있는 병사들을 둘러

406

보며, 마리우스가 불분명하게 중얼거렸다. 조카가 어디에 갔는지 궁금했다. 멍하니 생각해 보니, 지난 몇 주 동안 조카를 거의 보지 못했다. 마리우스는 지친 표정으로 콧날을 문질렀다. 자신을 너무 거세게 몰아대고 있다는 것을 그도 알고 있었다.

마리우스는 지난 1년 동안 조각잠을 자며 병참선을 구축하고, 부하들을 무장시키고, 다가올 포위공격에 대한 대비책을 구상했다. 로마는 요새도시로 탈바꿈했고, 성벽 어느 곳에도 취약점은 없었다. 로마가 버티어낼 것이며, 술라는 성문에서 좌절을 맛보게 되리라는 것을 그는 알고 있었다.

그날 아침, 직접 뽑은 백인대장들 중 한 사람을 잃게 된 것이 못내 짜증스러웠다. 이제, 세상에서 가장 위대한 도시가 다름 아닌 자신의 자녀를 전투의 상대로 맞이할 것이다. 백인대장들은 한 사람 한 사람 모두 이때를 대비해 뛰어난 융통성과 새로운 상황에 대한 반응능력을 고려해 승진시킨 이들이었다. 그런데 그중 하나를 잃었으니 어찌 짜증이 나지 않겠는가.

가이우스는 술에 취해 있었다. 포도주가 가득 찬 잔을 든 채 발코니 가장자리에 선 그는 어른거리는 눈앞을 제대로 보려고 안간힘을 썼다. 아래쪽 정원에 물을 사방으로 튀기며 뿜어져 나오는 분수가 흐릿하게 보였다. 그는 분수로 가서 물속에 머리를 박아야겠다고 생각했다. 그래도 될 만큼 밤은 따뜻했다.

파티가 벌어지고 있는 안으로 도로 들어서니, 음악 소리, 웃음소리, 술에 취해 고래고래 질러대는 소리가 한데 뒤섞여 시끌벅적했다. 이미 자정이 넘은 시각이라, 멀쩡하게 깨어 있는 사람은 아무도 없었다. 사방 벽에는 일렁이는 등잔불이 줄지어 늘어서, 난봉꾼들에게 아늑한 불빛을 던져주고 있었다. 포도주 시중을 드는 노예들은 벌써 몇 시간째 잔이 비는 족족 잔을 채웠다.

가이우스를 스치고 지나가던 한 여자가 낄낄대며 그의 어깨에 팔을 척 걸쳤다. 그 바람에 가이우스는 우윳빛 대리석 바닥에 붉은 포도주를 조금 흘리고 말았다. 그녀는 젖가슴을 그대로 드러낸 모습이었다. 그녀가 가이우스의 자유로운 손을 끌어다 젖가슴에 얹으며 그에게 입을 맞추었다. 가이우스가 숨을 쉬려고 입술을 떼자, 그녀는 그의 포도주 잔을 빼앗아 단숨에 비웠다. 그러고는 그 잔을 어깨 너머로 던져버린 뒤, 토가 주름 사이로 손을 뻗어 관능적인 손놀림으로 그를 애무했다. 그녀에게 다시 입을 맞춘 가이우스는 술에 취한 그녀의 무게를 이기지 못해 비틀비틀 뒷걸음치다 발코니 근처의 기둥까지 밀려갔다. 등에 닿은 기둥이 시원했다.

그곳에 있는 이들은 인사불성 상태였다. 옷을 일부만 걸친 이들이 많았고, 바닥 한가운데에 자리 잡은 움푹 들어간 형태의 욕탕 안에는 음란한 쌍들이 들끓었다. 주인이 수많은 노예소녀를 안으로 들였지만, 술기운과 함께 환락의 분위기가 퍼짐에 따라 이 늦은 시각까지 남은 마지막 수백 명의 손님들은 거의 뭐라도 받아들일 태세였다.

낯선 여인이 맞닿았던 입술을 벌린 틈을 타 가이우스가 신음소리를 토해내며 지나가는 노예에게 포도주를 한 잔 더 달라는 신호를 보냈다. 맨살이 드러난 가슴에 포도주 몇 방울을 흘린 가이우스는 이제는 아래쪽에서 부지런히 움직이고 있는 그녀의 입 쪽으로 포도주 방울을 똑똑 떨어뜨렸다. 그러고는 그 광경을 지켜보며, 멍한 표정을 지은 채 손가락으로 포도주를 문질러 그녀의 부드러운 입술 속으로 흘려 넣었다.

주변의 음악 소리와 웃음소리는 점점 더 커져만 갔다. 공기는 욕탕에서 피어오르는 수증기와 등잔불 때문에 뜨겁고 축축했다. 가이우스는 포도주를 다 마시고 나서 발코니 너머의 어둠 속으로 잔을 내던졌다. 잔이 아래쪽 정원에 부딪치는 소리는 전혀 들리지 않았다. 이번이 2주 동안에 참석한 다섯 번째 파티였다. 다시 밖으로 나가기에는 너무 피곤하다는 생각도 들었지만, 디라키우스가 워낙 광란의 파티를 여는 걸로 유명해 유혹을 떨칠 수 없었다. 앞서 참석했던 네 번의 파티로 이미 녹초가 되어 있던 가이우스는 이것이 자신의 마지막이 될 수도 있음을 깨달았다.

가이우스는 마음이 약간 초연해진 듯, 주변의 괴로움에 몸부림치는 무리들을 관찰했다. 사실 아픈 기억을 잊는 데 파티가 도움이 될 거라는 디라키우스의 말은 맞았다. 그러나 몇 달이 흘렀는데도 알렉산드리아와 함께했던 모든 순간은 여전히 그대로 남아 시시때때로 그의 마음속으로 불려왔다. 그가 잃은 것은 경이로움과 즐거움을 느낄 수 있는 감각이었다.

눈을 감은 가이우스는 두 다리가 끝까지 몸을 지탱해 주길 바랐다.

무릎을 꿇은 미트리다테스는 고개를 숙인 채 턱수염 너머로 땅에 피를 탁 뱉었다. 황소 같은 사나이인 그가 아침에 벌어진 전투에서 죽인 병사의 수가 워낙 많았는지라, 두 팔이 묶이고 무기를 빼앗긴 상태인 지금도, 주변을 걷는 로마 군단병들은 그에 대한 경계를 늦추지 않았다. 미트리다테스는 그런 군단병들을 보며 킬킬댔지만, 웃음소리에는 쓸쓸함이 배어 있었다. 온 사방에는 친구이자 추종자들이었던 사내들이 죽어 있었고, 공기에서는 피 냄새, 빠져나온 창자 냄새가 진하게 감돌았다. 아내와 딸들은 그의 군막에서 끌려나가 냉혹한 병사들에게 짐승처럼 무참하게 도륙당했다. 장군들은 쇠말뚝에 몸을 꿰뚫리는 형벌을 받았다. 축 늘어진 그들의 몸뚱이는 목숨이 완전히 끊어질 때까지 쇠말뚝에 수직으로 꽂혀 있었다. 그 모든 것이 끝장나는 것을 보게 되다니, 참으로 암담한 날이었다.

미트리다테스의 마음은 몇 개월을 거슬러 올라가, 반란을 일으켰을 때 느꼈던 즐거움을 다시 맛보았다. 모든 도시에서 강인한 그리스인들이 그의 기치 아래로 모여들어 공통의 적 앞에서 다시 하나가 되었을 때 느꼈던 자부심도 다시 맛보았다. 얼마 동안은 모든 게 가능해 보였는데, 이제 남은 건 환멸뿐이었다. 미트리다테스는 첫 번째 요새를 함락시켰던 날을 떠올렸다. 요새가 불타는 광경을 어쩔 수 없이 지켜보아야만 했던 로마 진영 사령관의 눈에는 도저히 믿지 못하겠다는 기색과 부끄러움이 가득했었다.

"저 화염을 보시오. 로마도 이렇게 될 것이오."

미트리다테스는 로마 사령관에게 그렇게 속삭였다. 로마 사령관이 대꾸를 하려 했으나, 미트리다테스는 단검으로 목을 그어 그의 입을 다물게 만들었고, 부하들은 그 광경을 보고 환호성을 내질렀다.

그런데 이제, 로마의 지배라는 멍에를 감히 던져버렸던 동지들 중 살아남은 사람은 미트리다테스 혼자뿐이었다.

"나는 그동안 자유로웠어."

미트리다테스가 입에 피를 머금은 채 중얼거렸다. 그러나 그 말들은 예전처럼 기운을 북돋워주지 못했다.

나팔 소리가 울리더니, 말들이 깨끗이 치워진 길을 가로지르며 미트리다테스가 기다리고 있는 곳으로 질주해 왔다. 엉덩이를 대고 꿇어앉아 있던 미트리다테스는 텁수룩한 머리를 들어 올렸다. 그 바람에 긴 머리칼이 눈 위로 흘러내렸다. 근처의 군단병들이 입을 꾹 다문 채 차려자세를 취하고 있는 것으로 보아 누가 오는지 알 만했다. 한쪽 눈은 피가 들러붙어 떠지지 않았지만, 다른 쪽 눈은 멀쩡해, 활기 넘치는 인물이 종마에서 내려 고삐를 또 다른 인물에게 건네는 것이 보였다. 얼룩 하나 없는 순백의 토가는 이런 죽음의 전장에 전혀 어울리지 않아 보였다. 이토록 음울한 오후의 비참한 광경에 영향을 받지 않는 것이 세상에 존재한다는 게 어떻게 가능하단 말인가?

노예들이 진흙 위에 골풀을 뿌려, 무릎을 꿇고 있는 왕에게 이르는 길을 만들었다. 미트리다테스는 허리를 곧추세웠다. 로마인들은 미트리다테스가 낙담해서 목숨을 구걸하는 모습은 보지 못할 것이다. 바로 가까이에 딸들이 평화롭고 고요하게 누워 있으니, 미트리다테스는 절대로 그런 모습을 보이지 않으리라.

코르넬리우스 술라가 성큼성큼 걸어와 옆에 서서 그 사내를 지켜보았다. 마치 신들이 준비라도 한 듯 태양이 마침 그 순간을 골라 구름 뒤에서 나타났다. 그래서 수수한 칼집에서 은으로 된 번쩍이는 글라디우스를 뽑을 때, 술라의 진한 금발 머리에선 반짝반짝 빛이 났다.

"그동안 어지간히도 나를 괴롭히셨소이다, 전하."

술라가 조용히 말했다.

그 말에 미트리다테스가 눈을 가늘게 뜨고 술라를 쳐다보았다.

"그러려고 최선을 다했소."

미트리다테스가 멀쩡한 한쪽 눈으로 사내의 시선을 맞받으며 험악하게 대꾸했다.

"허나 이제는 다 끝났소. 그대의 군대는 괴멸되었소. 반란은 이제 끝이 난 것이오."

미트리다테스는 어깨를 으쓱했다. 다 명백한 사실인데, 무슨 소용이 있다고 다시 늘어놓는 것일까?

술라가 말을 이었다.

"그대의 아내와 딸들을 죽인 건 내가 지시한 일이 아니었소. 그 일과 관련된 병사들은 모두 내 명령에 따라 처형되었소. 나는 여자와 아이들을 상대로 전쟁을 벌이는 사람이 아니오. 그대한테서 가족을 앗아간 건 유감스럽게 생각하오."

그 말들을 떨쳐버리려는 듯 고개를 흔드는 미트리다테스의 뇌리에 불현듯 그때의 기억이 스쳤다. 그때 그는 사랑하는 리비아가 이름을 부르는데도 그를 생포하려고 곤봉으로 무장한 군단병들에 둘러싸여 있어 그녀에게 다가갈 수 없었다. 그에게는 단검도 검도 없었다. 단검은 어떤 사내의 목에 박아 넣어버렸고, 검은 또 다른 사내의 갈비뼈에 쑤셔 넣어버렸다. 무기 하나 없는 상황에서도 그녀의 비명을 듣고 돌진해 들어오는 사내의 목을 부러뜨리며 떨어진 검을 집어 들려고 몸을 구부리는 순간, 나머지 사내들에게 몰매를 맞아 의식을 잃고 말았다. 깨어났을 때는 꽁꽁 묶인 채 흠씬 두들겨 맞고 있었다.

미트리다테스는 술라를 뚫어져라 올려다보며 조롱하는 기색을 찾았다. 그러나 그 대신 단호함만을 발견한 그는 술라의 말이 진심임을 믿었다. 이 사내는 미트리다테스가 한바탕 웃은 후 모든 것을 용서하겠다는 말이라도 하리라 기대하는 것일까? 병사들은 로마의 사내들이었고, 생기 가득한 이 사내는 그들의 우두머리였다. 사냥꾼은 자신의 개들에 대해 책임을 져야 하는 것 아닌가?

"여기 내 검이 있소."

술라가 검을 내밀며 말했다.

"그대 신들의 이름을 걸고, 내가 살아 있는 동안 로마에 반기를 들지 않겠노라고 맹세하면 살려 보내주겠소."

미트리다테스는 얼굴에 놀라는 기색을 드러내지 않으려 애쓰며, 은으로 된 글라디우스를 바라보았다. 이제 곧 죽게 될 것이라는 사실에 점점 익숙해지던 터에 돌연 다시 살 수 있는 기회를 주겠다는 제안을 받고 나니, 숨겨진 상처의 딱지가 뜯겨 나가는 것 같았다. 이제 아내를 묻을 시간을 가질 수 있게 된 것이다.

"이유가 뭐요?"

미트리다테스가 말라가는 피를 머금은 채 툴툴댔다.

"그대가 약속을 지키는 사내라고 믿기 때문이오. 오늘은 이미 죽을 만큼 죽었소."

미트리다테스는 조용히 고개를 끄덕여 그러겠다는 뜻을 표했다. 그러자 술라가 피 한 방울 묻지 않은 검을 내뻗어 미트리다테스를 묶고 있는 밧줄을 끊었다. 적이 다시 한 번 자유의 몸이 되는 것을 보고 근처에 서 있는 병사들이 긴장하는 것을 느낌으로 알았지만, 미트리다테스는 그들을 무시한 채 흉터가 있는 오른손 바닥으로 그 검을 받아 쥐었다. 피부에 닿은 그 금속은 차가웠다.

"맹세하오."

"그대한테는 아들들이 있는데, 그들은 어떻게 할 것 같소?"

미트리다테스는 로마의 장군을 바라보았다. 그가 얼마나 많은 걸 알고 있는지 궁금했다. 아들들은 아버지를 위해 지원군을 모집하느라 동쪽에 가 있었다. 그들은 병사들을 이끌고, 보급품을 가지고, 복수를 해야 할 새로운 이유를 가슴에 새긴 채 돌아올 것이다.

"아들들은 여기에 없소. 내가 아들들을 대신해 대답할 수는 없소."

술라는 여전히 사내가 움켜쥐고 있는 검을 붙잡았다.

"그럴 수는 없겠지만, 아들들에게 경고를 할 수는 있을 것이오. 만일 아들들이 돌아와 내가 살아 있는 동안 그리스가 로마에 맞서는 일이 있다면, 나는 그리스인들에게 지금껏 한 번도 맛보지 못한 슬픔을 안겨줄 것이오."

미트리다테스는 고개를 끄덕이고는 검을 붙잡은 손을 떨어뜨렸다. 술라는 그 검을 다시 칼집에 넣은 뒤 돌아서서 뒤도 돌아보지 않은 채 자신의 말을 향해 힘차게 걸어갔다.

눈에 보이는 로마인들은 모두 술라와 함께 떠났고, 죽은 자들에게 둘러싸인 채 무릎을 꿇고 앉아 있는 미트리다테스만이 홀로 남았다. 뻣뻣하게 굳은 몸을 이끌고 일어난 미트리다테스는 숱한 통증으로 몸을 움찔했다. 그는 로마인들이 진지를 철수하고 다시 바다를 향해 서쪽으로 이동하는 광경을 지켜보았다. 차가우면서도 어리둥절한 눈빛이었다.

술라는 처음 몇 마일을 말을 모는 동안 아무 말이 없었다. 그의 친구들은 흘끗흘끗 시선을 교환했지만, 한동안은 아무도 그 으스스한 침묵을 깰 엄두를 내지 못했다. 마침내 이탈리아 북부 출신의 예쁘장하게 생긴 젊은이 파다쿠스가 술라의 어깨를 건드렸다. 장군은 무슨 일이냐는 듯한 표정으로 파다쿠스를 바라보며 고삐를 그러당겨 말을 세웠다.

"그자를 왜 살려주셨습니까? 그자가 봄에 반기를 들지 않겠습니까?"

술라가 어깨를 으쓱했다.

"그럴지도 모르네만, 그자가 그런다 해도, 적어도 내가 물리칠 수 있는 사람이란 것을 아니 별 문제될 게 없네. 그자의 후계자가 쉽사리 실수를 저지르는 일은 아마 없을 걸세. 산속에 자리한 자그마한 진영에서 살아남은 추종자들까지 모조리 뿌리 뽑으며 또 여섯 달을 보낼 수도 있겠지만, 그렇게 해서 우리가 얻게 될 게 그들의 증오 말고 무엇이 있겠는가? 그럴 수는 없네. 진짜 적, 진짜 전투는……."

술라는 하던 말을 멈추고, 마치 로마의 성문까지 이어지는 모든 길이 보이기라도 하듯 서쪽 지평선을 바라보았다.

"진짜 전투는 아직 시작되지도 않았는데, 우린 이미 여기서 너무 많은 시간을 보냈네. 계속 말을 몰게나. 우린 해안에서 군단을 소집시켜 귀국길에 오를 준비를 할 걸세."

24장

가이우스는 돌로 된 창턱에 기대어 해가 도시 위로 솟아오르는 광경을 지켜보았다. 뒤쪽 기다란 침대에서 코르넬리아가 몸을 꿈틀대는 소리가 들려와 그는 뒤를 흘긋 돌아보며 혼자 미소를 지었다. 코르넬리아는 여전히 잠이 들어 있었다. 끊임없이 몸을 뒤척이는 그녀의 얼굴과 어깨 위로는 기다란 금빛 머리칼이 흘러내려 있었다. 그날 밤은 몹시 무더워 덮을 게 거의 필요 없었다. 코르넬리아는 그나마 덮은 가벼운 천을 자그마한 한쪽 손으로 그러쥔 채 얼굴 쪽으로 바짝 끌어당기고 있어 긴 다리가 거의 엉덩이까지 드러나 있었다.

가이우스의 생각은 잠시 알렉산드리아를 향했다. 하지만 아무런 아픔도 느껴지지 않았다. 마음을 달래주는 디라키우스 같은 친구들이 곁에 있는데도, 처음 몇 달 동안은 견디기가 쉽지 않았다. 이제는 뒤를 돌아보며 순진하고 서툴렀던 자신의 모습에 찔끔할 수 있을 정도의 여유가 생겼다. 그러나 마음 한 구석에는 여전히 슬픔이 자리 잡고 있었다. 다시는 그렇게 순진했던 소년으로 돌아갈 수 없기 때문이다.

가이우스는 메텔라를 은밀히 만나, 알렉산드리아에 대한 소유권을 마리우스의 집안에 넘겨주는 서류에 서명했다. 숙모라면 알렉산드리아에게 친절하게 대해 주리라는 것을 알았기 때문이다. 알렉산드리아가 자유를 사는 날 건네주라고, 소유지 자금에서 빼낸 금화 몇 닢도 남겼다. 알렉산드리아는 자유인이 되는 날 그 사실을 알게 될 것이다. 알렉산드리아가 준 것에 비하면 그것은 작은 선물에 불과했다.

가이우스는 코르넬리아가 잠에서 깨려고 몸을 뒤척이는 게 다시 느껴지자 싱긋 웃었다. 집안 식구들이 깨기 전에 움직여야만 한다는 것을 그는 알고 있었다. 코르넬리아의 아버지 킨나는 마리우스가 비위를 맞춰가며 애써 관리하고 있는 중진 정치인 중 한 사람이었다. 비위를 거슬러도 될 만한 사람이 아닌 만큼, 사랑하는 딸의 침실에서 발견되었다가는 마리우스의 조카라 해도 죽음을 면치 못할 것이다.

다시 코르넬리아를 흘끗 바라본 가이우스는 옷을 끌어당기면서 한숨을 내쉬었다. 그래도 코르넬리아는 그럴 만한, 여러 번 그런 위험을 감수할 만한 가치가 있었다. 세 살 연상의 그녀가 지금까지 숫처녀였다는 게 놀라울 따름이었다. 그녀가 혼자만의 것이라는 점은 조용한 만족감을 안겨주었고, 예전에 느꼈던 기쁨도 적지 않게 느끼게 해주었다.

두 사람이 만난 것은 노빌리타스 일원 중 한 사람에게 쌍둥이 아들이 태어난 것을 축하하는, 공식적인 원로원 가족 모임에서였다. 한낮이라 그 모임에서는 디라키우스가 주최하는 파티에서처럼 방종을 용납하는 분위기는 전혀 아니었다. 처음에 가이우스는 끝없이 이어지는 축하와 연설에 지루해하고 있었다. 그런데 그때 코르넬리아가 다가오면서 모든 것이 바뀌었다. 코르넬리아는 거의 갈색에 가까운 진한 금색 로브 차림에 귀걸이를 하고, 목에도 똑같은 귀금속으로 된 목걸이를 하고 있었다. 가이우스는 처음 본 순간부터 그녀를 원했고, 순식간에 그녀를 좋아하게 되었다. 그녀는 지적이고 자신감에 차 있었는데, 그런 그녀가 그를 원했다. 가이우스는 마음이 들뜨지 않을 수 없었다. 그래서 지붕을 타넘어 그녀의 침실 창문으로 살금살금 기어 들어가, 머리카락을 아무렇게나 헝클어뜨린 채 잠들어 있는 그녀의 모습을 지켜보았다.

가이우스는 코르넬리아가 침대에서 일어나 두 다리를 끌어당기고 허리를 곧추세우며 앉던 순간을 떠올렸다. 그때 그녀가 미소를 짓고 있음을 알아차리기까지는 불과 몇 초 걸리지 않았다. 가이우스는 급히 옷을 입고 샌들을 신으며 한숨을 내쉬었다.

그리스에서 일어난 반란이 점점 더 광포해지는 바람에 술라는 꼬박 1년 동안 로마에서 떠나 있었다. 그래서 가이우스는 언젠가 응보의 순간이 찾아올 거라는 사실을 쉽게 잊어버렸다. 그러나 마리우스는 첫날부터 술라의 군기가 수평선에 모습을 드러낼 걸 대비해 왔다.

로마는 지난 몇 달간 그랬듯이, 여전히 흥분과 불안으로 술렁였다. 대다수 사람들이 그대로 남아 있긴 했지만 비록 소수이긴 해도 상인과 가족들이 꾸준히 로마를 떠나고 있다는 사실은, 대결의 결과에 대한 마리우스의 확신에 모든 로마 주민이 공감하는 게 아니라는 걸 보여주었다. 거리마다 문을 닫은 가게들이 눈에 띄는 것도 기분 상하는 일이었다. 게다가 원로원까지 이미 내린 결정의 대부분에 대해 비판을 하고 나서는 판국이라, 마리우스는 이른 아침에 집으로 돌아올 때마다 분노를 터뜨렸다. 그러나 가이우스는 로마가 제공하는 쾌락에 정신이 팔려, 마리우스가 느끼는 그런 긴장감에 거의 공감할 수 없었다.

가이우스는 토가를 몸에 바짝 조이며 다시 코르넬리아에게로 시선을 던졌다. 그녀가 깨어 있는 것을 본 가이우스는 방을 가로질러 가 그녀의 입술에 입을 맞추었다. 다시 갈망이 솟구쳤다. 그는 그녀의 젖가슴을 한 손으로 그러쥐었다. 그가 숨을 쉬려고 입술을 떼어내는데, 그녀가 움찔하며 속삭였다.

"다시 날 찾아올 건가요, 가이우스?"

"그러겠소."

미소를 지으며 그렇게 대답하던 가이우스는 자신의 말에 진심이 담겨 있음을 깨닫고 깜짝 놀랐다.

"훌륭한 장군은 발생 가능한 모든 사태에 대비하는 법이다."

마리우스가 가이우스에게 서류를 건네주며 말했다.

"이것들은 지불명령서란다. 시 금고에서 인출할 수 있으니, 수중에 금을 갖고 있는 거나 마찬가지다. 되받을 생각으로 주는 게 아니고, 선물로 주는 거다."

그 금액을 본 가이우스는 억지로 미소를 지으려 애썼다. 큰 금액이기는 했으나, 그동안 돈놀이꾼들에게 진 빚을 간신히 갚을 정도의 액수에 불과했다. 마리우스는 술라의 귀환에 대비하는 데 매진하느라 조카를 예의 주시하지 못했으니 모르겠지만, 가이우스는 알렉산드리아와 헤어진 후 처음 몇 달 동안 여기저기서 돈을 빌려 여자와 포도주와 조각품을 사들였다. 그런데 우습게도 그 모든 것이 금과 권력만을 중시하는 도시에서 그의 지위를 끌어올렸다. 빌린 재물로, 가이우스는 그저 그런 인물들에 신물이 나 있던 사교무대에 혜성처럼 등장해 젊은 명사가 된 것이다. 그의 삼촌을 신뢰하지 않는 이들조차 그가 지켜봐야 할 사람임을 알 정도였다. 가이우스가 요구하는 액수는 점점 더 커져갔지만, 돈을 빌리는 데는 아무런 문제도 없었다. 부자들이 너도나도 앞다투어 마리우스의 조카에게 돈을 빌려주겠노라고 나섰기 때문이다.

가이우스의 얼굴에서 실망의 기색을 포착한 마리우스는 그것을 미래에 대한 걱정의 뜻으로 이해한 게 분명했다.

"나야 이기리라 생각한다만, 술라가 개입되어 있는데 혹시 있을 불행한 사태에 대비하지 않는다면 그야말로 바보 같은 짓이 아니겠느냐. 만일 일이 내가 계획한 대로 되지 않는다면, 이 지불명령서들을 갖고 로마를 빠져나가거라. 너를 제국의 머나먼 임지로 데려다 줄 만한 군단의 선박에서 네가 자리를 얻을 수 있도록 추천장도 넣어 두었다. 그리고…… 너를 우리 가문의 아들로 지명하는 서류도 작성해 놓았다. 허니 넌 어떤 연대에도 입대해 몇 년 동안 이름을 떨칠 수 있을 것이다."

"예상하신 대로 술라를 박살내신다면 어떻게 되는 거죠?"

"허면 우린 네가 로마에서 출세할 수 있도록 하던 일을 계속해 나가야지. 난 네가 원로원 종신회원 자격을 부여받는 직책을 얻게 해줄 것이다. 그런 직책은 아무나 쉽게 탐내지 못하도록 경계의 눈초리도 심하고 선거도 거쳐야 한다만, 불가능하지는 않을 것이다. 한 재산 들기야 할 테지만, 그렇게만 된다면 넌 진정으로 선택받은 자들 중 하나가 되는 것이다. 그 후에 미래가 널 어디로 이끌지 누가 알겠느냐?"

가이우스가 히죽 웃었다. 그 사내의 열정에 휘말린 것이다. 가이우스는 지불명령서를 최악의 채무를 청산하는 데 쓸 작정이었다. 물론 다음 주에 열릴 말 시장에서 말도 구입할 생각이었다. 이번에 아라비아 왕자들이 새로운 종의 군마와, 부드러운 손길에도 잘 따르는 거대한 종마를 이끌고 온다는 소문이 자자했다. 그런 말들을 사들이려면 막대한 금액, 지금 수중에

쥔 것 같은 막대한 금액이 들 것이다. 가이우스는 서류를 토가 안쪽에 쑤셔 넣으며 그 자리를 떴다. 돈놀이꾼들은 좀 더 기다려줄 것이라고, 그는 확신했다.

시원한 밤, 마리우스의 집 밖으로 나온 가이우스는 동이 트기 전 몇 시간 동안 무엇을 할지 몇 가지 선택안을 놓고 저울질했다. 늘 그렇듯이, 어두운 도시는 고요함과는 거리가 멀어, 잠자리에 들 기분이 들지 않았다. 상인들과 짐마차를 모는 마부들은 서로에게 욕을 해댔고, 대장장이들은 망치질을 해댔으며, 근처 주택에서는 누군가가 요란스레 웃어댔다. 어디에선가 질그릇이 박살나는 소리도 들렸다. 로마는 소유지와는 결코 비교할 수 없는 방식으로 생명이 가득한 곳이었다. 가이우스는 그런 로마를 사랑했다.

가이우스는 횃불이 밝혀진 대광장으로 가서 연사들의 연설에 귀 기울일 수도 있었고, 날이 밝아 다들 집으로 돌아갈 때까지 다른 젊은 귀족들과 어울려 끝없는 토론을 벌일 수도 있었다. 아니면 디라키우스의 집으로 찾아가 다른 욕구를 충족시킬 수도 있었다. 그러나 어두운 거리를 홀로 거니는 모험을 감행하지 않는 편이 더 현명할 것이라고 그는 생각했다. 어둑한 골목길에는 숨어서 도둑질이나 살인을 저지를 기회를 노리는 다양한 약탈자들이 있다는 마리우스의 경고가 떠올랐던 것이다. 로마는 밤이 되면 안전하지 못했고, 미로처럼 생긴 이름도 없는 구불구불한 거리에서 길을 잃기 십상이었다. 모퉁이를 한 번만 잘못 돌았다가는, 곳곳에 인간이 버린 오물 더미와 소변이 고인 거대한 웅덩이가 가득한 골목으로 들어설 수도 있다. 물론 대개는 진동하는 악취가 경고신호 역할을 충실히 해 그럴 가능성이 많지는 않지만 말이다.

한 달 전이라면, 가이우스는 광란의 밤을 보내기 위해 친구들을 불러 모았을 것이다. 그러나 이제는 한 소녀의 얼굴이 자꾸 마음속에 떠올랐다. 결코 줄어들 줄 모르는 그녀에 대한 갈망은 그녀와의 만남으로 사그라지기보다는 오히려 불이 붙는 듯했다. 코르넬리아도 아버지 소유지의 방에서 그를 생각하고 있을 터였다. 가이우스는 다시 한 번 외벽을 기어오르고 그녀 아버지의 집을 지키는 경비병들 옆을 슬쩍 지나 그녀에게 찾아갈 생각이었다.

가이우스는 혼자서 씩 웃었다. 지난번에, 한참 아래의 거리에 딱딱한 돌이 깔려 있는데, 외벽에 매달려 기어오르다 미끄러지는 바람에 순간 아찔했던 기억이 떠오른 것이다. 워낙 자주 오르다 보니 그 벽의 구석구석을 알 정도가 되었지만, 한 번만 실수해도 한쪽 다리를 잃거나 그보다 심한 대가를 치르게 될 것이다.

"그대를 위해서라면 그런 모험을 감수할 가치가 있지, 내 사랑."

불 꺼진 도시의 거리를 지나 목적지로 향하면서 차가운 밤공기에 하얗게 뿜어져 나오는 입김을 지켜보며, 가이우스가 혼자 속삭였다.

25장

킨나의 소유지는 로마의 다른 소유지 못지않게 아침 일찍부터 부산해지기 시작했다. 노예들은 물을 끓이고, 화덕에 불을 지피고, 쓸고 닦고, 가족들이 깨어나기 전에 그들의 옷을 준비하느라 분주히 움직였다.

해가 완전히 뜨기 전, 노예 하나가 코르넬리아의 방에 들어가 빨래할 옷을 찾으려고 주변을 두리번거렸다. 그녀는 아침 나절 가벼운 식사를 하기 전에 끝마쳐야 할 수천 가지 허드렛일을 생각하느라 처음에는 아무것도 알아채지 못했다. 그런데 이리저리 둘러보던 그녀의 눈에 침대 가장자리에 쭉 뻗어 있는 근육질 다리 하나가 잡혔다. 여전히 뒤엉킨 채 잠들어 있는 한 쌍을 본 그녀는 그 자리에 얼어붙었다. 어찌해야 좋을지 잠시 망설이던 그녀는 악의에 찬 눈빛을 빛내며 숨을 깊게 들이쉰 다음 미친 듯이 비명을 질렀다. 그 순간 고요한 광경이 산산이 부서졌다.

가이우스는 벌거벗은 채 웅크리고 있던 자세 그대로 침대에서 굴러 떨어졌다. 순식간에 상황을 파악한 그는 자신에게 욕을 하는 데 시간을 낭비하는 짓 따위는 하지 않았다. 황급히 토가와 검을 움켜쥔 후 창문 쪽으로 냅다 뛰었다. 노예소녀는 여전히 비명을 질러대며 문 쪽으로 뛰어갔고, 코르넬리아는 그녀의 등 뒤에서 욕을 내뱉었다. 천둥 치는 듯이 요란한 발자국 소리가 들리는 것과 동시에 유모 클로디아가 격분한 표정으로 방으로 들어섰다. 클로디아는 방에 들어서기 무섭게 손부터 휙 휘둘렀다. 클로디아의 손이 노예소녀의 얼굴에 가 닿는 순간, 둔탁한 찰싹 소리와 함께 비명이 뚝 끊어지면서 소녀의 몸이 오른쪽으로 빙그르르 돌았다.

"빨리 나가요, 젊은 양반. 이 일로 야기될 모든 문제를 감수할 만한 가치가 있는 분이었으면 좋겠군요!"

노예소녀가 바닥에서 흐느껴 울고 있을 때 클로디아가 가이우스에게 딱딱거렸다.

가이우스는 고개를 끄덕였지만, 나갈 생각은 하지 않은 채 창문에서 돌아서 코르넬리아에게로 돌아왔다.

"내가 지금 가지 않는다면, 저들이 날 침입자로 생각하고 죽일 거요. 저들한테 내 이름을 말하고 그대가 나의 여인이며, 내가 그대와 결혼할 거라고 말하시오. 누구든 그대를 해치는 자는 내가 죽일 거라고 말하시오."

코르넬리아는 대답하지 않고 그저 팔을 내뻗은 뒤 가이우스에게 입을 맞추었다.

가이우스가 웃으며 몸을 뒤로 뺐다.

"맙소사, 나를 보내주시오. 추격전을 벌이기에 좋은 아침이오."

코르넬리아는 가이우스의 하얀 엉덩이가 창턱을 휙 넘어 사라지는 모습을 재미있게 지켜보며, 곧 맞이하게 될 극적인 상황에 대비해 마음을 가다듬었다.

그녀 아버지의 경비병들이 제일 먼저 방으로 들어섰다. 그들을 이끌고 들어온 완고한 경비대장은 코르넬리아에게 고개를 끄덕이고는 창문으로 가로질러 가 아래를 내려다보았다.

"어서 쫓아가. 난 지붕을 타고 뒤를 쫓을 테니, 너희들은 아래쪽에 있다가 도망쳐 내려오면 붙잡아."

경비대장이 부하들에게 소리쳤다.

"이런 일을 저질렀으니, 저자의 살가죽을 제 방 벽에 걸어놓겠습니다. 죄송합니다, 아가씨."

경비대장이 방을 나서기 직전 코르넬리아에게 말했다. 고개를 떨구고 있어 벌겋게 물든 얼굴은 보이지 않았다.

코르넬리아는 긴장을 하며, 낄낄거리지 않으려고 무진장 애를 써야만 했다.

가이우스는 기와 위를 잽싸게 딜렸다. 맹렬히 속도를 내느라 안전은 포기한 탓에, 몇 번이나 미끄러지고 넘어져 팔꿈치와 무릎이 여기저기 까졌다. 뒤에서 경비대장의 고함이 들렸지만, 가이우스는 돌아보지 않았다. 기와는 붙잡을 만한 곳이 거의 없었다. 그래서 아래쪽 길을 향해 뻗어 있는 지붕 끝자락으로 미끄러져 내려갈 때 그가 할 수 있는 것이라고는 하강 속도를 조절하는 것뿐이었다. 그제야 가이우스는 샌들을 방에 두고 왔음을 깨닫고 욕설을 내뱉었다. 맨발로 어떻게 뛰어내릴 수 있단 말인가? 뼈가 부러지고 말 텐데, 그러면 추격전은 끝이 나고 말 것이다.

가이우스는 손에서 놓친 글라디우스를 붙잡기 위해 토가를 움켜쥔 손을 놓았다. 두 가지 중에서는 글라디우스가 훨씬 더 유용했기 때문이다. 용케 지붕 밑으로 떨어지지 않은 가이우스는 그 끝자락을 따라 조금씩 움직였다. 궁수들이 기다리고 있을지 몰라, 지붕에서 일어나는 모험은 감행하지 않았다. 킨나 같은 재력가가 마리우스처럼 소유지에 소규모 군대를 보유

하는 것은 드문 일이 아니었기 때문이다.

가이우스는 몸을 낮게 낮추고 있었다. 그러니 뒤쪽에서 땀을 뻘뻘 흘리고 숨을 헐떡거리며 쫓아오는 경비대장에게는 자신의 모습이 보이지 않으리라는 걸 알았다. 그는 궁지에서 빠져나갈 방법을 찾으며 필사적으로 주변을 둘러보았다. 지붕에서 뛰어내리는 수밖에 없었다. 지붕에 그대로 있는다면, 경비병들이 지붕을 샅샅이 수색해 찾아낸 뒤, 지붕 밑으로 거꾸로 내던지거나 징벌에 처하기 위해 킨나에게 끌고 갈 것이다.

킨나는 자신을 속였다는 사실에 화가 머리끝까지 치민 상태라, 아무리 간청을 해봤자 귀를 기울이지 않을 것이다. 결국 그는 강간 혐의로 죽음을 맞게 될 터였다. 사실 킨나는 고발할 필요조차 없으리라는 것을 가이우스는 깨달았다. 킨나는 그저 릭토르(고대 로마에서 죄인을 포박하고 처벌하던 하급 관리―옮긴이)를 불러 그 자리에서 처형하라고 시키면 그만이었다. 그리고 만일 그럴 마음만 있다면, 가문의 명예를 지키기 위해 코르넬리아를 교살할 수도 있었다. 그러나 가이우스는 그 노인이 외동딸을 애지중지한다는 것을 알고 있었다. 코르넬리아가 그런 일을 겪을 것이라고 진심으로 믿었다면, 그녀 곁을 떠나지 않고 끝까지 싸웠을 것이다. 그러나 늙은 킨나의 분노가 하늘을 찔러도 코르넬리아는 무사할 거라 생각했다.

지붕이 거리 쪽으로 쑥 내민 저 아래쪽에서, 집안 경비병들이 원형으로 늘어서 모든 출입구를 봉쇄하면서 내지르는 외침이 들렸다. 뒤에서는 쇠밑창이 깔린 샌들이 기와를 긁는 소리가 점점 더 가까워지고 있었다. 마음을 가라앉히고자 심호흡을 크게 한 뒤 가이우스는 안전한 곳을 찾을 때까지 근들근들한 표면에서 넘어지지 않도록 속도와 균형감각이 도와주길 바라며 내달리기 시작했다. 갑자기 몸을 드러낸 가이우스를 보고 경비대장이 소리를 질렀다. 하지만 가이우스는 뒤를 돌아볼 시간이 없었다. 제일 가까운 지붕은 건너뛰기에는 너무 멀리 떨어져 있었고, 여러 채로 이루어진 건물 전체에서 납작한 곳이라고는 작은 창문이 달린 종탑뿐이었다.

마침내 가이우스는 두 다리를 지붕에서 완전히 떼며 필사적으로 건너뛰었다. 창문턱에 이른 가이우스는 몸을 들어 올려 창문을 넘은 뒤, 차가운 아침 공기를 벌컥벌컥 들이마시며 가쁜 숨을 몰아쉬었다. 종탑방은 작았고, 안쪽에는 아래쪽 본채로 이어지는 계단이 놓여 있었다. 처음에 가이우스는 계단으로 내려가고 싶은 유혹을 느꼈다. 그런데 불현듯 계책 하나가 마음속에 떠올랐다. 가이우스는 숨을 고른 뒤 경비대장이 창문에 도착하기를 기다리며 근육을 풀었다.

가이우스가 그냥 종탑방에 있기로 결정을 내린 후 얼마 지나지 않아, 그 사내가 햇빛을 가리며 나타났다. 궁지에 몰려 더 이상 오도 가도 못하고 종탑방에 있는 젊은 사내를 본 순간, 그의 얼굴이 환해졌다. 두 사람은 잠시 서로를 바라보았다. 안으로 기어 들어갈 때 죽이려는 것은 아닐까, 의심하는 표정이 경비대장의 얼굴을 스치고 지나갔다. 그 모습을 흥미롭게 지켜보던 가이우스는 경비대장에게 고개를 끄덕인 후 그가 안으로 들어올 수 있도록 뒤로 멀찍이 물러섰다.

경비대장이 가이우스를 보며 음흉하게 씩 웃었다. 계속 뛰어온 탓에 숨을 헉헉거리고 있었다.

"기회가 있을 때 날 죽였어야지."

경비대장이 검을 뽑으며 말했다.

"그랬다면 당신은 지붕에서 떨어졌을 텐데, 난 당신 옷이 필요하거든. 특히 그 샌들이 말이야."

가이우스가 글라디우스를 칼집에서 빼들고 느긋하게 서서 차분하게 대꾸했다. 자신이 벌거벗고 있다는 것을 인식하지 못하는 게 분명했다.

"내가 자네를 죽이기 전에 이름이나 말해 주겠나? 주인님께 말씀드릴 거리가 뭐라도 있어야 하니까 말이야."

"당신 옷을 순순히 나한테 주는 게 어때? 사람을 죽이기엔 너무 상쾌한 아침인데."

가이우스가 태평하게 미소를 지으며 받아쳤다.

경비대장이 응수를 하려는 순간, 가이우스가 공격을 가했지만, 검은 허공을 강타하고 말았다. 경비대장이 그런 움직임을 예상하고 미리 준비하고 있었던 것이다. 자신이 노련한 적을 마주하고 있음을 단번에 파악한 가이우스는 주의를 집중했다. 춤추듯이 움직이는 상대의 동작 어느 하나도 놓치지 않았다. 바닥은 자유롭게 움직이기에는 너무 협소했고, 둘 사이에는 계단참이 놓여 있어 자칫 잘못하다가는 굴러 떨어지기 딱 좋았다.

두 사람은 그 공간을 돌며 짐짓 공격하는 체하기도 하고 진짜로 공격을 가하기도 하면서 상대의 약점을 찾았다. 경비대장은 젊은 사내의 뛰어난 기술에 당혹해했다. 킨나의 경비대장 자리를 얻기 전 로마시 검술시합에서 우승한 경력이 있는 만큼 자신이 대부분의 사내보다 뛰어나다고 알고 있었는데, 속도와 정확도에서 밀려 번번이 공격이 빗나갔다. 그러나 경비대장은 걱정하지 않았다. 최악의 경우, 젊은 사내를 이기지는 못할지라도 도와줄 이들이 당도할 때까지 시간을 끌 수는 있을 것이고, 그렇게만 하면 수색에 나선 경비병들이 싸움이 벌어지는 곳을 알아채기 무섭게 계단을 올라와 침입자를 제압할 것이기 때문이다. 상대의 실력을 파악한 가이우스가 마침내 공세를 취했을 때, 경비대장의 얼굴에는 분명 이런 확신이 설핏 드러나 있었다.

가이우스는 경비대장의 방어를 뚫고 돌진해 어깨를 찔렀다. 상처를 입은 그 사내가 끙 소리를 냈지만 공격을 멈추지 않고, 되찌르기에 나선 사내의 칼을 옆으로 쳐낸 뒤 가죽 흉갑에 깊은 상처를 냈다. 경비대장이 작은 종탑의 벽에 등을 대고 있는 자신을 발견한 순간, 멍이 들 정도로 강한 일격이 손가락으로 날아와 글라디우스를 계단참 아래로 날려버렸다. 글라디우스는 달가닥 소리를 내며 튀면서 굴러 내려갔다. 손을 쓸 수 없게 된 경비대장은 자신을 끝장낼 일격이 날아들기를 기다리며 가이우스의 눈을 들여다보았다.

간신히 속도를 늦춘 가이우스는 마지막 순간에 검을 돌려 납작한 부분으로 사내의 관자놀이를 세게 쳤다. 사내는 의식을 잃고 바닥에 쓰러졌다.

아래쪽에서 고함소리가 점점 더 크게 들려오자, 가이우스는 열이 날 정도로 부지런히 손가락을 놀리며 경비대장의 옷을 벗기기 시작했다.

"어서, 어서……."

가이우스가 혼자서 중얼거렸다. 언제나 계획을 갖고 있어야만 한다는 레니우스의 충고를 기억했지만, 사내의 옷을 훔치는 것 말고는 어떤 식으로 빠져나갈지 생각할 겨를이 없었다.

영원처럼 느껴지는 시간이 흐른 뒤, 이윽고 가이우스가 옷을 다 입었다. 경비대장은 몸을 꿈틀거리고 있었다. 그를 다시 검 손잡이로 후려친 가이우스는 씰룩거리는 움직임이 멈추자 고개를 끄덕였다. 가이우스는 사내가 죽은 것이 아니기를 바랐다. 사내는 고용된 사람으로서 마땅히 해야 할 일을 하고 있었을 뿐 악의가 있어서 그런 것은 아니었기 때문이다.

가이우스는 숨을 한 번 깊게 쉬었다. 계단으로 갈 것인가, 창문으로 갈 것인가? 1초나 주저했을까, 그는 자신의 글라디우스를 경비대장의 칼집에 넣고 나서 허리에 찬 뒤, 계단을 성큼성큼 내려가 도로 본채로 향했다.

마리우스는 숨가쁘게 달려온 전령이 전한 소식을 듣고 두 주먹을 불끈 쥐었다.

"저들이 너보다 며칠이나 뒤처져 있느냐?"

마리우스가 최대한 침착하게 말했다.

"저들이 강행군을 한다면, 사나흘을 넘지 않을 수도 있습니다. 말을 갈 아타면서 최대한 빨리 왔습니다만, 제가 출발할 즈음엔 이미 술라의 병사 대부분이 상륙한 상태였습니다. 끝까지 기다리며 주력부대인지 확인해 보았는데, 그냥 양동작전(적의 경계를 분산시키기 위해 실제로 전투는 하지 않지만 병력이나 장비를 기동함으로써 마치 공격할 것처럼 보이게 해 적을 속이는 작전—옮긴이)은 아니었습니다."

"잘했다. 술라를 보았느냐?"

"예, 허나 멀리서 보았습니다. 상륙한 군단 전체가 로마로 귀환할 듯 보 였습니다."

마리우스는 사내에게 금화 한 닢을 던져주었다. 사내는 그 금화를 공중 에서 낚아챘다. 마리우스가 자리에서 일어났다.

"허면 우린 술라를 맞이할 준비를 해야겠군. 다른 정찰병들도 다 불러 들여라. 술라에게 전달할 환영서신들을 준비할 것이다."

"장군님?"

전령이 놀란 표정으로 물었다.

"아무런 질문도 하지 마라. 술라는 우리에게 정복 영웅으로 돌아오고 있는 것이 아니냐? 한 시간 후에 여기서 나를 만나 서신들을 받도록 하라."

사내는 더 이상 아무 말도 하지 않고 절을 한 뒤 조용히 물러갔다.

수색에 나선 이들이 경비대장을 찾아낸 것은 그가 알몸으로 머리를 움켜쥔 채 비틀거리며 종탑에서 내려오고 있을 때였다. 오전 내내 집안 곳곳을 이 잡듯이 뒤졌건만, 침입자의 흔적은 찾을 수 없었다. 병사들 중 하나가, 경비대장처럼 옷을 입은 사내가 옆골목을 점검하러 가는 것을 본 듯하다고 했지만, 그때 상황을 제대로 설명할 정도로 세세한 것까지 기억해 내지는 못했다. 정오에 수색이 취소되었는데, 그때쯤에는 술라가 돌아온다는 소식이 로마의 거리를 강타했다.

한 시간 후, 한 경비병이 집 대문에 기대어 놓여 있는 포장된 작은 꾸러미를 발견했다. 풀어보니, 경비대장의 제복과 칼집, 그리고 샌들이 들어있었다. 그 꾸러미를 건네받으며 경비대장은 욕설을 내뱉었다.

그날 오후, 마리우스에게로 불려간 가이우스는 자신의 행동을 변호할 마음의 준비를 하고 있었다. 그러나 그 장군은 추문을 듣지 못한 듯 가이우스에게 백인대장들과 함께 앉으라는 손짓을 했을 뿐이다.

"지금쯤이면 분명 자네들도 술라가 병력을 해안에 상륙시켰으며 이 도시에서 불과 사나흘 거리에 있다는 소식을 들었을 것이다."

나머지 사내들은 모두 고개를 끄덕이는데, 가이우스만이 충격을 감추려 애를 써야 했다.

"술라가 그리스를 향해 떠난 이후 오늘까지 1년 4개월이 흘렀다. 그동안 나는 적절한 귀국 환영회를 준비할 시간을 충분히 가졌다."

그 말에 사내 몇이 키득거렸으나, 마리우스는 험상궂은 표정을 지었다.

"이것은 절대로 가벼운 임무가 아니다. 자네들을 모두 믿고 하는 말이니, 내가 여기서 하는 말을 절대로 이 방 밖으로 새어 나가게 하지 말라. 이 일은 아내나 정부하고도, 제일 신뢰하는 친구들하고도 논의해서는 안 된다. 술라는 틀림없이 이 도시에 나의 일거수일투족을 감시하는 밀정들을 심어두었을 것이다. 분명 그동안 우리가 해온 준비에 대해 알아차렸을 것이니, 로마가 내전에 대비하고 있다는 사실을 충분히 인식한 상태에서 도착할 것이다."

공개적으로 언급된 그 말은 듣는 이 모두의 가슴을 서늘하게 했다.

"지금 이 순간조차도 내 계획을 다 밝힐 수는 없으니 이 말만 해두겠다. 만일 술라가 살아서 이 도시에 당도한다면, 그러지 못할지도 모르지만, 어쨌든 그런다면, 우린 그자의 군단을 공격군으로 간주해 들판에서 괴멸시킬 것이다. 우린 수개월을 버틸 수 있는 양의 곡식과 고기와 소금을 비축해 두었다. 우리는 술라가 들어오지 못하도록 이 도시를 봉쇄할 것이며, 성벽 위에서 그자를 처치할 것이다. 우리가 말을 하고 있는 바로 이 순간, 로마를 드나드는 통행 흐름은 이미 끊긴 상태다. 로마는 지금 홀로 서 있는 것이다."

"만일 술라가 군단을 진영에 남겨두고 와서 정당한 입성을 요구한다면 어떻게 하실 것입니까?"

한 사내가, 가이우스가 궁금해하는 것을 물었다.

"원로원의 분노를 살 위험을 감수하고 장군님이 독재관직을 맡는다고 선포하실 겁니까?"

한참 동안 아무 말이 없던 마리우스가 고개를 들더니 거의 속삭이듯 조용히 말했다.

"만일 술라가 혼자 온다면, 나는 그자를 베어 쓰러뜨릴 것이다. 그래도 원로원은 나에게 국가의 반역자라는 낙인을 찍지 않을 것이다. 나는 내가 하는 모든 일에서 그들의 전폭적인 지지를 받고 있다."

이것만큼은 사실이었다. 영향력 있는 사람 가운데 원로원에 이 장군을 비난하는 동의를 제출할 만큼 대담한 사람은 아무도 없었다. 이제 입장은 분명했다.

"자, 제군들, 자네들은 내일 명령을 내리도록 하라."

코르넬리아는 아버지가 불같이 화를 내며 쏟아내는 말들을 한 귀로 듣고 한 귀로 흘렸다. 그러면서 아버지가 말을 다 마칠 때까지 참을성 있게 기다렸다.

"안 돼요, 아버지. 그 사람을 추적해서 잡으라고 시키시면 안 돼요. 제 남편이 될 사람이니, 때가 되어 우리 집에 오면 따뜻하게 맞이해 주셔야 해요."

킨나는 다시 분노에 휩싸여 얼굴이 시뻘게졌다.

"그놈의 몸뚱이가 썩는 꼴을 먼저 볼 것이다! 놈은 도둑처럼 내 집에 몰래 들어왔는데, 너는 거기에 대리석 덩어리처럼 꼼짝 않고 앉아서, 나더러 그 말을 받아들이라고 하는 것이냐? 그렇게는 못 한다, 만신창이가 된 그놈 시신이 내 발밑에 놓이기 전에는."

코르넬리아는 맹렬하게 퍼붓는 장광설의 기세가 약해지기를 기다리며 부드럽게 한숨을 내쉬었다. 그러고는 고함소리에 귀를 닫은 채, 창문 밖에 보이는 꽃의 수를 셌다. 드디어 아버지의 어조가 조금 수그러들자 그녀는 아버지에게로 주의를 돌렸다. 아버지가 의심스러운 눈길로 바라보았다.

"아버지, 제가 그 사람을 사랑해요. 그 사람도 저를 사랑하고요. 저희가 가문에 수치를 안긴 것은 죄송하지만, 아무리 시장에 뜬소문이 돌아도 결혼만 하면 수치는 깨끗이 씻어낼 수 있을 거예요. 제가 원하는 사람을 선택해도 된다고 말씀하셨잖아요, 기억나세요?"

"임신을 한 것이냐?"

"제가 아는 한은 아니에요. 우리가 결혼할 때 아무런 티도 나지 않을 테니, 공개적으로 망신을 당하는 일은 절대로 없을 거예요."

아버지가 고개를 끄덕였다. 마음고생이 얼마나 심했는지, 더 늙고 위축되어 보였다.

코르넬리아가 자리에서 일어나 아버지의 어깨에 한 손을 얹었다.

"후회하지 않으실 거예요."

킨나는 미심쩍어하며 끙 소리를 냈다.

"내가 아는 사람이냐? 너의 순결을 앗아간 자 말이다."

코르넬리아가 미소를 지었다. 아버지의 기분이 변한 것을 보고 안도감이 들었다.

"아실 거예요, 틀림없이. 그 사람은 마리우스 집정관의 조카, 가이우스 율리우스 카이사르예요."

아버지가 어깨를 으쓱했다.

"이름을 들어보기는 했다."

26장

코르넬리우스 술라는 군막의 그늘에서 차갑게 식힌 포도주를 홀짝이며 군단 진영을 훑어보았다. 사랑하는 로마에서 떨어져 지내는 것을 참아야만 하는 것도 오늘 밤으로 끝이었다. 그는 산들바람에 살짝 몸을 떨었다. 어쩌면 조만간 치르게 될 전투를 생각하며 그런 것인지도 몰랐다. 술라는 마리우스가 세운 계획을 속속들이 알고 있을까, 아니면 늙은 여우가 술라를 놀라게 할 것인가? 공식적으로 환영의 뜻을 표하는 서신들이 탁자 위에 놓여 있었지만, 술라는 쳐다보지도 않았다. 그 서신들은 그냥 의례적으로 보내 온 것이었기 때문이다.

말을 몰고 오던 파다쿠스가 군막 앞에서 고삐를 낚아채자, 말이 뒷다리를 구부러뜨리며 순식간에 멈춰 섰다. 술라는 파다쿠스를 보며 미소를 지었다. 젊디젊기도 하거니와 대단히 아름다운 사내라고 속으로 생각했다.

"진영은 안전합니다, 장군님."

파다쿠스가 말에서 내리며 소리쳤다. 그의 갑옷은 구석구석 광을 내어 어느 부분 할 것 없이 반짝반짝 빛이 났다. 기름을 칠한 갑옷의 가죽은 촉감이 부드럽고 색은 어두웠다. 술라는 경례에 답례를 하며, 젊은 헤라클레스 같다는 생각을 했다. 그러나 주인의 사랑을 듬뿍 받은 사냥개처럼 목숨을 바쳐 충성한다는 점이 다르다면 다를까.

"내일 밤 우리는 로마에 입성할 것이네. 딱딱한 땅에서 자며 야만인처럼 생활하는 것도 오늘 밤이 마지막일세."

술라가 파다쿠스에게 말했다. 적어도 장군의 군막에는 부드러운 침대와 훌륭한 침구가 갖추어져 있지만, 그런 단순한 묘사가 더 마음에 들었던 것이다. 로마의 집정관이긴 하지만 마음은 늘 부하들과 함께 있는 그로서는, 이것저것 부족한 군단병의 생활이 마음에 든 적이 없었다.

"어떤 계획을 세우셨는지 알려주시겠습니까, 코르넬리우스 장군님? 다들 마리우스를 어떻게 다루실 건지 알고 싶어 안달입니다."

파다쿠스가 지나치게 열중한 나머지 바짝 밀고 들어왔다. 그러자 술라가 손바닥을 들어 제지했다.

"내일 알려주겠네, 친구. 내일 준비해도 충분할 걸세. 오늘 밤은 포도주를 조금 더 마신 뒤 일찍 잠자리에 들 생각이네."

"저어…… 같이 있어드릴까요?"

파다쿠스가 부드럽게 물었다.

"괜찮네. 잠깐! 예쁘게 생긴 창녀 두어 명이나 보내주게나. 새로 배울 게 있는지 알아보는 것도 나쁘지 않을 테니."

파다쿠스는 마치 얻어맞기라도 한 듯 고개를 푹 떨구었다. 도로 말에 올라탄 그는 급히 말을 몰고 사라졌다.

술라는 파다쿠스가 경직된 모습으로 물러가는 모습을 지켜보다, 한숨을 내쉬며 시커먼 땅에 포도주 잔을 내려놓았다. 남아 있던 포도주가 출렁하며 잔 밖으로 튀었다. 젊은 사내가 잠자리를 제안한 것이 벌써 세 번째였다. 따라서 술라는 그가 문제가 되고 있다는 사실을 직시하지 않을 수 없었다. 젊은 파다쿠스에게는 사모의 정과 양심 사이의 경계가 모호했다. 묵과할 수 없는 문제를 일으키기 전에 다른 군단으로 보내버리는 게 나을 것이다. 술라는 다시 한숨을 짓고는 군막 안으로 들어갔다. 그의 등 뒤에서, 입구를 가린 얇은 가죽이 한들거렸다.

군막 안에는 노예들이 밝혀 놓은 등잔불들이 놓여 있었고, 마루에 깔개와 천이 덮여 있었다. 작은 컵 안에서는 달콤한 냄새를 풍기는 기름이 타고 있었는데, 술라가 즐기는 그 기름은 여러 가지 재료를 섞어서 만든 진귀한 것이었다. 숨을 깊게 들이마시던 술라의 눈에 돌연 오른쪽에서 다가오는 재빠른 움직임이 포착되었다. 술라는 뒤로 넘어지는 바람에 공격선에서는 벗어났지만, 위쪽에서 무언가가 허공을 내리 베는 공기의 움직임을 느꼈다. 술라는 깅력한 두 다리로 냅다 걷어찼고, 공격지는 그의 발에 맞아 나가떨어졌다. 암살자가 바닥에서 버둥거리는 틈을 타, 술라가 사내의 칼을 으스러뜨릴 듯 세게 붙잡았다. 온 몸무게가 사내의 가슴에 실리도록 몸을 일으켜 앉은 술라는, 사내의 표정이 분노와 두려움에서 놀람과 절망으로 변하는 것을 지켜보며 미소지었다.

술라는 나약한 사내가 아니었다. 사실 상처와 흉터가 용맹함의 상징이 되는, 훨씬 더 극단적인 로마식 용기 테스트를 선호하지는 않았지만, 하루도 훈련을 거르지 않았고 모든 전투에 빠짐없이 참여했다. 그 덕분에 손목이 금속처럼 단단했고, 칼을 안쪽으로 돌려 끝이 사내의 목을 향하게 만드는 것쯤은 그리 힘든 일이 아니었다.

"마리우스가 얼마나 주더냐?"

술라가 비아냥거렸다. 목소리에 긴장의 기색은 거의 묻어나지 않았다.

"아무것도 안 줬어. 난 재미 삼아 널 죽이는 거야."

"말로 보나 행동으로 보나 아마추어로군!"

술라가 들썩이는 살에 칼을 더 바짝 들이밀며 말을 이었다.

"경비병! 너희 집정관의 옆을 지키라!"

술라가 고함을 질렀다. 불과 몇 초 후, 사내는 칼에 찔린 채 널브러졌고, 술라는 바닥에서 일어나 몸에 묻은 먼지를 털어냈다.

경비대장이 병사들을 우르르 이끌고 들어왔다. 차려자세로 선 경비대장의 얼굴은 하얗게 질려 있었지만, 그 경황에도 용케 잊지 않고 민첩하게 경례를 올렸다.

"암살범이 진영 안을 온통 헤집고 돌아다니다 로마 집정관의 군막 안으로 기어들 때까지 아무런 제지도 받지 않은 것 같군그래."

술라가 두 손을 오크나무 탁자에 놓인 향수 사발에 담갔다가 꺼내, 물기를 닦으라고 노예에게 내밀며 조용히 말했다.

경비대장은 마음을 가라앉히기 위해 심호흡을 한 번 했다.

"고문을 하면 뒤에서 조종한 이들의 이름을 알아낼 수 있을 겁니다. 제가 직접 심문을 감독하겠습니다. 장군님, 허락해 주신다면 사직은 아침으로 미루고 싶습니다만?"

술라는 마치 사내가 아무 말도 하지 않은 듯 말을 이었다.

"나는 다른 곳도 아닌 내 군막에서 누가 나한테 접근하는 걸 좋아하지 않네. 헌데 이런 식으로 나의 휴식을 방해하는 칠칠치 못한 일이 너무 쉽게 일어나는 것 같단 말이야."

그러더니 몸을 굽혀 단검을 집어 들었다. 험악한 얼굴을 한 병사들이 일부러 심술 맞게 단단히 묶자, 단검의 주인이 미친 듯이 몸부림을 쳤다. 하지만 어느 누구도 모른 척했다. 술라는 그 가는 칼을 안절부절못하고 있는 경비대장에게 내밀었다.

"자넨 나를 무방비 상태로 남겨두었네. 이 칼을 받게. 자네 군막으로 가서 이걸로 자네 목을 베게나. 자네 시신을 거두러 가라 시키겠네. 어……두 시간 후면 되겠나?"

경비대장은 단검을 받아들며 뻣뻣하게 고개를 끄덕였다. 그러고는 다시 경례를 붙인 뒤 휙 돌아서서 군막 밖으로 나섰다.

파다쿠스가 술라의 팔에 따뜻한 손바닥을 얹었다.

"어디 다치신 데는 없습니까?"

술라는 짜증이 나서 팔을 잡아당겼다.

"난 괜찮네. 세상에, 암살범이 한 명뿐이라니. 마리우스가 나를 너무 우습게 본 모양이군."

"암살범이 한 명뿐인지 더 있는지 우린 모릅니다. 오늘 밤 장군님 군막 주위에 경비병들을 배치해 두겠습니다."

술라가 고개를 가로저었다.

"안 되네. 마리우스더러 내가 겁을 집어먹었다고 생각하게 하란 말인가? 자네가 데려올 창녀 둘만 곁에 둘 걸세. 다만 그중 하나가 반드시 밤새도록 깨어 있게 할 걸세. 창녀들을 데려오고 다른 사람들은 모두 물리게. 몸을 좀 풀었더니만 약간 사악한 오락을 즐기고 싶은 마음이 더 동하는 것 같네."

파다쿠스는 민첩하게 경례를 올렸다. 하지만 술라는 파다쿠스가 돌아설 때 입술을 삐죽이 내미는 모습을 마음에 새겼다. 그 사내는 확실히 위험인물이었다. 그는 로마로 돌아가지 못할 것이다. 그의 멋진 말에서 떨어지는 것 같은 모종의 사고를 당할 것이다. 그래, 그러면 감쪽같으리라.

마침내 혼자 있게 된 술라는 나지막한 침대에 걸터앉아 한 손으로 부드러운 침대보를 쓰다듬었다. 그때 밖에서 여자의 조용한 기침 소리가 들리자, 기쁨의 미소를 지었다.

그의 부름에 안으로 들어온 두 소녀는 깨끗하고 나긋나긋했으며 호화로운 옷을 입고 있었다.

"훌륭하군."

술라가 옆쪽의 침대를 톡톡 치며 탄성을 발했다. 모든 결점에도 파다쿠스는 진정으로 아름다운 여인을 볼 줄 아는 눈을 가지고 있었다. 그런 눈이 이런 상황에 쓰이다니, 재능의 낭비가 아닐 수 없었다.

마리우스가 조카에게 인상을 썼다.

"결혼을 하겠다는 네 결정을 문제 삼지는 않는다! 킨나는 네가 출세하는 데 유용한 지원군이 되어줄 것이다. 허니 그의 딸과 결혼하는 것은 개인적으로 보나 정치적으로 보나 잘하는 일이다. 그러나 시기는 문제 삼지 않을 수 없구나. 술라의 군단이 내일 저녁 로마의 성문에 당도할 가능성이 있는 이 판국에, 나더러 이렇게 급히 결혼식 준비를 해달라는 것이냐?"

군단병 하나가 장군에게 급히 달려와, 두루마리와 서류를 한 아름 안은 팔로 경례하는 시늉을 했다. 그러자 마리우스가 한 손을 들어 다가오지 못하게 막았다.

"내일 일이 제대로 돌아가지 않을 경우를 대비해 세워둔 계획을 말씀하신 적이 있으셨죠?"

가이우스가 조용한 목소리로 물었다.

마리우스는 고개를 끄덕인 뒤 경비병 쪽으로 몸을 돌렸다.

"밖에서 기다리라. 여기 일을 마치면 부르겠다."

군단병은 다시 경례하는 시늉을 하고는 종종걸음으로 병영 내 장군의 방에서 물러갔다. 군단병이 말소리를 듣지 못할 만큼 멀어지자 가이우스가 다시 입을 열었다.

"만일 어떤 식으로든 상황이 우리한테 불리하게 돌아간다면······ 전 로마에서 달아나야만 할 텐데, 결혼도 하지 않고 코르넬리아를 뒤에 남겨둘 수는 없습니다."

"코르넬리아는 너하고 함께 갈 수 없어!"

마리우스가 버럭 소리를 질렀다.

"압니다. 하지만 제 이름으로 보호해 주지도 않고 이대로 놔둘 수는 없습니다. 코르넬리아가 임신을 했을지도 모르니까요."

가이우스는 둘이 어느 정도의 관계인지 털어놓고 싶지 않았으나, 어쩔 수가 없었다. 그것은 둘 사이의 은밀한 일이었지만, 그들에게 남은 짧은 시간 안에 제물과 사제를 구해 줄 수 있는 사람은 마리우스밖에 없었으므로 마리우스를 이해시켜야만 했다.

"알겠다. 코르넬리아의 아버지도 알고 있느냐······ 너희가 그런 관계라는 걸?"

가이우스가 고개를 끄덕였다.

"허면 킨나가 말채찍을 들고 문간에 나타나지 않은 게 다행이구나. 좋다. 최대한 간단하게 서약식을 준비하마. 내일 새벽이면 되겠느냐?"

가이우스가 돌연 미소를 지었다. 가슴을 짓누르던 긴장감에서 벗어난 것이다.

"그렇게 웃으니 더 낫구나."

마리우스가 껄껄 웃었다.

"맙소사, 술라는 아직 눈앞에 나타나지도 않았고, 나타난다 해도 나한테서 로마를 도로 빼앗아가려면 아직 멀었다. 헌데 넌 최악의 결과를 생각하며 얼굴이 너무 굳어 있는 것 같구나. 우리가 술라의 머리에 대못을 박을 테니, 내일 저녁이면 아마 이렇게 서두른 게 우스꽝스러운 짓이었구나 싶을 테지만, 상관없다. 가거라. 가서 결혼 예복과 선물들을 사려무나. 청구서는 모두 나한테 보내라고 시키거라."

마리우스가 가이우스의 등을 토닥였다.

"아, 그리고 나가는 길에 카티아를 만나보거라. 병사들의 제복을 만드는 중년 부인이다. 결혼식 때 필요한 게 무엇이며 이렇게 짧은 시간 안에 어디 가야 그것들을 구할 수 있는지 알려줄 것이다. 가거라!"

가이우스는 킬킬거리며 방을 나섰다.

가이우스가 물러가기 바쁘게 소리를 질러 보좌관을 부른 마리우스는 탁자 위에 두루마리들을 펼친 뒤 매끈매끈한 납 문진으로 끝 부분을 고정시켰다.

"좋아, 다시 회의를 할 테니·백인대장들을 부르게. 뭐든 신선한 생각을 듣고 싶군. 아무리 기괴한 것이라도 말일세. 내가 뭐 빠뜨린 것 있을까? 술라의 계획은 뭘까?"

"아마 이미 모든 걸 생각해 놓으셨을 겁니다, 장군님."

"모든 걸 생각할 수 있는 사람은 아무도 없네. 우리가 할 수 있는 거라고는 어떤 것에든 대비를 하는 것뿐이라네."

마리우스는 사내에게 손을 흔들어, 나가서 백인대장을 불러오라고 심부름을 보냈다.

가이우스가 카베라를 찾아냈을 때, 카베라는 마리우스의 군단병들과 주사위를 던지고 있었다. 카베라가 워낙 놀이에 푹 빠져 있어서 가이우스는 조급한 마음을 억누르며 잠시 노인을 지켜보았다. 주사위를 다시 한 번 던진 노인은 마음에 드는 숫자가 나왔는지 좋아하며 앙상한 손으로 박수를 쳐댔다. 동전이 건네지고 나서 또 한 판이 시작되기 전에 가이우스가 노인의 팔을 붙잡았다.

"마리우스 삼촌한테 말했어요. 내일 새벽에 결혼식을 준비해 주실 수 있답니다. 오늘 결혼식에 필요한 모든 걸 준비하려면 도움이 필요해요."

카베라는 딴 돈을 누덕누덕한 갈색 로브 속으로 쑤셔 넣으며 가이우스를 찬찬히 바라보았다. 그러더니 병사들에게 고개를 끄덕였다. 그러자 병사들은 그 자리를 뜨면서 악수를 했다. 그때 한 병사의 얼굴에 후회하는 기색이 설핏 어렸다.

"자네한테 이토록 큰 영향을 준 그 소녀를 만날 날이 얼마나 기다려지는지 몰라. 무지무지하게 예쁘게 생겼겠지?"

"물론이고 말고요! 그녀는 그야말로 젊은 여신이에요. 사랑스러운 갈색 눈이며 금발머리며, 어르신은 상상도 하실 수 없을 거예요."

"물론이지. 나한테는 젊은 시절이 없었으니까. 나는 날 때부터 쭈글쭈글한 노인이어서 어머니가 깜짝 놀라셨거든."

카베라가 심각하게 대꾸해 가이우스를 웃게 만들었다. 가이우스는 너무 흥분되어 술에라도 취한 느낌이었다. 술라의 귀환으로 마음에 드리워졌던 어두운 그림자는 마음 저편으로 밀려나 있었다.

"마리우스 삼촌이 돈주머니를 넘겨주셨지만, 가게들이 너무 일찍 문을 닫는 게 문제예요. 허비할 시간이 없어요. 어서요!"

가이우스는 카베라의 팔을 잡아끌었다. 노인은 가이우스의 열정적인 모습을 즐기며 키득키득 웃었다.

도시 위로 저녁 어스름이 내려앉았다. 마리우스는 백인대장들 곁을 떠나 또다시 성벽 방어 상태를 검열하러 밖으로 나섰다. 걸으면서 기지개를 켜자 등에서 우두둑 소리가 났다. 계획을 짜느라 몇 시간 동안이나 구부리고 있었던 탓에 등이 쿡쿡 쑤셨다. 통행금지가 실시된다고 해도, 어둠이 내린 후 이 도시를 거니는 게 얼마나 바보스러운 짓인지 일깨우는 경고의 목소리가 마음속에서 들렸다. 그러나 마리우스는 어깨를 한 번 으쓱하며 그 경고를 일축해 버렸다. 로마는 절대로 그를 해치지 않을 것이다. 로마는 자신의 아들을 너무나 사랑한다는 것을 그는 알고 있었다.

마치 그런 생각에 화답이라도 하듯 상쾌하고 따뜻한 바람이 얼굴을 스쳐 지나갔다. 비좁은 막사에서 송골송골 솟아난 땀방울이 바람에 날아갔다. 술라를 처치하고 나면 로마의 군단을 위해 좀 더 훌륭한 궁전을 짓는 것을 고려할 작정이었다. 막사 인근의 빈민가는 원로원의 명령으로 납작하게 밀어버리면 될 것이다. 마리우스는 마음의 눈으로 그 건물을 보며, 거대한 홀에서 외국 지도자들을 접대하는 광경을 떠올렸다. 비록 꿈일 뿐인데도 기분이 좋았다. 그는 조용한 거리의 정적을 샌들의 딸깍거리는 소리로 깨며 걷고 있었다.

부하들에게 이르기 훨씬 전부터, 별이 총총한 밤하늘을 배경으로 그들의 검은 윤곽이 보였다. 가만히 서 있는 부하들도 있었고, 무작위로 겹치게 만든 지정된 경로를 거니는 부하들도 있었다. 척 보아도, 그들이 경계를 늦추지 않고 있음을 알 수 있었다. 훌륭한 부하들이었다.

그러나 다음에 밤이 찾아오면 무엇이 그들을 기다리고 있을지 누가 알겠는가? 혼자서 다시 어깨를 으쓱한 마리우스는 거리가 어둑해 아무도 자신을 볼 수 없다는 것을 다행으로 생각했다. 술라는 올 것이고, 그는 술라를 검으로 맞아줄 것이다. 걱정해 봐야 아무 소용이 없으므로, 마리우스는 속을 씻어내듯 숨을 깊게 들이마시며 모든 걱정을 떨쳐버렸다. 첫 번째 위병이 멈춰 세우자 마리우스는 기분 좋게 미소지었다.

"좋아. 이제 그 창을 단단히 붙잡거라. 필룸(고대 로마의 투창—옮긴이)은 꽉 움켜줘야 무시무시한 무기가 된다. 그렇지. 나는 이 구역을 한번 돌아볼 생각이다. 기다리는 건 못 참는 성격이라서 말이지. 너는 어떠냐?"

위병이 진지하게 경례를 붙였다.

"전 상관없습니다, 장군님. 통과하셔도 좋습니다."

마리우스가 손으로 위병의 어깨를 툭툭 쳤다.

"훌륭한 병사로군. 저들은 널 통과하지 못할 것이다."

"예, 장군님!"

군단병은 마리우스가 가는 모습을 지켜보며 혼자서 고개를 주억거렸다. 노인은 아직도 성에 차지 않는 모양이었다.

마리우스는 그의 군단이 로마의 옛 성문 위와 주위에 건설한 새 성벽의 계단을 올랐다. 새 성벽은 묵직한 석재들이 맞물린 구조로 되어 있어 견고하고 육중한 건축물이었다. 꼭대기에는 널찍한 보도가 나 있었고, 궁병들로부터 병사들을 보호할 수 있도록 좀 더 작은 규모의 성벽도 둘러쳐져 있었다. 마리우스는 매끄러운 돌 위에 두 손을 올려놓은 채 어둠 속을 들여다보았다. 자신이 술라라면, 어떤 식으로 이 도시를 점령하려 할까.

술라의 군단은 거대한 공성 장비에 육중한 석궁과 투석기, 노포까지 갖추고 있었다. 마리우스 역시 그 장비들을 다 사용해 본 경험이 있어서 두려운 마음이 들었다. 술라는 그 장치에 거대한 돌들을 장전해 성벽을 난타할 수 있을 뿐 아니라, 좀 더 작은 돌들을 장전해 미처 피하지 못한 방어자들의 몸을 갈기갈기 찢어놓을 수도 있었다. 또한 술라는 석유통들을 성벽 너머로 발사한 뒤 내부 건물에 불을 붙이는 화공전도 펼칠 것이다. 충분한 개수의 석유통이 성벽 너머로 넘어온다면, 성벽 위의 병사들은 뒤쪽에서 불세례를 받게 될 테니, 궁병들의 손쉬운 목표물이 될 것이다.

그럴 경우에 대비해, 마리우스는 성벽 인근의 목재 건물을 철거하라는 명령을 내렸고, 그의 부하들은 신속하고 효율적으로 움직이며 집들을 해체했다. 옮길 수 없는 집들에는 막대한 양의 물을 준비해 놓았고, 물을 다룰 팀들도 훈련시켜 놓았다. 그것은 전투가 끝나면 로마를 위해 진지하게 검토해 봐야 할 새로운 발상이었다. 해마다 여름이면 로마의 주택들이 화재로 전소되는 일이 자주 발생했는데, 넓은 길이나 두꺼운 석벽이 막아설 때까지 불길이 계속 다른 주택으로 번지는 경우도 가끔 있었다. 물을 다룰 준비가 되어 있는 소규모 집단이면…….

마리우스는 손등으로 눈을 비볐다. 그동안 생각하고 계획을 짜는 데 너무 많은 시간을 보냈다. 몇 주 동안 몇 시간 이상 잔 적이 없었다. 그러다 보니 절대로 줄어들 것 같지 않던 그의 활력도 서서히 고갈되기 시작했다.

성벽을 기어오르려면 사다리를 쓰지 않을 수 없을 것이다. 성벽은 튼튼했지만, 로마의 군단들은 요새와 성을 점령하는 훈련이 잘 되어 있다는 게 문제였다. 그런 기술은 이제 거의 일상적이 되어 있었다. 제일 가까운 위병도 자신의 목소리를 듣기에는 너무 멀리 있다는 것을 알기에, 마리우스는 혼자 중얼거렸다.

"저들은 로마인들과는 한 번도 싸워본 적이 없어. 특히 다름 아닌 자신들의 도시를 방어하는 로마인들하고는 말이야. 그것이 우리의 진짜 이점이지. 나도 술라를 알지만, 술라도 나를 안다는 게 문제군. 저들한테 기동성이 있다면 우리한테는 성채와 사기가 있어. 어쨌든 내 병사들은 사랑하는 로마를 공격하는 것은 아니니까."

그런 생각에 기운이 난 마리우스는 그 구역의 성벽 위를 계속 걸었다. 병사 한 사람 한 사람에게 말을 건넸고, 때때로 그들의 이름을 떠올리고는 그들의 진척 상황이며 승진이며 사랑하는 사람에 관해 물었다. 그가 말을 건 병사 어느 누구에게서도 나약한 기색은 보이지 않았다. 그들은 그를 위해 죽이고 싶은 욕구에 불타는 무자비한 사냥개들이었다.

그 구역을 다 돌고 다시 어두컴컴한 거리로 내려왔을 때쯤, 마리우스는 자신에 대한 부하들의 순전한 믿음으로 인해 기분이 고양되어 있었다. 그는 끝까지 그들에게 힘이 되어 줄 생각이었다. 그들도 끝까지 그에게 힘이 되어 줄 것이다. 마리우스는 어슬렁어슬렁 막사로 돌아오면서 혼자 군가를 흥얼거렸다. 그의 마음은 가볍기만 했다.

27장

속이 울렁거려 불안했는데도 가이우스 율리우스 카이사르는 미소를 지었다. 마리우스의 여자 재봉사에게 도움을 받아가며, 그는 그날 밤 거의 내내 하인들을 내보내 물건을 사들이고 결혼식 준비를 했다. 간소한 결혼식이 될 수밖에 없을 것이라고 생각했는데, 쌀쌀한 아침인데도 대단히 많은 노빌리타스 일원이 참석했다. 이를 본 가이우스는 놀라움을 금치 못했다. 원로원 의원들은 가족과 노예들을 데리고 주피터 사원에 와 있었다. 그와 눈길이 마주치는 사람마다 미소를 지어 보였고, 공기에서는 부드러운 꽃향기와 향나무 타는 냄새가 진동했다.

마리우스와 메텔라는 대리석 사원의 입구에 서 있었다. 메텔라는 연신 눈가의 눈물을 찍어냈다. 가이우스는 신부가 도착하기를 기다리며 초조한 기색으로 두 사람에게 고개를 끄덕였다. 그러고는 결혼 예복의 소매를 홱 잡아당겼다. 그 옷은 목 주변이 깊이 파여 있어, 가느다란 금목걸이에 달린 자수정이 그대로 드러났다.

가이우스는 마르쿠스가 그곳에 있었으면 하고 바랐다. 그를 정말로 잘 아는 누군가가 옆에 있었다면 한결 도움이 되었을 것이다. 마르쿠스 이외의 모든 사람은 그가 점차 익숙해지고 있는 세계의 일부였다. 투브루크도,

카베라도, 마리우스도, 심지어 코르넬리아도. 이 모든 것이 실제처럼 느껴지게 만들기 위해서는 눈을 맞춰줄 수 있는 누군가가, 이 순간에 이르기까지의 모든 여정을 알고 있는 누군가가 필요하다는 것을 가이우스는 뼈저리게 깨달았다. 그런데 마르쿠스는 옆에 있어주기는 고사하고 머나먼 이국땅에서 늘 소원하던 거친 모험을 즐기고 있었다. 마르쿠스가 돌아올 때쯤이면 결혼식 날은 그와는 결코 공유할 수 없는 한낱 추억이 되어 있을 것이다.

사원 안이 서늘해, 가이우스는 잠시 몸을 떨었다. 피부에 소름이 돋고 머리칼이 곤두섰다. 가이우스는 그를 알지 못하는 사람들로 가득한 방에서 있었다.

만일 아버지가 살아 있었다면, 그는 사람들이 모두 코르넬리아를 기다리는 사이, 아버지에게로 돌아설 수 있었을 것이다. 두 사람은 함께 미소를 나누거나, "제가 무슨 일을 해냈는지 좀 보세요" 하고 말하는 윙크를 나누었을 것이다.

눈물이 솟구쳐오르자 가이우스는 눈물이 얼굴 위로 흐르지 않도록 둥근 천장을 올려다보았다. 아버지의 장례식 때를 끝으로 그의 어머니에게는 평온한 순간이 완전히 사라졌다. 어머니가 오실 수 있느냐고 투브루크에게 물었는데, 그는 고개를 절레절레 흔들었다. 늙은 그 검투사가 어느 누구 못지않게 그녀를 사랑한다는 것을 가이우스는 알고 있었다. 아마도 그는 늘 그래왔을 것이다.

가이우스는 헛기침을 하고는 생각을 다시 돌렸다. 어린 시절은 뒤로해야만 했다. 그는 자신에게 방에 많은 친구들이 있다고 말했다. 투브루크는 무뚝뚝하기는 해도 애정이 가득한 삼촌 같은 존재였고, 마리우스와 메텔라는 그를 무조건적으로 받아들이는 듯했다. 그래도 마르쿠스는 그곳에 있어야만 했다. 하지만 지금 없으니, 마르쿠스는 가이우스에게 빚을 진 것이다.

가이우스는 킨나의 기분이 좋기를 바랐다. 코르넬리아의 손을 아버지에게서 남편에게로 건네 달라고 공식적으로 요청한 이후로, 킨나와는 말을 한 적이 없었다. 그 원로원 의원이 딸을 위해 끝까지 품위를 지켰는데도 그때 그 만남은 행복하지 않았다. 그래도 킨나는 코르넬리아를 위해 지참금만큼은 아끼지 않았다. 킨나는 가이우스에게 로마의 부촌지역에 위치한 넓은 집의 문서를 건네주었다. 노예들과 경비병들까지 선물로 받은 터라, 가이우스는 한시름 던 기분이었다. 무슨 일이 일어난다 해도 코르넬리아는 이제 안전할 것이다.

가이우스가 얼굴을 찌푸렸다. 이제는 젊은 시절의 다른 장식물들과 함께 옛 이름을 던져버리고 새로운 이름에 익숙해져야만 할 것이다. 율리우스. 아버지의 이름. 듣기에 좋은 이름이긴 했지만, 소년 시절에 알았던 사람들에게는 자신이 언제나 가이우스일 것이라고 그는 생각했다. 아버지가 살아서, 자신이 성인 이름을 받아들이는 광경을 보지 못한다는 것이 슬펐다. 그는 아버지가 외아들을 볼 수 있을지 궁금해하며, 그럴 수 있기를 소망했다. 긍지와 사랑을 함께 나누는 순간을 한 번 더 함께하길 바랐다.

율리우스는 몸을 돌려 카베라를 보며 힘없이 미소지었다. 율리우스를 바라보는 카베라는 언짢은 표정이었다. 점점 숱이 빠지고 있는 머리칼은 그가 터무니없이 이른 시각이라고 여기는 시간에 잠에서 깼을 때처럼 여전히 헝클어져 있었다. 카베라 역시 그 행사에 걸맞게 새 갈색 로브 차림에 장식으로는 수수한 백랍 브로치를 달고 있었다. 백랍에 오동통한 얼굴의 달이 자랑스럽게 새겨진 브로치였다. 그것이 알렉산드리아의 작품임을 알아챈 율리우스는 카베라에게 미소를 지어 보였다. 카베라는 한쪽 겨드랑이를 박박 긁었다. 율리우스가 계속 미소를 보내자, 몇 초 뒤 노인의 늙은 얼굴이 마음속의 시름을 숨긴 채 쾌활한 반응을 보이며 자글자글해졌다.

카베라는 자신이 특정한 운명의 일부일 때면 늘 그렇듯이 다가올 미래에 대해 깜깜했다. 그 노인은 자신의 삶과는 거의 관계가 없는 행로만을 감지할 수 있다는 사실에 새삼 짜증을 느꼈다. 그러나 그의 마음을 할퀴어대는 불안조차도 그가 율리우스에게서 따뜻한 파동처럼 밀려오는 젊은이의 기쁨을 감지하여 즐거워하는 것을 막지는 못했다.

결혼식에는 뭐라고 딱 꼬집어 말할 수는 없어도 무언가 놀라운 면이 있는 법이다. 이번처럼 급하게 마련된 결혼식도 그 점에서는 예외가 아니었다. 모두가 행복해했고, 적어도 이 짧은 시간 동안만큼은 앞으로 맞닥뜨리게 될 문제들까지 깨끗이 잊을 수 있었다. 아니, 그 정도는 아니라도 최소한 어두워질 때까지 무시할 수는 있었다.

뒤쪽에서 대리석을 울리는 발자국 소리가 들려왔다. 투브루크가 자기 자리를 떠나 제단으로 다가오고 있었다. 소유지 관리인은 구릿빛 피부에 힘 있고 건강해 보이는 것이 평소 모습 그대로였다. 율리우스는 그의 팔을 꽉 쥐었다. 율리우스에게는 그 팔이 세상이라는 바다에서 휩쓸려가지 않도록 단단히 붙잡아주는 닻처럼 느껴졌다.

"자네가 이 위에서 좀 당혹스러워하는 듯 보여서 말이야. 지금 기분이 어떤가?"

투브루크가 물었다.

"긴장되고, 자랑스럽고, 이렇게 많은 사람이 온 게 놀라워요."

투브루크는 새삼스레 하객들을 흥미 있게 바라보더니 눈썹을 추켜올린 채 도로 돌아섰다.

"로마의 권력자 대부분이 이 방에 있군그래. 아버님은 자네를 자랑스러워하셨을 걸세. 나도 자네가 자랑스럽네."

투브루크가 잠시 하던 말을 멈추었다. 계속 말을 해야 좋을지 어떨지 확신이 들지 않았던 것이다.

"어머님은 오시고 싶어하셨지만, 기력이 너무 없으셔서 못 오셨다네."

고개를 끄덕이는 율리우스의 팔을 투브루크는 다정하게 주먹으로 툭 치고는 몇 줄 뒤인 자기 자리로 돌아갔다.

"우리 마을에선 소녀의 머리채를 잡아끌고 오두막 안으로 들어가면 그만인데."

카베라가 중얼거렸다. 그 말에 충격을 받았는지, 사제의 얼굴에서 기쁨에 넘치던 표정이 싹 사라졌다. 그 모습을 보고 노인이 신이 나서 말을 이었다.

"만일 그 방법이 통하지 않으면, 소녀 아버지한테 염소 한 마리를 주고 자매들 가운데 하나를 붙잡으면 된다네. 그게 훨씬 간단한 방법이지. 서로 악감정이 생길 것도 없고, 아버지는 공짜로 염소젖을 얻을 수 있으니까. 젊었을 때 나한테 염소 서른 마리가 있었는데, 그 대부분을 주고 나니까 생계를 유지하기도 힘든 처지가 되더군. 현명한 결정은 아니지만, 그리 후회스러운 결정은 아니었네. 안 그런가?"

야만적인 관습을 아무렇지도 않게 이야기하는 것을 본 사제는 얼굴을 붉혔다. 하지만 율리우스는 킥킥거릴 뿐이었다.

"사기 치지 마세요. 고결한 로마 시민들을 깜짝 놀라게 하는 게 좋아서 그러시는 거잖아요."

카베라가 요란스레 콧방귀를 뀌었다.

"그럴지도 모르지."

카베라는 순순히 시인하며, 하룻밤의 쾌락을 위해 마지막 남은 염소를 주겠노라고 솔직하게 제안하려 했다가 곤란을 겪었던 일을 떠올렸다. 당시에는 그것이 사려 깊은 행동인 듯 보였건만, 어찌된 영문인지 소녀의 아버지가 담장에 세워둔 창을 들고 산속까지 쫓아왔다. 그 바람에 젊은 카베라는 사흘 밤낮을 그곳에 숨어 있어야만 했다.

사제가 혐오감이 어린 눈빛으로 카베라를 바라보았다. 그는 노빌리타스였지만 지금은 종교적인 역할을 맡고 있어, 얼굴만 남겨두고 모두 가린 두건이 달린 크림색 토가 차림이었다. 사제는 다른 사람들과 함께 참을성 있게 신부를 기다렸다. 율리우스는 삼촌이 일찍 자리를 떠야 하므로 예식을 최대한 간략하게 치러야 한다고 사제에게 미리 설명해 두었다. 그 말을 들은 사제는 짜증스럽게 턱을 긁적였다. 하지만 율리우스가 사원에 바치는 '봉헌물'이라며 은근슬쩍 소매 속으로 작은 동전 주머니를 밀어 넣어주자 금세 마음을 풀었다. 청구서와 빚에 시달리는 처지인 것은 노빌리타스라고 예외가 아니었다. 그러니 돈주머니가 어찌 반갑지 않겠는가.

어쨌든 예식은 금세 끝이 날 것이다. 코르넬리아의 아버지가 그녀를 데리고 들어와 율리우스에게 인계하고 나면, 주피터 신, 마르스 신, 퀴리누스 신(전쟁의 신—옮긴이)에 대한 기도가 있을 것이다. 복점관(새의 움직임 등으로 길흉을 점치던 신관—옮긴이)은 미리 황금을 받았으니, 두 사람이 행복하고 부유하게 잘살 것이라고 예언할 것이다. 서약이 이어질 것이고, 율리우스는 코르넬리아의 손가락에 수수한 금반지를 끼워줄 것이다. 그것으로 그녀는 그의 아내가 될 것이고, 그는 그녀의 남편이 되는 것이다. 겨드랑이가 땀으로 축축해진 것을 느낀 율리우스는 긴장을 떨치려고 애썼다.

다시 돌아선 율리우스는 수수한 드레스에 브로치를 착용한 차림으로 서 있는 알렉산드리아의 눈을 똑바로 쳐다보았다. 눈가에는 눈물이 반짝이긴 했지만 그녀는 고개를 끄덕여주었다. 그 모습을 보니, 마음이 홀가분해졌다.

부드러운 음악이 시작되다가 점점 소리가 커져 향로에서 흘러나오는 향처럼 둥근 천장을 가득 채웠다. 율리우스는 주변을 둘러보며 숨을 죽였다. 다른 모든 것은 잊었다.

코르넬리아가 거기에 크림색 드레스를 입고 얇은 금색 베일을 쓴 채 꼿꼿한 자세로 당당하게 서 있었다. 딸의 손을 살포시 팔에 얹어놓은 그녀 아버지의 얼굴에는 환한 웃음으로 가득했다. 염색을 한 그녀의 머리칼은 전보다 색이 짙었고, 눈은 변함없이 따뜻한 색을 띠었다. 목에는 새알 크기의 루비가 박힌 금목걸이가 그보다 밝은 색의 피부를 배경으로 걸려 있었다. 그녀는 아름답고 연약해 보였다. 정수리에는 버베나와 마요라나 꽃으로 만든 화관을 쓰고 있었다. 코르넬리아와 그녀의 아버지가 다가올수록 꽃향기 냄새가 진하게 풍겼다. 율리우스 앞에 이르자, 킨나는 코르넬리아의 손을 놓아준 뒤 한 걸음 뒤로 물러났다.

"코르넬리아를 자네의 보호 아래로 넘기겠네, 가이우스 율리우스 카이사르."

킨나가 격식을 차린 어조로 말했다.

"코르넬리아를 제 보호 아래로 받아들이겠습니다."

율리우스가 고개를 끄덕이며 대답하고는 코르넬리아와 함께 무릎을 꿇었다. 그때 다시 풍기는 꽃향기에 율리우스는 결국 참지 못하고 그녀의 조아린 머리 위를 흘끗 보았다. 만일 알렉산드리아를 알지 못했더라도, 혹은 하룻밤, 심지어 한 시간을 함께 보낼 여자를 살 수 있는 집에 가기 전에 만났더라도, 자신이 코르넬리아를 사랑했을지 궁금했다. 그때는, 한평생과도 같았던 1년이 흐르기 전에는, 이럴 준비가 되어 있지 않았다. 머리 위에서 평화롭게 읊조리는 기도소리를 들으며, 율리우스는 만족스러워했다. 코르넬리아의 눈은 여름날 어둠처럼 부드러웠다. 율리우스의 정신이 몽롱한 가운데 나머지 예식이 진행되었다.

"그대가 어딜 가든 나도 그대를 따르리오"라는 간단한 서약이 있었다. 사제의 손 밑에서 무릎을 꿇고 있는 시간이 율리우스에게는 영원처럼 길게 느껴졌다. 드디어 두 사람은 햇살 가득한 밖으로 나왔고, 하객들은 환호하며 "펠리키타스(로마 신화에 등장하는 행운과 성공의 여신—옮긴이)!" 하고 외쳐댔다. 마리우스는 율리우스의 등을 세게 탁 치며 작별을 고했다.

"이제 넌 어른이다, 율리우스. 아직 아니라면 코르넬리아가 조만간 널 어른으로 만들어줄 것이다!"

마리우스가 눈을 반짝이며 크게 말했다.

"이제부터는 네 아버님의 이름을 쓰게 되겠구나. 아버님이 살아 계셨다면, 널 자랑스러워하셨을 것이다."

마리우스가 율리우스의 손을 맞잡자, 율리우스가 손에 세게 힘을 주었다.

"제가 지금 성벽에 오르기를 원하십니까?"

"너한테 몇 시간은 줄 수 있을 것 같구나. 오늘 오후 네 시에 나한테 신고하거라. 그때쯤이면 메텔라도 울음을 그칠 것이다."

두 사람은 소년처럼 서로를 보며 씩 웃었다. 마리우스가 가버린 후 잠시 동안, 율리우스는 행복을 빌어주는 하객들 속에 신부와 단둘이만 남겨졌다. 그때 알렉산드리아가 다가왔다. 율리우스는 갑자기 마음이 떨렸지만, 겉으로는 미소를 지었다. 알렉산드리아는 진갈색 머리칼을 철사로 묶고 있었다. 그녀를 본 율리우스는 목구멍이 조여드는 느낌이었다. 그녀의 다갈색 눈에는 너무나도 숱한 과거사가 담겨 있었다.

"브로치가 예쁘군."

율리우스가 말했다.

알렉산드리아는 다가오며 브로치를 손으로 톡톡 두드렸다.

"오늘 아침 얼마나 많은 사람들이 이 브로치에 관해 물었는지 알면 깜짝 놀랄 거예요. 이미 주문도 몇 건 받았어요."

"내 결혼식에서 장사를 하셨다?"

율리우스가 크게 소리치는데도 알렉산드리아는 전혀 당황하는 기색 없이 고개를 끄덕였다.

"신들께서 가문에 축복을 내리시길 기원할게요."

알렉산드리아가 격식을 차린 어조로 말하고 나서 물러갔다.

알렉산드리아가 가고 난 뒤 돌아서자 코르넬리아가 궁금한 눈빛으로 바라보고 있었다. 그 모습을 본 율리우스는 코르넬리아에게 입을 맞추었다.

"아주 예쁘게 생겼네요. 누구예요?"

코르넬리아의 목소리에 걱정의 기색이 묻어 있었다.

"알렉산드리아요. 마리우스 삼촌 댁의 노예라오."

"그런데 노예처럼 굴지 않네요."

코르넬리아가 미심쩍어하며 대꾸했다.

율리우스가 껄껄 웃었다.

"질투하는 거요?"

코르넬리아가 미소를 짓지 않자, 율리우스가 부드럽게 그녀의 두 손을 잡았다.

"내가 원하는 사람은 당신뿐이오. 나의 아름다운 아내여, 우리의 새 집으로 갑시다. 내가 구경시켜 주겠소."

율리우스와 입을 맞추고 나서야 코르넬리아는 긴장을 풀었다. 그러면서도 속으로는 브로치를 단 그 노예소녀에 관해 가능한 한 모든 것을 알아내리라고 마음먹었다.

새 집에는 가구도 노예도 없었다. 그곳에 있는 사람이라고는 그들뿐이었다. 그래서 그들의 목소리가 텅 빈 집 안에서 메아리쳤다. 달랑 하나 놓여 있는 침대는 메텔라가 선물해 준 것으로, 진갈색 나무에 조각이 되어 있었다. 침대에는 매트리스와 부드러운 침대보가 깔려 있을 뿐이었다.

몇 분 동안 그들은 새로운 명칭을 의식해서인지 어색해 보였다.

"당신이 내 토가를 벗겨주면 좋을 것 같소, 부인."

율리우스가 맑고 경쾌한 목소리로 말했다.

"그러지요, 여보. 당신도 제 머리를 풀어주세요, 괜찮으시다면요."

이윽고 옛 열정이 되살아나면서 어색함은 오후 내내 잊혀졌다. 오히려 열기로 점점 더 뜨거워졌다.

머리칼이 온통 땀으로 축축해진 율리우스가 숨을 헐떡이며 말했다.

"오늘 밤엔 녹초가 될 거요."

코르넬리아의 이마에 살짝 세로 주름이 잡혔다.

"조심하실 거죠?"

"아니, 절대 그럴 수 없소. 난 전투에 온몸을 던질 거요. 어쩌면 제일 먼저 전투에 나설지도 모르오. 오로지 당신에게 감명을 주기 위해서 말이오."

코르넬리아가 손가락으로 율리우스의 매끄러운 피부에 홈을 내고는 가슴을 따라 아래로 선을 그으며 말했다.

"다른 방식으로 감명을 줄 수도 있어요."

율리우스가 신음소리를 냈다.

"지금 당장은 그럴 수 없지만, 조금만 시간을 주시오."

섬세한 손가락을 놀리고 있는 코르넬리아의 눈에 장난기가 번득였다.

"전 그때까지 기다리기엔 성미가 너무 급한지도 몰라요. 지금 당신의 흥미를 깨울 수 있을 것 같은데요."

잠시 후, 율리우스는 움켜쥔 주먹 밑의 홑이불을 쭈글쭈글 구기며 다시 신음을 토했다.

오후 네 시, 율리우스가 막사의 문을 두드렸다. 하지만 장군은 만나지 못했다. 장군이 구역들을 구석구석 살피러 도로 성벽으로 올라갔다는 말만 들었다. 율리우스는 천과 가죽으로 된 수수한 군단병복으로 갈아입은 모습이었다. 허리춤에는 글라디우스를 차고, 겨드랑이에는 투구를 끼고 있었다. 코르넬리아와 몇 시간을 함께 보낸 후라 머리가 약간 어찔했지만 그래도 그 덕분에 그녀에 대한 갈망은 마음 한 구석에 묻어둘 수 있었다. 다시 젊은 연인으로서 그녀에게 돌아가기 전까지는 레니우스에게 직접 훈련받은 병사이자, 마리우스의 조카였다.

율리우스가 마리우스를 찾아냈을 때, 마리우스는 장교들에게 말을 하고 있었다. 율리우스는 몇 걸음 뒤에 서서 준비 상황을 살펴보았다. 마리우스는 군단을 열여섯 명으로 이루어진 소규모 기동부대로 나누어 각 부대에 서로 다른 임무를 할당해 주었다. 그 편이 각 백인대가 성벽을 지키는 것보다는 융통성이 있었다. 척후병들은 한결같이, 술라가 로마를 향해 곧장 진격해 오고 있으며, 눈을 속이거나 헛갈리게 하려는 시도는 보이지 않는다고 보고했다. 술라는 마치 위험을 무릅쓰고서라도 단도직입적으로 공격해 들어오려는 듯 보였다. 그래도 마리우스는 그 군대가 시야에 들어올 때야 비로소 분명하게 드러날 뭔가 다른 계획이 있는 게 아닐까 하는 의심을 여전히 버리지 못했다. 마지막 명령을 다 내린 마리우스는 장교들이 각자 맡은 자리로 가기 전에 그들과 일일이 악수를 나누었다. 해가 정점을 지나 서서히 지고 있으니, 불과 몇 시간 후면 어둠이 내리기 시작할 것이다.

마리우스는 조카의 심각한 표정을 보고 씩 웃었다.

"네가 나와 함께 성벽을 거닐며 신선한 눈으로 봐주었으면 좋겠다. 개선할 수 있는 게 보인다면 무엇이든 말하려무나. 병사들을 잘 관찰해 보거라. 표정은 어떤지, 서 있는 자세는 어떤지 말이다. 그리하여 병사들의 사기가 어떤지 판단해 보거라."

율리우스가 험상궂은 얼굴을 여전히 풀지 않자, 화가 난 마리우스가 한숨을 토했다.

"그리고 좀 웃거라. 병사들의 용기를 북돋워주라 이 말이다."

그러더니 좀 더 바짝 몸을 기울였다.

"아침 무렵이면 이 병사들 중 상당수는 싸늘한 주검으로 변해 있을 것이다. 이들은 전문가들이다만, 그래도 두려움을 알게 될 것이다. 개중에는 전쟁에서 우리 동포와 마주하는 것이 편치 않은 병사들도 있을 것이다. 그럴 우려가 가장 큰 병사들은 첫 번째 공격 벽 뒤로 물러나 있게 하려 했다만 말이다. 최대한 많은 병사들에게 몇 마디를 건네거라. 길게 대화를 나눌 필요는 없고, 그저 병사들이 하는 일이 무엇인지 파악해 그 일에 대해 치하하면 된다. 이름을 묻고, 그들의 말에 대꾸할 때는 그 이름을 불러주거라. 준비되었느냐?"

율리우스는 고개를 끄덕이며 등을 꼿꼿하게 폈다. 다른 이들에게 어떤 모습을 보여주느냐에 따라 그들이 자신을 바라보는 방식이 달라진다는 것을 그는 알고 있었다. 어깨를 쭉 펴고 허리를 곧추세운 자세로 힘차게 걷는다면, 병사들은 그를 진지하게 받아들일 것이다. 율리우스는 어렸을 적에 아버지가 병사들을 어떤 식으로 이끌어야 하는지 알려주며 해주었던 말을 떠올렸다.

"고개는 높이 쳐들고, 꼭 그래야만 하는 경우가 아니라면 사과하지 말거라. 사과를 해야만 하는 경우라면, 크고 또렷하게 한 번만 하거라. 절대로 우는 소리를 해서도, 간청을 해서도, 감정을 그대로 드러내서도 아니 된다. 병사에게 말을 하기 전에 먼저 생각하고, 말을 해야만 할 때는 몇 마디만 하거라. 병사들은 과묵한 사람을 존경하고, 말이 많은 사람을 경멸한다."

레니우스에게서는 사람을 신속하고 효율적으로 죽이는 법을 배웠다. 지금은 충성을 얻어내는 법을 배우는 중이었다.

율리우스와 마리우스는 성벽의 한 구역을 따라 천천히 거닐었다. 중간중간에 잠깐씩 멈춰 서서 병사 한 사람 한 사람에게 일일이 말을 건넸다. 그리고 그 구역의 지휘관과는 몇 분 더 시간을 함께 보내며, 의견이나 제안에 귀를 기울이기도 하고, 전투 준비 태세를 칭찬하기도 했다.

병사들이 자신을 보고 흘끗거리면 율리우스는 이내 고개를 끄덕여 그들

460

의 시선을 붙잡았다. 병사들의 긴장한 모습으로 보아, 율리우스를 윗사람으로 인정한 게 분명했다. 율리우스가 성벽의 돌 속에 고정된 강력한 금속 석궁을 조정하고 있는 땅딸막하고 가슴이 두툼한 사내 옆에 멈춰 섰다.

"사정거리가 어떻게 되나?"

그 병사가 민첩하게 경례했다.

"등 뒤에서 바람이 부는 경우, 300걸음 앞까지 나갑니다."

"훌륭하군. 특정 목표물을 겨냥할 수도 있나?"

"약간 가능하기는 합니다만, 현재로선 어떤 것도 정확하게 맞추지는 못합니다. 조병창에서 이동용 받침대를 만드는 중입니다."

"좋아. 이거 참으로 치명적인 무기처럼 보이는군."

병사는 자랑스러워하며 미소를 짓고는 그 육중한 무기를 고정용 홈으로 되감는 역할을 하게 될 윈치 장치를 헝겊으로 문질러 닦았다.

"이것이 아니라 이 여자입니다. 이처럼 위험한 것이라면 여자일 수밖에 없으니까요."

율리우스는 코르넬리아와 욱신거리는 근육을 생각하며 키득거렸다.

"자네 이름이 어떻게 되나, 병사?"

"트라드 레피두스입니다."

"이 여자가 적을 얼마나 많이 쓰러뜨리는지 두고 보겠네, 레피두스."

병사가 다시 미소를 지었다.

"아, 몇 명 되지는 않을 겁니다. 마리우스 장군님의 허가 없이는 아무도 우리 도시 안으로 들어오지 못할 테니까요."

"훌륭한 병사로군."

율리우스는 한결 자신감이 생기는 것을 느끼며 다시 발걸음을 옮겼다.

모든 병사가 트라드 레피두스만큼만 신념이 확고하다면, 로마를 점령할 수 있는 군대는 세상에 없을 것이다. 율리우스는 발걸음을 재촉해 삼촌을 따라잡았다. 삼촌은 한 장교에게서 휴대용 은술병을 건네받아 한 모금 들이켠 뒤 입안의 내용물을 튀기며 말을 하는 중이었다.

"세상에! 이 안에 뭐가 들었나, 식초인가?"

장교는 미소를 짓지 않으려고 무진 애를 썼다.

"아마도 질 좋은 포도주에 길들여져 계실 겁니다. 이 술은 좀 독합니다."

"독하다고! 속이 후끈후끈해지는걸."

마리우스가 술병을 다시 한 번 기울이며 말했다. 마침내 그가 손등으로 입을 닦았다.

"훌륭해. 아침에 병참장교한테 청구서를 보내게나. 장교들한테 작은 병 하나씩 나눠줘야겠네. 겨울 밤 냉기를 물리치는 데 딱 좋을 것 같으니."

"분부대로 하겠습니다, 장군님."

장교는 자신의 군단에 단독 공급자가 되어 벌어들일 수익금을 계산하느라 양미간에 살짝 주름을 잡으며 대답했다. 마리우스의 지시 때문에 기쁜 기색이 역력한 그는 율리우스가 지나가자 기민하게 경례를 붙였다.

마침내 마리우스가 거리로 이어지는 돌계단에 이르렀다. 그것으로 그 구역은 끝이 난 것이다. 성벽의 그 부분에서 율리우스는 수백 명가량의 병사 한 사람 한 사람에게 일일이 말을 걸거나 고개를 끄덕이거나 귀를 기울였다. 그 때문에 얼굴 근육이 뻣뻣해졌지만, 그도 삼촌이 느끼는 자부심을 조금이나마 느낄 수 있었다. 이들은 훌륭한 병사들이었다. 이런 병사들이 명령만 내리면 언제든 목숨을 내놓을 각오가 되어 있음을 안다는 것은 대단지 뿌듯한 일이 아닐 수 없었다. 권력은 유혹적인 것이었다. 율리우스는 삼촌한테서 반사되어 나오는 권력의 온기를 즐겁게 누렸다. 자신의 도시와 함께, 술라가 당도하길, 그리고 어둠이 찾아오길 기다리며 율리우스는 흥분이 고조되는 것을 느꼈다.

로마시 둘레에는 좁은 나무 망루가 군데군데 자리 잡고 있었다. 해가 저물었을 때 그중 한 곳의 망꾼이 소리를 질렀고, 그 말은 맹렬한 속도로 전달되었다. 로마를 향해 행진해 오고 있는 적군이 마침내 수평선에 나타난 것이다. 그들이 들어오지 못하도록 성문은 굳게 닫힌 상태였다.

"드디어 나타났군! 기다리느라 슬슬 짜증이 나던 참인데."

경고를 발하는 니팔 소리가 길고 구슬프게 도시 전역에 울려 퍼지자마자 마리우스가 막사에서 뛰쳐나오며 소리쳤다.

예비군은 저마다 맡은 자리로 향했다. 여전히 거리에 있던 몇 안 되는 로마인들은 부리나케 집으로 달려가 침입자들이 들어오지 못하도록 빗장을 걸어 잠그고 방책을 설치했다. 사실 사람들은 가족들이 무사하기만 하다면 이 도시를 누가 지배하느냐 따위는 별 관심도 없었다.

이날 원로원 회의는 연기되었다. 그래서 원로원 의원들 역시 도시 전역에 점점이 박힌 궁전 같은 집에 꼼짝 않고 들어앉아 있었다. 가족을 위험한 곳에 남겨두기보다는 교외 소유지로 떠나보낸 의원이 몇 있기는 했지만, 그들 중에 서쪽으로 길을 떠난 이들은 아무도 없었다. 한탄하는 듯한 나팔 소리가 점점 어두워지는 도시 전역으로 울려 퍼졌을 때, 몇몇은 굳은 미소를 지으며 일어나 발코니에 서서 수평선을 지켜보았다. 나머지 의원들은 욕조나 침대에 누워, 노예들에게 두려움 때문에 굳은 근육을 풀라고 시켰다. 로마 역사상 로마가 공격을 받은 적은 단 한 번도 없었다. 공격을 받기에는, 로마는 언제나 너무 강했다. 한니발조차도 로마 자체를 공격하는 것보다 들판에서 로마 군단과 대적하는 편을 선호했을 정도였다. 그러나 로마가 한니발과 그 형제들의 목을 베어내기 위해서는 스키피오 같은 사내가 필요했다. 마리우스도 스키피오 같은 능력을 발휘할 수 있을 것인가, 아니면 결국 피 묻은 손에 로마를 쥐는 것은 술라가 될 것인가? 원로원 의원 중에는 가문의 신을 위해 개인 제단에 향을 피운 이들도 한둘 있었다. 원로원 의원들은 마리우스가 로마에 대한 지배력을 강화할 때, 강요에 못이겨 공개적으로 마리우스의 편을 들었다. 따라서 마리우스의 성공에 많은 이들의 목숨이 걸려 있었다. 술라는 절대로 관용을 베푸는 사내가 아니었다.

28장

밤이 이슥해지면서 로마 전역에 횃불이 밝혀졌다. 율리우스는 로마의 모습을 하늘에서 내려다보는 신들은 어떻게 볼지 궁금했다. 시커먼 광대한 땅에 박힌 반짝이는 거대한 눈처럼 보일까? 율리우스는 신들은 내려다보는데 우리는 올려다보는구나 하는 생각도 했다.

율리우스는 카베라와 함께 지상에 서서 새로운 소식에 귀를 기울였다. 성벽의 망꾼들이 아래로 소리쳐 새로운 소식을 전하면, 그 소식은 이 사람 저 사람의 중계를 거쳐 로마 깊숙이까지 전달되었다. 아무것도 들을 수도 볼 수도 없는 사람들을 위한 정보의 혈관이 연결되어 있는 셈이었다. 주변이 시끄러운데도 율리우스는 망꾼의 외침 위로 멀리서 갑옷을 입은 수천의 병사와 말들이 이동하면서 내는 쿵쿵 소리를 들을 수 있었다. 부드러운 밤을 가득 채운 그 소리는 그들이 다가옴에 따라 점점 더 커져만 갔다.

이제는 의심의 여지가 없었다. 술라는 속임수를 시도하지 않고, 비아 사크라(사크라 가도—옮긴이)를 통해 곧장 로마의 성문으로 군단을 이끌고 오고 있었다. 망꾼들은 횃불로 이루어진 뱀처럼 보이는 병사들의 행렬이 어둠 속에 몇 마일이나 펼쳐져 있으며, 그 끝은 언덕 너머로 사라져 보이지 않는다고 보고했다. 그것은 우호적인 땅을 향할 때의 행군 대형이지, 적과 접전을 벌이기 위한 조심스러운 접근이 아니었다. 그런 식으로 태평하게 행군을 벌이는 자신감은 많은 이로 하여금 눈썹을 추켜세우며 도대체 술라가 어떤 계획을 세운 것인지 궁금하게 만들었다. 그러나 한 가지는 확실했다. 마리우스는 자신감에 찬 술라의 모습을 보고 겁을 집어먹을 사람이 아니었다.

요새 도시가 된 로마의 성문과 성벽이 자신의 군단이 든 횃불의 빛을 받아 환하게 밝아지기 시작하자, 술라는 흥분해서 두 주먹을 불끈 쥐었다. 수천 명의 전사와 그들을 지원하는 그 반 수가량의 인원이 밤새도록 쉬지 않고 행군을 계속했다. 도로의 돌바닥에 부딪치면서 나는 그들의 발자국 소리가 귀청이 터질 듯 규칙적으로 메아리치며 로마의 밤을 감쌌다. 횃불이 활활 타오르는 가운데 술라가 눈을 번득이더니 불쑥 오른손을 들었다. 큰 나팔이 울부짖으며 어둠 속으로 신호를 전달했다. 그러자 거대한 뱀 형상으로 행군하는 대열의 앞쪽에서부터 차례차례 반응을 보이기 시작했다.

이동 중인 군단을 멈춰 세우는 것은 기술과 훈련을 요하는 일이었다. 각 구역별로 명령에 따라 멈추어야 했다. 그렇지 않을 경우 서로 충돌하는 사태가 발생해 대혼란이 야기되면서 정밀하게 유지되어 온 간격이 엉망이 되기 십상이었다. 뒤로 돌아서서 언덕 아래를 내려다보던 술라는 만족해하며 고개를 끄덕였다. 모든 백인대가 횃불을 손에 든 채 의연히 서 있던 것이다. 첫 번째 신호에서 시작해서 마지막 신호에 이르기까지 거의 30분이 걸리기는 했지만, 마침내 그들 모두 비아 사크라에 서 있었다. 이제야 비로소 시골 본연의 정적이 그들 위로 흐르는 듯했다. 그의 군단은 어스레한 금빛을 발하며 명령을 기다렸다.

술라는 로마의 성채를 죽 훑어보며 그 안에 있는 병사들과 시민들이 느낄 착잡한 심경을 상상해 보았다. 아마 그들은 왜 멈춰 선 것인지 궁금해하며 초조한 얼굴로 수군댈 것이다. 그리고 그 소식은 거대한 행렬을 볼 수 없는 사람들에게까지 전달될 것이다. 울려 퍼지는 나팔 소리를 들은 시민들은 언제 공격을 받을지 걱정하고 있을 것이다.

술라는 미소를 지었다. 마리우스 역시 다음 움직임을 기다리며 짜증을 내고 있을 것이라는 데 생각이 미쳤기 때문이다. 요새를 지키는 쪽은 기다릴 수밖에 없다는 약점이 있었다. 그들은 방어를 하는 수동적인 역할을 할 수밖에 없었다.

술라는 때를 기다리며, 시원한 포도주를 가져오라는 신호를 보냈다. 그때 횃불을 손에 든 채 다소 따따한 자세로 서 있는 한 사내를 보았다. 사내가 왜 그렇게 긴장을 하고 있는지 궁금증이 일었다. 안장에서 몸을 앞으로 기울이고 보니, 횃불에서 똑똑 흘러내린 뜨거운 기름이 자루를 타고 그 노예의 맨손 쪽으로 기어가고 있었다. 술라는 사내의 시선이 앞으로, 다시 지글거리는 액체로, 휙휙 움직이는 것을 지켜보았다. 기름방울에 불꽃의 기운이 담겨 있을까? 그래, 열기가 지독할 것이다. 사내의 살을 태우며 찔리는 듯한 아픔을 안겨 줄 것이다. 사내의 이마에 송골송골 땀방울이 맺혀 있는 것을 본 술라는, 열기가 피부에 닿을 때 어떤 일이 벌어질지 혼자 내기를 하면서 흥미 있게 관찰했다.

징조를 믿는 술라는 로마의 성문 앞에 있는 이런 순간에는 신들이 지켜보고 있으리란 걸 알고 있었다. 이것이 신들이 보내는 메시지, 술라가 해석해야 할 징조일까? 술라가 신들의 사랑을 받는 것만큼은 확실했다. 그의 높은 지위가 그것을 증명하고 있었다. 술라는 나름대로 계획을 세웠지만,

마리우스 같은 사내를 상대할 때는 언제든 참혹한 결과가 빚어질 수 있었다. 드디어 기름 위에서 명멸하는 불꽃이 노예의 살갗에 닿았다. 술라는 깜짝 놀라 한쪽 눈썹을 추켜올리며 입술을 일그러뜨렸다. 분명 굉장히 아팠을 텐데도, 사내는 기름이 손마디를 지나 도로의 흙먼지 위로 떨어지게 그냥 놔둔 채 바위처럼 꼼짝 않고 서 있었다. 손에서 부드러운 노란빛을 내며 타는 불꽃이 보이는데도 움직이지 않았다.

"이봐, 노예!"

술라가 부르자 사내가 돌아서서 주인을 마주 보았다.

사내의 견실한 태도에 술라가 흡족하게 미소를 지었다.

"너는 임무에서 면제되었다. 그 손을 물로 씻으라. 너의 용기는 오늘 밤을 위한 좋은 징조다."

사내는 고마워하며 고개를 끄덕이고는 그 손을 다른 쪽 손으로 움켜잡아 작은 불꽃을 껐다. 그러더니 벌건 얼굴로 숨을 헐떡이며 서둘러 그 자리를 떴다. 술라는 시원한 술잔을 우아하게 받아든 뒤 로마의 성벽을 위해 건배했다. 잔을 뒤로 기울이며 포도주를 맛볼 때, 그의 눈은 두건에 덮여 있었다. 지금으로서는 기다리는 것 말고는 할 일이라곤 아무것도 없었다.

마리우스는 짜증을 내며 육중한 성벽의 가장자리를 붙잡았다.

"술라는 지금 무얼 하고 있는 거지?"

마리우스가 혼자 중얼거렸다. 술라의 군단이 저 멀리까지 늘어서 있는 게 보였다. 그들은 비아 사크라 쪽으로 나 있는 성문에서 몇백 걸음 넘지 않은 거리에 멈춰 서 있었다. 마리우스 주위에는 그의 부하들이 마리우스만큼이나 긴장된 모습으로 명령을 기다리고 있었다.

"저들은 공중공격 사정권 바로 밖에 있습니다, 장군님."

한 백인대장이 말했다.

마리우스는 치미는 화를 억눌러야만 했다.

"알고 있네. 저들이 사정권 안으로 넘어오면 즉시 발사를 시작하게. 모든 걸 총동원해 저들을 맞추게. 저들은 저런 대형으로는 절대로 이 도시를 점령할 수 없을 걸세."

저런 대형을 취하다니, 말도 되지 않았다! 만반의 준비를 하고 있는 적을 상대하려면 선두가 넓게 펼쳐 서야만 승산이 있었다. 창끝을 하나만 들이댄 채 행군한다면 방어선을 돌파할 가능성이 전혀 없었다. 마리우스는 화가 나서 주먹을 부르쥐었다. 무엇을 놓쳤단 말인가?

"뭐든 변화가 있으면 그 즉시 나팔을 불게."

마리우스는 그 구역의 지휘관에게 명령을 내린 뒤, 성큼성큼 병사들 사이를 지나 로마의 거리로 이어지는 계단으로 향했다.

율리우스와 카베라와 투브루크는 마리우스가 보좌관들과 함께 상황을 점검하는 것을 지켜보며 마리우스가 다가오길 참을성 있게 기다렸다. 고개를 가로젓는 것으로 보아, 보좌관들은 새로 제안할 게 전혀 없는 모양이었다. 투브루크는 학살을 앞두었을 때 늘 그러듯이 가벼운 긴장감을 느끼며, 칼집에서 글라디우스를 느슨하게 풀어놓았다. 전운이 감도는 상태여서 그는 자신이 뜨거운 오후 내내 그곳에 머물러 있었던 것을 다행으로 생각했다. 가이우스, 아니 율리우스는 그를 소유지로 돌려보낼 뻔했으나, 전직 검투사의 눈에 어린 무언가 때문에 그 지시를 내리지 못했었다.

율리우스는 친구들이 모두 함께 있을 수 있었다면 좋을 텐데 하고 생각했다. 그럴 수만 있다면, 레니우스의 조언도 마르쿠스의 이상한 유머 감각도 고맙게 받아들였을 것이다. 그것도 그거지만, 전투를 벌일 때 곁에 두기에 그들보다 든든한 이들은 거의 없었다. 율리우스 역시 칼을 뺄 때 걸리지 않도록 칼집의 금속 주둥이에 몇 번 덜걱덜걱 부딪치게 해 느슨하게 풀어놓았다. 율리우스는 5분 동안 무려 다섯 번을 그렇게 했다. 그러자 카베라가 손으로 어깨를 탁 쳐서 율리우스를 살짝 놀라게 만들었다.

"병사들은 늘 기다리는 게 힘들다고 투덜대지. 나도 기다리는 것보다는 죽이는 편이 낫다네."

사실 카베라는 소용돌이치는 미래의 행로가 자신을 무겁게 짓누르는 느낌을 받았다. 그래서 율리우스를 안전한 곳으로 데려가고 싶은 마음과 성벽에 올라가 첫 번째 공격에 맞서고 싶은 마음 사이에서 갈등하고 있었다. 미래의 행로를 정하는 것은 결국 단순한 사건이 아닌가!

율리우스는 성벽을 훑어보며 병사들의 수와 위치, 경비병의 원활한 교대 여부, 노포와 대량살상 무기들의 시험가동 상황 등을 살펴보았다. 로마가 숨을 죽이고 있어 거리는 조용했다. 여전히 어떤 움직임이나 변화도 없었다. 마리우스는 쿵쿵대고 돌아다니면서 성난 목소리로 명령을 외쳐댔다. 명령사슬을 이루고 있는 병사들은 그가 신뢰하는 사내들이니 조금 더 부드럽게 명령을 내려도 되었을 것이다. 그런데 그러는 것을 보니, 긴장감이 마리우스에게까지 영향을 미치고 있는 모양이었다.

끊임없이 이어지던 심부름꾼들의 움직임이 마침내 멈추었다. 더는 나를 물도 없고, 화살과 돌도 모두 제자리에 쌓여 있었다. 이제 성벽의 다른 부분에서 숨가쁘게 달려오는 전령의 발자국 소리만이 몇 분마다 긴장을 깨뜨렸다. 율리우스는 마리우스의 얼굴에 근심이 서리는 것을 보았다. 공격의 기미가 전혀 없다는 소식에 마리우스의 근심은 더욱 깊어지는 듯 보였다. 술라가 정말로 기꺼이 목숨을 걸면서 합법적인 입성을 시도하는 상황이 벌어질 수 있는 것일까? 만일 술라가 혼자서 성문으로 걸어온다면, 그 용기는 사람들의 감탄을 살 것이다. 하지만 '우발적으로' 발사된 화살을 맞아 죽게 될 것이라고 율리우스는 확신했다. 술라가 활의 사정권 안으로 들어온다면, 그토록 위험한 뱀을 그냥 놔둘 마리우스가 아니었기 때문이다.

로브 차림의 전령이 밀치고 지나가며 율리우스의 생각을 중단시켰다. 그런데 바로 그 순간, 눈앞의 광경이 바뀌었다. 성벽에 가장 가까이 서 있던 병사들이 갑자기 뒤에서 동료들의 공격을 받아 전멸되고 있었다. 율리우스는 그 광경을 지켜보며 공포에 휩싸였다. 그 병사들은 밖에서 기다리고 있는 군단에 온통 정신을 집중하고 있던 터라, 수십 명이 단 몇 초 만에 쓰러졌다. 물을 나르던 이들이 들고 있던 양동이를 내팽개치고는 근처의 병사들을 단검으로 찔렀고, 병사들은 공격을 받고 있다는 사실을 깨닫기도 전에 죽어 나갔다.

"맙소사! 저들은 이미 안에 들어와 있잖아!"

율리우스가 내뱉으며 검을 뽑아들었다. 그러면서 투브루크도 자신과 같은 행동을 하리라 생각했다. 그러나 예상과는 달리 투브루크는 침착하게 화살 하나를 화로에 집어넣어 불을 붙인 뒤 밤하늘 속으로 높이 날려보냈다. 그 화살이 위쪽으로 호를 그리면서, 고요 속의 살인은 끝이 났다. 성벽 밖에서 술라의 군단이 마치 지옥이라도 열린 듯 아우성을 치며 몰려왔다.

마리우스는 어둠이 깔린 아래쪽 거리에 성벽을 뒤로하고 서 있었다. 그런데 한 백인대장의 얼굴에 고통스러운 표정이 떠올랐다. 마리우스가 홱 돌아섰을 때 이미 백인대장은 단검에 등을 찔려 허공을 할퀴고 있었다.

"이게 뭐지? 맙소사 피……."

마리우스가 가장 가까운 구역의 병사들을 불러 모으려고 숨을 한껏 들이쉬었다. 그때 별조차 없는 검은 잉크같이 시커먼 밤하늘 속으로 불이 붙은 화살 하나가 휙 지나가는 게 보였다.

"나한테 오라! 프리미게니아여, 성문으로! 성문을 사수하라! 최고 경보를 울리라! 저들이 온다!"

마리우스가 날카롭게 외쳤다. 그러나 나팔수들은 흥건히 피를 흘린 채 널브러져 있었다. 한 나팔수만이 그때까지 공격자와 맞붙어 싸우고 있었다. 몸을 난자당하고 있는데도 그는 가느다란 청동 관악기를 놓치지 않으려고 안간힘을 썼다. 마리우스는 몇 세대 동안 가문에 내려온 검을 뽑아 들었다. 격분해서 얼굴이 흙빛으로 변해 있었다. 두 사내가 죽었다. 마리우스는 나팔을 들어 올려 입술에 갖다 대었다. 청동에서 피 맛이 느껴졌다.

온 주위 어둠 속에서 다른 나팔들이 화답했다. 처음 몇 분은 술라가 승세를 잡았지만 아직 끝이 난 게 아니라고 마리우스는 단언했다.

율리우스는 전령 복장을 한 무리가 모두 무장을 하고 있는 것을 보았다. 그들은 마리우스가 피 묻은 나팔을 들고 서 있는 곳을 향해 달려가고 있었다. 밝게 빛나던 마리우스의 검은 이미 피로 물들어 거무스름해져 있었다. 마리우스 뒤로 어렴풋이 보이는 성벽에서는 횃불의 그림자가 너울거렸다.

"함께 가요! 저들이 혼란을 틈 타 장군에게 가고 있어요."

율리우스가 투브루크와 카베라에게 고함을 치며, 전령 복장을 한 무리의 뒤로 돌진했다.

율리우스의 첫 번째 일격이 달려가는 사내들 중 하나의 목에 맞았다. 사내들은 사력을 다해 맞서 싸우는 전사 무리들을 뚫느라 속도가 느려져 있었다. 마침내 마리우스의 병사들이 적이 변장을 하고 있다는 사실을 깨달은 모양이었다. 그러나 싸움은 쉽지 않았다. 칼들이 맞부딪치며 번쩍번쩍 섬광이 일었지만, 한데 엉켜 싸우는 무리 중 어느 쪽이 친구이고 어느 쪽이 적인지 아무도 알지 못했다. 그런 상황이라 성벽 안은 모든 것이 그야말로 대혼란에 휩싸여 있었다. 실로 무서운 책략이 아닐 수 없었다.

누군가의 한쪽 다리 근육을 벤 율리우스는 그가 쓰러지자 몸뚱이를 쿵쿵 밟으며 내달렸다. 샌들 밑에서 뼈가 부러지는 걸 느꼈다. 변장한 무리가 멈춰 서서 싸우지 않고 계속 달리는 것을 보고 처음에는 깜짝 놀랐지만, 그들이 마리우스를 암살하라는 명령을 받은 것임을 금세 알아차린 율리우스는 어떤 위험도 무시했다.

투브루크가 펄쩍 뛰어오르며 또 다른 사내를 쓰러뜨렸다. 그러나 그 바람에 투브루크는 그 사내와 함께 딱딱한 자갈 위에 큰대자로 뻗고 말았다. 카베라도 또 한 명의 사내에게 단검을 던졌다. 술라의 부하가 그 단검을 옆구리에 맞고 비틀거렸다. 샌들을 딸가닥거리며 지나가면서 낫질을 하듯 검을 크게 휘두른 율리우스는 검이 무언가에 닿았다가 쓱 미끄러져 나오는 만족스러운 충격이 팔에 전해지는 것을 느꼈다.

앞에서는, 마리우스가 홀로 서 있는 가운데, 검은 옷을 입은 이들이 그를 향해 모여들고 있었다. 그들이 오는 것을 본 마리우스는 우렁찬 소리로 그들에게 싸움을 걸었다. 율리우스는 자신이 너무 늦었다는 것을 불현듯 깨달았다. 쉰 명이 넘는 사내가 장군을 향해 돌진하고 있었다. 그런데 그 지역에 있는 그의 병사들은 모두 죽었거나 죽어가고 있었다. 한두 명이 좌절감에 휩싸인 채 처절하게 절규하고 있었지만, 그들 역시 삼촌에게 다가갈 수는 없었다.

마리우스는 피와 가래를 내뱉은 뒤 위협적으로 검을 치켜들었다.

"어서 덤벼, 이놈들아! 날 기다리게 하지 말고."

마리우스가 이를 악문 채 으르렁거렸다. 분노가 앞서 절망감 따위는 얼씬거리지도 못했다.

앞으로 달려가던 율리우스는 별안간 단단한 주먹이 멱살을 붙잡아 끌어 세우는 것을 느꼈다. 성이 나서 고래고래 소리를 지르는 그의 팔을 무언가가 탁 쳐냈다. 그는 홱 돌아서서 위협을 가하는 자를 마주 보았다. 그의 눈에 들어온 것은 투브루크의 단호한 얼굴이었다.

"안 되네. 너무 늦었어. 도망칠 수 있을 때 도망치게나."

율리우스는 미친 듯이 화가 나서 횡설수설 욕을 퍼부어대며 몸부림을 쳤다.

"놔주세요! 마리우스 삼촌이……."

"나도 아네. 허나 우린 장군을 구할 수 없네."

투브루크의 얼굴은 차갑고 창백했다.

"장군의 부하들은 너무 멀리 떨어져 있어. 지금까진 잠깐 동안이라 저들이 우릴 못 보고 지나쳤지만 계속 그럴 수 있기엔 저들의 수가 너무 많네. 살아서 삼촌의 복수를 하게, 가이우스. 살아야 하네."

멱살을 붙잡힌 채 빙그르르 돌아선 율리우스는 쉰 걸음 앞에서 마리우스가 들썩이는 몸뚱이들 아래로 쓰러지는 것을 보았다. 그 몸뚱이들 중 몇몇은 축 늘어져 흐느적거렸다. 마리우스의 칼을 맞아 이미 목숨이 끊어졌던 것이다. 나머지는 곤봉으로 장군을 난폭하게 내리치고 있었다. 그들은 무분별하다 싶을 정도로 잔인하게 몰매를 가해 장군을 바닥에 쓰러뜨렸다.

"전 도망갈 수 없어요."

율리우스가 거절하자 투브루크가 욕설을 내뱉었다.

"그래, 도망이야 칠 수 없지. 허나 후퇴는 할 수 있네. 이 전투는 졌네. 이 도시는 패한 걸세. 보게나, 술라 쪽으로 돌아선 배신자들이 성문을 장악하고 있네. 지금 움직이지 않는다면 술라의 군단이 곧 들이닥칠 걸세."

투브루크는 율리우스에게 더 이상 말할 틈을 주지 않고, 양 겨드랑이 밑으로 팔을 둘러 그를 끌고 가기 시작했다. 카베라도 검을 들지 않은 팔을 잡아끌었다.

"우리는 말을 구해 타고 이 도시를 가로질러 다른 성문으로 갈 걸세. 그 다음에는 해안으로 가서 군단의 갤리선(돛에만 의지하던 상선과 달리 노예들에게 노를 젓게 하던 로마의 군함—옮긴이)에 오를 것이네. 자넨 이곳에서 피해 있어야만 하네. 마리우스를 지지했던 사람들 중에 아침까지 살아남아 있을 사람은 거의 없을 걸세."

투브루크가 심각하게 말했다.

율리우스는 투브루크에게 붙잡힌 채 축 늘어져 끌려갔다. 주위를 에워싸는 검은 형체의 수가 점점 더 늘어나면서 밤이 활기를 띠기 시작했다. 율리우스는 두려움에 몸이 뻣뻣해졌다. 칼끝이 목을 향해오자, 율리우스가 다가올 고통을 생각하며 긴장을 하는데, 명령 소리가 밤공기를 갈랐다.

"이들은 죽이지 마라. 이들이 누군지 안다. 술라 장군께서 이들을 살려두라고 하셨다. 포박하라!"

율리우스 일행은 몸부림을 쳤지만, 그들이 할 수 있는 것은 아무것도 없었다.

마리우스는 누군가가 손에 쥔 검을 잡아당기는 걸 느꼈다. 검이 돌바닥에 내던져졌는지 저 멀리서 딸그락 하는 소리가 들렸다. 마리우스에게는 몸을 탁탁 내리치는 곤봉 세례가 고통으로 느껴지지 않았다. 그저 떼거리로 몰려 있는 몸뚱이들 속에서 고개를 이쪽저쪽으로 홱홱 움직이게 만드는 충격으로 느껴질 뿐이었다. 극심한 고통과 함께 갈비뼈가 뚝 부러지더니 팔이 비틀리며 어깨가 빠져나갔다. 마리우스는 그 와중에도 희미해지는 의식을 끌어당겼다. 그러나 누군가가 손가락을 밟아 으스러뜨리자 다시 무의식 상태로 빠져들었다.

부하들은 어디에 있는 걸까? 분명히 그들은 내 목숨을 구하러 오고 있을 것이다.

마리우스는 이런 식을 의도한 게 아니었다. 이런 식의 최후를 맞이하리라 예상했던 게 아니었다. 이것은 장엄한 개선 행렬의 선두에 서서 로마에 입성해 그를 사랑하는 사람들에게 은화를 던져주던 그 사내가 아니었다. 이것은 숨을 씨근덕거리며 뾰족한 돌들 위로 피와 생명을 흘려보내면서, 자식처럼 사랑하는 부하들이 자신을 구하러 와줄지 궁금해하는, 만신창이가 된 불쌍한 인간에 지나지 않았다.

머리가 뒤로 당겨지는 걸 느낀 마리우스는 이제 곧 칼이 날아들어 무방비 상태로 노출된 목을 긋고 지나가겠구나 하는 생각을 했다. 그러나 칼은 날아들지 않았다. 고통스러운 기나긴 몇 초가 흐른 뒤, 눈의 초점은 감히 범접할 수 없게 시커먼 위용을 드러내고 있는 사크라 성문에 맞추어졌다. 형체들이 그 위로 떼를 지어 몰려들더니, 몸뚱이들이 외설스러운 옷처럼 성문을 감싸며 흘러내렸다. 여러 조를 이뤄 움직이는 사내들이 커다란 빗장을 들어 올렸다. 그러자 성문이 살짝 벌어지면서 그 틈 사이로 횃불이 비쳐들었다.

이윽고 거대한 성문이 완전히 열리면서 술라의 군단이 나타났다. 선두에 서 있는 술라는 머리칼이 흘러내리지 않도록 황금 머리띠를 두르고 순백의 토가에 황금 샌들을 신은 차림이었다. 마리우스는 눈을 깜박여 눈에 고인 피를 씻어냈다. 저 멀리서 다시 무기들이 맞부딪치는 소리가 들렸다. 도시 전역에 흩어져 있던 프리미게니아가 자신들의 장군을 구하기 위해 쏟아져 들어온 것이다.

그러나 그들은 너무 늦었다. 적은 이미 안에 들어와 있었고, 그는 패배했다. 이제 그들이 로마를 불태우리라는 것을 마리우스는 알고 있었다. 이제 그 무엇도 그것을 막을 수는 없었다. 휘하 군대는 괴멸될 것이고, 피비린내 나는 살육이 벌어질 것이며, 로마는 야탈되고 파괴될 것이다. 내일, 설사 술라가 그때까지 살아 있다 해도 술라는 잿더미만 물려받게 될 것이다.

병사가 마리우스의 머리칼을 움켜쥔 뒤 그의 고개를 더욱 높이 쳐들었다. 마리우스에게는 모든 고통이 어렴풋하게만 느껴질 뿐이었다. 이번 고통은 더욱더 아련하게 느껴졌다. 마리우스는 자신을 향해 성큼성큼 힘차게 걸어오는 사내에게 차가운 분노를 느꼈다. 그러나 그 분노에는 존경할 만한 적에 대한 일말의 존경이 섞여 있었다. 사람은 원래 적들한테서 평가받는 것 아닌가? 그렇다면 정말이지 마리우스 역시 위대했다. 빗발치듯 날아드는 강타에 정신이 몽롱해진 탓에, 마리우스의 생각은 먼 곳을 떠돌다 돌아오고 먼 곳을 떠돌다 돌아오기를 거듭했다. 마리우스는 그러다가 의식을 잃었으나, 잔인한 얼굴의 병사가 두 뺨을 후려치는 바람에 다시 의식을 되찾았다. 마리우스는 자신이 불과 몇 초 동안만 의식을 잃었었다고 생각했다. 그 병사가 두 손에 묻어난 피를 보고 얼굴을 찡그리더니 더러운 로브에 두 손을 문질러 닦는데, 또렷하고 힘 있는 목소리가 들렸다.

"조심하라, 병사. 너의 손에 묻은 것은 마리우스의 피다. 약간의 존경을 표해야 마땅하니라."

승리자 술라의 말에 병사가 입을 딱 벌렸다. 무슨 뜻인지 이해가 가지 않는 게 분명했다. 병사는 몸에서 두 손을 떼어 뻣뻣하게 든 채 몇 걸음 뒤로 물러나, 점점 수가 늘고 있는 동료들 속으로 들어갔다.

"이해하는 이가 극히 드물 거요. 안 그렇소, 마리우스? 위대하게 태어난다는 게 어떤 것인지 이해하는 이 말이오."

술라가 다가왔기 때문에 마리우스는 그의 얼굴을 볼 수 있었다. 술라의 눈은 그가 결코 보게 되지 않기를 바랐던 빛나는 만족감으로 번득였다. 다른 곳으로 시선을 돌린 뒤 기침을 해서 피를 뱉은 마리우스는 피가 턱으로 똑똑 떨어지는데도 그냥 놔두었다. 그 피를 멀리 내뱉을 기운도, 죽음을 앞둔 순간에 천연덕스럽게 농담을 주고받고 싶은 마음도 없었다. 마리우스는 술라가 메텔라를 살려줄 것인지 궁금해하며, 아마도 그러지 않을 것이라고 생각했다. 율리우스는? 율리우스가 도망쳤기를 바랐지만, 율리우스 역시 주변에서 싸늘하게 식어가고 있는 주검들 속에 끼어 있을 가능성이 높았다.

저 멀리서 싸우는 소리가 점점 더 크게 들렸다. 마리우스의 귀에는 부하들이 적들과 맞서 싸우며 다가오면서 자신의 이름을 연호하는 소리가 들렸다. 마리우스는 희망을 품지 않으려고 애썼다. 그것은 너무 고통스러웠기 때문이다. 불과 몇 초 후면 죽음이 찾아올 것이다. 부하들은 그의 주검만을 보게 될 것이다.

술라가 한 손가락의 손톱으로 이를 톡톡 두드렸다. 생각에 잠긴 얼굴이었다.

"그대도 알겠지만 상대가 다른 장군이라면 난 그저 그자를 처형하고 나서, 전투를 중단시키기 위해 그 군단과 협상을 벌일 것이오. 어쨌든 나는 집정관이니 그럴 권한이 충분히 있소. 그렇게 하면 상대 병력이 이 도시 밖으로 철수하도록 허용하고 그들이 차지했던 이 도시의 막사에 내 부하들을 집어넣으면 되니, 상당히 간단한 문제일 것이오. 허나 그대 부하들은 마지막 한 사람이 남을 때까지 계속 싸울 게 틀림없소. 그렇게 되면 그 과정에서 내 부하들도 수백 명이 더 목숨을 잃게 될 것이오. 그대는 민중의 장군, 프리미게니아가 사랑하는 장군이 아니오?"

술라가 다시 이를 톡톡 두드렸다. 마리우스는 다시 어둠 속으로 끌고 들어갈 기세로 몰려오는 심한 고통과 피로를 무시한 채 술라의 말에 집중하려고 안간힘을 썼다.

"그대를 상대하려면 말이오, 마리우스. 난 특별한 해결책을 쓰지 않을 수 없소. 해서, 제안을 하려 하오. 마리우스가 내 말을 들을 수 있는 상탠가?"

술라가 마리우스 눈에는 보이지 않는 한 병사에게 물었다. 그러자 그 병사가 뺨을 몇 대 더 후려쳐 마리우스를 깨웠다.

"아직 의식이 있소? 부하들한테 내가 로마의 집정관으로서 지닌 합법적인 권위를 받아들이라고 하시오. 프리미게니아는 항복을 하고, 내 군단이 어떤 우발적 사건을 겪거나 공격을 당하는 일 없이 이 도시 안으로 들어올 수 있도록 허용해야만 하오. 내 군단은 어쨌든 이미 들어와 있소. 만일 그대가 이 말을 전한다면, 그대 아내와 함께 로마를 떠나게 해주겠소. 내 명예를 걸고 그대들을 보호해 줄 것이오. 허나 거절한다면, 그대 부하 어느 누구도 살아남지 못할 것이오. 거리란 거리, 집이란 집은 다 뒤져서 그들을 찾아내 죽일 것이오. 그리고 그대에게 호의를 보였거나 지지했던 사람들은 물론이고 그들의 아내, 자식, 노예들까지 모두 죽일 것이오. 간단하게 말해서, 난 이 도시의 역사에서 그대의 이름을 깨끗이 지울 작정이오. 따라서 그대를 친구라 부를 사람은 아무도 살지 못할 것이오. 알아듣겠소, 마리우스? 일으켜 세워서 부축하라. 이자가 목을 풀게 물을 가져오라."

마리우스는 술라의 말을 소용돌이치는 납처럼 무거운 생각 속에 붙잡아 두려고 애썼다. 술라의 명예를 그리 신뢰하지는 않았지만, 어쨌든 술라의 제안을 받아들인다면 부하들만큼은 목숨을 구할 수 있을 것이라고 그는 생각했다. 물론 그들은 로마에서 멀리 떨어진 곳으로 떠나야 할 것이고, 몸에 칠을 한 야만인들로부터 저 북쪽의 주석 광산이나 보호하는 굴욕적인 임무를 맡게 되겠지만, 그래도 살아남게 될 것이다.

마리우스는 도박을 벌였고 그 도박에서 졌다. 끔찍한 절망감이 마리우스의 마음속을 가득 채워왔다. 술라의 부하들이 거칠게 잡아대는 통에 부러진 뼈들이 삐걱거리면서 느껴지는 날카로운 고통을 무디게 만들 정도로 무시무시한 절망감이었다. 불과 1년 전만 같아도 감히 그의 몸에 손가락 하나 대지 못했을 술라의 부하들이 그렇게 나오는 판국이니 왜 안 그렇겠는가. 어깨뼈가 빠진 터라 아무 감각도 없는 팔이 축 늘어진 채 대롱대롱 매달려 있었다. 하지만 그것은 더 이상 중요하지 않았다. 마리우스는 곧바로 입을 열려다가 말았다. 마지막에 떠오른 생각 때문이었다. 부하들이 결국 승리해서 상황을 유리하게 돌려놓을 수 있으리란 희망을 품고 시간을 끌어야만 하는 건 아닐까?

마리우스는 상황을 파악하고자 고개를 돌렸다. 그러나 술라의 부하들이 인근 거리들을 확보하기 위해 부채꼴로 펼쳐 서는 것을 보고, 단시간에 복수할 기회는 사라졌음을 깨달았다. 이제부터는 가장 지저분하고 사악한 종류의 싸움이 될 터였다. 아직도 그의 군단 대부분은 로마를 둘러싼 성벽 위에 있어 교전을 할 수가 없는 상황이었다. 안 돼.

"제안을 받아들이겠소. 맹세하오. 제일 가까운 곳에 있는 내 부하들이 나를 볼 수 있게 해주시오. 내가 명령을 전달할 수 있게 말이오."

술라가 고개를 끄덕였다. 그러나 못 믿겠다는 듯 얼굴이 일그러졌다.

"만일 그대가 지금 거짓말을 하는 것이라면, 수천 명이 죽게 될 것이오. 그대의 아내도 끔찍한 고문을 받다 죽게 될 것이오. 이 일을 여기서 끝냅시다. 앞으로 데려오라."

성벽의 그늘에서 끌려나와, 무기들이 격렬하게 맞부딪치는 곳으로 끌려가며, 마리우스는 고통에 겨워 신음을 토했다.

술라가 보좌관들에게 고개를 끄덕이며 날카롭게 말했다.

"전투 중지를 알리는 나팔을 불라."

마리우스가 그를 본 이후 처음으로 목소리에 긴장의 기색이 드러났다. 나팔이 울리자, 1열과 2열이 즉시 적에게서 두 걸음 물러나 피 묻은 검을 든 채 그 자리를 지켰다.

마리우스의 군단은 이미 로마 남동쪽의 성벽을 떠나 거리를 통해 몰려오는 중이었다. 그들은 분노와 살해욕으로 눈을 번득이며 모든 계곡, 모든 도로를 따라 구름처럼 밀려들었다. 방어자들이 로마 성벽을 떠남에 따라, 그들 뒤에 모여드는 인원은 매 순간 늘어났다. 마리우스가 연설을 하기 위해 부축을 받고 일어서자, 그들에게서 엄청난 함성이 터져 나왔다. 복수심에 불타는 동물의 울부짖음 같았다. 술라는 뒤로 물러서지 않았지만, 눈

주위의 근육이 팽팽하게 긴장되어 있었다. 연설을 하려고 심호흡을 한 번 한 마리우스는 단검이 등뼈 옆을 누르는 걸 느꼈다.

"프리미게니아."

쉰 목소리가 나오자, 마리우스는 있는 힘을 다해 다시 시도했다.

"프리미게니아, 불명에 따윈 없다. 우리는 동료들에게 배신당한 것이 아니라, 뒤에 남아 있던 술라의 부하들에게 공격을 받은 것이다. 이제 나를 사랑한다면, 나를 사랑했었다면, 이들을 모두 죽이고 로마를 불태우라!"

단검이 살을 찢고 들어오는데도, 마리우스는 고통을 무시한 채 부하들이 맹렬히 기뻐하며 으르렁대는 긴 순간 동안 강인한 모습으로 서 있었다. 그러더니 그의 몸이 푹 쓰러졌다.

"지옥 불에나 떨어져라!"

프리미게니아가 앞으로 쇄도해 들어오자 술라가 고함을 질렀다.

"4열횡대. 난투 대형으로 교전한다. 6중대는 내 옆으로. 공격!"

술라는 검을 뽑아들었고, 가장 가까이 있는 중대가 그를 보호하기 위해 주위에 떼를 지어 모여들었다. 동이 트려면 아직 몇 시간이나 남았는데, 벌써부터 공기에선 피 냄새, 연기 냄새가 진동했다.

29장

마르쿠스는 눈을 크게 뜨고 흉벽(방어용의 낮은 벽―옮긴이) 너머 저 멀리 보이는 적의 모닥불을 바라보았다. 이곳은 아름다운 땅이기는 했지만 부드러운 구석이라고는 전혀 없었다. 겨울 추위는 노약자의 목숨을 앗아갈 정도로 매서웠고, 관목 덤불조차도 산길이 가파른 절벽에 매달려 있기가 힘든지 죽은 패배자의 모습 같았다. 산악 정찰병으로 1년 이상을 보낸 마르쿠스는 피부가 짙은 갈색으로 그을려 있었고, 몸은 철사같이 질긴 근육이 툭툭 불거져 나와 있었다. 이제 마르쿠스는 나이 든 병사들이 '근질병'이라고 부르는 것, 다시 말해 복병의 냄새를 맡고, 추적자를 찾아내고, 어둠 속에서 눈에 띄지 않게 바위 위로 움직이는 능력을 갖추기 시작했다. 노련한 추적자들은 모두 그런 근질병을 갖고 있었다. 1년이란 기간이 지나고도 근질병을 얻지 못한 사람은 절대로 근질병을 얻지 못할 것이고, 따라서 절대로 일급 정찰병이 되지 못한다고 그들은 말했다.

마르쿠스는 처음에 여덟 명을 지휘하는 지위로 승진했다. 블루스킨 부족민이 매복한 것을 발견한 그가 정찰병들에게 적의 주위와 뒤로 가라고 지시한 게 성공적인 결과를 거둔 덕분이었다. 그의 동료들은 복병들을 산산조각 내고 나서야 비로소 자신들이 군소리 없이 마르쿠스의 지휘를 따랐다는 것을 알아차렸다. 마르쿠스가 미개한 유목민들을 가까이에서 본 것은 그때가 처음이었다. 질 나쁜 음식을 먹거나 값싼 포도주를 마신 후 잠이 들 때면, 지금도 그때 본 그들의 푸른색 칠을 한 얼굴이 꿈속에 슬쩍 나타났다.

그가 속한 군단의 정책은 그 지역을 통제해서 평화롭게 만드는 것이었다. 이는 능력이 닿는 만큼 야만인을 죽여도 된다는 포괄적 허가인 셈이었다. 그곳에서는 잔학 행위가 빈번히 발생했다. 실종된 로마 경비병들이 창자를 태양에 무자비하게 드러낸 채 말뚝에 박힌 모습으로 발견되곤 했다. 열기와 먼지와 파리들 속에서 자비와 친절은 금세 말라 없어졌다. 대부분의 군사 행동은 소규모로 이루어졌다. 이처럼 울퉁불퉁하고 거친 지형에서는 로마 군단병들이 무척이나 사랑하는 합동 전투가 가능하지 않았기 때문이다. 순찰을 나갔던 병사들은 머리 한두 개를 손에 들고 돌아오거나 오히려 인원이 몇 명 줄어서 돌아오기도 했다. 어느 쪽도 상대를 절멸시킬 힘은 가지고 있지 않은 상황이어서 전투는 교착상태에 빠져 있었다.

이런 식으로 열두 달이 흘렀다. 시간이 흐를수록 보급품 마차에 대한 기습이 점점 더 빈번해지고 난폭해졌다. 상황이 이렇게 되자 마르쿠스와 부하들도 수많은 다른 부대와 함께 보급품 경호 업무에 추가로 투입되었다. 가장 고립된 지역에 있는 기지들에 물과 염장 식품을 무사히 전달하기 위한 조치였다.

이 기지들은 부족민의 살갗을 찌르는 가시와 같은 존재였다. 따라서 언덕에 자리 잡은 석조 요새들이 자주 공격을 받으리라는 건 자명한 일이었다. 군단은 그곳에 주둔한 병사들을 정규적으로 교대시켰는데, 영구 진영으로 돌아오는 병사 상당수가 흉벽 너머로 머리가 날아왔다거나, 해가 떠올랐을 때 보니 성벽에 피가 묻어 있었다는, 소름 끼치는 이야기를 함께 가지고 왔다.

처음에는 보급 마차를 경호하는 임무가 마르쿠스에게 부담스러운 일이 아니었다. 여덟 명의 부하 중 다섯 명은 노련하고 침착한 병사들이어서 호들갑을 떨지도 투덜대지도 않고 임무를 깔끔하게 완수했다. 그러나 나머지 셋이 문제였다. 자페크가 끊임없이 툴툴거렸다. 다른 병사들이 자신을 싫어하든 말든 신경 쓰지 않는 듯했다. 루피스는 은퇴할 때가 얼마 남지 않은 상황에서 지휘를 잘못해 사병으로 강등당한 상태였다. 그리고 세 번째는 바로 페피스였다. 셋은 각각 다른 문제를 일으켰다. 그래서 마르쿠스가 레니우스에게 조언을 구하면 레니우스는 고개를 절레절레 흔들 뿐이었다.

"그 친구들은 내 부하니까 네가 알아서 처리해."

레니우스가 그 문제에 대해 해준 말은 이게 다였다.

마르쿠스는 루피스를 부관으로 삼아 병사 넷의 지휘를 맡겼다. 이 조치를 통해 루피스의 자존심이 약간이나마 회복되기를 바랐다. 그런데 루피스는 오히려 뭔지 모를 모욕을 받은 듯 마르쿠스가 명령을 내릴 때마다 귓등으로 흘려들었다. 자페크한테는 약간 생각을 한 후 불평이 떠오르는 족족 글로 적어 목록을 만들라고 명령했다. 그러면서 영구 진영에 돌아가면 그 목록을 백인대장에게 제출해도 좋다고 말했다. 백인대장은 바보들을 못 참는 걸로 유명하다는 것을 알기에 그런 명령을 내린 것이다. 마르쿠스는 자신이 의도한 대로, 군단 비품에서 내어준 양피지에 단 하나의 불평도 적혀 있지 않음을 알아차리고 흡족해했다. 그것은 아마도 작은 승리라고 할 수 있었다. 그러나 여전히 사람들을 다루는 기술, 레니우스의 표현을 빌리자면, 자신이 원하는 것을 사람들이 하게 만들되, 그들이 잘 못해도 너무 짜증을 느끼지 않는 기술을 배우기 위해 고군분투하는 중이었다. 이에 대해 골똘히 생각하던 마르쿠스는 이것을 가르쳐준 선생이라고는 레니우스밖에 없다는 데 생각이 미쳤다. 그 생각에 그는 슬며시 미소를 지었다.

페피스는 몇 마디 말로 타이르거나 한 대 후려친다고 해서 해결될 수 있는 종류의 문제가 아니었다. 영구 막사 생활을 시작했을 때, 페피스는 좋은 음식과 훈련 덕분에 키와 덩치가 쑥쑥 자라 전도가 유망해 보였다. 그런데 불행히도 그에게는 창고에서 물건을 훔쳐내는 나쁜 버릇이 있었다. 그가 종종 훔친 물건들을 가져다주는 바람에 마르쿠스는 이만저만 당혹스러운 게 아니었다. 훔친 것들을 강제로 모조리 돌려주게 하기도 하고, 잠깐 동안이기는 해도 호되게 채찍질을 가하기도 했다. 하지만 페피스의 도벽은 고치지 못했다. 결국 청동주먹 부대 백인대장 레오니데스는 다음과 같은 내용의 쪽지와 함께 그 소년을 마르쿠스에게 보냈다.

'자네 책임이니 자네가 감당하라.'

경호 업무는 대단한 능률을 보이며 순조롭게 출발했다. 마르쿠스는 이제 그런 종류의 능률을 당연하게 받아들였다. 그러면서도 그것이 제국 전체의 표준은 아닐 거라고 생각했다. 동이 트기 한 시간 전에 출발한 일행은 오솔길을 따라 천천히 거무스름한 화강암 언덕으로 향하고 있었다. 황소가 끄는 납작한 수레 네 대에는 끈으로 단단히 묶은 통들이 실려 있고, 특파된 병사 서른두 명이 경호 업무를 맡고 있었다. 그들은 20년 경력의 베테랑으로 매사에 빈틈이 없는 페리타스라는 나이 든 정찰병의 지휘를 받고 있었다. 그들은 한데 뭉쳐 막강한 병력을 이룬 채 구불구불한 언덕길을 나아가고 있었다. 마르쿠스는 거의 출발할 때부터 숨어서 보는 눈이 있음을 느꼈지만, 금세 그 느낌에 익숙해졌다. 마르쿠스의 부대가 부여

받은 임무는 앞쪽에서 미리 정찰을 하는 것이었다. 마르쿠스가 부하 두 명을 이끌고 흔들리는 돌과 마른 이끼가 깔린 가파른 비탈을 오르던 중 완전 무장을 한 쉰 명 남짓의 블루스킨족 사내들과 마주쳤다.

몇 초 동안 두 무리는 서로를 바라보며 그저 입만 쩍 벌리고 있었다. 그러더니 마르쿠스가 뒤로 돌아서서 황급히 비탈을 내달렸고, 함께 있던 두 병사도 곧 그의 뒤를 따랐다. 뒤에서 우렁찬 외침이 터져 나왔다. 따라서 그들은 마차 행렬에 소리쳐 위험을 알릴 필요가 없었다. 가려져 있던 바위 턱 끝으로 쏟아져 나온 블루스킨족 사내들이 긴 칼을 높이 쳐들고 산이 쩌렁쩌렁 울리도록 날카롭게 소리를 질러대며 마차 경호병들 위로 떨어졌다.

군단병들은 전혀 당황하지 않았다. 블루스킨족이 돌진해 오자 활시위에 화살을 걸고 쏘았다. 그러자 마르쿠스와 부하들의 머리 위로 화살이 죽음의 파동을 그리며 지나갔다. 덕분에 오솔길에 도달할 시간을 번 마르쿠스와 부하들은 돌아서서 적을 마주할 수 있었다. 얼마나 경황이 없었던지 마르쿠스는 오른쪽에서 소리치며 달려드는 녀석의 목에 칼을 쑤셔 넣은 뒤에야 자신이 칼을 뽑아 전사를 죽였음을 알아차렸다.

잠깐 동안은 군단병들이 적의 기세에 압도당하는 형국이었다. 군단병들은 부대 단위로 싸울 때 힘을 발휘하는데, 울퉁불퉁한 오솔길에서는 각자 싸워야 했고, 누구와도 방패를 연결할 기회가 거의 없었기 때문이다. 그런데도 칼을 휘두르는 로마 병사들은 어느 누구 할 것 없이 무시무시한 블루스킨족 앞에서 굽힘 없이 결연한 얼굴이었다. 양측 모두 쓰러지는 병사들의 수가 늘어났다. 수레에 등을 대고 선 마르쿠스는 몸을 앞으로 홱 숙여 날아드는 검을 피한 뒤 상대적으로 짧은 검을 들썩이는 파란 복부에 찔러 넣고는 옆으로 쭉 그었다. 창자가 파란색 물감과 대조되어 밝은 노란색으로 보이는 순간, 마르쿠스는 이미 두 명의 공격을 막아내고 있었다. 마르쿠스는 손목을 붙잡은 손을 떼어내고, 수레 위로 뛰어오르려던 또 다른 전사의 사타구니를 베었다. 으르렁거리던 그 부족민이 숨막히게 피어오르는 먼지 속으로 나자빠지자, 마르쿠스는 그를 무턱대고 짓밟아대면서 다음 사내의 알통을 베었다.

한참 동안 전투가 지속된 듯싶었다. 마침내 뿔뿔이 흩어진 블루스킨족이 허둥지둥 비탈을 올라 은신처로 사라졌다. 그런데도 해의 위치는 공격받았을 때와 달라진 게 없었다. 이 사실에 마르쿠스는 깜짝 놀랐다. 기껏해야 몇 분밖에 지나지 않았던 것이다. 마르쿠스는 주위를 둘러보며 부하들을 찾았다. 그들은 비록 온몸에 피를 뒤집어쓴 채 숨을 헐떡였지만 살아 있었다.

그러나 그런 행운이 따라주지 않은 병사도 많았다. 루피스의 코웃음을 다시는 볼 수 없게 되었다. 두 다리를 수레에 대고 쭉 뻗은 그의 목에는 환하게 미소짓는 입 같은 붉은 상처가 벌어져 있었다. 그 공격에서 도륙당한 로마 병사는 루피스 외에도 열두 명에 달했다. 그들 주위에는 여전히 파란색을 띤 몸뚱이 서른 구 가까이가 자신들의 땅에 피를 방울방울 흘리며 쓰러져 있었다. 그런 무시무시한 광경이 펼쳐진 가운데, 파리들이 벌써부터 한바탕 잔치를 벌이러 떼를 지어 몰려들고 있었다.

마르쿠스가 물병을 가져오라고 페피스에게 소리쳤다. 그때 다시 경호병을 배치하기 시작한 페리타스가 빨리 보고하라고 지휘관들을 불렀다. 마르쿠스는 페피스에게서 물병을 받아들고는 서둘러 종대의 선두로 향했다.

페리타스는 몇 년에 걸쳐 열기와 먼지로 몸에서 수분이 전부 빠진 듯한 딱딱한 나무 같은 모습에 세상을 내다보는 냉소적인 눈빛만 살아 있었다.

그 부대에서 그만이 유일하게 말을 타고 있었다. 마르쿠스의 경례를 받고 나서 그가 말했다.

"우리는 되돌아갈 수도 있다. 그러나 내 짐작으로는, 조금 전의 공격이 저들이 우리에게 가할 수 있는 최대 공격인 듯하다. 만일 우리가 시신을 수습해 도로 돌아간다면, 저 야만인들에게 작은 승리를 안겨주는 꼴이 될 것이다. 따라서 우리는 계속 전진한다. 주검을 수레에 묶고, 경호병들을 바꾸라. 혹시라도 말썽이 또 일어날 수 있으니, 가장 활기 넘치는 병사들이 망을 보도록 하라. 적을 놀래켜 일찍 모습을 드러나게 만든 병사들의 노고를 치하하는 바이다. 아마도 그 병사들이 로마인 몇 목숨은 구했을 것이다. 언덕 요새까지는 불과 30마일 거리니, 길을 재촉하는 편이 나을 것이다. 질문 있나?"

마르쿠스는 지평선을 바라보았다. 물어볼 게 아무것도 없었다. 병사들은 죽게 마련이고, 죽으면 화장되어 로마로 돌려 보내지게 되어 있었다. 그러한 곳이 군대였다. 하지만 살아남으면 승진을 보상으로 받았다. 생사의 갈림길은 겉으로 보이는 것만큼이나 운에 좌우된다는 것을 마르쿠스는 전에는 알지 못했다. 그러나 전에 그런 질문을 했을 때, 레니우스는 고개를 끄덕인 뒤, 비록 신들이 영웅을 더 좋아할지라도 화살은 죽이는 사람을 가리지 않는다는 점을 지적했었다.

진짜 문제가 시작된 것은 인원이 줄어든 중대가 여정의 마지막 몇 마일만 남겨둔 때였다. 덤불 여기저기에서 번득이는 파란색이 눈에 띄기 시작했다. 블루스킨족이 지켜보고 있었던 것이다. 그들을 공격할 부대를 파견하기에는 인원이 충분하지 않기도 했거니와, 블루스킨족은 절대로 공중공격을 가하는 법이 없었기 때문에 군단병들은 그냥 못 본 체하며 검을 단단히 움켜쥐고만 있었다.

그런데 요새에 다가갈수록 적의 수가 눈에 띄게 늘어났다. 그들 가운데 최소한 스무 명이 나무나 덤불을 차폐물로 이용하며 오솔길보다 높은 위치에서 따라오고 있었다. 가끔은 툭 트인 곳으로 나와, 험상궂은 얼굴을 한 로마 병사들에게 야유와 조롱을 퍼붓기도 했다. 페리타스는 말을 빨리 몰며 얼굴을 잔뜩 찌푸린 채 한 손을 계속 검 손잡이에 대고 있었다.

마르쿠스는 언제 창이 날아들지 모른다는 생각을 지울 수가 없었다. 파란색 전사들 가운데 하나가 자신을 겨냥하는 상상을 하노라니, 창끝이 꽂히게 될 양 어깨뼈 사이의 지점이 실제로 느껴졌다. 블루스킨족 전사들은 분명 창을 지니고 있기는 하지만 창을 던지는 것은 기피하는 듯했다. 적어도 전에는 그랬다. 그걸 아는데도 양 어깨뼈 사이의 그 지점이 계속 근질거렸다. 한편으로는 빨리 요새가 가까워졌으면 하는 마음이 들면서도, 다른 한편으로는 그곳에서 끔찍한 상황에 맞닥뜨리면 어쩌나 하는 두려움도 들었다. 하나 이상의 부족이 모인 게 틀림없었다. 전에는 그 누구도 한 장소에서 그렇게 많은 블루스킨족을 본 적이 없었다. 만일 누구든 살아남아서 군단에 보고할 수 있게 된다면, 부족민들의 자신감과 인원수가 부쩍 늘었다는 것을 경고해 주어야만 할 것이다.

마침내 오솔길의 모퉁이를 돌자, 여정의 마지막 부분이 보였다. 반 마일만 가파른 오르막길을 오르면 잿빛 언덕에 자리 잡은 작은 요새에 이르게 될 터였다. 그러나 불쑥 솟은 바위 주변의 평평한 땅에는 더 많은 파란색 사내들이 돌아다니고 있었다. 심지어 요새가 보이는 곳에서 진을 치고, 실눈으로 마차 행렬을 지켜보는 사내들도 몇 있었다. 돌을 밟는 발소리가 뒤에서 들렸다. 황급히 움직이는 맨발에 채인 돌들이 사방으로 튀기도 하고 바닥에 부딪쳐 되튀기도 했다. 다들 신경이 날카로워져 있는 가운데, 요새를 향해 천천히 언덕을 오르기 시작했다. 황소 몰이꾼도 신경질적으로 채찍을 휘두르며 소의 잔등을 찰싹찰싹 쳐댔다.

망꾼들이 보이지 않자, 마르쿠스는 살짝 두려움을 느꼈다. 마르쿠스 일행은 무사히 요새에 도착하지 못할 것이다. 그러나 만일 무사히 도착한다면, 어떤 광경을 보게 될까?

느릿느릿하게 행군을 계속한 그들은 이윽고 요새를 자세히 볼 수 있을 만큼 가까이 다가갔다. 여전히 성벽 위에 아무도 보이지 않자, 마르쿠스는 가슴이 철렁 내려앉았다. 안에 살아 있는 사람이 아무도 없을 수도 있다는 것을 알았기 때문이다. 검을 빼든 그는 초조하게 검을 흔들면서 걸었다.

갑자기 엄청난 함성이 주변의 모든 블루스킨족에게서 터져 나왔다. 마르쿠스가 위험을 무릅쓰고 뒤를 흘끗 돌아보았다. 그곳 아래쪽 길에서는 100명이 족히 되어 보이는 전사들이 돌진해 오고 있었다.

페리타스가 군단병들의 대열을 따라 말을 몰았다.

"짐마차를 포기한다! 요새로 향하라. 출발!"

페리타스의 외침과 동시에 군단병들은 돌연 내달리기 시작했다. 마차꾼들도 뛰어내려 마지막 남은 30미터를 전력 질주했다. 뒤에서는 야만인들의 기쁨에 찬 함성이 점점 커졌다. 마르쿠스는 검을 몸에서 멀찍이 든 채 냅다 뛰었다. 이번에는 감히 다시 뒤를 돌아볼 엄두조차 내지 못했다. 딱딱한 맨발이 땅바닥을 찰싹찰싹 쳐대는 소리, 블루스킨족이 공격을 가하면서 내지르는 날카로운 외침이 너무나 가까이에서 들렸다. 그래서 안심할 수가 없었다. 앞에서 요새의 문이 올라가는 것이 보였다. 가슴을 들썩이며 문을 밀쳐대는 한 무리의 병사들과 함께 문을 통과한 마르쿠스는 그 즉시 뒤돌아서서 고함을 쳐대며 뒤처진 병사들을 격려했다.

대부분이 무사히 요새 안으로 들어왔다. 너무 지치거나 겁을 먹어 전력으로 질주하지 못한 두 병사만이 잡혔다. 마지막 순간에 함정에 갇힌 짐승처럼 뒤로 돌아선 두 병사는 무수한 칼에 난자당하고 말았다. 블루스킨족이 도전의 의미로 피로 흠뻑 젖은 시뻘건 금속을 치켜드는 가운데, 생존자들은 문을 닫은 뒤 빗장을 걸었다.

말에서 내린 페리타스는 요새 안을 수색해 안전을 확보하라고 소리쳤다. 야만인들의 불건전한 추론을 누가 이해할 수 있겠는가? 어쩌면 더 많은 야만인 사내들이 안에서 기다리고 있을지도 모르는 일이었다. 오로지 생존자들이 안전한 곳에 당도했다고 생각하는 순간, 한 사람씩 겨누어 쏘는 기쁨을 맛보기 위해서 말이다.

그러나 요새는 텅 비어 있었다. 보이는 것이라고는 시신들뿐이었다. 각 요새에 배치된 병력은 병사 쉰 명과 말 스무 필뿐이었다. 그런데 사람, 짐승 할 것 없이 모두 죽임을 당한 그 자리, 그 후 팔다리를 잘렸던 바로 그 자리에 그대로 누워 있었다. 심지어 말들조차도, 고약한 냄새를 풍기는 내장이 배 밖으로 빠져나와 돌바닥을 덮고 있었다. 그 위를 시커멓게 덮고 있던 파리 떼가 마르쿠스 일행의 등장에 놀라 윙윙대며 허공으로 날아올랐다. 콧속을 파고드는 역한 냄새에 병사 둘이 구토를 했다. 마르쿠스의 가슴은 더욱더 철렁 내려앉았다. 그들은 함정에 갇혔고, 그들에게 보장된 미래는 질병과 죽음뿐이었다. 밖에서는 블루스킨족이 구호를 외쳐대며 와아 환성을 내질렀다.

30장

밤이 찾아오기 전에 페리타스는 군단병들의 시신을 텅 빈 지하 창고에 넣어두게 했다. 더욱 골치 아픈 문제는 죽은 말들이었다. 요새의 무기란 무기는 모두 약탈당해, 어디에서도 도끼 하나 발견되지 않았다. 미끌미끌한 말의 몸뚱이는 대여섯 명이 달려들면 들 수야 있지만, 성벽 너머로 내던지려면 돌계단을 올라야 하는데, 도무지 들고 올라갈 수가 없었다. 결국 페리타스는 축 늘어진 육중한 몸뚱이들을 문에 바짝 붙여 쌓아놓았다. 공격자들이 쳐들어오는 속도나 늦추자는 생각에서였다. 그것이 그들이 기대할 수 있는 최상의 상황이었다. 밤을 무사히 보낼 수 있으리라 생각하는 사람은 아무도 없었다. 두려움과 체념이 그들 모두를 무겁게 내리눌렀다. 성벽 위에서는 마르쿠스가 눈을 가늘게 뜨고 모닥불을 지켜보고 있었다.

마르쿠스가 페피스에게 중얼거렸다.

"내가 이해가 안 가는 건 왜 우리를 도로 요새 안으로 들어가게 놔뒀느냐 하는 거야. 저들은 이 요새를 한 번 점령했었고, 그러느라 틀림없이 일부 병력을 손실했을 텐데, 왜 그냥 오솔길에서 우리를 베어 쓰러뜨리지 않은 걸까?"

페피스가 어깨를 으쓱했다.

"저들은 야만인들이에요. 어쩌면 도전을 즐기거나 우리에게 굴욕감을 주는 걸 즐기는지도 모르죠."

페피스는 닳아서 오목해진 숫돌에 칼을 가는 임무를 계속 수행하며 말을 이었다.

"페리타스 중대장님 말씀으로는 우리가 아침까지 되돌아가지 않으면 군단에서 내일 저녁쯤에, 어쩌면 훨씬 더 일찍 공격 병력을 파견할 거래요. 그러니 우린 오랫동안 버틸 필요는 없어요. 그렇지만 블루스킨족이 우리한테 그런 시간을 줄 것 같지는 않아요."

페피스는 숫돌을 은빛 날에다 대고 계속 문질렀다.

"내 생각에 우린 하루 정도는 이곳을 사수할 수 있을 거 같다. 저들이 우리보다 수적으로 우위인 건 맞지만, 그게 저들이 가진 전부니까. 그래도 저들이 이곳을 한 번 점령한 적이 있다는 것은 명심해야 해."

근처에서 노랫소리가 시작되자, 마르쿠스가 말을 멈추었다. 만일 눈을 크게 뜨고 열심히 보았다면, 활활 타오르는 모닥불을 배경으로 춤을 추고 있는 인물들의 검은 윤곽을 볼 수 있었을 것이다.

"누군가는 오늘 밤을 신나게 보내고 있구나."

마르쿠스가 중얼거렸다. 그의 입에서 군침이 흘렀다. 요새의 우물은 썩어가는 살덩어리에 오염되어 있었고, 먹을 수 있는 것은 모조리 야만인들이 가져가 빵 부스러기 하나 남은 게 없었다. 사실을 말하자면, 하루 이틀 사이에 원군이 당도하지 않는다면, 갈증이 블루스킨족이 할 일을 대신해 줄 것이다. 어쩌면 블루스킨족은 로마인들이 타는 듯한 태양 아래에서 말라죽게 하려는 것인지도 몰랐다. 요새에 밤이 찾아오면서 초조해진 병사들이 새롭게 내놓는 이런저런 의견들을 고려해 볼 때, 그것은 마르쿠스가 블루스킨족에 대해 들은 끔찍한 이야기들과도 잘 어울릴 법한 책략이었다.

페피스가 성벽 너머 어둠 속을 들여다보며 콧방귀를 뀌었다.

"저 아래쪽에서 한 놈이 성벽에다 오줌을 갈기고 있네요."

한편으로는 분개하면서도 또 한편으로는 재미있어하는 목소리로 페피스가 말했다.

"조심해, 몸을 밖으로 내밀거나 고개를 너무 높이 들지 마."

마르쿠스가 거친 돌에다 고개를 더 바짝 들이밀며 말했다. 그는 자신은 최대한 노출시키지 않으면서 성벽 너머를 자세히 보려 애썼다.

놀라우리만치 가까운 곳, 그들 바로 밑에서는 블루스킨족 사내 하나가 휘청거리며 음부를 손으로 회회 흔들어대면서, 짧은 호를 그리는 거무스레한 소변을 요새에 뿌려대고 있었다. 히죽거리던 그 인물은 위쪽의 움직임을 포착하고 소스라치게 놀라 정신을 번쩍 차렸다. 그러더니 지켜보는 두 사람에게 한 손을 흔들며 음부를 그들 방향으로 내둘렀다.

"술을 너무 많이 마신 모양이군."

마르쿠스가 자기도 모르게 씩 웃으며 중얼거렸다. 그러고는 사내가 배가 불룩한 포도주 부대를 끌어당겨 주둥이를 빨아대는 모습을 지켜보았다. 사내는 마시는 것보다 흘리는 게 더 많았다. 사내가 세 번을 그렇게 마신 후 게슴츠레한 눈으로 마개를 막더니, 다시 위를 향해 손짓을 하며 혀 꼬부라진 소리로 뭐라고 외쳤다. 그러나 아무런 반응이 없자 지겨워졌는지 두 걸음을 옮기더니 땅에 얼굴을 처박으며 납작하게 쓰러졌다.

마르쿠스와 페피스는 그를 지켜보았다. 사내는 꼼짝도 하지 않았다.

"죽지는 않았네요, 가슴이 들썩이는 걸 보니. 아마도 인사불성이 되도록 취한 모양이에요. 틀림없이 함정일 거예요. 블루스킨족은 교활하다고들 하니까요."

페피스가 속삭였다.

"그럴지도 모르지. 허나 한 놈밖에 안 보이는데, 한 놈 정도는 내가 해치울 수 있지. 우린 저 포도주가 필요해. 어쨌든 나는 그래. 내가 저 아래로 내려갈 거다. 밧줄을 가져와. 저 벽 너머로 뛰어 내려갔다가 진짜로 심각한 위험이 닥치기 전에 도로 올라올 수 있을 거다."

페피스가 황급히 심부름을 떠난 동안 마르쿠스는 납작하게 엎드린 인물과 주변 땅에 집중했다. 아래로 내려갈 경우 발생할 수 있는 위험을 곰곰이 생각해 보던 마르쿠스가 냉소를 흘렸다. 어차피 밤이나 새벽이면 다 죽을 목숨인데, 위험이 있다 한들 무슨 상관이란 말인가? 그러한 생각에 이르자 마르쿠스는 긴장이 풀리는 것을 느꼈다. 죽을 게 거의 확실한 상황이고 보니 마음이 상당히 편해졌다. 어쨌든 적어도 술은 한 모금 마시게 될 것 아닌가. 그 포도주 자루는 거의 모두에게 한 잔씩 주어도 될 정도로 가득 차 보였다.

페피스가 밧줄의 한쪽 끝을 묶은 뒤 나머지를 풀어 6미터 아래쪽으로 조용히 내려보냈다. 마르쿠스는 검이 안전한지 확인한 후, 페피스의 머리칼을 헝클어뜨렸다.

"곧 돌아올게."

마르쿠스는 그렇게 속삭이고 나서 한쪽 다리를 흉벽에 걸치더니 아래쪽 어둠 속으로 사라졌다. 사위가 칠흑같이 어두워, 페피스에게는 글라디우스를 뽑아들고, 죽은 듯이 엎드려 있는 인물을 향해 기어가는 마르쿠스의 모습이 겨우겨우 보일 뿐이었다.

몸이 다시 근질거리는 것을 느낀 마르쿠스는 이를 악물었다. 그 광경은 뭔가 잘못되어 있었지만 함정을 피하기에는 이미 너무 늦었다. 한 다리를 뻗어 만취한 블루스킨족 사내를 흔들어보던 마르쿠스는 사내가 돌연 벌떡 일어섰는데도 놀라지 않고 사내의 입에서 승리의 표현이 제대로 나오기도 전에 목을 베어버렸다. 그때 파란 사내 둘이 더 흙 속에서 일어났다. 얕은 무덤 속에 숨어서 몇 시간 동안이나 거의 초인적인 자제심을 발휘하며 손가락 하나 꼼짝 않고 누워 있었던 것이다. 그들은 아마 로마인의 마차 행렬이 나타나기도 전부터 스스로 땅을 파고 들어가 기다렸을 것이란 사실을, 마르쿠스는 공격을 가하면서 깨달았다. 그들은 미개한 야만인이 아니라 전사였다.

그들은 셋이 전부인 듯했다. 지위를 얻고자, 혹은 처음으로 살인을 경험하고자 나온 젊은이들인 모양이었다. 땅에서 일어난 젊은이 둘 다 손에 검을 들고 있었다. 왼쪽에서 오른쪽으로 휘두른 첫 번째 일격이 금속이 울리는 요란한 소리와 함께 차단당하자 마르쿠스는 움찔했다. 더 많은 블루스킨족이 몰려오는 중일 것이다. 블루스킨족 군대 전체가 당도하기 전에 이곳을 벗어나야만 했다.

마르쿠스의 검이 먼지를 뒤집어쓴 전사의 검을 따라 미끄러지다가 조잡한 청동 검환(칼자루의 목 쪽에 감은 쇠테. 칼코등이라고도 함—옮긴이)에 부딪쳤다. 그러자 사내가 곁눈질을 했다. 그 틈을 놓칠세라 마르쿠스가 다른 쪽 주먹으로 복부를 강타하고는 검을 도로 홱 떼어내, 갑작스러운 고통에 깜짝 놀라 몸을 구부리는 사내를 찔렀다. 목의 혈관이 끊어진 사내는 쓰러지며 비참하게 땅에 처박혔다.

세 번째 사내는 동료만큼 검술이 뛰어나지는 않았다. 그러나 환성이 들려오자 시간이 얼마 남지 않았음을 안 마르쿠스는 마음이 다급해졌다. 서두르다 보니 조심성이 떨어진 마르쿠스는 상대가 거칠게 휘두른 칼을 뒤늦게 몸을 숙여 피했다. 그 바람에 귀에 칼자국이 났고, 머리 가죽에도 기다란 선이 생겼다.

마르쿠스는 왼쪽으로 미끄러지듯 움직여 옆구리에서 검으로 파란 얼룩이 묻은 갈비뼈 사이를 가르며 사내의 심장을 찔렀다. 그 전사가 꼴꼴거리는 소리를 내며 쓰러질 때, 바닥을 찰싹대며 달려오는 발소리가 마르쿠스의 귀에 들렸다. 그날 오후 요새 속으로 허둥지둥 달려 들어갈 때부터 생생하게 기억하고 있던 바로 그 소리였다. 밧줄을 향해 달려가기에는 이미늦은 터였다. 마르쿠스는 뒤로 돌아서서 첫 번째 몸뚱이가 차고 있던 포도주 부대를 떼어냈다. 주변의 밤이 검과 파란 그림자로 가득해지는 가운데그는 마개를 뽑은 뒤 깊이 들이마셨다.

그들은 검을 뽑아든 채 마르쿠스를 빙 둘러쌌다. 어둠 속에서도 눈이 반짝반짝 빛났다. 마르쿠스는 포도주 부대를 천천히 발 옆에 내려놓은 뒤 글라디우스를 높이 쳐들었다. 그러나 그들은 움직이지 않았다. 마르쿠스가보니, 그들의 눈은 땅바닥에 널브러져 있는 몸뚱이들을 두리번거리고 있었다. 기나긴 몇 초 동안 침묵이 이어지더니, 그들 중 하나가 앞으로 걸어나왔다. 큰 덩치에 머리는 벗어지고 파란 칠을 한 그 사내는 날이 휜 긴 칼을 들고 있었다.

그 전사가 먼 곳을 가리키며 마르쿠스에게 같이 가자는 손짓을 했다. 마르쿠스는 고개를 가로젓고는 도로 요새를 가리켰다. 누군가가 야유를 했지만, 그 사내가 무뚝뚝하게 손으로 신호를 보내자 야유 소리가 뚝 끊어졌다. 전사가 겁없이 앞으로 걸어 나와 칼끝으로 마르쿠스의 목을 겨누었다.

다른 팔로 다시 모닥불을 가리키더니, 다시 젊은 로마인을 가리켰다. 원이 조용히 좁혀들었다. 마르쿠스는 뒤에 사내들이 얼마나 가까이 서 있는지 느낌으로 알 수 있었다.

"고문을 하다 저 불 위에 던져 죽이시겠다는 말씀이군, 그렇다면."

마르쿠스가 모닥불을 가리키며 말했다.

덩치 큰 파란 전사가 고개를 끄덕였다. 그의 눈은 절대로 마르쿠스에게서 떠나지 않았다. 그가 몇 마디 명령을 내리자, 또 다른 전사가 마르쿠스의 칼날에 손을 대더니 부드럽게 뺏어들었다.

"오, 무기도 없는 상태에서 고문을 하다 죽이시겠다. 처음엔 그런 뜻인지는 몰랐는데."

마르쿠스가 억지로 유쾌한 말투를 짜내며 말을 이었다. 그러나 그들이 무슨 말인지 알아듣지 못한다는 것을 그는 알고 있었다. 마르쿠스는 미소를 지었고, 그들도 미소로 화답했다.

마르쿠스는 요새를 어둠 속에 남겨둔 채 그들과 함께 떠났다. 그가 뒤를 돌아보았을 때, 잠시 하늘을 배경으로 페피스의 얼굴 윤곽이 흘끗 눈에 잡혔지만, 그것은 아마도 그의 상상에 지나지 않았을 것이다.

그들은 포로를 이끌고 어깨를 으쓱거리며 자신 있게 블루스킨족 진영으로 걸어 들어갔다. 마르쿠스는 그들이 전투 준비를 하고 있음을 알 수 있었다. 무기들은 다발로 묶여 차곡차곡 쌓여 있었고, 전사들은 불가에서 춤을 추며 짐승처럼 울부짖으면서 무언가를 내뱉고 있었다. 뿜어져 나온 그 액체가 불에 닿는 순간 파란 불꽃이 폭발하듯 확 피어오르다가 명멸하는 것으로 보아, 독한 알코올임이 분명했다. 환성을 질러대는 이들도 있었고,

씨름을 하는 이들도 있었으며, 팔과 얼굴에 허연 진흙을 바르는 이들도 몇 있었다. 그 진흙이 파란색 안료의 원료일 거라고, 마르쿠스는 미루어 짐작했다.

이 모든 것을 겨우 파악한 순간, 마르쿠스는 곧바로 떠밀려 모닥불 옆에 무릎을 꿇고 앉았다. 맑은 독주가 담긴 조악한 점토 잔이 그의 두 손을 꾹 내리눌렀다. 증발해 올라오는 알코올이 어찌나 독한지 눈에서 눈물이 났지만 꾹 참고 단숨에 잔을 비운 마르쿠스는 숨이 막혀 정신없이 캑캑댔다. 참으로 독하디독한 술이었다. 또 한 잔이 건너오자 마르쿠스는 손사래를 치며 거절했다. 맑은 정신을 유지하고 싶었다. 마르쿠스를 호송해 온 사내들은 마르쿠스를 빙 둘러싼 채 주변 땅에 앉아 있었는데, 마르쿠스의 옷이며 태도에 대해 서로 논평을 하고 있는 듯했다. 당연히 손가락질을 해대기도 하고 웃음을 터뜨리기도 했다.

마르쿠스는 그들이 그러든지 말든지 무시한 채, 달아날 기회가 있는지 생각했다. 제일 가까운 곳에 있는 전사들의 검을 주시하던 마르쿠스는 검들이 허리띠에서 풀린 채 손 가까운 곳의 풀 위에 놓여 있음을 알아챘다. 어쩌면 하나를 붙잡을 수 있을지도 모른다…….

그런데 갑자기 나팔이 울려 마르쿠스의 주의를 흩뜨렸다. 다들 소리가 나는 곳을 바라볼 때, 제일 가까운 곳의 검을 다시 한 번 훔쳐보니, 전사의 손이 검 위로 올라가고 있었다. 시선을 위로 옮기다 사내의 눈과 마주친 마르쿠스는 우람한 체구의 그 전사가 고개를 흔들면서 군데군데 썩어가는 누런 이를 드러내며 미소 짓자 씁쓸하게 킥킥거렸다.

나팔을 손에 든 사내는 노인이었다. 마르쿠스가 블루스킨족에서 노인을 본 것은 그때가 처음이었다. 분명 쉰은 되어 보이는 사내는 단단한 근육질 몸매의 젊은 전사들과는 달리 배가 불룩 나와 있었다. 옷이 활처럼 휠 정도로 불룩한 배는 앙상한 팔을 움직일 때마다 출렁거렸다. 그가 내지르는 명령에 전사들이 신속하게 반응하는 것으로 보아, 사내는 지도자임이 분명했다. 솜씨 좋게 보이는 사내 셋이 칼집에서 긴 칼을 뽑더니 둥글게 앉아 있는 동료들에게 고개를 끄덕였다. 작은 북들이 나오고 빠른 리듬이 울렸다. 그 리듬이 밤을 가득 채우는 가운데, 세 사내가 긴장을 푼 채 편안하게 서 있다가 이윽고 움직이기 시작했다. 마르쿠스 생각에 저렇게 움직이는 것이 가능할까 싶을 정도로 몸놀림이 민첩했다. 검들은 새벽 빛줄기처럼 보였고, 한 동작에서 다른 동작으로 이어지는 움직임은 물 흐르듯 유연했다. 마르쿠스가 배운 로마식 연속 동작과는 사뭇 달랐다.

마르쿠스는 그 싸움이 폭력의 경연이라기보다는 춤으로 무대에 올려진 것임을 알 수 있었다. 사내들은 빙그르르 돌다가 뛰어올랐고, 그들이 뜨거운 밤공기를 가를 때 그들의 검은 윙 소리를 냈다.

마르쿠스는 사내들이 다시 편안한 자세를 취하고 북 소리가 멈추는 마지막 순간까지 넋을 잃고 구경했다. 전사들이 와아 하고 함성을 질렀다. 곤혹스러움을 느끼기는커녕 덩달아 함성을 지르던 마르쿠스는 노인이 다가오자 긴장했다.

"마음에 드시오? 이들의 솜씨가 뛰어나오?"

노인이 중후한 말투로 말했다.

마르쿠스는 당혹감을 감추고 조심스레 무표정을 유지한 채 동의를 표했다.

"이들이 당신네 작은 요새를 점령했소. 이들은 크라이카요. 우리 중 최고지. 알겠소?"

마르쿠스는 고개를 끄덕였다.

"당신네 병사들도 잘 싸우기는 합디다만, 크라이카는 아주 어릴 때부터, 그러니까 걸음마를 시작할 때부터 훈련을 받는다오. 우린 이런 식으로 당신네 흉측한 요새들을 다 점령할 거요. 알겠소? 돌들은 다 무너지고 재만 흩날리겠지? 우린 이렇게 할 것이오."

"몇 명이나…… 되오, 크라이카가?"

마르쿠스가 물었다.

노인이 시커먼 잇몸에 세 개밖에 없는 이를 드러내며 싱긋 웃었다.

"많지는 않소. 우린 오늘 당신과 함께 온 이들을 연습 상대로 이용할 것이오. 다른 전사들도 당신네 사람들이 어떻게 싸우는지 볼 필요가 있으니까. 알겠소?"

마르쿠스는 믿어지지 않는다는 듯한 표정으로 노인을 바라보았다. 요새에 남겨진 이들의 미래가 암담한 것은 의심할 여지가 없었다. 그들을 안전하게 성벽 안으로 들어가게 놔둔 것은 오로지 젊은 블루스킨족이 수가 줄어든 방어자들을 상대로 유혈 행위를 익힐 수 있게 하기 위해서였던 것이다. 참으로 오싹한 일이 아닐 수 없었다. 마르쿠스의 군단은 블루스킨족이 지능 면에서 동물에 가깝다고 믿고 있었다. 생포된 포로들은 광포하게 날뛰며 밧줄을 물어뜯었고, 그렇게 해서 탈출하지 못하면 뭐든 날카로운 것으로 스스로 목숨을 끊곤 했기 때문이다. 그런데 신중하게 계획을 수립한다는 것, 그리고 문명국의 언어를 구사하는 사람이 있다는 것, 이런 증거를 본다면, 그동안 블루스킨족이 제기하는 위협을 대수롭지 않게 여겼던 그들도 심각성을 새롭게 깨닫게 될 것이다.

"저자들이 왜 나를 죽이지 않은 것이오?"

마르쿠스가 물었다. 노인이 얼굴 쪽으로 몸을 더 바짝 기울임에 따라 시큼한 입김이 밀려들었지만, 마르쿠스는 평온을 유지하려 안간힘을 썼다.

"대단히 깊은 인상을 받아서라오. 당신이 짧은 검으로 세 사람을 죽였다고 하더군. 활을 쏘거나 창을 던진 게 아니고 사람답게 죽였다고 말이오. 저들은 당신을 나한테 보여주려고 데려온 것이오. 희한해서. 알겠소?"

결국 살상에 능한 로마인에 대한 호기심 때문이었던 것이다. 마르쿠스는 노인이 입을 열기도 전에 다음에 무슨 말이 나올지 미루어 짐작이 갔다.

"로마인에게 탄복하는 젊은 전사들이 있는 것도 그리 나쁘지는 않지. 당신은 크라이카와 싸우는 거요. 알겠소? 이기면 요새로 돌아가도 좋소. 허나 크라이카가 당신을 죽인다면, 다들 그 광경을 보게 될 테니 미래에 대한 희망을 품게 될 거요. 알겠소?"

마르쿠스는 동의를 표했다. 달리 할 일도 없었다. 그는 불꽃을 들여다보며 이들이 과연 자신의 글라디우스를 쓸 수 있게 해줄지 궁금했다.

다른 모닥불 근처에 있던 블루스킨족까지 모두 모여들어, 그들은 거의 무방비 상태였다. 그러나 요새에 있는 병사들은 이런 절호의 기회가 있음을 알 수 없으리라는 것을 마르쿠스는 깨달았다. 지금도 어두운 산속에 점점이 박힌 불빛을 보고 있을 병사들은 블루스킨족 대부분이 시합을 보려고 총총걸음으로 모여든 줄은 꿈에도 알지 못할 것이다.

마르쿠스는 허락을 받아 일어섰다. 단검들이 땅에 꽂혀 원 모양을 만들었고, 그 선 밖으로 블루스킨족이 모여들었다. 개중에는 친구들이 시합을 볼 수 있도록 어깨에 목말을 태운 이들도 있었다. 마르쿠스가 어느 쪽으로 돌아서든 파란 살과 씩 드러난 누런 이로 이루어진 들썩이는 벽이 보였다.

대부분의 눈이 붉게 충혈되어 있는 것을 본 마르쿠스는 피부를 자극하는 무언가가 염료에 들어 있는 게 틀림없다고 결론지었다.

배가 불룩하게 나온 블루스킨족 노인이 원 안으로 들어서서 마르쿠스에게 근엄하게 글라디우스를 건네고는 조심스레 뒤로 물러섰다. 마르쿠스는 그를 무시했다. 여기에 적의가 가득하다는 것쯤은 정찰병의 눈으로 보지 않아도 쉽게 감지할 수 있었다. 진다면 산산조각이 나 블루스킨족의 우월성을 증명해 주는 신세가 될 것이고, 이긴다 해도 성난 군중에게 갈기갈기 찢기는 신세가 될 것이다. 아주 잠깐 동안, 가이우스라면 어떻게 할지 생각하던 마르쿠스는 미소를 짓지 않을 수 없었다. 가이우스라면 검을 건네받자마자 지도자를 죽였을 것이다. 어쨌든 그런다고 해서 상황이 더 나빠질 것도 없었다.

지도자는 여전히 눈앞에 배를 원형 공간 안으로 쑥 들이민 채 서 있었다. 그러나 그 늙은 악마에게 달려들어 칼로 찌르는 것은 왠지 옳지 않을 성싶었다. 어쩌면 블루스킨족이 정말로 그냥 보내줄지도 모르지 않는가. 다시 주변의 얼굴들을 죽 둘러본 마르쿠스는 어깨를 으쓱했다. 그럴 가능성은 별로 없어 보였다.

크라이카 가운데 하나가 원 안으로 들어서자 나직하던 환호성이 점점 더 높아졌다. 그가 들어갈 수 있도록 잠시 갈라섰던 전사들은 잘 보이는 곳을 차지하려고 서로 밀치며 제자리로 돌아갔다. 마르쿠스는 사내를 위아래로 훑어보았다. 사내는 보통의 블루스킨족보다 훨씬 키가 컸다. 마르쿠스가 로마를 떠나온 이후 계속 자랐는데도, 마르쿠스보다 7센티미터는 족히 컸다. 가슴은 맨살을 그대로 드러냈는데, 파란색 칠을 한 살갗 밑에서 근육들이 쉽게 움직였다. 팔 길이는 아마도 둘이 거의 같을 거라고, 마르쿠스는 추측했다. 마르쿠스 자신의 팔도 만만치 않게 길었고, 하루에 몇 시간 동안이나 검술 연습을 한 터라 손목도 튼튼했다. 사내가 아무리 뛰어나다 해도 이길 승산은 있었다. 지금도 매일 레니우스의 지도를 받는 마르쿠스는 연습 때 도전하겠다고 나서는 상대가 점점 줄어들 정도로 실력이 하루가 다르게 늘고 있었다.

마르쿠스는 키 큰 사내가 움직이고 걷는 방식을 관찰했다. 눈을 들여다보니 융통성이라고는 전혀 보이지 않았다. 얼굴에 웃음기라고는 없었다. 모욕적인 말로 자극을 할까 생각했지만, 어차피 알아듣지도 못할 터였다. 사내는 혹시라도 마르쿠스가 난폭하게 공격할 경우를 대비해 언제나 사정권 밖에 머물며 원의 언저리를 돌았다. 마르쿠스는 한 자리에서 빙그르르 돌며, 사내가 6미터 떨어진 반대편에 자리 잡을 때까지 계속 지켜보았다. 전술, 전술. 레니우스는 절대로 생각을 멈추어서는 안 된다고 말했었다. 지금 중요한 것은 승리지, 공정성이 아니었다. 사내가 엉덩이에서 땅까지 닿는 긴 칼을 뽑아들자 마르쿠스는 움찔했다. 반짝반짝 빛이 나는 그 칼은 청동을 연마해 만든 것이었다. 드디어 유리한 점이 보였다. 전에는 눈치 채지 못했지만, 블루스킨족은 청동제 무기를 사용하고 있었다. 처음 몇 번의 공격만 버텨낼 수 있다면, 단단한 철제 글라디우스가 이내 청동검의 날을 무디게 만들어버릴 것이다. 마르쿠스의 머릿속에서 이런저런 생각이 질주했다. 청동은 무뎌진다. 청동은 철보다 무르다.

사내가 다가오며 맨어깨를 풀었다. 맨발에 레깅스만 입은 그는 굉장히 강건해 보였고, 움직임도 커다란 고양이처럼 유연했다.

마르쿠스가 블루스킨족 지도자에게 소리쳤다.

"이자를 죽이면 난 자유롭게 여길 떠나는 거요. 알겠소?"

군중에게서 요란스레 야유가 터져 나왔다. 마르쿠스는 얼마나 많은 블루스킨족이 라틴어를 이해하는지 궁금했다. 블루스킨족 노인이 미소를 지으며 고개를 끄덕이고는 손으로 시작하라는 신호를 보냈다.

군중의 재잘거림 위로 돌연 북소리가 들리자, 마르쿠스는 소스라치게 놀랐다. 그러나 리듬이 울려 퍼지자 상대는 오히려 눈에 보일 만큼 긴장을 풀었다. 마르쿠스는 상대가 자세를 낮추고 검을 안정되게 내뻗으며 전사의 자세를 취하는 모습을 지켜보았다. 칼이 더 기니 상대가 유리할 거라고, 마르쿠스는 어깨를 풀면서 생각했다. 마르쿠스는 한 손을 들어 올리고 한 걸음 뒤로 물러서 튜닉을 벗었다. 가뜩이나 무더운데 근처에 불이 있고 땀을 흘리는 군중까지 있어 숨이 막힐 듯하던 터에 튜닉을 벗으니 살 것만 같았다. 북소리가 점점 고조되는 가운데, 마르쿠스는 사내의 목을 집중적으로 바라보았다. 그렇게 하면 기가 꺾이는 상대도 있었기 때문이다. 마르쿠스는 이제 완전히 꼼짝도 하지 않았다. 반면에 상대는 부드럽게 몸을 흔들었다. 전혀 다른 두 스타일이 연출되고 있었다.

크라이카는 거의 움직이지 않는 듯 보였지만, 느낌으로 공격을 알아챈 마르쿠스는 옆으로 움직여 청동검을 피했다. 그렇게만 했을 뿐 글라디우스로 맞받아치지는 않았다. 사내의 속도를 가늠해 보려는 것이었다.

두 번째 일격이 첫 번째 공격과 매끄럽게 이어지며 얼굴 쪽으로 날아들었다. 마르쿠스는 필사적으로 글라디우스를 치켜들었다. 금속이 맞부딪치는 쨍 소리가 울리더니 두 칼이 함께 미끄러졌다. 마르쿠스는 이마 언저리에 땀이 송골송골 맺히는 것을 느꼈다. 사내는 동작이 민첩하고 물 흐르듯 부드러웠다. 사내가 구사하는 공격은 겉보기에는 그저 가볍게 치는 것처럼 혹은 견제동작처럼 보였지만 대단히 파괴적이었다. 마르쿠스는 복부 쪽으로 낮게 들어오는 또 다른 공격을 막은 뒤, 앞으로 걸어가며 파란 몸뚱이를 향해 강타를 날렸다.

그러나 파란 몸뚱이는 그곳에 없었고, 마르쿠스는 딱딱한 바닥에 대자로 엎어졌다. 재빨리 일어선 마르쿠스는 크라이카가 일부러 뒤로 멀찍이 물러서서 일어나도록 놔둔 것임을 알아챘다. 그렇다면 이것은 빨리 죽이고 끝내자는 시합이 아니었다. 마르쿠스는 이를 악문 채 그에게 고개를 끄덕였다. 분노를 느낄 것도, 부끄러움을 느낄 것도 없다고 마르쿠스는 스스로에게 말했다. 레니우스의 말이 떠올랐다. 끝에 가서 발밑에 적이 누워 있기만 하다면, 전투 중에 무슨 일이 벌어지든 그것은 중요하지 않다는 말이.

크라이카가 앞으로 가볍게 경중거리면서 마르쿠스 쪽을 향했다. 마지막 순간 청동검이 쑥 밀고 들어오는 바람에 마르쿠스는 몸을 숙여 피해야만 했다. 이번에는 그 일격 밑으로 내찌르기를 하지 않고, 사내의 동작을 눈여겨보았다. 사내는 신속하게 검을 뒤집어 내리 베는 것이었다.

'사내는 전에 로마인들과 싸워본 적이 있었구나!'

그 생각이 마르쿠스의 머릿속에 퍼뜩 떠올랐다. 이 사내는 로마인들이 싸우는 방식을 알고 있었다. 어쩌면 지난 몇 달간 실종되었던 군단병들 중 몇 명을 곧바로 죽이지 않고 연습 상대로 삼아 배웠을지도 모른다.

분통 터지는 일이 아닐 수 없었다. 마르쿠스가 배운 모든 것은 로마군의 훈련 교관이자 검투사인 레니우스한테서 나온 것이었다. 따라서 의지할 만한 다른 방식은 아는 게 전혀 없었다. 그런데 크라이카는 마르쿠스의 기술에 정통한 게 분명했다.

마르쿠스는 날름거리며 들어오는 청동검을 막았다. 그러고는 가볍게 맥동하는 파란색 목에 집중했다. 여전히 팔들의 위치가 바뀌고 몸이 물결 모양으로 움직이는 게 보였다. 마르쿠스는 일격이 옆으로 미끄러지게 놔둔 뒤 또다시 검이 날아들자 이번에는 뒤로 물러서며 피했다. 거리를 완벽하게 파악한 것이다. 그런 다음 그 공간에서 뱀처럼 공격을 가해, 크라이카의 옆구리에 가느다란 빨간 선을 만들어냈다.

군중이 별안간 찬물을 끼얹은 듯 조용해졌다. 충격을 받은 것이다. 크라이카는 어리둥절한 표정으로 미끄러지듯 움직이며 마르쿠스에게서 두 걸음 물러섰다. 그러더니 양미간을 찌푸렸다. 마르쿠스는 그가 칼에 긁힌 것을 느끼지 못했음을 알아챘다. 마침내 무언가 느껴지는지, 크라이카가 한 손을 빨간 선에 갖다 대고는 멍한 얼굴로 바라보았다. 그러더니 어깨를 으쓱한 후 다시 춤을 추듯 움직이기 시작했다. 그의 청동검이 빛과 그늘 속을 넘나들며 얼마나 빨리 움직이는지 형태가 흐릿하게 보였다.

움직임의 리듬을 느낌으로 파악한 마르쿠스는 매끄러운 흐름을 뚝뚝 끊는 방식으로 물 흐르는 듯한 스타일에 대항하기 시작했다. 크라이카는 쑥 밀고 들어오는 검을 피해 뒤로 풀쩍 뛰었고, 마르쿠스의 딱딱한 샌들이 발가락을 지끈 밟자 다시 뒤로 풀쩍 뛰었다.

마르쿠스는 앞으로 나아갔다. 상대의 자신감이 흔들리고 있음을 알았기 때문이다. 한 발을 내디딜 때마다 일격을 날렸고, 그 일격은 또 다른 일격으로 이어졌다. 크라이카가 채택한 스타일을 흉내내, 그도 물 흐르는 듯한 공격 양식을 취하고 있었다. 글라디우스는 팔의 연장, 다시 말해 닿기만 해도 목숨을 앗을 수 있는, 손에 난 가시가 되었다. 크라이카의 목을 겨냥한 칼이 피부에 닿을 듯이 지나갔다. 마르쿠스는 눈 위에서 뜨거운 시선을 느낄 수 있었다. 사내는 자신이 쉽게 이기지 못했다는 사실에 화가 나 있었다. 사내가 또다시 일격을 가했지만 이번에도 차단되었고, 로마인의 딱딱한 샌들 밑에서 맨발이 다시 한 번 우두둑 소리를 냈다.

크라이카는 고통에 겨워 목이 졸린 듯한 신음을 토하더니, 빙그르르 돌며 영혼처럼 허공으로 뛰어올랐다. 마르쿠스는 앞서 다른 크라이카들이 그렇게 하는 것을 본 적이 있었다. 그것은 바로 춤에서 보았던 동작이었다. 청동검이 사내와 함께 빙글빙글 돌았다. 회전 때문에 눈에 보이지 않게 다가온 청동검이 마르쿠스의 가슴을 죽 그었다. 그러자 군중이 우렁차게 환호성을 질렀다. 사내가 땅에 내려섰을 때, 마르쿠스가 왼팔을 위로 뻗어 맨손으로 청동검을 붙잡았다.

경악을 금치 못하며 마르쿠스의 눈을 들여다보던 크라이카는 전투 내내 처음으로 그 눈이 차갑고 어두운 시선으로 자신의 시선을 맞받고 있음을 깨달았다. 크라이카는 그 시선 밑에서 얼어붙었고, 그 머뭇거림이 그를 죽게 만들었다. 크라이카는 철제 글라디우스가 앞쪽에서 목으로 들어옴과 동시에 축축한 피가 쏟아져 나와 힘이 서서히 빠지는 것을 느꼈다. 크라이카는 늙은 줄기들을 쳐내듯 손가락들을 잘라내고 자신의 검을 끌어당기고 싶었을 것이다. 그러나 그럴 힘이 전혀 남아 있지 않았다. 그는 푹 쓰러져 마르쿠스의 발밑에 연체동물처럼 엎어졌다.

마르쿠스는 천천히 숨을 쉬며 청동검을 집어들었다. 손으로 붙잡았던 부분의 날이 뒤틀리고 휘어져 있었다. 손바닥에 난 상처에서 손마디 위로 피가 방울방울 흐르는 게 느껴졌지만, 뻣뻣하게나마 손가락을 움직일 수는 있었다. 마르쿠스는 군중이 자신을 죽이러 몰려올 때를 기다렸다.

그들은 얼마 동안 침묵을 지키고 있었다. 그 침묵 속에서 블루스킨족 노인의 목소리가 거칠게 명령했다. 마르쿠스는 두 손으로 검을 느슨하게 붙잡은 채 땅만 내려다보고 있었다. 발자국 소리가 나서 돌아서는데 블루스킨족 노인이 팔을 붙잡았다. 노인의 눈은 경악과 또 다른 무언가로 어두워져 있었다.

"이리 오시오. 약속을 지키겠소. 동료들에게 돌아가시오. 아침에 당신들 모두를 찾아갈 거요."

마르쿠스는 고개를 끄덕였다. 그러나 거짓으로 하는 말이 아니라는 게 좀처럼 믿어지지 않았다. 뭔가 해줄 말을 찾았다.

"훌륭한 전사였소, 저 크라이카. 지금껏 싸운 상대 중에 최고였소."

"당연하오. 내 아들이었으니까."

그 말을 하는 노인은 전보다 더 늙어 보였다. 마치 세월이 어깨에 내려앉아 그를 내리누르고 있는 듯했다. 그는 마르쿠스를 원 밖으로 데리고 나와 툭 트인 곳으로 안내한 후 어둠 속을 가리켰다.

"이제 걸어서 돌아가시오."

마르쿠스가 청동검을 건네주고 어둠 속으로 발걸음을 옮길 때 노인은 아무 말 없이 서 있었다.

마르쿠스는 어둠 속에서 시커멓게 보이는 요새 벽을 향해 다가갔다. 아직도 좀 멀리 떨어져 있었지만, 병사들이 목소리를 알아들을 수 있도록 휘파람으로 노래를 불렀다. 가까이 갔을 때 병사들이 가슴에 석궁 화살을 박아 넣는 사태를 미연에 방지하기 위해서였다.

"나 혼자다! 페피스, 그 밧줄을 도로 아래로 던져."

마르쿠스가 정적 속으로 소리쳤다.

다른 병사들이 성벽 가장자리 너머로 내다보려고 움직이느라 안에서는 한바탕 소동이 일었다.

위쪽 어둠 속에서 머리 하나가 나타났다. 마르쿠스는 그것이 페리타스의 부루퉁한 얼굴임을 알아보았다.

"마르쿠스? 페피스 말로는 블루스킨족이 자네를 잡아갔다고 하던데."

"그랬었는데 놔줬습니다. 밧줄을 던져주실 겁니까, 말 겁니까?"

마르쿠스가 딱딱거렸다. 가까이에 불이 없어 쌀쌀했기 때문에 마르쿠스는 다친 손을 겨드랑이에 낀 채 뻣뻣하게 굳은 손가락을 녹였다. 위에서 소곤대며 이야기를 나누는 소리를 들으며 마르쿠스는 신중하게 구는 페리타스를 저주했다. 그냥 기다리기만 하면 모두 목이 말라 죽을 텐데, 블루스킨족이 뭣 하러 함정을 놓을 거라고 저런단 말인가?

마침내 밧줄이 주르르 미끄러져 내려왔다. 마르쿠스는 밧줄을 잡아당기며 몸을 위로 끌어올렸다. 피로감에 두 팔이 타는 듯했다. 꼭대기에 이르자 손들이 안쪽 성벽 돌출부 위로 그를 끌어올렸다. 다음 순간, 그는 하마터면 페피스 옆에 나동그라질 뻔했다. 페피스가 그를 두 팔로 얼싸안았다.

"그놈들이 나리를 잡아먹으려는 줄 알았어요."

소년이 말했다. 울었는지 더러운 얼굴에 줄무늬가 나 있었다. 마르쿠스는 마지막 밤을 이런 오싹한 곳에서 보내게 데려왔구나 하는 생각에 가슴이 아렸다.

마르쿠스는 애정 어린 손길로 소년의 머리칼을 헝클어뜨렸다.

"안 잡아먹었어. 난 너무 질기다고 그러던걸. 놈들은 젊고 부드러워야 좋다더라."

페피스는 공포에 질려 헉 소리를 냈고, 페리타스는 낄낄거렸다.

"무슨 일이 있었는지 밤새도록 우리한테 이야기나 해주게나. 잠을 잘 사람이 아무도 없을 것 같으니. 그자들이 밖에 많이 있던가?"

마르쿠스는 나이 든 그 사내를 바라보았다. 소년 앞이라 터놓고 말하지는 못했지만 무슨 말을 하고 싶었던 것인지 이해가 갔다.

"있을 만큼 있습니다."

마르쿠스가 나직하게 대답했다.

페리타스는 시선을 돌리더니 혼자서 고개를 끄덕였다.

동이 트자 마르쿠스 일행은 블루스킨족이 공격해 들어오기를 침울하게 기다렸다. 잠을 자지 못한 탓에 다들 눈이 게슴츠레했다. 한 사람도 빠짐 없이 모두 성벽 위에 서 있었는데, 신경이 곤두서 있어, 성벽 아래 관목으로 덮인 땅에서 새나 토끼가 살짝만 움직여도 고개들이 휙휙 돌아갔다. 사위를 감싼 정적은 두려움을 자아냈지만, 막상 검 하나가 성벽 위로 떨어지며 정적을 깨뜨리자, 그 검을 흘린 병사에게 욕을 하는 병사들이 적지 않았다.

그때 저 멀리 산속에서 메아리치는 로마 군단의 놋쇠 나팔 소리가 들렸다. 성벽 안쪽의 좁다란 보도를 따라 터벅터벅 걷던 페리타스는 3개 백인대의 병사들이 구보로 산의 오솔길을 빠져나오는 것을 지켜보며 환호성을 질렀다.

불과 몇 분 후 "요새에 접근하겠다!"는 목소리가 들렸고, 요새 문이 활짝 열렸다.

마차 행렬의 귀환이 늦어지자 군단 지휘관들은 지체하지 않고 공격 병력을 파견했다. 최근에 몇 차례 공격을 받은 후라 세력을 과시하고 싶었던 로마군은 어두컴컴한 시간에 쉬지 않고 거친 지형을 행군하며 밤 사이 20마일을 달려왔다.

"오시는 중에 블루스킨족의 흔적을 보셨습니까?"

페리타스가 양미간을 좁히며 물었다.

"저희가 도착했을 땐 요새 주변에 수백 명이 있었습니다. 그래서 곧 공격을 받을 거라 생각하고 있었습니다."

한 백인대장이 고개를 흔들더니 입술을 오므렸다.

"흔적을 보긴 했네. 꺼진 모닥불에서 연기가 피어오르고, 쓰레기도 널려 있더군. 밤에 모두 이동한 듯 보였네. 야만인들의 사고방식을 우리가 알 도리가 있나. 아마도 주술사가 불길한 새나 뭐 그런 종류의 흉조를 보았겠지."

백인대장이 요새를 둘러보다 악취를 풍기는 몸뚱이들을 목격했다.

"여기서 우리가 할 일이 많은 것 같군. 안심할 수 있을 때까지 이곳에 병력을 배치하라는 명령이 내려졌네. 쉰 명은 자네들과 함께 영구 진영으로 돌려보낼 걸세. 지금부터는 중무장을 하지 않고서는 누구도 움직여서는 아니 되네. 이곳은 적지일세, 이미 알겠지만."

마르쿠스가 입을 열고 대꾸를 하려는데, 페리타스가 그의 어깨에 한 손을 올려 돌려세우고는 부드럽게 밀어서 쫓아 보냈다.

"저희도 압니다."

페리타스는 그렇게 말한 뒤 돌아서서 부하들에게 행군 준비를 시키러 갔다.

31장

거리의 폭력배들은 이미 값비싼 천을 몸에 휘감고 있었다. 가게나 침모에게서 훔친 것들이었다. 손에는 점토 단지를 들고 있었는데, 비칠비칠 갈지자를 그리며 걷는 통에 붉은 포도주가 거리의 돌바닥 위로 튀었다.

알렉산드리아는 얼굴을 찡그린 채 마리우스 저택의 잠긴 대문 밖을 내다보며 혼자 중얼거렸다.

"로마의 쓰레기들."

도시의 병사란 병사들은 모두 전투에 참여하고 있는 판국이라 혼돈 상태를 즐기는 이들이 거리로 나오는 데는 그리 오랜 시간이 걸리지 않았다. 늘 그렇듯이 가장 고통을 겪는 이들은 가난한 사람들이었다. 경비병이라고는 없으니, 소리를 질러대고 야유를 퍼부어대는 약탈자들이 이 집 저 집 난입해 값이 나가는 것은 모조리 가져갔다.

폭력배들이 몸에 휘휘 두른 천 중 하나에 피가 튀어 있는 것을 본 알렉산드리아는 술 냄새를 풀풀 풍기는 입에 화살을 날리고 싶어 손이 근질거렸다.

폭력배들이 집 앞을 지날 때 문기둥 뒤에서 몸을 홱 숙인 알렉산드리아는 우람한 손 하나가 문을 덜컹덜컹 흔들며 혹시라도 허술한 구석이 있는지 살피자 놀라서 움찔했다. 알렉산드리아는 반트의 작업장에서 가져온 망치를 움켜쥐었다. 폭력배들이 대문을 기어오르려 한다면, 누구든 머리를 박살내줄 각오가 되어 있었다. 폭력배들이 대문 앞에 멈춰 서자 알렉산드리아의 가슴이 덜컥 내려앉았다. 알렉산드리아는 그들 사이에서 오가는 혀 꼬부라진 소리를 하나도 빠짐없이 들을 수 있었다.

"비아 탄티우스에 갈보집이 하나 있어, 친구들. 거기 가면 공짜로 좀 즐길 수 있을 거야."

탁한 목소리가 들렸다.

"그곳엔 경비병들이 있을 거야, 브라크. 나라면 그런 자리를 떠나지 않을 거야. 안 그래? 봉사의 대가도 확실히 받을 거고. 그 창녀들은 강한 남자기 옆에서 보호해 주면 좋아할 테니까 말이야. 우리한테 필요한 건 어린 딸 한둘이 딸린 예쁘고 사랑스러운 유부녀라구. 남편이 없는 사이 돌봐주겠다고 하는 거지."

"하지만 내가 먼저야. 지난번엔 내 차례를 얼마 못 가졌단 말이야."

첫 번째 목소리가 말했다.

"내가 그 여자한테 너무 과했어. 그래서 그래. 나랑 하고 나면, 여자들은 다른 사내를 원치 않더라고."

상스럽고 야만스러운 웃음소리가 들렸다. 그들이 떠나갈 때 알렉산드리아는 몸서리를 쳤다.

뒤에서 가벼운 발자국 소리가 들리자, 알렉산드리아는 망치를 치켜들며 빙그르르 돌아섰다.

"괜찮다, 얘야. 나란다."

메텔라가 말했다. 얼굴이 백지장처럼 창백했다. 대문 밖에서 오간 대화의 마지막 부분을 들었던 것이다. 두 여자의 눈에는 눈물이 그렁그렁했다.

"정말로 이래야 한다고 확신하세요, 마님?"

"그렇단다, 알렉산드리아. 허나 넌 도망쳐야만 한단다. 네가 여기에 머문다면 상황이 더 나빠질 테니까. 술라는 복수심에 불타는 사람이다. 넌 그자의 화풀이 대상이 될 하등의 이유가 없어. 가서 타빅을 찾거라. 내가 서명한 문서는 갖고 있느냐?"

"물론이에요. 제가 가진 것 중에 가장 소중한 걸요."

"잘 간직하거라. 앞으로 몇 달 동안은 힘들고 위험할 거다. 넌 네가 자유인이라는 것을 입증해야 할 거다. 가이우스가 너한테 남긴 돈을 투자하고, 도시의 군단이 질서를 회복할 때까지 안전한 곳에 머무르거라."

"그분한테 감사를 표할 수만 있다면 좋겠어요."

"네가 언젠가 그럴 기회를 갖게 되었으면 좋겠구나."

메텔라가 대문 쪽으로 걸어가 빗장을 풀고는 거리를 위아래로 훑었다.

"이제 어서 가거라. 지금은 길에 아무도 없단다만, 서둘러 시장으로 가야만 한다. 무슨 일이 있어도 중간에 멈춰 서지 말거라. 알겠느냐?"

알렉산드리아는 뻣뻣하게 고개를 끄덕였다. 다음 말은 들을 필요도 없었다. 알렉산드리아는 메텔라의 파리한 피부, 어두운 눈을 바라보았다. 두려움이 일었다.

"이 커다란 집에 혼자 계시다니, 마님이 걱정이에요. 집이 텅 비었는데, 누가 마님을 돌봐주겠어요?"

메텔라가 부드럽게 한 손을 치켜들었다.

"내 걱정은 하지 말거라, 알렉산드리아. 친구들이 나를 이 도시에서 멀리 데려가 줄 거란다. 따뜻한 이국땅을 찾아서 그곳에서 은둔하며 지낼 거

516

다. 성장 일로에 있는 도시에서 벌어지는 모든 음모와 고통의 손길이 닿지 않는 곳에서 말이다. 유서 깊은 곳에 마음이 끌리는구나. 젊은 날의 모든 투쟁이 머나먼 기억에 불과한 그런 곳 말이다. 큰길을 벗어나지 말거라. 내 가족의 마지막 한 사람까지 안전하게 떠나는 걸 보기 전에는 마음을 놓을 수가 없구나."

알렉산드리아는 잠시 시선을 고정시켰다. 눈물 때문에 두 눈이 반짝반짝 빛났다. 그러더니 한 번 고개를 끄덕인 후 대문을 빠져나와 문을 굳게 닫고는 서둘러 발길을 옮겼다.

메텔라는 알렉산드리아가 가는 모습을 지켜보았다. 어린 소녀의 가벼운 발걸음과 비교되어, 지나온 세월이 무겁게 느껴졌다. 늙은이를 뒤돌아보지 않고 새롭게 출발할 수 있는 젊은이의 능력이 부러웠다. 알렉산드리아에게서 눈길을 떼지 않던 메텔라는 알렉산드리아가 거리의 모퉁이를 돌아 사라지자, 소리만이 울려 퍼지는 텅 빈 집 쪽으로 시선을 돌렸다. 커다란 저택과 정원은 결국 텅 비었다.

마리우스가 어떻게 여기 없을 수 있단 말인가? 생각만 해도 섬뜩했다. 오랫동안 출정을 나가는 일이 잦기는 했지만 그래도 늘 돌아왔다. 활기와 재치와 힘이 넘치는 모습으로. 그가 다시는 돌아오지 않을 거라는 생각은 살펴보고 싶지 않은 흉측한 상처와도 같았다. 그가 군단과 함께 멀리 떠나 새로운 땅을 정복하고 있다고, 혹은 외국 왕들을 위해 수로를 건설하고 있다고 상상하는 것은 너무나 쉬운 일이었다. 잠이 들었다 깨어나면 가슴속을 후비는 듯한 끔찍한 고통은 사라질 것이고, 마리우스가 그곳에서 꼭 끌어안아줄 것이다.

공기에서 연기 냄새가 났다. 사흘 전에 술라가 도시를 공격한 이후로 곳곳에 화재가 발생했건만 아무도 신경 쓰는 사람이 없어, 불길이 집에서 집으로, 거리에서 거리로 맹렬하게 번져나갔다. 아직까지는 부자들의 석조 주택으로까지 번지지는 않았지만, 로마에서 포효하는 불길은 꿈처럼 아름다운 것이 하나도 남지 않을 때까지 잿더미 위에 또 잿더미를 쌓으며 결국 그 주택들도 모두 태워버릴 것이다.

메텔라는 언덕 아래쪽으로 비스듬히 떨어져 있는 도시를 내다보았다. 그러다가 대리석 벽에 기댔다. 주변에서 진한 열기가 훅 끼쳐오는 터라, 벽의 찬기가 쾌적하게 느껴졌다. 열 군데가 넘는 곳에서 소용돌이치는 시커멓고 거대한 연기 기둥이 솟구치며 퍼져나가, 하늘을 절망의 색인 잿빛으로 물들였다. 습격을 일삼는 병사들이 무자비하게 싸움을 벌여대고, 거리의 포식자들이 자신들의 구역을 지나가는 것은 무엇이든 닥치는 대로 죽이거나 강간함에 따라 비명이 바람에 실려왔다.

메텔라는 알렉산드리아가 안전하게 빠져나가길 바랐다. 집안 경비병들은, 마리우스가 죽었다는 소식이 전해진 아침 그녀를 버리고 떠났다. 그녀는 그들이 침대에 있는 자신을 살해하고 집을 약탈하지 않은 게 다행이라고 생각했다. 그러면서도 배반을 당했다는 사실에 가슴이 아렸다. 그들은 그동안 공정하고 훌륭한 대우를 받지 못했단 말인가? 사내의 맹세가 따스한 미풍 한 번에 날아갈 세상이라면, 의지할 수 있는 게 무엇이 있겠는가?

메텔라가 알렉산드리아에게 한 말은 물론 거짓이었다. 메텔라에게는 이 도시를 빠져나갈 길이 없었다. 어린 노예소녀를 길 몇 군데만 지나면 닿을 곳에 보내는 것도 위험하다면, 얼굴이 잘 알려진 귀부인이 재물을 나르며, 로마의 거리를 배회하는 늑대들 사이를 무사히 통과한다는 건 아예 불가능한 일이었다. 그들이 호시탐탐 노리는 게 바로 그런 기회이지 않은

가. 아마도 노예로 변장하고, 노예 하나와 함께 여행할 수는 있을 것이다. 운이 따라준다면 살아서 빠져나갈지도 모른다. 그러나 어딘가에서 상처를 입고 학대를 당하다가 개에게나 던져지는 신세가 될 가능성이 더 크다고 메텔라는 생각했다. 사흘 동안 로마는 무법천지였는데, 몇몇 이들에게는 그것이 무분별한 자유를 의미했다. 만일 조금만 더 젊고 용기가 있었다면 메텔라는 그런 위험을 감수했을지도 모른다. 그러나 그녀는 너무나 오랫동안 마리우스에게 의지해 왔다.

마리우스와 함께 있을 땐, 등 뒤에서 사교계 귀부인들이 아이가 없는 것에 대해 수군거리며 낄낄거리는 것도 참아낼 수 있었다. 마리우스와 함께 있을 땐, 텅 빈 자궁을 가진 상태에서 세상을 마주 대하면서도 비명을 지르지 않고 미소 지을 수 있었다. 그러나 마리우스가 곁에 없으니, 홀로 거리로 나서 돈 한푼 없는 망명자 신세로 삶을 다시 시작할 용기를 낼 수 없었다.

금속 징이 박힌 샌들들이 후닥닥 대문 앞을 지나자, 메텔라의 양어깨에서 떨림이 시작되더니 온몸으로 퍼져나갔다. 머지않아 전투가 이 지역으로까지 번지면서, 술라와 함께 움직이는 약탈자들과 살인자들이 마리우스 저택의 철제 대문을 부수고 들어올 것이다. 메텔라는 처음 이틀 동안은 보고를 받았으나, 결국 전령들마저 그녀를 버리고 떠났다. 도시 안으로 쏟아져 들어온 술라의 부하들은 마리우스가 그들을 방어하기 위해 만든 체계를 역이용해 거리를 하나씩 차례차례 점령해 나갔다.

프리미게니아는 도시 성벽 전역에 흩어져 있었기 때문에, 전투가 시작된 첫날 밤 거의 내내 병력 대부분이 침략자와 맞서 싸울 수 있는 상황이 아니었다. 전열을 갖추었을 때쯤에는 술라가 이미 성벽 안으로 들어와 있었는데, 술라는 정면으로 맞서 싸우기보다는 은근슬쩍 기어드는 식의 전투를 계속했다. 술라는 공성 장비를 거리로 끌고 들어와 방책들을 박살냈고, 지나온 길에는 마리우스 부하들의 머리를 죽 늘어놓았다.

들리는 말에 의하면, 거대한 주피터 사원이 불탔다고 한다. 화염이 너무 뜨거워 대리석 판이 쩍쩍 갈라지며 폭발했고, 원주와 육중한 기둥들이 광장 위로 와르르 쓰러졌다는 것이다. 사람들은 그것이 신들이 술라에게 화가 났다는 징조라고 했지만, 술라는 여전히 승승장구하는 듯했다.

그때부터 전령의 보고는 들어오지 않았고, 그날 밤 메텔라는 로마 전역에 울려 퍼지는 승전가가 프리미게니아의 목청에서 나오는 게 아님을 알게 되었다.

메텔라가 한 손을 위로 뻗어 어깨끈을 들어 올렸다. 그러더니 어깨를 움츠리며 밑으로 끌어내린 뒤 다른 어깨끈으로 손을 뻗었다. 잠시 후, 드레스가 주르륵 미끄러져 내리자, 메텔라는 벗어놓은 허물 같은 옷에서 몸만 쏙 빠져나와, 대문을 뒤로한 채 알몸으로 홍예문과 문들을 지나 집 안으로 깊숙이 들어갔다. 피부가 노출되어 있으니 공기가 더 쌀쌀하게 느껴져 메텔라는 다시 몸을 떨었다. 그러나 이번에는 쾌감이 살짝 느껴졌다. 이런 격조 있는 방에서 벌거벗고 있다니, 이 얼마나 야릇한 일인가!

걸어가면서 양손에서 팔찌도 풀고 손가락에서 반지도 뺀 메텔라는 한 손 가득한 귀금속을 탁자에 내려놓았다. 그러나 마리우스가 준 결혼반지만은 그대로 하고 있었다. 무슨 일이 있어도 절대로 손에서 빼지 않겠노라고 마리우스에게 약속했기 때문이다. 메텔라는 묶고 있던 머리칼을 풀은 뒤, 굽슬굽슬 말린 머리칼을 아래로 떨어뜨리려고 고개를 홱 뒤로 젖혔다. 그러자 머리칼이 등을 타고 파도처럼 흘러내렸다.

메텔라는 몸이 깨끗했음에도 불구하고 맨발로 욕실로 들어섰다. 수증기 속의 희미하게 반짝이는 작디작은 물방울이 온몸을 감싸는 게 느껴졌다. 그녀는 수증기를 들이마셔 온기가 폐에 가득 퍼지게 했다.

깊은 욕탕에는 새로 데운 물이 가득 담겨 있었다. 노예와 하인들이 떠나기 전에 마지막으로 물을 데워놓고 간 것이다. 메텔라는 작게 한숨을 내쉬며 모자이크 바닥 때문에 짙푸른 색으로 보이는 맑은 탕 속으로 들어갔다. 그러고는 잠시 눈을 감고, 마리우스와 함께한 지난 세월을 회상했다. 마리우스가 프리미게니아와 함께 로마와 집을 떠나 있는 기간이 길었지만, 개의치 않았다. 마리우스와 함께할 수 있는 시간이 얼마나 짧을지 알았다면, 마리우스가 떠날 때 함께 떠났을 것이다. 그러나 지금은 소용도 없는 후회나 하고 있을 때가 아니었다. 메텔라의 눈에서 다시 눈물이 주르륵 흘렀다.

메텔라는 마리우스가 처음으로 장교에 임관했던 때를 떠올렸다. 그 후 직위와 권위가 한 계단씩 상승할 때마다 기뻐하던 마리우스의 모습도 떠올렸다. 젊은 날의 마리우스는 굉장히 멋있었고, 그의 손길은 기쁨에 차 있으면서도 격정적이었다. 근육질의 젊은 병사가 청혼했을 때, 메텔라는 세상물정 모르는 순진한 소녀였다. 삶의 추악한 면도, 기쁨을 안겨줄 자식도 없이 한 해 한 해가 흘러감에 따라 가슴속을 파고든 고통도, 그때는 알지 못했다. 친구들은 모두 빽빽거리는 아이를 낳고 또 낳았다. 그 아이들 몇몇은 그저 바라보기만 해도 가슴이 찢어졌다. 돌연한 공허감 때문이었다. 그녀의 극심한 분노와 비난에 어떻게 대처할지 몰라, 마리우스가 점점 더 많은 시간을 그녀와 떨어져 보낸 것도 그 시절이었다. 얼마 동안 메텔라는 마리우스가 차라리 바람이라도 피웠으면 싶었다. 그래서 그런 관계에서 태어난 아이라도 자신의 아이로 받아들이겠노라고 마리우스에게 말한 적도 있었다.

그때 마리우스는 두 손으로 그녀의 머리를 다정하게 붙잡고 부드럽게 입을 맞추며 이렇게 말했었다.

"나한테는 오로지 당신뿐이오, 메텔라. 만일 운명의 여신이 우리한테서 이 한 가지 기쁨을 앗아갔다 해도 난 여신의 눈에 침을 뱉지 않을 것이오."

메텔라는 목울대를 오르내리게 하는 흐느낌이 절대로 멈추지 않을 거라 생각했다. 그러나 마침내 마리우스가 안아 올려 침대로 데려가서는 너무나도 부드럽게 보듬어주자, 한 번 더 울음을 토한 뒤 결국 울음을 멈추었다. 마리우스는 훌륭한 남편, 훌륭한 사내였다.

메텔라가 눈을 감은 채 욕탕의 가장자리로 손을 뻗었다. 그녀의 손가락이 그녀가 그곳에 놓아둔 가느다란 철제 칼을 찾아냈다. 그것은 마리우스의 칼 중 하나였다. 그의 백인대가 우글거리는 야만인 군대와 맞서며 일주일 동안 언덕의 요새를 지켜낸 뒤 받은 것이었다. 메텔라는 그 칼을 두 손가락으로 붙잡더니 무턱대고 손목에 갖다 댔다. 그러고는 심호흡을 한 번 했다. 그녀의 마음에는 아무런 감정도 일지 않고 평화만이 가득했다.

이윽고 칼이 손목을 그었지만 이상하게도 그리 아프지 않았다. 그 고통이 아득하게 느껴졌다. 내면의 눈이 지난 여름날을 되살릴 때는 거의 느껴지지도 않았다.

"마리우스."

메텔라는 그 이름을 크게 말했다고 생각했지만, 욕실에는 정적만이 감돌았고, 파란 물은 붉게 변해 있었다.

코르넬리아가 아버지를 향해 눈살을 찌푸렸다.

"전 여길 떠나지 않을 거예요. 이곳이 제 집이에요. 그리고 현재로선 여기도 이 도시의 어느 곳 못지않게 안전해요."

킨나가 주변을 둘러보니, 육중한 대문이 그 주택을 바깥쪽 거리와 차단하고 있었다. 그가 지참금으로 준 그 주택은 방이 여덟 개밖에 딸려 있지 않은 소박한 단층집이었다. 아름다운 집이기는 했지만, 그라면 보기는 흉해도 높은 벽돌담이 둘러쳐진 집을 선호했을 것이다.

"강간과 파괴를 일삼는 폭도나 술라의 부하들이 널 찾아온다면……."

말하면서 감정을 억누르느라 킨나의 목소리가 떨렸다. 하지만 코르넬리아는 고집을 꺾지 않았다.

"집에 경비병들이 있으니 폭도들은 처리할 수 있어요. 그리고 프리미게니아가 할 수 없다면 술라를 막을 수 있는 건 로마에 아무것도 없어요."

코르넬리아의 목소리는 차분했다. 그러나 마음속에서는 회의가 끈질기게 일었다. 아버지의 집이 요새 같은 것은 사실이지만, 이곳은 그녀와 율리우스의 소유였다. 따라서 만일 율리우스가 살아남는다면, 그가 그녀를 찾으러 올 곳은 바로 여기였다.

아버지의 언성이 높아져 거의 날카로운 외침으로 바뀌었다.

"지금 거리가 어느 지경인지 네가 못 봐서 그래! 짐승 같은 폭력배들이 손쉬운 목표물을 찾아 헤매고 있단 말이다. 나도 경비병들 없이는 밖으로 나가지 못해. 숱한 집들이 불타거나 약탈당했다. 아수라장이 따로 없다 이 말이다."

아버지가 두 손으로 얼굴을 문질렀다. 그 모습을 바라보던 딸은 아버지가 면도를 하지 않았음을 알아챘다.

"로마는 이번 사태를 잘 이겨낼 거예요, 아버지. 몇 년 전에 폭동이 일어났을 때, 시골로 가길 원치 않으셨죠? 만일 그때 로마를 떠났다면, 전 율리우스를 만나지 못했을 테고, 결혼도 하지 못했을 거예요."

"그때 떠났어야 했다!"

아버지가 격한 목소리로 날카롭게 말했다.

"그때 너를 데리고 떠났다면 좋았을 것을. 그랬다면 넌 여기 이런 위험속에 있지 않았을 텐데……."

코르넬리아가 아버지에게 다가가 뺨을 어루만졌다.

"진정하세요, 아버지, 진정하세요. 이렇게 걱정만 하시다가는 몸 상하시겠어요. 이 도시는 전에도 동란을 겪은 적이 있잖아요. 이번에도 잘 지나갈 거예요. 저는 무사할 거구요. 수염을 깎으셨어야죠."

아버지의 눈에 물기가 어린 것을 본 코르넬리아는 더 바짝 다가들어 품에 안겼다. 그러자 아버지는 그녀를 으스러져라 세게 끌어안았다.

"살살 좀 하세요, 아버지. 전 지금 민감한 상태거든요."

아버지가 두 팔을 펴고, 질문하는 듯한 눈길로 딸을 바라보았다.

"임신한 것이냐?"

거칠게 갈라지는 목소리에는 애정이 배어 있었다.

코르넬리아가 고개를 끄덕였다.

"어여쁜 내 딸."

아버지가 다시 딸을 부둥켜안았다. 그러나 이번에는 조심스러움이 묻어났다.

"이제 할아버지가 되시는 거예요."

코르넬리아가 아버지의 귀에다 속삭였다.

"코르넬리아, 지금 가야만 한다. 내 집이 여기보다 더 안전하지 않느냐.

왜 이런 위험을 무릅쓰려 하는 것이냐? 집으로 가자."

대단히 설득력 있는 말이었다. 코르넬리아는 아버지를 따라 안전한 곳으로 가고 싶었다. 다시 어린 소녀로 돌아가고 싶은 마음이 굴뚝 같았다. 그러나 그럴 수가 없었다. 거절해야만 하는 아픔을 떨쳐버리려 애쓰며 굳은 미소를 지으면서 고개를 가로저었다.

"경비병들을 더 남겨두세요. 그래야 마음이 편하시겠다면요. 하지만 이제는 이곳이 제 집이에요. 제 아이는 여기서 태어날 거예요. 이 도시로 돌아올 수 있다면, 율리우스는 제일 먼저 여기로 올 거예요."

"율리우스가 죽었다면 어찌할 것이냐?"

코르넬리아는 돌연 가슴을 도려내는 듯한 아픔에 두 눈을 감았다. 눈물 때문에 눈꺼풀 밑이 따끔따끔했다.

"아버지, 제발…… 율리우스는 반드시 제게 돌아올 거예요. 전…… 전 확신해요."

"율리우스가 아이에 대해서 아느냐?"

코르넬리아는 눈을 그대로 감고 있었다. 약한 마음이 사라지길 바랐다. 흐느껴 우는 짓 따위는 하지 않을 작정이었다. 그러나 가슴 한구석에서는, 아버지의 가슴에 고개를 파묻고 아버지를 따라가고 싶은 마음이 간절했다.

"아직 몰라요."

킨나는 정원의 연못 옆에 놓인 벤치에 앉았다. 연못에서는 물이 졸졸 흐르고 있었다. 딸을 위해 이 집을 준비하던 때 건축가와 이야기를 나누던 게 떠올랐다. 그때가 아주 오래전처럼 느껴졌다. 킨나는 한숨을 내쉬었다.

"내가 졌다, 얘야. 허나 네 어머니한텐 뭐라 이야기해야 한단 말이냐?"

코르넬리아가 그의 옆에 앉았다.

"제가 행복하게 잘 지내고 있고, 일곱 달 후쯤에는 아이를 낳을 거라고 말씀드리세요. 제가 제 집에서 출산 준비를 하고 있다고 말씀하시면, 어머닌 이해하실 거예요. 거리가 다시 조용해지면 전령을 보내…… 우리가 잘 먹고 건강하게 잘 지내고 있다는 걸 알려드릴게요. 그러면 되는 거예요."

아버지의 목소리가 살짝 갈라졌다. 단호한 어조를 내려 애쓰고 있었다.

"율리우스 말이다, 좋은 남편, 좋은 아버지가 되는 게 좋을 거다. 안 그러면 내가 채찍질을 해줄 테니까 말이다. 너를 만나러 우리 집 지붕 위를 뛰어 돌아다닌다는 말을 들었을 때 그랬어야 했는데."

코르넬리아는 한 손으로 두 눈을 문지르며 근심을 마음속 깊은 곳으로 밀어넣었다. 그러고는 억지로 미소를 지었다.

"아버지는 그런 잔인한 분이 못 돼요. 그러니까 괜히 그런 척하려 하지 마세요."

킨나는 얼굴을 찡그릴 뿐 한참 동안 아무 말도 하지 않았다.

"이틀을 더 기다릴 것이다. 허나 그때도 상황이 호전되지 않으면, 내 경비병들을 시켜 널 집으로 데려갈 것이다."

코르넬리아가 한 손으로 아버지의 팔을 꽉 쥐었다.

"아니요. 전 더 이상 아버지의 소유가 아니에요. 율리우스가 제 남편이에요. 그이는 제가 여기 있을 거라 생각할 거예요."

이제는 더 이상 눈물을 억누를 길이 없었다. 코르넬리아는 흐느껴 울기 시작했다. 킨나는 그녀를 끌어당겨 꼭 안았다.

술라는 얼굴을 잔뜩 찌푸렸다. 부하들이 주요 도로를 확보하기 위해 전속력으로 달려가고 있었다. 주요 도로를 차지해야 대광장과 도심에 접근할 수 있는 것이다. 유혈이 낭자한 첫 번째 쟁탈전을 치른 후, 로마를 차지하기 위한 전투는 그에게 유리하게 진행되었다. 신속하고 무자비하게 소규모 접전을 치르면서 지역을 한 곳 한 곳 점령해 나갔고, 혼란에 빠진 적에 맞서 그곳들을 잘 지켜냈다. 해가 완전히 뜨기 전에 로마의 동남부 지역 대부분이 그의 수중에 들어왔다. 그의 군대가 휴식을 취하고 조직을 재편할 수 있는 커다란 지역이 확보된 것이다. 그런데 그때부터 전술적인 문제들이 발생했다. 장악하는 지역들이 가로로 확장됨에 따라 경계선을 지키는 병사들의 수가 점점 더 줄어들 수밖에 없었다. 따라서 부하들이 얇게 퍼져 있는 구역에서는 적들이 집결해 어떤 식으로든 공격을 가할 위험이 상존하고 있었다.

술라의 전진 속도는 느려졌고, 그의 입에선 명령이 점점 더 신속하게 흘러나왔다. 그는 부대들을 여기저기로 이동시키기도 하고, 있던 곳을 지키게 하기도 했다. 적에게 항복을 요구하기에 앞서 안전한 기지를 확보해야만 한다는 것을 그는 알고 있었다.

마리우스가 부하들에게 마지막 말을 남긴 후, 술라는 그들이 마지막 한 사람이 남을 때까지 싸울 가능성이 있음을 받아들였다. 군단의 체계가 원래 충성심을 유발하고 고취하는 것이기는 하지만, 그들의 충성심은 전설적이었다. 그들이 희망을 버리도록 만들어야만 하는데, 점점 전진 속도가 느려진다면 그렇게 할 수가 없었다.

지금 술라는 카일리우스 언덕 꼭대기의 툭 트인 광장에 서 있었다. 등 뒤 쪽, 카일리몬타나 성문에 이르는 밀집된 거리 모두가 그의 것이었다. 화재는 진압되었고, 거기에서부터 성벽 남단에 자리한 포르타 라우두스쿨

라나에 이르는 모든 길을 그의 군단이 안전하게 지키고 있었다.

작은 광장에는 그의 부하 백여 명이 네 명으로 이루어진 분대로 나뉘어 있었다. 모두 자원한 병사들이었다. 술라는 그들의 그런 태도에 감동을 받았다. 부하들이 자신을 위해 목숨을 내놓을 때, 마리우스가 받은 느낌이 이런 것이었을까?

"너희들에게 명령을 하달하겠다. 계속 움직이면서 적을 혼란시켜라. 수적으로 밀리면 도주했다가 때를 봐서 다시 공격하라. 너희들 손에 나의 운명, 군단의 운명이 달렸다. 성공을 빈다!"

일사불란하게 경례를 올리는 그들에게 술라는 뻣뻣하게 답례했다. 술라는 그들 대부분이 한 시간 안에 죽으리라 예상했다. 밤이었다면 좀 더 도움이 되겠지만, 훤한 대낮이라 주의를 흩뜨려 놓는 정도 이상의 역할은 하지 못할 것이다. 술라는 네 명으로 이루어진 마지막 분대가 방책을 헤치고 나아가 골목을 질주하는 모습을 지켜보았다.

"마리우스의 시신을 잘 싸서 시원한 그늘에 두라. 마리우스에게 적절한 장례식을 치러줄 틈이 언제 날 수 있을지 모르니."

술라가 가까이에 있는 병사에게 말했다.

갑자기 두세 거리 떨어진 곳에서 화살이 일제히 발사되었다. 술라는 호를 그리며 날아오는 화살들을 관심 있게 지켜보았다. 궁병들이 있을 가능성이 제일 높은 곳을 눈치챈 그는 4인조 분대 중 일부가 그 지역에 가 있기를 바랐다. 시커먼 화살대들이 머리 위를 지나더니 온 사방으로 쏟아져 내려, 술라가 임시 지휘본부로 쓰는 안마당의 돌바닥에서 산산조각이 났다. 전령 하나가 미늘 달린 화살에 가슴을 꿰뚫린 채 쓰러졌고, 또 다른 전령도 비명을 질러댔다. 하지만 술라는 털끝 하나 다치지 않고 멀쩡했다. 술라가 눈살을 찌푸렸다.

"경비병, 저 전령을 가까운 어딘가로 데려가 채찍질을 가하라. 로마인은 피를 보았다고 해서 비명을 지르거나 기절하지 않는다. 돌아올 때는 내가 저 전령의 등에서 피를 볼 수 있도록 확실히 처리하라."

경비병은 고개를 끄덕였고, 전령은 형벌이 더 심해지는 건 아닐까 하는 두려움에 떨며 묵묵히 끌려갔다.

백인대장 하나가 달려와 경례를 붙였다.

"장군님, 이 지역은 안전합니다. 느리게 전진하라는 나팔을 불까요?"

술라가 그를 노려보았다.

"난 우리의 전진 속도에 짜증이 나네. 이 구역에서는 돌진 나팔을 불게. 가능하다면 나머지 백인대들도 띠리 붙으라 하게."

"그렇게 하면 우린 측면 공격이 노출될 겁니다."

사내가 더듬거리며 말했다.

"전쟁 중에 다시 내 명령에 이의를 제기했다가는 보통 범죄자처럼 교수형에 처할 걸세."

사내는 하얗게 질린 얼굴로 명령을 전달하기 위해 돌아섰다.

술라는 짜증스럽게 이를 갈았다. 아, 그것은 탁 트인 전장에서 만나게 될 적을 향한 것이었다. 이 시가전은 눈에 보이지 않게 폭력적으로 벌어졌다. 병사들은 눈에 띄지 않는 후미진 골목에서 칼로 서로를 갈기갈기 찢어죽이고 있었다. 장엄한 돌격은 어디로 갔단 말인가? 노래하듯이 울리는 전투 무기들은? 그러나 술라는 인내심을 발휘할 작정이었다. 마침내 적이 절망에 빠져들 정도로 철저하게 분쇄해 줄 작정이었다. 돌격 나팔 소리가 들리고, 부하들이 방책을 들어올려 앞으로 나아갈 준비를 하는 게 보였다. 술라는 흥분 때문에 온몸의 피가 빠르게 도는 것을 느꼈다. 적들보고 어디 측면을 한번 쳐보라지. 많은 분대가 그곳에 뒤섞여 있다가 뒤에서 공격을 가할 테니.

공기에서 새로 연기 냄새가 났다. 바로 앞 거리의 높은 창문들에서 불길이 날름거리는 게 보였다. 끝없이 계속되는 무기 맞부딪치는 소리 위로 날카로운 비명이 들렸고, 필사적인 사람들은 불규칙하게 뻗은 도로 9미터, 10미터 위쪽의 돌 창턱으로 기어 나왔다. 그들은 도로의 커다란 돌들에 부딪쳐 죽게 될 것이다. 한 여자가 창턱을 붙잡고 있던 손을 놓치더니 묵직한 갓돌 위로 머리부터 떨어지는 게 보였다. 그녀는 뼈가 박살이 나며 인형처럼 뒤틀렸다. 술라의 콧구멍 속에서 연기가 소용돌이쳤다. 거리를 한 곳 한 곳 점령해 나가리라.

부하들은 신속하게 움직이고 있었다.

"전진!"

술라가 부하들을 몰아댔다. 심장박동이 점점 더 빨라지고 있었다.

오르소 페리토는 육중한 나무 탁자 위에 로마의 지도를 펼쳐놓은 뒤 프리미게니아 백인대장들의 얼굴을 둘러보았다.

"이 선은 술라가 얼마나 많은 지역을 장악했는지 표시한 것일세. 술라는 계속 확장하는 전선에서 싸우고 있으니, 거의 모든 부분이 국부 공격에 취약하다 할 수 있네. 난 여기와 여기를 동시에 공격했으면 하네."

오르소는 지도상의 두 지점을 가리키며 방에 있는 다른 사내들을 둘러보았다. 오르소와 마찬가지로 그들은 꼬질꼬질한 데다 지친 기색이 역력했다. 지난 사흘 동안 전투를 치르면서 한두 시간 이상 잔 사람이 거의 없어, 부하들과 마찬가지로 그들은 녹초가 되어 있었다.

오르소가 다섯 개 백인대의 지휘를 맡은 것은 술라의 손에 마리우스가 살해되는 광경을 목격한 이후부터였다. 장군의 마지막 외침을 들었던 그는 우쭐대는 술라가 자신이 아버지보다 사랑했던 사내를 칼로 찌르던 것을 생각하면 지금도 분노로 온몸이 활활 타올랐다.

마리우스가 죽은 다음 날은 그야말로 혼돈 그 자체였다. 양측 모두 사망자가 수백 명에 달했다. 오르소는 부하들을 계속 지휘하며, 피비린내 나는 공격을 짧게 가한 뒤 예비병력이 소집되기 전에 철수하는 식의 작전을 펼쳤다. 마리우스의 부하 대부분과 마찬가지로 오르소는 명문가 태생이 아니라 로마의 거리에서 성장한 사람이었다. 그렇기 때문에 소년 시절 뛰어다니던 도로와 골목길에서 어떤 식으로 싸워야 하는지 알고 있었다. 둘째 날 새벽이 되기 전, 오르소는 프리미게니아의 비공식 지도자로 급부상했다.

오르소가 공격과 방어를 조율하기 시작하자마자 곳곳에서 그의 영향력이 느껴졌다. 오르소는 전략적으로 중요하지 않은 몇몇 거리는 적에게 그냥 내주곤 했다. 그런 거리의 경우, 거주자들을 내쫓은 뒤 집에 불을 지르고는 화살을 발사해 엄호하며 부하들을 철수시켰다. 그러나 다른 거리들의 경우, 술라가 돌파하지 못하도록 동원 가능한 병력을 총집결시키며 싸우고 또 싸웠다. 많은 병력이 손실되었지만, 많은 지역에서 적의 저돌적인 돌진은 속도가 느려지거나 완전히 멈추었다. 이제 싸움은 금세 끝날 기세가 아니었고, 술라 앞에는 본격적인 전투가 놓여 있었다.

어머니가 무어라 불렀든지 간에, 그는 부하들에게 언제나 곰, 즉 오르소였다. 땅딸막한 몸은 물론이고 뺨까지 이르는 얼굴 대부분이 억센 검은 털로 뒤덮여 있어 그런 이름을 얻었다. 근육질 어깨에 피가 덕지덕지 들러붙어 있는 그는, 어쩔 수 없이 깔끔한 취향을 포기해야만 했던 그 방의 다른 사람들과 마찬가지로 연기와 오래된 땀 냄새를 풀풀 풍겼다.

오르소 일행이 지금 회의를 하고 있는 장소는 무작위로 선택한 곳으로, 누군가가 소유한 저택의 부엌이었다. 백인대장들은 거리에서 눈에 띄는 아무 집이나 무작정 들어와 지도를 펼쳤다. 집 주인은 위층 어딘가에 있었다. 오르소는 지도를 보면서 한숨을 내쉬었다. 적의 방어선을 몇 번 돌파하는 것이야 가능하겠지만, 술라를 물리치려면 신들의 가호가 필요했다. 오르소는 다시 탁자 주변의 얼굴들을 둘러보았다. 그 얼굴들에 어린 희망을 보고 속으로 뜨끔했다. 하지만 그는 그걸 내색할 수 없는 처지였다. 자신은 마리우스 같은 그릇이 되지 못한다는 것을 잘 알고 있었다. 만일 그 장군이 살아남아 이 방에 있다면, 그들은 술라와 한 번 맞붙어볼 기회를 가질 수 있을 것이다. 그러나 현실은……

"전선의 어느 지점이든 저들의 병력은 스무 명에서 쉰 명 정도에 불과하네. 각 지점에 두 개 백인대를 투입해서 신속하게 돌파한다면, 우리는 원군이 오기 전에 저들을 산산조각 낼 수 있을 걸세."

"그 다음에는 어떻게 합니까? 술라를 습격하는 겁니까?"

백인대장 하나가 물었다. 마리우스라면 이름을 알 텐데 하고 오르소는 속으로 생각했다.

"그 뱀 같은 자가 어디 머물고 있는지 확실히 알 수가 없네. 그잔 암살범을 유인하고자 가짜 지휘막사를 설치하고도 남을 인간이네. 그자를 처치할 기회를 살필 수 있도록 민간인 복장을 한 병사 몇 명만 남겨두고 곧바로 철수하자는 게 내 생각일세."

"그건 압도적인 승리가 아니지 않습니까? 부하들이 원하는 건 바로 그런 승리인데요."

오르소가 노기 띤 어조로 쏘아붙였다.

"부하들은 로마에서 가장 훌륭한 군단의 군단병이네. 명령에 군말 없이 따를 걸세. 이건 숫자 게임이네. 이게 게임이라면 말일세. 저들의 병력이 우리보다 많네. 우린 비슷한 규모의 지역을 훨씬 적은 병력으로 장악하고 있는 형편이네. 저들은 원군이 도착하는 시간도 우리보다 빠르고…… 훨씬 더 노련한 지휘관을 갖고 있네. 우리가 할 수 있는 최선책은 최대한 우리 병력의 손실을 줄이면서 저들 병력 수백을 해치우고 철수하는 것일세. 술라는 점점 늘어나는 전선을 방어해야 하는 문제를 지금도 여전히 안고 있으니 말일세."

"우리도 똑같은 문제를 안고 있습니다, 어느 정도는."

"그렇지만 저들에 비할 바야 못 되지. 만일 저들이 후퇴한다면 우린 광대한 도시 안으로 들어갈 수 있을 걸세. 그러면 저들의 측면을 공격하기가 수월해질 테니, 저들을 두 동강 낼 수 있을 걸세. 지금까지는 우리가 더 넓은 지역을 장악하고 있네. 저들의 방어선을 뚫으면, 저들이 차지한 영역의 심장부로 곧장 들어가는 것이 되는 걸세."

"허나 거긴 저들의 병력이 배치된 곳입니다. 사령관님의 계획대로 되리란 확신이 들지 않는군요."

사내가 말을 이었다.

오르소가 그를 바라보았다.

"자네 이름이 어떻게 되나?"

"바르 갈리에누스입니다."

"마리우스 장군이 돌아가시기 전에 외치신 말씀을 들었나?"

사내의 얼굴이 살짝 붉어졌다.

"들었습니다."

"나도 들었네. 우린 지금 불법적인 침략군에 맞서 우리의 도시와 그 거주자들을 지키고 있는 걸세. 우리의 사령관은 전사하고 안 계시네. 현재의 위기가 끝날 때까진 내가 임시 사령관일세. 뭔가 도움이 될 말을 할 게 아니라면 밖에서 기다려주게나. 논의가 끝나면 알려주겠네. 알겠나?"

대화가 오가는 내내 오르소의 목소리는 차분하고 정중했다. 하지만 그 방에 있는 사람들은 그에게서 분노가 분수처럼 뿜어져 나오는 걸 느꼈다. 슬금슬금 뒷걸음질치지 않으려면 약간의 용기가 필요했다.

바르 갈리에누스가 조용히 입을 열었다.

"이곳에 남아 있고 싶습니다."

오르소는 손으로 그의 어깨를 찰싹 때리고는 그에게서 시선을 돌렸다.

"활을 지닌 병사들 전부는 물론이고, 우리가 가진 것 중에 공중공격을 가할 수 있는 것은 무엇이든 지금으로부터 한 시간 후에 이 두 지점에 집결시키게. 모든 것을 총동원해 저들에게 타격을 가한 뒤, 내가 신호를 하면 두 백인대가 저들의 방어선으로 돌진하는 걸세. 옛 시장 지역은 내가 잘 아니까 내가 공격을 이끌겠네. 다른 지점은 바르 갈리에누스가 맡을 걸세. 질문들 있나?"

탁자에는 침묵이 흘렀다. 갈리에누스는 오르소를 똑바로 쳐다보며 알았다는 뜻으로 고개를 끄덕였다.

"허면 군단병들을 불러 모으게나, 제군들. 우리 대장이 자랑스러워할 수 있게 한번 해보세나. '마리우스'하고 외치는 걸세. 나팔을 짧게 세 번 불면 신호로 알게나. 한 시간 후라네."

술라는 앞에서 피투성이가 된 채 헐떡거리는 부하들에게서 물러섰다. 몇 시간 전 싸움에 내보낸 백 명 가운데 열한 명만이 보고를 하러 돌아왔다. 그런데 이들도 목숨은 건졌지만 한 사람도 빠짐 없이 부상을 당한 상태였다.

"장군님, 기동분대들은 부분적으로만 성공을 거두었습니다."

폐가 들썩거리는 와중에도 똑바로 일어서려 무진 애를 쓰며 한 병사가 말했다.

"처음 한 시간 동안에는 적에게 많은 피해를 입혔습니다. 소규모 접전을 벌이며 어림잡아 쉰 명 이상의 적을 쓰러뜨렸을 겁니다. 가능한 곳에선 말씀하신 대로 혼자 혹은 둘이 있는 적을 포착해 제압했습니다. 그런데 저희가 침입했다는 말이 퍼져나갔는지, 갑자기 거리에서 추적을 당하는 신세가 되고 말았습니다. 저들을 지휘하고 있는 자는 누군지는 몰라도 이 도시를 아주 잘 알고 있는 게 분명합니다. 저희들 중 일부가 지붕으로 올라갔는데, 그 위에도 적들이 기다리고 있었습니다."

병사는 다시 숨을 쉬려고 잠깐 말을 멈추었다. 술라는 그가 마음을 가라앉히기를 초조하게 기다렸다.

"적들 중 몇 명이 집 밖으로 나온 여자와 아이들한테 칼로 찔려 쓰러지는 것을 보았습니다. 그들은 민간인들을 죽이는 것을 망설이다 토막이 나고 말았습니다. 저희 분대는 프리미게니아 비슷한 무리에게 패배했는데, 그자들은 바깥쪽의 갑옷을 벗고 짧은 검만 들고 있었습니다. 저희는 한참을 달려 도망쳤지만, 골목길에서 오도 가도 못하는 신세가 되고 말았습니다. 전……."

"보고할 만한 정보가 있다고 한 걸로 아는데. 기동분대들이 제한적인 피해만 주리라는 건 처음부터 예견된 일이었다. 두려움과 혼란을 퍼뜨리길 바랐는데, 프리미게니아에 기율 비슷한 것이 아직도 남아 있는 모양이군. 마리우스의 부관 중 한 명이 전반적인 전술을 책임지고 있는 것이 틀림없다. 그자는 재빨리 반격을 가하려 하겠군. 너희 동료들이 이런 낌새를 보았느냐?"

"네, 장군님. 저들은 조용히 거리 곳곳의 부하들을 소집하고 있었습니다. 언제 어디를 공격할지는 모릅니다만, 조만간 모종의 소규모 접전이 벌어질 겁니다."

"부하 여든 명의 목숨과 맞바꿀 만한 가치는 거의 없다만, 나한테는 충분히 유용한 정보였다. 의사한테 가보거라. 백인대장!"

술라가 근처에 있는 사내에게 날카롭게 소리쳤다.

"모든 병사를 방책으로 가라고 하게. 저들이 돌파를 시도할 걸세. 방어선의 병사들을 세 배로 늘리게."

백인대장은 고개를 끄덕이고는 전령들에게 방어선의 전초기지에 그 소식을 전하라는 신호를 보냈다.

갑자기 하늘이 시커멓게 변했다. 독침을 품은 죽음의 사자 같은 화살들이 윙윙 소리를 내며 무더기로 날아오고 있었던 것이다. 술라는 화살이 떨어지는 광경을 지켜보았다. 화살들이 자신이 있는 곳을 향해 쌩하니 날아올 때, 그는 두 주먹을 불끈 쥐고 이를 악물었다. 주변의 사내들은 몸을 던졌지만, 그는 눈 하나 깜짝하지 않고 반짝반짝 눈을 빛내며 꼿꼿하게 서 있었다.

화살이 비 오듯이 쏟아져 주변이 박살났지만, 술라는 털끝 하나 다치지 않았다. 그는 돌아서서 바닥을 기고 있는 보좌관들과 장교들을 보며 껄껄 웃었다. 하나는 무릎을 꿇은 자세로 입에서 피를 흘리며 가슴에 박힌 화살을 잡아당기고 있었다. 다른 둘은 꼼짝도 하지 않은 채 흐리멍덩한 눈으로 하늘을 응시하고 있었다.

"좋은 징조로군, 안 그런가?"

술라가 여전히 미소를 지으며 말했다.

저 앞쪽, 도시 어딘가에서 나팔이 짧게 세 번 울렸고, 그에 답해 우렁찬 외침이 터져 나왔다. 요란한 외침 위로 한 사내의 이름이 연호되는 것을 들은 술라는 잠시 귀를 의심했다.

"마―리―우스!"

프리미게니아가 울부짖었다. 그리고 그들이 몰려왔다.

32장

알렉산드리아는 작은 보석상의 문을 쾅쾅 두드렸다. 제발 누군가 있어야만 하는데! 알렉산드리아는 수많은 다른 사람들처럼 여기 주인이 도시를 떠났을 수도 있다는 것을 알고 있었다. 괜히 남의 이목만 끌고 있는 것일지도 모른다는 생각에 그녀의 얼굴이 창백해졌다. 근처 거리에서 문이 열리는 것처럼 삐걱 소리가 났다.

"타빅 아저씨! 저예요, 알렉산드리아! 맙소사, 문 좀 여세요, 아저씨!"

알렉산드리아는 헉헉대며 팔을 떨어뜨렸다. 가까이에서 비명이 들리자 그녀의 가슴이 쿵 하고 내려앉았다.

"어서요. 제발."

알렉산드리아가 속삭였다.

그때 문이 비틀리며 옆으로 열렸다. 문 안에는 타빅이 손에 도끼를 단단히 움켜잡은 채 노려보며 서 있었다. 알렉산드리아를 본 타빅은 안도의 표정을 지었다. 얼굴에 서려 있던 분노도 차츰 사그라졌다.

"들어와. 오늘 밤은 짐승들이 밖에서 설쳐대는군."

타빅이 무뚝뚝하게 말하고는 거리를 훑어보았다. 겉으로는 인적이 끊긴 듯 보였지만, 그는 자신에게 쏠려 있는 시선들을 느낄 수 있었다.

안으로 들어선 알렉산드리아는 안도감에 긴장이 풀리자 순간 현기증을 느꼈다.

"메텔라 마님이…… 저를 보내셨어요. 마님은……."

"괜찮아, 애야. 나중에 설명해도 돼. 아내와 아이들이 위층에서 식사를 차리고 있어. 올라가 봐. 여기에 있으면 안전해."

알렉산드리아가 잠시 머뭇거리더니 타빅 쪽으로 몸을 돌렸다. 가슴속에 담고 있을 수가 없었기 때문이다.

"타빅 아저씨, 저, 문서랑 모든 걸 갖고 있어요. 전 자유인이에요."

타빅이 몸을 바짝 기대며 알렉산드리아를 똑바로 쳐다보더니 미소를 지었다.

"언제는 아니었냐? 이제 이층으로 올라가 봐. 뭣 때문에 이리 시끄러웠는지 아내가 궁금해할 거다."

전투교본에는 도시의 거리를 가로막고 있는 부서진 방책을 공격하는 법 같은 건 전혀 나와 있지 않았다. 오르소 페리토는 그저 죽은 장군의 이름을 우렁차게 외치며, 부서진 수레와 문짝들이 뒤죽박죽 쌓여 있는 방책을 뛰어넘어 적군 속으로 돌진했다. 200명의 병사가 그의 뒤를 따랐다.

오르소는 제일 처음 눈에 띈 목에 글라디우스를 쑤셔 넣었다. 다음 순간, 적의 칼에 베일 뻔했으나 삐거덕거리는 방책 위에서 미끄러져 다른 쪽으로 굴러 떨어지는 바람에 간신히 모면했다. 일어서며 검을 휘두른 그는 뼈가 우두둑 부서지는 만족스러운 소리를 보답으로 받았다. 주위에서는 온통 부하들이 앞쪽을 향해 검을 휘두르며 자르고 베느라 여념이 없었다. 오르소는 그들이 잘하고 있는지, 얼마나 죽었는지 알 수가 없었다. 적이 눈앞에 있다는 것, 그리고 자신의 손에 검이 들려 있다는 것만 알 뿐이었다. 오르소는 으르렁거리며, 그의 칼을 막기 위해 방패를 들어 올리던 사내의 팔을 어깨에서부터 베었다. 팔이 축 늘어지며 방패에서 떨어져 나가자, 그 방패를 잡아채고는 그것을 이용해 앞길에 있는 두 사내의 어깨 쪽으로 돌진한 뒤, 밀려 쓰러진 그들을 발로 짓밟았다. 두 사내 중 하나가 위를 향해 칼을 내뻗었다. 오르소는 두 다리 위로 뜨끈한 피가 쏟아져 내리는 것을 느꼈지만, 신경 쓰지 않았다. 그 지역에는 이제 앞을 가로막는 적이 없었으나, 거리의 끝 쪽은 병사들로 가득 차 있었다. 적의 지휘관이 돌격 나팔을 부는 것을 본 오르소는 툭 트인 공간을 전속력으로 가로질러 가 적을 맞이했다. 그동안 정복했던 야만적인 나라의 광포한 전사가 어떤 기분을 느꼈는지, 그는 그 순간 알았다. 그것은 희한한 편안함이었다. 고통도 없었고, 두려움과 피로와도 거리가 먼 상쾌한 기분이었다.

오르소의 칼을 맞고 쓰러지는 사내의 수는 점점 늘어났고, 프리미게니아는 반짝이는 금속으로 베고 치명타를 가하며 파죽지세로 진격했다.

"사령관님! 옆 골목을 보십시오. 저들의 원군이 더 늘어났습니다!"

오르소는 팔을 잡아당기는 손을 뿌리칠 뻔했으나, 그 순간 훈련을 통해 익힌 상황 판단력이 되살아났다.

"저들의 수가 너무 많다. 제군들, 후퇴한다! 지금으로선 벨 만큼 베었다!"

오르소가 의기양양하게 검을 치켜들더니 왔던 길로 다시 내달리기 시작했다. 전력으로 질주하느라 숨을 헐떡이면서도, 그는 술라 측 사망자수가 얼마나 되는지 살폈다. 어림짐작하건대, 100명은 넘어 보였다.

길바닥 여기저기서 아는 얼굴이 보였다. 힘없이 꿈틀대고 있는 이들도 한두 명 있었다. 그들을 위해 멈춰 서고 싶은 마음도 들었지만, 뒤에서 샌들이 돌바닥에 부딪히는 소리가 들리는 터라, 방책에 도달하지 못하면 적에게 등을 보인 채 패주해야만 한다는 것을 알기에 그럴 수가 없었다.

"계속 후퇴한다, 제군들. 마―리―우스!"

온 사방에서 오르소의 외침에 화답했다. 이윽고 그들은 다시 방책을 기어오르고 있었다. 방책의 꼭대기에서 오르소는 뒤를 돌아보았다. 제일 뒤처진 부하들이 적의 칼을 맞고 쓰러진 뒤 짓밟히는 게 보였다. 그러나 대부분은 도망치는 데 성공했다. 오르소가 방책 너머로 달리려고 돌아섰을 때, 프리미게니아의 궁병들이 다시 동료들의 머리 위로 화살을 발사했다. 또다시 몸뚱이들이 비명을 지르고 몸부림을 치면서 도로의 돌바닥에서 죽어갔다. 오르소는 무기력 상태에 빠져들 듯한 극심한 피로감에 검을 축 늘어뜨린 채 달리면서 낄낄거렸다. 건물 안쪽으로 몸을 피한 그는 두 손으로 무릎을 짚고 서서 가쁜 숨을 몰아쉬었다. 허벅지에 난 상처가 심각해 피가 줄줄 흘러내렸다. 머리가 어찔어찔했고, 손들이 앞으로 잡아끌 때 뭐라고 말을 하려 했지만 웅얼거리는 소리밖에 나오지 않았다.

"여기서 멈추시면 안 됩니다. 궁병들은 화살이 떨어지기 전까지만 엄호해 줄 수 있을 뿐입니다. 한두 거리는 더 지날 때까지 계속 가야 합니다. 어서요, 사령관님."

그 말을 새겨듣기는 했는데, 자신이 대답을 했는지 안 했는지, 오르소는 확실히 알 수가 없었다. 그 많던 기운이 다 어디로 갔단 말인가? 다리에 힘이 없었다. 오르소는 바르 갈리에누스 역시 잘해 냈기를 바랐다.

술라는 바르 갈리에누스의 목에 검을 누르고 있었다. 피를 흘리며 누워 있는 바르 갈리에누스는 자신이 죽어가고 있다는 것을 알기에 술라에게 침을 뱉으려 했다. 하지만 침은 푸푸 튈 뿐 그 이상으로 뿜어지지 않았다. 그의 부하들은 방책 너머에서 병력이 새롭게 보강된 백인대를 만나, 첫 번째 공격에서 거의 패배했다. 몇 분 동안 치열하게 싸운 끝에 돌과 나무를 쌓아 올려서 만든 벽을 돌파한 그들은 그 너머의 우글우글한 병사들 속으로 몸을 던졌다. 그들은 죽으면서 수많은 적병을 황천길로 함께 끌고 갔지만, 수적으로 적에게 밀렸다. 방어선은 얇은 것과는 전혀 거리가 멀었던 것이다.

바르 갈리에누스는 피 묻은 이를 드러내며 혼자 싱긋 웃었다. 술라가 금세 병력을 보강할 수 있으리라는 걸 그는 잘 알고 있었다. 이것을 오르소에게 말해 주지 못한다는 게 유감이었다. 털북숭이 그 사내가 자신보다는 잘해 냈기를, 군단이 다시는 지도자 없는 신세가 되지 않기를 그는 바랐다. 이런 모험에 목숨을 걸다니, 무모하기 그지없는 일이었다. 하지만 파괴와 학살이 대대적으로 벌어졌던 그 무시무시했던 첫째 날 죽은 동료들의 수가 너무 많았기 때문에 어쩔 수 없었다. 술라가 병력을 보강하리라는 것을 그는 알고 있었다.

"이자는 죽은 것 같습니다."

바르 갈리에누스는 어떤 목소리를 들었다. 곧이어 술라가 대꾸하는 것도 들었다.

"애석하군. 표정이 하도 희한해서 무슨 생각을 하고 있는 건지 묻고 싶었는데."

오르소는 일어서는 것을 도와주려는 백인대장에게 호통을 쳤다. 한쪽 다리가 아파 목발을 짚고 있었지만, 도움을 받을 기분이 아니었다.

"돌아온 병사가 아무도 없나?"

"두 개 백인대를 다 잃었습니다. 그 구역은 우리가 돌격하기 직전에 병력이 보강되었습니다. 그 전술은 다시는 통할 것 같지 않습니다."

"그렇다면 난 운이 좋았군그래."

오르소가 툴툴거렸다. 아무도 그와 눈을 맞추지 않았다. 그가 공격한 지점은 방어벽 중에서도 병력이 적은 구역이었으니, 운이 좋았던 게 사실이었다. 바르 갈리에누스는 자신이 옳았다는 게 입증된 것을 보고 틀림없이 웃었으리라. 오르소는 그 사내에게 술을 한잔 살 수 없는 것이 애석했다.

"사령관님, 다른 명령을 내리실 게 있으십니까?"

한 백인대장의 물음에 오르소는 고개를 가로저었다.

"아직은 없네. 허나 우리의 상황을 파악하고 나면 명령을 내릴 게 있을걸세."

"사령관님."

젊은 그 사내가 말을 하지 못하고 머뭇거렸다.

오르소가 빙그르르 돌아서서 그를 마주 보았다.

"무언가? 어서 말하게."

"부하들 중 일부가 항복을 입에 올리고 있습니다. 우린 병력이 반으로 줄어들었는데, 술라는 바다로 이어지는 보급로까지 확보하고 있는 상황입니다. 우린 도저히 승리할 수가 없으니⋯⋯."

"승리? 우리가 승리할 거라 누가 그러던가? 마리우스 장군님이 돌아가시는 광경을 본 순간, 난 우리가 승리할 수 없을 거라는 걸 알았네. 술라를 진정으로 곤경에 빠뜨릴 수 있을 정도로 충분한 수가 모이기도 전에, 술라가 프리미게니아를 괴멸시키리란 걸 난 그때 깨달았네. 이건 승리하느냐 마느냐 하는 문제가 아니라, 정당한 명분을 위해 싸우느냐, 명령을 따르느냐, 위대한 사내의 삶과 죽음을 명예롭게 하느냐 하는 문제일세."

오르소는 그 방에 있는 사내들을 죽 둘러보았다. 눈을 맞추지 못하는 이들은 극소수에 불과했다. 이를 본 그는 자신이 동지들 속에 있음을 깨달았다. 그는 미소를 지었다. 마리우스라면 어떤 식으로 표현할까.

"사람은 평생 동안 이 같은 순간을 기다릴 수도 있고, 끝끝내 맞이하지 못할 수도 있네. 어떤 이들은 결코 기회를 얻지 못한 채 그저 나이만 먹다 시들어가지. 우린 젊고 튼튼할 때 죽게 될 걸세. 난 죽음을 다른 식으로는 맞이하지 않을 걸세."

"하지만 사령관님, 어쩌면 우린 이 도시를 빠져나갈 수 있을지도 모릅니다. 산으로 향하면……."

"밖으로 나가자. 너희 같은 놈들한테 훌륭한 연설을 낭비하지는 않을 것이다."

오르소는 으르렁거리듯 말하고는 절뚝거리며 문 밖으로 나섰다. 거리에는 100명 남짓 되는 프리미게니아가 있었다. 지칠 대로 지친 기색이 역력하고 꾀죄죄한 데다 붕대를 친친 동여맨 모습이었다. 그들은 이미 패잔병처럼 보였다. 그런 모습을 보자 할 말이 떠올랐다.

"나는 로마의 병사다!"

본래 깊고 거친 그의 목소리가 울려 퍼지자, 병사들의 등이 뻣뻣하게 굳어졌다.

"늘 내가 원했던 것은 복무 기간을 마친 뒤 은퇴해, 비옥한 작은 땅덩어리나 일구고 살았으면 하는 게 전부였다. 낯선 이국땅에서 내 목숨을 잃고 잊혀지기는 싫었다. 허나 그런 생각을 하던 때는 내 아버지보다도 더 아버지 같은 사내와 함께 복무하던 시절이었다. 난 그런 분의 죽음을 목도했고, 그분이 남긴 말씀을 들었다. 그때 생각했다. 오르소, 이곳이 아마 자네가 있어야 할 곳인가 보네. 아마도 결국 그것으로 충분하지 않겠나, 라고 말이다. 어디 여기에서 영원히 살 거라고 생각하는 사람 있나? 양배추를 심으며 따가운 햇볕 속에서 말라가는 것은 다른 사내들에게나 맡기자. 난 내가 사랑하는 이 도시의 거리에서 이 도시를 지키다 병사처럼 죽을 것이다."

마치 비밀이라도 전하려는 듯 오르소의 목소리가 약간 작아졌다. 병사들은 몸을 바짝 기울였고, 점점 더 많은 병사가 모여들었다.

"내가 이해하는 진실은 이것이다. 꿈이나 아내, 육체적인 쾌락이나 아이들보다 가치 있는 것은 거의 없다. 허나 얼마 되지는 않아도 그런 것들은 존재한다. 이 사실을 앎으로써 우리는 비로소 남자가 되는 것이다. 삶은 기나긴 밤과 밤 사이에 짧게 낀 따뜻한 낮일 뿐이다. 결국 누구에게나 어둠은 찾아오게 마련이다. 버둥거리며 자신은 언제나 젊고 강할 것처럼 구는 사람들조차도 그걸 피할 길은 없다."

오르소의 연설에 귀를 기울이며 천천히 한쪽 다리를 구부리고 있는 중년의 병사를 가리켰다.

"티나스타! 늙은 무릎을 시험해 보고 있군그래. 세월이 무릎 통증을 덜어줄 거라 생각했나? 힘이 빠져 무릎이 꺾이고 젊은 병사들의 어깨에 밀릴 때까지 왜 기다려야 하는 거지? 아니네, 내 친구들, 내 형제들이여! 빛이 여전히 강하고 날이 여전히 밝을 때 우리를 보내세나."

젊은 병사 하나가 고개를 들고 외쳤다.

"사람들이 우리를 기억할까요?"

오르소가 한숨을 내쉬더니 미소를 지었다.

"한동안은 그렇겠지. 허나 오늘날 카르타고나 스파르타의 영웅들을 기억하는 이가 누가 있던가? 그들이 어떻게 생을 마감했는지 알 뿐이지. 그것으로 족하다. 그것만이 늘 기억될 것이다."

젊은 병사가 조용히 물었다.

"우리가 승리할 가망은 전혀 없는 것입니까?"

오르소가 목발을 짚고 절룩거리며 젊은 병사에게로 다가갔다.

"젊은이, 자넨 왜 이 도시를 빠져나가지 않았지? 순찰병을 슬쩍 지나쳐 도망쳤다면 자네들 몇 명은 더 이상 싸우지 않아도 됐을 텐데. 여기 남아 있을 필요는 없다."

"압니다."

젊은 사내가 잠시 말을 멈추었다.

"하지만 전 남을 겁니다."

"허면 피할 수 없는 일을 뒤로 미룰 필요는 없겠군. 병사들을 소집하라. 술라의 방책을 공격할 수 있는 병사들을 모조리 불러 모으라. 떠나길 원하는 병사들은 누구든 보내주어라. 난 그들을 축복할 것이다. 그들이 어딘가에서 다른 삶을 찾도록 보내줄 것이다. 마리우스 장군이 돌아가셨을 때 그들이 한때 로마를 위해 싸웠다는 말을 절대로 어느 누구에게도 하지 말라. 한 시간 후다, 제군들. 다시 한 번 무기를 모으라."

오르소는 부하들이 훈련받은 대로 검과 갑옷을 점검하는 동안 주변을 둘러보았다. 맡은 위치로 가면서 그의 어깨를 툭 치는 병사가 적지 않았다. 오르소는 자부심으로 가슴이 터질 듯했다.

"훌륭한 병사들입니다, 마리우스 장군님. 훌륭한 병사들입니다."

오르소가 혼자서 중얼거렸다.

33장

　코르넬리우스 술라는 무수한 흑백 타일로 이루어진 모자이크 바닥에 놓인 황금 왕좌에 한가로이 앉아 있었다. 로마의 중심부 가까이에 자리 잡은 그의 소유지는 폭동으로 인한 피해를 전혀 입지 않았다. 다시 한 번 권력을 잡는다는 것은 기분 좋은 일이었다.

　술라가 예상했던 대로 마리우스의 군단은 거의 최후의 한 사람이 남을 때까지 싸웠다. 극소수가 막판에 도망치려 했지만, 술라는 그들을 무자비하게 추적해 잡았다. 로마의 외곽 성벽 주변에는 거대한 산병호(뿔뿔이 흩어진 병사들이 전투에 이용하기 위하여 판 참호—옮긴이)들이 늘어서 있었는데, 술라가 들은 바에 따르면, 그곳에 널려 있는 수천 구의 시신이 불에 다 타고 재가 완전히 식으려면 며칠 혹은 몇 주일이 걸릴 거라 했다. 신들은 그들이 선택한 도시를 구하기 위해 바치는 그런 제물에 주목할 거라고 술라는 확신했다.

　불이 다 꺼지고 나면 로마를 깨끗이 청소할 필요가 있을 것이다. 기름투성이 재가 점점이 묻어 있지 않은 벽이 어디에도 없었다. 그 재들은 공기 중을 둥둥 떠돌다 흘러 들어와 사람들의 눈을 자극했다.

　술라는 프리미게니아를 반역자 집단이라 규탄하고, 그들의 땅과 재산을 원로원에서 몰수하게 했다. 가족들은 그들이 가진 것을 시샘하는 이웃들에 의해 거리로 질질 끌려나왔다. 그동안 수백 명 이상이 처형되었으며, 여전히 처형이 진행되고 있었다. 이 일은 일곱 언덕의 찬란한 역사에 오점을 남기게 될 테지만, 술라가 달리 어떤 선택을 할 수 있었겠는가?

혼자 생각에 잠겨 있는 술라에게 노예소녀가 얼음처럼 차가운 과일 주스 잔을 들고 다가왔다. 포도주를 마시기에는 너무 이른 시각이기도 했거니와, 만나 보고 형을 선고해야 할 이들이 아직도 너무나 많이 남아 있어서 과일 주스를 청했다. 로마는 다시 일어나 영화를 누리게 될 것임을 술라는 알고 있었다. 그러나 그렇게 되기 위해서는 마리우스의 친구와 지지자 마지막 한 사람, 다시 말해 술라의 적 마지막 한 사람까지 썩지 않은 건강한 살에서 도려내야만 했다.

황금잔에 담긴 주스를 홀짝이던 술라는 부어오른 한쪽 눈과 오른쪽 뺨에 길게 난 자줏빛 상처를 한 손가락으로 매만지다 움찔했다. 지난 전투는 미트리다테스와의 회전이 별 것 아닌 듯 보일 정도로, 평생에서 가장 힘든 전투였다.

최근 며칠간 자주 그랬듯이 마리우스의 죽음이 다시 술라의 머릿속에 떠올랐다. 인상적이었다. 마리우스의 시신은 불길에서 구제되었다. 술라는 언덕 중 한 곳의 꼭대기에 그 사내의 동상을 세울까도 생각했다. 그렇게 하면 죽은 자의 명예를 기릴 줄 아는 그 자신의 위대함을 보여주는 것이리라. 아니면 마리우스의 주검을 그냥 다른 이들과 함께 구덩이에 던져 넣을 수도 있었다. 어떻게 하든 그것은 중요하지 않았다.

술라가 앉아 있는 방은 거의 텅 비어 있었다. 둥근 천장에는 그리스 양식의 아프로디테 그림이 그려져 있었다. 머리칼로 온몸을 감싼 아름다운 벌거숭이 여인의 모습을 한 아프로디테가 애정 어린 눈길로 술라를 내려다보고 있었다. 술라는 자신이 신들의 사랑을 한 몸에 받고 있다는 사실을 만나는 사람들이 알기를 원했다. 술라에게서 몇 걸음 떨어진 곳에는 주전자를 손에 든 노예소녀가 손짓을 하면 언제든 잔을 다시 채울 준비를 한 채 서 있었다. 그 방에 있는 다른 사람이라고는 가까이에 서 있는 고문자가 전부였다. 그의 앞에 놓인 탁자에는 작은 화로와 소름끼치는 연장들이 놓여 있었다. 그의 가죽 앞치마는 이미 아침 작업 때 튄 피로 얼룩덜룩했지만, 아직도 할 일이 더 있었다.

원로원 문만큼이나 거대한 청동문이 쇠사슬 갑옷에 딸린 장갑으로 맞아 쿵 하고 울렸다. 청동문이 열리면서 군단병 둘이 손목과 발이 묶인 건장한 병사를 끌고 들어왔다. 그들은 반짝이는 모자이크 바닥을 가로지르며 술라 쪽으로 그 병사를 끌고 왔다. 사내의 얼굴은 이미 잔뜩 얻어터져 코가 부러진 상태였다. 서기가 병사들을 뒤따라 들어와 양피지 다발을 들여다보며 세부사항을 살폈다.

"이자는 오르소 페리토입니다, 주인님."

서기가 읊었다.

"마리우스 부하들의 시신 더미 밑에서 찾아냈는데, 두 명의 증인에 의해 신원이 확인되었습니다. 저항하는 반역자들 일부를 이끌었던 자입니다."

술라가 유연하게 일어서 그 인물에게로 걸어가서는 경비병들에게 그냥 쓰러지게 놔두라는 신호를 보냈다. 사내는 의식이 있었지만 더러운 천이 입에 물려 있어 짐승처럼 끙끙대는 소리밖에 내지 못했다.

"재갈을 잘라주어라. 내가 이자를 심문할 것이다."

술라의 명령은 신속하고 야만스럽게 이행되었다. 칼이 지나가면서 새로 피가 솟았고, 엎드린 사내에게서 신음이 흘러나왔다.

"네가 공격 중 하나를 이끌었다, 그렇지 않나? 네가 그자인가? 내 부하들 말로는 마리우스가 죽은 후 네가 지휘를 맡았다고 하던데, 정말인가?"

오르소 페리토는 증오의 불꽃을 튀기며 술라를 올려다보았다. 술라의 얼굴에 난 멍과 상처를 훑어보던 그는 부러지고 피범벅이 된 이를 드러내며 씩 웃었다. 그의 입에서 깊은 우물에서 퍼 올리는 듯한 목소리가 갈라지면서 나왔다.

"나는 또다시 그렇게 할 것이다."

"그래, 나라도 그럴 것이다."

술라가 그에게 대꾸하고는 부하들에게 말했다.

"두 눈을 뽑은 후 목을 매달거라."

술라의 말이 떨어지기 무섭게 고문자가 뜨겁게 달궈진 가느다란 쇳조각의 어두운 쪽 끝을 묵직한 집게로 붙잡아 화로에서 꺼냈다. 두 팔이 가죽끈으로 묶인 오르소는 근육을 뒤틀며 몸부림을 쳤다. 고문자는 무감각한 얼굴로 속눈썹을 그슬 만큼 쇳조각을 눈에 바짝 갖다 대더니 안으로 밀어 넣었다. 부드럽게 쯩 하는 짐승 소리가 났다.

술라는 주스의 맛도 보지 않고 잔을 단숨에 비웠다. 아무런 쾌감도 느끼지 않으며 그 광경을 담담히 지켜보던 그는 자신에게 감정이 결핍되어 있는 것을 기뻐했다. 그는 괴물이 아니었고, 스스로도 그 사실을 알고 있었다. 그러나 민중이 강력한 지도자를 기대하니 바로 그런 모습을 보여줄 것이다. 원로원이 다시 소집되는 대로 스스로를 독재관으로 선포하고 옛 왕들이 누리던 권력을 틀어쥘 작정이었다.

의식을 잃은 페리토가 처형을 당하러 끌려 나간 후 술라가 불과 몇 분이

나 혼자 있었을까, 다시 문이 쿵 울리더니 또 다른 병사들이 작은 서기와 함께 들어왔다. 이번에 병사들 사이에서 비틀거리며 걸어 들어온 젊은 사내는 술라가 아는 얼굴이었다.

"율리우스 카이사르, 가장 흥미진진한 순간에 붙잡혔던 것 같군. 서게 놔주어라, 제군들. 이자는 보통 사람이 아니다. 재갈을 풀어주어라, 부드럽게."

젊은이를 바라본 술라는 허리를 꼿꼿하게 편 모습을 보고 흡족해했다. 젊은이의 얼굴에는 멍이 좀 들어 있었다. 그러나 부하들이 너무 많은 위해를 가하지는 않았으리라는 것을 술라는 알고 있었다. 심판에 앞서 그랬다가는 자신들 장군의 비위를 거스르는 위험을 무릅써야 할 테니 신중하게 굴었을 것이다. 젊은이는 180센티미터가 조금 넘는 큰 키였고, 햇볕에 검게 그을린 몸은 근육이 잘 발달되어 있었다. 얼굴에선 파란 눈이 차갑게 내다보고 있었다. 술라는 사내의 기운이 몸에 와 닿는 것을 느꼈다. 그 기운이 방을 가득 채우는 듯하더니 이윽고 병사들과 고문자, 서기, 노예 모두 잊혀지고 오로지 둘만 있는 듯 느껴졌다.

술라가 고개를 살짝 뒤로 젖혔다. 입이 옆으로 벌어지면서 기분 좋은 표정이 얼굴에 떠올랐다.

"메텔라는 죽었네. 이런 말을 전하게 되어 유감일세. 내 부하들이 집 안으로 들어가 구하기 전에 스스로 목숨을 끊었네. 난 메텔라를 보내줄 생각이었는데 말일세. 하나 자네…… 자넨 문제가 좀 다르네. 자네하고 함께 붙잡혔던 노인이 도망쳤다는 것은 알고 있었나? 포승줄을 풀고 나머지 한 명도 풀어준 듯하네. 젊은 신사가 동반자로 삼기에는 정말 별난 자들이야."

술라는 사내의 얼굴에서 흥미의 불꽃이 튀는 것을 보았다.

"아, 그래. 두 사람을 찾으라고 부하들을 내보냈는데, 아직까지는 운이 없군그래. 내 부하들이 자넬 그자들과 함께 묶었다면, 지금쯤 자네도 자유의 몸이 되었을 텐데. 운명은 때론 변덕스러운 연인처럼 굴기도 하지. 밑바닥 인생들은 자유롭게 도망쳤는데, 자넨 노빌리타스라는 신분 때문에 여기 남아 있으니."

율리우스는 한마디도 하지 않았다. 한 시간도 더 살지 못하리라 생각하니, 지금 무슨 말을 해봤자 아무 의미도 소용도 없으리라는 것을 퍼뜩 깨달았기 때문이다. 분노의 말들을 퍼부어대면 술라는 그저 재미있어하기나 할 테고, 간청을 하면 술라의 잔인성을 일깨울 것이다. 율리우스는 입을 꾹 다문 채 노려보기만 했다.

"이자에 대해 어떤 정보를 갖고 있지, 서기?"

술라가 양피지를 든 사내에게 물었다.

"마리우스의 조카이며 율리우스의 아들입니다. 둘 다 사망했습니다. 어머니 아우렐리아는 아직도 살아 있기는 합니다만, 정신착란 상태입니다. 로마에서 몇 마일 떨어진 곳에 작은 소유지가 있습니다. 민간에 상당한 빚을 지고 있는데, 총금액이 얼마인지는 모릅니다. 킨나의 딸 코르넬리아의 남편입니다. 전투가 벌어진 날 아침에 결혼했습니다."

"아."

술라가 말허리를 자르며 말했다.

"문제의 핵심이 나왔군. 킨나는 내 친구는 아니지만, 워낙 교활해서 마리우스를 드러내놓고 지지하지는 않았지. 그잔 재산이 많아. 허니 자네가 그 노인네의 지지를 얻고 싶어하는 마음이야 이해하네만, 그것보다야 목숨이 훨씬 더 가치 있지 않겠나. 자네한테 간단한 선택을 제시하지. 코르

552

넬리아를 포기하고 나한테 충성을 맹세하게. 그러면 살려주겠네. 안 그런 다면 여기 있는 고문자가 다시 한 번 연장을 달굴 걸세. 마리우스는 자네가 살길 원할 걸세, 젊은이. 올바른 선택을 하게나."

율리우스는 분노에 이글거리는 눈빛으로 쏘아보았다. 술라에 관해 알고 있는 것들은 전혀 도움이 되지 않았다. 어쨌든 처형할 거면서 그전에 사랑하는 사람들을 부정하게 만들려는 잔인한 술책일 수도 있었다.

마치 율리우스의 생각을 읽기라도 한 듯 술라가 다시 입을 열었다.

"코르넬리아와 이혼하면 자넨 살 수 있네. 아주 간단한 행동이지만 자네가 그렇게 하면 킨나는 망신을 당해 세력이 약해질 걸세. 자넨 자유롭게 떠나게 해주겠네. 이 사람들이 모두 내가 로마의 지도자로서 한 말에 대한 증인일세. 자네 대답은 뭔가?"

율리우스는 손가락 하나 꼼짝하지 않고 서 있었다. 그는 이 사내를 증오했다. 이 사내는 마리우스를 죽였고, 아버지가 사랑했던 공화국을 무력하게 만들었다. 무엇을 잃든지 간에 대답은 명백했다. 이제 그 말을 입 밖에 내는 일만 남았다.

"그렇게는 못 하오. 이제 그 이야기는 그만두시오."

술라가 깜짝 놀라 눈을 깜박이더니 큰 소리로 웃었다.

"참으로 이상한 가족일세! 지난 며칠간 바로 이 방에서 얼마나 많은 사람이 죽었는지 아나? 장님이 된 자, 거세당한 자, 흉터가 생긴 자가 얼마나 많은지 아나? 그런데 내 자비를 비웃겠다고?"

술라가 다시 웃었다. 그 소리가 천장 아래에서 거칠게 메아리쳤다.

"내가 자유롭게 풀어주면 날 죽이려들 텐가?"

율리우스가 고개를 끄덕였다.

"난 그 목표를 위해 남은 생을 바칠 것이오."

술라가 진심으로 기뻐하며 싱긋 웃었다.

"그럴 줄 알았네. 자넨 두려움이 없군. 노빌리타스 중에서 내 협상을 거절한 사람은 자네뿐이네."

술라가 잠깐 말을 멈추고, 옆에서 대기하고 있는 고문자에게 신호를 보내려고 손을 들어올렸다. 그러더니 마음이 내키지 않는 듯 손을 떨어뜨렸다.

"자넨 가도 좋네. 해가 지기 전에 내 도시에서 떠나게. 만일 내가 살아 있는 동안 돌아온다면, 재판도 접견도 없이 죽일 걸세. 포승줄을 잘라주거라. 너희들은 자유인을 포박했느니라."

술라는 잠시 킥킥거리더니, 율리우스의 발을 칭칭 감은 밧줄이 떨어져 나가는 동안 조용히 입을 다물고 있었다. 율리우스는 손목을 문질렀지만, 표정은 여전히 돌처럼 굳어 있었다.

술라가 왕좌에서 일어났다.

"성문으로 데리고 가 놔주어라."

그러고는 몸을 돌려 율리우스를 똑바로 쳐다보았다.

"내가 풀어준 이유를 누가 묻거든, 자네가 나 자신을 떠올리게 했기 때문이라고, 그리고 아마도 내가 오늘은 이미 죽일 만큼 죽였기 때문일 거라고 말하게나. 그게 다일세."

"내 아내는 어쩔 셈이오?"

경비병들이 다시 팔을 붙잡자 율리우스가 소리쳐 물었다.

술라가 어깨를 으쓱했다.

"정부로 삼을 수도 있지. 자네 아내가 날 즐겁게 하는 법을 배운다면."

율리우스는 미친 듯이 버둥거렸지만, 끌려 나가는 동안 붙잡은 손을 떨쳐낼 수는 없었다.

서기가 문가에서 꾸물댔다.

"장군님! 이게 잘하시는 일일까요? 저자는 어쨌든 마리우스의 조카인데……."

술라가 한숨을 내쉬고는 노예소녀에게서 차가운 음료를 또 한 잔 받아 들었다.

"신들이 우릴 소인배들한테서 구해 주시는군. 이유를 말해 주지. 원하는 모든 것을 이루고 나니, 슬슬 지루함이 밀려든다. 허니 나에게 위협을 가할 위험을 조금 남겨두는 것도 좋을 것이다."

술라의 시선이 먼 곳을 응시했다.

"인상적인 젊은이야. ㄱ자 안에는 아마 마리우스가 둟은 들어 있을걸."

서기는 그 말을 이해하지 못하는 표정이었다.

"다음 녀석을 데리고 올까요, 집정관님?"

"오늘은 더 들이지 마라. 욕탕의 물은 데워놓았나? 좋아, 오늘 밤 원로원 지도자들하고 저녁을 같이 할 예정이니 상쾌하게 씻고 싶구나."

욕탕의 물은 언제나 견딜 수 있는 한도 내에서 최대한 뜨거웠다. 뜨거운 물속에 있으니 놀라우리만치 긴장이 풀렸다. 시중드는 사람은 노예소녀 둘뿐이었다. 술라가 알몸으로 일어서 물 밖으로 나왔다. 노예소녀들이 앞에 있는데도 전혀 거리낌이 없었다. 노예소녀들 역시 손목과 목에 두른 황금 장신구 말고는 몸에 아무것도 걸치고 있지 않았다.

둘 다 풍만한 몸매 때문에 선택된 소녀들이었는지라, 물기를 닦도록 그들에게 몸을 내맡기면서 술라는 흡족해했다. 사내가 아름다운 것들을 감상하는 건 좋은 일이다. 정신을 짐승 수준 위로 끌어올리기 때문이다.

"뜨거운 물 덕분에 피가 피부로 몰리기는 했다만, 몸이 둔한 느낌이 드는구나."

술라가 노예소녀들에게 중얼거리며 기다란 안마 벤치로 몇 걸음을 옮겼다. 푹신한 안마 벤치에 누우니 긴장이 완전히 풀리는 느낌이었다. 술라는 눈을 감은 뒤, 가느다란 자작나무 가지들을 묶는 두 젊은 여인의 목소리에 귀를 기울였다. 탄력 있는 그 가지들은 그날 아침에 새로 딴 것들이라 여전히 녹색을 띠고 있었다.

두 노예는 열기 때문에 벌게진 몸 위로 서 있었는데, 90센티미터 길이의 솔처럼 보이는, 기다란 나뭇가지 다발을 하나씩 들고 있었다. 처음에 그들은 그 자작나무 가지 다발로 술라의 몸을 거의 애무하듯 살살 문질렀다. 그 바람에 술라의 피부에는 희미한 하얀 자국이 생겼다. 술라가 살짝 신음을 토하자, 그들이 손놀림을 멈추었다.

"주인님, 좀 더 세게 해드릴까요?"

둘 가운데 한 소녀가 소심하게 물었다. 전날 밤 술라의 관심을 끌었다가 입에 자줏빛 멍이 든 그녀는 손을 살짝 떨었다.

술라는 눈을 감은 채 미소를 지으며 벤치 위에서 몸을 쭉 뻗었다. 그러자 기운이 샘솟았다.

"아, 그래."

술라가 꿈꾸듯이 대답했다.

"너희도 여기 눕거라, 여기 누워."

34장

율리우스는 카베라, 투브루크와 함께 부두에 서 있었다. 낯빛이 창백하고 차가웠다. 그의 그런 얼굴과는 대조적으로, 마치 그의 인생의 침울한 사건들을 조롱하기라도 하듯 날씨는 뜨겁고 더할 나위 없이 화창했다. 바다에서 살짝 불어오는 신들바람은 먼지로 얼룩진 여행자들에게 안도감을 안겨주었다. 율리우스는 악취 나는 로마에서 부랴부랴 빠져나온 터였다. 처음에는 율리우스 혼자서 등이 심하게 굽은 조랑말에 몸을 싣고 있었다. 금반지로 살 수 있는 것이 그 말밖에 없었다. 얼굴을 찡그린 채 율리우스는 살덩어리로 가득한 불구덩이들을 피해 나와, 돌이 깔린 간선도로를 타고 서쪽 해안으로 급히 말을 몰았다.

그런데 그때 그의 이름을 큰 소리로 부르는 귀에 익은 목소리가 들렸다. 이윽고 앞쪽 가로수에서 친구들이 걸어 나오는 게 보였다. 서로가 살아 있음을 확인한, 기쁘기 한량없는 상봉이었다. 그러나 서로 자신이 겪은 이야기를 하면서 분위기는 어두워졌다.

투브루크를 처음 본 순간, 율리우스는 그가 활기를 잃었음을 알았다. 투브루크는 수척하고 지저분한 모습이었다. 낮에는 온갖 공포스러운 일이 일어나고 밤이면 상황이 더 악화되어 비명과 고함소리만이 난무하는 거리에서 짐승처럼 살았던 일을 투브루크는 간략하게 들려주었다. 투브루크와 카베라는 율리우스가 자유를 얻을 수 있기를 바라며, 해안으로 가는 도로에서 일주일을 기다리기로 작정하고 그곳에 있었던 것이다.

"그리고 나서 우린 검을 훔쳐 자네의 포박을 풀어주려고 했지."

카베라의 말에 투브루크가 소리내어 웃었다.

율리우스는 두 사람이 함께하면서 더 가까워졌음을 알 수 있었다. 그러나 카베라의 그런 말도 율리우스의 기분을 밝게 해주지는 못했다. 두 사람에게 술라의 종잡을 수 없는 잔인성에 대해 들려주던 율리우스는, 말을 하는 동안 새삼 분노가 치밀어 두 주먹을 불끈 쥐었다.

"전 로마로 돌아갈 겁니다. 만일 그자가 제 아내를 건드린다면, 불알을 잘라내 버리고 말 겁니다."

율리우스가 말미에 조용히 덧붙였다.

그의 동반자들은 한참 동안 그의 시선을 맞받지 못했다. 심지어 카베라에게서조차 평소의 유머가 한동안 자취를 감추었다.

"그잔 로마에서 여자들을 얼마든지 골라잡을 수 있네, 가이우스."

투브루크가 중얼거리듯이 말했다.

"그잔 그저 불난 집에 부채질하는 걸 좋아하는 성격이라 그런 말을 한 것뿐이네. 장인이 자네 아내를 안전하게 돌봐줄 걸세. 위험이 있다면, 자네 아내를 로마 밖으로 피신시키는 것조차 주저하지 않을 걸세. 그 노인은 딸의 안전을 위해 술라에게도 감시병을 붙일 그런 사람이네. 자네도 알지 않나."

율리우스는 먼 곳을 응시하며 고개를 끄덕였다. 투브루크의 말을 받아들이는 수밖에 없었다. 처음에 율리우스는 어둠을 틈타 코르넬리아에게

가려고 했다. 그러나 통행금지가 도로 실시되고 있는 상황이라 밤에 거리를 돌아다녔다가는 곧바로 죽은 목숨이었으므로 그렇게 할 수가 없었다.

카베라는 투브루크와 함께 거리에서 며칠을 보내는 동안 용케도 값진 물건을 몇 가지 손에 넣었다. 그가 잿더미 속에서 찾아낸 금팔찌 덕분에 그들은 말도 사고 뇌물을 써서 성벽 경비병들을 통과할 수 있었다. 율리우스가 지금도 품에 지니고 있는 환어음은 금액이 너무 커서 로마 밖에서는 교환이 불가능했다. 막대한 금액을 손에 넣을 수 있는 판국에 동전 몇 개에 의지할 수밖에 없다는 게 분통이 터졌다. 하지만 교환할 수 없으니 환어음은 있으나마나였다. 사실 마리우스의 서명이 지금도 유효하기는 한지 확신이 들지도 않았다. 그렇지만 아마 약삭빠른 마리우스는 이런 상황까지도 미리 다 생각하고 환어음을 준 것이리라. 그 장군은 거의 모든 사태에 대비를 해놓는 치밀한 사람이었기 때문이다.

율리우스는 소중한 동전 몇 닢을 편지를 보내는 데 썼다. 로마로 돌아가는 군단병과 해안과 그리스로 가는 군단병들에게 편지를 부탁하며 동전 하나씩을 주었다.

편지를 보냈으니, 코르넬리아는 적어도 그가 무사하다는 사실만큼은 알게 될 터였다. 그러나 그가 다시 그녀를 볼 수 있기까지는 오랜 시간이 걸릴 것이라는 생각이 들었다. 로마 사람들의 지지를 받으며 돌아올 수 있을 때까지는 결코 다시 올 수 없었다. 율리우스는 가슴을 파고드는 비통함에 마음이 허하고 피로했다. 마르쿠스는 로마에서 벌어진 참사에 대한 소식을 듣게 될 테지만, 복무기간이 끝났을 때 그를 찾겠다고 무턱대고 돌아오지는 않을 것이다. 그게 그나마 작은 위안이 되었다. 전에는 결코 느낀 적이 없는 친구를 잃었다는 상실감이 찾아왔다.

불현듯 수천 가지 후회들이 마음속으로 들어와 조롱을 퍼부었다. 그것들을 마음속에 뿌리를 내리게 놔두기에는 너무나 고통스러웠다. 세상은 젊은 사내를 송두리째 바꾸어놓았다. 마리우스가 죽었을 리가 없었다. 마리우스가 없는 세상은 공허했다.

길에서 며칠을 보낸 후여서 피곤에 절은 세 사내는 로마 서쪽의 북적북적한 해안 항구로 빠르게 말을 몰았다. 말에서 내려 여인숙 밖의 기둥에 말을 묶은 후, 투브루크가 먼저 말문을 열었다.

"여기에 세 개 군단의 깃발이 있군. 자네가 가진 서류를 제시하면 이 중 어느 군단에서든 장교로 임관될 수 있을 걸세. 저 군단은 그리스, 저 군단은 이집트에 주둔하고, 마지막 군단은 북쪽까지 담당하네."

투브루크가 차분하게 말했다. 소유지를 운영하면서 시간을 보내는 동안에도 제국의 동정에 대한 해박한 지식은 줄어들지 않았다.

부두에 있으니 율리우스는 노출된 느낌이 들어 마음이 편치 않았지만, 그렇다고 서둘러 결정할 문제도 아니었다. 만일 술라의 마음이 변했다면, 지금 이 순간에도 그들을 죽이거나 로마로 끌고 가기 위해 무장한 병사들을 보냈을 수도 있었다.

투브루크는 많은 조언을 해줄 수가 없었다. 사실 군단들의 깃발을 알아보기는 했지만, 장교로서 명성을 날리던 시절이 15년 전이라 그 사이의 사정에는 어두웠기 때문이다. 이런 중대한 결정을 신들의 손에 맡길 수밖에 없는 현실에, 투브루크는 좌절했다. 그들이 어떤 군단을 선택하든 율리우스는 최소한 2년을 그 군단과 함께 보내게 될 터인데, 동전을 던져 결정을 내리게 될 수도 있는 상황이었다.

"난 이집트가 괜찮을 것 같은데. 내 샌들에서 그곳 흙먼지를 떨어낸 지도 오래되어서 말이야."

카베라가 갈망하는 눈빛으로 바다를 바라보며 말했다.

카베라는 미래가 그들 세 사람 주위에서 굽어지는 것을 느낄 수 있었다. 이토록 간단한 선택이 주어지는 삶은 거의 없었다. 아니, 어쩌면 모든 삶이 그러한데, 막상 그런 선택이 찾아와도 대부분이 보지 못하는 것일 수도 있었다. 이집트인가, 그리스인가, 아니면 북쪽인가? 저마다 다른 방식으로 손짓하며 부르고 있었다. 이 젊은이는 스스로 선택해야만 했다. 아이깁투스의 날씨는 뜨거웠다.

투브루크는 부두에 정박한 채 흔들거리고 있는 갤리선들을 유심히 살폈나. 고리에서 배제할 갤리선을 찾기 위해서였다. 각 갤리선은 군단병들이 삼엄하게 경계하고 있었는데, 흔들리는 선체 위에는 전 세계를 항해하고 온 배를 수리하거나 문질러 닦거나 재정비하는 사내들로 우글거렸다.

투브루크는 어깨를 으쓱했다. 소동이 가라앉고 로마가 평화로워지면 소유지로 돌아가리라. 누군가는 그곳을 관리해야만 했기 때문이다.

"마르쿠스와 레니우스는 그리스에 있네. 원한다면 그곳에서 그들과 만날 수도 있을걸세."

투브루크가 과감하게 말했다. 그러고는 추적자들이 흙먼지를 일으키며 오는지 도로를 지켜보려고 몸을 돌렸다.

"아니요. 결혼을 하고 저의 적에 쫓겨 로마를 도망쳐 나온 거 말고는 전 아무것도 이룬 게 없습니다."

율리우스가 중얼거리자 카베라가 바로잡았다.

"자네 삼촌의 적이지."

율리우스는 그 노인에게로 천천히 돌아섰다. 눈빛이 확고했다.

"아니요. 그자는 이제 저의 적입니다. 그자가 죽는 꼴을 제 눈으로 볼 겁니다, 언젠가."

"아마도 언제가 그렇게 되겠지. 허나 오늘 자넨 이곳을 벗어나 병사가 되는 법, 장교가 되는 법을 배워야 하네. 자네는 젊어. 이게 자네나 자네 경력의 끝이 아니야."

투브루크가 말하면서 율리우스가 자기 아버지를 쏙 빼닮아가고 있다는 생각을 하며, 잠시 율리우스를 똑바로 쳐다보았다.

결국 젊은 사내는 짧게 고개를 끄덕인 뒤 돌아섰다. 그러더니 다시 배들을 주의 깊게 살폈다.

"이집트로 하겠습니다. 파라오의 땅이 늘 보고 싶었어요."

"훌륭한 선택이야. 나일 강이 마음에 쏙 들 걸세. 여인들도 향기롭고 아름답다네."

카베라가 말했다. 율리우스가 그날 밤 사로잡힌 이후 처음으로 미소 짓는 것을 보며 노인은 흡족해했다. 노인은 좋은 징조라고 생각했다.

투브루크가 한 시간 동안 말을 돌보라고 소년에게 작은 동전을 하나 주었다. 그리고 나서 세 사람은 이집트 군단의 깃발을 단 갤리선을 향해 발길을 옮겼다. 가까이 다가가니 일꾼들이 부지런히 움직이는 게 훨씬 더 분명하게 보였다.

"배를 출항시킬 준비를 하고 있는 모양일세."

투브루크가 노예들이 배에 싣고 있는 보급품 통들을 엄지손가락으로 휙 가리키며 말했다.

소금에 절인 고기와 기름과 생선이 흔들리며 좁다란 물 위를 건너가, 갑판 위에서 구슬땀을 흘리고 있는 노예들의 팔에 건네졌다. 품목이 확인될 때마다 석판에 적힌 그 품목의 이름에 줄을 그어 지우는 것이 능률을 추구하는 로마인의 전형적인 방식 그대로였다. 투브루크가 한 경비병에게 휘파람을 불자, 그 경비병이 다가왔다.

"선장님께 할 말이 있는데, 배에 계시오?"

투브루크의 물음에 경비병이 일행을 쓱 훑어보았다. 그는 율리우스 일행이 먼지를 뒤집어쓰고 있는데도 마음에 든 듯했다. 적어도 투브루크와 율리우스만큼은 병사처럼 보였던 것이다.

"그렇소. 우린 오후 조류를 타고 출항할 거요. 선장님이 당신들을 만나주실 거란 보장은 못 하오."

"마리우스 상군의 조카가 여기에 외 있다고, 로마에서 방금 도착했다고 말씀드리시오. 여기서 기다리겠소."

투브루크의 말에 병사가 두 눈썹을 살짝 치켜뜨더니 율리우스 쪽을 바라보았다.

"알겠습니다. 선장님께 즉시 고하겠습니다."

병사는 부두 쪽으로 한 걸음 다가간 후 좁다란 널빤지 다리를 건너 갤리선의 갑판으로 올라갔다. 그리고 그 배를 내려다보는 높다란 나무 건조물 뒤로 사라졌다. 율리우스는 그 건조물이 선장의 숙소일 거라고 추측했다. 율리우스는 기다리는 동안 거대한 선박의 특징들을 눈여겨보았다. 선측에는 노 구멍들이 나 있었는데, 노들은 항구에서 빠져나갈 때, 그리고 전투 중에 적선을 들이받기 위해 속도를 낼 때 이용될 것이다. 거대한 사각 돛들은 바람을 받을 수 있도록 올라갈 때를 기다리고 있었다.

로마의 군선답게 갑판에는 매여 있지 않은 물체가 전혀 없었다. 거친 바다에서 혹시라도 부상을 입힐 수 있는 것들은 모조리 안전하게 끈으로 묶여 있었다. 갑판 곳곳에 아래층으로 이어지는 계단이 나 있었는데, 각 계단은 커다란 파도가 아래쪽까지 덮치지 않도록 빗장이 달린 해치로 닫을 수 있게 되어 있었다. 겉으로 봐서는 잘 관리되는 배 같았다. 그러나 향후 2년 동안의 삶이 어떠할지는 선장을 만나봐야 비로소 알게 될 것이다. 타르와 소금과 땀 냄새가 율리우스의 코끝을 스쳤다. 그가 알지 못하는 이질적인 세계의 냄새였다. 그런 냄새를 맡으니 이상하게 긴장이 되었다. 율리우스는 하마터면 그런 자신을 비웃을 뻔했다.

갑판의 그늘 밖으로 백인대장의 정복을 갖춰 입은 키 큰 사내가 나왔다. 단단하고 말쑥해 보였다. 희끗희끗한 머리칼은 머리에 바짝 붙을 정도로 짧았고, 흉갑은 햇살을 받아 밝은 청동빛을 내며 번쩍였다. 그는 경계하는 표정으로 널빤지를 건너, 기다리고 있는 세 사내를 맞이했다.

"안녕하시오, 여러분. 난 제3파르티카 군단에 속한 이 배의 명목상 선장인 가디티쿠스 백인대장이오. 다음 조류를 타고 출항할 예정이라, 여러분에게 많은 시간을 할애할 형편은 아니오. 허나 마리우스 집정관의 이름은 지금도 영향력이 대단하니 시간을 내주는 것이오. 용건을 말하시오. 어디 내가 할 수 있는 일인지 봅시다."

선장은 호들갑을 떨지 않고 곧장 본론으로 들어갔다. 율리우스는 사내에게 마음이 끌리는 것을 느꼈다. 율리우스는 튜닉 속으로 손을 넣어 마리우스가 준 서류 다발을 꺼냈다. 가디티쿠스는 서류 다발을 받아들어 엄지손가락으로 봉인을 뜯었다. 그런 뒤 양미간을 좁힌 채 이따금 고개를 끄덕이며 재빨리 읽었다.

"이것들은 술라가 다시 정권을 장악하기 전에 쓴 건가?"

가디티쿠스가 여전히 양피지에 시선을 고정한 채 물었다.

율리우스는 거짓말을 하고 싶은 충동을 느꼈지만, 이 사내가 자신을 시험하고 있는 거라는 짐작이 들어 솔직히 대답했다.

"그렇습니다. 삼촌은…… 술라가 성공하리라고는 예상하지 못하셨습니다."

앞에 있는 젊은이를 찬찬히 살펴보는 가디티쿠스의 눈빛은 전혀 흔들림이 없었다.

"패하셨다는 소식을 듣고 안타깝게 생각했었네. 자네 삼촌은 인망이 두터울 뿐 아니라 로마에 도움이 되는 분이셨네. 이 서류들은 집정관이 서명한 만큼 완벽하게 유효하네. 허나 자네에게 직책을 주고 말고는 내 권한이니, 우선 자네가 현재 코르넬리우스 술라와 어떤 식으로 얽혀 있는지 확실하게 알아야겠네. 자네가 진실한 사람이라면 자네의 말을 곧이곧대로 받아들이겠네."

"전 진실한 사람입니다, 선장님."

율리우스가 대답했다.

"형사범으로 수배당하고 있지는 않나?"

"아닙니다."

"추문을 피해 달아나고 있는 것은 아닌가?"

"아닙니다."

사내가 다시 몇 초 동안 뚫어져라 쳐다보았다. 하지만 율리우스는 시선을 피하지 않았다. 가디티쿠스는 서류들을 접어 옷 속에 넣었다.

"자네가 말단 장교인 테세라리우스(로마 백인대 소속의 장교. 밤마다 왁스를 바른 작은 판에 쓰인 암구호를 동료들에게 전달하는 역할을 함—옮긴이)로 선서하는 것을 허락하겠네. 자네가 능력을 보여준다면 금세 승진할 수 있을 걸세. 허나 그러지 못한다면 승진은 늦어질 수도 있고, 아예 승진을 못 할 수도 있네. 알겠나?"

율리우스는 무표정을 유지한 채 고개를 끄덕였다. 로마 사교계에서 고품격의 삶을 누리던 날들은 이제 끝이 났다. 군단은 로마가 느긋하게 부드러움과 즐거움을 누릴 수 있도록 해주는 제국의 칼과 같은 존재였다. 율리우스는 이번에는 세도가 삼촌의 덕을 보지 않고 스스로 능력을 입증해야만 했다.

"이 두 사람은 어떤 자리에 어울리겠나?"

투브루크와 카베라를 몸짓으로 가리키며 가디티쿠스가 물었다.

"투브루크는 제 소유지 관리인입니다. 제 소유지로 돌아갈 겁니다. 이 노인은 카베라라고 하는데, 제…… 하인입니다. 함께 데리고 있고 싶습니다."

"노를 젓기엔 너무 늙었지만 적당한 일을 찾아보세나. 내가 지휘하는 배에선 놀고먹는 사람은 아무도 없네. 모두가 일을 한다네. 한 사람도 빠짐없이."

"알겠습니다. 카베라는 치료기술을 좀 갖고 있습니다."

약간 멍한 표정을 짓고 있던 카베라는 잠깐 머뭇거리다가 동의했다.

"그렇다면 도움이 되겠군. 2년 계약을 하겠나, 5년 계약을 하겠나?"

가디티쿠스가 말했다.

"2년으로 하겠습니다, 우선은."

율리우스가 확고한 목소리로 말했다. 장기 계약에 매여 온 인생을 군복무에 바치지 말고, 좀 더 폭넓은 경험을 얻을 수 있도록 선택의 가능성을 열어두라고 마리우스가 경고했기 때문이다.

"허면 제3파르티카에 입대한 걸 환영하네, 율리우스 카이사르."

가디티쿠스가 무뚝뚝하게 말했다.

"이제 승선해, 병참장교에게 침대를 배정받고 보급품도 받게나. 두 시간 후에 선서할 때 보세."

율리우스가 투브루크 쪽으로 돌아서자, 투브루크가 다가와 손과 팔목을 붙잡았다.

"신들은 용감한 자의 편이라네, 율리우스."

늙은 전사가 미소를 머금은 채 말했다. 그러고는 카베라에게로 몸을 돌렸다.

"그리고 노인장, 율리우스가 강한 술, 약한 여자, 주사위를 가진 사내를 멀리하게 하쇼. 알겠소?"

카베라가 입으로 상스러운 소리를 내고는 이죽거렸다.

"나도 주사위를 가지고 있는걸."

다시 널빤지를 건너 배로 향하는 가디티쿠스는 세 사람 사이에 오가는 대화를 못 들은 체했다.

카베라는 마침내 결정을 내리자 미래가 안정되는 것을 느꼈다. 머리의 한 부위가 긴장하면서 두통이 이는가 싶더니, 그가 알아채기도 전에 사라졌다. 카베라는 율리우스의 기분이 돌연 고양되는 것을 감지했다. 자신의 기분도 다시 좋아졌다. 율리우스는 결코 과거나 미래에 대해 걱정하는 법이 없었다. 설사 걱정한다 해도 오래가지 않았다. 갤리선에 승선하노라니, 로마에서 벌어진 피비린내 나는 암울한 사건들은 다른 세상의 이야기인 듯 느껴졌다.

흔들리는 갑판에 올라선 율리우스는 가슴 깊숙이 숨을 들이마셨다.

20대 초반으로 보이는 젊은 병사가 음흉한 표정을 지은 채 근처에 서 있었다. 키가 훤칠하고 체구가 단단했으며, 오래된 여드름 흉터로 얼굴 곳곳이 푹푹 패여 있었다.

"틀림없이 너일 거라고 생각했다, 미꾸라지. 갑판에서 투브루크의 얼굴을 보고 알아봤지."

잠깐 동안 율리우스는 그 사내를 알아보지 못했다. 그러다가 불현듯 생각이 났다.

"수에토니우스?"

율리우스가 외쳤다.

사내의 태도가 약간 뻣뻣해졌다.

"테세라리우스 프란두스다, 너한테는. 난 이 백인대의 당직사관이야. 장교지."

"자네가 계약한 직위도 뭐 그런 거 중 하나가 아닌가, 율리우스?"

카베라가 분명하게 말했다.

율리우스는 수에토니우스를 바라보았다. 이런 날에는 그 사내의 기분 따위를 신경써 줄 인내심이 없었다.

"지금 당장은 그렇죠."

율리우스가 카베라에게 대답한 뒤 옛 이웃 쪽으로 몸을 돌렸다.

"그 직위에 얼마나 오래 있었지?"

"몇 년."

수에토니우스가 딱딱하게 굳은 얼굴로 대답했다.

율리우스가 고개를 끄덕였다.

"내가 자네보다 잘할 수 있는지 봐야겠군. 내 숙소로 안내해 주겠나?"

무례한 태도에 화가 난 수에토니우스의 얼굴이 붉으락푸르락했다. 수에토니우스는 더는 아무런 대꾸도 하지 않고 돌아서 갑판 위를 성큼성큼 걸어갔다.

"옛 친구인가?"

그 뒤를 따라가며, 카베라가 나직하게 물었다.

"아니요. 절대로 아니에요."

율리우스는 그 이상 말하지 않았고, 카베라도 자세하게 캐묻지 않았다. 앞으로 바다에서 지내다보면 상세한 이야기를 듣게 될 시간은 충분하리라.

율리우스는 속으로 한숨을 쉬었다. 2년이라는 세월을 이곳의 사내들과 보내려면 안 그래도 충분히 힘들 텐데, 그를 매끈한 얼굴의 개구쟁이로 기억하는 수에토니우스까지 있으니 저절로 한숨이 나왔다. 이 부대는 지중해 전역을 순항하며, 로마의 영토들을 지키고, 해상교역의 안전을 보장할 것이다. 어쩌면 육상 전투나 해상 전투에도 참여하게 될지 모른다. 율리우스는 이런 생각을 하며 어깨를 으쓱했다. 로마에서 겪은 경험으로 볼 때, 미래에 대해 걱정하는 건 다 소용없는 일이었다. 미래는 언제나 뜻밖의 모습으로 다가오기 때문이다. 나이가 들다보면 점점 더 강인해질 것이고 계급도 높아질 것이다. 결국에는 로마로 돌아가 술라를 똑바로 쳐다볼 수 있을 정도로 막강한 힘을 지니게 되는 날도 올 것이다. 그때는 모두들 보게 되리라.

마르쿠스가 옆에 서 있는 가운데, 심판을 하게 될 날 마리우스의 죽음에 대한 값을 치르게 만들 날이 있을 것이다.

35장

마르쿠스는 진영 사령관실 바깥의 대기실에서 참을성 있게 기다렸다. 자신의 미래를 결정하게 될 접견을 허락받게 될 때까지 시간을 보내기 위해, 그는 다시 가이우스의 편지를 읽었다. 그 편지는 일리리아(발칸반도 서부 아드리아해 동쪽에 있던 고대 국가—옮긴이)를 가까이 지나가는 군단병의 손에서 더 가까이 지나가는 군단병의 손에 전달되며 몇 달 동안 떠돌았다. 그러다가 마침내 제4마케도니아 군단에 전달되는 명령서 묶음에 포함되어 마르쿠스에게까지 전달되었다.

마리우스가 사망했다는 소식은 청천벽력과도 같았다. 마르쿠스는 자신을 믿어준 것이 헛되지 않았음을 그 장군에게 보여줄 수 있기를 바랐다. 대장부의 모습으로 감사를 표하고 싶었는데, 이제는 불가능했다. 술라를 한 번도 만난 적이 없었지만 그 집정관이 자신과 가이우스, 아니 율리우스에게 위험한 존재가 될지 궁금했다.

마르쿠스는 결혼 소식 부분을 읽을 때는 싱긋 웃었고, 알렉산드리아에 관해 짧게 몇 줄 적은 부분을 읽을 때는 율리우스가 밝힌 것보다 훨씬 많은 것을 미루어 짐작하며 움찔했다. 율리우스가 적은 대로라면, 코르넬리아는 천사일 것 같았다. 편지 전체에서 좋은 소식이라고는 그게 전부였다.

그의 생각은 안쪽 방의 묵직한 문이 열리는 바람에 중단되었다. 군단병 하나가 밖으로 나와 경례를 올렸다. 마르쿠스는 자리에서 일어나 민첩하게 답례했다.

"사령관님이 보자고 하십니다."

사내의 말에 마르쿠스는 고개를 끄덕인 뒤 방으로 행진해 들어갔다. 그는 규정대로 사령관의 오크 탁자로부터 90센티미터 떨어진 곳에서 차려 자세를 취했다. 탁자 위에는 포도주병과 잉크병, 깔끔하게 정돈된 양피지 몇 장 말고는 아무것도 없었다.

그곳 방 한쪽 구석에 레니우스가 포도주 잔을 들고 서 있었다. 청동주먹 부대의 백인대장인 레오니데스도 있었다. 젊은 사내가 들어오자, 진영 사령관 카라크가 일어나 앉으라는 손짓을 했다. 마르쿠스는 묵직한 의자 위로 몸을 낮춰 경직된 자세로 앉았다.

"편하게 앉게. 이곳은 군사법원이 아니니."

카라크가 중얼거렸다. 그의 시선은 책상에 놓인 서류 위를 떠돌았다.

마르쿠스는 애써 자세를 조금 편안하게 풀었다.

"자네의 2년 복무기간이 일주일 후면 끝이 나네. 자네도 아마 알고 있을 걸세."

"네, 알고 있습니다."

"지금까지 자네의 복무 성적은 아주 훌륭하군. 부하들을 통솔해 현지 부족민들을 상대로 한 작전을 훌륭하게 수행했어. 지난달에는 청동부대 검술시합에서 우승도 했고 말일세. 들은 바로는 젊은데도 부하들이 자네를 존경하고, 위기 상황에서도 의지할 만한 사람으로 여긴다고 하더군. 특히 위기 상황에서 그렇다고 말하는 부하들도 있고. 한 장교의 견해에 따르

면, 자넨 그날그날의 업무도 잘 수행하지만 전투 때나 어려울 때 두각을
나타낸다고 하니 말일세. 의욕적인 군단 생활에 적합한 젊은 장교에게서
볼 수 있는 값진 특성을 지니고 있군그래. 제국이 팽창하고 있는 상황이
아마 자네에게 득이 될 걸세. 자네가 원하기만 한다면 어디에서도 일거리
를 찾을 수 있을 테니까."

마르쿠스는 조심스레 고개를 끄덕였다. 카라크가 몸짓으로 레오니데스
를 가리켰다.

"자네 백인대장이 자네에 대해, 그리고 자네가 그 소년…… 페피스의 도
벽을 고친 방식에 대해 좋게 말하더군. 처음엔 자네의 개성이 너무 강해
군단에 융화될 수 있을지를 두고 말들이 좀 있었네. 허나 자넨 그동안 정
직했고, 제4마케도니아에 확실하게 충성했네. 짧게 말해, 난 자네가 부하
쉰 명을 통솔하는 지위로 승진한다는 조건으로 복무 계약서에 다시 서명
을 했으면 하네. 급료도 직위도 올려주고, 필요하다면 검술시합에 대비해
훈련할 시간도 주겠네. 어찌할 텐가?"

"솔직하게 말씀드려도 되겠습니까?"

마르쿠스가 물었다. 가슴속에서 심장이 쿵 하고 내려앉았다.

카라크가 눈살을 찌푸렸다.

"물론일세."

"분에 넘치는 제안이십니다. 마케도니아와 함께한 2년은 저에게는 행
복한 시간이었습니다. 여기엔 제 전우들이 있습니다. 하지만…… 사령관
님, 전 제 아버지도 아닌 어느 로마인의 소유지에서 성장했습니다. 그분의
아들과 형제처럼 지냈고, 전 어른이 되면 그 친구를 지원해 주겠노라고,
그 친구의 검이 되어주겠노라고 맹세했습니다."

마르쿠스는 레니우스의 시선을 느끼며 말을 이었다.

"그 친구는 현재 해군 군단인 제3파르티카에 있는데, 복무 기간이 1년 좀 넘게 남아 있는 상태입니다. 그 친구가 로마로 돌아갈 때, 저도 그곳에서 합류하고 싶습니다."

"음…… 가이우스 율리우스와 자네 사이의 과거사에 대해선 레니우스한테서 설명을 좀 들었네. 난 그런 성질의 충절을 잘 이해하네. 그런 충절이 바로 전장에서 우리를 짐승 이상의 존재로 만들어주는 거겠지, 아마."

카라크가 기분 좋게 미소지었다. 마르쿠스는 재빨리 다른 두 사람을 바라보았다. 책망을 받을까 걱정했던 그는 그들의 얼굴에 전혀 그런 기색이 보이지 않자 오히려 놀랐다.

레오니데스가 차분하고 낮은 목소리로 터놓고 말했다.

"우리가 이해하지 못할 거라 생각했나? 이보게, 자넨 젊디젊네. 자넨 결국 짐을 싸서 배당받은 농지로 떠나게 될 때까지 수많은 군단에서 복무하게 될 걸세. 그러나 무엇보다도 가장 중요한 건 자네가 불평 없이 계속 로마에 봉사한다는 점일세. 우리 세 사람은 그 목적을 위해, 다시 말해, 안전하고 강한 로마, 세계의 부러움을 사는 로마를 보기 위해 우리의 삶을 바쳤다네."

마르쿠스는 그들 세 사람을 둘러보았다. 포도주 잔을 입에 갖다 댄 레니우스의 얼굴에 미소가 어려 있었다. 세 사람이 함께 있으니, 그들은 어린 소년 시절 그가 꿈꾸었던 것의 화신 그 자체였다. 그들은 믿음과 충성과 피로 연결되어 도저히 깨뜨릴 수 없는 어떤 것이 되어 있었다.

카라크가 두꺼운 양피지 위에 놓인 서류를 향해 손을 뻗었다.

"레니우스는 자네가 이번 겨울에 열릴 그리스 검술시합에 참가할 수 있도록 자넬 이 군단에 붙잡아두는 방법은 이것뿐이라고 확신하더군. 계약 기간을 1년하고 하루로 했네."

카라크가 서류를 건네주었다. 마르쿠스는 감정이 북받쳐 목구멍이 조여드는 것을 느꼈다. 마르쿠스는 장교용 장비를 반납하고 급료를 받은 뒤 이탈리아를 향해 외로운 귀국길에 오르는 수밖에 없다고 생각했었다. 미래가 암담하게 느껴지던 차에 이런 제안을 받으니 신들에게서 선물이라도 받은 것 같았다. 이렇게 처리하느라 레니우스가 얼마나 수고를 했을지 궁금했다. 그러다 돌연 그런 일에 신경 쓰지 않기로 마음먹었다. 마케도니아 군단에 계속 남고 싶었기 때문이다. 사실 어릴 적 친구에 대한 충절과, 가족이 된 군단에서 찾아낸 만족감 사이에서 심한 갈등을 느꼈었다.

그런데 이제 성장하고 성공할 수 있는 시간을 1년 더 갖게 된 것이다. 복잡한 라틴어로 된 서류를 읽는 마르쿠스의 눈이 살짝 커졌다. 카라크가 그것을 알아챘다.

"보다시피 승진도 포함시켰네. 자넨 레오니데스 밑에서 쉰 명의 부하를 지휘하게 될 걸세. 옵티오(부관—옮긴이) 다리투스가 자네의 직속상관이 되는 것이네. 열린 마음으로 시작하는 게 좋을 걸세. 쉰 명과 여덟 명은 다르니까. 전혀 새로운 문제들을 겪게 될 걸세. 전쟁 대비 훈련은 복잡한 기술을 요하는 일이라네. 힘들고 고된 한 해가 되겠지만, 자넨 아마 즐겁게 보낼 거라 생각하네."

"감사합니다. 제겐 영예로운 일입니다."

"영예는 그냥 주어지는 게 아니네, 젊은이. 블루스킨족 진영에서 있었던 일에 관해 들었네. 자네가 가져온 정보가 그자들에 대한 우리의 정책을 다시 짜는 데 도움이 되었다네. 누가 알겠는가, 몇 년 후에는 우리가 그자들과 교역까지 하게 될지."

카라크는 젊은 사내에게 좋은 소식을 전하는 역할을 즐기고 있는 게 분명했다. 레니우스는 그 모습을 만족스레 구경했다.

'올해를 나의 해로 만들고 말겠어.'

마르쿠스는 그렇게 맹세하면서, 창고에서 기름과 소금은 얼마나 갖다 쓸 수 있는지, 수리 및 상해 수당은 얼마나 되는지 등을 꼼꼼히 살피며 서류를 끝까지 읽었다. 새로운 직책을 수행하려면 재빨리 익혀야 할 일들이 무수히 많았다. 대신 급료도 대폭 올랐다. 요청하기만 한다면 율리우스의 가족이 지원해 주리라는 건 알지만, 로마에 돌아갈 때 보시에 의존하는 신세가 될지도 모른다는 생각에 마음이 계속 불편했었다. 그런데 이제 돈을 소금 서축할 수 있을 테니, 돌아갈 때 금회 몇 닢 정도는 가지고 갈 수 있을 것이다.

불현듯 어떤 생각이 마르쿠스의 뇌리를 스쳤다. 그제야 마르쿠스가 레니우스에게 물었다.

"마케도니아 군단에 계속 남아계실 겁니까?"

그 전사는 어깨를 으쓱하고는 포도주를 홀짝였다.

"아마도, 난 여기 친구들이 마음에 들어. 난 지금도 은퇴할 나인 훨씬 지났어. 그 때문에 카라크 사령관님은 급료 명세서를 본국으로 보낼 때마다 숫자를 가지고 장난을 쳐야만 하지. 술라가 그곳에서 무슨 짓을 했는지 보고 싶기는 해. 아, 그자가 로마를 장악했다는 소식을 공보물에서 보았거든. 그렇지만 그자가 로마를 제대로 돌보고 있든지 말든지 신경 쓰지 않을 생각이야. 그리고 난 너와는 달리, 검술 교관으로 계약을 체결한 것도 아니거든."

카라크가 한숨을 내쉬었다.

"나도 로마를 다시 보고 싶네. 로마에서 마지막으로 근무한 이후로 14년이 흘렀군그래. 허나 난 입대할 때 어떤 생활을 하게 될지 이미 알고 있었네."

카라크는 모두를 위해 잔에 포도주를 따랐다. 레니우스가 내민 잔도 다시 채워주었다.

"로마를 위해 건배하세나, 제군들. 그리고 내년을 위해서도."

그들은 자리에서 일어나 편안한 미소를 지으며 잔을 함께 부딪쳤다. 한 사람 한 사람 모두 고향에서 멀리 떨어져 있는 신세였다.

마르쿠스는 잔을 내려놓은 후 잉크병에서 펜을 집어들고 공식 서류에 완전한 이름으로 서명했다.

'마르쿠스 브루투스.'

카라크가 책상 위로 손을 뻗어 마르쿠스의 오른손을 단단히 붙잡았다.

"잘 결정했네, 브루투스."

『엠퍼러 2』에 계속 ……

역사 주해

율리우스 카이사르의 인생 초년기에 대해서는 역사적으로 알려진 사실이 매우 적다. 이 책에서는 가능한 한, 그에게 당시 로마 이류 가문의 소년이 누렸을 만한 유년시절을 부여해 주었다. 물론 그가 익힌 기량 가운데 몇 가지는 나중에 이룬 것을 통해 유추해 볼 수 있다. 예를 들어, 카이사르는 스물두 살 때 이집트에서 수영 실력 덕분에 목숨을 부지한 일이 있었다. 전기 작가 수에토니우스에 따르면, 카이사르는 지구력이 놀라울 정도로 강할 뿐 아니라 검술과 승마 실력이 대단히 뛰어났으며, 말을 타는 것보다는 행군하는 것을 선호했고, 맨머리로 다니는 것을 좋아했다고 한다.

유감스러운 말이지만, 레니우스는 가상의 인물이다. 그러나 다양한 분야의 전문가를 고용하는 것은 당시의 관례였다. 알렉산드리아 출신의 가정교사가 카이사르에게 웅변술을 가르쳤다는 것은 익히 알려진 사실이다. 또 키케로의 글에는, 필요할 때 감동적인 연설을 할 줄 아는 카이사르의 능란한 말솜씨를 마지못해 칭찬하는 대목이 등장한다.

아버지는 이 책에서처럼 율리우스가 불과 열다섯 살 때 사망했다. 그리고 그 후 얼마 지나지 않아 율리우스가 킨나의 딸 코르넬리아와 결혼한 것도 사실이다. 속사정이야 알 수 없지만 표면적으로는 사랑이 결혼의 이유였던 듯하다.

마리우스는 내가 설정한 것처럼 외삼촌이 아니라 고모부이기는 하지만, 성격만큼은 여기서 묘사된 것과 거의 흡사했다. 뻔뻔스럽게도 법과 관습에 반대하며, 그는 일곱 번이나 집정관을 맡았다. 예전에는 땅을 소유하고 그 땅에서 소득을 얻는 사람만이 군단에 입대할 수 있었으나, 마리우스는 그 자격 조건을 폐지함으로써 휘하 병사들로부터 열광적인 충성심을 이끌어냈다. 독수리를 로마 군단의 상징으로 만든 것도 마리우스였다.

술라와 마리우스 간의 내전이 이 책의 주요 부분을 이루기는 하지만, 극 구성상 전투 장면을 간략하게 기술했다. 술라는 아프로디테를 숭배했고, 그의 생활방식 중 어떤 부분들은 관용적인 로마 사회조차도 경악시켰다. 그러나 장군으로서의 능력만큼은 대단했다. 한때 마리우스 휘하에 복무하며 아프리카에서 벌어진 전투에 참가한 적도 있었다. 당시 두 사람 모두 승전을 자신의 공으로 돌렸다. 두 사람은 서로를 지독하게 싫어했다.

미트리다테스가 로마의 점령에 반기를 들고 일어났을 때, 마리우스와 술라 둘 다 미트리다테스와 맞서기를 원했다. 전투가 쉽게 끝날 것이며 막대한 부를 얻을 수 있는 기회라고 보았기 때문이다. 부분적으로는 개인적인 동기에서, 술라는 기원전 88년에 부하들을 이끌고 로마와 마리우스에 대적했다. "폭군으로부터 로마를 해방시키겠다"는 게 그가 내세운 명분이었다. 마리우스는 어쩔 수 없이 아프리카로 도피하는 신세가 되었지만, 나중에 그곳에서 모은 군대를 이끌고 돌아왔다. 그렇게 막강한 지도자들에게 대항할 능력이라고는 없었던 원로원은 마리우스의 귀국을 허락하고, 술라가 미트리다테스와 싸우러 떠나 있는 사이 술라를 국가의 적으로 선포했다. 마리우스는 마지막으로 집정관에 한 번 더 선출되지만, 가뜩이나 벌벌 떨고 있던 원로원을 곤란한 상황에 남겨둔 채 임기 중에 사망했다. 원로원과 술라는 처음에는 화평을 추구했지만, 술라가 그리스에서 대승을 거둔 후 우위를 차지하면서 결국 한판 승부를 벌이게 되었다. 술라는 미트리다테스를 살려두되 막대한 재산을 몰수했고, 고대의 보물을 약탈했다. 여기서는 몇 년에 걸친 이 기간을 압축해, 마리우스가 첫 번째 공격에서 숨을 거두는 것으로 설정했다. 아마도 그토록 카리스마가 넘쳤던 사내에게는 불공정할 만큼 빠른 결말일 것이다.

그리스 출정에서 돌아온 술라는 군대를 이끌고 원로원에 충성했던 이들을 상대로 싸워 짧은 기간 안에 승리를 거두었고, 기원전 82년에 마침내 다시 로마로 행군했다. 그 후 독재관직을 요구했는데, 마리우스 지지자의 한 사람으로서 끌려온 율리우스 카이사르를 처음으로 만난 것도 바로 독재관직을 수행하던 때였다. 율리우스가 코르넬리아와의 이혼을 딱 잘라 거절했음에도 불구하고, 술라는 율리우스를 죽이지 않았다. 독재관 술라는 "이 카이사르 안에서 수많은 마리우스를 보았다"고 했다 한다. 만일 사실이라면, 그의 말은 카이사르의 품성을 엿볼 수 있게 해준다. 이 책에서 그런 품성을 잘 그려냈길 하는 바람이다.

술라가 독재관을 지내던 기간은 로마에게는 잔인한 시기였다. 술라가 남용했던 독재관이라는 독특한 지위는 원래 전쟁 때를 대비한 긴급조치로서, 개념상 현대 민주국가의 계엄령과 유사했다. 술라 이전에는, 독재관의 임기에 대단히 엄격한 제한이 가해졌으나, 술라는 용케도 이런 제한들을 요리조리 피해 갔고, 그럼으로써 공화국에 치명상을 입혔다. 술라가 통과시킨 법 중에는 어떤 경우에도, 심지어 전통적인 개선식 행렬을 위한 경우일지라도, 무장병력의 로마 접근을 금지하는 것도 있었다. 술라는 예순의 나이로 세상을 떴고, 한동안 공화국은 다시 번성해 예전의 힘과 권위를 되찾을 수 있을 것처럼 보였다. 그러나 이 시기에 그리스에 있던, 카이사르라는 스물두 살의 젊은이가 이것을 불가능하게 만들 터였다. 어쨌든 마리우스와 술라는, 확고한 야망을 마주했을 때 공화국이 허약하기 그지없음을 보여주었다. 마리우스가 "너희 장군을 위해 공간을 만들라" 하고 말하는 것을 보았을 때, 그리고 그 후 원로원 의사당 전경이 보이는 곳에서 서로 떠밀던 군중이 칼에 맞고 쓰러지는 광경을 지켜보았을 때, 젊은 카이사르가 어떤 영향을 받았을지 우리는 그저 추측만 할 수 있을 뿐이다.

이 인물들을 다룬 역사서들, 특히 이 시기 직후에 플루타르크와 수에토니우스가 집필한 역사서들은 놀라울 정도로 재미있게 읽힌다. 카이사르의 삶에 대해 조사하면서, 머릿속에 계속 떠오르는 의문이 있었다.

"카이사르는 도대체 어떻게 그런 일을 해냈을까?"

어떻게 젊은 사내가 내전에서 패자 편에 서는 재앙을 딛고 일어나, 자신의 성이 왕을 의미하게 되는 정도에까지 이르게 되었단 말인가? 러시아의 황제를 지칭하는 차르와 독일의 황제를 지칭하는 카이저 둘 다 카이사르에서 유래된 명칭이다. 2000년이 지난 후에도 여전히 그의 이름에서 유래된 명칭들이 쓰인 것이다.

역사서들은 때때로 딱딱할 수 있지만, 여기서 생략할 수밖에 없었던 상세한 내용에 흥미 있는 독자라면 크리스티안 마이어의 『카이사르』를 권한다. 카이사르의 삶에는 흥미진진한 사건들이 너무 많아, 살을 입히는 작업이 대단히 즐거웠다. 다음 권에서 다룰 사건들은 훨씬 더 놀라울 것이다.

콘 이굴던